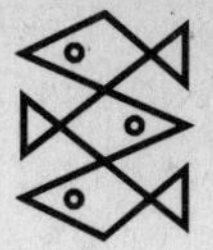

D1699726

In seinem nostalgischen Gesellschaftsroman läßt William Maxwell die versunkene Welt einer amerikanischen Kleinstadtidylle vor dem Ersten Weltkrieg vor dem inneren Auge des Lesers entstehen. Einem Genrebild ähnelt die Szenerie der weißgestrichenen Häuser mit ihren Erkern und Balkonen, den Vorgärten, in denen Flieder und Holunder blühen. Nichts scheint das Leben in Draperville im Mittleren Westen aus dem Lot zu bringen.
Mit der Ankunft der Potters aus Mississippi, die den Anwalt Austin King und seine Frau Martha besuchen, kommt Bewegung in das ruhige Bild. Man gibt eine Abendgesellschaft, erzählt sich Lebensweisheiten und Anekdoten, unternimmt Ausfahrten und veranstaltet Picknicks. Und allmählich zeigen sich Sprünge und Risse in den Porträts der Personen. Die junge Nora Potter verliebt sich hoffnungslos in Austin, der ihre Gefühle nicht erwidert, ihr aber helfen möchte, wobei er immer nur das Verkehrte tut. Seine schöne und kühle Frau Martha zieht sich unterdessen unmerklich von ihm zurück. Vater Potter, ein jovialer Südstaaten-Gentleman, verleitet Austins Freunde zu waghalsigen Spekulationen, und seine Frau vertraut Martha an, daß sie einst Mann und Kinder im Stich gelassen hat, um mit einem Geliebten auf und davon zu ziehen.
Unmerklich wird der Spalt, durch den der Leser in eine Vergangenheit schaut, immer breiter, und wir blicken auf eine Welt, die es so nicht mehr gibt, deren Wertvorstellungen ebenso verschwunden sind wie die Pferdedroschken und die Wägelchen der Eiscremeverkäufer. Doch die Gefühle, von denen William Maxwell so meisterhaft zu erzählen weiß, haben überdauert. In Gesten und Blicken, andeutungsweise offenbaren die Menschen ihre Empfindungen. Hinter dem hellen Spiegel ihrer harmonischen Welt tauchen Verzweiflung und Melancholie auf.

William Maxwell, 1908 in Lincoln, Illinois, geboren, wuchs in Chicago auf und studierte in Illinois und Harvard. Er veröffentlichte Romane und Erzählungen und gehörte jahrelang zur Redaktion der Zeitschrift ›The New Yorker‹. *Im Fischer Taschenbuch Verlag:* ›Zeit der Nähe‹ (Bd. 11390).

William Maxwell

Mit der Zeit wird es dunkler

Roman

Aus dem Amerikanischen von
Matthias Müller

Fischer Taschenbuch Verlag

Veröffentlicht im Fischer Taschenbuch Verlag GmbH,
Frankfurt am Main, April 1999

Lizenzausgabe mit freundlicher Genehmigung
des Paul Zsolnay Verlages Wien
Die Originalausgabe erschien erstmals 1948
unter dem Titel ›Time will darken it‹
bei Harper & Row, New York

Druck und Bindung: Clausen & Bosse, Leck
Printed in Germany
ISBN 3-596-11486-1

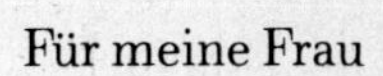

Für meine Frau

Sobald die Leinwand vorbereitet ist, verfährt man, um eine Landschaft zu malen, so, daß man sie zeichnet und sie dabei in drei oder vier Entfernungen oder Ebenen anlegt: in der ersten zeichnet man die Figur oder den Heiligen und die größten Bäume und Felsen, wobei man die Proportion der Figur berücksichtigt; in der zweiten zeichnet man kleinere Häuser und Bäume; in der dritten ebenfalls, aber noch kleiner, und in der vierten, wo die Berge an den Himmel stoßen, zeichnet man am allerkleinsten.

Darauf folgt der farbige Entwurf oder das Auftragen der Farben, was manche Maler gewöhnlich in Schwarz und Weiß tun, wiewohl es mich besser dünkt, gleich mit Farbe zu malen, weil das Kobaltblau leuchtender bleibt; wenn man eine ausreichende Menge Pigment – oder sogar mehr – mit Lein- oder Walnußöl mischt und genügend Weiß hinzufügt, erhält man einen hellen Farbton; er darf nicht zu dunkel sein, es ist im Gegenteil besser, er ist zu hell, denn die Zeit wird ihn nachdunkeln …

Ist der Himmel, der die obere Hälfte der Leinwand einnimmt, fertiggemalt, fährt man fort mit der Erde, beginnend mit den Bergen, die den Himmel berühren; diese malt man mit den hellsten Weiß- und Kobalttönen, etwas dunkler als der Horizont, denn die Erde ist immer dunkler als der Himmel, um so mehr, wenn die Sonne am Horizont steht. Diese Berge werden helle und dunkle Töne aufweisen, weil man an ihrem Fuß, nachdem sie beendet sind, für gewöhnlich kleine Orte und Bäume malt …

Je näher man der ersten Ebene kommt, um so größer werden die Häuser und die Bäume gemalt, und wenn erwünscht, dürfen sie bis in den Horizont hineinreichen … In dieser

Ebene werden die Einzelheiten herkömmlicherweise auf praktische Weise dargestellt, indem man ein paar vertrocknete Blätter unter die grünen mischt ... Und höchsten Lobes ist es würdig, wenn das Gras auf der Erde natürlich aussieht, denn diese Ebene ist dem Betrachter am nächsten.

Francisco Pacheco (1564–1654)
AUS: »ARTE DE LA PINTURA«,
BD. II, MADRID 1956

ERSTER TEIL

Eine Abendgesellschaft

(1912)

I

Um eine alte Schuld zu begleichen, die ein anderer offengelassen hatte, hatte Austin King ja gesagt, obwohl er wußte, daß er hätte nein sagen sollen, und jetzt, um fünf Uhr an einem Julinachmittag, sah er überall, wohin er sich wandte, dem Ärger ins grinsende Gesicht. Das Haus war voller Fremder aus Mississippi; in einer Stunde bereits würden die ersten Freunde und Nachbarn, die er zu einer Abendgesellschaft eingeladen hatte, an der Haustür klingeln, und seine Frau (die er liebte) redete nicht mit ihm.

Noch beschränkte sich dieser Streit auf das Schlafzimmer, und er wollte möglichst verhindern, daß er sich im Haus ausbreitete. Auf dem Weg nach oben rückte er das Bild von Maxine Elliot gerade, so daß es wieder mit der Welt im Lot war. Während er die Schlafzimmertür hinter sich schloß, blickte er zu dem Himmelbett aus Mahagoni, auf dem seine Frau mit dem Gesicht nach unten lag, gehüllt in einen japanischen Kimono. Ihr braunes Haar war wie Seetang über das Kopfkissen ausgebreitet, und ein Arm, an dessen zartem reglosen Handgelenk ein schwerer Goldreif hing, ragte über den Bettrand hinaus ins Leere.

Austin lockerte seine Krawatte, zog Jackett und Hose aus und hängte sie auf einem Bügel in den Kleiderschrank. Nachdem er in seinen Bademantel geschlüpft war, stand er da und wartete auf eine kleine Bewegung der Hand, die so oft blind nach seiner getastet hatte, auf irgendein Zeichen, das Bereitschaft zur Versöhnung signalisierte. Kein Preis war ihm zu hoch, keine Forderung zu hart, wenn nur für den Rest dieses Tages alle Differenzen beigelegt, alle Wunden (alte und neue) vergessen und sich selbst überlassen werden könnten, um zu heilen. Nach einer Weile setzte er sich auf den Rand des Bettes. Da er keine Ermutigung erhielt, wartete er einen Augenblick und streckte schließlich die Hand aus. Seine Finger schlossen sich um den Ellbogen seiner Frau. Sie entriß ihm den Ellbogen und zog ihn unter ihren Körper, wo er unerreichbar war. Er mußte über das Kindische dieser Geste lächeln, aber sie bedeutete auch, daß zumindest ein Weg zur Versöhnung versperrt war.

»Es tut mir leid, daß ich getan habe, was ich getan habe«, sagte er. »Ich hätte zuerst mit dir reden sollen, bevor ich ihnen schrieb, daß sie kommen sollen. Und wenn ich es rückgängig machen könnte –« Es kam keine Antwort, und aus Erfahrung wußte er, daß auch keine kommen würde. »Ich dachte, du würdest es verstehen und sie nicht«, sagte er.

Sein Blick schweifte unruhig über das Muster der bestickten Tagesdecke, die runden lavendelfarbenen Windenblüten und die herzförmigen grünen Blätter. Die Decke war ein Geschenk seiner Mutter, die entsetzt gewesen wäre, jemanden darauf liegen zu sehen.

Verärgert über sich, weil er sich ausgerechnet jetzt Gedanken über die Decke machte, ging er durchs Zimmer zum Frisiertisch, nahm die Haarbürste seiner Frau, schloß die Schlafzimmertür hinter sich und betrat das Zimmer gegenüber, um sich um seine kleine Tochter zu kümmern, die sich noch nicht ohne Hilfe für den Abend ankleiden konnte. Gemeinsam entschieden sie, welche Schuhe, welche Strümpfe und welches Kleid sie tragen sollte, und dann half er ihr beim Anziehen. Austin setzte sich in einen Schaukelstuhl, der für ihn zu niedrig war, hielt mit einer Hand ihr Kinn fest und bürstete mit der anderen ungeschickt ihr Haar.

Die Aufregung darüber, daß Gäste im Haus waren, machte Abbey King gesprächig. »Stimmt es«, fragte sie, »stimmt es, daß Zigeuner kleine Kinder stehlen?«

Ihre Gesichtszüge waren, obwohl zarter und kleiner, ein Ebenbild ihres Vaters – besonders die hohe Stirn, die Augenbrauen und die graublauen Augen. Ihr Haar war hellbraun, wie das ihrer Mutter, und glatt. Wenn es gebürstet wurde, flog es auf und knisterte, doch Ab wußte mit ihren vier Jahren bereits, daß ihr Haar zu fein und zu dünn war, um bewundert zu werden. Auf beide Nachteile war hingewiesen worden, nicht dem kleinen Mädchen gegenüber, doch unglücklicherweise in seiner Gegenwart. Vermischt mit dem Kummer über ihr Haar war die Freude darüber, zwischen den Knien ihres Vaters zu stehen.

»Stimmt das, Papa?«

»Manchmal schon«, sagte Austin und runzelte die Stirn vor Konzentration.

»Stehlen sie auch Dreiräder?«

»Das glaube ich nicht. Was sollten sie denn mit Dreirädern anfangen.«

»Und was passiert mit den Kindern, die sie stehlen?«

»Ihre Väter und Mütter gehen zur Polizei, und dann findet die Polizei die Zigeuner und steckt sie ins Gefängnis«, sagte Austin.

»Und was ist, wenn sie die Zigeuner nicht finden? Was ist, wenn sie so weit fortgehen, daß niemand sie finden und ins Gefängnis stecken kann?«

»Dann grämen sich ihre Mütter.«

»Würde Mama sich auch grämen?«

»Gewiß. Halt still, Abbey. Zieh nicht immer den Kopf weg. Ich tu dir nicht weh.«

»Tust du schon«, sagte Ab, weil es doch ein wenig weh tat und weil sie gern widersprach – ihrem Vater, Rachel, der Köchin, und am liebsten ihrer Mutter. Sie liebte es, die Nerven ihrer Mutter zu strapazieren. Es gab eine Grenze, die beide anerkannten und die Ab nicht überschreiten konnte, ohne Gefahr zu laufen, sich eine Ohrfeige einzuhandeln. Gelegentlich ging sie zu weit, und dann, nachdem der Zorn ihrer Mutter verraucht war und ihre eigenen Tränen getrocknet waren, senkte sich wieder Frieden über das Haus. Doch bei ihrem Vater gab es keine solche

Grenze. Ihn konnte sie nicht bis ans Ende seiner Geduld treiben.

»Und was passiert mit den Kindern?« fragte sie wieder.

»Mit den Kindern? Ach, die werden erwachsen und werden Zigeuner.«

»Und was passiert dann?«

»Dann ziehen sie in ihren Wagen von einem Ort zum andern.«

Abs nächste Bemerkung, eigentlich eine Frage, obwohl sie sie als Feststellung formulierte, wurde durch ein längeres Schweigen vorbereitet, während dessen Austin sie herumdrehte, um ihre blaue Schleife zu binden.

»Rachel sagt manchmal – *sie* sagt, wenn Kinder böse sind oder keiner mit ihnen zurechtkommt oder wenn sie nicht hören wollen, daß dann ihre Mütter und Väter sie an die Zigeuner verkaufen.«

»Ganz bestimmt nicht«, sagte Austin.

»Das hat Rachel aber gesagt.«

»Dich wird jedenfalls keiner an die Zigeuner verkaufen, also hör auf, dir deswegen Sorgen zu machen«, sagte Austin und erhob sich aus dem Schaukelstuhl. Als er Abs Haarschleife zurechtzupfte, schien es, als wären seine Hände für eine Präzisionsarbeit geschaffen, wie Uhren reparieren oder Fliegen auf den Angelhaken stecken. In Wirklichkeit war Austin King Anwalt.

»So«, sagte er beifällig, »nun bist du soweit, daß du dich sehen lassen kannst, auch wenn dein Vater und deine Mutter es noch nicht sind. Versuch, die nächste halbe Stunde so zu bleiben, bis die ersten Gäste kommen.«

Er stand still da und horchte. Von oben waren Schritte zu hören. In dem großen kahlen Schlafzimmer im zweiten Stock (wo bestimmt eine drückende Hitze herrschte, dachte Austin) machte sich der junge Randolph Potter ebenfalls für die Gesellschaft zurecht. Er war mit Vater, Mutter und Schwester nach Norden gekommen, in der Hoffnung, der Hitze zu entgehen, doch wie ein treuer

Hund, der hechelnd einem Wagen hinterherläuft, war die Hitze ihnen gefolgt.

Bis zu diesem Tag war Austin diesen Verwandten, die eigentlich gar keine waren, noch nie begegnet. Wenn der Name Potter ihm überhaupt einmal durch den Kopf ging, dann dachte er dabei an die beiden verblaßten Ferrotypien im Familienalbum, auf der Seite gegenüber dem formellen Hochzeitsphoto von Großvater und Großmutter King. Richter King, Austins Vater, sprach oft von dem Mann, der ihn, nachdem sein eigener Vater gestorben war, aufgenommen und ihm ein Zuhause gegeben hatte, solange er es brauchte, und ihn genauso behandelt hatte wie seine eigenen fünf Söhne. Beide an diesem Akt der Barmherzigkeit Beteiligten – der heimatlose, verängstigte Junge und der hagere Mennonitenprediger – lagen mittlerweile drei Meter unter der Erde, und die Verpflichtung hätte ebensogut dort enden können, hätte nicht am zehnten Juni der Postbote in der Anwaltskanzlei Holby und King einen an Richter King adressierten Brief abgegeben, der für denjenigen, der den versiegelten Umschlag öffnete, darum um so bindender war. Der Brief war mit *Herzl. Ihr Reuben S. Potter* unterschrieben und war voller Anspielungen auf frühere Zeiten, die Austin nicht verstand oder von denen er nichts wußte, aber er wußte, was sein Vater als Antwort auf den letzten Absatz geschrieben hätte, in dem Mr. Potter, bemüht, den Faden wiederaufzunehmen, der unter dem Gewicht von Zeit und Entfernung gerissen war, vorschlug, mit seiner Familie zu einem Besuch nach Illinois zu kommen.

Austins lange Kindheit war voll auf Besuch weilender Tanten, Onkel und Cousins gewesen, die manchmal einen Monat oder noch länger blieben. Anwälte, Richter, Politiker, Eisenbahnangestellte, Geschäftsfreunde, jeden, den Richter King mochte, für den er sich interessierte oder mit dem er Mitleid hatte, brachte er von der Kanzlei mit nach Hause, wo der Gast dann zum Essen oder zu einer Übernachtung eingeladen wurde, und nie dachte er daran, seine

Frau vorher davon in Kenntnis zu setzen. Der Eßzimmertisch ließ sich ausziehen, so daß immer genügend Platz war, und es gab stets reichlich zu essen. Austins Mutter war rührig und tüchtig und wurde, solange Richter King lebte, mit jeder Last fertig, die er ihr aufbürdete. Gäste haben bedeutete, das Bett in dem einen oder anderen Gästezimmer frisch zu beziehen und die Couch im Billardzimmer herzurichten, damit ein junger Cousin oder manchmal auch Austin darauf schlafen konnte, und sich dann auf einen netten langen Besuch einzustellen.

Diese Art ununterbrochener großzügiger Gastfreundschaft war im Aussterben begriffen, sie gehörte der Vergangenheit an. Martha King ging das Bewirten und Unterhalten von Gästen nicht so leicht und mühelos von der Hand wie Austins Mutter, und außerdem hatte Dr. Seymour sie, zwei Tage bevor der Brief eintraf, davon unterrichtet, daß sie wieder schwanger war. Konfrontiert mit der Wahl zwischen einer ererbten Verpflichtung und der Rücksicht, die er seiner Frau schuldete, hatte Austin sich an seinen Schreibtisch gesetzt und versucht, einen Brief zu formulieren, der höflich, bedauernd und ohne kränkend zu sein erklären sollte, warum ein Besuch der Potters zu diesem Zeitpunkt ungelegen käme. Er begann und zerknüllte einen Entwurf nach dem anderen, bis er, darauf vertrauend, daß Martha es aus Liebe zu ihm verstehen und billigen würde, schließlich seine Feder in das Tintenglas tunkte und mit einem schweren Seufzer sich und sie festlegte.

Martha King bekundete nicht nur Unverständnis, sie rückte seine Absichten sogar in ein ganz unerwartetes Licht. Doch anstatt ihm ihre Gefühle mitzuteilen, schwieg sie, und erst als die Potters eingetroffen waren und er nichts mehr daran ändern konnte, machte sie ihm hinter verschlossener Schlafzimmertür eine Szene, überschüttete ihn mit Beschuldigungen (einige berechtigt, andere unberechtigt), sagte, daß er sie nicht mehr liebe, sonst hätte er unmöglich so etwas tun können, zu einem Zeitpunkt, da sie nicht in der Verfassung sei, das Haus voller Gäste zu haben, und verweigerte ihm dann ihre Unterstützung, so daß er allein zusehen mußte, wie er mit allem fertig wurde. Erschwerend kam hinzu, daß sie jetzt auf eine Weise krank war, wie sie es vor Abs Geburt nicht gewesen war. Sie litt unter Schwangerschaftsübelkeit, wodurch er das Gefühl bekam, daß er nicht nur ihr gegenüber unfair gehandelt hatte, sondern auch den Potters gegenüber: er hätte ihnen, wie er jetzt einsah, Bescheid sagen müssen. Er hätte ihnen zumindest die Möglichkeit geben sollen, nicht zu kommen.

Die Schritte hielten inne.

»Kommen Kinder, mit denen ich spielen kann?« fragte Ab.

Austin sagte: »Nein, das ist eine Gesellschaft für Erwachsene, und du darfst die Leute nicht unterbrechen, wenn sie sich unterhalten, verstanden? Sei einfach still und schau zu, und danach werden alle sagen: ›So ein nettes kleines Mädchen.‹«

Er gab seiner Tochter einen Klaps auf den Hintern, und über ein Puppenbett und ein Haus aus Alphabetklötzchen steigend, ließ er sie allein und ging zurück ins Schlafzimmer gegenüber.

2

Elm Street, die Straße, in der die Kings wohnten, war zu dem Zeitpunkt, als die Potters zu ihrem Besuch eintrafen, seit fast einer Generation fertig. Schatten hatten sich allmählich der sonnigen Stellen bemächtigt, und die äußersten Äste der Bäume – Ahorn und Ulmen, Pappeln, Linden und Eschenahorn – trafen sich bereits an manchen Stellen über dem Kopfsteinpflaster. Die Häuser ließen keinen bestimmten Stil, keine eindeutige Architekturperiode erkennen, sondern nur eine Vorliebe für runde Erkerfenster, breite Veranden, geschnitzte Giebelverzierungen und frische weiße Farbe. Elm Street führte nirgendwo Besonderes hin, und es herrschte nie viel Verkehr. Das aufregendste Fahrzeug, das an Sommertagen vorbeikam, war der Eiskremwagen, der weiß gestrichen war und dessen gemächliches Herannahen sich mit einem silbrigen *Ka-ling, Ka-ling, Kaling* ankündigte, bei dem die Kinder an den Bordstein gelaufen kamen. Der Eiskremwagen war der Höhepunkt eines epochalen Juli- oder Augustnachmittags, und viel von seiner Bedeutung rührte daher, daß er unzuverlässig war. Oft warteten die Kinder vergebens auf ihn, und ihr einziger Trost waren die Splitter, die vom Pickel des Eismannes abfielen. Es kamen auch Zigeunerwagen vorbei, aber sie waren selten, man konnte mit ihnen nicht öfter als ein- oder zweimal im Sommer rechnen. Und wenn sie kamen, wichen die kleineren Kinder, ihre Spielsachen fest umklammernd, auf die Veranden zurück, von wo sie aus sicherer Entfernung der Karawane von fünf oder sechs Planwagen nachstarrten, bis sie vorbeigezogen war.

Für eine Straße, die nur drei zusammenhängende Blocks lang war – die Elm Street hinter der Kreuzung war eine vollkommen andere Welt –, gab es ungewöhnlich viele Kinder, und sie waren es, die der Straße den belebten Charakter und die Atmosphäre römischer Unvergänglichkeit verliehen. In Aussehen, Stimme und Haltung glichen sie den Frauen, die aus den oberen Fenstern Staubtücher ausschüttelten und Mops an Verandageländern ausklopften, und den Männern, die am Spätnachmittag von der Arbeit nach Hause kamen und in Hemdsärmeln dastanden und mit einem Gartenschlauch Rasen und Blumenbeete sprengten. Doch eine Zeitlang, als Kinder, waren sie nahezu so frei wie die Spatzen.

An der Straße befanden sich zwei Seitengäßchen und jede Menge Scheunen, Taubenschläge, Hühnerställe, Holzschuppen und abschüssige Kellereingänge (alle boten eine große Auswahl vorzüglicher Verstecke, alle auf öffentlichem Gelände), und die Kinder verließen sie zum Spielen nur selten.

Tagsüber spielten Jungen und Mädchen getrennt, der Abend aber brachte sie zusammen, in ihrer gemeinsamen Abneigung gegen die Dunkelheit und gegen die Stimmen ihrer Mütter, die sie heimriefen. Sie spielten Spiele, von denen einige aus einer Zeit noch vor den Reisen des Kolumbus datierten. Sie fingen Glühwürmchen und steckten sie in eine Flasche. Sie machten sich gegenseitig mit Geistergeschichten angst. Sie versteckten sich voreinander und jagten einander durchs Gebüsch. Für die Erwachsenen, die sich nach der Hitze des Tages auf den Veranden entspannten, war der Ruf *Eins, zwei, drei, ich komm dich holen* nicht beunruhigender als die Glühwürmchen oder das Knarzen der Verandaschaukel.

Elm Street ist inzwischen in die Jahre gekommen, und nichts von alldem ist übriggeblieben. Statt Kutschen gibt es jetzt Autos, Zigeunerwagen sind in dieser Gegend schon seit vielen Jahren nicht mehr gesichtet worden. Der Eiskremwagen hat aufgehört, unzuverlässig zu sein, er kommt einfach überhaupt nicht mehr. Der Eismann geht nunmehr unbehelligt von Kindern seinem Geschäft nach.

Angenommen, man möchte mehr über die Indios in Venezuela erfahren, dann besorgt man sich eine Genehmigung vom Kultusministerium und Empfehlungsschreiben diverser Ölgesellschaften an ihre Vertreter auf den Bohrfeldern. Mit persönlichen Habseligkeiten und wissenschaftlichen Instrumenten ausgerüstet, einschließlich Ausgrabungswerkzeug für, sagen wir, ein Team von zwölf Männern – zuzüglich einiger hundert Zuckersäcke für Fundstücke, Lebensmittelnotrationen, Moskitonetze und andere Gegenstände, die für eine derartige archäologische Arbeit unabdinglich sind –, kann man zu graben anfangen und mit etwas Glück Tongefäße und Skelette freilegen, die gut und gerne seit dem Jahr tausend nach Christus in der Erde liegen. Gerade die Dürftigkeit der Belege wird einen zu brillanten und weitreichenden Hypothesen veranlassen.

Sich ein Bild von der Kultur einer bestimmten Straße in einer Kleinstadt im Mittleren Westen kurz vor dem Ersten Weltkrieg zu machen ist ein sehr viel heikleres Unterfangen. Zum einen gibt es keine Ruinen, an denen man sich orientieren könnte. Die Häuser sind zwar nicht mehr so gut gepflegt wie früher, aber sie stehen noch. Von manchen Scheunen und Nebengebäuden, die inzwischen verschwunden sind (und mit ihnen Spaliere und Geißblattranken), wird man keinerlei Spuren mehr finden. In jedem Garten fehlen ein Dutzend Wahrzeichen (ein Fliederbusch hier, eine Syringe dort). Es ist unmöglich zu sagen, was aus den hängenden Farnkörben geworden ist, in denen amerikanische Flaggen steckten, oder aus all den roten Geranien. Die Menschen, die jetzt in der Elm Street wohnen, gehören einer anderen Zivilisation an. Sie können einem nichts erzählen. Man braucht kein Moskitonetz und keine Notrationen, und die einzigen Fundstücke, auf die man stoßen wird, möglicherweise das einzige, was sich als hilfreich erweisen wird, werden eine Glasmurmel sein oder eine aufgeplatzte und leere Johannisbrothülse.

3

Wenn du willst, daß ich sie bitte, wieder abzureisen, tue ich das«, sagte Austin und wandte sich zum Himmelbett. »Ich gehe auf der Stelle zu ihnen und erkläre ihnen, daß alles ein Versehen gewesen ist und daß wir im Moment einfach nicht in der Lage sind, Gäste zu haben.«

Das hieße, er und die Potters müßten sich in einer Situation gegenüberstehen, die so schrecklich peinlich war, daß er es sich gar nicht vorzustellen wagte. Trotzdem, wenn sie das wirklich wollte, wenn er ihr eine größere Last aufgebürdet hatte, als sie tragen konnte, dann war er bereit, sie davon zu befreien, wie hoch der Preis für ihn auch sein mochte.

»Ich meine es ernst«, sagte er.

Das Angebot wurde nicht angenommen.

Er wandte sich ab und öffnete die unterste Schublade der Kommode, um nach Sommerunterwäsche zu suchen. »Ich werde jetzt ein Bad nehmen und mich rasieren«, sagte er. »Es ist gleich halb sechs. Irgend jemand muß unten sein, um den Gästen aufzumachen.« Er ging hinaus, den Flur entlang.

Jetzt ist der Augenblick gekommen, still zu sein und in diesem Schlafzimmer geduldig darauf zu warten, daß sich die Position der Frau auf dem Bett verändert. Wenn es um eine Ehe geht, ist nichts, was im Wohnzimmer oder im Eßzimmer oder in der Küche passiert, so wichtig wie das, was sich hinter der verschlossenen Schlafzimmertür abspielt. Es ist der Zeitpunkt, zu dem neugierige Freunde und besorgte oder aufdringliche Verwandte sich abzuwenden haben.

Das große Doppelbett ist, wie die Tagesdecke, ein Erbstück und wohl hundert Jahre alt. Oben auf jedem der massiven, eckigen Pfosten befindet sich ein bedrohlicher Stachel, dazu gedacht, den riesigen Baldachin zu tragen, der nun in der Scheune der Kings Staub ansetzt. Die Kommode, auch aus altem Mahagoni, enthält ein Geheimfach, in dem (da Martha King keine Geheimnisse hatte und Austin seine woanders versteckte) ein samtenes Nadelkissen in Form einer Erdbeere und Bänderreste aufbewahrt werden. Alles Holz in diesem Zimmer, das ursprünglich dunkel war, ist weiß gestrichen. Die Fenster reichen bis zum Boden und sind so weit geöffnet, daß der leichte Luftzug, mit dem diese Hausseite gesegnet ist, und mit ihm der Duft der Petunien im Blumenkasten hereinwehen. Das Schlafzimmer ist über drei Meter hoch, ein Hinweis auf das Alter des Hauses und auf manch frühere Geschichte – Streit zwischen Mann und Frau, vielleicht gerade in diesem Zimmer.

Nach zwanzig Minuten kam Austin zurück und ging

zum Frisiertisch. Mit vorgestrecktem Kopf, so daß er sich genau im Spiegel betrachten konnte, teilte er mit ernster Miene sein feuchtes Haar auf der linken Seite und kämmte es sich platt an den Schädel. Wenn er schlief, wenn er ruhte, in allen unbeobachteten Augenblicken lag auf seinem Gesicht ein Anflug von Traurigkeit.

»Ist es wegen irgend etwas, was heute nachmittag passiert ist?« fragte er und trat ans Bett. »Habe ich in ihrer Gegenwart irgend etwas getan oder gesagt, was dich verletzt hat?«

Martha King, deren Stimme vom Kissen halb erstickt wurde, sagte: »Du hast nichts getan oder gesagt, und ich bin nicht verletzt. Würdest du jetzt bitte gehen?«

Er beugte sich über sie und versuchte, ihr ins Gesicht zu sehen.

»Und faß mich bitte nicht an!«

Austin verspürte plötzlich den zornigen Impuls, sie umzudrehen und sie zu schlagen, aber er war so schwach und wurde so umgehend verdrängt, daß er sich dessen kaum bewußt war. »Hör zu«, sagte er. »Du mußt jetzt aufstehen und nach unten gehen. Ich weiß wirklich nicht, was sie denken werden, wenn du –«

»Es ist mir egal, was sie denken. Ich gehe nicht nach unten.«

»Du mußt. Wir haben Besuch, und du hast all diese Leute eingeladen.«

»Geh du doch runter, wenn du willst. Es ist dein Besuch.«

»Aber was soll ich ihnen denn sagen?«

»Was du willst. Sag ihnen, du bist mit einer unmöglichen Frau verheiratet, der es egal ist, was sie tut oder wie sehr sie dich demütigt.«

»Das ist nicht wahr«, sagte er in einem Tonfall, der nur teilweise Überzeugung ausdrückte – eher den Vorsatz, zu glauben, was er gerade gesagt hatte, als daß er es wirklich glaubte.

»Doch, es ist wahr, und das weißt du ganz genau! Sag

ihnen, daß ich faul bin und extravagant und eine schlechte Hausfrau und daß ich mich nicht richtig um mein Kind kümmere!«

Austins Blick wanderte zu der Uhr auf dem Frisiertisch.

»Können wir das – diese Diskussion nicht auf später verschieben? Ich weiß, daß ich irgend etwas gesagt habe, was dich verletzt hat, aber es war keine Absicht. Wirklich nicht. Ich weiß noch nicht einmal, was es war.« Wieder klang die Stimme nicht ganz überzeugt von dem, was sie sagte. »Heute abend, nach der Einladung, werden wir alles klären, alles. Und bis dahin –«

»Bis dahin wünschte ich mir, ich wäre tot«, sagte Martha King und drehte sich auf den Rücken. Ihr Gesicht war gerötet und vom Kissen zerknittert und so von Gefühlen gezeichnet, daß ein Teil von Austin es neugierig und distanziert betrachtete. So schön (und ihm so lieb und teuer) ihr normales Gesicht auch war, mit seinem Teint und seinen Zügen, mit seiner extrem weißen und weichen Haut und den Knochen, die sich unter diesem weichen Weiß verbargen, mit der bläulichen Färbung, die die braune Iris ihrer Augen umgab, war es für ihn doch von einer Schönheit, die er in- und auswendig kannte. Jetzt aber sah er etwas, was er vielleicht nie wieder sehen würde, ein Bemühen des Fleisches, ein neues Gesicht zu erschaffen, fremder und verletzlicher als das andere. Und schöner. Im rechten Auge bildeten sich Tränen und flossen über, und dann füllten sich beide Augen mit Tränen. Die innere Distanz fiel von ihm ab, und er nahm sie in die Arme.

»Ich verstehe nicht, warum du mit mir nicht glücklich bist«, sagte sie bekümmert. »Ich geb mir solche Mühe, alles so zu tun, wie du es willst.«

Er wischte mit seiner Hand sanft die Tränen weg, aber es kamen noch mehr. »Ich *bin* glücklich«, sagte er. »Ich bin sehr glücklich.«

»Das kannst du nicht sein. Nicht solange du mit einer Frau verheiratet bist, die dir keine Ruhe läßt.«

»Aber ich bin es, wirklich. Warum muß ich denn ständig sagen, daß ich glücklich bin? Wenn du nur aufhören würdest, dir deswegen Sorgen zu machen, und die Dinge selbstverständlicher hinnehmen könntest, dann müßten wir nicht immer so – War es wegen Nora Potter? Hat es irgendwas mit Nora Potter zu tun?«

Martha schüttelte den Kopf.

»Liebling, Nora ist für mich wie eine Cousine. Und nichts anderes. Du hast keine Cousins, sonst würdest du das verstehen.«

»Ich habe gesehen, wie du ihr aus der Kutsche geholfen hast. Du hast sie angelächelt, und da habe ich gewußt, daß du sie lieber magst als mich. Ich wußte, daß das passieren würde, bevor sie überhaupt angekommen sind, und ich versteh gar nicht, warum ich mich so darüber aufgeregt habe. Ich konnte es einfach nicht ertragen.« Jetzt, da sie ihn endlich beschuldigt hatte, nahm sie sein Taschentuch an, setzte sich auf und putzte sich die Nase.

»Ich weiß nicht, wovon du redest«, sagte er mit einem schuldbewußten Lächeln, obwohl er in seinem ganzen Leben nie unschuldiger gewesen war. »Es ist nichts passiert. Ich kann mich nicht erinnern, daß ich sie angelächelt habe, und wenn schon – schau, sie haben sich selbst eingeladen. Ich habe sie nicht gebeten zu kommen, und wenn ich gewußt hätte, daß sie dir auch nur einen Augenblick lang Kummer bereiten würden, hätte ich ihnen nie gestattet, einen Fuß in dieses Haus zu setzen. Das weißt du doch, oder? Jetzt, da sie hier sind, sollten wir versuchen, das Beste daraus zu machen. Sie werden wahrscheinlich nicht lange bleiben, und wir brauchen sie nie wieder einzuladen. Und dann werden wir so weiterleben wie bisher, nur wir drei, und glücklich sein.«

Er meinte dieses Versprechen so ernst und glaubte so fest daran, daß die Barrikade aus Mißtrauen, das gesamte kunstvolle Gebäude aus Eifersucht und Zweifel, das seine Frau errichtet hatte, um ihn fernzuhalten, vor seinen Augen in sich zusammenbrach. Das Fleisch gab seinen Versuch auf, ein neues Gesicht zu erschaffen, und gab sich mit dem alten zufrieden. Mit ihren Fingerspitzen streichelte sie leicht den Stoff seines Hemdes. Er nahm sie wieder in die Arme und wiegte sie.

Keiner von beiden hörte die Schritte auf der vorderen Veranda und das Läuten der Türglocke im Anrichteraum. Ohne Gefühl für die verstreichende Zeit, ohne sich Gedanken zu machen, daß die ersten Gäste eintrafen und niemand unten war, der ihnen die Besucher aus Mississippi vorstellte, hielten sie einander fest umschlungen und verloren sich in der sich nun erschließenden, demaskierenden Zärtlichkeit, die stets auf einen erlösenden Streit folgt. Schießlich erhob sich Austin, der sich seiner selbst jetzt vollkommen sicher und allem gewachsen fühlte, vom Bett und zog sich fertig an.

»Ich gehe sofort runter«, sagte er, »und sage ihnen, daß du Schwierigkeiten in der Küche gehabt hast. Da wird sich keiner etwas dabei denken.«

»Sieht man, daß ich geweint habe?« fragte sie.

»So gut wie gar nicht. Leg dir ein kaltes Tuch über die Augen.«

An der Tür nahm er sie noch einmal in die Arme und spürte, wie sie sich an ihn klammerte. Hätte er sie einen Augenblick länger gehalten, hätte er ihr das Gefühl von Sicherheit gegeben, das sie für die nächste Zeit brauchte, aber er erinnerte sich an die Leute unten und ließ sie los. Es war nicht ausschließlich sein Versäumnis. Frauen sind nicht bereit, die Liebe an dem Punkt loszulassen, an dem Männer zufrieden und in der Lage sind, sich etwas anderem zuzuwenden. Es handelt sich um einen Irrtum in der Wahl des richtigen Zeitpunkts, der sich auf die gesamte menschliche Rasse auswirkt. Es läßt sich nicht sagen, wieviel Schaden dadurch schon entstanden ist.

4

Rachel, die farbige Köchin der Kings, hörte die Türglocke, doch Martha King hatte ihr gesagt, sie würde unten sein, um die Gäste hereinzulassen, und so blieb sie stehen und lauschte, anstatt durch den vorderen Teil des Hauses zu eilen und aufzumachen. Rachel beeilte sich grundsätzlich nicht, sie hatte ihren eigenen Rhythmus und ließ sich von Wind, Wellen und Strömung treiben, wohin sie mußte. Ihre Tochter Thelma, die zwölf Jahre alt war und an diesem Tag aushalf, sagte: »Die ersten kommen schon.«

»Und alle mit einem großen Appetit«, sagte Rachel, öffnete das Backrohr und begoß den Schinken.

Draußen auf der Veranda warteten die alte Mrs. Beach und ihre beiden Töchter. Zu dieser Tageszeit war die Elm Street menschenleer, ihre Bewohner wurden vom Abendessenstisch angezogen wie Nägel von einem Magneten.

»Ob wir mal rufen sollten?« fragte Alice Beach nach, wie ihr vorkam, ziemlich langer Zeit.

»Wenn sie unten sind, werden sie schon kommen«, sagte Mrs. Beach. »Und wenn sie oben sind, können sie uns nicht hören. Sind wir zu früh dran?«

Lucy Beach warf einen Blick auf ihre kleine goldene Uhr, die mit einer lilienverzierten Nadel an ihrer Hemdbluse befestigt war, und sagte: »Es ist fünf Minuten nach.«

»Vielleicht sollten wir nach Hause gehen«, meinte Alice Beach, »und später wiederkommen.« Obwohl sie Anfang Vierzig war, überließ sie die Entscheidung ihrer Mutter.

»Als ich eine junge verheiratete Frau war«, sagte Mrs. Beach, »und Gäste zu einer bestimmten Zeit zu mir bat, war ich immer darauf vorbereitet, sie zu empfangen. Ich hoffe, ihr Mädchen werdet das gleiche tun, wenn ihr mal verheiratet seid. Gäste nicht zu empfangen, wenn sie da sind, ist ein Zeichen von Unhöflichkeit.« Sie wandte sich majestätisch um und schritt auf die Stufen zu.

Ihre Töchter folgten ihr zögernd. Sie hatten sich auf diesen Abend gefreut, und obwohl sie gleich nebenan wohnten, bestand Grund zu der Befürchtung, daß ihre Mutter, waren sie erst einmal zu Hause, sich weigern würde, das Haus ein zweites Mal zu verlassen.

»Kommen Sie zu der Einladung?« fragte ein leises Stimmchen, und die drei Frauen wandten sich erschrocken um und sahen Ab, die durch die Fliegentür zu ihnen hinausspähte.

»In der Tat, wenn es denn eine Einladung gibt«, sagte Mrs. Beach.

»O ja«, sagte Ab.

»Nun, dann solltest du uns hereinbitten.«

Sie betraten das Haus, legten ihre gehäkelten Taschen und weißen Glacéhandschuhe auf dem Tisch in der Diele ab und nahmen in einer Nische des langgestreckten Wohnzimmers Platz, das durch seine peinliche Ordnung, blitzende Sauberkeit, spiegelnde Kerzenhalter und Sträuße von weißem Phlox Abs Behauptung zu bestätigen schien. Das kleine Mädchen setzte sich in einen großen Ohrensessel Mrs. Beach gegenüber.

»Wie geht's deinen Puppen?« fragte Alice Beach.

»Gut, bis auf Gwendolyn«, sagte Ab, nachdem sie darüber nachgedacht hatte, ob dieses Interesse ehrlich gemeint war oder nicht, und sich für letzteres entschieden hatte.

»Was ist denn mit Gwendolyn? Sie sah erstaunlich gut aus, als ich sie das letztemal sah.«

»Ach, sie ist kaputtgegangen«, sagte Ab unbestimmt.

»Du wirst zu grob mit ihr gespielt haben«, sagte Mrs. Beach. »Ich besitze immer noch alle Puppen, die ich je geschenkt bekommen habe.«

»Kann ich die irgendwann mal sehen?« fragte Ab.

»Sie sind auf dem Speicher«, sagte Mrs. Beach mit entmutigender Endgültigkeit.

Es folgte ein ausgedehntes Schweigen. Die Gäste blickten sich erwartungsvoll um und dann einander an. Ab, die keine Erfahrung mit vergleichbaren Situationen hatte, fand nichts Seltsames an ihrem Schweigen oder an ihrer erwartungsvollen Haltung. Alle Fenster waren geöffnet und auch die Glastüren, die auf die seitliche Veranda führten, dennoch war es im Wohnzimmer immer noch sehr warm. Über dem Klavier hing, in einem schweren vergoldeten Rahmen, ein Ölgemälde von der Engelsburg. Die Uhr in dem Glockenturm war echt, und ihr leises Ticken bemächtigte sich allmählich der Stille und erfüllte den Raum mit Spannung.

Lucy räusperte sich und sagte: »Wie gefallen dir deine neuen Verwandten, Ab?«

»Gut«, sagte Ab, »aber meiner Mutter nicht, glaube ich.«

Wieder wurden Blicke ausgetauscht.

»Wo ist denn deine Mutter?« fragte Mrs. Beach.

»Oben«, sagte Ab. »Mein Vater hat mich angezogen. Er hat gesagt, ich soll mich nicht schmutzig machen, bis die Gäste kommen.«

»Na, das hast du aber nicht ganz geschafft«, sagte Mrs. Beach. »Du hast einen Schmierfleck auf der Nase, von der Fliegentür.«

»Komm her, wir machen ihn mit Spucke weg«, sagte Alice. Ab rutschte gehorsam vom Sessel, ging zu ihr und stellte sich vor sie hin; Alice benetzte mit der Zunge den Zipfel eines kleinen spitzenbesetzten Taschentuchs und entfernte den Schmierfleck. »So«, sagte sie. »Jetzt bist du wieder so gut wie neu.«

»Binde ihr doch auch noch die Schleife«, sagte Mrs. Beach. »Man sieht ja sofort, daß sie von einem Mann gebunden wurde ... Ich bin sicher, daß hier irgendein Irrtum vorliegt.«

»Vielleicht ist es der falsche Tag«, sagte Lucy.

»Nein, nein«, sagte Ab. »Es ist der richtige Tag.«

Sie war sich ihres Aussehens jetzt nicht mehr sicher, und

als Alice sie losließ, huschte sie zum Fenster und begann, am Vorhang zu nesteln.

Die Uhr in der Engelsburg zeigte zwanzig nach sechs an, als Mrs. Beach sich erhob und ihren Töchtern bedeutete, es ihr gleichzutun. Zum Glück waren auf der Treppe Schritte zu hören. Es war nicht der schnelle Schritt von Martha King, sondern ein viel vorsichtigerer, bedächtigerer – der Schritt eines Menschen wesentlich fortgeschritteneren Alters, der sich der Gefahr zu stürzen wohl bewußt war. Die Frau, die einen Augenblick später den Raum betrat, war so klein und so schmächtig, ihr Kleid war so kunstvoll bestickt und mit Perlen besetzt, ihr Haar so kompliziert durch Nadeln und mit Bergkristallen verzierte Kämme zusammengesteckt, daß sie, obwohl lebendig, kaum aus Fleisch und Blut zu sein schien, sondern eher wie eine bejahrte Fee wirkte.

»Oh, wie nett!« rief sie.

»Ich bin Mrs. Beach«, sagte die alte Dame. »Das ist meine Tochter Lucy –«

»Erfreut, Ihre Bekanntschaft zu machen.«

»– und meine Tochter Alice.«

»Ich bin Mrs. Potter. Ich bitte Sie, setzen Sie sich doch wieder. Das erinnert mich an zu Hause.« Mrs. Potter sah, daß der Ohrensessel frei war, und ließ sich darin nieder. »In Mississippi kommt nie jemand rechtzeitig, aber ich dachte, die Nordstaatler wären pünktlicher. Austin und Martha werden sofort hiersein. Wollen Sie sich nicht lieber in diesen Sessel setzen, Mrs. Beach? Ich bin sicher, Sie werden feststellen, daß er viel – und Sie, Miss Lucy?«

Obwohl die alte Dame und ihre Töchter steif auf der Kante ihrer Stühle saßen, als wollten sie jeden Moment aufstehen, versicherten sie Mrs. Potter, daß sie es bequem hätten.

»Ich nehme an, Sie finden es hier heiß«, sagte sie, während sie sich mit einem bemalten Sandelholzfächer Kühlung zufächelte, »aber ich versichere Ihnen, es ist nichts verglichen mit dem Wetter, das wir die letzte Zeit unten bei uns daheim hatten. Es heißt immer, daß die Südstaatler faul seien, und das sind sie auch, aber es hat seinen Grund. Ich weiß nicht, ob Sie schon einmal unter einem Hitzschlag gelitten haben, aber – Wohnen Sie in der Nähe?«

»Gleich nebenan«, sagte Alice Beach.

»Dann muß das Ihr Haus gewesen sein, aus dem ich eine so bezaubernde Musik gehört habe, während ich mich angekleidet habe. Einfach bezaubernd. Spielen und singen Sie, Mrs. Beach?«

»Nein«, sagte die alte Dame feierlich, »aber meine Töchter sind beide vorzügliche Musikerinnen. Meine Tochter Lucy nahm eine Zeitlang Unterricht bei Geraldine Farrars Gesangslehrerin. Alice kam nicht in den Genuß dieses Privilegs, aber es wurde uns gesagt, daß ihre Stimmen aufgrund der Blutsverwandtschaft auf ganz ungewöhnliche Weise harmonieren.«

»Mein Mann hat Musik sehr gern«, sagte Mrs. Potter. »Sein älterer Bruder war Trommler im Bürgerkrieg, und wir haben immer gehofft, daß unsere Kinder musikalisch begabt sein würden, aber keines von ihnen kann auch nur einen Ton singen. Ich hoffe, Sie beehren uns mit einem Konzert, während wir hier sind.« Sie wandte sich von Mrs. Beach zu ihren Töchtern. »Sie beide.«

»Wir sind etwas aus der Übung«, sagte Alice Beach.

»Es wird ihnen ein Vergnügen sein, für Sie zu singen«, sagte Mrs. Beach. »Sie haben beide sehr schöne Stimmen. Meiner Tochter Lucy hätte eine Karriere als Sängerin in Europa offengestanden, aber ich habe es ihr nicht erlaubt. Ich wollte sie nicht unerfreulichen Erfahrungen aussetzen.«

»Ich habe meine beiden Kinder noch nie von etwas abhalten können, was sie sich in den Kopf gesetzt hatten«, sagte Mrs. Potter liebenswürdig. »Ich wünschte, Sie würden mir sagen, wie Sie das schaffen.«

Mrs. Beach hatte nicht das Gefühl, daß diese Bemerkung eine Antwort verlangte. Ihre Töchter saßen da, die Hände nervös auf dem Schoß verschränkt, und die Uhr drohte, ein weiteres Mal von dem Raum Besitz zu ergreifen. Ehe Mrs. Potter ein neues Gesprächsthema einführen konnte, war auf der Treppe Getrappel zu hören, und sie rief: »Kommt rein und begrüßt diese reizenden Herrschaften.« Und dann: »Das ist mein Mann, Mrs. Beach ... und mein Sohn Randolph ... meine Tochter Nora ... War das die Türglocke? ... Randolph, schau mal nach, wer an der Tür ist.«

Endlich sicher, daß dies doch noch eine Party werden würde, daß sie am richtigen Tag und zur richtigen Zeit gekommen waren, auch wenn niemand dagewesen war, um sie zu empfangen, lehnten sich Mrs. Beach und ihre Töchter auf ihren Stühlen zurück.

Ab schlüpfte unbemerkt aus dem Zimmer und schlich in die Küche, wo es wunderbar duftete und eine Geschäftigkeit herrschte, die ihr vertraut war und die sie verstand. Obwohl Rachel bei ihrem Anblick rief: »Wirst du wohl verschwinden! Wir haben keine Zeit für kleine Kinder«, war Ab nicht im geringsten eingeschüchtert. Sie steuerte direkt den Küchenhocker an, stellte ihn vor den Küchenschrank, kletterte hinauf und stibitzte sich, vorsichtig balancierend, einen Keks.

5

Die Angst, die Martha King vor jeder Gesellschaft befiel – daß die Leute dasitzen und verzweifelt nach einem Gesprächsthema suchen würden –, erwies sich ein weiteres Mal als unbegründet. Als sie herunterkam, fand sie das Wohnzimmer voller Gäste, die sich alle angeregt miteinander unterhielten. Sie setzte sich auf den freien Platz auf dem Sofa, und Mrs. Potter wandte sich zu ihr und lächelte ihr zu. Ihr Lächeln besagte: *Hier hast du deine Gesellschaft, meine Liebe. Ich habe sie für dich in Gang gebracht. Jetzt werde ich mich zurücklehnen und ebenfalls Gast sein.* Anschließend konnte Martha sich in aller Ruhe umsehen und schauen, wer da war. Austin beobachtete sie, bereit, ihr zu Hilfe zu eilen, aber sie brauchte keine Hilfe. Sie schob das Kissen auf die Seite, und dann, nachdem sie zu dem Schluß gekommen war, daß Nora Potter in ein unvorteilhaftes Altrosa gekleidet war, lehnte sich Martha King zurück, so passiv wie der Raum.

»Das ist ein Gefühl wie ... ich weiß nicht, ich kann es nicht in Worte fassen«, sagte Nora Potter zu Lucy Beach. »Das ist etwas, was man im Gesicht eines Menschen sehen oder in seiner Stimme hören muß.« Ihr Haar hatte eine merkwürdige Zimtfarbe, war in der Mitte gescheitelt, und über ihre endlos hohe Stirn fiel ein Pony. Ihre Augen waren blauviolett und wirkten noch größer und lebhafter, als sie tatsächlich waren, weil ihr Gesicht ansonsten keinerlei Farbe aufwies. Ihr breites Lächeln entblößte zwei obere Vorderzähne, die durch eine kleine Lücke getrennt waren. Sie verlieh ihr ein kindliches Aussehen, als wäre sie sieben oder acht Jahre alt und würde gerade in die schlaksige Altersphase eintreten. Obwohl keineswegs schön, hatte das Gesicht des Mädchens aus Mississippi etwas Bezauberndes und Rührendes an sich, das die anderen im Raum anwesenden Frauen nicht bemerkten (oder nicht beachteten, falls sie es bemerkten); den Männern fiel es ausnahmslos sofort auf. Die blauvioletten Augen suchten mit tiefem Ernst nach etwas, das weder in diesem Wohnzimmer noch in dieser Stadt und vielleicht nirgendwo zu finden war, das aber möglicherweise trotzdem irgendwo existierte, falls man den Mut, die Geduld und die Zeit aufbrachte, weiterhin danach zu suchen. Bei einer Frau mittleren Alters oder auch nur bei einer verheirateten Frau hätten sie diese Aufrichtigkeit, diese unmöglich hehren Prinzipien, diese Kompromißlosigkeit nicht als anziehend empfunden. Diese Eigenschaften mußten mit süßer Unerfahrenheit einhergehen. Die Männer blickten zu Nora und fühlten sich an bestimmte idealistische Vorsätze erinnert, die sie selbst einmal gehabt hatten, Vorsätze, die sie aus praktischen Erwägungen hatten aufgeben müssen. *Du mußt aufpassen*, hätten sie ihr am liebsten gesagt. *Du bist jung und unerfahren. Du meinst vielleicht, du könntest selber auf dich aufpassen, aber das Leben ist hart und voller Fallen. Solange ich jedoch bei dir bin, brauchst du keine Angst zu haben. Mir kannst du vertrauen ...*

Das kleine farbige Mädchen unterbrach die Unterhaltung im Wohnzimmer, indem es die Flügeltüren aufmachte und »Es ist angerichtet« sagte. Alle Gesichter waren jetzt ihr zugewandt. Die Vorstellung, mit der sich alle während der letzten halben Stunde immer wieder beschäftigt hatten – Essen –, war nun zu einer unumstößlichen Tatsache geworden. Martha King erhob sich und führte die Gesellschaft ins Eßzimmer. Die anderen Frauen folgten gemäß ihrem Alter: Mrs. Beach, Mrs. Danforth, Mrs. Potter, Lucy und Alice Beach, die junge Mrs. Ellis, die erst kürzlich als frisch verheiratete Frau in die Stadt gekommen war, Nora Potter und Mary Caroline Link. Mary Caroline war eingeladen worden, damit der junge Randolph Potter sich mit jemandem gleichen Alters unterhalten konnte.

In der Mitte des Eßtisches standen zwei große, brennende weiße Kerzen. Den Vorsitz führte am Kopfende Rachels Schinken auf einer großen blauen Platte. Am anderen Ende des Tisches befand sich eine Platte mit gebratenen Hühnchen. Zwischen diesen hauptsächlichen Objekten des Interesses gab es jede Menge kleinere – überbackene Makkaroni, gefüllte Kartoffeln, Tomaten in Aspik, gefüllte Eier nach Teufelsart, Brunnenkressesalat, mit einer Serviette bedeckte warme Brötchen, Sülzen und Eingemachtes, Tellerstapel, Reihen glänzenden Silberbestecks, zum großen Tischtuch aus Damast passende Servietten. Wie eine tropische Blume hatte die Dinnerparty ihre Blütenblätter entfaltet und den Zweck und die Fülle der Natur enthüllt.

»Wirklich, Martha«, sagte Mrs. Beach, ohne sich zu bemühen, ihr Erstaunen zu verbergen, »ich muß sagen, das sieht sehr schön aus. Von dem Schinken werde ich nichts nehmen. Ich weiß, er ist köstlich. Das sehe ich daran, wie er sich schneiden läßt, aber von Schinken bekomme ich immer Sodbrennen.« Sie warf einen Blick auf den Teller, den Martha King für sie zusammenstellte, und war beruhigt; das Hühnchen war ja weißes Fleisch. »Und eine gefüllte Kartoffel und ein Brötchen, vielen Dank ... nein, das reicht. Ich bin eine alte Frau und brauche nicht soviel wie ihr jungen Leute. Bah! Jetzt haben Sie mir zuviel von allem gegeben, meine Liebe ... Alice ... Lucy ... kommt, greift zu. Das ist ein Buffet, da drückt man sich nicht in der Tür herum.«

»Tante Ione, ich gebe dir ein besseres Stück vom Hühnchen«, sagte Martha zu Mrs. Potter. »Du hast das Stück erwischt, das immer als letztes über den Zaun fliegt.«

»Das ist genau, was ich mag«, protestierte Mrs. Potter. »Zu Hause bekomme ich es nie, weil es Mr. Potters Lieblingsstück ist. Ich würde nicht wagen, es mir zu nehmen, wenn wir hier nicht zu Besuch wären.«

»Na gut, dann nimm noch ein Stückchen Brust dazu.«

»Wenn das so weitergeht, komme ich ja vollgestopft wie eine Kröte nach Hause«, sagte Mrs. Potter und lud sich Sellerie, eine große Olive und etwas Holzapfelgelee auf. »Du mußt mir unbedingt dein Rezept für die Brötchen geben. Meine werden nie so gut.«

»Es ist offenbar unmöglich, die Männer dazu zu bringen, ihre Unterhaltung im Eßzimmer hier fortzusetzen«, sagte Martha. »Alice, Sie haben ja noch gar nichts auf dem Teller. Kommen Sie, ich gebe Ihnen etwas ... Und vergessen Sie nicht das Brötchen ... Im Salat sind keine Zwiebeln, Mrs. Danforth. Ich weiß, daß Sie ihn nur ohne essen ... Mrs. Ellis, was darf ich Ihnen anbieten? Ein Stückchen Brust? Einen Flügel?«

»In meiner Jugend«, sagte Mrs. Beach, »lernten junge Frauen aus gutem Hause grundsätzlich kochen, auch wenn sie nach der Heirat oft gar nicht mehr kochen mußten. Nur wer selber weiß, wie die Speisen zubereitet werden, kann jemand anderem sagen, wie es geht.« (Und selbst wenn man seinen Töchtern beibringt, wie man sich auf einer Gesellschaft zu benehmen hat, kann man nichts gegen diesen traurigen Blick tun, der nach jedem Aufmunterungsversuch wiederkehrt.) »Als wir noch in St. Paul wohnten, habe ich sehr oft Gäste empfangen. Mr. Beach war dort im Lebensmittelgroßhandel tätig, und es machte ihm großen Spaß, Leute zu uns nach Hause einzuladen. Ich habe oft tagelang mit den Vorbereitungen zugebracht. Heutzutage stellen die jungen Frauen schnell irgend etwas zusammen und nennen es dann eine Dinnerparty.«

»Cousine Martha«, sagte Mrs. Potter verschmitzt, »wenn du das hier einfach so zusammengestellt hast, dann –«

»Martha ist eine Ausnahme«, sagte Mrs. Beach und schritt den Tisch entlang.

Die Männer schienen es nicht eilig zu haben, sich ins Eßzimmer zu begeben. Während sie in einer kleinen Gruppe zusammenstanden und über Schweinepreise debattierten, ging Austin King zur Kammer in der Diele und holte für Thelma die Klapptische heraus. Als sie aufgebaut waren, einer im Arbeitszimmer und drei im Wohnzimmer, stellte er sich mit dem Rücken zum Kamin und gönnte sich einen Moment lang das Gefühl berechtigten Stolzes auf sein Haus und seine Frau. Er hatte beobachtet, wie sie die Treppe heruntergekommen war, in einem weißen Kleid mit einer großen Seidenrose an der Taille (es war sein Lieblingskleid, und sie hatte es ihm zuliebe angezogen), schöner als jede andere Frau. Ein paar Sekunden lang hatten alle im Raum aufgehört zu reden und dann, weil sie vergessen hatten, was sie gerade hatten sagen wollen, über etwas anderes weitergeredet.

Im Eßzimmer sagte Nora Potter: »Ich weiß wirklich

nicht, wie es mir ergehen wird, wenn ich einmal heiraten sollte. Ich kann nicht kochen, und Nähen ist mir zuwider. Mein Bruder sagt, wenn ich nicht lerne, einen Haushalt zu führen, wird es immer jemand anders für mich tun müssen. Aber trotzdem, ich beneide und bewundere dich, Cousine Martha.«

»Du hast ja noch keinen Salat«, sagte Martha King. »Komm ... ich tu dir welchen auf den Teller.«

Unmittelbar danach stürzte sich Nora wieder in ihr Gespräch mit Lucy Beach, ein Gespräch, das mit Haushalt nichts zu tun hatte. »Glauben Sie, die Menschen sind dann am glücklichsten«, hörte Martha sie sagen, als sie das Eßzimmer verließen, »wenn sie gar nicht wissen, daß sie glücklich sind?«

In diesem Moment nahmen die Männer, die nur den rechten Augenblick abgewartet hatten, den Tisch in Beschlag, und ohne sich wählerisch oder zurückhaltend zu geben, langten sie kräftig zu.

Als der alte Mr. Ellis mit seinem Teller in der Hand ins Wohnzimmer zurückging, sorgte er bei allen Anwesenden für einen Augenblick höchster Spannung. Er war gebrechlich und unsicher in seinen Bewegungen, aber niemand wagte es, ihm den Teller abzunehmen; die Katastrophe, die alle erwarteten, trat jedoch nicht ein. Er mied den Tisch, an dem sich Mrs. Beach niedergelassen hatte, und setzte sich zwischen Nora Potter und Alice Beach.

»Ich wollte dir schon lange einen Besuch abstatten«, sagte der alte Mann, während er sich einen Serviettenzipfel in den Hemdkragen steckte. »Und das werde ich auch in der nächsten Zeit.« Er wandte sich zu Nora. »Sie werden es nicht für möglich halten, aber diese junge Dame habe ich früher auf den Knien geschaukelt.«

»Sie haben mir immer Pfefferminzbonbons geschenkt«, sagte Alice zu ihm.

»Ich hatte immer schon eine Schwäche für dich«, sagte der alte Mann.

»Wie gefällt es Ihnen hier im Norden?« fragte Alice. Diese Frage war Nora schon viermal gestellt worden, aber sie beantwortete sie voller Begeisterung.

»Sie hätten sich eine bessere Jahreszeit aussuchen sollen«, sagte Mr. Ellis. »Im Juli und August ist es zu heiß. Frühling und Herbst sind am besten.«

»Ich würde gern im Winter kommen«, sagte Nora. »Ich habe erst einmal in meinem Leben Schnee gesehen.«

»Davon gibt's hier genug«, meinte der alte Mr. Ellis, »aber längst nicht soviel wie früher in meiner Jugend. Ich weiß nicht, was passiert ist, aber das Wetter ist nicht mehr, was es einmal war.«

»Mr. Ellis weiß wunderbare Geschichten über die alten Zeiten«, sagte Alice zu Nora. Dann wandte sie sich wieder an Mr. Ellis. »Erzählen Sie doch Miss Potter die Geschichte von dem plötzlichen Kälteeinbruch.«

»Ach, du willst doch nicht, daß ich diese Geschichte schon wieder erzähle«, sagte der alte Mann und lächelte sie an. »Die hast du doch schon hundertmal gehört.«

»Miss Potter kennt sie noch nicht. Und außerdem höre ich Ihre Geschichten immer wieder gern.«

»Die meisten habe ich vergessen«, sagte Mr. Ellis. Vor zehn Jahren war er ein imposanter Vertreter jener Welt gewesen, vor der sich empfindliche kleine Jungen fürchten – der Welt der lauten, stattlichen, kahlköpfigen, Zigarre rauchenden, nach Zigarre riechenden Männer. Und plötzlich, bevor irgend jemand merkte, was vor sich ging, waren Mr. Ellis' Haare weiß geworden, ebenso seine buschigen Augenbrauen und die langen schwarzen Haare, die ihm aus Nase und Ohren wuchsen. Jetzt war er ein kleiner alter Mann mit einem müde gewordenen Geist und den heftigen Gefühlsregungen der zweiten Kindheit. Er entdeckte den Teller vor sich und unternahm einen vergeblichen Versuch, sein gebratenes Hühnchen zu schneiden.

»Kann ich das nicht für Sie tun?« fragte Alice.

»Ich komme schon zurecht«, sagte der alte Mann. »Noch

bin ich in der Lage, für mich selbst zu sorgen.« Dann legte er Messer und Gabel beiseite und begann: »Der plötzliche Kälteeinbruch ereignete sich am Nachmittag des 20. Dezember 1836. Er war eins der erstaunlichsten Phänomene, die je beobachtet wurden. An jenem Tag lagen einige Zentimeter Schnee, und es hatte lange genug geregnet, damit der Schnee sich in Matsch verwandelte. Mitten am Nachmittag hörte es plötzlich auf zu regnen, und im Nordwesten erschien eine dunkle Wolke, die sehr schnell näher kam und von einem Grollen begleitet wurde, das –«

Mit dem Teller in der Hand stand Martha King da und ließ ihren Blick durchs Wohnzimmer schweifen. Der einzige noch freie Platz befand sich neben Nora Potter, die aufblickte, als sich Martha näherte, und sagte: »Mr. Ellis erzählt uns gerade eine ganz wunderbare Geschichte. Es ist eine Ehre, ihm zuhören zu dürfen.«

»Sie sind wirklich reizend, meine Liebe«, sagte der alte Mann und tätschelte ihre Hand – ein Privileg seines hohen Alters.

»Bitte erzählen Sie weiter«, sagte Martha. »Ich bin extra an diesen Tisch gekommen, um Ihnen zuzuhören.«

»In Douglas County fielen zwei Brüder dieser Kältewelle, von der ich eben sprach, zum Opfer«, fuhr Mr. Ellis fort. »Sie waren gerade dabei, einen Baum zu fällen, in dem Bienen nisteten, und sie erfroren, bevor sie ihre Hütte erreichen konnten. Ungefähr zehn Tage später fand man ihre Leichen. Aber die erstaunlichste Leidensgeschichte widerfuhr einem Mann namens Hildreth. Mein Vater kannte ihn gut und hörte die Geschichte aus seinem eigenen Munde. Er war unterwegs mit einem jungen Mann namens Frame, sie wollten zu Pferd nach Chicago. Sie ritten über eine große Prärie, fern jeder menschlichen Behausung, als die Kälte mit ihrer ganzen Heftigkeit über sie hereinbrach. Fünfzehn Minuten später waren ihre Mäntel steif wie Blech. Wasser und Matsch gefroren zu Eis. Ihre Pferde wurden vom Wind hin und her getrieben, bis es dunkel wurde.

Schließlich stiegen sie ab, und Hildreth tötete Frames Pferd, und dann nahmen sie die Eingeweide heraus und krochen in die Bauchhöhle und blieben dort, soweit Mr. Hildreth das beurteilen konnte, etwa bis Mitternacht liegen. Dann war keine Wärme mehr in dem Kadaver, und sie krochen wieder heraus, und irgendwie ließ derjenige, der das Messer hatte, es fallen ...«

Ein paar Minuten zuvor, als Martha King ihre Gäste bedient hatte, hatte sie Heißhunger verspürt. Jetzt, da sie essen konnte und ein mit Speisen beladener Teller vor ihr stand, stellte sie fest, daß sie keinen Appetit hatte. Sie ließ ihre Gabel auf halbem Weg zum Mund wieder sinken.

»Ich wünschte, Papa würde zuhören«, sagte Nora und drehte sich auf ihrem Stuhl um. »Das würde ihn sehr interessieren.«

Doch Mr. Potter hatte herausgefunden, daß die Frau neben ihm sich für Gesang interessierte. Er erzählte ihr gerade von all den großen Sängerinnen und Sängern – Nordica und Melba und Alma Gluck und John McCormack –, die an der Französischen Oper in New Orleans gesungen hatten, und davon, wie einmal, als er zufällig auf dem Bahnsteig des Bahnhofs von Birmingham stand, Paderewskis Salonwagen vorbeifuhr. Mr. Potter hatte keinen dieser Künstler je gehört, und sein eigener Musikgeschmack ging nicht über Sousas Märsche hinaus, trotzdem gelang es ihm, mit Anekdoten und Geschichten vom Hörensagen Lucy Beachs Gesicht plötzlich zum Erblühen zu bringen und sie zurück in die Gesellschaft zu versetzen, aus der Geraldine Farrars Gesangslehrerin sie nach einigen Unterrichtsstunden verstoßen hatte.

»... Hildreth kehrte zum Flußufer zurück«, sagte Mr. Ellis. »Und als er feststellte, daß das Eis dick genug war, um sein Gewicht zu tragen, kroch er hinüber. Der Mann kam heraus und sah zu, wie er versuchte, über den Zaun zu klettern, rührte aber keinen Finger, um ihm zu helfen. Schließlich rutschte Hildreth über den Zaun, kroch ins Haus und legte sich vor das Feuer. Er bettelte um Hilfe, und als der Mann nachgab und ihm helfen wollte, hinderte seine Frau ihn daran.« Mr. Ellis suchte nach seiner Serviette, die auf den Boden gefallen war. Alice hob sie für ihn auf. Er steckte sie sich wieder in den Kragen und sagte dann mit großem Nachdruck: »Der Mann hieß Benjamin Russ. Der Name seiner Frau ist nicht bekannt, und niemand macht sich die Mühe, sich daran zu erinnern. Beide mußten später das Land verlassen, so groß war die Entrüstung unter den Nachbarn. Mr. Hildreth war immer der Meinung, daß sie wohl glaubten, er habe eine große Summe Geld bei sich, deren sie sich im Falle seines Todes bemächtigen könnten. Eine derartige Herzlosigkeit war sehr selten unter den frühen Siedlern, die wie ihr Südstaatler« – der alte Mann machte eine kleine Verbeugung in Richtung von Nora – »für ihre Gastfreundschaft bekannt waren.«

»Großpapa, diese Geschichte erzählst du seit zwanzig Jahren auf jeder Gesellschaft, zu der man dich eingeladen hat«, sagte Bud Ellis laut von dem Tisch in der Nische aus. »Warum bist du nicht mal eine Weile still und läßt andere reden?«

»Schon gut, schon gut«, sagte der alte Mann. »Ich weiß, ich bin ein lästiger alter Dummkopf, aber denk bitte dran, daß keiner was dafür kann, wenn er zu lange lebt. Vielleicht wirst auch du zu lange leben.«

Die Verlegenheit, die auf diese Bemerkung folgte, war allgemein. Die Besucher aus Mississippi begannen eine hastige Unterhaltung. Die Gäste aus Illinois schwiegen und blickten auf ihre Teller. Mr. Ellis ließ sich durch nichts dazu überreden, seine Geschichte zu beenden. Er saß beleidigt und in Selbstmitleid versunken da, bis Thelma kam, um die Teller abzuräumen und das Eis zu servieren.

6

Nachdem die Klapptische abgeräumt und wieder in der Kammer unter der Treppe verstaut waren, setzte sich Randolph Potter neben Mary Caroline Link und begann, ihr von seinem Lieblingspferd zu erzählen, einem Springpferd namens Daisy, das seit kurzem lahmte. Der junge Mann aus Mississippi sah so auffallend gut aus, daß er die Aufmerksamkeit aller anderen im Raum auf das Paar auf dem Sofa lenkte. Mary Carolines rosa Leinenkleid war reizend, aber sie selbst war unscheinbar, mit fliehendem Kinn und dicken schwarzen Augenbrauen. Es war nicht so leicht, ihr Komplimente zu machen wie den Mädchen, an die Randolph gewöhnt war, und ihre Schüchternheit zwang ihn, sich ständig neue Gesprächsthemen auszudenken.

Auf der anderen Seite des Zimmers saß Nora Potter und betrachtete ihren Bruder.

»Woran denken Sie gerade?« fragte Bud Ellis.

»Ich habe gerade an die Worte ›unansehnlich‹ und ›schön‹ gedacht«, sagte Nora, »an die ungeheure Bedeutung, die die Menschen der Tatsache beimessen, ob jemand eine zu lange Nase hat oder zu eng zusammenstehende Augen. Wie das die Engel verwirren muß!«

»Das ist mir alles viel zu hoch«, sagte Bud Ellis, stand auf und gesellte sich zu seinem Großvater und Mr. Potter am anderen Ende des Wohnzimmers.

Die Sonne war mittlerweile untergegangen, doch die Hitze hielt auch während der langen Julidämmerung an. Die Vorhänge hingen schlaff und reglos. Im Eßzimmer machte sich Thelma zu schaffen, räumte Besteck und Geschirr weg. Das Wort »Nigger«, das die Gäste aus dem Süden so oft im Munde führten, schien sie nicht zu hören, und die Potters waren sich keinerlei Taktlosigkeit ihrerseits bewußt, auch nicht als Austin King unauffällig aufstand und die Tür zum Eßzimmer schloß.

Martha King hatte sich für den Abend neben Dr. Danforth niedergelassen, der alt genug war, um ihr Vater zu sein, und eine unkritische und langjährige Zuneigung für sie hegte. Obwohl es wegen seiner Behinderung – er war schwerhörig – manchmal schwierig war, sich mit ihm zu unterhalten, fühlte sie sich in seiner Gegenwart vollkommen entspannt, wußte sie doch, würde sie sich vorbeugen und zu ihm sagen: *Ich glaube, ich habe jemanden umgebracht*, daß er dann vielleicht nicht mehr vergnügt, sondern besorgt dreinblicken würde, doch die Besorgnis würde ihr gelten, und er würde wahrscheinlich entgegnen: *Tatsächlich? Nun, meine Liebe, ich bin sicher, Sie hatten sehr gute Gründe dafür. Kommen Sie alleine zurecht, oder brauchen Sie meine Hilfe?*

Nach einer Weile rief ihr Mrs. Potter quer durchs Zimmer zu: »Martha, laß uns die Plätze tauschen. Du hast diesen bezaubernden Mann lange genug für dich allein gehabt!«

Nachdem der Tausch vollzogen war, saß Mrs. Potter einige Augenblicke da, fächelte sich Kühlung zu und lächelte in die Runde. Dann wandte sie sich an Mr. Danforth: »Warm, nicht wahr?«

»Was haben Sie gesagt?« fragte Dr. Danforth und hielt sich die Hand hinters Ohr.

»Es ist sehr *warm*, sagte ich!«

»Heute nachmittag um zwei waren es auf der Ostseite des Gerichtsgebäudes fünfunddreißig Grad im Schatten«, sagte Dr. Danforth.

»Wenn ich gewußt hätte, daß es hier oben im Norden so heiß sein würde«, sagte Mrs. Potter, während sie sowohl ihm als auch sich selbst Kühlung zufächelte, »hätte ich niemals den Mut gehabt, zu packen und hierherzukommen. Und in dem Fall wäre es mir nicht vergönnt gewesen, Sie kennenzulernen, Mr. Danverse.«

»Danforth ... Dr. Danforth. Ich bin Tierarzt.«

»Sie müssen mich entschuldigen. Ich habe heute abend

so viele reizende Menschen kennengelernt, und mit zunehmendem Alter fällt es mir immer schwerer, mir Namen zu merken. Meine Jugendfreundin Clara Huber aus Greenville, Mississippi, hat eine Tochter, die einen Mann namens Danforth geheiratet hat. Sind Sie vielleicht miteinander verwandt?«

»Meine Familie kommt aus Vermont«, sagte Dr. Danforth.

»Ach, das ist aber ungewöhnlich«, sagte Mrs. Potter. »Man trifft selten jemanden, der aus Vermont stammt. Jedenfalls bei uns zu Hause. Aber was ich sagen wollte, wenn Sie ein Pferdedoktor sind, dann müssen Sie doch Pferde mögen und könnten uns doch mal besuchen. Wir haben einen ganzen Stall voll Pferde, die Sie reiten können. Mr. Potter, der mag Pferde lieber als seine Frau. Das war nur ein Spaß ... *ein Spaß*, habe ich gesagt ... Ja. Aber im Ernst, Mr. Danforth, Sie sollten einmal zu uns nach Mississippi kommen. Sie haben sicherlich noch nie Baumwolle wachsen sehen, nicht wahr? Also, das werden Sie interessant finden. Ein Baumwollfeld ist ein wunderschöner Anblick, wenn man es sich nur ansehen kann und sich keine Sorgen um die praktische Seite machen muß. Die Männer werden Ihnen die Plantage zeigen. Die alten Sklavenquartiere und die Immergrünen Eichen, an denen das Moos herunterhängt. So etwas haben Sie hier im Norden nicht, oder? Und den Familienfriedhof. Schicken Sie uns einfach eine Postkarte und geben uns Bescheid, wann Sie kommen. Wir sind einfache Leute vom Lande. Wir machen nicht auf fein. Aber Mr. Potter liebt Besuch, und ich auch, und Sie werden eine schöne Zeit bei uns haben, Sie und Ihre reizende Frau.«

Mrs. Potter hatte bereits mehrere andere Personen zu einem Besuch auf die Plantage eingeladen, und bei jeder von ihnen hatte die Einladung heimliches, aufgeregtes Pläneschmieden ausgelöst, das sich erst nach Monaten erschöpfen sollte. Sie hielt mit dem Fächeln inne und rief ihrem Sohn quer durchs Zimmer zu: »Randolph, wie heißt der Mann, der Clara Hubers älteste Tochter geheiratet hat? Danforth? Danverse?«

»Tweed«, sagte Randolph, ohne sich richtig umzuwenden. »Charlie Tweed.« Mary Caroline erzählte ihm gerade von dem Debattierwettbewerb, der in ihrer High-School veranstaltet worden war. Das Thema lautete: *Napoleon wurde weder von den Russen noch von den Engländern, noch von den Österreichern besiegt, sondern vom Schicksal.* Ihre Seite mußte die Behauptung vertreten.

»Charlie Tweed«, sagte Mrs. Potter zu Dr. Danforth. »Dann ist er wahrscheinlich kein Verwandter von Ihnen. Er ist Baumwollmakler und lebt in der Nähe von Columbus, Georgia.«

Die Unterhaltung der Gäste aus dem Süden war mit Ortsnamen gesprenkelt, die in einem Wohnzimmer im Illinois des Jahres 1912 noch einen romantischen Klang hatten – Memphis, Nashville, Natchez, Gulfport, New Orleans – und bei denen die Bürger von Draperville Bilder von einer fremdartigen Vegetation und einem leichteren, malerischeren Leben vor sich sahen, als sie es kannten. Mr. und Mrs. Potter bestritten das Gespräch zumeist nur mit einem halben Dutzend Themen: das Flußdelta, die Plantage, Baumwolle, Verwandtschaft, ihre eigenen ausgeprägten Vorlieben und Abneigungen und die Marotten diverser Exzentriker in ihrem Bekanntenkreis. Diese Themen bildeten ein kompliziertes Netz von Gleisen und Weichen, wie auf einem Rangierbahnhof. Bisweilen landeten sie, unabhängig voneinander, beim selben Thema, so daß Mr. und Mrs. Potter an verschiedenen Stellen des Raumes gleichzeitig dieselbe Geschichte erzählten. Aber schon im nächsten Moment dampften sie in entgegengesetzte Richtungen ab, wobei sie sich von Sohn oder Tochter Einzelheiten bestätigen oder Namen und Daten nennen ließen, die ihnen gerade entfallen waren. Sie dachten laut, gänzlich unbekümmert, und vernahmen ihre eigenen Bemerkungen manchmal voller Überraschung und Verwunderung. Sie befanden sich im Norden und unter Fremden, eine für sie unnatürliche Situation, die nur dadurch zu korrigieren war, daß sie jeden, mit dem sie sprachen, zu einem Freund fürs Leben machten. Es kam ihnen nicht in den Sinn, daß sie jemanden langweilen könnten, und niemand fühlte sich von ihnen gelangweilt, niemand konnte sich dem Charme ihres weichen Mississippi-Akzents entziehen.

Mr. und Mrs. Potter redeten über sich und die Menschen, die sie kannten, weil es vorläufig noch nichts anderes gab, worüber sie reden konnten, doch als ihnen die Fremden vertrauter wurden, veränderte sich manchmal die Richtung ihrer Aufmerksamkeit, manchmal kehrte sie sich um, und dann wandte sich die ganze Herzlichkeit ihres Charmes und ihres Interesses auf schmeichelhafte Weise dem Zuhörer zu, und sie entlockten ihm seine Vorlieben und Abneigungen, seine Hoffnungen, Pläne und seine Lebensgeschichte. Wer auf diese Weise gepackt wurde, hatte das Gefühl, nie wieder losgelassen zu werden, für alle Zeiten Gegenstand der Aufmerksamkeit und des Mitgefühls dieser Südstaatler zu sein. Daß sie schon im nächsten Moment wieder losließen, und zwar vollkommen, war nicht wichtig. Der – wenn auch nur kurze – Kontakt hatte sie zufriedengestellt.

Randolph Potter verließ Mary Caroline und ging hinaus in die Küche, ohne ihr zu erklären, zu welchem Zweck. Mrs. Danforth kam zu ihr und setzte sich neben sie. Mary konnte sich gerade noch beherrschen, nicht die Hand auszustrecken, um zu verhindern, daß sie Randolphs Platz einnahm. Mrs. Danforth war eine ziemlich reizlose Frau und hatte die beunruhigende Angewohnheit, den Kopf hin und her zu drehen und ihren Gesprächspartner mit einer papageienartigen Miene anzublicken, die halb fragend und halb spöttisch wirkte. Mary Caroline beantwortete Mrs. Danforth' Fragen bezüglich ihrer Mutter, der es in letzter Zeit nicht gutgegangen war, doch ihr Blick wanderte umher. Mrs. Danforth folgte ihm und ließ ebenfalls den Blick durch den Raum schweifen. Dabei sah sie, daß ihr Mann etwas zu Mrs. Potter gesagt hatte, was diese veranlaßte, mit ihrem Fächer kokett seinen Arm anzutippen. Erfreut, daß er sich amüsierte, wandte sich Mrs. Danforth wieder zu Mary Caroline um und sagte: »Das ist aber ein hübsches Kleid, was du da anhast, meine Liebe. Hast du es selbst gemacht?«

Abbey King war wie in einem Traum von einem Schoß zum nächsten gereicht worden. Erschöpft von all der Aufregung, dem Parfüm und dem Zigarrenrauch, dem Bemühen, so vielen unterschiedlichen Gesprächen zu folgen, von denen keins die geringste Rücksicht auf ihre Unerfahrenheit nahm, befingerte sie jetzt die Seidenrose an der Taille ihrer Mutter.

»Als ich neun war«, sagte die junge Mrs. Ellis zu Martha King, »sind wir aus dem Viertel, wo wir jeden kannten, weggezogen, und ich dachte, ich würde nie wieder Freunde finden. Ich saß oft auf der Schaukel im Garten unseres neuen Hauses und beobachtete die beiden kleinen Mädchen, die nebenan wohnten. Ich beneidete sie um ihre Locken, um ihre Kleider, um alles. Und dann habe ich sie eines Tages dabei erwischt, wie sie auf meiner Schaukel schaukelten. Sie haben sich gegenseitig angestoßen und Lakritze gegessen, und sie haben mir etwas davon abgegeben ... Aber es hat lange gebraucht, Jahre, bis ich begriff, daß es, ganz gleich, wo ich hingehe, immer jemanden gibt, der –«

»Sie werden sehen, daß die Leute hier sehr freundlich sind«, sagte Martha, während sie Ab übers Haar strich.

Draußen in der Abendluft schwoll das Zirpen der Heuschrecken an und ab. Austin King verließ den Herrenzirkel und schritt durch das Zimmer. Was er zu sagen hatte, war nur für die Ohren seiner Frau bestimmt. Sie nickte zweimal, und dann setzte er sich ans Klavier und spielte eine Reihe von Akkorden, die ein kurzes respektvolles Schweigen bewirkten. »Wir spielen jetzt ein Spiel, das ›mystische

Musik‹ heißt«, sagte er. Mrs. Potter war dieses Spiel vollkommen unbekannt, und anstatt zuzuhören, als Austin die Spielregeln erklärte, begann sie, die Gesellschaftsspiele, die sie in Mississippi spielten, zu erklären. Die Männer waren nur widerwillig bereit, ihren geschlossenen Kreis zu verlassen und auf das Thema Teddy Roosevelt zu verzichten, der aus reinem Egoismus die Republikanische Partei gespalten hatte.

Obwohl sie an diesem Abend im Wohnzimmer der Kings durchaus ernst genommen wurde, war die Spaltung innerhalb der Republikanischen Partei nichts verglichen mit der Spaltung zwischen den anwesenden Männern und Frauen. Vor dem Essen und sofort danach versammelten sich die Männer in der einen Ecke des Raumes neben dem in Ebenholz gerahmten Wandspiegel zwischen zwei Fenstern und die Frauen um den leeren Kamin in der anderen.

Was die Spaltung ursprünglich verursacht hatte, ist schwer zu sagen. Vielleicht waren es die Frauen, die mit ihren langweiligen Rezepten und ihrer ständigen Sorge um kranke Kinder die Männer vertrieben. Vielleicht waren es aber auch die Männer, die sich, wohl wissend, wie nervös ihre Frauen wurden, wenn sie laut und hitzig über Politik diskutierten, von selbst zurückzogen, um sich ungehindert der Verteidigung ihrer irrigen Lieblingsansichten zu widmen. Sowohl die Männer als auch die Frauen mochten zu dem traurigen Schluß gekommen sein, daß es nach der Heirat keine gemeinsame Grundlage mehr gab, um gesellschaftlich miteinander zu verkehren. Wie dem auch sei, die Trennung hatte schon vor langer Zeit stattgefunden. In Draperville waren nur die Jungen, die auf Freiersfüßen wandelten (wie Randolph und Mary Caroline), oder die Alten, die sich bemühten, die Traditionen der Galanterie zu bewahren (wie Mrs. Potter und Dr. Danforth), bereit, miteinander zu reden. Sie begegneten sich als Botschafter, die die Verbindungen zwischen den Geschlechtern aufrechterhielten.

Austin King setzte seine Bemühungen am Klavier so lange fort, bis einer nach dem anderen auf sein Rederecht verzichtete und alle für das neue Spiel bereit waren. Die junge Mrs. Ellis wurde als erstes Opfer ausgewählt und verließ das Zimmer. Austin begann zu improvisieren. Er spielte immer wieder dieselbe geheimnisvolle kleine Melodie, deren Schluß er stets mit dem Anfang verknüpfte, bis die Gesellschaft sich geeinigt hatte, was für eine Tat Mrs. Ellis ausführen sollte. Sie wurde aus dem Arbeitszimmer hereingerufen, und die Musik wurde lauter. Sie änderte die Richtung ihrer Schritte, und die Musik wurde leiser. Mal lauter, mal leiser führte sie sie an unsichtbaren Drähten durchs Wohnzimmer, bis sie schließlich zögernd eine Vase mit einem weißen Phloxstrauß vom Tisch nahm und auf den Kaminsims stellte und die Musik ganz aufhörte.

Das nächste Opfer, Randolph Potter, mußte sich vor Mary Caroline Link stellen, sich tief verbeugen und sie zum Tanz auffordern. Im Banne der Musik nahm Alice Beach (deren Schwester Geraldine Farrars Lehrerin vorgesungen hatte, während sie selbst, als Jüngere, eine solche Gelegenheit nicht gehabt hatte) ein Exemplar von *Janice Meredith* aus dem Bücherregal im Arbeitszimmer, kehrte ins Wohnzimmer zurück, setzte sich in den Ohrensessel und begann laut vorzulesen.

Da Austin von seinem Platz aus das Arbeitszimmer nicht einsehen konnte, erforderte das einige Hilfestellung, wie auch die nächste Aktion, bei der Dr. Danforth bis ins obere Stockwerk ging. Das Klavier wurde verrückt, damit Austin in die Diele sehen konnte, und auf dem Treppenabsatz und oben an der Treppe wurden Helfer postiert. Vorher vereinbarte Handzeichen gaben dem Pianisten zu verstehen, ob Dr. Danforth die richtige oder falsche Richtung einschlug. Eine falsche Bewegung seinerseits provozierte einen abrupten Fortissimo-Akkord, dem zuweilen wegen Dr. Danforths Behinderung weitere, noch lautere Akkorde folgten. Schließlich kam er wieder die Treppe herunter, angetan mit einem weißen Mantel aus Martha Kings Garderobe und einem schwarzen Hut mit Straußenfedern. Diese Leistung wurde von der Verwandtschaft aus Mississippi als Triumph menschlicher Intelligenz gewertet.

Nach Dr. Danforth war Ab an der Reihe. Sie hatte nicht damit gerechnet. Doch kleine Mädchen können gesehen werden und im Mittelpunkt der Aufmerksamkeit stehen, auch wenn man sie nicht hört. Jetzt mußte sie, während alle Blicke auf ihr ruhten, das Zimmer verlassen. Sie saß mit untergeschlagenen Beinen im Korbsessel im Arbeitszimmer und horchte auf das leise Gemurmel nebenan. Beinahe hätte sie es verstehen können, aber nur beinahe, und schließlich wurde sie gerufen.

Als Ab ins Wohnzimmer zurückkam, sah sie ihre Mutter und steuerte auf sie zu. Die Musik ließ sie sofort wieder stehenbleiben. Sie errötete. Sie wäre gern geflüchtet, aber die Musik hielt sie fest. Sie bewegte sich zögernd in Richtung Kamin. Die Musik wurde leiser. Sie stand drei Menschen gegenüber – Mrs. Potter, Dr. Danforth und Miss Lucy Beach. Ab wußte, daß sie mit einem der drei etwas tun sollte, aber mit wem? Und was sollte sie tun? Sie ging auf Dr. Danforth zu. Als sie einmal Ohrenschmerzen gehabt hatte, hatte er ihr Rauch ins Ohr geblasen, und danach hatten die Schmerzen aufgehört. Die Musik wurde lauter, womit er gestrichen war.

Ihr Vater wollte ihr mit der Musik etwas sagen, was sie nicht verstand, was jedoch so beharrlich war, daß es ihr keine Wahl außer der richtigen ließ. Sie machte einen Schritt rückwärts und wollte in die entgegengesetzte Richtung gehen, aber das *DII dum dum dum* wurde laut und beängstigend. Lucy Beach saß da und lächelte sie an, doch irgend etwas – was die Musik sagen wollte, war dem Kind jetzt schon klarer, aber es verstand noch nicht ganz – ließ sie statt dessen auf ihre Großtante aus Mississippi zugehen. Die Musik wurde leise und sanft. Liebe war es, was das kleine Mädchen aus der Musik heraushörte. Sie sah eine

Aufforderung in den Augen ihrer Großtante, vergaß, daß sie an einem Spiel teilnahm, streckte sich zu ihr hoch und gab ihr einen Kuß auf die Wange. Zu Abs Überraschung hörte die Musik auf, und im Raum ertönte Applaus.

»Du süßes Kind!« rief Mrs. Potter und nahm Ab in die Arme. Während Ab ihren Triumph genoß, hörte sie die Stimme ihrer Mutter, die verkündete, daß es höchste Zeit für kleine Mädchen sei, ins Bett zu gehen. Im nächsten Augenblick wurde sie hinausgeführt, nachdem sie reihum gute Nacht gesagt hatte.

Das Gefühl des Triumphes begleitete sie die Treppe hinauf und hielt sogar noch an, als sie schon zugedeckt im Bett lag. Sie war zufrieden mit ihrem ersten Ausflug in die Gesellschaft, und sie erkannte schläfrig, daß die Erwachsenen fraglos mit ihr zufrieden waren. Der plötzliche Impuls, der ihrem Innern entsprungen zu sein schien, der Impuls zur Liebe, war, wie sich herausstellte, genau das Gefühl, das sich die Erwachsenen für sie ausgedacht hatten.

7

Wenn sich eine Abendgesellschaft auflöst, klingt das fast immer gleich und fast immer schön. Über eine Stunde lang hatten allein die gegen die Bogenlampen fliegenden Insekten für Aufregung in der Elm Street gesorgt. Jetzt wurden sie plötzlich von menschlichen Stimmen verdrängt, von der Stimme von Mrs. Beach, die sagte: »Spürt ihr das Lüftchen ...? Gute Nacht, Martha ... Austin, gute Nacht. Was für ein netter Abend ... Nein, Sie brauchen uns nicht zu begleiten, Mr. Potter. Wir haben ein Licht brennen lassen, und wir haben keine Angst.«

Das Licht konnte Mrs. Beach und ihre Töchter nicht vor einem gewaltsamen Tod schützen, auch nicht vor dem Alter und vor ihrer schrecklichen Abhängigkeit voneinander, doch es würde ihnen wenigstens ermöglichen, ihr Haus ohne Angst vor der Dunkelheit zu betreten, denn wovor die meisten Menschen Angst haben, das ist die Dunkelheit – nicht davor, umgebracht oder ausgeraubt zu werden.

Gute Nacht ... gute Nacht.

Mrs. Danforth hatte kein Licht brennen lassen, aber ihr Mann war ja bei ihr.

Gute Nacht, Martha ... gute Nacht, mein Junge.

Gute Nacht, Austin ... gute Nacht, Martha ... gute Nacht, Mrs. Potter ... Komm, Großpapa, nimm meinen Arm.

Ich brauche keine Hilfe. Ich kann noch sehr gut sehen ... gute Nacht, Miss Potter ... gute Nacht.

Dem alten Mr. Ellis hatte man zugehört, und in seinem Alter verlangte er nicht nach mehr. Alle Gäste aus Draperville waren so sehr mit Komplimenten und lächelnder Zuneigung verwöhnt worden, daß sie etwas wie Leichtigkeit verspürten, als wäre ihnen eine Last von den Schultern genommen worden. Das versuchten sie in ihren Abschiedsworten auszudrücken.

Gute Nacht, Mrs. King. Ich weiß wirklich nicht, wann ich jemals so einen schönen Abend erlebt habe.

Sie müssen uns unbedingt wieder besuchen, Mrs. Ellis.

Gute Nacht, Mr. King.

Obwohl Mary Caroline gleich neben den Ellis wohnte, wurde von Randolph Potter erwartet, daß er sie nach Hause brachte, und so stand er jetzt (so energisch und unerbittlich schubst die Welt junge Leute aufeinander zu) an ihrer Seite.

Sie brauchen mich wirklich nicht nach Hause zu begleiten, Randolph. Es sind doch nur ein paar Schritte ... Na gut, wenn Sie darauf bestehen.

Auch wenn es zwanzig Meilen gewesen wären, für Mary Caroline wäre die Entfernung von der Veranda der Kings bis zum Vorgartenweg der Links immer zu kurz gewesen. Die Sommernacht war kaum groß genug, um eine delirierende Phantasie aufzunehmen, ein Herz, das – irgendwo auf dem Weg nach Hause – seufzen oder brechen mußte. Noch nie hatte das Mädchen einen solchen Druck auf dem Herzen verspürt. Randolph berührte sie nicht, ergriff nicht einmal ihren Ellbogen, als sie die Straße überquerten, doch seine Stimme war Musik, und die nächtlichen Insekten waren Geigen.

Ein Meer leerer Stühle vor sich, setzten sich Austin, Martha und die Potters hin, um die Stille zu genießen, um wieder zu sich zu kommen und Eindrücke vom Abend auszutauschen.

»Eure Freunde sind einfach reizend«, sagte Mrs. Potter. »Ich kann's nicht fassen, wie nett sie zu uns waren.«

»In der Eiskrem war Salz«, sagte Martha.

»Mir hat sie wie Nektar und Ambrosia geschmeckt«, sagte Mrs. Potter. »Austin, gegen Ende des Abends mußte ich unwillkürlich an deinen Vater denken. Du siehst ihm ähnlich. Und er wäre so stolz auf dich gewesen.«

Austin Kings Miene veränderte sich zwar nicht, aber er freute sich. Mrs. Potter hatte das einzige Kompliment gefunden, das ihn rühren konnte, das anzunehmen er sich gestattete.

»Eine gemischte Gesellschaft finde ich immer gut«, sagte Mr. Potter. »Da kommen alle möglichen Leute zusammen, junge und alte, da ist gute Unterhaltung garantiert.«

Nora unterdrückte ein Gähnen. Es war ein langer Abend gewesen, jetzt wollte sie schlafen gehen und nie wieder aufwachen. Sie mußte sich beherrschen, daß ihr der Kopf nicht nach vorne sank.

»Reiche und arme«, sagte Mr. Potter.

»Niemand von denen, die heute hier waren, ist sehr reich oder sehr arm«, meinte Austin.

»Aber Leute wie die Danforth und die alte Dame mit den beiden Töchtern – Mrs. Beach. Das sind kultivierte und feine Menschen. Sie haben ganz Europa bereist, hat sie mir erzählt. Man merkt, daß sie immer gut gelebt haben.

Und der arme alte Mr. Ellis. Wir hatten eine kleine Unterhaltung nach dem Essen. Es tut mir immer leid, wenn ein Mann in dem Alter Geldsorgen hat.«

»Die Ellis haben keine Geldsorgen«, sagte Martha, während sie eine lose Haarnadel feststeckte.

»Der alte Mr. Ellis erweckt gern den Eindruck, als wäre er knapp bei Kasse«, erklärte Austin, »aber tatsächlich gehören ihm vierhundert Morgen besten Ackerlandes hier in der Gegend.«

»Was du nicht sagst!«

»Mrs. Beach, die hat's nicht leicht«, sagte Martha. »Früher waren sie wohlhabend – nicht direkt reich, aber es war immer genug Geld da –, und dann ist Mr. Beach gestorben und hat ihnen kaum genug zum Leben hinterlassen. Aber darauf würde man nie kommen, wenn man mit ihr redet. Sie ist fürchterlich stolz.«

»War sie schon immer«, pflichtete Austin mit einem Kopfnicken bei.

»Nora, geh schlafen«, sagte Mrs. Potter. »Du bist ja so müde, daß du kaum noch die Augen aufhalten kannst. Cousine Martha wird dir's gestatten.«

»Ich bleibe auf, bis Randolph wiederkommt.«

»Um wieviel Uhr frühstückt ihr denn?« fragte Mrs. Potter zu Martha gewandt.

»Macht euch keine Sorgen wegen dem Frühstück«, sagte Austin. »Wenn ihr wollt, könnt ihr ruhig bis Mittag schlafen.«

Die beiden Männer zogen sich zu einem Nachttrunk ins Arbeitszimmer zurück und überließen es den Frauen, die Teppiche zurechtzurücken, die Stühle zurückzustellen und zu entdecken, daß Mrs. Danforth ihren Palmenwedelfächer vergessen hatte und Alice Beach ein kleines spitzenbesetztes Taschentuch mit einem Fleck auf einem Zipfel. Randolphs Schritte auf der Veranda beendeten den Austausch von Vertraulichkeiten im Wohnzimmer und das nüchterne Gespräch über Landwirtschaft im Arbeitszimmer. Nach einer weiteren Runde von Gute-Nacht-Wünschen gingen die Potters nach oben.

»Geh ruhig schon rauf«, sagte Martha zu Austin. »Ich will nur noch nachsehen, ob Rachel alles aufgeräumt hat.«

»Ich warte«, erwiderte er gähnend.

Die Küche war ordentlich aufgeräumt, die Reste des Schinkens in der zugedeckten Bratpfanne auf dem Tisch in der Speisekammer, das Spülbecken weiß und glänzend, der Eisschrank vollgestopft mit Resten. Martha verließ die Küche und machte hinter sich das Licht aus. Als sie Austin weder im Arbeitszimmer noch im Wohnzimmer fand, rief sie ihn.

»Hier draußen«, antwortete er.

Er war auf der Veranda und blickte zum Himmel empor. Sie ging zu ihm und legte den Kopf an seine Schulter. Schweigend stiegen sie die Stufen hinunter in den Garten, wo das taufeuchte Gras Martha Kings bronzefarbene Abendschuhe ruinierte. Der Mond stand hoch am Himmel und war so hell, daß sie die Umrisse der Blumenbeete und, hier und da, undeutlich die Farbe einer Blüte erkennen konnten. Neben der Sonnenuhr blieben sie stehen. Austin kannte die Duftmischung aus Levkojen und blühendem Tabak, aber erst jetzt wurde ihm bewußt, wie sehr sie dem natürlichen Duft weiblichen Haars ähnelte. Keinen halben Meter von ihm entfernt stand Martha King, still wie eine Statue.

Heute abend nach der Gesellschaft sprechen wir uns aus, hatte er zu ihr gesagt, Stunden zuvor. Über alles, hatte er gesagt. Aber würde sie das jetzt erwarten, würde sie nicht so dastehen, das Gesicht zum Himmel erhoben. Sie würde ihn entweder ansehen oder wegsehen. Den kleinen Rest Groll, den er den ganzen Abend über noch empfunden hatte – sie hätte es ihm nicht so schwerzumachen brauchen, während Besuch im Haus war und Gäste erwartet wurden –, schob er beiseite.

»Du mußt todmüde sein«, sagte er.

Von der Statue im Mondlicht kam keine Antwort. Alles Rascheln, alle Bewegung in der Natur hatte sich zurückgezogen und sie beide im geheimnisvollen Zentrum der Sommernacht zurückgelassen. *Es wird noch andere Sommernächte geben*, sagte die Sonnenuhr, *Nächte, beinahe wie diese, aber diese Nacht wird nie wiederkehren. Nimm sie, solange du sie hast.*

»Wir sollten jetzt reingehen«, sagte er nach einer Weile. »Morgen müssen wir beide früh aufstehen.«

Er ergriff ihren Arm und führte sie behutsam durch den Garten zurück ins erleuchtete Haus.

ZWEITER TEIL

Ein langer heißer Tag

I

Nach drei zusammenhängenden Häuserblocks führte die Elm Street auf eine Weise bergab, die für Kinder, die neue Fahrräder ausprobieren wollten, gefährlich war, und an der Kreuzung zur Dewey Avenue hörte das Kopfsteinpflaster auf. Von da an erhob die Elm Street keinen Anspruch mehr darauf, dem würdevollen architektonischen Niveau jener Zeit gerecht zu werden. Statt dessen war sie auf beiden Seiten mit einstöckigen Häusern gesäumt, die unter dem stetigen Druck einer ersten und zweiten Hypothek nachzugeben und auseinanderzubrechen begannen.

Falls es jenseits der Kreuzung jemals stattliche Bäume gegeben hatte, waren sie im Jahr 1912 verschwunden. Die Pappeln und Eschenahornbäume hatte der Wind gesät, und später brach ihnen der Wind Äste und Kronen ab. Es gab keine Blumenbeete, keine in Körben aufgehängten Farne, keine Topfpalmen, keine Backsteineinfahrten. Das Gras führte einen vergeblichen Kampf gegen Löwenzahn, Jakobskraut und Disteln. Kaminbrände und Zwangsräumungen waren keine Seltenheit.

In diesem heruntergekommenen Viertel lebten ein paar weiße Familien und der Großteil der Schwarzen von Draperville in einer sozialen Vertrautheit miteinander, die durchaus ihre Grenzen hatte, aber kein Tabu verhinderte, daß die Frauen sich gegenseitig etwas zuriefen (*Wie geht's Ihrem Mann mit seinem Kreuz, Mrs. Woolman? Macht's ihm immer noch zu schaffen …? Ich hab Ihren Rudolf mit ein paar älteren Jungen Richtung Kiesgrube gehen sehen und hab ihm gesagt, er soll nach Hause kommen, aber ich glaube, er hat mich nicht gehört …*) oder die Kinder in Scharen miteinander spielten.

Im Winter wärmten sich die Bewohner der unteren Elm Street an Öfen oder zogen sich, wenn der Brennholzvorrat erschöpft war, in ihre Betten zurück. Ihre Fenster waren das ganze Jahr über zugenagelt, und an die abgestandene Luft, die sie einatmeten, waren sie ebenso gewöhnt, wie sie sich mit den undichten Dächern, mit den rissigen Zimmerdecken, die abbröckelten, mit den verzogenen Böden und mit dem nächtlichen Gekratze der Ratten hinter den Wänden abgefunden hatten. Nur wenige hatten in ihrem Leben etwas Besseres gekannt, obwohl es einen gab – einen Farbigen –, der die High-School beendete und nach St. Louis ging, um Medizin zu studieren, sehr zur Belustigung der weißen Familien, die seiner Mutter einmal in der Woche ihre Wäsche in großen Körben brachten.

Die beiden Hälften der Elm Street waren durch eine Art riesiger Glasscheibe voneinander getrennt, die auf der einen Seite undurchsichtig und auf der anderen durchsichtig war. Beulah Osborn, das Hausmädchen der Ellis, Snowball McHenry, der in Dr. Danforth' Mietstall arbeitete, und Reverend Portfield, der sich von Oktober bis April um Mrs. Beachs Heizung kümmerte und von April bis Oktober um ihren Blumengarten, wußten sehr gut darüber Bescheid, was in den komfortablen Häusern oben auf dem Hügel vor sich ging. Doch wenn sie oder ihre Freunde und Nachbarn unter der Bogenlampe an der Kreuzung vorbeigingen, verlor der vornehme Teil der Elm Street jegliche Verbindung zu ihnen.

In einem der schäbigen Häuser, das eigentlich ein Eisenbahndienstwagen war, mit schwarzer Dachpappe gedeckt und durch eine dünne Trennwand in zwei Räume aufgeteilt, lebte Rachel, die Köchin der Kings, mal mit diesem, mal mit jenem Mann und zog ihre fünf Kinder groß. Die zwei kleinen Fenster zu beiden Seiten der Tür hatten früher auf eine vorbeiziehende Landschaft geblickt, auf Iowa, Texas, Louisiana und West Virginia. Weil jedes Haus in Draperville eine Veranda haben mußte, hatte auch Rachels

Haus eine – eine vier mal vier Fuß große Plattform mit einer dekorativen Balustrade, die einmal an Halloween von unbekannten Händen in einen nahen Baum gehängt worden war. Im Vorgarten stand im Schatten eines Eschenahorns ein vom Regen modriger Kutschbock, aus dem die Roßhaarpolsterung hervorquoll, und auf zwei runden Steinen war eine Urne aufgestellt. Es gab noch eine Reihe anderer Gegenstände in Rachels Garten, deren Zweck sich nicht leicht erklären ließ – einen Kinderwagen, eine verrostete Kutschenlampe, eine Kaffeekanne, eine Marmorplatte, die ebensogut eine Tischplatte wie ein Grabstein gewesen sein konnte. Das Ganze wirkte seltsam beabsichtigt, wie eine alptraumhafte Maskerade aus Krimskrams, der (wenn man nicht zu genau hinsah) an ein Gartenhaus aus dem achtzehnten Jahrhundert erinnerte.

Am Morgen nach Martha Kings Gesellschaft öffnete Rachel die Augen und sah die Kommode, auf der ein Krug und eine Waschschüssel standen, und daneben auf dem Boden einen vollen Spüleimer. Über der Waschschüssel war das Titelblatt einer Illustrierten an die Wand geheftet. Das Kind auf diesem Bild war als ein kleines weißes Mädchen von der Druckerpresse gerollt, doch irgend jemand hatte Hände und Gesicht schokoladenbraun angemalt, und jetzt war es ein kleines farbiges Mädchen, das ein graues Kätzchen an seine Brust drückte.

Rachel schwebte einen Moment lang zwischen Schlaf und Wachen, und dann, als sie merkte, daß die andere Hälfte des Bettes leer war, sagte sie: »He, Thelma – was machst du?«

Thelma erschien in der Tür zur Küche. Sie trug nur Unterwäsche, und in der Linken hielt sie das Stück Einwickelpapier, in dem Rachel ein paar Reste vom Buffet mitgebracht hatte – etwas Hühnchen und Schinken, deren Fehlen niemandem auffallen würde. Thelma war erstaunlich schön, wie eine Skulptur. Der weiche Schwung ihrer Stirn, der Abstand zwischen den Wangenknochen und den schrägen, verträumten Augen, die Form der dünnen Arme und Beine, die runden Schultern, die flache Brust waren das Werk eines sich abplagenden Künstlers, der in diesem perfekt gelungenen Versuch alles gesagt hatte, was über Kindheit zu sagen ist, und (bedauerlicherweise, unter dem Gesichtspunkt eines Kunstwerkes betrachtet) noch etwas mehr gesagt hatte, wodurch er die Allgemeingültigkeit seiner Schöpfung durch etwas allzu Persönliches verdorben hatte.

»Willst du mal sehen, was ich gemalt hab?« fragte Thelma.

Rachel schob das Bild beiseite. »Wie spät ist's auf der Uhr da?«

»Zwanzig vor sieben.«

»Ojeee, ich muß jetzt auf der Stelle aus diesem Bett hier raus. Geh deine Brüder wecken.«

Während Rachel sich über die Porzellanschüssel beugte, um sich zu waschen, hörte sie zuerst, wie am Sofa in der Küche gerüttelt wurde, und dann Stöhnen und Proteste.

»Aufstehen, Alfred«, sagte Thelma.

»Ich schlag dir gleich den Kopf ab, wenn du mich nicht in Ruhe läßt«, erwiderte Alfred.

»Seid still, ihr beiden!« befahl Rachel.

Thelma kam zurück ins vordere Zimmer und setzte sich aufs Bett. Rachel warf ihrer Tochter einen argwöhnischen Blick zu und sagte, während sie sich Gesicht und Hände abtrocknete: »Dir scheint was auf der Seele zu liegen.«

Thelma zog eine Feder aus dem Inlett des Kissens und sagte: »Ich will nicht mehr zu Mrs. King gehen.«

»Das ist es also.«

»Ich mag's da nicht mehr so. Die Leute aus dem Süden, die –«

»Hab ich mich wohl geirrt«, sagte Rachel. »Sieht wohl doch nicht so aus, als wärst du mein Kind. Mrs. King schenkt dir die schönen Buntstifte, und wenn sie mal Hilfe braucht, drückst du dich.«

»Doch«, sagte Thelma schnell. »Ich bin dein Kind.«

»Erzähl mir nichts«, sagte Rachel und hatte jetzt, um zehn Minuten vor sieben, als schon längst der Kaffee auf dem Herd stehen sollte, ein gebrochenes Herz zu kitten. Sie nahm Thelma auf den Schoß und sagte: »Ich weiß nicht, was ich mit dir machen soll. Wirklich nicht. Zeig mir mal das Bild, was du gemalt hast.« Sie tastete im Bettzeug herum und holte das braune Einwickelpapier hervor. »Alfred ... Eugene ... steht jetzt endlich auf, bevor ich euch eigenhändig aus dem Bett schmeiße. Wenn euer Papa dieser Tage mal kommt, werd ich ihm was erzählen.«

Die zwei kleinen Jungen, die auf dem schmalen Feldbett am Fuß von Rachels Bett schliefen, regten sich und streckten ihre nackten Beine, ohne aufzuwachen.

Rachel hielt das Bild auf Armeslänge vor sich hin und betrachtete es kritisch. Die Künstlerin hatte sich bei der Perspektive gewisse Freiheiten herausgenommen und ein paar Gegebenheiten verändert, aber trotzdem war, für alle Zeiten, das Wohnzimmer der Kings festgehalten, der in Ebenholz gerahmte Spiegel zwischen den Fenstern, das Klavier und die weißen Phloxsträuße, genau so, wie sie dem unschuldigen Auge erschienen waren, dem Auge, das die Dinge so sieht, wie sie sind, und nicht den Zweck, den sie erfüllen. Die milchkaffeebraunen Damen, die im Raum verteilt auf Sofas und Stühlen saßen, trugen lange Spitzenkleider, Diamantkolliers, zu viele Ringe an den Fingern, zu viele juwelenbesetzte Ohrringe und zu viele Bergkristalle im Haar. Die Männer waren aristokratischer. Sie hätten dunkelhäutige Herzöge und Grafen sein können. Niemand war fett oder häßlich, niemand war alt.

»Ja«, sagte Rachel und nickte. »Du bist zu zart für diese Welt. Ich muß dich irgendwie hart machen, sonst gehst du mir unter.«

2

Der Frühstückstisch war für sieben Personen gedeckt, und vier der Gedecke waren nicht angerührt. Von den oberen Regionen des Hauses drang kein Laut herunter. Wenn Austin und Martha miteinander oder mit Ab redeten, klangen ihre Stimmen gedämpft, als würden sie gleichzeitig lauschen oder als hätten sie Angst, daß jemand mithörte. Davon und von den leeren Plätzen abgesehen, deutete nichts darauf hin, daß sich noch weitere Personen im Haus befanden. Man hätte fast den Eindruck haben können, die Besucher aus Mississippi hätten des Nachts heimlich ihre Koffer gepackt und sich davongestohlen.

Austin reichte seine Tasse weiter, um sich Kaffee nachfüllen zu lassen. Der Geruch, der beim Eingießen der Kanne entwich, ließ in Martha eine neue Welle von Übelkeit aufsteigen, und sie drehte den Kopf weg. »Paß auf, daß du nichts verschüttest«, sagte sie, als sie Ab die Tasse übergab.

»Der Kaffee ist sehr gut«, sagte Austin.

Ein paar Minuten später klingelte das Telephon. Er warf seiner Frau einen fragenden Blick zu. Als sie nickte, stand er auf und ging ins Arbeitszimmer, um abzunehmen. Es war die junge Mrs. Ellis, die noch einmal betonen wollte, wie gut es ihnen gefallen habe und was für reizende Leute die Potters seien. Kaum war Austin zurückgekehrt und hatte sich hingesetzt, klingelte das Telephon erneut. Diesmal war es Mrs. Danforth, die das gleiche zum Ausdruck brachte. »Ich werde es Martha ausrichten«, hörte sie ihn sagen. »Aber nein, es geht ihr gut.«

Um halb neun faltete er seine Serviette zusammen und steckte sie durch einen Silberring, auf dem sein Vorname eingraviert war und der ein Relikt aus seiner Kindheit war. »Ich komme kurz nach zwölf nach Hause«, sagte er und schob seinen Stuhl vom Tisch weg. Obwohl er die Potters nicht erwähnte, als er sich zu seiner Frau herunterbeugte, um sie zum Abschied zu küssen, war an seinem Blick und seiner unsicheren Miene deutlich zu erkennen, daß er sie bitten wollte, freundlich und liebenswürdig zu sein, einerlei, ob ihr danach war, und nichts zu tun, was den Potters das Gefühl geben könnte, nicht willkommen zu sein.

Als er zur Tür hinausging, hörte Martha ihn sagen: »Hallo, wo bist *du* denn gewesen?«

Im nächsten Moment kam Nora Potter durchs Arbeitszimmer ins Eßzimmer. Sie trug ein grünes Kleid mit schwarzen Samtschleifen, und in ihr zimtfarbenes Haar waren zwei schwarze Samtbänder eingeflochten. Das Kleid stand ihr, war aber etwas ungewöhnlich für diese Tageszeit. Nora sah damit wie eine Ferrotypie in einem Familienalbum aus – irgendeine Cousine vierten oder fünften Grades, die ein paar Seiten weiter mit ihrem recht eitel aussehenden Ehemann abgelichtet ist und schließlich als alte Dame, respekteinflößend und ganz in Schwarz, den Arm auf eine ionische Säule gestützt.

»Ich bin gegen sechs aufgewacht«, sagte Nora, als sie sich an ein Stück Honigmelone machte, »und konnte nicht mehr einschlafen. Da bin ich aufgestanden, habe mich angezogen und einen Spaziergang gemacht. Bin ich nicht unternehmungslustig?«

»Sehr«, sagte Martha.

»Habe ich euch geweckt?«

Martha schuttelte den Kopf. »Wir dachten, du schläfst noch«, sagte sie und griff nach der Porzellanglocke.

»Ich habe versucht, mich so leise wie möglich hinauszuschleichen. Die Glocke klingt aber schön. Unsere Glocke macht immer so einen Lärm. Sie stammt vom Detrava-Zweig der Familie, deswegen besteht Mama darauf, sie zu benutzen.«

»Diese hier stammt aus Mr. Gossetts Geschenkladen«, sagte Martha. »Hat dir der Spaziergang Spaß gemacht?«

»Auf dem Gras lag Tau, und nach der Hitze gestern hat

alles so frisch und gestochen scharf gewirkt. Vielleicht weil ich hier fremd bin und alles zum erstenmal sehe. Oder vielleicht liegt es daran, daß ich glücklich bin. Ich wollte immer schon in den Norden.« Sie legte den Löffel hin, und mit ihren hochgezogenen Augenbrauen unterstrich sie, wie ernsthaft und heftig dieser Wunsch war. »Schon als kleines Mädchen.«

Der schreckliche Geruch nach gebratenen Eiern drang durch die Schwingtüren und erfüllte das Eßzimmer.

»Dann nutz deine Zeit so gut wie möglich, solange du hier bist«, sagte Martha.

»Das habe ich auch vor«, erwiderte Nora mit ernster Miene. »Zu Hause kühlt es nachts nie ab, so daß man morgens ganz erschöpft aufwacht. Hier war alle Welt schon auf den Beinen, um zu fegen, die Blumenkästen zu gießen und was weiß ich noch alles. Man hätte meinen können, sie bereiten sich auf einen Festtag vor.«

Martha beugte sich vor und wischte Ab etwas Ei vom Kinn. »Wenn ich dir so zuhöre, bedaure ich, daß ich nicht mitgekommen bin«, sagte sie. »Hier ist nichts Interessantes passiert.«

»Und rote Geranien. Jeder hat rote Geranien. Ich habe Magnolien so satt. Was sie wohl gemacht hätten, wenn ich einfach an ihnen vorbei in ihr Haus gegangen wäre und mich umgesehen hätte?«

»Das kommt ganz darauf an, in wessen Haus du gegangen wärst. Bei den Murphys hättest du dich überall nach Belieben umsehen können, oben, unten, überall. Aber die alte Mrs. Tannehill hätte wahrscheinlich die Polizei gerufen.«

»Wirklich?«

»Ich glaube schon«, sagte Martha. »Aber dann wäre Austin gekommen und hätte dir aus der Patsche geholfen.«

»Das ist ein Spiel, das ich immer mit mir selbst spiele«, sagte Nora. »Daß ich unsichtbar bin und überall hingehen und die Leute beobachten kann, ohne daß sie merken, daß sie beobachtet werden.« Sie war mit der Honigmelone fertig und schob sie beiseite. »Heute morgen war so viel los, daß ich fast noch mal zurückgekommen wäre, um meinen Bruder zu holen. Du weißt doch, nicht immer, aber manchmal hat man dieses Gefühl: Wenn doch jetzt jemand bei mir wäre.«

»Ja, ich kenne das«, sagte Martha.

»Und manchmal«, fuhr Nora fort, »wenn jemand bei einem ist und man denkt, daß derjenige sich über die Dinge genauso freut wie man selber, dann muß man feststellen, daß es doch nicht die richtige Person ist.« Ihr Blick fiel auf den silbernen Serviettenring. »Ich finde, du und Cousin Austin paßt so gut zueinander. Beim Aufwachen habe ich an euch gedacht.«

»Und ich habe beim Aufwachen an dich gedacht«, sagte Martha.

»Wirklich?« Nora riß erstaunt die Augen auf. »So ein Zufall! Aber wenn wir das jemandem erzählten, würde der wahrscheinlich nicht glauben, daß es so etwas gibt. Mir passieren immer so sonderbare Dinge. Ich weiß nicht, was das ist.«

Die Küchentür schwang auf, und Rachel erschien mit Schinken und Eiern auf einem Tablett. »Morgen, Miss Nora«, sagte sie niedergeschlagen.

»Guten Morgen, Rachel. Wie geht's heute morgen – *ich* finde sie jedenfalls sonderbar. Aber was ich sagen wollte, war, wie sehr ich mich freue, daß du und Cousin Austin euch gefunden habt.«

»Trinkst du deinen Kaffee mit Sahne und Zucker?« fragte Martha.

»Weder noch«, sagte Nora. »Ich trinke ihn schwarz.« Ihre Miene veränderte sich und wurde unsicher. In Mississippi wurde eine offenherzig zum Ausdruck gebrachte, aufrichtig empfundene Sympathie gewöhnlich durch eine ähnliche Beteuerung erwidert. Zudem war da etwas an Martha Kings Art – erst so ermutigend und dann so teilnahmslos, als hätte sie keine Ahnung, wovon Nora redete –, das Noras Freude an diesem Sommermorgen minderte. Auf die Gefahr hin, sich lächerlich zu machen, fügte sie hinzu: »Und ich freue mich so, daß ich euch beide gefunden habe« und fühlte sich zumindest teilweise durch das matte Lächeln bestätigt, das ihr über den Frühstückstisch hinweg zugeworfen wurde. »Ich frage mich oft, wieso die Leute diejenigen heiraten, die sie heiraten, und wie sie es schaffen, daß sie sich tagein, tagaus etwas zu sagen haben. Es muß doch so viele Schwierigkeiten geben –«

»Du kannst aufstehen, Liebling«, sagte Martha zu Ab.

»Ich hab aber meine Milch noch nicht ausgetrunken«, sagte Ab.

»Das macht nichts. Du brauchst sie heute morgen nicht auszutrinken. Geh ins Arbeitszimmer und spiel mit deinen Puppen.«

»Stört es dich, wenn ich ständig rede?« fragte Nora, als Ab das Zimmer verließ. »Wir reden alle mehr, als wir sollten. Außer Randolph. Das ist eine Untugend, die in der Familie liegt. Du brauchst aber nicht zuzuhören, wenn du keine Lust hast.«

»Aber ich *höre* zu«, sagte Martha. »Und zwar mit großem Interesse.«

»Wenn die Leute nicht reden«, fuhr Nora fort, »ist es so schwer herauszufinden, was in ihren Köpfen vorgeht. Sag mal, Cousine Martha, hörst du auch manchmal Stimmen?«

Das Telephon klingelte, und Martha ging ins Arbeitszimmer, um abzunehmen.

»Ja«, hörte Nora sie sagen. »Das freut mich. Ich habe gehofft, daß sich alle gut unterhalten ... Ja, ich werd's ihnen ausrichten. Sie sind noch nicht auf. Nur Nora ...«

Als sie ihren eigenen Namen hörte, spürte Nora den naßkalten Wind der Abneigung durchs Eßzimmer wehen und fragte sich, was sie gesagt oder getan hatte, um das zu verdienen.

»O je!« rief Martha am Telephon aus. »Das tut mir aber leid! Vielleicht war es das Brathähnchen ... ja ..., ja, natürlich ... sag ihr bitte, wie leid es mir tut ... Ich kann nachsehen, aber ich glaube, ich weiß es noch ... einen Teelöffel Backpulver zugeben und dann steif schlagen ... Genau ... ja ... ja, Alice ... ja, mache ich. Und vielen Dank für den Anruf.«

»Tut mir wirklich leid wegen dieser ständigen Unterbrechungen«, sagte sie, als sie wieder ins Eßzimmer kam. »Das war Alice Beach. Sie wollte mir sagen, wie gut es ihnen gestern Abend gefallen hat und wie nett sie euch gefunden haben.«

»Hoffentlich hast du ihr auch gesagt, wie nett wir sie gefunden haben«, sagte Nora.

»Wovon haben wir gerade gesprochen?« fragte Martha. »Komm, ich gieß dir noch mal ein.«

Ach, es hat keinen Zweck, dachte Nora. Ich hätte gar nicht erst versuchen sollen, mich mit ihr anzufreunden. Sie will keine Freunde haben.

»Ich höre manchmal diese Stimmen«, sagte sie und reichte ihre Tasse über den Tisch. »›Nora, wo bist du?‹ sagen sie, und ich antworte, manchmal richtig laut, ›Auf der Veranda‹ oder ›Oben‹. Je nachdem, wo ich gerade bin. Es sind keine wirklichen Stimmen –«

Martha hielt die Kaffeekanne schräg, aus der jedoch nur noch ein kleines Rinnsal tröpfelte.

»Wo gehst du denn jetzt schon wieder hin?« fragte Nora bekümmert.

»Eine frische Kanne Kaffee aufbrühen.«

»Kann ich das nicht machen?«

»Ich mache das lieber selbst«, sagte Martha. »Rachel hat heute morgen schlechte Laune. Sie könnte dir den Kopf abreißen ... Es sind keine wirklichen?« fragte sie, die Hand auf der Schwingtür.

»Cousine Martha, also dieses Bett!« sagte eine Stimme. Mrs. Potter rauschte ins Eßzimmer, auf dem Kopf eine

Spitzenhaube, um ihre Lockenwickler zu verbergen, und in einem alten Morgenmantel aus Brokat, den Nora sie gebeten hatte nicht mitzunehmen. »Guten Morgen, Tochter.«

»Nora und ich haben uns gerade so interessant unterhalten«, sagte Martha King.

»Hoffentlich hat sie nicht schon am Frühstückstisch über den Sinn des Lebens geredet.«

»O nein«, sagte Martha. »Nora und ich haben uns über Stimmen unterhalten.«

»Ich kann ihr nicht immer folgen, wenn ich noch nicht richtig wach bin. Für mich nur Toast und Kaffee«, fügte Mrs. Potter hinzu, als sie sich an den Tisch setzte. »Mr. Potter hat gern seine zwei Eier und etwas gebratenen Schinken, wenn du zufällig welchen im Haus hast, aber ich nehme immer nur Toast und Kaffee. Meine Liebe, wie auf einer Wolke habe ich geschlafen.«

3

Die Anwaltskanzlei Holby und King, an der Nordseite des Gerichtsplatzes gelegen, erreichte man über eine wacklige Treppe, deren Stufen tief ausgetreten waren von den Füßen jener, die kamen, sich nach ihren gesetzlichen Rechten zu erkundigen oder um sich von Dr. Hieronymous behandeln zu lassen, dem Osteopathen, dessen Praxis sich auf demselben Flur gegenüber befand.

Im Vorzimmer der Kanzlei, umgeben von Reihen über Reihen dicker, in Kalbsleder gebundener Bände über Recht und Billigkeit, bewachte Miss Ewing das Tor, durch das die Leute in der Regel, wenn auch nicht immer, hindurchgelassen wurden. Sie war eine dünne, energische, nervöse Frau mit derben Gesichtszügen, blaßblauen Augen und einem Kneifer, durch den sie die Welt erbarmungslos betrachtete. Als Ärmelschoner dienten ihr zwei Bögen Kanzleipapier, die mit Heftklammern befestigt waren, und ihr Haar war ein graues Vogelnest voll kleiner Kämme, beinerner Haarnadeln, Quasten und Haarpolster. Das Alter eines jeden, der in Draperville geboren und aufgewachsen war, war entweder allgemein bekannt oder ließ sich durch einfache Kopfrechnung ermitteln – Miss Ewing war einundfünfzig. Aber wie sie es schaffte, sich jeden Morgen ihres Lebens auf die immergleiche Weise zu frisieren, war ein Geheimnis, das kein Mensch lösen konnte.

Miss Ewing war zu Klienten freundlich, zu Versicherungsagenten und Hausierern unhöflich und ganz allgemein eingebildet; aber sie bewältigte die Arbeit von zwei Sekretärinnen und einem Botenjungen, war nie krank und verzichtete auf jegliches Privatleben im ehrlichen und durchaus berechtigten Glauben, daß die Kanzlei Holby und King ohne sie nicht funktionsfähig wäre. Sie allein verstand die Archivierungs- und Buchhaltungssysteme, und sie hatte Dutzende von Telephonnummern und Adressen im Kopf, darunter so manche von Leuten, die sich inzwischen vom Geschäft zurückgezogen hatten oder, in einigen Fällen, bereits verstorben waren.

An diesem Morgen saß sie an ihrer L.-C.-Smith-Doppeltastatur-Schreibmaschine, auf der sie fünf Kopien eines Schriftstückes herunterhämmerte, das Austin auf ihren Schreibtisch gelegt hatte, zudem wartete sie darauf, daß ein Farmer namens John Scroggins aus Mr. Holbys Büro herauskam, damit sie hineingehen konnte, um ein Diktat aufzunehmen. Es gab eine Reihe von Angelegenheiten, um die sich Mr. Holby hätte kümmern sollen, doch statt dessen hielt er dem Farmer eine Rede, als befänden sie sich in einem überfüllten Gerichtssaal. »In den Zeiten kahler, rauher Böden und unverputzter Kamine empfanden wir mehr Freude als die Menschen von heute, die auf Samt gehen und sich in gepolsterten Sesseln zurücklehnen, gekleidet in Purpur und kostbares Leinen ...«

Der Farmer war in einen alten dunkelblauen Anzug gekleidet, und er war gekommen, um sich von Mr. Holby bezüglich der auf seiner Farm lastenden Hypothek beraten zu lassen. Sie war in Kürze fällig, und die Bank drohte mit der Zwangsvollstreckung.

»Das Leben«, sagte Mr. Holby, »war damals wirklicher. Die Menschheit besaß mehr Güte. Tugend wurde hochgeschätzt, und Männlichkeit galt mehr als heute ...«

Miss Ewing tippte weiter.

Austin Kings Tür war geschlossen. Obwohl er der Juniorpartner der Kanzlei war, hatte er das größere Büro, von dem man einen Blick auf den Platz und die stattlichen Ulmen vor dem Gerichtsgebäude hatte. Es war früher Richter Kings Büro gewesen. Teils aus Respekt vor dem Andenken seines Vaters, teils damit die Freunde seines Vaters hierherkommen konnten, um eine Zigarre zu rauchen und so den Verlust vielleicht weniger schmerzhaft zu empfinden, hatte Austin das Büro so gelassen, wie es zu Richter Kings Lebzeiten gewesen war. Aber der große Schreibtisch mit der schrägen Platte, der grünrote Teppich, der ausgestopfte Präriehund und die gerahmte Photographie vom alten Buttercup-Jagd- und Angelclub waren nicht genug. Irgend etwas hatte dieser Raum unwiederbringlich verloren, und die Erinnerungsstücke machten die alten Männer nur traurig. Wenn sie überhaupt kamen, dann gewöhnlich aus geschäftlichen Gründen.

Wenn die Stadt Draperville je einen großen Mann hervorgebracht hatte, dann war das Richter King. In seinen letzten Lebensjahren war er mit Ehrungen überhäuft worden. Er war zweimal zum Richter am Bezirksgericht ernannt worden und mehrmals Leiter des Landwirtschaftsmesseverbands gewesen. 1880 war er Delegierter beim Nationalkonvent der Republikaner in Chicago, und vier Jahre später war er einer der Präsidentschaftswahlmänner des Staates Illinois. 1896 wurde er aufgefordert, sich als Kandidat für das Amt des Gouverneurs aufstellen zu lassen, und lehnte ab (das Angebot war an Bedingungen geknüpft). Und kurz nach Abschluß seines berühmtesten Falls, *Die Bürger von Dunthorpe County gegen James Long*, wurde ihm in einem öffentlichen Akt die goldene Uhr verliehen, die jetzt Austin trug.

Richter Kings menschliche Seite und das Gegengewicht zu seiner geistigen Größe, zu seinem juristischen Talent und seiner Weisheit in politischen Dingen waren sein reicher Anekdotenschatz, seine Lebenslust und das Vergnügen, mit dem er auf die unterschiedlichsten Menschen zuging, vor allem auf Frauen. Am liebsten waren ihm die jungen und hübschen, doch wie sie auch aussehen mochten, er begegnete ihnen, als wären sie, so wie sie waren, ein Grund zur Freude und zum Feiern. Er bedachte sie mit kleinen schmeichelhaften Ansprachen, und mit vergnügtem Blick schaute er ihnen tief in die Augen, um zu sehen, was in ihnen lag. Sie waren immer reizend zu ihm. Er weigerte sich anzuerkennen, was jedermann als traurige Tatsache bekannt war, übernahm Schuldscheine für Freunde und vergab eine Reihe von Krediten, über die seine Nachlaßverwalter keinerlei schriftliche Aufzeichnungen fanden. Doch auf einem Posten, wo Klatsch und Skandale blühten, hinterließ Richter King einen guten Ruf.

Er hatte nie den Wunsch geäußert, daß Austin ebenfalls Anwalt werden solle. Er starb 1901, bevor Austin wußte, welchen Beruf er ergreifen wollte. Das Andenken seines Vaters, hartnäckig in den Köpfen jener bewahrt, die ihn liebten, das Gefühl persönlichen Verlusts und vielleicht am allermeisten die Erkenntnis, daß er seinen Vater eigentlich nie richtig gekannt hatte, veranlaßten Austin, die Jurisprudenz als Beruf zu wählen.

Auch nach sieben Jahren Anwaltstätigkeit im Büro seines Vaters hatte er noch immer nicht das Gefühl, daß es seins war. Wenn er morgens kam, wartete für gewöhnlich jemand auf ihn. Wenn es um Ernennungen für politische Posten ging, wurde er nicht um Rat gefragt, ebensowenig wurde er gebeten, ehrenamtlich in irgendwelchen Komitees mitzuarbeiten, aber Männer, die sichergehen wollten, daß ihre Familien im Fall ihres Todes nicht übervorteilt würden, ließen sich von Austin King ihr Testament aufsetzen und ernannten ihn zu ihrem alleinigen Nachlaßverwalter. Eine zweideutige Klausel in einem Vertrag entdeckte er viel schneller, als es sein Vater je gekonnt hätte. Er war viel belesener und verstand es besser, Fälle vorzubereiten. Andererseits gab es Dinge, die Richter King als magerer und hungriger junger Mann in der Kanzlei von Whitman, James und Whitelaw in Cincinnati gelernt hatte und die an keiner Universität gelehrt wurden. Richter King war ein brillanter Prozeßanwalt der alten Schule gewesen. Austin regelte seine Fälle nach Möglichkeit außergerichtlich, regelte sie geschickt und ohne großes Aufsehen. Das lag nicht nur am Unterschied zwischen Vater und Sohn. Die Zeiten änderten sich.

Zwischen 1850 und 1900, als sich Draperville noch in der Pionierphase befand, wurde ständig und mit großem finanziellen Aufwand über die Eigentümerschaft von Grund und Boden gestritten. Die Regierung erklärte den Rechtsanspruch der Indianer auf die Prärie für ungültig, und das Land wurde besiedelt, entweder vor oder nach der Vermessung. Der Siedler besaß keinen schriftlichen Rechtstitel – lediglich das Besitzrecht, das er sich erwarb, indem er das Land besetzte und bewirtschaftete. Wieviel anzubauen war, war rechtlich nicht festgelegt. Oft sah man auf der Prärie nur ein eingezäuntes Stück Land, gepflügt und mit Weizen besät. Damit hatte der Siedler das Recht, sein Land gegen alle anderen zu verteidigen, bis er (oder durch ein bedauerliches bürokratisches Versehen ein anderer) es vom Staat erworben hatte. Eine Folge davon war ein Chaos sich überlappender Ansprüche. Gesetze wurden erlassen, die jedoch voll Schlupflöcher waren, so daß während der nächsten zwei Generationen fähige Anwälte hochgeschätzt wurden. In den Augen der schlichten und ungebildeten Menschen nahm das Gesetz den Status, die Würde und die mystischen Dimensionen einer Religion an. Die ortsansässigen Anwälte berechneten manchmal, obwohl sie Mosis Erben waren, sehr hohe Honorare. Ein Farmer, beschuldigt, unsittliche Beziehungen zu seiner Tochter zu unterhalten, mußte dem Honourable Stephen A. Finch erst seine Farm übergeben, bevor dieser angesehene Beeinflusser von Geschworenen sich dazu bewegen ließ, ihn zu vertreten. Doch übernahmen die älteren Anwälte auch sehr viele Fälle, bei denen keinerlei Aussicht auf Vergütung bestand, nur um vor Gericht ihre Plädoyers halten zu können. Es waren dramatische Persönlichkeiten, und die Leute gingen zu ihren Prozessen aus den gleichen Gründen, aus denen sie ins Theater gingen, wegen des Nervenkitzels, des Spektakels, des flüchtigen Blicks auf die Wahrheit hinter den niedergebrannten Scheunen, dem Totschlag, dem Grenzstreit oder der Auseinandersetzung um das Wegerecht.

Um 1912 waren die großen Prozeßschauspieler dieser älteren Generation mit ihrer schwülstigen Rhetorik, ihren weißen Mähnen und Löwenhäuptern, ihren Tricks beim Kreuzverhör, ihren Abweichungen vom guten Geschmack einer nach dem andern gestorben oder gebrechliche alte Männer geworden. Es fand zudem landesweit eine plötzliche Veränderung im Berufsstand der Anwälte statt. Die älteren Anwälte in Illinois hatten während des Studiums und auch später gewissenhaft bestimmte Fachbücher studiert. Ihre Bibel war Chittys *Plädoyers*, die schon Abraham Lincoln in seinen Satteltaschen mit dabeihatte, als er in den vierziger und fünfziger Jahren als Richter seine Rundreisen machte. Sie lasen auch Blackstones *Kommentare*, Kents *Kommentare* und Starkie über *Beweisführung*. Die in diesen Büchern dargelegten allgemeinen abstrakten Grundsätze wurden auf jedes gestohlene Testament, auf jeden geleisteten Meineid angewandt, und der Fall wurde anhand dieser Grundsätze entschieden. Mit der Etablierung des Einzelfallsystems der Harvard Law School verlagerte sich die Aufmerksamkeit der Anwälte im allgemeinen weg von juristischen Grundsätzen und hin zu den im konkreten Fall vorliegenden Tatsachen. Sie zogen es zunehmend vor, ihr Plädoyer vor einem Richter zu halten, es dem Gericht zu überlassen, aufgrund rechtlicher Präzedenz zu entscheiden, keine Geschworenen ins Spiel zu bringen und die Theatertore dem Publikum zu verschließen, das sich erhoffte, Genaueres über den Mord an Agamemnon zu erfahren und zu erleben, wie Medeas Wagen von Drachen gezogen wurde. Die Folge war, daß die Rechtsprechung viel von ihrer moralischen und philosophischen Würde verlor und andere Fähigkeiten von denen verlangte, die sich als Anwälte betätigten. Die jüngeren Männer sahen sich als Geschäftsleute, und Miss Ewing (nie ganz respektvoll, nie offen respektlos) betrachtete sie allesamt als Schuljungen, die in den Schuhen von Giganten herumschlurften.

Neben der altmodischen Rede in Mr. Holbys Büro hörte sie den gemessenen Schritt, der bedeutete, daß Austin King auf und ab ging. Soweit Miss Ewing wußte, war das der einzige Zug, den er von seinem Vater geerbt hatte. Unzählige Male hatte sie Richter King sein Büro abschreiten hören. Zu solchen Zeiten duldete er keine Störung. Der Gouverneur des Staates hatte einmal fünfundvierzig Minuten warten müssen, bis die Schritte innehielten.

Als sie das Schriftstück fertiggetippt hatte, legte sie alle fünf Durchschläge ordentlich zu einem Stapel zusammen, stand von ihrem Schreibtisch auf und trug sie in Austins Büro. Er hielt inne und sah sie an, aber auf so entrückte Weise, daß sie sich nicht sicher war, ob er sich ihrer Anwesenheit überhaupt bewußt war.

»Mrs. Jouette hat angerufen«, sagte sie. »Ich habe ihr einen Termin für zehn Uhr nächsten Dienstag gegeben.«

Damit war sein Gedankenfaden unterbrochen. Er nickte, und ihrer Anwesenheit hinreichend bewußt (seinem leicht verärgerten Tonfall nach zu schließen), sagte er: »Danke, Miss Ewing.«

Wenn er nicht gestört werden will, dachte sie, als sie sich im Vorzimmer wieder an ihren Schreibtisch setzte, braucht er es nur zu sagen.

Sie wußte ganz genau, daß er es ihr nie verbieten würde, einzutreten, wenn die Tür geschlossen war, und solange er es ihr nicht verbot, trieb sie irgendein perverser Impuls dazu, ihn mit Details zu belästigen, die genausogut warten konnten. Immer wenn Miss Ewing übermüdet war, spielte sie mit dem Gedanken, sich anderswo eine Stelle zu suchen, obwohl sie wußte, daß sie in keinem anderen Büro in Draperville mit soviel Rücksicht behandelt würde und ein auch nur annähernd vergleichbares Gehalt bekäme.

Die Tür ging auf, und Herb Rogers kam herein. Miss Ewing verschwendete an ihn nicht das Lächeln, das Klienten vorbehalten war.

»Ich verkaufe Karten für ein Benefizkonzert im Opernhaus«, sagte er zögernd.

»Mr. Holby hat gerade eine Besprechung«, sagte Miss Ewing, »aber wenn Sie Mr. King sprechen möchten –«

»Ich möchte nicht stören, wenn er beschäftigt ist. Ich kann später noch mal wiederkommen.«

»Das ist schon in Ordnung«, sagte Miss Ewing fröhlich. »Sie können reingehen.«

4

Setz *dich doch endlich hin!* sagte die Gummi-Cousine. *Merkst du nicht, wie das Boot schaukelt?*

Ich sag meinen Kindern nie, daß sie artig sein sollen, sagte die Elefanten-Cousine.

Wie du das schaffst, würde ich gern wissen, sagte die Gummi-Cousine.

Ach, ich weiß nicht, sagte die Elefanten-Cousine. *Ich bringe ihnen Geschenke vom Krämer mit. Den Rest machen sie allein.*

Ich kaufe Humphrey oft Geschenke, sagte die Mutter.

Das ist mir neu, sagte Humphrey.

Das kann ich nicht beurteilen, sagte die Mutter.

Setz dich endlich hin, Edward, sonst setzt es was, sagte die Gummi-Cousine.

Ich heiße nicht Edward, sagte Humphrey.

»Von jetzt an schon«, sagte Ab.

Also, ich würde vorschlagen, sagte der Vater, *daß wir in die Küche gehen und mal nachsehen, was es zu essen gibt. Aber vorher alle die Hände waschen.*

Das Telephon klingelte, aber Ab machte keine Anstalten, den Hörer abzunehmen. Sie schien das Klingeln in der anderen Ecke des Zimmers nicht einmal zu hören, doch die Puppenparty auf der Fensterbank wurde unterbrochen, als Martha King ins Arbeitszimmer kam und den Hörer von der Gabel abnahm.

»Ja ...? Ach ja, Bud ... nein, haben wir noch nicht ...«

Ab hörte ihrer Mutter gern beim Telephonieren zu. Bei Erwachsenengesprächen war die Hälfte gewöhnlich interessanter als das Ganze.

»Ja ...« sagte ihre Mutter mehrmals ins Telephon. »Also, ich fürchte, es wird sehr heiß werden, aber ich werde die Potters kurz fragen ...« Martha King legte den Hörer auf das Telephontischchen und verließ das Arbeitszimmer. Ab wandte sich wieder ihren Puppen zu.

Heißer Kakao, sagte Humphrey, der jetzt Edward hieß.

Und Kekse mit Zuckerguß, sagte der Vater.

Eine gute Idee, sagte die Elefanten-Cousine. *Wer hat die Idee gehabt?*

Das war meine Idee, sagte die Mutter.

Martha King kehrte zurück und sagte: »Bud ...? Wir kommen sehr gern ... ja ... Gut, mach ich ... Auf Wiedersehen.«

Mit einem kurzen, abwesenden Blick auf die auf der Fensterbank aufgereihten Puppen ging sie ins Wohnzimmer und hinaus auf die Veranda. Die Puppenparty fand ein abruptes Ende.

»... und das Schreckliche daran war«, sagte Mrs. Potter gerade, als Ab die Fliegentür aufmachte, »daß sie so glücklich gewirkt haben!«

Sie hatte für die restliche Zeit ihres Besuchs einen Korbsessel in Besitz genommen, der ganz ideal für sie war. Von diesem Sessel aus konnte man Bürgersteig und Straße überblicken, und die rechte Armlehne war so konstruiert, daß man darin Zeitschriften oder einen Strickbeutel aufbewahren konnte. Mrs. Potters seidener Beutel mit dem runden Bastboden lag auf ihrem Schoß. Im Beutel befand sich eine Häkelarbeit, und wo immer Mrs. Potter war, war auch der Beutel. Mr. Potter hielt die Schaukel mit seinem Fuß in Schwung. Nora saß draußen im Garten und las, den Kopf über die weiße Seite des Buches gebeugt.

»Und so kam Rebecca mit einem sechs Monate alten Baby nach Hause«, sagte Mrs. Potter, »und seitdem ist sie zu Hause geblieben ... Tochter, du solltest nicht auf dem feuchten Boden sitzen. Laß dir von Cousine Martha eine Decke geben.«

»Es ist nicht feucht«, rief Nora zurück, »und ich will keine Decke.«

»Nora ist eine begeisterte Leserin«, bemerkte Mrs. Potter. »Darin schlägt sie ihrer Großtante Selina nach, die immer mit einem Buch in der Hand gekocht hat. Als Nora vierzehn war, fing es bei ihr an. Sie hat sämtliche historischen Romane von Harrison Ainsworth in einem Satz gelesen. Ich hab's mal mit einem versucht. Er handelte vom Tower von London und war sehr interessant, aber ich hab's nie geschafft, ihn ganz zu lesen. Tante Selina hat einen Mann geheiratet, der ...« Die Häkelnadel stieß vor und zurück und unterstrich diesen oder jenen Punkt in Mrs. Potters Familiengeschichte. Als Mr. Potter zunehmend Anzeichen von Unruhe zeigte, blickte sie auf und sagte: »Du hast dir die Scheune noch nicht angesehen.«

»Um mich brauchst du dir keine Gedanken zu machen«, erwiderte er. »Ich kann mich allein beschäftigen.«

Das tat er aber nicht. Er saß auf der Schaukel, die Beine übergeschlagen, die Arme erwartungsvoll vor der Brust gekreuzt, und unternahm nichts, um sich zu unterhalten. Er wartete darauf, daß das Telephon klingelte, daß Leute kamen, daß die Party vom Vorabend von vorn anfing.

»Gibt es eigentlich keine Hunde in dieser Stadt?« fragte er plötzlich.

»Zu Hause hat Mr. Potter immer mindestens drei Jagdhunde im Schlepptau«, sagte Mrs. Potter. »Jeder Sessel im Haus ist voller Hundehaare, und wir müssen die Betten verbarrikadieren, damit Blackie nicht draufspringt. Sie kommt und geht wie eine Prinzessin ...«

»Blackie ist ein guter Hund, aber sie wird allmählich alt«, klagte Mr. Potter. »Sie kann nicht mehr sehen. Vor fünf Jahren hätte ich sie nicht einmal für hundert Dollar hergegeben.«

Er erhob sich von der Schaukel und verkündete, daß er sich umsehen wolle. Er meinte die Scheune – mittlerweile war genug Zeit verstrichen, so daß es jetzt seine Idee war und nicht mehr die seiner Frau. Als er um die Hausecke verschwand, sagte sie: »Mr. Potter ist heute morgen nicht bei bester Laune. Ihr müßt ihn entschuldigen. Er vermißt die Pferde. Sein ganzes Leben dreht sich um Pferde und Hunde. Die Baumwollplantage beschäftigt ihn nur nebenbei. Aber es tut ihm gut, wenn er zwischendurch mal wohin kommt, wo er sich mit Menschen abgeben muß ... Und jetzt, meine Liebe, möchte ich alles über dich erfahren. Leben deine Eltern noch? Ich dachte, wir würden gestern vielleicht das Vergnügen haben, sie kennenzulernen.«

»Meine Mutter starb so früh, daß ich mich nicht mehr an sie erinnern kann«, sagte Martha. »Sie ist an Schwindsucht gestorben, und mein Vater starb kurz nach ihr. Ich wurde von einem Onkel und einer Tante großgezogen.«

Mrs. Potter hatte eine kritische Stelle in ihrer Häkelarbeit erreicht und entgegnete eine Weile nichts. Dann zog sie einen Faden durch die Finger und fragte: »War sie die Schwester deiner Mutter?«

»Meines Vaters«, erwiderte Martha. »Meine Mutter hatte keine Geschwister. Sie war Schauspielerin. Ich habe oben ein Bild von ihr, in *Der Widerspenstigen Zähmung*. An meinen Vater kann ich mich gerade noch erinnern. Nach dem, was ich von ihm gehört habe, war er wohl anders als der Rest der Familie. Die sind alle sehr religiös.«

Ihre Stimme klang etwas angespannt und ängstlich, als wäre sie eine Schülerin, die sich einer Prüfung unterziehen mußte, auf die sie ganz und gar nicht vorbereitet war. Mrs. Potter bemerkte es, und scheinbar ohne das Thema zu wechseln, fing sie an, über das Haus in der Elm Street zu sprechen. Offenbar fällt es Frauen nicht leicht, Freundschaft zu schließen. Es scheint fast, als würden sie keine Freunde brauchen, außer zu bestimmten kritischen Zeiten ihres Lebens. Aber auch für Mrs. Potter zog sich der Besuch endlos hin. Es war nicht ihre Idee gewesen, in diesem Sommer in den Norden zu fahren, und eigentlich wußte sie gar nicht, weshalb sie hier waren. Sie wußte nur, daß ein Teil des Monats Juli und ein Teil des Monats August irgendwie überstanden werden mußten, und so machte sie sich daran, diese Zeit zu überstehen. Mit ihrer Häkelarbeit beschäftigt, die sie auch in den Krisen ihres Ehelebens unterstützt hatte, gab sie ihre Meinung zu Räumen, Teppichen, Vorhängen, Tapeten, Arrangements von Tischen und Stühlen zum besten – und zwischendurch beschrieb sie das Haus auf der Plantage in Mississippi und wie verschiedene Möbelstücke über die Generationen auf sie vererbt worden waren. Als sie ihr Lob für ihr Haus (das Lob für sie war) aussprach, fühlte sich Martha King allmählich entspannter, sicherer. Sie erklärte, was es mit der Nische im Wohnzimmer und den Bücherregalen im Arbeitszimmer auf sich hatte, und nach einer Weile erzählte sie von den Leuten, die sie großgezogen hatten und jetzt als christliche Missionare in China arbeiteten.

»Mir ist die Religion immer ein großer Trost gewesen«, sagte Mrs. Potter. Ab machte die Fliegentür behutsam zu, um niemanden auf sich aufmerksam zu machen, und kehrte zurück in die Bibliothek. Die Puppen waren von der Party ganz erschöpft. Der Elefant und Humphrey Edward lagen mit dem Gesicht auf einem Kissen, und vorläufig ließ sich keiner von ihnen wieder zum Leben erwecken.

Ab ging hinauf in ihr Zimmer, holte ihre Zelluloid-Tiere – eine Ente, ein grüner Frosch und ein Goldfisch – und machte sich auf den Weg zum Badezimmer. Als sie die Tür aufstieß, sah sie Randolph in der Wanne liegen, bis zum Kinn im Wasser. Ab blieb stehen, ihre Tiere im Arm, und rührte sich nicht von der Stelle.

»Ich habe die Seife verloren«, sagte Randolph. Er bewegte sachte seine Beine, so daß sich die schwarzen Härchen mit der Strömung bewegten.

»Kannst du sie nicht finden?« fragte Ab.

»Nur wenn ich gründlich danach suche. Was hast du denn da?«

Ab hielt ihm die Spielsachen hin.

»Ich habe zu Hause auch eine Ente«, sagte er und setzte sich langsam auf. »Eine lebende Ente.« Das Wasser teilte sich und gab den Blick auf die kahle Wölbung seines Knies frei. »Ich wünschte, sie wäre jetzt hier.«

»Bei dir in der Badewanne?« rief Ab.

»Sie schwimmt immer im Kreis herum«, sagte Randolph und nickte. »Und wenn ich die Seife verliere, taucht sie danach.«

»Wieso macht sie das?«

»Weil sie weiß, daß ich sie brauche.«

»Und warum brauchst du die Seife?«

»Aus dem gleichen Grund, warum kleine Mädchen Fragen stellen müssen, auf die sie die Antwort schon kennen.« Als er die Hand aus dem Wasser zog, umschlossen seine Finger ein Stück Olivenölseife.

»Wie heißt denn die Ente?«

»Ich nenne sie Sam«, sagte Randolph und warf einen Blick auf die offene Tür.

Jetzt, da sie ein Gesprächsthema hatten, klappte Ab den Toilettendeckel herunter und stellte die Tiere darauf auf. Randolph begann sich Arme und Brust einzuseifen. Abs Blick folgte seinen Bewegungen.

»Sam läuft mir immer hinterher«, sagte Randolph. »Und er mag Rosinen und Knallbonbons.«

»Und was macht er mit dem Preis?« fragte Ab.

»Den trägt er an einem Faden um den Hals. Wenn er zu mir in die Wanne steigt, nehme ich ihn ab, damit er ihn nicht verliert. Und wenn er schwimmt, macht er so.« Randolph wirbelte das Wasser in der Wanne auf, daß es im Uhrzeigersinn um ihn herumströmte.

»Ich bade manchmal mit meiner Mutter«, sagte Ab und kam etwas näher.

»Wenn Sam die eine Richtung überhat, dreht er sich um und schwimmt in die andere.«

In der Wanne gab es einen plötzlichen Aufruhr, als Randolph triefend aufstand und anfing, sich Rücken, Bauch und Oberschenkel einzuseifen. Er sah, auf welche Stelle Ab starrte. Da er bekommen hatte, was er wollte, sagte er: »Ich glaube, wir sollten nicht zusammen im Bad sein ... Geh lieber, bevor jemand kommt« und beobachtete, wie aus der Neugier des Kindes allmählich Angst wurde.

In ihrer Hast, so schnell wie möglich aus dem Badezimmer zu fliehen, rutschte Ab aus und fiel plumps-plumps-plumps die tückische Hintertreppe hinunter. Auf ihr Geschrei hin rannte Rachel herbei, hob sie auf, bemitleidete sie und wiegte sie im Arm.

Die Welt (einschließlich Draperville) ist kein freundlicher Ort, und den Unschuldigen und den Jungen bleibt nichts anderes übrig, als ein Risiko einzugehen. Man kann nicht vierundzwanzig Stunden am Tag über sie wachen. In welchem Augenblick, aus welchem Hinterhalt das Böse zuschlagen wird, läßt sich nicht vorhersehen. Und wenn es geschieht, sind die Folgen nicht unbedingt verheerend. Kinder haben ihre eigene unberechenbare Stärke und Schwäche, und diese Tatsache wird, trotz ihrer scheinbaren Hilflosigkeit, das Muster ihres Lebens bestimmen. Auch wenn man vermutet, warum sie die Treppe hinuntergefallen sind, kann man sich nicht sicher sein. Es läßt sich unmöglich sagen, ob ihre Angst bleiben wird oder sich dadurch heilen läßt, daß man Butter auf die große Beule streicht, die nach einem Sturz auf ihrer Stirn erscheint.

5

Je höher die Julisonne am Himmel emporstieg, desto heißer und greller wurde es. Mitten am Vormittag bewegten sich die Tiere auffällig langsam, und die Bäume ließen ihre staubigen Blätter hängen. Frauen, die zum Einkaufen unterwegs waren, gingen möglichst im Schatten der Markisen. Männer, die sich auf den Stufen des Gerichtsgebäudes oder vor der Bank begegneten, blieben stehen und verglichen Thermometerwerte, beobachteten, wie sich der neue Asphaltbelag in der Hitze wölbte, und sagten voraus, daß sich noch vor dem Abend ein Gewitter am messingfarbenen Himmel entladen würde. Farmer, die zum samstäglichen Markt nach Draperville kamen, stellten ihre Gespanne in schattigen Seitenstraßen oder in Dr. Danforth' Mietstall ab. Die Farmer waren die einzigen, die die Hitze geduldig und klaglos ertrugen – ohne Hitze kein Mais. In den Geschäften surrten die Deckenventilatoren, ohne viel auszurichten. Die Fenster in den beiden oberen Stockwerken der Bürogebäude waren weit aufgerissen, als würde das Gemäuer vor Hitze nach Luft schnappen. Um elf Uhr fuhr der große runde Wassersprühwagen zweimal um den Platz. Straßen und Luft kühlten durch das Sprühen vorübergehend ab, doch am Mittag, als Austin King sein Büro verließ, war der Gehsteig schon wieder staubtrocken.

Er wartete unter der Markise von Giovannis Eisdiele und Lichtspielhaus, bis eine Straßenbahn kam. Es war die offene Bahn, die an den Friedhöfen vorbei zum Chautauqua-Gelände fuhr und zwei Straßen weiter von der Elm Street entfernt hielt als die andere, aber da sie kühler war, nahm er sie. Als er in seinen eigenen Vorgarten einbog, erhob sich Mr. Potter von der Verandaschaukel. »Eine Affenhitze, was?« sagte Austin.

»Wir warten schon alle auf dich«, sagte Mr. Potter.

»Bin ich zu spät dran?«

»Die Frauen haben sich für ein frühes Mittagessen entschieden«, sagte Mr. Potter. »Bud Ellis hat angerufen und uns eingeladen, heute nachmittag zu seiner Farm rauszufahren.«

»In dieser Hitze?«

»Na ja, er hat offenbar gemeint, heute sei es günstig. Und wir sind Hitze gewöhnt. Bei uns zu Hause –« Mr. Potter zögerte, suchte nach einer Rechtfertigung für die Fahrt und erwartete offenbar von Austin, daß er sie lieferte.

Austin schwieg eine Weile und sagte dann in seinem gewohnt freundlichen Ton: »Wenn ihr alle es so wollt, bitte.« Er hielt Mr. Potter die Fliegentür auf und folgte ihm ins Haus. Randolph war im Arbeitszimmer. Auf seinen Knien stand Austins Angelkasten, und er untersuchte die Fliegenköder. Mrs. Potter spielte im Wohnzimmer laut und energisch Klavier. Ab saß auf dem Boden, inmitten ihrer Sammlung von Singer-Nähmaschinen-Vögeln.

»Wo ist Martha?« fragte Austin.

»In der Küche«, sagte Mrs. Potter, ohne ihr Spiel zu unterbrechen.

Seit dem Frühstück hatte sich die Atmosphäre im Haus

verändert. Die Potters schienen inzwischen ihre Rechte und Privilegien als Gäste wahrzunehmen und zu behaupten (immerhin hätte man ihn bezüglich der Fahrt am Nachmittag fragen können), und er spürte, wie sich *seine* Rechte und Privilegien schüchtern in den Keller, in Kammern und hinter die Luke zum Dachboden zurückzogen.

»Entschuldigt mich bitte«, sagte er. »Ich möchte mich vor dem Mittagessen waschen.«

Er kam über die Hintertreppe wieder herunter und fand Martha in der Speisekammer, wo sie gerade Minzezweige in eine Reihe hoher Gläser mit Eistee tat. »Du bist ja weiß wie die Wand«, sagte sie. »War es heiß in der Stadt?«

»Wahrscheinlich auch nicht schlimmer als hier.«

»Wir essen nur ein paar Sandwiches und Salatreste.«

»Lief heute morgen alles glatt?« fragte er.

»Randolph kam erst um halb elf zum Frühstück herunter. Ab ist die Treppe heruntergefallen. Und sie wollen eine Spazierfahrt machen.«

»Das habe ich gehört.«

»Ich habe versucht, es ihnen auszureden, aber Mr. Potter wird unruhig, wenn er den ganzen Tag im Haus herumhockt. Und Nora hat gelesen.«

»Das dürfte ja wohl niemanden stören«, sagte Austin.

»Sollte es vielleicht nicht, aber es *hat* wen gestört. Du weißt doch, diese Reihe Bücher aus der Bibliothek deines Vaters – diese großen grünen Bücher?«

»Die *Werke von Robert Ingersoll*?«

»Nora hat die Bücher entdeckt, und als Tante Ione herausgefunden hat, was Nora da las, hat sie sie ihr weggenommen. Er ist doch Atheist, oder? Seitdem spielt Tante Ione Kirchenlieder, um die Atmosphäre zu reinigen. Nora wurde wütend und ist nach nebenan zu den Beach gegangen. Die Mädchen haben sie zum Essen eingeladen. Ich wollte selber für eine Weile aus dem Haus, um den Potters mehr Spielraum zu geben, aber da war es schon an der Zeit, das Mittagessen vorzubereiten.«

»Ich glaube, Nora hat sich gestern abend nicht besonders gut amüsiert«, sagte Austin.

»Hat sie irgendwas zu dir gesagt?«

»Nein«, sagte Austin, »das ist nur so ein Gefühl. Wir hätten jemanden für sie einladen sollen – jemanden in ihrem Alter.« Er berührte eine feuchte Locke in ihrem Nacken. Martha wich vor ihm zurück.

»Du scheinst mir im Moment auch nicht besonders glücklich zu sein«, sagte er.

»Muß denn jeder glücklich sein? Geh rein und sag ihnen, sie sollen sich hinsetzen. Wir sind soweit.«

Er sah sie verblüfft an. Obwohl er wußte, daß er schon zuviel gesagt hatte, sagte er noch einen letzten Satz: »Es tut mir leid, daß der Vormittag so schwierig war.« Aber es nutzte nichts. Sie war für ihn längst nicht mehr zu erreichen. Er wartete einen Augenblick, die Hand auf der Schwingtür, und ging dann hinaus ins Eßzimmer.

Während des Mittagessens verhielt sich Martha King ihren Gästen gegenüber genauso wie zuvor, aber an ihrem Mann sah sie vorbei, anstatt ihn anzusehen – was den drei Besuchern aus Mississippi sofort auffiel. Aus Höflichkeit, und nicht weil sie Angst vor einer Szene hatten, redeten sie – redeten sie ununterbrochen, wobei sie Rachel, während sie die Runde am Tisch bediente, in ihre Unterhaltung häufig mit einbezogen. Selbst wenn nur ihre Augen blitzten und sie ihre ganz weißen Augäpfel rollte, war darin eine äußerst scharfe Wahrnehmung und manchmal sogar offener Spott zu spüren. Beides kannten die Potters von ihren eigenen Dienstboten.

Sowie Austin mit seinem Nachtisch fertig war, legte er seine Serviette beiseite und flüchtete in die Scheune. Das Pferd, ein prächtiger Fuchs, war bereits aufgezäumt und gefüttert worden. Austin schob Prince Edward rückwärts zwischen die Deichseln des hohen Wagens, der sein ganzer Stolz war, und fuhr zur Vorderseite des Hauses, wo die zweisitzige Kutsche der Ellis wartete. Er band die Zügel um einen Pfosten und ging wieder hinein. Im Flur stand Bud Ellis, den Strohhut in der dicken Hand. Mrs. Potter hatte einen langen Staubmantel aus Leinen angezogen und ordnete gerade ihre Schleier vor dem Ebenholzspiegel im Wohnzimmer. Mr. Potter und Randolph, ebenfalls in Staubmänteln, warteten ungeduldig.

»Wo ist denn Miss Nora?« fragte Bud Ellis, sein Gewicht von einem Fuß auf den anderen verlagernd. »Kommt sie nicht mit?«

»Das weiß niemand«, sagte Randolph düster.

Auf der Veranda waren Schritte zu hören, worauf Mrs. Potter sich vom Spiegel abwandte und sagte: »Da kommt sie.«

»Ich komme nicht mit«, verkündete Nora, als sie eintrat. »Ich bleibe zu Hause bei Cousine Martha.«

»Das mußt du nicht«, meinte Mrs. Potter.

»Aber ich *will* nicht mitkommen!« rief Nora.

»Du willst doch sicherlich nicht die Fahrt versäumen«, sagte Mrs. Potter energisch. »Und Cousine Martha ist heute nachmittag wahrscheinlich mit eigenen Dingen beschäftigt.«

Als Nora ein langes Gesicht machte, dachte Mrs. Potter, wie egoistisch ihre Kinder doch waren, wie selten sie irgend etwas für jemand anderen taten, wenn damit auch nur die geringste Anstrengung oder das kleinste Opfer verbunden war. Sie selbst wäre auch am liebsten zu Hause geblieben im Kühlen, aber trotzdem war sie bereit zu tun, was alle anderen taten, und den Eindruck zu erwecken, als hätte sie Spaß daran. »Wir warten alle auf dich«, sagte sie.

Derart zum Kind degradiert, zog Nora den Staubmantel an, den ihre Mutter ihr hinhielt, und legte mehrere grüne Schleier an. Dann marschierte die ganze Gesellschaft aus dem kühlen Haus hinaus in die blendende, brütende Hitze. Der Wagen war zwar ein sehr prächtiges, rotgestrichenes Gefährt, besaß aber kein Verdeck, das ihnen als Sonnenschutz dienen konnte. Mrs. Potter raffte mit einer Hand ihre langen Röcke, setzte den rechten Fuß auf die kleine Eisenstufe, stieg, unterstützt von Mr. Potter, ein und nahm auf dem Rücksitz Platz. Mr. Potter wartete kurz, um Austin die Möglichkeit zu geben, ihm die Zügel anzubieten, und folgte ihr dann. Abgeschirmt durch die violette Klematis auf der Veranda der Links, beobachtete Mary Caroline, wie Bud Ellis Nora auf den Vordersitz der Kutsche half, wie Randolph auf den Vordersitz des anderen Wagens sprang und sich neben Austin King setzte.

Die Wirklichkeit, wie schön oder bezaubernd sie auch sein mag, kommt nicht annähernd an die herzzerreißende Vision des Bettlers heran, der beim Festmahl zuschaut. Für Mary Caroline war Mrs. Potter keine ältere Dame aus Mississippi, sondern eine Königin – irgendeine legendäre Königin aus Frankreich oder Dänemark; und Randolph war kein Mensch aus Fleisch und Blut, sondern alles, was gut oder schön ist. Auf diesen Augenblick, als die Kutschen vorbeifuhren und sie einen kurzen Blick auf ihn erhaschen konnte, hatte sie seit dem Frühstück gewartet, und sie hätte auch noch weitergewartet, geduldig, jahrelang.

6

Die Straße zur Farm der Ellis führte am Messegelände, am Baseballstadion und an der Kohlengrube vorbei aufs flache Land, wo der Horizont zur Gänze sichtbar war, ähnlich wie im Mississippidelta. Dort wird die Weite gelegentlich durch eine Reihe Weiden oder Zypressen unterbrochen, die auf das Vorhandensein von Wasser hindeuten. Hier bestand die Unterbrechung in einer Hecke oder einem Windschutz aus Kiefern an der Nordseite eines Farmhauses. Die Wolken, die übers Delta ziehen, sind größer und nehmen am Abend die rosagoldene Farbe an, die dann den Himmel überzieht. Doch die Besucher aus Mississippi sahen sich um und bemerkten nur das gleiche Hitzeflirren, das sie von zu Hause gewohnt waren.

Nora Potter, die auf dem Vordersitz der Kutsche neben Bud Ellis saß, stellte fest, daß sie ihn unterschätzt hatte. Er war viel netter, als es am Abend zuvor den Anschein gehabt hatte, und sie konnte mit ihm über die Dinge reden, über die zu reden sich lohnte. »Ich fühle mich manchmal so voller Sehnsucht«, erklärte sie. »Sehnsucht unterschiedlichster Art – nach Glück, Mitgefühl, nach jemandem, der sich von dem, was ich sage, nicht erschrecken läßt.«

»Ich habe noch mal drüber nachgedacht, was Sie über Gesichter gesagt haben«, entgegnete er. »Es stimmt, was Sie sagen, jedes Wort. Die Leute – vor allem die Männer – nehmen es wirklich zu wichtig, ob ein Mädchen gut aussieht oder nicht. Man sollte nicht so oberflächlich sein. Komisch, aber deswegen habe ich heute morgen eigentlich angerufen. Ich wollte wissen, was Sie sonst noch zu sagen haben.«

Auf den Feldern zu beiden Seiten der Straße war das Getreide geschnitten und zu gelben Garben gebündelt worden, die von ihrem eigenen Gewicht und vom Wetter niedergedrückt waren. Der Mais hatte eine dunkle, staubige, sommergrüne Färbung.

»Als wir gestern morgen über den Ohio gefahren sind, wurde es gerade hell«, sagte Nora. »Ich war wach und habe ständig aus dem Zugfenster gesehen. Es war, als würde man in ein fremdes Land kommen. Hier wird man nicht andauernd von der Vergangenheit verfolgt wie bei uns. Ihr seid einfach ihr selbst, führt euer eigenes Leben, ohne euch wegen dem Bürgerkrieg oder Shermans Armee zu grämen. Ihr wacht morgens auf, und es ist der Morgen, an dem ihr aufwacht. Zu Hause wache ich in einer Welt auf, die sich immer an etwas erinnert – daran, wie es früher war. Und die wieder in die alten Zeiten zurückwill. Aber es gibt keinen Weg zurück, und so wacht man natürlich auch nie richtig auf. Mit Ausnahme der Nigger. Die sind fröhlich und vollkommen verantwortungslos. Ich höre sie draußen vor meinem Schlafzimmerfenster, wie sie lachen und streiten, als wären sie die Herren im Haus und als wären wir nur da, um für sie zu sorgen. Manchmal wünsche ich mir, ich wäre eine Niggerin oder eine Indianerin oder sonst irgendwas, nur bloß nicht ich selbst, Nora Potter, die zu Einladungen geht und Besuche abstattet und brav und mucksmäuschenstill daneben sitzt, während Mama das große Wort führt.«

»Ich weiß, was Sie meinen«, pflichtete Bud Ellis bei und nickte. »Aber es gibt viele, die sich das nicht wünschen.«

»Ich habe eine Menge zu sagen, aber es geht nicht um Kochrezepte, und das ist das einzige, worüber Frauen bei uns reden. Kochen, Nähen, Kinder und Familie.«

»Das ist mehr oder weniger auch das einzige, worüber sie hier reden.«

»Wenn man mal einen *Gedanken* äußert«, sagte Nora, »dann schauen sie einen an, als ob man den Verstand verloren hätte. Es ist ihnen richtig peinlich, und dann wechseln sie so schnell wie möglich das Thema. Zu Hause habe ich niemanden, mit dem ich reden kann – außer meinen Bruder natürlich. Er versteht mich in gewisser Weise, aber die Art, wie er mich versteht, ist nicht die richtige, hat nichts Tröstendes. Er ist völlig unzuverlässig und schrecklich eitel. Er verbringt Stunden vor dem Spiegel. Ich kann zu ihm gehen, wenn ich Ärger mit Mama gehabt habe, weil er weiß, wie sie einen zur Verzweiflung treiben kann und wie sehr ich mich bemühe, mit ihr auszukommen. Aber wenn ich ihm meine Gedanken mitteile, ihm sage, was ich wirklich glaube, dann hört er nicht zu. Manchmal sieht er mich an, als wünschte er sich, ich würde endlich aufhören zu reden, aufhören, mir Sorgen zu machen, und aufhören, mich so zu bemühen. Aber ich muß mich weiter bemühen. Wenn man das bei uns nicht macht, ist man geliefert.«

»Nichts von dem, was Sie mir da erzählen, ist mir neu«, sagte Bud Ellis düster. »Wirklich nichts, Nora.«

»Es gibt so viel zu essen, und man ißt und ißt, bis man keine Luft mehr kriegt, der Mittagsschlaf wird jeden Tag länger, man nimmt sich vor, neue Kleider zu kaufen, und redet darüber, wer mit wem verwandt ist, und alles ist wie ein Traum. Das einzige, was man dafür braucht, ist dieser ungezwungene Charme, den alle in Mississippi haben – Randolph, Mama und Papa, alle außer mir.«

»Auf Anhieb würde ich sagen, daß Sie den meisten Charme von allen haben«, sagte Bud Ellis mit sehr ernster Miene.

»Das meinen Sie nicht wirklich. Sie wollen bloß höflich sein, aber das brauchen Sie bei mir nicht.«

»Ich wollte nicht bloß höflich sein«, erwiderte Bud. »Ehrenwort.«

Nora schüttelte den Kopf. »Verstehen Sie denn nicht –« setzte sie an.

Obwohl Austin die Straße kannte, ließ er den Wagen vor sich nicht aus dem Auge und hielt immer so viel Abstand zwischen den beiden Kutschen, daß der Staub sich vor ihm wieder legen konnte. Als Bud Ellis anhielt, damit Nora, die noch nie einen Mähdrescher gesehen hatte, zuschauen konnte, wie die Farmer die gebündelten Garben in den Schlund der roten Maschine warfen und das Stroh aus der großen Metallschnauze herausfiel, hielt auch Austin an. Eine kleine Weile nachdem der Wagen vor ihm wieder angefahren war, berührte er Prince Edward leicht mit der Peitsche und fuhr los, durch mehr Stoppelfelder, durch mehr hohe Maisfelder. Allmählich gewöhnte er sich an die Stimmen der Besucher aus Mississippi und hörte mehr heraus als nur einen weichen Südstaatenakzent. Wenn Randolph etwas zu sagen hatte, dann war es gewöhnlich nach hinten gerichtet. Austins Gedanken konnten so zur Stadt zurückschweifen, zum Haus in der Elm Street und zur Gestalt seiner Frau, wie sie gerade die Tür des Zimmers schloß, in dem Ab in tiefem, erholsamem Kinderschlummer lag, wie sie aus dem Wäscheschrank frische Handtücher holte, wie sie sich mit Rachel unterhielt und wie sie höchstwahrscheinlich nach irgendeinem neuen Vorwurf gegen ihn suchte. Das heraufbeschworene Bild entsprach nicht ganz der Wahrheit. An diesem Nachmittag saß Martha King lange Zeit auf dem Fensterplatz in der Bibliothek und tat gar nichts. Und in einem Punkt spiegelte das Bild, das Austin sich von seiner Frau machte, mehr Wahres über ihn wider als über sie. Aber es bewirkte wenigstens, daß er die Hitze und die anstrengende Fahrt vergaß, bis ihn die melodiösen, im Streit erhobenen Südstaatenstimmen plötzlich in die Wirklichkeit zurückholten.

»Um Himmels willen, hör endlich auf, deine Hände zu bewundern!«

»Was gibt's hier sonst zu bewundern?« fragte Randolph.

»Du könntest ja mal die Aussicht bewundern«, sagte Mrs. Potter. »Cousin Austin, was sind das da für warzige grüne Dinger?«

»Heckenäpfel«, sagte Austin.

»Kann man die essen?«

»Ich habe noch nie gehört, daß jemand welche gegessen hat.«

»Wie interessant«, sagte Mrs. Potter.

»Herrgott noch mal, Mutter!« rief Randolph aus. »Du siehst doch jeden Tag Hecken!«

»Das mag sein«, sagte Mrs. Potter. »Aber mir fällt nicht immer jedes kleine Detail auf, wie dir und Nora. Ich kann mich jedenfalls nicht erinnern, schon einmal solche warzigen Dinger auf unserer Plantage gesehen zu haben ... Cousin Austin, würde es zuviel Mühe machen, die Kutsche kurz anzuhalten, damit Randolph schnell hinunterspringen und mir so ein Ding pflücken kann?«

»Ich werde nichts dergleichen tun«, sagte Randolph. »Wenn du noch nie einen Heckenapfel gesehen hättest, würde ich dir gern einen besorgen, aber das Gras hier ist staubig, und sie hängen so hoch, daß man nicht rankommt, und außerdem haben die Bäume Dornen. Wenn du unbedingt einen haben willst, dann kletter doch selber auf einen Baum und hol dir einen.«

Austin hielt die Kutsche an, übergab Randolph die Zügel und sprang hinunter. Im Straßengraben fand er einen Stock und begann ihn hochzuwerfen.

»Soll mir keiner mehr was von den Manieren eines Gentlemans aus dem Süden erzählen«, sagte Mrs. Potter.

»Du bist doch diejenige, die immer von den Gentlemen aus dem Süden redet«, sagte Randolph. »Ich habe noch keinen gesehen, soviel ich weiß.«

»Du hast deinen Vater gesehen«, sagte Mrs. Potter.

Nach mehreren Versuchen gelang es Austin, einen Apfel herunterzuschlagen, und er brachte ihn Mrs. Potter.

»Danke, Cousin Austin«, sagte sie. Und dann, als sie weiterfuhren, meinte sie: »Ja, ich glaube, ich habe doch schon einmal welche gesehen. Wenn ich mich recht erinnere, hat die alte Mrs. Maltby ein Rezept, um Marmelade daraus zu machen. Oder vielleicht meine ich auch Quitten. Jedenfalls werde ich den hier mit nach Hause nehmen und ihr zeigen. Irgendwas muß man doch mit ihnen machen können, wo es so viele davon gibt.«

In der ersten Kutsche hatten Sprecher und Zuhörer die Rollen getauscht, und jetzt war es Bud Ellis, der hauptsächlich das Wort führte.

»Wenn sich jemand so angestrengt hat, muß man einfach Mitleid mit ihm haben.«

»Ich weiß«, sagte Nora.

»Aber Mitleid reicht nicht. Es sollte reichen, tut es aber nicht. Jedenfalls nicht, wenn man jemand ist, der – na ja, egal. Ich weiß gar nicht, wie ich dazu gekommen bin, darüber zu reden, außer daß Sie so nett sind, mir zuzuhören.« Er schnalzte mit den Zügeln, um das Pferd anzutreiben. »Sie ist sehr lieb und anhänglich und alles, aber ich weiß genau, was sie sagen will, bevor sie überhaupt den Mund aufmacht. Und das, was ich ihr sage, hört sie meistens gar nicht. Oder wenn sie es hört, dann versteht sie es nicht. Sie mißversteht immer alles, so wie sie bei den einfachsten Geschichten, die sie erzählt, immer alles völlig verquer herausbringt. Gestern abend habe ich gehört, wie sie Ihrer Mutter von einem alten Steinbruch erzählt hat, zu dem wir vor ein, zwei Wochen gefahren sind. Er ist voll Wasser, und die Kinder gehen dort schwimmen. Als Halbwüchsiger bin ich viel dort geschwommen. Und dann habe ich sie sagen hören, daß die Wände dreißig Meter hoch seien. Tatsächlich sind sie höchstens zehn Meter hoch. Ich weiß, das ist eine Kleinigkeit, und ich sollte drüber wegsehen können, aber ich habe dagesessen, an den Nägeln gekaut und gedacht, wenn sie doch bloß einmal was richtig erzählen würde, bloß ein einziges Mal!«

Nora blickte sich um, um zu sehen, ob die zweite Kutsche noch hinter ihnen war. Es war ihr schon einmal, in Mississippi, passiert, daß ein Gespräch mit einem verheirateten Mann genau diese Wendung genommen hatte, und sie wollte nicht, daß dieses Gespräch dort endete, wo jenes geendet hatte.

»Obwohl unsere Wege so weit entfernt voneinander verlaufen sind – was ich sehr bedaure –, kann ich mit Ihnen reden, und Sie verstehen, was ich sage. Mary und ich sprechen nicht die gleiche Sprache, und wir sind uns nie über etwas einig. Wir amüsieren uns nie über die gleichen Dinge. Wenn ich abends nach Hause komme, frage ich mich manchmal, warum ich gerade dorthin gehe – warum nicht irgendwohin, weil mich dort doch gar nichts erwartet.«

Nora wußte, daß sie ihm eigentlich nicht zuhören sollte. Das meiste von dem, was er sagte, stimmte wahrscheinlich nicht, und sie sollte das Gespräch beenden, solange noch Zeit dazu war. Doch statt dessen saß sie da und blickte auf ihre Handschuhe. Er tat ihr einfach leid. Er war so idealistisch, genau wie sie, und sie hatte das Gefühl, als würde alle Welt, ob verheiratet oder nicht, das gleiche suchen und es nie finden.

Bud Ellis starrte auf die staubige Straße vor sich und

fuhr fort: »Ich werde Ihnen jetzt etwas sagen, was ich noch keiner Menschenseele anvertraut habe. Als ich sie geheiratet habe, war ich nicht in sie verliebt. Zuerst dachte ich, ich wäre es, und dann bin ich eines Morgens aufgewacht und wußte, daß alles ein Fehler war.«

Jetzt, dachte Nora, doch die flapsige Bemerkung, die sie beide wieder auf die rechte Bahn bringen würde, wollte ihr nicht über die Lippen kommen.

»Zu dem Zeitpunkt waren die Heiratsanzeigen bereits verschickt, und die Hochzeitsvorbereitungen waren in vollem Gang. Sie wissen ja, wie das ist. Ich konnte es einfach nicht übers Herz bringen. Über so etwas kommt eine Frau nicht so leicht hinweg. Und bestimmte Frauen erst recht nicht. Ich dachte, daß ich mich vielleicht nach ein oder zwei Monaten in sie verlieben würde, daß es sich von selbst einstellen würde, aber nichts ist passiert, und jetzt weiß ich, daß es auch nie passieren wird. Wir passen einfach nicht zusammen, und das ist wirklich schade, denn einen anderen Mann hätte sie sehr glücklich machen können. Manchmal denke ich mir, ich müßte es ihr eigentlich sagen, daß ich sie nicht liebe, aber wenn sie mich so ansieht – irgendwie so ängstlich und so gespannt, ob mir ihr neues Kleid gefällt oder irgendwas, was sie fürs Haus gekauft hat, dann schaffe ich's einfach nicht. Mir ist es völlig egal, was sie anhat. Aber ich sage ihr, es steht ihr gut, und sie glaubt mir. Das ist das Komische dran. Sie ist vollkommen glücklich und zufrieden. Vielleicht finde ich irgendwann eine Frau, die mir wirklich was bedeutet, eine, der ich meine innersten Gedanken anvertrauen kann und bei der ich weiß, daß sie sie versteht – eine Frau, mit der zusammenzusein mir alles in der Welt bedeutet. Wenn ich dieser Frau begegne, werde ich meinen ganzen Mut zusammennehmen und Mary alles gestehen. Es wird für sie sehr schwer werden, das zu akzeptieren, aber noch schwerer wäre es für sie, wenn es keine andere gäbe, die mir mehr bedeutet als sie. Bis dahin müssen wir einfach weiter miteinander leben, auch wenn wir uns völlig fremd sind. Verstehen Sie, ich werfe ihr nichts vor. Es ist allein meine Schuld. Ich hätte am Anfang nicht so weichherzig sein dürfen. Aber ich weiß jetzt Dinge, die ich damals nicht gewußt habe. Und wenn ein Mann sich einen Namen machen und seine Ziele erreichen will, dann braucht er eine Frau, die diese Ziele versteht und ihn antreibt ... Vielleicht nehme ich mir Ihnen gegenüber zu viele Freiheiten heraus, aber ich würde Sie gern etwas fragen, Nora. Meinen Sie, Sie haben in Ihrem Herzen noch Platz für einen weiteren Freund?«

Wieso, fragte sich Nora erregt, *wieso* muß es immer ein verheirateter Mann sein, der sich so lange durchs Zimmer laviert, bis er neben mir sitzt? Liegt es an irgend etwas, was ich tue und nicht tun sollte und was bewirkt, daß ein ernsthaftes Gespräch, ein Gespräch über das Leben, sich plötzlich in etwas anderes verwandelt?

Die Menschen stellen sich oft die richtigen Fragen. Nur scheitern sie daran, die Fragen, die sie sich stellen, auch zu beantworten, und sie scheitern meist nur knapp. Ein einziger Strang von Überlegungen, bis zu seinem logischen Ende verfolgt, würde sie direkt zur Wahrheit führen. Aber sie bleiben kurz davor stehen, wieder und wieder. Wenn sie nur noch die Hand auszustrecken brauchten, um den Gedanken zu packen, der alles erklären würde, gelangen sie zu dem Schluß, daß die Suche hoffnungslos ist. Die Suche ist nie hoffnungslos. Kein Heuhaufen ist so groß, daß die Nadel darin nicht gefunden werden könnte. Aber das erfor dert Zeit, es erfordert Demut und einen tiefen Beweggrund für die Suche.

7

Die beiden Gespanne bogen von der Straße in einen schmalen, tief gefurchten Weg ein. Der Weg führte durch abgeerntete Weizenfelder zu einem Tor und zu einem Hof dahinter, wo ein Wagen mit der Deichsel auf dem Boden stand. Bud Ellis fuhr auf die Seite des Hauses, und Austin folgte ihm. Während sie den Damen beim Aussteigen halfen, kamen der alte Ellis und sein Pächter aus der Scheune und gingen zu den Kutschen.

»Sind Sie also doch gekommen«, rief Mr. Ellis ihnen zu. »Ich war mir nicht sicher, ob Sie kommen würden oder nicht.«

»Sie müßten doch eigentlich wissen, daß wir uns so eine Gelegenheit nicht entgehen lassen«, sagte Mr. Potter und wischte sich das Gesicht mit seinem Taschentuch ab.

»Ich hätte es Ihnen nicht übelgenommen, wenn Sie sich's anders überlegt hätten. Das ist eine lange Fahrt in dieser Hitze ... Darf ich Ihnen Mr. Gelbach vorstellen?«

Der Pächter nickte und sagte dann »Still, Shep!« zu dem Hund, der sie aus drei Meter Entfernung anbellte.

Der bellende Hund und der Geruch vom Schweinestall, vermischt mit den anderen Sommerdüften, waren Balsam für Mr. Potters Beine, die den ganzen Vormittag von einer nagenden Ruhelosigkeit geplagt worden waren. »Schön haben Sie's hier«, sagte er, während er den Blick schweifen ließ.

»Das Haus braucht einen neuen Anstrich, und auch sonst gibt's einiges dran zu tun«, sagte Mr. Ellis. »Im Moment ist's kein erhebender Anblick, aber irgendwann werde ich alles richten lassen. Jetzt, wo der Mais beim Getreidesilo dreiunddreißig Cent bringt, lasse ich mich hier vielleicht noch nieder.« Niemand nahm ihn ernst, was er auch von niemandem erwartete. Er sagte es, um das Schicksal nicht herauszufordern, für den Fall, daß die altehrwürdigen Götter der Landwirtschaft seinen Wohlstand bemerkt hatten und der Meinung waren, daß er jedes vernünftige Maß überschritten hatte.

Der Pächter zäumte die beiden Pferde ab und führte sie zur Scheune.

»Ich habe hier was, was sich die Damen sicherlich gern ansehen möchten«, sagte der alte Mr. Ellis. »Mein neues Fohlen, vor zwei Tagen geboren.«

Das Fohlen und seine Mutter waren auf der Weide hinter der großen Scheune. »Bildhübsch«, sagte Mr. Potter, während er sich auf den Zaun lehnte. »Ja, allein dafür hat sich der weite Weg von Mississippi hierher gelohnt.« Er rief dem Fohlen eine lange Reihe verlockender Einladungen zu, aber es wollte nicht zu ihm kommen.

Sie gingen weiter, um einen Blick in die große weiße Scheune zu werfen, in der es nach Mist, Heu, Staub und Zaumzeug roch. Sie sahen sich die Maisströge an, die bis zum Herbst leer standen; die neue Windmühle; die Schuppen, die mit rostigen landwirtschaftlichen Geräten vollgestellt waren; die Schweine; den Gemüsegarten; und schließlich den indianischen Grabhügel unten am Bach. Für die Besucher aus Mississippi waren ein Kopf, Ohren, Nase, Beine und ein Schwanz deutlich zu erkennen, und Mr. Potter wußte von einem indianischen Grabhügel in Tennessee zu berichten, der angeblich Ähnlichkeit mit dem ausgestorbenen Megatherium hatte.

Als Mr. Ellis nach der Besichtigung des indianischen Grabhügels auf das Maisfeld zusteuerte, durften die Frauen ihrer eigenen Wege gehen. Es wurde von ihnen nicht erwartet, daß sie sich für Landwirtschaft interessierten, und außerdem eigneten sich ihre Schuhe nicht dazu, über gepflügte Felder zu laufen. Austin King und der Pächter gingen schweigend nebeneinanderher. Jeder glaubte vom anderen, daß er ihn etwas verächtlich betrachtete – der Farmer den Städter und der Kopfarbeiter den Mann, der viel mehr Stunden und viel härter arbeiten mußte, weil er zum Arbeiten nur seine schwieligen Hände hatte.

In vielerlei Hinsicht war Austin King der geistige Sohn von Mr. Potters großem, hagerem, bärtigem Vater, und hätte er fünfzig Jahre früher gelebt, wäre er sicherlich Prediger geworden. Mr. Potter war in seiner Kindheit und Jugend mehr als genug Gerechtigkeit und Unvoreingenommenheit zuteil geworden. Öfter als einmal war er im heiligen Zorn seines Vaters auf den Scheiterhaufen gebunden und bei lebendigem Leibe verbrannt worden. Und so ging er voran, zusammen mit dem alten Mr. Ellis und seinem Enkel.

In Bud Ellis' Gegenwart wurde keinem je das Gefühl vermittelt, moralisch minderwertig zu sein. Bud Ellis war auf Geld aus, und dieses kalte Streben hat die Neigung, sich in die Kategorie der liebenswürdigen Schwächen hineinzudrängeln, in die es nicht gehört. Um sich ihre Wärme und ihren schützenden Schatten zu erhalten, wird der Mann, der eigentlich dem Geld nachjagt, auch Frauen nachjagen oder zuviel trinken oder absichtlich in Hemdsärmeln und loser Krawatte herumsitzen, die Füße auf den Schreibtisch gelegt, als habe er nur im Sinn, die Zeit totzuschlagen. Und auf diese Weise kann er seelenruhig behaupten, daß jeder, der offenbar nicht von materiellem Streben oder animalischen Bedürfnissen beherrscht wird, ein scheinheiliger Heuchler ist.

Während sie Kolben entblätterten und die Größe der Körner verglichen, machte Mr. Potter den ersten Zug in einem Spiel, das wie Schach nach bestimmten festgelegten Regeln gespielt werden muß – ein Spiel, bei dem (wie niemand besser wußte als Mr. Potter) Eile oft verhängnisvolle Folgen hat. Er bewunderte alles, was der alte Mr. Ellis bewunderte, und hörte sich seine langen, weitschweifigen und manchmal unsinnigen Geschichten an. Auch Mr. Potter erzählte Geschichten, Geschichten, in denen er stets der kluge Held war, gewitzt, taktvoll, humorvoll, und am Schluß die Oberhand behielt. Zusammengenommen hatten diese Geschichten den Zweck, Reuben S. Potter als soliden Geschäftsmann auszuweisen.

Mr. Ellis war selbst ein solider Geschäftsmann. Seine vierhundert Morgen Land hatte er bei einer Zwangsversteigerung erworben. Der alte Mann witterte schnell, wann sich der Einsatz bei einem Spiel lohnte, und war gewöhnlich bereit, mitzuspielen – selbstverständlich nach seinen eigenen Regeln, was sich für Mr. Potter bei der endgültigen Kraftprobe als nicht allzu vorteilhaft auswirken sollte.

Ohne den mäßigenden Einfluß seiner Familie wurde Mr. Potters Stimme lauter und seine Prahlerei unverhüllter. »Ich wußte, was mir da bevorstand. Ich hatte früher schon mal mit Henry Fuqua zu tun. Als er dann bei mir aufgetaucht ist und gesagt hat, er habe gehört, ich hätte da zwei Maultiere, die ich loswerden wolle, und wieviel ich denn für sie verlangen würde, habe ich gesagt: ›Henry, du hast doch jetzt ein gutes Maultier. Wozu brauchst du meine zwei?‹ ›Ich brauche sie eben‹, sagte er, ›und außerdem habe ich auf die zwei weißen Maultiere schon lange ein Auge geworfen.‹ ›Also‹, sage ich, ›um ganz ehrlich zu sein, ich weiß gar nicht, ob ich die beiden überhaupt verkaufen will. Die sind jetzt schön eingeritten und aneinander gewöhnt, und kann sein, daß ich nur schwer wieder ein Paar finde, das mir zusagt. Red doch mal mit Fred Obermeier. Ich war neulich bei ihm draußen, er hat ein paar schöne Maultiere, zwei oder drei.‹ ›Wenn ich mit Fred Obermeier reden wollte‹, sagte er, ›würde ich jetzt mit ihm reden. Dann würde ich jetzt nicht mit dir herumfeilschen. Ich gebe dir achtzig Dollar für die beiden.‹ Na ja, achtzig Dollar ist bei uns ein guter Preis für zwei Maultiere, aber ich hab mir gedacht, wenn die Henry soviel wert sind, sind sie jemand anderem noch mehr wert, weil der an jedem Cent klebt, den er nicht rausrücken muß, und deswegen sage ich: ›Wir machen folgendes. Wenn du willst, kannst du Jake haben, aber Olly gehört den Kindern. Sie haben ihn großgezogen, und er ist jetzt so was wie ihr Haustier. Du weißt doch, wie das ist, Henry‹, sage ich, ›wenn ich Jake und Olly verkaufen würde, wären sie wahrscheinlich ganz schön traurig.‹ ›Na gut, dann fünfundachtzig‹, sagt er. ›Nein, Henry‹, sage ich. ›Das ist ein anständiges Angebot, aber diese Maultiere – ich sehe irgendwie keinen Weg, wie ich die verkaufen kann. Jedenfalls nicht im Moment.‹ Und so ging's hin und her, und schließlich lief es darauf hinaus, daß ...«

Mr. Ellis fiel zurück neben Austin King und dem Pächter, einem kleinen stämmigen Mann um die Vierzig, mit hellem Haar, blauen Augen und einem sonnenverbrannten Hals. »Mein Hafer ist nicht so gut wie letztes Jahr«, sagte Mr. Ellis. »Wir hatten im Spätfrühling viel Regen und konnten deswegen auch erst später aussäen. Aber der Mais gleicht die Sache wieder aus – stimmt's, John?«

»Normalerweise ja, wenn das Wetter anhält«, sagte der Pächter mit leiser und teilnahmsloser Stimme.

»Bis vor ein paar Jahren hatte John eine eigene Farm«, wandte sich Mr. Ellis an Austin. »Er ist ein sehr guter Mann, ein fleißiger Arbeiter. Das sind sie beide. Wenn Not am Mann ist, kommt sie auch mit aufs Feld und arbeitet an seiner Seite. Sie haben drei nette Kinder, und sie zieht genug Gemüse, um durch den Winter zu kommen, und hält das Haus blitzsauber. Wenn ich meinen Mais verkauft habe, will ich ihr etwas Linoleum für den Küchenboden kaufen. Es zahlt sich immer aus, die Frauen bei Laune zu halten. Manche Leute haben ständig neue Pächter, aber ich habe die beiden seit sieben Jahren im Haus, und wir kommen bestens miteinander aus.«

Wenn der Mais beim Getreidesilo abgegeben wurde, würde der Pächter seinen Gewinnanteil verlangen. Bis dahin konnte der alte Mr. Ellis ruhig das Verdienst für sich beanspruchen, dieses Vierzig-Morgen-Feld gepflügt, das Saatgut ausgesät und bei trockenem Wetter den Boden geeggt zu haben. Während sie unter dem riesigen Himmel dahinschritten, inmitten einer derart üppigen Hitze und eines derart raschen Wachstums, daß man beides fast sehen und hören konnte, blieben die Arme des Pächters immer am Körper, als fehlte ihm die Fähigkeit zu gestikulieren, und in seinen Augen, die nicht einmal zornig blickten, spiegelte sich weder Besitzerstolz noch Freude an dem, was sie sahen.

8

Als die Männer im Maisfeld verschwanden, hatte Mrs. Potter keinen Mr. Danforth, auf den sie zurückgreifen konnte. Da war natürlich Nora, aber in Zeiten der Not auf Nora zurückzugreifen bedeutete, sich alle möglichen ungelösten Probleme aufzuhalsen, an die nicht zu rühren sich Mrs. Potter, die Friede und Harmonie liebte, gelobt hatte. Mit dem Hund konnte sie sich nicht anfreunden, weil Randolph ihn bezirzt hatte, und auf Randolph selbst war nie Verlaß. Er war immer nur da, wenn sie ihn nicht brauchte. Er kniete gerade im Staub, das Gesicht hinter seinen verschränkten Armen versteckt, und der Hund lief ständig um Randolph herum, stubste ihn mit der Nase an und versuchte, sich an seiner Hand und seinem Ellbogen vorbeizuzwängen. Mrs. Potter zog sich auf die Veranda zurück, öffnete ihren Seidenbeutel und holte ihre Brille heraus.

Wenn die Männer vom Feld zurückkämen, würde sie die Häkelarbeit wieder in den Beutel stopfen und wäre dank der extremen Anpassungsfähigkeit, die eine Dame auszeichnet, sogleich bereit, zu gefallen, Zuspruch und Trost zu spenden, den alten Mr. Ellis zu bemuttern, der fünfundzwanzig Jahre älter war als sie, aber dennoch Bemutterung brauchen würde, nach dem langen Aufenthalt in der heißen Sonne.

»Hier draußen ist es kühler«, rief Nora aus dem Schatten einer Pappel.

»Meine Knie«, rief Mrs. Potter zurück.

Nora erbot sich, den Schaukelstuhl auf den Rasen hinauszuziehen, doch Mrs. Potter wollte nichts davon wissen. Sie fühlte sich wohler dort, wo sie war. Ab und zu sah sie von ihrer Arbeit auf und ließ ihren Blick über das Farmland schweifen, das sie von der Veranda aus sehen konnte. Sie ließ ihn nicht auf dem Röhrichtgewirr verweilen, auch nicht auf dem Kreischen von Sägewerken irgendwo zwischen den riesigen Zypressen des Urwaldes. Sie erwartete nicht, die große wogende Masse Baumwolle zu sehen, wenn sie aus der Entkörnungsmaschine kam, oder Saumagen, heiße Kekse und Sorghummelasse angeboten zu bekommen. Es bekümmerte sie nur, daß es keine alten Bäume um das Farmhaus gab, keinen Rasen, keinen Blumengarten. Sauberkeit und Ordnung machten keinen Eindruck auf sie, ebensowenig der fruchtbare schwarze Boden. Sie wollte etwas, das ihr Gefühl für Familientradition befriedigte, ihr Gefühl für ein Zuhause als Zentrum des Universums. Was Mrs. Potter sah, war eine geschundene Landschaft, die hundert Jahre zuvor eins der Naturwunder dieser Welt gewesen war – die große westliche Prärie, in der Ferne hier und dort mit Bäumen bestanden, die einem Bach folgten, das hohe Präriegras vom Wind und von den darüberziehenden Wolkenschatten zu einem endlosen Wellenmeer gepeitscht, als erinnere sich die Landschaft (einst ein Binnenmeer) und versuche, ihr urzeitliches Aussehen wiederherzustellen.

Die drei Kinder des Farmers standen aneinandergedrängt neben der Windmühle und sahen Randolph und dem Hund eine Weile zu, bevor sie ihre Scheu überwanden und ihm erlaubten, sie mit Kunststückchen zu bezaubern. Das Gelächter und Gequietsche der Kinder drang bis zur Veranda und veranlaßte Mrs. Potter, sich übers Geländer zu beugen und zu ihnen hinüberzuschauen. Mit einem Seufzer begann sie mit einer neuen Runde an ihrem Tafelaufsatz. Gleichgültig, wo Randolph war, er mußte geliebt werden. Er konnte nicht ruhen, bis er jemanden (und wenn es nur ein langschnäuziger Collie war) zum Opfer seines Charmes gemacht hatte.

Die Häkelarbeit wuchs unter Mrs. Potters Fingern, bis

sie die Größe einer kleinen Untertasse angenommen hatte. Dann kam die Frau des Farmers mit einem Marmeladenglas aus dem Haus, betätigte den rostigen Schwengel der Wasserpumpe und brachte Mrs. Potter einen kühlen Trunk Wasser.

»Das ist aber nett von Ihnen!«

Mrs. Potter konnte die Frau des Farmers zwar nicht nach Mississippi einladen, war aber trotzdem bereit, sich mit ihr anzufreunden. Sie preßte die Häkelarbeit gegen ihr Knie und erklärte das Muster, das einer Schneeflocke unter einem Vergrößerungsglas ähnelte, worauf die Frau des Farmers sie einlud, sich ins kühle Haus zu setzen.

Unter der Pappel unterhielt sich Nora damit, sonnenverdorrte Grashalme zu pflücken, sie aneinanderzuhalten und ihre Länge zu vergleichen und den jeweils kürzeren wegzuwerfen. Träge von der Hitze schweiften ihre Gedanken hilflos umher, blieben einmal an den Kinderstimmen hängen, dann wieder am Haus in der Stadt. Ich verstehe einfach nicht, sagte sie sich, warum das Leben für manche Leute so leicht ist, warum Cousine Martha alles, was sie sich wünscht oder was sie braucht, bekommt, ohne jede Gegenleistung, das Glück zum Greifen nah, sie muß sich nur bücken und es aufsammeln, Tag für Tag. Während andere Leute ... Diese Spiele, die ich spiele, sagte sich Nora und ließ den Blick über die Maisfelder schweifen, dieses geistlose Vergleichen und Wegwerfen von Grashalmen, diese Stimmen, die *Nora, wo bist du?* rufen, weil keine menschliche Stimme mich das jemals in dem Ton fragt, wie ich ihn in meiner Vorstellung höre – ich weiß, daß es keine wirklichen Stimmen sind, aber bin ich die einzige, die sie hört? Cousine Martha stellt sich nicht vor, daß sie unsichtbar wäre, und will nicht wissen, was auf der andern Seite der Wand ist. Sie will nicht Leute beobachten, die nicht wissen, daß sie beobachtet werden. Motive interessieren sie nicht so wie mich. Sie hat Dinge zu erledigen, und wenn man mir erlaubt hätte, heute nachmittag bei ihr zu Hause zu bleiben, wäre ich vielleicht hinter ihr Geheimnis gekommen – woran es liegt, daß sie sich ihrer selbst so sicher sein kann. Aber da ich statt dessen hier bin, sollte mir etwas passieren. Was man anfängt, sollte auch beendet werden, selbst wenn es zwanzig oder dreißig Jahre dauert. Wir wurden auf diese Farm eingeladen, und deswegen sollten wir auch alle etwas davon haben, auch Cousin Austin. Vor allem Cousin Austin, weil er eigentlich gar nicht mitkommen wollte. Er war müde und hatte keine Lust, uns aufs Land zu fahren. Er hat es nur aus Höflichkeit getan. Er kennt die Farm und interessiert sich nicht für Landwirtschaft, und er erwartet auch nicht, daß er von dieser Fahrt irgend etwas hat. Wenn ich etwas erwarte und es nicht bekomme, ist das eine Sache, aber wenn jemand, der nichts erwartet, mit leeren Händen ausgeht, dann ist das wirklich hoffnungslos.

Hoffnungslos sagte die Hitze, die einzige Schauspielerin auf dieser weiten leeren Bühne, und sog den letzten Tropfen Feuchtigkeit aus dem Boden in die trockene Luft. *Einen Cousin Austin gibt es nicht. Die ganze Sache mit dem Erwarten und Bekommen ist eine Illusion.*

Erschrocken von dieser Mitteilung der Landschaft, stand Nora plötzlich auf, klopfte sich den Rock ab und lief zur Veranda. Alle Fenster im Haus waren seit dem frühen Morgen geschlossen, und die Jalousien waren bis zu den Fensterbänken heruntergelassen, um die Hitze abzuhalten. Die Zimmer im Erdgeschoß strahlten eine Atmosphäre geschrubbter strenger Armut aus. Als Nora das Wohnzimmer betrat, hielten Mrs. Potter und die Frau des Farmers in ihrem Gespräch inne und wandten sich (da sie ihnen anscheinend nichts zu sagen, nichts von den Männern auszurichten hatte) wieder einander zu, unterhielten sich weiter übers Einmachen, über ihre Kirchenarbeit und über ihre Kinder.

9

Zwischen Viertel vor zwei und Viertel nach drei zog ein Zeitalter der Stille über das Haus in der Elm Street, über den Reichtum in den Schränken, über die Gelassenheit der Gegenstände in menschenleeren Räumen. Die vordere Treppe knarrte, doch nicht vom Schritt eines Menschen. Die Sonne ließ die Ecke eines Orientteppichs im Arbeitszimmer los, um das Bein eines Stuhls zu wärmen. An der Küchendecke ließ sich eine Fliege nieder. Im Wohnzimmer hing eine weiße, radförmige Phloxblüte lange Zeit herab und fiel dann geräuschlos auf den Tisch. Im Keller beendete eine Spinne ihr Netz an einem verstaubten Balken und wartete. Gerade als die Anordnung der Möbel, die Verteilung von Licht und Schatten, der Glanz und der süße Duft des Sommers endgültig schienen und das Haus selbst als eine unveränderliche kostbare Erinnerung, wachte Ab auf und rief nach ihrer Mutter.

Zwischen halb vier und Viertel vor vier kam Bewegung in das Laub der Bäume. Über die Elm Street wirbelten Staub und trockene Luftstrudel. Die Heuschrecken zirpten schriller. Eines der kleinen Ritchie-Mädchen, das zum Laden lief und hüpfte, um einen Laib Brot und zwei Pfund kleine gelbe Zwiebeln zu kaufen, kam am Haus der Kings vorbei und sah Martha King im Garten, wie sie gerade Chrysanthemen schnitt. Mrs. Danforth blickte aus ihrem Küchenfenster und sah sie etwa zur gleichen Zeit – sah, wie Ab von der Klettertrompete Blüten abzupfte, während Martha auf der Treppe die Chrysanthemen in einer geschliffenen Glasvase arrangierte. Sie wurde auch von Rachels Sohn Eugene gesehen, der an diesem Nachmittag an die Hintertür kam, ein paar Minuten mit seiner Mutter sprach und dann die Einfahrt entlangging, an einer Scheibe Brot knabbernd, die mit Butter und Zucker bestrichen war.

Als Martha mit dem Arrangieren der Blumen fertig war,

gab es nichts mehr für sie zu tun. Sie ging hinauf in ihr Zimmer und stand dann stirnrunzelnd da, als sei sie wegen irgend etwas gekommen, an das sie sich jetzt nicht erinnern konnte. Die angelehnte Tür des Kleiderschranks erregte ihre Aufmerksamkeit. Die Hälfte des Schranks war Austin King vorbehalten, seinen Anzügen, seinen Schuhen, seinen Krawatten, seiner nüchternen, nach Tabak duftenden Person. Die leeren Jackenärmel, die verkehrt herum hängenden Hosen erinnerten sie daran, wie gereizt sie sich ihm gegenüber vor dem Mittagessen verhalten hatte, als er sich doch nur nach Kräften bemüht hatte, es den Besuchern aus Mississippi und ihr recht zu machen. Während sie sich vornahm, ihnen und ihm gegenüber in Zukunft freundlicher zu sein, ließ sie den Blick über ihre eigene Garderobe schweifen, erfreute sich an dem Nebeneinander von Dunkelviolett und Flamingorot, verweilte bei einer Reihe weißer Blusen, und dann wanderte ihr Blick weiter zu Faltenwürfen von Samt und Seide. Sie nahm das weiße Kleid, das sie am Abend zuvor getragen hatte, vom Bügel, hielt es vor sich hin und betrachtete sich im Spiegel ihres Frisiertisches. Dann setzte sie sich auf den Stuhl am Fenster, und mit einer Nähschere trennte sie die Fäden durch, mit denen die Seidenrose befestigt war.

Als Austin King fortging, um Jura zu studieren, war Martha Hastings ein Mädchen, das sich gerade erst die Röcke länger gemacht hatte und von der Pflicht befreit worden war, Haarschleifen zu tragen. Drei Jahre später, als er in der Kanzlei seines Vaters mit Blick auf den Platz vor dem Gerichtsgebäude als Rechtsanwalt zu arbeiten begann, war sie eine erwachsene Frau, ganz anders als das Mädchen, das er in Erinnerung hatte, mit geheimnisvollen Schatten im Gesicht und schönen braunen Augen, die manchmal traurig blickten, manchmal eigensinnig und überheblich. Lange Zeit hielt er nur nach ihr Ausschau, in jeder Gruppe von Menschen, in der er sie vermutete, und dachte abends beim Einschlafen über sie nach, fand einmal diese, einmal jene Er-

klärung für die geheimnisvollen Schatten, verlieh ihr den Liebreiz, die Sanftheit und Fügsamkeit einer Märchenheldin, stellte sich vor, wie er mit ihr über mondbeschienenes Gras schlenderte, wie sich ihre Hände manchmal berührten und sich in ihren Gesichtern das Verlangen des jeweils anderen widerspiegelte. Der Zufall führte sie schließlich zusammen: Der Frauenverein faßte den Beschluß, mit Laienschauspielern Erminie *aufzuführen. Nach einer Probe in der Draperville Academy fragte Austin King Martha Hastings, ob er sie nach Hause begleiten dürfe. Er war Frauen gegenüber immer schon schüchtern gewesen. Hätte sie ihn auch nur im geringsten ermutigt, ist es mehr als wahrscheinlich, daß er sie nie wiedergesehen hätte. Doch von Anfang an wehrte sie sich gegen ihn. Das endlose Bemühen, das Richtige zu tun, worauf Austin King soviel Energie verwandte, hatte sie mehr als satt. Von dem Zeitpunkt an, da sie alt genug war, um ihre Umgebung bewußt wahrzunehmen, war sie zu Hause von christlicher Selbstlosigkeit, von Gottesdienst und Sonntagsschule und von der Epworth League eingeengt worden.*

In einer mit Methodismus geladenen Atmosphäre lächelten die Leute sie mit dem gleichen selbstgefälligen, penetrant süßen Lächeln an, mit dem sie alle anlächelten. Sie hatten keine Ahnung, wer oder wie sie war. Sie gingen auf Nummer Sicher. Sie ersangen sich einen Weg zur ewigen Erlösung, aber sie wollte nicht erlöst werden. Sie wollte Risiken eingehen, aber es wurden ihr keine geboten. Was ihr fehlte, war Aufregung, weiche Knie, das Gefühl, immerzu zu stürzen, ohne daß etwas den Sturz aufgefangen hätte, nur leeren Raum oder wer weiß was unter sich für den Fall, daß sie landete, falls sie überhaupt landete. Gab es denn niemanden, fragte sie sich, wenn sie bei strahlendem Sonnenschein auf den Kirchenstufen stand oder bei einer Gemeindefeier einen Teller mit Erdbeereis hielt, gab es denn niemanden, der ihr das Gefühl von Gefahr vermitteln konnte, einen Mann, der sie nur anzusehen brauchte, um alles um sie herum schummrig werden zu lassen? Einen Mann, den sie nur einmal anzu-

sehen brauchte, um zu wissen, daß sie ihn heiraten würde, wenn er nur den kleinen Finger rührte, um sie darum zu bitten, auch wenn sie nichts über ihn wußte, vielleicht nicht einmal seinen Namen, oder ob er gut oder treulos war, ob er sie liebte oder nur mit der Liebe spielte?

Als Austin Martha Hastings vor der Haustür ihres Onkels zum erstenmal zum Abschied küßte, hob sich ihr Arm unwillkürlich, aber als sie seine Unsicherheit spürte, ließ sie den Arm wieder sinken und sagte: »Das hätten Sie nicht zu tun brauchen.« Jungen, die so erzogen werden, wie Austin King erzogen wurde, wird neben Tischmanieren beigebracht, ein ansehnliches hohes Podest zu errichten und die Frau, die sie bewundern, darauf zu stellen, zu Zwecken der Verehrung. Nicht beigebracht wird ihnen, wie man sie wieder vom Podest herunterholt, zu Zwecken der Liebe. (Martha King zog sich das weiße Kleid über den Kopf. Sie drehte sich vor dem Spiegel langsam hin und her, um die Wirkung ohne Rose zu beurteilen. Das Gesicht im Spiegel blickte zweifelnd drein. Ohne die Blume sah die gefältelte Seidenschärpe fehl am Platz aus. Es lag vielleicht daran, wie die Schärpe drapiert war, aber andererseits wurden Schärpen nicht mehr so häufig getragen. Wenn das Kleid schlichter wäre ... Sie zog es aus und schnitt vorsichtig die Fäden durch, mit denen die Schärpe befestigt war, und schnitt weiter und entfernte auch den Spitzeneinsatz am Hals. Dadurch sah das Kleid zu niedlich aus, befand sie, zu sehr wie das erste Abendkleid eines jungen Mädchens.)

Am nächsten Tag erhielt sie einen Brief, in dem er sie bat, ihn zu heiraten. Ihre erste Reaktion war völlig unerwartete Freude, wie wenn man an einem Maimorgen aus dem Haus tritt und feststellt, daß die Baltimore-Pirole eingetroffen sind. Er ist so sanft, dachte sie, und so vertrauensvoll. Andere Mädchen könnten ihn ausnützen, ich heirate ihn also lieber und beschütze ihn vor ihnen. Dann, in einem Anfall von Zorn über ihre eigene Torheit, zerriß sie den Brief in kleine Fetzen und warf sie in den Papierkorb.

Als sie an diesem Abend auf der Verandaschaukel saßen, sagte sie ihm, daß es keinen Zweck habe, daß sie ihn nicht liebe und nie lieben werde und daß sie ihn früher oder später bitten müsse, nicht mehr zu kommen. »Wenn es soweit ist«, sagte er ernst, »brauchen Sie es mir nur zu sagen, und ich werde Sie nicht weiter belästigen.«

Es kam nie soweit, obwohl sie ihm oft damit drohte, stets mit soviel Schmerz in der Stimme, als wäre er es, der ihr gedroht hatte, daß er sie fortschicken und ihr verbieten würde, je wiederzukommen. Dieser Widerspruch zwischen dem, was sie sagte, und der Stimme, die es sagte, verwirrte und ermutigte ihn. Ein Teil von ihm war gewillt, ihr beizupflichten. Es war undenkbar, daß er je eine schöne Frau besitzen könnte. Aber er kam trotzdem, Abend für Abend, getrieben von dem Verlangen, ihr Gesicht zu sehen, den Klang ihrer Stimme zu hören, ihr nahe zu sein. Ihre Stimme klang manchmal jung und vertrauensvoll, manchmal schroff und gelegentlich ganz und gar hoffnungslos. Martha Hastings hatte viele Stimmen, jede so voll Schattierungen und Bedeutung, daß ihm allein schon bei dem Gedanken daran lustvolle Schauer über den Rücken liefen.

Obwohl nach Mrs. Beachs Maßstäben Austin King eine gute Partie war, ein gutaussehender, gut erzogener, ehrgeiziger und großherziger junger Mann aus gutem Hause, war die Meinung, die er von sich selbst hatte, nicht sehr hoch, nicht so hoch, wie – betrachtet man die menschliche Natur im großen und ganzen, all die Rüdheit, die Selbstsucht und die flegelhafte Grausamkeit – sie hätte sein können. Daß Martha Hastings ihn nicht heiraten wollte, wußte er, aber er erinnerte sich auch daran, wie sie ihren Arm einen Moment lang auf seine Schulter gelegt hatte, und aus dieser körperlichen Erinnerung, aus diesem Gefühl, das die Schulter jederzeit wieder hervorrufen konnte, schöpfte er Hoffnung. Er machte sogar ein kleines Experiment. Anstatt sie zu fragen, wie er es bisher jeden Abend beim Abschied getan hatte, ob sie sich am nächsten Tag wiedersehen könnten, unterließ er diese Frage willentlich, und als er am nächsten Abend kam – groß, schlank, hohlwangig, mit einem Strauß weißer Rosen in den Händen –, erwartete sie ihn. Aber die Rosen gefielen ihr nicht. »Ich habe nichts dagegen, wenn sie noch Knospen sind, so wie die hier«, sagte sie mit bedrückter Miene. »Aber wenn sie aufgeblüht sind, mag ich sie nicht mehr.« Danach brachte er ihr andere Blumen – Veilchen, Nelken, Maiglöckchen, was die Floristin gerade hatte, das ihn an sie erinnerte. Anstatt sie gegen ihren Willen zum Abschied zu küssen, beobachtete er sie sorgfältig, studierte ihre Launen, suchte nach irgend etwas in ihrem Blick oder in ihrer Stimme, das sie ihm gegenüber verriete.

Da es in der Natur der Frauen liegt, geliebt werden zu wollen, sollte man nicht zuviel Ermutigung aus der Tatsache ziehen, daß sich, wenn man eine Frau in einer Sommernacht küßt, ihr Arm hebt und sich unwillkürlich auf deine Schulter legt. Obwohl viel Zeit und Mühe darauf verwandt wurden, es abzustreiten, sind Frauen in Wahrheit auch nur Menschen, empfänglich für körperliche Erregung und für den Mond. Diese Empfänglichkeit trügt. (Irgendwas müßte mit dem häßlichen Saum geschehen, der den Rock und das Oberteil zusammenhielt, befand Martha King. Sie versuchte, die Schärpe auf verschiedene Weise zu drapieren, und dann, mit einem tollkühnen Funkeln in ihren Augen, verbrannte sie ihre Schiffe hinter sich. Ein Kleid mit einem langen und einem kurzen Ärmel hatte noch nie gut ausgesehen. Wenn das Kleid kurzärmelig wäre, müßte die Taille dann nicht höher sitzen? Oder war es der gestickte Einsatz, der das eigentliche Problem war?) *Jede Frau ist eine befestigte Stadt, mit vielen Mauerringen bewehrter Vorbehalte. Sie kann einer Armee jahrelang standhalten, und auch wenn sie ihre Tore freiwillig öffnet, ist ihr nicht immer zu trauen. Die Zitadelle verfügt über Zellen, geheime Räume, in denen der Widerstand, noch lange nachdem der Feind sie allem Anschein nach in Besitz genommen hat, überlebt. Der Eroberer muß alles einnehmen, die Besiegte alles verlieren, bevor das natür-*

liche Gleichgewicht und der Stolz beider wiederhergestellt werden kann.

Von den gottesfürchtigen Kirchgängern, die jeden Mittwoch an den Abendandachten teilnahmen, unterschied sich Austin King dadurch, daß er ihr gestattete, zornig, uneinsichtig und ungerecht zu sein. Er enthüllte auch etwas von sich selbst – nicht das Bemühen, das Richtige zu tun, sondern manchmal ein schlichtes Sichhineinfallenlassen, als bliebe ihm gar keine andere Wahl –, das ihr Herz berührte. Sie wollte ihn trotzdem nicht heiraten.

Im Liebeswerben wird nichts erreicht, was nicht vorher in der Phantasie des Werbenden stattfindet. Eines Abends, als er die Straße vor ihrem Haus überquerte, kamen ihm folgende Worte ungebeten in den Sinn: »Ich, Austin, nehme dich, Martha.« Sein Leben war gänzlich verändert, und seine Chancen waren sehr gestiegen, als er die andere Straßenseite erreichte und das Rasenstück zwischen Bordsteinkante und Gehsteig betrat. Seine Haltung war selbstsicherer geworden. Er blickte anders drein. Als Martha Hastings sah, wie er die Abkürzung über den Rasen nahm, anstatt den Weg entlangzugehen, bekam sie Angst. Der Feind hatte den äußeren Befestigungswall durchbrochen.

Auch der sanfteste Mensch verfügt über beträchtliche Gerissenheit und Ressourcen an Geduld, Hartnäckigkeit und Taktik. Da er wußte, daß Martha Hastings Angst hatte, und er, soweit es ihm möglich war, ihr gegenüber freundlich sein wollte, fragte Austin sie nie wieder, ob sie ihn heiraten wolle. Statt dessen redete er von da an über die Zukunft, als sei bereits alles entschieden. Er wirkte glücklich und gelassen, wenn er mit ihr zusammen war. Sie ließ sich von dieser List nicht täuschen, aber andererseits schien es auch keine Möglichkeit zu geben, sie zu bekämpfen. Austin ließ der Reihe nach vier imaginäre Kinder lebendig werden, jedes mit einem Namen und einem eigenen Charakter. Das älteste war ein Junge, ein blonder, blaßgesichtiger Träumer, der immer zu spät zum Essen kam, launisch und oft gereizt war. Dann ein Mädchen, ein leidenschaftliches, unberechenbares Kind, das sich von ganz anderen Dingen betrüben und erfreuen ließ als gewöhnliche Kinder, das einmal verwöhnt und geliebt werden wollte, dann wieder furchtlos auf Dächern und Apfelbäumen herumkletterte. Als nächstes ein durch und durch konventioneller Junge, der nur Wert darauf legte, so wie alle anderen zu sein, und der nichts von seiner Familie hielt. Der dritte Junge war klein, stämmig und mutig, ein Held in Kleinformat, mit viel Herz und wenig Raffinesse, der immer rennen mußte, um mit den anderen Schritt zu halten.

Den Gedanken, Austin King zu heiraten, konnte Martha Hastings zurückweisen, aber es ließ sich nicht bestreiten, daß er der Vater dieser Kinder war, die für sie so real waren. Um sich zu schützen, bezeichnete sie sie eine Zeitlang als seine Kinder, und als ihr auch das nicht mehr gelang, mußte sie nicht nur die Kinder, sondern auch das Haus akzeptieren, das er eines Abends auf der Verandaschaukel heraufbeschwor – das von uralten Apfelbäumen umgebene, tief eingeschneite Haus, wo oben die Kinder schlummerten, während sie beide unten vor dem Kamin saßen und sich mit leiser Stimme unterhielten.

Als sie schließlich erkannte, daß es zu spät war, ihn fortzuschicken, daß sein Wille und seine Vorstellungskraft hartnäckiger waren als ihre, tat sie das einzige, was ihr übrigblieb. Sie packte einen Koffer und lief davon, ohne ihm irgendeine Nachricht zu hinterlassen oder auch nur eine Adresse, an die er ihr hätte schreiben können. Ihr Onkel und ihre Tante, die sie zum Stillschweigen verpflichtet hatte, setzten sie eines feuchten Novembermorgens in den Zug, und mit einem Gefühl unbändiger Hochstimmung blickte sie lachend aus dem Abteilfenster und sah die Stadt Draperville vorbeigleiten und verschwinden.

Zwischen vier und halb fünf verstummten die Heuschrecken. Martha King schnitt die letzten Fäden durch, die Rock und Oberteil zusammenhielten, und warf dann einen Blick auf die Uhr. Es war später, als sie angenommen hatte. Sie müßten jetzt jeden Moment zurückkehren. Sie legte die Teile dessen zusammen, was einmal Austins Lieblingskleid gewesen war, und verstaute sie in einer Truhe, in der sie Nähmaterial aufbewahrte. Sie ging hinunter, öffnete die Fliegentür und rief Ab, die auf ihrem Dreirad auf dem Gehweg auf und ab fuhr, zu: »Komm jetzt lieber rein.«

»Nur noch einmal«, sagte Ab.

Der Himmel war mit dahinjagenden Wolken bedeckt. Martha wandte sich um und ging in die Küche. »Es wird ein Gewitter geben«, sagte sie zu Rachel. »Es wird Abkühlung bringen, aber ich wünschte, sie würden endlich kommen.«

10

Die Uhr in der Kuppel des Gerichtsgebäudes zeigte fünf Uhr an, als Austin King über den Platz herum und die Lafayette Street entlangfuhr, neben ihm Nora und hinten, zwischen seinen Eltern, Randolph, der sich ein blutiges Taschentuch an die Stirn hielt. Das Pferd war schweißnaß. Austin hatte es härter angetrieben, als er es an einem so heißen Tag unter normalen Umständen getan hätte, aber den Potters, die ihn mit ihrem besorgten Schweigen zur Eile gedrängt hatten, war es trotzdem nicht schnell genug.

Er blieb vor Dr. Seymours Praxis auf dem Wagen sitzen, während die Potters hineingingen. Als sie zehn Minuten später wieder erschienen, hatte Randolph einen ordentlichen Verband über dem linken Auge und sah hübscher aus denn je, aber die Miene seiner Eltern war immer noch ernst.

Die Baumkronen schwankten wild im Wind, und die ersten Regentropfen klatschten aufs Pflaster, als der Wagen in die Elm Street einbog und vor dem Haus der Kings vorfuhr. Die Potters stiegen aus und eilten ins Haus, ohne zu vergessen, den Heckenapfel und mehrere Maiskolben mitzunehmen. Austin fuhr den Wagen ums Haus herum zur Scheune.

»Um Gottes willen, was ist denn passiert?« fragte Martha King, als die Potters hereinplatzten.

»Der Mann hatte Randolph vor dem Hund gewarnt«, sagte Mrs. Potter, »aber man kann den Jungen einfach nicht davon abhalten, sich mit einem Tier anzufreunden.«

»Da passiert schon mal ein Unfall«, sagte Mr. Potter.

»Randolph, geh nach oben und leg dich hin«, sagte Mrs. Potter. »Ich komme gleich nach.«

»Wir wollten gerade aufbrechen«, erzählte Mr. Potter, »ich war dabei, alles zusammenzutrommeln, damit wir rechtzeitig vor dem Gewitter nach Hause kämen, als –«

»Randolph anfing, im Kreis herumzulaufen«, unterbrach Mrs. Potter ihren Mann, »der Hund hinter ihm her. Sie verschwanden um die Hausecke, und als Randolph wiederauftauchte, hatte er eine klaffende Wunde auf der Stirn –«

»Ungefähr fünf Zentimeter lang«, sagte Mr. Potter, »die Stirn entlang und durch die Augenbraue –«

»Sie hat geblutet«, ergänzte Mrs. Potter.

»Der Hund hatte aber keinen Schaum vor dem Maul?« fragte Martha.

Mr. Potter schüttelte den Kopf.

»Randolph ist die Hunde hier im Norden nicht gewöhnt«, sagte Mrs. Potter. »Er hätte vorsichtiger sein müssen. Anscheinend hat der Hund sich aufgeregt und ist ihm ins Gesicht gesprungen.«

»Der Arzt mußte die Wunde mit acht Stichen nähen«, sagte Mr. Potter mit Nachdruck.

»Die Sache hat ihn gekränkt«, sagte Mrs. Potter, als sie sich zur Treppe wandte, »aber er wird schon drüber hinwegkommen. Cousine Martha, du hättest mitkommen sollen. Es war ein sehr schöner Ausflug, trotz des mißlungenen Endes.«

Austin zäumte das Pferd ab, führte es in den Stall, warf ihm eine Decke über und gab ihm etwas Hafer. Dann blieb er im Eingang stehen und sah auf den Regen hinaus. Der Himmel hatte sich von Schwarz zu Olivgrün verfärbt, und der Garten wurde von einem weißen Blitz erhellt, dem ein so heftiger Donnerschlag folgte, daß er sich unwillkürlich duckte, als hätte er ihm gegolten. Seine Miene war entspannt und fröhlich. Das Gewitter hatte all die aufgestaute Spannung des langen heißen Tages freigesetzt. Es machte ihm nichts aus, in der Scheune festzusitzen, und es störte ihn auch nicht, daß das Haus voll Gäste war. Irgend etwas in seinem Innern, er wußte nicht, was, hatte sich gelöst und befreit und ihm ein Gefühl von Ruhe und umfassendem Seelenfrieden gegeben.

Mrs. Danforth sah aus ihrem Schlafzimmerfenster und dachte, wie sehr der Schein doch trügen kann. Austin King, gewöhnlich so beherrscht und würdevoll, wie es bei Menschen seines Alters selten ist, rannte wie ein Zwölfjähriger mit großen Sprüngen durch den Regen.

II

Die Lichter im Schlafzimmer waren wegen der unnatürlichen Finsternis draußen an, und Austin saß auf der Bettkante, fertig gekleidet und frisiert fürs Abendessen. Sein Haar war sorgfältig gekämmt, und der gestärkte Kragen und der Sonntagsanzug verliehen seiner Geste der Entschuldigung etwas Steifes.

»Das tut mir leid«, sagte er. »Daran habe ich überhaupt nicht gedacht.«

»Sage ich ja«, erwiderte Martha ruhig. »Daran hast du überhaupt nicht gedacht.«

Sie saß im Unterrock und Mieder vor dem Frisiertisch. Ihre Taille war fest zusammengeschnürt, und ihre volle

Büste und die Schultern wiesen einen eleganten Schwung auf, der vollkommen zu dem eingravierten Monogramm auf der silbernen Haarbürste, dem Kamm und dem Handspiegel paßte, die auf dem Frisiertisch lagen.

»Ich dachte, wenn du mitkommen willst, würdest du es sagen«, meinte Austin.

»Ich habe es gesagt.«

»Wann?« fragte er verblüfft.

»Vor dem Mittagessen«, sagte Martha, die noch immer in den Spiegel blickte.

»Ich kann mich nicht daran erinnern, daß du gesagt hast, du willst mitfahren. Ich muß es wohl überhört haben.«

»Ich habe gesagt, ich würde gern mal für eine Weile aus dem Haus raus.«

»Hast du das damit gemeint?« fragte Austin. »Ich war mir in dem Moment nicht sicher. Ich dachte, du seist nur müde und gereizt und würdest dir wünschen, sie wären gar nicht gekommen.«

»Wenn du dir nicht sicher warst, hättest du mich ja fragen können.«

»Es war so heiß, und ich hätte alles darum gegeben, wenn ich hätte zu Hause bleiben können, anstatt stundenlang durch die Hitze zu kutschieren, deswegen habe ich natürlich –«

Der Regen kam jetzt durch die Fliegenfenster herein. Austin stand auf, schloß beide Fenster und setzte sich wieder aufs Bett. Was sieht sie? fragte er sich. Was um Himmels willen sieht sie bloß, wenn sie ihren Handspiegel hochhält und von der Seite hineinschaut?

Manchmal sieht man an öffentlichen Orten, vor allem in Restaurants, raffiniert gekleidete Frauen, in Pelze gehüllt und mit Diamantringen an den Fingern, aber ihre Gesichter sind so abstoßend, daß der Betrachter sich mitleidig abwendet. Doch Mitleid ist unerwünscht; nichts als Stolz blickt aus diesen häßlichen Gesichtern.

Hätte Austin King plötzlich gesagt: »Du hast von allen Frauen, die ich je gesehen habe, die schönsten Augen, und überall, wo ich hingehe, schaue ich, vergleiche ich die anderen Frauen mit dir. Du, mein Liebling, bist von allen die Schönste, die Romantischste. Ich liebe über alle Maßen den Schwung deiner Augenlider und dein Haar, das stets so aussieht, als wärst du spazierengegangen und der Wind hätte es dir aus der Stirn geweht. Ich liebe die Dinge, die mir dein Mund sagt, und im Augenblick den weichen Schatten an der Seite deines Halses ...«, dann hätte Martha wahrscheinlich aufmerksam zugehört und wäre vielleicht im Innersten ihres Wesens einen Moment lang zufrieden gewesen. Aber nur einen Moment lang.

Sie legte den Handspiegel mit dem Glas nach unten auf den Frisiertisch und sah in den großen Spiegel vor ihr. Sie blickte nie länger als nötig in einen der beiden Spiegel. Hätte sie ihren Mann, der ebenfalls in den Spiegel schaute, ansehen wollen, hätte sie die Blickrichtung nur ein wenig zu verändern brauchen, doch sie mied seinen Blick, anscheinend völlig mühelos.

Die schöne blinde Leidenschaft des Weglaufens ist nur Kindern, Häftlingen und Sklaven gestattet. Wenn du dem Stundenplan der Schule und dem Gesetz der Schlafenszeit unterworfen bist, wird es Türeingänge geben, die dir Schutz gewähren, und Güterwaggons, die dich weit fort von zu Hause bringen. Wenn du ein Safeknacker bist und nicht mehr als hundert Meter geradeaus gehen kannst, ohne gegen eine hohe Steinmauer zu stoßen, finden sich immer Wege, die Mauer und die fünfjährige Haftstrafe zu untergraben, und draußen warten Verbündete auf dich. Wenn du keinen Besitz haben darfst, sondern selbst Besitz bist, gelingt es dir vielleicht, indem du dich tagsüber versteckst und dich nachts über Seitenstraßen durchs Land schlägst, irgendwann die rettende Grenze zu erreichen. Aber wenn ein freier Mensch versucht wegzulaufen, wird er früher oder später feststellen, daß er sich die ganze Zeit im Kreis bewegt hat und daß dieser

Kreis ihn unweigerlich zu dem Menschen oder dem Ort zurückbringen wird, vor dem er weggelaufen ist. Der freie Mensch, der wegläuft, ist nicht besser dran als ein Fisch mit einem Haken im Maul, dem viel Leine gelassen wird, damit er sich abmüht und dann in aller Ruhe und ganz leicht von seinem Schicksal eingeholt werden kann.

»Auch wenn du mich gefragt hättest, wäre ich nicht mitgekommen«, sagte Martha King. »Es gab hier viel zuviel zu tun. Ich möchte nur nicht, daß man es für selbstverständlich hält, daß ich nie irgendwo hingehe.«

Martha Hastings verließ die Stadt in fröhlicher Panik und fuhr nach Indianapolis, wo sie bei Helen Burke wohnte, die dort Lehrerin an einer Schule war. Sie kannten sich seit frühester Kindheit, und Helen (die nie ein Mann gefragt hatte, ob sie ihn heiraten wolle) hörte Abend für Abend geduldig zu, während Martha von Austin erzählte, seine Worte verdrehte, damit sie ihr ins Konzept paßten, ein düsteres Licht auf harmlose Umstände warf und aufgrund ziemlich dürftiger Beweise den Mann verurteilte, den sie liebte. Helen Burke glaubte Martha jedes Wort, fühlte mit ihr mit und ließ sich von der Erregung anstecken, die das dramatische Dilemma ihrer Freundin erzeugte. »Wie du das durchgehalten hast, ist mir ein Rätsel«, sagte sie, und ihr schossen Tränen der Entrüstung in die Augen über die ungeheuerliche Hinterhältigkeit und das skandalöse Verhalten eines jungen Mannes, den sie seit der ersten Klasse kannte und der immer einer der Besten gewesen war. »Und ich hatte niemanden, an den ich mich wenden konnte«, erwiderte Martha dann, »nur dich.« Als Martha Hastings nach zehn Tagen erneut den Koffer packte und auf Wiedersehen sagte, war Helen Burke emotional zu erschöpft, um irgend etwas dagegen zu unternehmen. Sie begleitete Martha morgens vor Schulbeginn zum Bahnhof, gab weiteren Rat und sah neue Schwierigkeiten voraus und hatte in ihrer Klasse den ganzen Tag lang mit Disziplinproblemen zu kämpfen.

Die Bewegungen von Martha Kings Armen, die Gesten,

mit denen sie sich das Haar hochsteckte, wirkten verträumt und nachdenklich. »Das Ganze ist vollkommen unwichtig«, sagte sie. »Ich habe es nur beiläufig erwähnt. Ich will dir auf keinen Fall den Spaß verderben. Und solange du –«

»Aber es ist sehr wichtig«, protestierte Austin. »Falls du auch nur eine Sekunde lang annimmst, daß ich dich nicht gern dabeihabe –«

»Ich bin dir nützlich als jemand, der den Haushalt führt. Ich weiß, daß du das schätzt.«

Es ertönte ein besonders starker Donnerschlag, der Martha zusammenzucken ließ. Sie hatte zwar keine Angst vor Gewittern, aber sie machten sie nervös.

Martha Hastings hatte ihrer Tante und ihrem Onkel geschrieben, daß sie zurückkomme, doch niemand außer Helen Burke wußte, daß sie mit dem Zug um 11:15 fuhr. Während sie durch das schmutzige Fenster auf Felder, Farmhäuser und in alle Richtungen führende Straßen blickte, spürte sie, wie wenig sie ihr eigenes Leben im Griff hatte, wie es ihr entglitt, so wie die flache Landschaft draußen. Hätte sie auf ewig im Zug bleiben können, hätte sie es getan, doch er trug sie einer Entscheidung entgegen, die zu treffen sie noch nicht bereit war, und plötzlich, als hätte eine vertraute Stimme zu ihr gesprochen, wurde ihr klar, daß sie den Zufall entscheiden lassen mußte. Wenn Austin am Bahnhof wäre, um sie abzuholen, würde sie ihn heiraten. Das wäre ein Fingerzeig des Schicksals, und sie hätte keine andere Wahl, als der Richtung zu folgen, die er ihr wies. Wenn der Bahnsteig leer wäre, wenn Austin nicht allein aus Liebe zu ihr wüßte, daß sie zu ihm zurückkehrte, dann waren sie nicht füreinander bestimmt. In Frieden mit sich und der Welt saß sie nun da und blickte hinaus auf die roten Scheunen und runden Silos, zu einem weißen Pferd auf einer Weide und zu Kühen, die im Schatten eines Baumes lagen. »Draperville!« rief der Schaffner, »Draperville!«, und der Zug wurde langsamer. Durch die Rauchfahne vor dem Fenster sah sie einen Kirchturm, den Steinbruch und schließlich den Bahnhof. Der Zug würde nach

Peoria weiterfahren, und einen Moment lang, während sie im Gang stand, überlegte sie in panischer Angst, ob sie nicht einfach im Zug bleiben solle. In Peoria gab es niemanden, den sie kannte, keine Freundin, die ihr Obdach bieten konnte. Als sie ausstieg, war er, dessen Kopf alle anderen auf dem Bahnsteig überragte, der erste, den sie sah. Er hatte sie bereits entdeckt und ging ihr entgegen. Sie wandte sich ihm mit einer Miene zu, die er noch nie zuvor gesehen hatte, ruhig, entspannt, ohne die geringste Spur von Unentschlossenheit oder Ängstlichkeit.

Als sie an diesem Abend auf der Verandaschaukel saßen, sagte sie ihm, daß sie ihn heiraten würde. Sie bat ihn, es niemandem zu erzählen, doch vor lauter Seligkeit vergaß er, dieser Bitte irgendeine Bedeutung beizumessen. Als er sie am nächsten Abend besuchte, war ihre Gelassenheit dahin. Sie sagte, sie wolle sich noch nicht verloben, sie brauche Bedenkzeit. Und dann, als sie den seltsamen Ausdruck über sein Gesicht gleiten sah, fragte sie: »Du hast es doch niemandem erzählt, oder?«

»Ich habe es meiner Mutter erzählt«, sagte er. »Sie will dir eine Diamantnadel schenken, die Großmutter Curtis gehört hat. Sie hat mich gebeten, dich morgen nachmittag zum Tee mitzubringen.«

»Ach, Austin, wie konntest du nur?«

»Und Mr. Holby habe ich es auch erzählt«, sagte er.

»Wie soll ich denn deiner Mutter gegenübertreten, wenn ich noch gar nicht weiß, ob ich dich heiraten will? Ich habe dir doch gesagt, du sollst es niemandem erzählen!«

»Tut mir leid«, sagte Austin ratlos. »Das habe ich vergessen. Wenn du willst, sage ich ihnen, daß wir doch nicht verlobt sind. Daß es ein Irrtum war.«

Diese Demütigung wollte sie ihm unbedingt ersparen.

Traurigen Herzens mußte er weitere Glückwünsche entgegennehmen. Martha hatte die Verlobung zwar nicht gelöst, aber sie hatte sie ausgesetzt, sie in der Schwebe gelassen und in Zweifel gezogen. Sie behielt die Diamantnadel, trug sie aber nicht. Abend für Abend besuchte er sie, war liebevoll, geduldig und unnachgiebig. Während dieser ganzen Zeit machte er ihr keine Vorwürfe, tadelte sie nicht, auch nicht insgeheim. Martha Hastings wurde in eine unwirkliche Flut von Partys, Geschenken, Glückwünschen und Aufmerksamkeiten seitens Austins Familie hineinkatapultiert und mußte am Schluß zwangsläufig miterleben, wie Austins Mutter einen Stapel Hochzeitseinladungen adressierte.

»Ich kann nur sagen, daß es mir wirklich sehr leid tut«, sagte Austin. »Und da du sowieso nicht mitkommen wolltest, sehe ich nicht ganz, was für ein Schaden da angerichtet worden sein soll.«

»Nein«, sagte Martha, »was spielt es schon für eine Rolle? Es ist schließlich nicht weiter bemerkenswert, daß ich einen Mann geheiratet habe, dem ich nichts bedeute.«

Sie wurde mit einem Blick bedacht, der deutlich besagte: Ich bin mit einer Fremden verheiratet, und es besteht keine Aussicht, sich je mit ihr verständigen zu können. Er dauerte nur eine Sekunde an und wurde dann durch einen Blick verdrängt, der so voller Verständnis war und so voller Traurigkeit als Folge des Verständnisses, daß sie sich abwenden mußte. Wieder einmal hatte er sie durchschaut, hatte die Barriere überwunden und sie als das erkannt, was sie war, eine schöne Frau, die nicht an ihre eigene Schönheit glauben konnte und die Liebe nicht annehmen konnte, ohne sie auf jede erdenkliche Art in Zweifel zu ziehen. Jedesmal, wenn sie stritten, so wie jetzt, probierte sie nur aus, wie weit sie gehen konnte, führte sie ihn an den Rand des Grabens und zwang ihn, hinunterzusehen, setzte ihr gemeinsames Glück aufs Spiel, um sich seiner Existenz zu vergewissern.

»Ich gehe nach unten«, sagte er. »Abs Dreirad steht noch draußen im Regen. Ich hol es rein, sonst rostet es.«

DRITTER TEIL

Ein schwerwiegender Fehler

I

Die Wunde, die über Randolph Potters Stirn und durch seine linke Augenbraue verlief, verheilte schnell, ohne sich zu entzünden. Ihretwegen war er eine Zeitlang sowohl Held wie Hätschelkind des Hauses. Nora tauschte mit ihrem Bruder das Zimmer, damit er nicht in der Backofenhitze unter dem sonnenheißen Blechdach schlafen mußte. Tagsüber lag er ausgestreckt auf einem Sofa im Wohnzimmer oder auf der Verandaschaukel und hielt hof. Es war immer jemand an seiner Seite, begierig, ihn zu bedienen, nach oben zu laufen, um ihm ein frisches Taschentuch zu bringen, oder in die Küche zu eilen, um ihm ein Glas kaltes Wasser zu holen. Bevor irgend jemand anders die Abendzeitung las, bekam er sie, und kaum biß er sich auf die Lippe, runzelte die Stirn oder setzte sich auf und ordnete die Kissen in seinem Rücken, hörten alle auf zu reden und fragten, ob er Schmerzen habe.

Die Ellis, die sich die Schuld an dem Unfall gaben, schauten täglich vorbei, um sich nach Randolphs Befinden zu erkundigen. Er saß dann stets zwischen Mutter und Schwester und beteiligte sich nie an der Unterhaltung. In seinen Augen lag ein Blick müder Zufriedenheit. Seine Familie und alle um ihn herum hatten aufgehört, sich wie üblich mit ihren eigenen Belangen zu beschäftigen, und kümmerten sich jetzt zur Abwechslung um ihn; nicht bloß um ihn – um einen sehr kleinen Teil von ihm. Er war überaus zufrieden.

Mrs. Beach riet, den Kopf des Collies an ein Labor in Chicago zur Untersuchung einzuschicken. Als Martha King es versäumte, diesen Vorschlag an die Ellis zu übermitteln, übermittelte Mrs. Beach ihn selbst. Der Hund wurde eine Woche lang unter Beobachtung gehalten, und als sich weder bei ihm noch bei Randolph irgendwelche Symptome von Tollwut zeigten, ließ Dr. Danforth den Hund zur Farm zurückbringen.

Während der einwöchigen Wartezeit holte Mr. Potter den Band *Mun–Pay* der Enzyklopädie aus dem Arbeitszimmer und ließ Nora den Eintrag zu Pasteur vorlesen. Besonders stark bewegten ihn die abschließenden Worte von Pasteurs Rede zur Gründung seines Instituts: »Zwei gegensätzliche Gesetze scheinen mir in einem Kampf begriffen. Das eine, ein Gesetz des Blutes und des Todes, das täglich neue Mittel der Vernichtung zugänglich macht und die Nationen dazu zwingt, ständig kampfbereit zu sein. Das andere, das Gesetz des Friedens, der Arbeit und der Gesundheit, dessen einziges Ziel es ist, die Menschheit von den Geißeln zu befreien, unter denen sie leidet ...« Als Nora zu Ende gelesen hatte, sagte Mr. Potter mit Tränen in den Augen: »Das sind die Worte eines großen Mannes. Ohne Pasteur und General Robert E. Lee wäre es heute viel schlechter um die Welt bestellt. Sie sind die Führer, und wir alle folgen ihnen, und was wir besitzen, verdanken wir ihrer Weisheit und Selbstaufopferung.«

»Aber das steht hier gar nicht«, sagte Nora.

»Ich habe es so verstanden«, sagte Mr. Potter. »Du kannst es von mir aus deuten, wie du willst. Austin, ich weiß, daß dein Vater mir zustimmen würde, wenn er jetzt hier wäre. Dieses ganze Gerede über Bildung – was hat es denn für einen Sinn, einem Nigger Lesen und Schreiben beizubringen? Sie sind zu einem ganz bestimmten Zweck hier auf dieser Welt, so wie wir alle, und wer daran was ändern will, handelt gegen die Absicht des Herrn.«

»Nora meint nur, daß –« setzte Austin an.

»Es steht alles in der Bibel«, unterbrach Mr. Potter, »ganz klar, schwarz auf weiß: ›Ein wenig Wissen ist ein gefährlich Ding.‹ Frauen und Männer sind verschieden, und wer behauptet, daß eine Frau das gleiche kann wie ein Mann, redet dummes Zeug. Der angestammte Platz der Frau ist daheim, und wenn die ganzen Spinner, Wichtigtuer und alten Jungfern endlich aufhören würden, für Gleichberechtigung, Frauenwahlrecht und was weiß ich noch alles zu agitieren – «

»Nora hat ein Recht auf ihre eigene Meinung«, sagte Mrs. Potter und zog an ihrem Häkelfaden, »wie falsch sie auch sein mag – «

»Aber es geht hier nicht um Meinungen«, rief Nora. »Es geht um Worte, und die bedeuten nur eins. Hier steht, daß Wissenschaftler versuchen – «

»Die richten noch das ganze Land zugrunde«, sagte Mr. Potter. »Laßt euch das gesagt sein. Jeder Radikale und jeder Reformer wird sich mit den Suffragetten verbünden, und eh man sich's versieht – «

Nora stand auf und verließ den Raum. Einen Augenblick später hörten sie, wie die Fliegentür zugeknallt wurde.

»Was habe ich denn *jetzt* schon wieder gesagt?« fragte Mr. Potter und wandte sich ratlos an seine Frau.

Die Zigarre rauchenden, nach Zigarre riechenden Männer, unbedarft, direkt und ewig gefährlich – sich selbst genauso wie anderen Menschen –, hangeln sich von einem Vorurteil zum nächsten im fröhlichen Irrglauben, sie bewegten sich auf sicherem Boden, und jedes Tischchen, jede zerbrechliche Vase oder neue Idee, in deren Nähe sie kommen, hat gute Aussichten, umgestoßen zu werden. Trotzdem (oder vielleicht gerade wegen der großen Anzahl von Tischen, Vasen und Ideen, die er dann und wann über den Haufen geworfen hatte) wartete Mr. Potter auf irgendeine Bestätigung seitens seiner Frau, auf irgendeine Geste der Zustimmung.

»Wahrscheinlich ist sie nach nebenan zu den Beach gegangen«, sagte Mrs. Potter, und dann nahm sie Zuflucht zu dem einen Vergleich, der für sie nie seinen Reiz verlor: »Zu

Hause geht Nora immer zu Miss Washburn, wenn sie Dampf ablassen will. Miss Washburn war eine ihrer Lehrerinnen im Seminar. Sie findet, ich sei Nora nicht die Mutter gewesen, die ich hätte sein sollen. Das hat sie irgend jemandem erzählt, und danach habe ich kein Wort mehr mit ihr gesprochen. Die können leicht reden, die keine – Im Herbst geht sie endgültig aus Mississippi fort, um irgendwo an einem Mädchen-College im Osten zu unterrichten. Sie wollte Nora mitnehmen.«

»Wenn's nach mir ginge, sollte man sie zuerst teeren und federn«, sagte Mr. Potter voll Bitterkeit. »Wenn jemand versucht, Kinder gegen ihre eigenen Eltern aufzuhetzen, und noch dazu so eine verschrumpelte alte Jungfer, nach der sich noch nie ein Mann umgedreht hat –«

»Mr. Potter glaubt nicht an Bildung für Frauen«, unterbrach Mrs. Potter ihn. »Und ich, ehrlich gesagt, auch nicht. Jedenfalls sollte es nicht zuviel sein. Es gibt andere Dinge, die sie besser können, sage ich immer. Eines schönen Tages wird der Richtige kommen, und dann wird Nora heiraten, ihr eigenes Zuhause und ihre eigenen Kinder haben, und dann wird sie ihrem Vater dankbar sein, weil er gewußt hat, was am besten für sie ist. Aber es war eine schreckliche Enttäuschung für sie. Sie ist ja so ein Bücherwurm. Momentan weiß sie nicht so recht, was sie aus ihrem Leben machen soll. Sie ist ganz durcheinander, und sosehr ich mich auch bemühe, ich kann ihr offenbar nicht helfen.«

Randolph tippte mit einem Finger an den Rand seines Verbandes.

»Sie muß einfach allein damit fertig werden«, sagte Mrs. Potter. »Plagt dich deine Wunde?«

»Ich glaube, sie näßt«, sagte Randolph.

»Dann faß sie nicht ständig an«, sagte Mrs. Potter. »Du warst bis jetzt wirklich sehr tapfer, aber wenn du nicht aufhörst, daran herumzufummeln –«

Jetzt, da er das Gespräch von Nora weg und auf sich gelenkt hatte, ließ Randolph seinen Verband in Ruhe.

Wenn er des Herumliegens müde war, stand er gewöhnlich auf und ging in die Küche, und oft hörte Martha King, wenn sie irgend etwas in der Speisekammer zu tun hatte, spöttisches Gelächter, das abbrach, sowie sie die Schwingtür aufstieß. Rachel hatte Randolphs blutbeflecktes Hemd so sehr zu seiner Zufriedenheit gewaschen und gebügelt, daß er sich weigerte, Martha King seine Hemden zu geben, um sie zusammen mit der Familienwäsche bei Mrs. Coffey waschen zu lassen. Rachel nahm sie mit und machte sie ihm spätabends fertig. Er ließ seine Mutter nicht das Wasser für die heißen Umschläge erhitzen, die ihm Dr. Seymour verschrieben hatte. Das durfte nur seine geliebte Rachel. Gleichgültig, wie spät Randolph zum Frühstück herunterkam, immer war am Eßtisch für ihn gedeckt, und gewöhnlich wartete irgendein Gunstbeweis auf ihn – gebratene Hühnerleber, Lammniere oder ein Kotelett –, der den anderen nicht serviert worden war. Unter seiner Schirmherrschaft erfuhr Rachels Stellung im Haushalt eine erhebliche Aufwertung. Die Besucher aus Mississippi überhäuften sie mit Komplimenten zu ihren Kochkünsten, und wenn sie miteinander in Streit gerieten, wurde sie gebeten, sie in ihren jeweiligen Meinungen zu unterstützen und zu bestätigen. »Stimmt's Rachel?« hieß es dann, worauf Rachel antwortete: »Und wie, Mr. Potter. Lassen Sie sich nichts einreden!« Und dann: »Miss Nora, was Sie da gesagt haben, ist 'ne wahre Tatsache.« Darauf zog sie sich in die Küche zurück und ließ jeden im Glauben, sie sei auf seiner Seite.

Bei den Gesprächen zwischen Randolph und Rachel wurde nicht nur verschmitzt gescherzt. Bisweilen offenbarte ihr Randolph intime Dinge über sich und die Mitglieder der Familie, die er keinem Weißen anvertraut hätte. Es kam soweit, daß Rachel auf seine Schritte horchte, wenn er durch die Speisekammer zur Küche ging, und Mrs. Potter gegenüber schlug sie nicht immer einen gänzlich respektvollen Ton an. Randolph war jetzt ihr Kind, so wie er vor langer Zeit das Kind einer anderen Schwarzen gewesen war, die ihn tagsüber hütete, abends ins Bett brachte, ihm Lieder vorsang und Geschichten erzählte und immer da war, das ewige Publikum für alles, was er mitzuteilen hatte.

»Das Problem mit Ihnen ist«, sagte Rachel eines Tages zu ihm, »daß Sie alles haben wollen, aber nichts dafür tun wollen.«

»Stimmt«, sagte Randolph und nickte. »Bei uns gibt's einen Krüppel – Griswold heißt er –, als er klein war, hat er Kinderlähmung gehabt, und die anderen Jungen haben ihn oft gehänselt. Ich glaube, er hatte in seinem ganzen Leben noch keinen Freund, bis ich aufgetaucht bin und nett zu ihm war. Griswold ist sehr schlau. Er bemerkt alles, besonders die Schwächen der Leute, und auf die Weise bekommt er, wenn es soweit ist, das, was er will. Neulich ...«

Wenn sie einen Freund beschreiben oder eine Geschichte erzählen, machen die meisten Menschen den Fehler, daß sie allzusehr zusammenfassen und Dinge auslassen. Aus Angst, ihre Zuhörerschaft könnte ungeduldig werden, hasten sie zum Höhepunkt, kommen zu schnell dort an, müssen umkehren und erläutern, mit der Folge, daß das Gefühl des Miterlebens verlorengeht. Randolph hatte es nie eilig, war nie im Zweifel darüber, ob das, was er zu sagen hatte, Rachel interessierte. Als er fertig war, hatte sie eine sehr genaue Vorstellung von dem verkrüppelten Jungen, der auf das, was er haben wollte, zu warten verstand, und sie hatte auch noch ein Detail über Randolph Potter erfahren.

Sie wandte sich von der Spüle ab und stellte eine Frage, die ihr schon seit Tagen durch den Kopf gegangen war: »Wieso mußten Sie denn hingehn und dem Hund was tun?«

»Ich habe ihm nichts getan«, sagte Randolph, und als Rachel skeptisch mit den Augen rollte: »Ehrlich nicht!«

»Sie haben ihn bloß gestreichelt, und dann hat er Sie gebissen?«

»Ähm«, sagte er. Ihre Blicke trafen sich, und ein Lächeln breitete sich auf seinem Gesicht aus. »Ich weiß nicht, wie es passiert ist. Ich hatte keine Lust mehr, mit ihm zu spielen, aber er hat mich ständig angesprungen und wollte nicht aufhören, und da habe ich ihm einen Tritt gegeben.«

Er sah Rachel an, um festzustellen, ob sie schockiert war, aber ihre Miene verriet nichts. Wenn er sie schockiert hätte, wäre das in Ordnung gewesen. Oder wenn sie genügend in seinem Bann gestanden hätte, um darüber zu lachen, aber sie sah ihn nur nachdenklich an.

»Ich habe ihm gegen den Kopf getreten«, sagte er. »Und wenn es mein Hund gewesen wäre und er mich so gebissen hätte, dann hätte ich ein Gewehr geholt und ihn erschossen. Du glaubst mir wohl nicht, wie?«

»Ich glaube Ihnen«, sagte Rachel. »Schätze, das ist es, was Sie gemacht hätten.«

»Da irrst du dich aber«, sagte Randolph, stand von seinem Hocker auf und ging. Von diesem Tag an betrat er nie wieder die Küche, sah Rachel nie mehr an, wenn sie am Tisch bediente, und sprach nie mehr mit ihr, wenn sie sich auf der Hintertreppe begegneten.

2

Nora Potter versuchte immer wieder, mit Martha King Freundschaft zu schließen, aber jedesmal erschöpfte sich der Versuch, ohne mehr zu bewirken als Wellen, die einen Felsen überspülen. Sympathie wird einem nur selten zuteil, wenn man darum bittet. Sie kommt von selbst oder gar nicht. Und wer mit einem Werk von großer Tragweite beschäftigt ist, wie etwa jemand, der eine Verschwörung vorbereitet oder ein Kind unter seinem Herzen trägt, hat eigentlich keine zu vergeben.

Martha konnte stundenlang dasitzen und Mrs. Potter zuhören (die nur ein entgegenkommender, angenehmer, unkomplizierter Gast sein wollte). Aber wenn sie allein mit Nora war, stand sie gewöhnlich nach ein paar Minuten auf, um nach dem Nußbrot im Ofen zu sehen oder die Laken zu zählen, die von der Wäsche zurück waren. Ein ums andere Mal von dieser Taktik besiegt und ohne die geringste Ahnung, weshalb sie gegen sie gewandt wurde, ging Nora durch den Garten hinüber zu den Beach, die sich immer über ihren Besuch freuten. Mrs. Beach legte die Memoiren eines Aristokraten beiseite, die Mädchen standen vom Klavier auf, und dann ließen sich alle auf der Veranda oder im Schatten eines hochgewachsenen Maulbeerbaumes im rückwärtigen Teil des Gartens nieder.

Mrs. Beachs Töchter sagten kaum etwas, und die wenigen Bemerkungen, die sie machten, wurden gewöhnlich von ihrer Mutter, die wie Mrs. Potter eine lange, fortlaufende Geschichte zu erzählen hatte, korrigiert oder unterbrochen. »Der Himmel heute morgen erinnert mich an Florenz«, begann sie etwa, während sie sich mit einer Hand vergewisserte, daß ihre Kameenbrosche nicht aufgegangen war. »Das gleiche dunkle Blau. Florenz würde dir gefallen, Nora. Ich wünschte, wir könnten alle zusammen hinfahren. Vielleicht machen wir das eines Tages. So eine schöne Stadt ...« Oder: »Mein erster Eindruck von Venedig wird mir immer unvergeßlich bleiben. Wir kamen an einem Samstagabend an, verließen den Bahnhof in einer Gondel und waren schon mitten auf dem Canal Grande ...«

Kein Besucher im Haus der Beach konnte die Tatsache übersehen, daß Mrs. Beach weitgereist war. In jedem Zimmer und an jeder Wand befand sich irgendein Zeugnis dieses wunderbaren Vorzugs, in dessen Genuß so gut wie niemand sonst in Draperville gekommen war. In der Diele hing eine riesige Photographie vom Kolosseum. Das Wohnzimmer verschönerten Abbildungen der Seufzerbrücke und des Markusplatzes, die eine farbig, die andere in Schwarzweiß. Im Eßzimmer speisten die Beach unter den Blicken der Kumäischen Sibylle und Raffaels Heiliger Familie.

Die größte Ansammlung von *objets d'art* fand sich im Salon, wo ein Louis-XV-Schrank stand, verglast, vergoldet und vollgestellt mit Kuriositäten – Zierscheren aus Deutschland, imitierte Tanagrafiguren, böhmisches Glas, Meißner Porzellan, silberne Miniatur-Souveniralben vom Mont St. Michel und von den Loire-Schlössern, Holzschnitzereien aus dem Schwarzwald, ein winziges Fernglas, durch das man einen mikroskopischen Blick auf die Fassade des Kölner Doms hatte, und genügend weitere Schätze, um die Augen und die Phantasie eines Kindes stundenlang zu beschäftigen. Über dem Klavier zeugten eine Reihe vertrauter Büsten – Beethoven, Mendelssohn, Schubert und Schumann – von der Bedeutung und dem Wert großartiger Musik und taten ihr Bestes, die mißliche Tatsache auszugleichen, daß das Klavier kein Steinway war.

Nora Potter fühlte sich bei den Beach bald so zu Hause, daß es ein Akt der Unhöflichkeit gewesen wäre, anzuklopfen oder an der Glocke zu ziehen, wenn sie sie besuchte. Eines Morgens kam sie hereinspaziert und streifte durch das Haus, bis sie in der Küche Lucy begegnete, die gerade ein Tablett belud.

»Mutter hatte eine schlechte Nacht«, sagte Lucy. »Wir haben bis zum Morgengrauen bei ihr gewacht.« Nora wollte lieber ein andermal wiederkommen, aber Lucy sagte: »Nein, geh nicht. Sie ist jetzt wach, und es wird ihr guttun, dich zu sehen.«

Mrs. Beachs Zimmer war hoch und düster, mit massiven vergoldeten Eichenmöbeln, und an den Wänden, auf dem Frisiertisch, auf der Kommode und auf dem Nachttisch fanden sich hundert Andenken an Mrs. Beachs Ehe und Mutterschaft und darauf Bezug nehmende Votivgaben. Die alte Dame saß, gegen Kissen gelehnt, im Bett, und für jemanden, der seine Umgebung die ganze Nacht auf Trab gehalten hatte, sah sie ausgesprochen gut aus. »Bah«, sagte sie, als sie Nora erblickte. »Sieh dir bloß mal an, was sie mit mir gemacht haben!«

»Wenn du auch unbedingt Sachen essen mußt, die du nicht essen sollst«, meinte Lucy.

»Es waren nicht die gebackenen Bohnen. Die tun keinem was, und das kannst du ruhig Dr. Seymour sagen. In den gedünsteten Tomaten waren Zwiebeln. Ich habe sie herausgeschmeckt.«

»Ich habe dir doch schon zehnmal gesagt –« begann Lucy.

»Zwiebeln habe ich noch nie vertragen«, sagte Mrs. Beach. Und dann zu Nora: »Lieb von dir, zu kommen und einer alten Frau wie mir Gesellschaft zu leisten. Ich wünschte, du würdest bei uns wohnen statt bei den Kings. Ich könnte hier im Sterben liegen, und Martha King würde keinen Fuß in dieses Zimmer setzen.«

»Mutter, du weißt ganz genau, daß das nicht stimmt«, sagte Lucy entrüstet.

»Und ob es stimmt«, erwiderte Mrs. Beach. Sie hob die Serviette hoch, die ihr Tablett bedeckte, und spähte darunter. »Ich esse lieber keinen Toast, wo du auch noch Butter draufgestrichen hast. Ich will nichts weiter als eine Tasse Tee. Hast du daran gedacht, die Kanne mit kochendem Wasser auszuspülen?«

Ihre Tochter nickte ungeduldig, aber Mrs. Beach legte, immer noch skeptisch, die Hand an die Seite der Limoges-Teekanne. »Na gut, Liebes«, sagte sie. »Ich rufe dich, wenn ich irgendwas brauche.«

All die Dinge, die Nora an ihrer eigenen Mutter ärgerten – ihre Unvernunft, ihre willkürlichen Meinungen, ihre endlosen Geschichten über die Vergangenheit –, konnte sie Mrs. Beach nachsehen. Sie zog sich einen weißen Rattansessel ans Bett und bekundete so viel Interesse an Mrs. Beachs Symptomen, daß die Kranke Appetit bekam, zwei Tassen starken Tees trank und den ganzen gebutterten Toast verspeiste. Als Mrs. Beach fertig war, stellte Nora das Tablett weg. Dann schüttelte sie die Kissen auf – etwas, was weder Lucy noch Alice zur Zufriedenheit ihrer Mutter zu bewerkstelligen vermochten.

»Seit du hier bist, Nora, haben sich die Mädchen sichtlich verändert«, sagte Mrs. Beach. »Ich finde, du tust ihnen sehr gut. Sie verbringen viel zuviel Zeit mit mir, anstatt auf Einladungen zu gehen oder sich wenigstens mit Leuten zu treffen, die ihrem Alter eher entsprechen. Ich habe mir alle Mühe gegeben, sie dazu zu ermuntern, ihre Freunde mitzubringen, aber sie scheinen keinen Wert auf Besuch zu legen. Oder es gibt niemand, der sie interessiert. Sie haben mehr gehabt als die meisten Mädchen, obwohl sie es vermutlich nicht zu schätzen wissen. Ich habe die Dinge, die meine Eltern versucht haben für mich zu tun, auch erst zu schätzen gewußt, als ich älter war und selber Kinder hatte. Aber die Mädchen sind mir nicht ähnlich. Sie sind niemandem aus meiner Familie ähnlich, soweit ich das sehe. Mr. Beach hatte eine Schwester; möglicherweise sind Lucy und Alice ihr nachgeschlagen, obwohl sie ihr ganzes Leben lang ein Krüppel war und man kaum von ihr erwarten konnte, daß sie – «

Noras Freundschaft mit den Beach war deshalb so glücklich, weil sie mit allen Familienmitgliedern befreundet war. Zum erstenmal spürte sie, daß man an ihr zupfte und zog, daß sie gezwungen wurde, Partei zu ergreifen, ob sie wollte oder nicht. Ihr Blick fiel auf das verblaßte Bild von Mr. Beach – ein schmucker Mann mittleren Alters, der als Bildnis genausowenig hilfreich war wie zu Lebzeiten.

»Wenn sie doch nur mit mir reden würden«, sagte Mrs. Beach. »Ich muß ihnen alles aus der Nase ziehen. Da war mal ein junger Mann, der eine Zeitlang ein Auge auf Alice geworfen hatte. Ich glaube, sein Vater besaß etwas Land nahe Kaiserville. Mr. Beach fand, daß er ein ganz netter Junge war, aber natürlich ohne jeglichen Schliff, ohne jede Kultiviertheit, und dann hatte er diesen schrecklichen roten Nacken, den alle Farmerjungen haben. Ich habe mich eines Abends ein bißchen mit ihm unterhalten, und danach ist er nie mehr wiedergekommen. Alice ist nicht kräftig, weißt du. Sie hätte niemals die Arbeit leisten können, die auf dem Land von einer Frau erwartet wird. Und außerdem haben die Mädchen auch noch ihre Musik ... Erinnere mich daran, daß ich dir morgen oder übermorgen, wenn es mir bessergeht, das Album mit den gepreßten Blumen zeige, die wir aus dem Heiligen Land mitgebracht haben ...«

Nora sagte nichts, während die alte Dame ihre Töchter kritisierte, aber sie empfand ihr eigenes Schweigen als illoyal, und wäre es möglich gewesen, wäre sie aus dem Haus geschlichen, ohne mit Lucy oder Alice zu reden. Es war nicht möglich. Es gab nur eine Treppe, und unten warteten sie bereits auf sie. Als sie sich erhob, sagte Mrs. Beach: »Grüße mir deine liebe Mutter und deinen Vater, und falls Austin sich nach mir erkundigen sollte – Martha wird es nicht, das weiß ich –, sag ihm, daß ich eine schlechte Nacht gehabt habe, aber daß es mir dank dir schon wieder viel besser geht.«

Das Haus nebenan ist nie die Zuflucht, als die es zunächst erscheint. Wer das Stadium erreicht, in dem ihm erlaubt wird, ohne anzuklopfen, einzutreten, von dem erwartet man auch, daß er öfter kommt und tiefer eindringt und am Schluß, gemeinsam mit den ständigen Bewohnern, das Gewicht des Firstbalkens trägt.

3

Was in Austin Kings Kanzlei mit Blick auf den Platz vor dem Gerichtsgebäude fehlte, war gesellige Gemütlichkeit. Mit einer guten Zigarre in der Faust und den Füßen auf Richter Kings altem Schreibtisch, machte Mr. Potter sich daran, diesem Mangel abzuhelfen. Das war nicht allzu schwierig, und den einzig ernstzunehmenden Widerstand leistete Miss Ewing, die der Auffassung war, daß alle Südstaatler faul und haltlos seien und gefälligst zu warten hätten.

Mr. Potter wartete ein einziges Mal. Er wartete über

eine halbe Stunde lang, und als Miss Ewing schließlich sagte: »Mr. King hat jetzt Zeit für Sie«, ging er hinein und stellte erstaunt fest, daß Austin allein war und ihm nicht einmal Bescheid gesagt worden war, daß Mr. Potter wartete.

»Machen Sie sich bloß keine Umstände, Miss Ewing«, sagte er, als er am nächsten Tag das Vorzimmer betrat. »Sie bleiben schön sitzen. Ich will nicht, daß Sie meinetwegen ständig hin und her springen.«

»Mr. King hat gerade eine Besprechung«, sagte Miss Ewing.

»Ach ja?« entgegnete Mr. Potter. »Mit wem denn?«

»Mit Alfred Ogilvee«, sagte Miss Ewing und wies mit einer kleinen Kopfbewegung auf den Stuhl, auf dem Mr. Potter Platz nehmen sollte. »Mr. King wird in wenigen Minuten für Sie dasein.«

»Na ja, wenn er beschäftigt ist, will ich nicht stören«, sagte Mr. Potter. »Aber ich sage ihm lieber Bescheid, daß ich hier bin. Sonst wird er sich fragen, wo ich bleibe. Ich erledige das schnell und gehe dann sofort wieder... Mach ruhig weiter, mein Junge, laß dich nicht stören!« Mr. Potter schloß die Bürotür hinter sich. »Ich weiß, ihr beide habt was zu besprechen. Ich setz mich einfach hier ans Fenster und schau mir das Treiben auf der Straße an... Ich hab keine Ahnung von juristischen Dingen, Mr. Ogilvee. Ich bin bloß ein einfacher Farmer. Ich habe eine Baumwollplantage in Howard's Landing in Mississippi, und wenn die Leute anfangen, diese großen Worte zu benutzen, muß ich mich zurückhalten. Die Partei der einen Seite und die Partei der anderen Seite. Da kann ein normaler Mensch doch verrückt werden. Aber Austin hier versteht was davon. Er kann einem erklären, was es bedeutet, in einfachen Worten, denen jeder folgen kann. Ich wünschte, ich wäre so gebildet wie er. Dann wäre ich jetzt kein Farmer. Ich würde mir irgendwo ein nettes Büro leisten, eine Sekretärin, die die Buchhaltung erledigt und die Anrufe entgegennimmt, und dann würde ich mich zurücklehnen und zusehen, wie das

Geld in die Kasse fließt. Wenn wir alle nach Lust und Laune unser Testament selber schreiben und im Gericht aufstehen und vorm Richter geschwollene Reden halten könnten, dann würden die Anwälte bald am Hungertuch nagen. Aber soweit wird es bestimmt nie kommen. Wenn man sein Geld in Land anlegt, dann hat man vielleicht tausend Sorgen um die Ohren, aber um eins braucht man sich keine Sorgen zu machen, nämlich daß einem das Land wegläuft. Das bleibt, wo's ist. Ich habe Männer gekannt – und zwar sehr kluge –, die ihr ganzes Leben lang hart gearbeitet haben und zu denen jeder aufgeblickt hat, Bankiers und Anwälte und Fabrikbesitzer, deren Fabriken Tag und Nacht in Betrieb waren, Männer, die allen Grund hatten, mit sich und der Welt zufrieden zu sein, die am Abend noch vierzig- oder fünfzigtausend Dollar wert waren und am nächsten Morgen keinen Cent mehr ihr eigen nennen konnten. Dürfte ich fragen, in welcher Richtung Sie tätig sind, Mr. Ogilvee?«

Alfred Ogilvee hatte Austin aufgesucht, um einen Kaufvertrag für eine Eckparzelle aufsetzen zu lassen, aber er war geblieben, um über Landwirtschaft, Politik und die alten Zeiten zu diskutieren, als eine von Pferden angetriebene Mühle als ein höchst bedeutendes Unternehmen galt und noch nicht alles, was beweglich war, unter Verschluß gehalten wurde. Mit Alfred Ogilvee passierte, was auch mit anderen Klienten passierte. Weil sie erkannten, daß eine Veränderung im Gange war, blieben sie nicht nur länger, sondern kamen auch ein paar Tage später wieder, und wenn sie von Miss Ewing erfuhren, daß Mr. Potter und Mr. Holby in Austins Büro waren, gesellten sie sich zu ihnen.

Mr. Potter hatte kein Gefühl für den unnachgiebigen Druck der Zeit. Indem er Austin von der Arbeit abhielt, tat er ihm, so nahm Mr. Potter an, einen Gefallen. Als Austin erst einmal eingesehen hatte, daß es aussichtslos war, den Fluß von Mr. Potters Gesprächigkeit eindämmen oder seine Besuche abkürzen zu wollen, begann er sie zu genießen. Solange er von seiner Arbeit abgehalten wurde, war es ihm gleichgültig, wie viele Männer in seinem Büro herumsaßen, den Hut in den Nacken geschoben, die Daumen in die Armlöcher der Weste geschoben, und ihre eigenen Bemerkungen unterbrachen, um in den Spucknapf zu zielen, und sich fragten, ob die Annahme begründet war, daß die Verbesserungen der nächsten fünfzig Jahre geringer ausfallen würden als diejenigen der letzten fünfzig Jahre. Religion, Politik, Landwirtschaft und Medizin, die Schulgebühren, der Krieg zwischen Kapital und Arbeit, Feminismus – nichts wurde ausgelassen. Alles wurde in irgendeiner Form geklärt, sogar wie man das Alter von Schafen bestimmt. Austin saß zumeist nur da und hörte zu. Während die Luft dick wurde von Zigarrenrauch, hatte er das befriedigende Gefühl, auf eine Weise akzeptiert zu werden, wie er es nie zuvor erlebt hatte.

Sehr darauf bedacht, gemocht und geachtet zu werden, wie die Männer, die am Abend noch vierzig- oder fünfzigtausend Dollar wert gewesen waren, fand Mr. Potter Mittel und Wege, sich bei den Kaufleuten von Draperville einzuschmeicheln. Anstatt den Bürgerkrieg von vorn auszufechten, sagte er mit ernster Miene: »Der Süden hat inzwischen eingesehen, daß er sich auf einem Irrweg befunden hat. Was wir dort jetzt brauchen, sind moderne Landwirtschaftsmaschinen und moderne Geschäftsmethoden, Fabriken, die so geführt werden wie hier ...« Jeder echte Südstaatler hätte im Jahr 1912 Mr. Potters Gedanken zurückgewiesen, zusammen mit dem Akzent, den sich anzueignen er viele Jahre gebraucht hatte. Die Kaufleute, die keine Vergleichsmöglichkeiten hatten, fanden keinen Anlaß, an dem, was Mr. Potter tat oder sagte, etwas auszusetzen.

Als junger Mann hatte er den Norden verlassen, um sein Glück in Mississippi zu suchen, zu einer Zeit, als Nordstaatler dort alles andere als willkommen waren. Um den Fuß in bestimmte Türen zu bekommen und um seine Stellung als Buchhalter in einer Spinnerei zu behalten, hatte Mr. Potter großes schauspielerisches Talent beweisen müssen. Aber er glänzte nicht als Hamlet, sondern als Vaudeville-Schauspieler, als Unterhalter. Seine humorvollen Geschichten, obwohl oft erzählt, waren immer noch wunderbar in der Art, wie sie (als hinge Mr. Potters Leben davon ab) Charaktere und Schauplätze in all ihren Nuancen und Einzelheiten und vor allem die abschließende farbenprächtige Blüte der Pointe veranschaulichten. Die Geschichten endeten stets mit schallendem Gelächter, und genau zu diesem Zweck waren sie so ausführlich erzählt worden.

Manchmal, wenn gerade niemand in Austins Büro war, setzte sich Mr. Potter tatsächlich ans Fenster, um dem Treiben draußen zuzuschauen, aber unten auf dem Platz war soviel los und Mr. Potter gingen dabei so viele interessante Gedanken durch den Kopf. Beides mußte kommentiert und das Kommentierte in der Regel beantwortet werden. Letztlich lief es meistens darauf hinaus, daß Austin sich gar nicht so ungern von seinem mit Papieren übersäten Schreibtisch abwandte.

4

Obwohl die Fahrt hinaus zur Farm von Mr. Ellis ein so unglückliches Ende genommen hatte, folgten ihr trotzdem so viele nachmittägliche und abendliche Ausfahrten, daß es oft den Anschein hatte, als würde der Besuch auf Rädern stattfinden. Nach dem Abendessen fuhr Austin den Wagen vors Haus und wartete darauf, daß sich die Fliegentür öffnete. Es hatte keinen Zweck, die Potters zu drängen. Sie kamen, wenn sie soweit waren; wenn Mr. Potter den Artikel über die Jahreszeiten auf den Antipoden in der Zeitung zu Ende gelesen hatte, wenn Randolph lange genug vor einem Spiegel gestanden und darüber nachgesonnen hatte, wie er mit einem Verband über der linken Stirnseite aussah; wenn Mrs. Potter damit fertig war, Martha King von einem bestimmten Kleid zu erzählen, das sie nicht mitgebracht hatte, mit hoch angesetzter Taille, aus orangefarbenem Samt und irischer Häkelei, darüber schwarze Marquisette; wenn Nora ihre Handschuhe gefunden hatte. Versuchte Austin die Potters zu drängen, verlieh das dem Unternehmen lediglich eine krisenhafte Note. Schließlich wurde die Tür aufgestoßen, und die wohlklingenden Südstaatenstimmen ergriffen fröhlich streitend von der Bühne Besitz, mit Bemerkungen wie: »Wozu brauchst du überhaupt an so einem Abend Handschuhe?« Oder: »Cousin Austin, warum hast du nicht Bescheid gesagt, daß du wartest?«

Mr. Potter, der auf dem Vordersitz neben Austin saß, redete in einem fort mit erhobener Stimme, um sich gegenüber dem gemächlichen Klippklapp der Pferdehufe und dem Chor der Heuschrecken Gehör zu verschaffen. Manchmal strapazierte Mr. Potter Austins Geduld, wenn er Dinge erzählte, die dieser schon kannte.

»Du hast eine prächtige Frau«, sagte er. »Ich weiß nicht, wie du sie überredet hast, dich zu heiraten, aber irgend etwas mußt du getan haben, weil offensichtlich ist, daß sie dich anbetet. Sie ist ein prachtvolles Mädchen und ausnehmend hübsch, und dazu noch temperamentvoll, was mir bei einer Frau immer gefällt, solange sie nicht auch noch eigensinnig ist ...« Oder Mr. Potter sagte: »Und jetzt, mein Junge, will ich dir einen guten Rat geben, und ich möchte, daß du ihn so verstehst, wie er gemeint ist. Als ich so alt war wie du, habe ich mir von niemandem was sagen lassen, weil ich einfach nicht zugehört habe, aber das ist mir inzwischen ausgetrieben worden, und ich weiß nicht, ob ich es gern sähe, wenn du oder mein Randolph durchmachen müßtet, was ich durchgemacht habe, bevor ich festen Boden unter den Füßen hatte ...«

Laß dich nicht von den Ratschlägen alter Leute in die Irre führen, sagten die Heuschrecken. *Oder vom Klippklapp der*

Pferdehufe. Es gibt keinen festen Boden unter deinen Füßen, es gibt überhaupt nichts Verläßliches. Wenn du dich nach unten wendest, um danach zu suchen, wirst du tiefer und tiefer fallen. Nichts ist mehr sicher, aber wenn du auf irgend etwas vertrauen mußt, dann versuch es mit der Luft. Mach ein kreiselndes Geräusch wie wir, und vielleicht wird es dich tragen. Die geistlose, lieblose Stimme der Natur, durchaus hörbar für Dichter und andere Spinner, hörte Mr. Potter nicht, oder er wollte sie nicht hören.

»Wenn du in der Welt vorankommen willst«, sagte er, »und daß du das willst, davon bin ich überzeugt – du bist ehrgeizig, wie jeder junge Mann –, mußt du lernen, mehr wie die anderen zu sein. Dein Vater war ein sehr fähiger kluger Mann, aber er war kein Heiliger. Ich könnte dir einiges über ihn erzählen, was nicht allgemein bekannt ist, aber ich schätze ihn deswegen nicht weniger, nur weil er Schwächen hatte wie jeder Mensch. Wenn du willst, daß Menschen auf dich zugehen, dann mußt du ihnen auf halbem Weg entgegenkommen. Fragt dich jemand, ob du mit ihm im Saloon an der Ecke etwas trinken willst, dann sag ja. Rede dich nicht immer damit heraus, daß du arbeiten oder nach Hause zu deiner Frau mußt. Die Arbeit kann warten und deine Frau auch. Ich habe ein langes Leben hinter mir und weiß, wovon ich rede ...«

Versuche, deine Flügel aneinanderzureiben, sagten die Heuschrecken. *Vielleicht verzögert es das Eintreffen des ersten starken Frosts. Das ist die Theorie, an die wir uns halten, wie auch die Grillen, aber wenn dir diese Theorie nicht gefällt, such dir selber eine, die dir gefällt, und halte dich daran, aber hüte dich vor Leuten, die wissen, wovon sie reden.*

»Jeder von uns macht Fehler«, sagte Mr. Potter. »Nur so lernt man. Aber wenn man sich die Erfahrung von anderen zunutze machen kann, erspart man sich viel Zeit und Kopfzerbrechen, glaub mir.«

Abgesehen von einem gelegentlichen Nicken und Bemerkungen wie: »Wir fahren jetzt gerade am Messeplatz vorbei« oder: »Das ist das Gefängnis«, saß Austin schweigen da und hielt die Zügel.

Wenn es Mr. Potter glücklich machte, Ratschläge zu geben, gab es keinen Grund, warum er sie sich nicht anhören sollte, obwohl er Mr. Potters Meinung oft nicht teilte. Es gab durchaus Dinge, zu denen er gern jemandes Rat eingeholt hätte: Ob es nicht besser wäre, die Partnerschaft mit Mr. Holby aufzulösen und sich selbständig zu machen. Und was mit seiner Mutter geschehen sollte, die sich jetzt, da sie älter war, in einem Maße auf ihn verließ, wie sie sich nie auf seinen Vater verlassen hatte, und das Geld, das er ihr von Zeit zu Zeit schickte, zwischen den Fingern zerrinnen ließ. Was zu tun war, wenn Martha (deren Glück ihm viel mehr bedeutete als sein eigenes) sich dazu hinreißen ließ, blindlings und unbedacht zum Schlag auszuholen, als wäre es ihr vollkommen gleichgültig, ob die nächste verletzende Bemerkung, die sie von sich geben würde, vielleicht diejenige war, die keiner von beiden je vergessen würde. Und wieso es kam, daß das, was er für einen Menschen tat, etwas von dem wegnahm, was er für einen anderen zu tun versuchte, so daß er sich irgendwie immer im Unrecht fühlte, ganz gleich, was er tat oder wem er es recht zu machen versuchte. Über diese Dinge konnte er mit Mr. Potter nicht reden.

Die abendlichen Ausfahrten endeten immer vor Einbruch der Dunkelheit. Die Fahrten am Nachmittag dauerten länger und erforderten Vorbereitungen in Form von Schleiern und Staubmänteln. Manchmal fuhren sie mit Austins Kutsche, manchmal mit der von Bud Ellis. Die Männer saßen vorn, und Fetzen ihrer Unterhaltung – Wörter wie »Luzerne« und »Timotheusgras« oder »erste und zweite Mahd« – schwebten mit dem Zigarrenrauch nach hinten. Ab saß auf dem Schoß ihrer Mutter, oder wenn Martha King zu Hause blieb, auf Mrs. Potters Schoß, wo sie es ganz bequem fand, nachdem sie sich an die hervorstehenden Korsettstangen gewöhnt hatte. Dank seiner großen roten Räder war Austins Wagen höher als die meisten Gespanne und Fuhrwerke, so daß ihnen auf den unbefestigten Landstraßen nur selten der Staub der anderen ins Gesicht wehte, sondern sie lächelnd und erhaben ihres Weges fahren konnten. Die Unterhaltung auf dem Rücksitz floß gleichmäßig und gemächlich dahin. In Gegenwart der Männer kam es nie zu vertraulichen Mitteilungen, wurde nie der sorgsam gedämpfte, ernste Ton angeschlagen, der kaum lauter als ein Flüstern war und den Ab eigentlich nicht hören sollte, der sie aber im Gegenteil stets dazu veranlaßte, die Ohren zu spitzen. Wenn die Geheimnisse des Haushalts, die Kochrezepte, die Methoden, Silber vor dem Anlaufen zu bewahren, so laut ausgetauscht wurden, daß es auch auf dem Vordersitz zu hören war, zwinkerte Bud Ellis manchmal Mr. Potter zu und sagte: »Blah-blah-blah ...« Ab wußte (im Gegensatz zu Bud Ellis), daß die Frauen kein Blatt vor den Mund nahmen, wenn keine Männer anwesend waren.

Auf der Veranda des Hauses in der Elm Street stand in einer Ecke ein mit Sand gefüllter irdener Blumentopf, den sie auf dem Boden ausleerte und ganz still eine Handvoll nach der anderen wieder füllte. Der größte Teil der Unterhaltung, die über ihrem Kopf dahinschwebte, war fröhlich und beruhigend, doch wartete sie geduldig auf die Momente, in denen das Gespräch einen düstereren Ton annahm. Zum Beispiel die Unterhaltung zwischen ihrer Mutter und Tante Ione, die durch Mr. Potters Rückkehr von der Scheune unterbrochen wurde.

»Nora und ich standen uns früher viel näher«, waren die Worte, die sie aufmerken ließen, »aber dann hat sich etwas Bedauerliches ereignet – ich weiß nicht genau, wie ich dir davon erzählen soll oder ob ich's überhaupt tun soll, aber es gab eine Zeit, als Mr. Potter und ich ... er hatte etwas an sich, was ich nicht verstand oder nicht so berücksichtigt habe, wie ich es hätte tun sollen. Uns waren so viele Türen verschlossen – du weißt ja, wir sind beide nicht im Süden geboren und aufgewachsen. Und wir hatten ein farbiges Kindermädchen, das sich um die Kinder kümmerte, und ich saß den ganzen Tag herum, bereit, Besuch zu empfangen, der nie kam. Ich hatte nicht das Gefühl, daß Mr. Potter mich brauchte, und es sah nicht so aus, als würde mein Leben irgendwo hinführen. Und dann lernte ich jemanden kennen, der sehr viel für mich empfand ... Merkwürdig, wie all die alten Gefühle wiederauftauchen, wenn man bloß darüber redet. Er flehte mich wieder und wieder an, mit ihm fortzugehen, aber ich versuchte, nicht auf ihn zu hören, obwohl ich spürte, daß ich ihm gehörte und nicht dem Mann, den ich geheiratet hatte, und daß es meine letzte Chance war, glücklich zu werden. Ich weiß jetzt, daß keiner von uns das Recht dazu hatte. Aber schließlich tat ich es doch. Ich verließ Mr. Potter und die Kinder und ging mit ihm fort. Wir lebten eine Weile in Charleston, dann in Savannah. Ich dachte, er sei glücklich. Er wirkte *sehr* glücklich, aber wie sich herausstellte, war er es nicht. Ich habe es nur nicht gesehen. Er hatte einen sehr scharfen Verstand, und ich wußte, daß ich ihm darin nicht ebenbürtig war, aber ich dachte, ich könnte das auf andere Weise ausgleichen. Er mußte es mir sagen, und selbst dann hatte ich Mühe, zu begreifen, daß er... Mr. Potter hat mir nie Vorwürfe gemacht. Es wäre vielleicht leichter gewesen, wenn er es getan hätte. Ich hatte nur Nora, mit der ich reden konnte. Mittlerweile war sie älter, und man konnte ihr nicht mehr verheimlichen, was passiert war. Ich fürchte, ich habe ihr mehr erzählt, als gut gewesen wäre. Sie war immer schon ein sehr ernstes Kind. Eine Zeitlang standen wir uns, wie gesagt, sehr nahe, aber dann, nach ein paar Jahren, hat sie sich vor mir verschlossen. Sie erzählt mir nie mehr, was in ihrem Herzen vorgeht, und ich versuche, sie nicht mit meinen Gefühlen zu belasten ...«

Während des ganzen Vortrags saß Ab reglos wie ein Stein da. In den Augenblicken, in denen das Leben eine Aufführung ist und nicht nur eine Probe hinter den Kulissen, sind Kinder das eigentliche Publikum. Sie, denen kein Text zugedacht ist, bleiben höflich auf ihrer Seite des Proszeniums, es sei denn, der Autor beschließt (nachdem der Held sich mit eigener Hand geblendet hat), ein paar von ihnen auf die Bühne zu lassen, um dort beweint und dann mit einem Segen wie *Möge der Himmel euch gnädiger sein als mir* in Angst und Schrecken versetzt zu werden. Obwohl Kinder nicht immer dazu befähigt sind, alles, was sie sehen und mithören, zu verstehen, wissen sie in der Regel doch, welche Figuren das Gute und welche das Böse repräsentieren, und sie schätzen es, wenn aufrichtig Reue geübt wird. Eigentlich sollten sich die Schauspieler am Ende des Stückes ihnen zuwenden, sich vor ihnen verbeugen und um ihren Applaus bitten.

5

Wenn Ab des Lauschens überdrüssig war und versuchte, sich in das Gespräch zwischen ihrer Mutter und Mrs. Potter einzumischen, drehte Martha King den Kopf nach ihr um und gab mit einem Blick zu verstehen, daß dies nicht der richtige Moment war, die Gültigkeit jener unsichtbaren Grenze in Frage zu stellen, die sie nicht, ohne eine Ohrfeige zu beziehen, übertreten konnte. Ohrfeigen waren, zusammen mit vielen anderen Dingen, ausgesetzt, bis der Besuch aus Mississippi wieder fort war. Und wann das sein würde, ließ sich nicht sagen. Sie waren von weit her gekommen (einen ganzen Tag und eine ganze Nacht mit dem Zug), und Ab war eingeschärft worden, sie ja nicht zu fragen, wie lange sie bleiben wollten.

Aber es gab Entschädigungen. Mr. Potter brachte manchmal dünne, gewundene Pfefferminzstangen in einem Glas mit oder erlaubte Ab nach einigem Zureden, sich auf seinen Fuß zu setzen, und dann schritt er mit ihr das Wohnzimmer ab. Und Cousin Randolph stand immer zu ihrer Verfügung. Sie durfte überall auf ihm herumkrabbeln, ihm unhörbare Geheimnisse ins Ohr flüstern, und an einem regnerischen Tag spielte er sogar Puppen mit ihr. Doch jede dieser Freuden endete früher oder später in Verwirrung. Wenn sie Randolph erzählte, daß während der Nacht Zigeuner gekommen seien und die Scheune angezündet hätten, glaubte er ihr nicht nur, sondern ließ die Zigeuner auch das Haus anzünden, und dazu noch das Haus der Danforth. Als die Feuerwehr kam, wurde der Brand so real, daß Ab schleunigst zur Wahrheit zurückkehrte, die lautete, daß sie selbst ein Streichholz angezündet hatte – etwas, was ihr streng verboten war; aber die Wahrheit wollte Randolph nicht glauben, so verzweifelt sie auch versuchte, ihn davon zu überzeugen.

Manchmal, wenn sie allein waren, saß er einfach da und starrte sie mit, wie es schien, heftiger Abneigung an, obwohl sie wußte, daß das nicht sein konnte, da er doch ihr Cousin war. Wo er auch hinging, Ab folgte ihm oder ging ihm voraus, wie ein Tier an der Leine, und als Martha King versuchte, dem ein Ende zu setzen mit der Begründung, daß Ab ihm auf die Nerven gehen müsse, betonte Randolph, daß er Ab gern um sich habe, daß er sie brauche, damit sie ihn vor Mary Caroline beschütze.

Die Links wohnten vier Häuser weiter auf der anderen Straßenseite. Mr. Link besaß eine kleine Fabrik, in der er preiswerte Schuhe mit Sohlen aus Pappe herstellte, die nur bei einer einzigen Gelegenheit getragen wurden – und zwar von Toten. Er glaubte an Sparsamkeit und erlaubte seiner Frau nicht, gutes Geld für eine Angestellte auszugeben, wenn sie zwei erwachsene Töchter hatte, die ihr im Haushalt helfen konnten. Im Erdgeschoß des Hauses gab es ein Eßzimmer und eine Küche, doch die Familie kochte und aß im Untergeschoß.

Als Mary Caroline sieben Jahre alt war, hörte sie auf, mit Puppen zu spielen, und suchte statt dessen jedes Haus in der

Elm Street heim, in dem es ein Baby gab. Auf unzählige Arten signalisierte sie ihre Zuverlässigkeit – mit der Folge, daß sie, während andere Mädchen mit Mikadostäbchen spielten oder Seil hüpften, einen Kinderwagen den schattigen Gehsteig entlangschob, den Wagen kippte, um dem Baby ein zahnloses Lächeln und ein Zusammenkneifen winziger Augenlider zu entlocken, den Wagen schaukelte, wenn es quengelte, oder still dasaß, während eine unvorstellbar kleine, wundersame Hand ihren Zeigefinger umklammerte. Mary Caroline war jedes Baby recht, sofern sie es nur vor anderen Kindern beschützen konnte, die es vielleicht einmal halten wollten und in ihrer Unachtsamkeit die weiche Stelle oben auf dem Kopf vergaßen; jedes Baby, das hilflos war, weinte, sie anlächelte, in die Windeln machte, süßsäuerlich roch und seidenweich war.

Mary Caroline hätte nichts weiter verlangt (wenn verlangen irgend etwas genutzt hätte), als Mitglied einer großen Familie zu sein, in der ununterbrochen Babys zur Welt gebracht wurden, anstatt die Nachbarschaft nach ihnen absuchen zu müssen. Das Jahr zwischen ihrem elften und zwölften Geburtstag verging so langsam, daß es ihr manchmal schien, als würde sie es nie hinter sich bringen. Aber als es für sie physisch möglich wurde, selbst ein Baby zu haben, richtete sich ihre ganze Aufmerksamkeit voll Geringschätzung auf ihr Spiegelbild. Sie schnitt Kleider aus Schnittmustern aus und steckte die papiernen Einzelstücke auf dem Boden ihres Zimmers zusammen – ein Unternehmen, das oft mit Tränen endete. Sie probierte zwanzig verschiedene Arten aus, sich das Haar hochzustecken, und sie war zwanzig verschiedene Frauen – jung, alt, lebhaft, gelangweilt, keusch wie eine Nonne, verdorben, schamlos und unverfroren. Sie badete ständig und pflegte ihre Nägel mit großer Sorgfalt.

All das trug sich in ihrem Zimmer am Ende des Flurs im oberen Stock zu. Der Welt – ihrer Mutter, ihrem Vater, ihrer Schwester, ihren Schulfreundinnen und ihren Lehrerinnen – präsentierte sie sich als ein vierzehnjähriges Mädchen mit stämmigen Beinen, einer fülligen Taille, dichten Augenbrauen, einem fliehenden Kinn, einer linkischen Art und der Neigung, schnell zu erröten. Wo es in ihrem Gesicht geheimnisvolle Schatten hätte geben sollen, die den Geheimnissen entsprachen, die im Wachen ihren ganzen Geist beanspruchten, gab es nur eine schmerzhafte Schüchternheit.

In der Stadt Draperville waren die vierzehnjährigen Mädchen die natürliche Beute älterer Jungen. Im Augenblick des Knospens ließen die Mädchen die Jungen ihres Alters (die noch in Kniehosen steckten und in Fahrräder verliebt waren) hinter sich. Die älteren Jungen warteten auf sie in Giovannis Eisdiele, verbündet mit der Dunkelheit und der freien Natur (und manchmal auch mit dem Mädchen).

Die fünf Jungen, alle aus anständigen, angesehenen Familien, die eines Abends im Mai die Tochter eines polnischen Bergmanns zum Friedhof hinauslockten, hätten nicht gewagt, zu tun, was sie taten, hätte es sich, sagen wir, um eins der Mädchen der Atchinsons gehandelt. Doch hin und wieder gelang es ihnen, einzeln, ein Mädchen zu verführen, dessen Vater Bankkassierer war oder Leiter des Straßenbauamtes oder Eisenwarenhändler oder Rechtsanwalt oder Arzt. Der junge Lathrop, der so wohlerzogen und immer überaus höflich zu alten Leuten war, überredete Jessie McCormack, mit ihm zusammen in ein Maisfeld am Stadtrand zu gehen. Und danach, als er auf das mondbeschienene Unkraut urinierte, verspürte er einen brennenden Schmerz, der ihm angst machte und ihm allen Stolz raubte, den er für seine wundervolle neue Leistung empfunden hatte. Da es keine andere Möglichkeit zu geben schien, diesen Stolz wiederzugewinnen, als das Mädchen zu verraten, tat er es – zwar nur einem einzigen Jungen gegenüber, aber das reichte. Dieser Junge erzählte es den anderen. Und am Schluß war das Wort *Maisfeld* das Signal für Jessie McCormack, sich abzuwenden und andere Gesellschaft zu suchen.

Was der Tochter des polnischen Bergarbeiters angetan wurde, war entsetzlich, aber wenigstens war ihr Körper für ihr Alter schon sehr entwickelt. Die kleine McCormack war für ihr Alter unverhältnismäßig hübsch, mit blauen Augen, glattem blondem Haar und Ponyfrisur, und ihre Mutter zog sie wie die Puppe in *Hoffmanns Erzählungen* an. Sie hatte nicht vorgehabt, irgend etwas zu tun, was die anderen Mädchen nicht auch taten. Ein einziges Wort kann einen Menschen altern lassen, kann jegliche Jugend, jeglichen Reiz zunichte machen, der für ihn bestimmt war. Mit siebzehn, keine Puppe mehr und als Frau enttäuschend, saß sie Samstag abends allein auf der Verandaschaukel und sah zu, wie die Pärchen vorbeispazierten.

Die High-School-Jungen tauschten ihre Erfahrungen in den Umkleide- und Waschräumen der Schule aus (*Mit der will ich nie wieder was zu tun haben. Ich hasse Mädchen, die* ...), aber soviel sie auch tratschten, mutmaßten, erzählten und phantasierten, Mary Caroline kam nicht in ihren Gesprächen vor. Der Junge, der Mary Caroline in ihrem letzten High-School-Jahr zur Schultheateraufführung begleitete, trug eine Brille, bewarb sich (erfolglos) um die Aufnahme in die Leichtathletikmannschaft und war gesellschaftlich so unerfahren, daß er sie auf der linken Seite gehen ließ, bis jemand »Mädchen zu verkaufen!« rief.

Und die ganze Zeit sahen ihre Augen überall die muskulösen Arme, die geraden Rücken und breiter werdenden Schultern. Ihre Ohren fingen den rauhen Klang in ihren Stimmen auf, die gerade erst tiefer geworden waren. Es gab, so entdeckte sie, ein hohles Zentrum in ihrem Körper, das ihr jedesmal alle Kraft aus den Beinen saugte, wenn sie James Morrissey im Flur begegnete – James Morrissey, der blonde Locken hatte, ein heiseres Lachen, weiße Zähne und Wangen wie Apfelblüten und der Postillen an Frances Longworth und an Virginia Burris, aber nie an Mary Caroline schrieb. Und dann war es plötzlich nicht mehr James Morrissey, der dieses hochempfindliche Nervenzentrum anrührte, sondern Boyd Mangus. Dann war es Frankie Cooper. Dann Joe Diehl. Wie ein Wolkenschatten zog die Liebe über das Feld; sie hatte jedoch nichts mit den Jungen als solchen zu tun, sondern mit etwas, was ihnen nur für kurze Zeit verliehen war.

Mary Caroline war immer brav gewesen, aber als die Potters kamen und sie plötzlich anfing, sich wie ihre ältere Schwester zu verhalten, warf der Klatsch die beiden Mädchen endgültig in einen Topf. Der Klatsch in Draperville war oft verantwortungslos und ungerecht. Mary Caroline war nicht verrückt nach Jungen; sie hatte ein Zeichen empfangen. Sie, die so oft voll Unbehagen und Abneigung gegen sich selbst in den Spiegel geblickt hatte, hatte in einem Menschenauge ihr Verlangen nach Liebe gespiegelt gesehen. Sie hatte es nur einmal gesehen, bei der Einladung, die die Kings für die Leute aus Mississippi gegeben hatten, aber es war unverkennbar gewesen.

Obwohl die Welt junge Menschen energisch und unerbittlich aufeinander zustößt, tut sie dies mit einem ganz bestimmten Ziel und hat sehr wenig Geduld mit ihnen, wenn erst einmal klar ist, daß dieses Ziel nicht erreicht wird. *Wenn der hier dich nicht lieben will, dann such dir gefälligst einen anderen*, sagt die Welt, und die jungen Menschen gehorchen, sofern sie nicht ungewöhnlich stur sind. Mary Caroline kam Tag für Tag vorbei, in der Hoffnung, wiederzusehen, was sie an jenem Abend bei Kings gesehen hatte, und immer mit einem Vorwand in den Händen – einer Schale mit selbstgemachtem Fondant, einem Gedichtband für Mrs. Potter (die nie Gedichte las), einem Kuchen von ihrer Mutter oder einem Strauß von den gleichen Blumen, die so üppig in Martha Kings Garten blühten. Wenn diese Gaben entgegengenommen und versorgt worden waren, saß Mary Caroline in schüchternem Schweigen da, ohne Randolph auch nur eine Sekunde lang aus den Augen zu lassen, und manchmal fühlte sich Martha King genötigt, sie zum Essen einzuladen.

6

Bleibst du zum Mittagessen?« fragte Alice Beach unten an der Treppe.

»Ich würde liebend gern bleiben«, sagte Nora, »aber Cousine Martha erwartet mich. Ich habe ihr gesagt, ich bin gleich wieder da.«

»Ist schon in Ordnung«, rief Lucy Beach aus dem Eßzimmer. »Ich habe gerade mit Martha telephoniert. Es ist völlig in Ordnung. Sie nehmen wie wir auch nur ein leichtes Mittagessen zu sich. Auf die Weise haben wir dich einmal ganz für uns allein. Es ist schon alles fertig. Komm und setz dich.«

An ihrem seltsamen Benehmen, aus dem eine gedämpfte Aufregung herauszuspüren war, war deutlich zu erkennen, daß den beiden Mädchen irgend etwas durch den Kopf ging und sie sich überlegten, ob sie es Nora erzählen sollten. Das Geheimnis wurde schließlich wie alle Geheimnisse gelüftet. Lucy und Alice wollten einen Kindergarten gründen. In der Stadt gab es anscheinend geeignete Räumlichkeiten – zwei Zimmer über Bailey's Drugstore, die günstig zu vermieten waren.

»Ich habe schon mit Mr. Bailey darüber gesprochen«, sagte Lucy, »und er will warten, wie wir entscheiden, bevor er sie an jemand anders vergibt. Wir brauchen natürlich einiges an Ausstattung – je mehr, desto besser, aber das kostet alles Geld, und wir haben nicht sehr viel. Ein paar lange, niedrige Tische, ein paar Stühle, die die richtige Größe für Kinder haben, buntes Garn, mit dem sie weben können, Scheren, Blöcke und Buntpapier zum Ausschneiden –«

»Erzähl ihr von dem Buch«, sagte Alice. »Wir haben uns was schicken lassen –«

»Wir haben da ein Buch von einer Italienierin«, sagte Lucy. »Vielleicht willst du, solange du noch hier bist –«

»Es ist eine sehr schwierige Lektüre«, sagte Alice. »Da ist eine Menge, aus dem ich nicht schlau werde.«

»Du hast es nicht richtig versucht«, sagte Lucy. »Ich nehme nicht an, Nora, bei all dem, was du zu tun hast, daß du Zeit hast oder auch interessiert wärst –«

»Aber sicher«, sagte Nora. »Das würde mich sehr interessieren. Es interessiert mich jetzt schon.«

Während des restlichen Mittagessens wurden Pläne für den Kindergarten geschmiedet. Als Lucy mit einem großen Teller Pfirsichscheiben und der Teekanne aus der Küche zurückkam, sagte sie: »Worum wir dich bitten möchten, Nora, ist folgendes: Würdest du uns den Gefallen tun, mit Mutter darüber zu reden? Wenn du ihr sagst, daß du die Idee gut findest, läßt sie uns vielleicht machen.«

»Ich weiß nicht, ob ich soviel Einfluß auf sie habe«, sagte Nora, »oder überhaupt welchen. Aber ich werd's natürlich versuchen. Sagt mir einfach, was ich ihr sagen soll, und ich –«

Bevor sie zu Ende sprechen konnte, läutete das Telephon, und Lucy sprang vom Tisch auf.

»Ja«, hörten sie sie sagen. »Ja, ich werd's ihr ausrichten.«

»Wer war das?« fragte Alice, als Lucy wieder aufgelegt hatte.

»Das war deine Mutter«, sagte Lucy. »Ich soll dir sagen, daß sie auf dich warten. Sie wollen ausfahren.«

»Ach, das ist so albern«, sagte Nora, während sie sich erhob. »Ich habe nicht die geringste Lust, auszufahren. Kann ich nicht hierbleiben und mich weiter mit euch unterhalten?«

Aus dem oberen Teil des Hauses ertönte das Bimmeln eines Nachttischglöckchens, das vor langer Zeit auf dem Markt in Fiesole erstanden worden war.

»Könnten wir nicht –« setzte Nora an.

»Das ist Mama«, sagte Lucy. »Ich sehe lieber nach, was sie will. Es war nett von dir, daß du zum Essen geblieben bist, Nora. Alice gibt dir das Buch.«

7

Noras ganzer Widerspruchsgeist regte sich, als sie im Garten der Beach unter dem Maulbeerbaum saß, das dunkelblaue Buch, das aus Chicago bestellt worden war, aufgeschlagen in ihrem Schoß, und nach einer kurzen Weile ihre Familie (gerade so, als würde sie nicht existieren) zusammen mit Bud Ellis aus dem Haus der Kings kommen und in die Kutsche der Ellis steigen sah. Nachdem Martha und Ab eingestiegen waren, fuhr die Kutsche forsch an, und ohne auch nur einen Blick zurückzuwerfen, rollten sie davon. So sind sie, dachte Nora. Und sollte mir etwas zustoßen, werden sie sich auch nicht ändern, warum also mache ich mir so viele Gedanken um sie?

Sie wartete eine Weile, bis Rachel mit einem Bündel unter dem Arm aus der Küchentür kam und rief: »Sie haben nach Ihnen gesucht, Miss Nora. Sie wollten, daß Sie mitfahren.«

»Ich weiß«, antwortete Nora. »Aber ich wollte nicht mitfahren.«

»Jedenfalls haben Sie jetzt Ihre Ruhe. Sie haben sie ausgetrickst. Jetzt haben Sie das ganze Haus für sich allein«, sagte Rachel und entfernte sich auf der Auffahrt.

Das Buch vermochte Noras Aufmerksamkeit nicht zu fesseln, weder unter dem Maulbeerbaum noch auf der Fensterbank in Austin Kings Arbeitszimmer. Eine Zeitlang widerstand sie der Versuchung, das Haus zu erforschen, das völlig menschenleer war und ihr zum erstenmal allein zur Verfügung stand, doch schließlich legte sie das Buch beiseite und schlenderte von einem Zimmer zum anderen. Es gab kaum etwas, was sie nicht schon gesehen hatte, aber weil sie das Haus so betrachten konnte, wie es jetzt war, nicht gestört und nicht beansprucht von den Menschen, die darin wohnten, konnte sie klarer sehen. Dieses verwerfend, jenes billigend, versuchte sie sich vorzustellen, wie es wäre, Martha King zu sein.

Im Haus war es so still, daß sie das Gefühl hatte, beobachtet zu werden, daß die Sofas und Sessel ein Auge auf sie hatten, um sicherzugehen, daß sie nichts berührte, was sie nicht berühren sollte; daß sie das Alabastermodell vom Tadsch Mahal und den kleinen, grinsenden bärtigen Mann (aus Elfenbein, mit einem Sack auf dem Rücken, einem zusammengefalteten Fächer und nach innen gekehrten Zehen) wieder genauso zurückstellte, wie sie sie vorgefunden hatte. Die Heuschrecken warnten sie, aber sie waren zu weit weg. Die Uhren schienen mit ihren unterschiedlichen und widersprüchlichen Versionen der richtigen Zeit beschäftigt. Als Nora sich selbst in dem Spiegel mit dem Ebenholzrahmen erblickte, sah sie einen Menschen, der etwas argwöhnisch und in einer Handlung begriffen war, die ein Element von Gefahr in sich barg.

Im ersten Stockwerk genügte Nora ein kurzer Blick ins Gästezimmer. In diesem Zimmer, das am Tag ihrer Ankunft einen Hinweis enthalten haben mochte, herrschte jetzt nur eine Unordnung, die sich in nichts von der Unordnung unterschied, die jahrein, jahraus in einem ihr wohlvertrauten Schlafzimmer im Haus auf der Plantage in Mississippi herrschte. Oben im Flur stand sie zögernd zwischen Abs Zimmer und dem Zimmer, in dem Austin und Martha King schliefen. Die Tür zu diesem Zimmer (das sie, mehr als alle anderen Räume, sehen wollte, wenn keiner drin war) war geschlossen. Sie betrat Abs Zimmer, sah sich um und ging wieder hinaus, ohne mehr über die Eigenheiten von Kindern erfahren zu haben, als sie ohnehin schon wußte. Sie horchte und hörte keinen Laut außer dem Klopfen ihres eigenen Herzens, das lauter wurde, als sie die Hand auf den Knauf der geschlossenen Tür legte und ihn drehte.

Das Schlafzimmer war leer und sorgfältig aufgeräumt.

Nora starrte auf den Spiegel, dem jetzt Leben und Zweck fehlte. Sie ging zum Frisiertisch und zog eine Schublade nach der anderen auf, wobei sie darauf achtete, keine Parfümflaschen umzustoßen: Gesichtspuder und Haarnadeln, emaillierte Ohrringe, ein kleines blaues Lederschächtelchen, das Martha Kings Schmuck enthielt, Schildpattkämme, parfümierte Taschentücher, zusammengelegte weiße Glacéhandschuhe, Strümpfe, mit Schleifen versehene Duftkissen. Auch hier ließ sich Martha King, die sie mochte, beneidete und offenbar nie richtig kennenlernen konnte, nicht fassen. Die Accessoires der Weiblichkeit, Weichheit, Süße und Illusion, hätten irgendeiner beliebigen schönen Frau gehören können.

Nora ging weiter zur Kommode, zog die großen Schubladen auf und entdeckte das kleine Geheimfach, das ein samtenes Nadelkissen enthielt, Schleifen und Bänder und einen an Austin King adressierten Brief. Nachdem Nora sich eingeprägt hatte, wie er zwischen den Bändern lag, damit sie ihn an genau die gleiche Stelle zurücklegen konnte, nahm sie den Brief aus der Schublade und studierte die Handschrift (weiblich) und den Poststempel (Providence, R.I.). Mit dem Brief in der Hand ging sie hinaus in den Flur und beugte sich horchend über das Geländer, bereit, beim geringsten Geräusch den Brief in die Schublade zurückzulegen und in ihrem eigenen Zimmer im zweiten Stock zu sein, bevor irgend jemand den Treppenabsatz erreichte. Kein Laut war zu hören. Mit zitternden Händen zog sie den Brief aus dem Umschlag und begann langsam zu lesen, denn die Handschrift bereitete gewisse Schwierigkeiten.

Austin, mein Liebster, mein Teurer, mein so sehr Vernachlässigter:

Du hast mir alles Geld in der Welt geschickt! Ich weiß, daß es nicht mehr geben kann. Und ich kann nichts dazu sagen, Dir nicht einmal danken. Ich frage mich, warum wir so mangelhaft ausgestattet sind mit Worten, die etwas ausdrücken? Worte sind das Werkzeug der Menschen und können nicht ausdrücken, was die Seele empfindet.

Aber wenn Du wüßtest, welche Last mir von den Schultern

genommen ist, nur weil Du mich liebst. Ich werde einfach aus Leibeskräften (wie immer die beschaffen sind) versuchen, mich nicht verpflichtet zu fühlen. Das ist das Schlimmste an mir. Ich bin ein so dürftiges Gefäß. Ich will immer selber gießen, so scheint mir, und kann mich an kleinen oder großen Geschenken nicht erfreuen, weil ich noch größere Geschenke machen möchte. Das ist nicht richtig, und deswegen habe ich die Absicht, meine Erleichterung zu genießen und zu vergessen, was Du mir geschenkt hast. Vielleicht kann ich mir sogar einbilden, daß ich es Dir geschenkt habe?

Die Zimmerleute sind da. Es hat den ganzen Tag lang gegossen, und zu sehen, wie sie herumgesessen haben, weil es nichts zu tun gab, war zuviel für uns alle. Aber heute abend hat der Wind nach Westen gedreht, und wir hoffen, daß es morgen schön wird.

Die Südseite des Hauses hat neue Schindeln und auch die Westseite der Scheune. Wenn morgen das Wetter schön ist, wird die Scheune fertig werden, und das macht mich froh. Ich habe mich so lange wegen dem Dach gesorgt, daß ich sie vermissen werde, die Sorge. Unter dem Boden der Scheune sind keine Planken, vorne, weißt Du, wo er verfault war, und auch die Giebel sollen gerichtet werden, und dann muß die Scheune noch gestrichen werden, das hat sie dringend nötig. Ich glaube, ich werde die Wände unten im Eßzimmer frisch streichen lassen. Habe ich Dir erzählt, daß Jessie mir Tante Evelyns Anrichte geschenkt hat? Es ist höchst ärgerlich, aber meinst Du, mir fällt noch ein, was ich Euch drei Kindern geschrieben habe? Ich weiß wirklich nicht mehr, ob ich es Dir erzählt habe oder Charles oder Maud oder jedem von Euch mehrmals. Jedenfalls, ob schon erzählt oder nicht, hat Jessie ihn mir geschenkt – den Tisch. Er ist gestern gekommen, einen Meter fünfzig breit und aus massivem Mahagoni. Riesig. Er wiegt bestimmt eine Tonne.

Daß Du hundertsechzig Pfund wiegst, ist mir ein großer Trost. Gehst Du jeden Tag zu Fuß zur Arbeit? Du brauchst vor allem viel Bewegung, und zwar in der frischen Luft. Ge-

stern abend hat Deine Tante Dorothy von Dir geschwärmt und Dir sicherlich das größte Kompliment gemacht, das ein Mensch einem anderen machen kann. Ich erzähl's Dir jetzt nicht. Aber irgendwann einmal. Sie ist ein so feiner und ausgeglichener Mensch. Und so gut – und großzügig. Aber ich lasse mich jetzt nicht über sie aus.

Nun zu mir. Du siehst ja, daß ich mich ein bißchen schnippisch verhalten habe seit den Abenteuern in der Hochfinanz im letzten Sommer, und ich habe nicht mit meiner üblichen Fügsamkeit auf die verschiedenen Untersuchungen und Behandlungen reagiert. Jetzt denk nicht, daß ich ernsthaft krank bin. Ich bin es nicht, aber ich bin auch dagegen, krank zu sein, wenn es sich vermeiden läßt. Gestern war ich nach einer Woche wieder bei Dr. Stanton, und in zwei Wochen soll ich wiederkommen. Inzwischen schwimme ich in Pillen und Säften, und mein Bein ist immer noch lahm und blau.

All das habe ich Maud nicht erzählt, damit sie nicht auf den Gedanken kommt, daß es mir schlechter geht, als tatsächlich der Fall ist, und sich deswegen Sorgen macht. Natürlich werde ich weder ihr noch sonst jemandem ein Sterbenswörtchen von Deiner Großzügigkeit erzählen, aber ich verstehe nicht, wieso Deine Schwester sich so verhält.

Letzten Sonntag habe ich eine wunderbare Predigt von meinem Liebling Dr. Malcolm LeRoy Jones gehört, die mit einer Geschichte über Voltaire und Benjamin Franklin endete. Anscheinend hat Franklin mit seinem Sohn, einem siebzehnjährigen Burschen, Voltaire besucht, der schon sehr alt war. Als sie Voltaires Zimmer betraten, sagte Franklin: »Ich habe meinen Sohn mitgebracht und möchte, daß Sie ihm etwas sagen, woran er sich sein ganzes Leben lang erinnern wird.« Voltaire erhob sich und sagte: »Mein Sohn, merke dir zwei Worte: GOTT & FREIHEIT.«

Teuerster, liebster Austin, paß gut auf Dich auf. Denk dran, ohne Gesundheit gibt es keine Freude am Erfolg. Ich bin sehr stolz auf Dich, und niemand liebt Dich so wie ich.

Mutter.

8

Irgend jemand zu Hause?« rief Austin King, der an diesem Nachmittag um fünf Uhr in der Diele stand.

Die Antwort kam aus dem Arbeitszimmer, und es war nicht die Stimme seiner Frau, die er hörte, sondern die Noras. Als sie erschien, dachte er im ersten Moment, sie sei krank, so matt und niedergeschlagen sah sie aus, so verändert.

»Da ist etwas, was ich dir sagen muß«, sagte sie.

»Ach ja?«

»Etwas, was ich dir beichten muß.«

»Also gut.« Austin legte seinen Hut ab, und als sie sich zum Arbeitszimmer wandte, sagte er: »Gehen wir hier hinein.« Er setzte sich, schlug die Beine übereinander und wartete. Seit sie hier war, hatte er sich Nora gegenüber sehr vorsichtig verhalten. Er manövrierte sie nie auf den Vordersitz des Wagens, wenn sie spazierenfuhren – er manövrierte sie im Gegenteil gelegentlich dort herunter. Und wenn er vom Büro nach Hause kam und sie allein auf der Veranda sitzen sah, widerstand er seiner natürlichen Neigung, freundlich zu sein, und stand statt dessen mit einer Hand an der Fliegentür da, fragte sie, wie sie den Tag verbracht habe, und ging dann ins Haus. Wenn Nora von ihrer Familie angegriffen wurde, weil sie irgendeinen Gedanken geäußert hatte, der ihm vernünftig und berechtigt erschien, erhob er manchmal die Stimme zu ihrer Verteidigung, aber was er sagte (»Ich stimme mit Nora überein ...« oder »Ich glaube, Nora meint folgendes ...«), wurde gewöhnlich von demselben Aufschrei übertönt, der auch Noras Meinungen abschmetterte. Wenn diese behutsame Freundlichkeitsbezeigung ausreichte, daß sie zu ihm kam, wenn sie Sorgen hatte, freute ihn das. »Und jetzt erzähl mir alles«, sagte er aufmunternd.

Nora, ihm gegenüber auf der Fensterbank, schwieg.

»Keine Angst«, sagte Austin. »Egal, was es ist, ich verspreche dir, daß ich dir nicht böse sein werde.«

»Das solltest du aber«, sagte Nora. Sie senkte den Kopf und betrachtete ihre Hände – zuerst die Handflächen, dann die Handrücken – mit einer Distanz, die ihn an Martha erinnerte, wenn sie vor dem Spiegel stand.

»Ich habe mich im Haus umgesehen«, sagte sie schließlich und wartete dann, als müßte er anhand dieser vagen Einleitung ahnen können, was sie ihm eigentlich zu beichten hatte, und ihr somit die Mühe, den Schmerz und die Demütigung ersparen, es zu erzählen.

»Das ist völlig in Ordnung«, sagte Austin. »Solange du hier wohnst, Nora, ist es nicht nur unser Haus, sondern auch deins.«

»Aber das ist noch nicht alles«, sagte Nora. »Ich habe etwas getan, was ich noch nie getan habe, und ich weiß nicht, was mich dazu getrieben hat. Die anderen sind ohne mich weggefahren, und ich habe den Brief gefunden und ihn gelesen.«

»Was für einen Brief, Nora?« Ihm fiel kein Briefwechsel ein, der auch nur im geringsten belastend sein könnte, trotzdem durchfuhr ihn ein kalter Schauer.

»Oben. Ich weiß wirklich nicht, was in mich gefahren ist. Ich weiß nur, daß ich mich deswegen ganz schrecklich fühle.«

»Oben?«

»In dem kleinen Geheimfach in deiner Kommode. Ich habe den Brief von deiner Mutter gefunden und ihn gelesen.«

»Ach den!« sagte Austin und nickte dann.

»Es war ein sehr netter Brief, aber ich hatte kein Recht, ihn zu lesen. Ich habe mich danach gräßlich gefühlt. Ich schäme mich so.«

»Nimm es dir nicht so zu Herzen«, sagte Austin. »Es gibt keinen Grund, warum du ihn nicht hättest lesen sollen, wenn du ihn lesen wolltest.« Es war natürlich trotzdem seltsam, daß sie seine Kommode durchstöbert hatte.

»Aber ich wollte gar nicht. Irgend etwas hat mich dazu getrieben. Ich wollte nicht einmal allein im Haus sein. Es kam mir nicht richtig vor. Ich habe ständig gedacht, es kommt gleich jemand. Und es war so still – so wie kurz vor einem Gewitter. Und danach wollte ich mich verkriechen, damit ich dir und Cousine Martha nie wieder unter die Augen treten muß. Weil ihr zu uns allen so gut gewesen seid, und das ist unser Dank dafür.«

»In dem Brief steht nichts, was du nicht wissen darfst. Aber ich bin deinetwegen froh, daß du es mir gesagt hast. Weil du es jetzt ein für allemal vergessen kannst.«

»Ich kann es einfach nicht vergessen. Wenn du wüßtest, wie ich –«

»Ich kann mich nicht erinnern, daß ich jemals fremde Post gelesen habe«, sagte Austin, »aber ich weiß, daß ich es gern getan hätte, sehr oft, und ich habe andere Dinge getan – als ich ein Junge war –, für die ich mich später geschämt habe.«

»Es soll mir eine Lehre sein«, sagte Nora. »So was tue ich nie wieder, solange ich lebe.«

Wenn Leute sagen *Es soll mir eine Lehre sein*, meinen sie damit gewöhnlich, daß das Lehrgeld teuer war. In diesem Fall mußte Nora mit dem Gespräch bezahlen, auf das sie sich eigentlich gefreut hatte, das Gespräch, das hätte offenbaren sollen, wie Austin King über das Leben dachte. Anstatt wie zwei Erwachsene miteinander zu reden, war sie in einer Aufwallung kindlicher Reue zu ihm gekommen, und ihr Fehltritt war ihr wie einem Kind verziehen worden.

»Ich begreife nicht, wie du mir wirklich verzeihen kannst!«

»Es gibt nichts zu verzeihen.« Austin war müde, ihm war heiß, und er wollte nach oben entfliehen und sein Gesicht in ein Becken mit kaltem Wasser tauchen. Er konnte nicht entfliehen, weil Nora es ihm nicht erlaubte. Sie saß mit leicht geöffnetem Mund da, und in ihren Augen lag ein kranker Ausdruck, als hätte sie in einem unachtsamen Moment einen schönen, kostbaren Gegenstand aus den Fingern gleiten lassen und starre jetzt auf die gezackten Scherben auf dem Boden.

Draußen vor dem Haus der Kings fuhr eine Kutsche vor. Mr. Potter stieg aus und hob Ab vom Schoß ihrer Mutter auf den Gehsteig. Während die anderen Bud Ellis versicherten, wie sehr ihnen die Fahrt mit ihm gefallen habe (die zu lang gewesen war), wanderte Ab den Gehsteig entlang und ins Haus.

»Vergiß die ganze Geschichte«, sagte Austin. »Was mich betrifft, ist sie nicht passiert.«

Die einzige Person, die diesen Brief nicht unbedingt lesen sollte, war Martha, deren Name in dem Brief nirgendwo erwähnt wurde und für die er keine herzlichen Mitteilungen enthielt. Bestimmte Teile des Briefes konnte er erklären. Sein Bruder Charles wohnte in Detroit und war im Immobiliengeschäft tätig – ein einfacher, liebenswürdiger Mann, der seine Frau und seine Kinder liebte und sich in das, was er gerade tat, mit einer Begeisterung und einer Freude stürzte, die nie durch irgendwelche Selbstzweifel getrübt wurden. »Herrlich ist das!« sagte er immer, gleichgültig, ob er gerade schwamm, ritt, Tennis spielte oder lediglich einen Sonntagsspaziergang machte. »Ach, ich fühle mich prächtig!« erzählte er den Leuten. Oder: »Das hätte ich um nichts in der Welt verpassen wollen!« – und meinte es auch. Maud lebte in Galesburg, war mit einem Professor am Knox College verheiratet und von ganz anderem Schlag. Sie betrachtete die Welt mit einem taxierenden Blick, der darauf achtete, wie Torten und Zuneigung aufgeteilt wurden, und sie war nicht nur neidisch, sondern auch launisch und unversöhnlich. Wenn der Brief von seinem Bruder oder seiner Schwester gewesen wäre, hätte er Nora erzählen können, daß er Charles nur selten sah und selten von ihm hörte und daß sie sich zwar mochten, sich aber nichts zu sagen hatten, wenn sie sich trafen; oder daß seine Schwester mit schrecklichen Schwierigkeiten in ihrem Innern kämpfte und er gelernt hatte, mit ihr auszukommen, indem er sich stets in einen Zustand wehrhafter Bereitschaft versetzte, um Ärger zu vermeiden. Auf die Weise hätte er Noras Interesse geweckt und sie von der Tatsache abgelenkt, daß sie (außer Neugier) eigentlich keinen Grund gehabt hatte, den Brief zu lesen. Aber da der Brief von seiner Mutter stammte, war das unmöglich. Er wußte über seine Mutter viel weniger, als er über Nora wußte. Wenn er versucht hätte, Nora etwas über seine Mutter zu erzählen, wäre das nur darauf hinausgelaufen, daß er von sich selbst erzählt hätte, aber er wollte nicht, daß auch nur einer der Besucher aus Mississippi erfuhr, wie er wirklich war, solange sie in seinem Haus zu Gast waren. Sonst wäre er nirgends mehr vor ihnen sicher gewesen, weder auf dem Dachboden noch im Kellergeschoß, noch hinter Kammertüren. Und so sagte er: »Wenn ich vorher daran gedacht hätte, Nora, hätte ich dir gesagt, daß du jeden Brief lesen kannst, den du in diesem Haus findest. Ich gebe dir die ausdrückliche Erlaubnis dazu, verstehst du mich?«

»Ist das wirklich dein Ernst?« fragte Nora.

Er nickte.

»Ich bin so erleichtert«, sagte Nora. »Nicht, daß es mir im Traum einfallen würde, so etwas noch mal zu tun. Aber einfach die Vorstellung, daß du nichts dagegen hättest, wenn ich –« Sie hielt inne, als sie merkte, daß Ab in der Tür stand und sie beobachtete.

»Wenn dies und das«, sagte Austin, »und die Hälfte von diesem und jenem plus vier elf ergibt –«

Abs Gesicht leuchtete auf, als ihr Vater dieses alte Spiel begann.

»Und wieviel ist dies und das und die Hälfte von diesem und jenem?« Er hob sie lächelnd hoch und trug sie in die Diele, wo die müden Reisenden sich ihrer Handschuhe, Leinenmäntel und Schleier entledigten.

Um sich die Menschen vom Leib zu halten, braucht man irgendeine Tarnung, und was gibt es für eine bessere, undurchdringlichere Maske für einen Mann als die Briefe (so unterschiedlich, so widersprüchlich in ihren Voraussetzungen und ihren Wirkungen) seiner Familie und seiner Freunde? Sie war eine Inspiration, und wie jede Inspiration bewirkte sie etwas – viel mehr, als Austin beabsichtigt hatte. Sie bewirkte, daß sich ein Bild zwischen Nora Potter und die Sonne schob. Von diesem Tag an war sie sich keiner anderen Gegenwart im Haus bewußt als seiner. Und wenn seine grauen Augen einen Augenblick auf ihr ruhten, fühlte sie sich danach so ausgelaugt und schwach, daß sie alle Mühe hatte, sich aufrecht zu halten.

9

So wie ich das sehe«, sagte Mr. Potter bedächtig (obwohl diese Geschichte nicht mit schallendem Gelächter enden sollte), »ist jetzt die richtige Zeit dafür. In Mississippi ist Land unverschämt billig. Ich werde die Plantage neben meiner kaufen und auf beiden immens kostensparend Baumwolle anbauen. Ich habe vor, drei oder vier Leute mit reinzunehmen, um das Geschäft zu schaukeln, aber es wird allen einen Haufen Geld einbringen.«

Mit »allen« meinte Mr. Potter nicht Miss Ewing, die draußen horchte, wobei sie darauf achtete, ihren Kopf so weit von der Glasscheibe entfernt zu halten, daß er keinen Schatten warf; und auch nicht Dr. Hieronymous, den Osteopathen. Er meinte Bud Ellis und Richter Fairchild und Alfred Ogilvee und Orin McNab, den Bestattungsunternehmer, und Mr. Holby und Dr. Seymour und Louis Orthwein, Besitzer und Herausgeber des *Draperville Evening Star*. Während Mr. Potter auf und ab ging, redete und gestikulierte, saßen sie still da, hörten zu und stellten Fragen, die beantwortet werden mußten. In ihren Augen funkelte – nicht direkt Ehrgeiz, aber das Gefühl, daß sich ihr Leben beschleunigt hatte, daß sie ihrer Großen Chance von Angesicht zu Angesicht gegenüberstanden. Es lag an ihnen, ob sie sich weiter an die Vorsicht klammern wollten, mit der sie bis jetzt gut gefahren waren, oder ob sie ihre Bedenken in den Wind schlagen sollten in der Hoffnung, daß der Wind ihnen Macht und Einfluß zuwehen würde.

Als die Tür aufging und die Männer herausmarschierten, saß Miss Ewing an ihrem Schreibtisch und hämmerte auf der Maschine so viele juristische Fachbegriffe pro Minute, daß niemand merkte, wie still es während der letzten eindreiviertel Stunden im Vorzimmer gewesen war. Sie erzählten Miss Ewing nichts von dem Angebot, das ihnen gerade unterbreitet worden war, aber der Klang ihrer Schritte auf den abgetretenen Stufen verriet alles. Es war kein schöner Klang wie bei einer Abendgesellschaft, die sich gerade auflöst, sondern es klang nach Erregung und Angst vor der Dunkelheit.

Den Kreis leerer Stühle vor sich, setzten sich Austin und Mr. Potter wieder hin, um die plötzlich entspannte Atmosphäre zu genießen.

»Wenn man mit Geschäftsleuten aus dem Norden zu tun hat«, sagte Mr. Potter, »muß alles genau ausgearbeitet sein, damit sie wissen, woran sie sind. Da kommst du zum Zug, mein Junge. Ich will alles schriftlich und juristisch abgesichert haben, damit es später keinen Ärger gibt. Wenn du selbst Geld in das Unternehmen stecken willst, ist das natürlich eine andere Sache. Ich dränge dich nicht dazu. Mit Verwandten mache ich lieber keine Geschäfte. Das schafft manchmal böses Blut. Aber wenn eine einmalige Gelegenheit an die Tür klopft –«

»Was ist mit dem alten Mr. Ellis?« fragte Austin.

»Bud will dreitausend Dollar aufbringen«, sagte Mr. Potter. »Ich weiß aber nicht, ob es gut ist, wenn er einen so großen Kapitalanteil an der Gesellschaft hat. Das müssen wir sehen, wenn es soweit ist. Mit dem alten Herrn habe ich noch nicht geredet. Alte Leute sind von Natur aus konservativ, wie du vielleicht schon bemerkt hast. Mr. Ellis kennt sich eigentlich nur mit Land in Illinois aus, das sehr gut ist, daran besteht kein Zweifel; aber im Norden sind die Bodenpreise hoch. Der Süden besitzt ein Entwicklungspotential, das bis jetzt noch keiner erkannt hat. Wir haben ein schlechtes Management, schlechte Maschinen, alles ist schlecht. Mr. Ellis wird sich eine Weile zurückhalten, bis er sieht, wie die anderen reagieren, aber dann wird er froh sein, wenn er mit dabei ist. Ich dachte, ich beteilige noch Dr. Danforth, und dich natürlich, falls du Interesse hast. Wenn du dich entschieden hast, ist noch genug Zeit, über die Einzelheiten zu reden.« Mr. Potter ließ seine Zigarre mit einer endgültigen Geste in den Spucknapf fallen.

»Auf alle Fälle«, sagte Austin, »setze ich dir gern die nötigen Papiere auf.«

Mr. Potter griff nach seinem fleckigen Panamahut. »Ich mache mich jetzt lieber auf den Weg«, sagte er. »Ich habe den Damen gesagt, daß ich um vier wieder zu Hause bin. Mrs. Potter wird sich schon fragen, wo ich stecke. Selbstverständlich werden wir dir bezahlen, was an Arbeit für dich anfällt.«

»Ich werde nichts berechnen«, sagte Austin.

10

Trotz nachlassender Geisteskräfte, die manchmal dazu führten, daß er vergaß, was er sagen wollte, wußte der alte Mr. Ellis über den Baumwollkapselkäfer erstaunlich gut Bescheid. Er benahm sich auch sehr kindisch, verlor die Beherrschung, als ihm Mr. Potters Vorhaben zum zweitenmal erklärt wurde, brüllte seinen Enkel an und stapfte aus dem Wohnzimmer des Farmhauses. Während der Einladung, die Mary Ellis an diesem Abend für die Potters gab, blieb Mr. Ellis oben in seinem Zimmer und schmollte.

Die Gästeliste, ein Bericht über die angebotenen Erfrischungen und eine Beschreibung der Lampions, die den Garten der Ellis in ein Märchenland verwandelten, waren am nächsten Abend im *Star* nachzulesen, aber in Wahrheit regnete es am späten Nachmittag, so daß die Gartenparty ins Haus verlegt wurde. Aus Gründen, die nichts mit der Gartenparty der Ellis zu tun hatten, erschienen die Kinder der Elm Street und zogen beleuchtete Schuhkartons hinter sich her. Zu dieser Zeit gab es denselben Brauch in Bremen und Hamburg, Städte, von denen die Kinder noch nie gehört hatten, und vielleicht war er aus einer der beiden deutschen Städte nach Illinois gebracht worden. In die Seiten der Schuhkartons waren mond- und sternförmige Fenster geschnitten, die mit Buntpapier bespannt waren, und im Deckel war ein rundes Loch direkt über der Kerze, die für die Beleuchtung sorgte. Die Schuhkartons, jeder an einer Schnur gezogen und zu einer Prozession aufgereiht, machten ein leises schabendes Geräusch und warfen farbige Lichtkegel auf den Gehsteig.

Während sie die Prozession von der Veranda der Ellis aus verfolgte, sagte Mrs. Potter: »Ich muß sagen, mir fehlen die Schwarzen. Sie vermisse ich hier im Norden am meisten. Rachels kleine Tochter, die bei Cousine Martha manchmal beim Servieren aushilft – ich habe sie richtig ins Herz geschlossen. Wenn ich könnte, würde ich sie einfach in meine Handtasche stecken und mit nach Hause nehmen ... Als Sie klein waren, Mrs. Danforth, sind Sie da auch manchmal aufgewacht und haben gehofft, daß das Haus, in dem Sie eingeschlafen sind, über Nacht zu einem Palast mit marmornen Böden geworden ist und mit Lakaien, die Sie bedienen, und daß Sie zum Frühstück ein rosafarbenes Ballkleid aus Satin anziehen müssen? Manchmal gehe ich in die Küche, um Wasser für eine Tasse Tee aufzusetzen, und sehe Thelma, die etwas Asparagus und zwei halbverwelkte Gänseblümchen in einem Marmeladenglas am Küchenfenster stehen hat, und dann möchte ich zu ihr sagen: ›So seltsam es dir vorkommen mag, aber ich war auch einmal ein kleines Mädchen. Ich erinnere mich genau, wie es war.‹ Und ich erinnere mich wirklich daran, Mrs. Danforth, und Sie erinnern sich sicherlich auch noch an Ihre Kindheit. Mir wurde alles mögliche aufgetragen, aber am liebsten saß ich mit den Händen im Schoß da und dachte über all die wunderbaren Dinge nach, die mir irgendwann zustoßen würden. Ich hatte zwei Zöpfe, die mir bis über den Rücken reichten, und es gab eine schreckliche Zeit, als ich dachte, ich würde große Füße bekommen, aber sie hatten nur angefangen zu wachsen im Gegensatz zum Rest von mir...«

Mrs. Danforth schob ihre Füße unwillkürlich weiter unter die Schaukel. Im Dunkeln war ihr papageienartiger Gesichtsausdruck nicht zu erkennen, und die Leute vergaßen, daß sie unscheinbar aussah, und waren sich statt dessen der Wärme und Sanftheit ihrer Stimme bewußt. Durch das geöffnete Fenster des Salons drangen Gelächter und laute Unterhaltung nach draußen. Mrs. Danforth sah, daß Bud Ellis und Mr. Potter ihren Mann in einer Ecke festgenagelt hatten und mit ernster Miene auf ihn einredeten.

»Meine Füße sind eigentlich ziemlich klein«, sagte Mrs. Potter, »jetzt, wo ich sie eingeholt habe, aber als ich anfing zu wachsen, habe ich mich verändert. Ich habe mir nicht mehr vorgestellt, ich wäre eine Prinzessin, und ich war auch nicht mehr überrascht, daß ich nicht von goldenen Tellern gegessen habe...«

Dr. Danforth während eines geselligen Abends ein geschäftliches Angebot zu unterbreiten war ein taktischer Fehler. Um sich neben den anderen Unterhaltungen im Raum Gehör zu verschaffen, mußte Mr. Potter mit lauter Stimme reden, und eine sichere Sache, die herausgebrüllt wird, hat entweder einen zwielichtigen oder einen verzweifelten Beiklang.

»Das kleine Mädchen ist nicht etwa gestorben«, sagte Mrs. Potter. »Es ist bloß zur Seite getreten und steht immer noch da und wartet. Wenn ich Thelma ansehe, dann weiß ich, daß in ihren Augen nebenan nicht die Mädchen von Mrs. Beach üben, sondern die Hofmusikanten. Der Garten ist voller plätschernder Springbrunnen und Rosenbäume, und die Ratten, die nachts hinter den Wänden herumlaufen – haben Sie gesehen, wo sie wohnen, Mrs. Danforth? –, sind Königssöhne, die kommen und gehen. ›Nun, liebes Kind‹, möchte ich zu ihr sagen, ›es stimmt. Es sind wirklich Königssöhne.‹«

Die Kinder mit ihren beleuchteten Schuhkartons kamen jetzt auf der anderen Straßenseite zurück.

»Das ist meine Erkenntnis«, sagte Mrs. Potter, »nach einem langen und in mancher Hinsicht schwierigen Leben. Die Ratten sind wirklich Königssöhne, und wer behauptet, es sind Ratten, hat keine Ahnung, wie ein Königssohn aussieht.«

II

Während der zweiten und dritten Augustwoche verlagerte sich das Zentrum Drapervilles vom Platz vor dem Gerichtsgebäude zu einem von kleinen Schluchten durchzogenen Waldgebiet zwei Meilen südlich der Stadt. Schaukelnd und schwankend fuhr die offene Straßenbahn, die das übrige Jahr nur bis zu den Friedhöfen fuhr, jetzt bis zur Endstation. Die Passagiere stiegen aus, gingen über eine schmale Fußgängerbrücke und zeigten ihre Saisonkarten an den Toren der Chautauqua von Draperville.

Ein mit Schlacke aufgeschütteter Weg führte an dem Eiszelt vorbei, an dem Gebäude der Frauen, dem Verwaltungs- und Postgebäude, dem Speisesaal und dem großen, nach allen Seiten hin offenen Auditorium mit dem kegelförmigen Dach, das auf einer Hügelkuppe errichtet war und Wind und Wetter Einlaß gewährte. Jedes Jahr wurde der schräge Boden des Auditoriums mit frischer Lohrinde bestreut und die schmucklose Bühne mit amerikanischen Fahnen und Topfpalmen dekoriert. Die Akustik war hervorragend.

In mehreren Kreisen um das Auditorium herum standen Ferienhäuschen, rustikal, mit Kreosotflecken, weiß oder grün gestrichen oder mit verrückten neugotischen Schnörkeln, auf denen die Kinder herumklettern konnten, und sie hatten Namen, die kleine, enge Ferienhäuschen immer haben – Bide Awee, Hillcrest und The House That Jack Built. Zwischen den Ferienhäuschen waren braune Stoffzelte aufgestellt, vor den Eingangsklappen waren Moskitonetze gespannt, und drum herum gab es genug Seile und Pflöcke, über die nachts die Unachtsamen stolpern konnten.

Die Ferienhäuschen wurden Jahr für Jahr von denselben Familien bewohnt. Sie kamen nicht der schlichten Lebensweise wegen – das Leben in der Stadt war schon schlicht genug. Sie kamen der Weiterbildung wegen und weil es eine Abwechslung war, mit neuen Nachbarn, unvertrautem Geschirr, Kerosinöfen, mit denen sie sich abplagen mußten, und weil sie der Hitze zumindest ein bißchen entkommen konnten. Die Vormittage in diesem Ferienlager wurden mit Frühstück, Bettenmachen, Freizeit und Höflichkeitsbesuchen verbracht. Für die Frauen gab es die Kochschule, für die Kinder die Rutschen und Schaukeln auf dem Spielplatz. Um zwei Uhr rief eine Glocke hoch oben im Gebälk hinter der Bühne alle ins Auditorium. Eine halbe Stunde lang wurde Musik gehört, dann folgte ein Vortrag. Das Publikum hielt die Luft mit Palmblattfächern, japanischen Seidenfächern, zusammenfaltbaren Fächern und Zeitungen in Bewegung. Die feineren Bedeutungsnuancen wurden bisweilen fortgefächelt, aber es gab trotzdem Rhetorik, es gab Eloquenz, es gab die Frage der Schutzzölle, veranschaulicht durch die Schwalben, die zwischen den Eisenträgern des kegelförmigen Dachs herumflogen. Nach dem Nachmittagsprogramm ging ein Teil des Publikums zum Baseballspiel, ein anderer zum Eiszelt. Abendessen, und dann wieder die Glocke, deren harter Klang sich in Musik verwandelte, während er durch Schichten schimmernder Eichenblätter schwebte.

Nach dem abendlichen Konzert drängten sich jene Zuhörer, die nur für den Tag aus der Stadt gekommen waren, in die vor den Toren wartenden Straßenbahnen oder bestiegen ihre Kutschen und fuhren in die Stadt zurück, auf der ganzen Strecke in eine Staubwolke gehüllt, die sie selbst mit verursachten. Wegen des Staubes war die Route in regelmäßigen Abständen mit Benzinlampen markiert, die manchmal spuckten und flackerten, so daß die Pferde scheuten. Diejenigen, die draußen kampierten, kehrten auf einem gewundenen Weg zu ihren Zelten und Ferienhäuschen zurück. Um elf, wenn die Abendglocke läutete, waren alle Lichter gelöscht, und die Chautauqua lag still und dunkel da, wie in jenen Nächten, in denen die Kette vor dem Eingang hing und Nordwind und Schnee regierten.

Austin King kam mittags von der Kanzlei nach Hause, spannte das Pferd ein und fuhr seine Gäste gleich nach dem Mittagessen hinaus zum Chautauqua-Gelände. Mr. Potter gefiel die Militärkapelle am besten, Randolph die Operettentruppe, die *Olivette* aufführte (mit Einlagen aus *Robin Hood, Das Zigeunermädchen* und *Die Glocken der Normandie*), aber Mrs. Potter fand alles samt und sonders wunderbar. Sie wartete nicht, bis die Glocke läutete, sondern ließ die anderen im Speisesaal oder auf der Veranda des rustikalen Ferienhäuschens der Ellis zurück und ging voraus, mit Kissen und Fächer und einem Fläschchen Zitronenöl. Kein Streichtrio war ihr zu lang, kein Vortrag zu langweilig. William Jennings Bryan, der Forscher, der Patagonien erkundet hatte, begeisterte sie ebenso wie der Mann mit der Töpferscheibe, der Tonvasen produzierte und den überlebensgroßen Kopf einer gealterten und gereizten Marie Antoinette modellierte.

Der Sonntag warf seinen Schatten auf die Chautauqua

genauso wie auf die Stadt, aber die Gottesdienste waren kürzer. Nach der Sonntagsschule und der Messe im Auditorium hellte sich die Stimmung auf, und am Abend traten Männerchöre auf oder das »Amboß-Ensemble«, das auf richtigen Ambossen spielte. Martha King, die sich nicht wohl fühlte, verpaßte den zweiten Sonntag der Saison von 1912. Auf dem Bild am Schwarzen Brett vor dem Verwaltungsgebäude war eine Gruppe von zwanzig gutaussehenden jungen Männern abgebildet, in weißen, mit Goldborten besetzten Uniformen. Während sie von Chautauqua zu Chautauqua zogen, verloren die Weißen Husaren vielleicht den Überblick über die Wochentage. Oder vielleicht waren sie die Instrumente des Wandels, die bereits auf die schnellen Automobile, die Golfplätze und die Sonntagabend-Kinovorstellungen der Zukunft hinwiesen. Jedenfalls waren ihre musikalischen Potpourris und ihre Auftritte fröhlich und ein denkwürdiges Ereignis (vor allem wenn sie sich ihre Klarinetten und Trompeten schnappten, ihre Stühle zu einer Doppelreihe zusammenschoben und eine Schlittenfahrt simulierten). Die Grauhaarigen unter den Zuschauern, Bewahrer einer gemäßigten kalvinistischen Ära mit festen Vorstellungen, welche Art Unterhaltung sich für einen Tag der Andacht ziemte, saßen schockiert und mißbilligend da. Alle anderen spendeten begeistert Beifall, weil sie sich an etwas erinnert fühlten, was sie nahezu vergessen oder nur in Andeutungen erlebt hatten – wie herrlich es ist, jung zu sein.

Nach der letzten Zugabe hob Austin Ab von Mrs. Potters Schoß und legte sie sich wie einen schlaffen Sack über die Schulter. Ihr Kopf sackte unter seinem eigenen Gewicht herunter, und ihre Augen blieben geschlossen, aber sie wußte, daß sie sich langsam den Mittelgang des großen Auditoriums entlangbewegten, auf allen Seiten von Menschen umgeben. Sie befand sich in jenem heiklen Gleichgewicht, in dem der Geist nur eine Sache auf einmal erfassen kann. Und bevor sie die lange Reihe Pfosten, an denen die Pferde angebunden waren, erreichten, war ihr selbst diese begrenzte Fähigkeit abhanden gekommen.

Austin wollte das schlafende Kind Mrs. Potter hochreichen, die bereits auf dem Rücksitz der Kutsche saß, als Nora sagte: »Ach, laß mich sie doch halten!«, und in Noras Stimme lag so viel Ernst und Verlangen, daß Austin sich über Mrs. Potters Proteste hinwegsetzte und das Kind statt dessen zum Vordersitz hochreichte. Als sich die Wagenräder in Bewegung setzten, wurde Ab unruhig, und es schien, als würde sie aufwachen, aber dann bettete eine Frauenhand ihren Kopf in die Mulde zwischen zwei Brüsten und hielt ihn dort, und wenn irgendein seltsames Gefühl in Abs Schlaf eingedrungen war, so verschwand es jetzt wieder oder wurde von noch seltsameren Dingen geschluckt.

Um den Staub zu vermeiden, fuhr Austin einen Umweg. Die Nacht war kühl, und die Leute im Wagen sprachen im Flüsterton, und schließlich verstummten sie. Als sie an den Friedhöfen vorbeikamen, sagte Nora: »Ich habe noch nie ein schlafendes Kind im Arm gehalten.«

»Ist sie dir nicht zu schwer?« fragte Austin.

»Überhaupt nicht«, sagte Nora. »Aber es ist ein sehr sonderbares Gefühl.«

Die Zügel lagen lose in seinen Händen, was ihm erlaubte, den Kopf zu wenden und seine Tochter und das Mädchen neben sich zu betrachten. Der Wind wehte weiche Haarsträhnen gegen Noras Wange, und ihr Gesicht sah sehr jung, offen und verletzlich aus.

»Versprichst du mir etwas, Nora?« fragte Austin King plötzlich.

»Was denn?«

»Bevor du heiratest, schick den Mann zu mir. Ich will ihn mir ansehen.«

»Und was ist, wenn ich keinen finde?«

»Du brauchst ihn nicht zu finden. Er wird dich finden. Aber es muß der richtige Mann sein, sonst wirst du nicht glücklich.«

»Wirst du das denn feststellen können, nur indem du ihn dir ansiehst?«

»Ich glaube schon«, sagte Austin.

»Na gut«, sagte Nora leise, »ich verspreche es.«

Als sie den Stadtrand erreichten, spürte Ab den Wechsel von unbefestigter Landstraße zu Kopfsteinpflaster und wachte soweit auf, daß sie eine Stimme sagen hörte: »Cousin Austin, glaubst du an die Unsterblichkeit?« Und kurz danach wurde sie von vielen Händen hochgehoben und viele Stufen hinaufgetragen, durch lange Flure geführt und schließlich ausgezogen. Als sie erwachte, war es Morgen, und sie lag in ihrem eigenen Bett, ohne Erinnerung daran, wie sie dort hingekommen war.

12

Der Besuch der Potters dauerte vier Wochen und drei Tage. In der letzten Woche hielt Mr. Potter in Austin Kings Büro mehrere geschäftliche Besprechungen ab, und das Vorhaben wurde schriftlich niedergelegt, damit es später keinen Ärger geben konnte. Nach nüchterner Überlegung kam Austin King zu dem Schluß, daß es sich aufgrund seiner sonstigen Verpflichtungen (vor allem in Anbetracht des Geldes, das er hin und wieder seiner Mutter schicken mußte) nicht empfahl, in das Mississippi-Unternehmen zu investieren. Dr. Danforth beteiligte sich ebenfalls nicht. Aber in einer Stadt von der Größe Drapervilles war es nicht schwierig, sechs Männer zu finden, die bereit und willens waren, ein Vermögen zu machen.

Mrs. Potter wäre gern bis zum Ende der Chautauqua-Saison geblieben, doch Mr. Potter hatte ein Schreiben von der Bank in Howard's Landing erhalten, und Geschäfte hatten Vorrang vor Vergnügen. Den Krach, der Ab aus ihrem Mittagsschlaf riß, verursachten Mr. Potter und Randolph, die zwei große Schrankkoffer aus dem Untergeschoß herausschleppten.

Sie besuchten ein letztes Mal das Chautauqua-Gelände, und als der nachmittägliche Vortrag zu Ende war, schlenderten sie ins Museum, eine Blockhütte, nicht unähnlich derjenigen, in der der alte Mr. Ellis geboren war, außer daß früher keine kühlen Trinkwasserbehälter hinter der Tür von Blockhütten standen und Besuchern keine bedruckten Kärtchen ausgehändigt wurden, in denen sie im Namen der First National Bank aufgefordert wurden, für schlechte Zeiten zu sparen.

Es gab kaum genug Ausstellungsstücke, um das Museum zu füllen – ein Flaschenkürbis, der in der Schlacht von Fort Meigs als Pulverfaß verwendet worden war, ein Geweih, ein Babykleidchen, ein Tomahawk, ein mit Tauen bespanntes Bett, ein paar Briefe und Urkunden. Eigentlich hätte hier die erste Sense aufbewahrt werden müssen, mit der das Präriegras abrasiert worden war, so daß eins der Wunder dieser Welt zu existieren aufhörte, doch geschichtlich bedeutsame Gegenstände, die einen praktischen Nutzen besitzen, sind selten in Museen zu finden.

Schwer zu sagen, weshalb Nora Potter diesen Ort wählte, um ihrem Vater und ihrer Mutter zu verkünden, daß sie nicht mit ihnen zurück nach Mississippi fahren werde. Vielleicht fühlte sie sich von den Regimentsfahnen und dem Gewehr, die ursprünglich aus Virginia stammten, zur Aufsässigkeit angestachelt. Oder möglicherweise lag es an dem ärgerlichen Interesse ihrer Mutter an einem ausgestopften Alligator, der an Drähten von der Decke baumelte. Jedenfalls wandte sie sich ohne jegliche Vorwarnung um und sagte: »Ich fahre nicht mit nach Hause.« Mr. Potter beugte sich vor und trug sich ins Gästebuch ein in der festen Überzeugung, daß ihm dieser Akt die Unsterblichkeit garantieren werde. Mrs. Potter starrte zu dem Alligator empor. »So lebensecht«, murmelte sie, und dann: »Was soll das heißen, Nora, du fährst nicht mit nach Hause?«

»Alice und Lucy wollen einen Kindergarten gründen, und ich soll mitmachen. Ich hab ihnen zugesagt.«

Mrs. Potters Gesicht wurde plötzlich rot vor Zorn. »Das ist ja grotesk!« rief sie aus. »Hat man so was schon mal gehört!«

Die Gegenwart mit ihren ungelösten persönlichen Beziehungen und vielschichtigen Problemen drängt sich selten der Vergangenheit auf, aber wenn sie es tut, werden die hinter Glas liegenden Gegenstände, die gerahmten Handschriften Verstorbener, die brüchige Seide und das verrostete Metall allesamt – für den Bruchteil einer Sekunde und in einem fast unmerklichen Maß – erneut belebt.

»Wir warten lieber draußen«, sagte Martha King zu Austin, schob Ab vor sich her und ging an dem Trinkwasserbehälter vorbei hinaus in die Sonne. Während sich die Potters auf Nora stürzten (*Gott und Freiheit*, sagte Voltaire), warteten Austin, Martha und Ab beklommen draußen auf dem Weg. Gelegentlich drang der Lärm zunehmend lauter werdender Stimmen durch die offene Tür des Museums heraus. Die energische und uninteressante Unterhaltung ihrer Eltern über Prince Edward, der vom vielen Herumfahren bereits zu lahmen anfing, verhinderte, daß Ab hörte, was drinnen gesprochen wurde. Nach einer Weile erschienen die Potters mit ausdruckslosen Mienen. Mr. Potter nahm Austin beiseite und sagte: »Mrs. Potter meint, wir sollten besser nicht bis zur Abendvorstellung bleiben.« Im nächsten Augenblick steuerte die gesamte Gesellschaft in Richtung der in Beton gegossenen Eingangstore.

Später am Abend, als alle anderen sich in ihre Zimmer zurückgezogen hatten, klopfte Mrs. Potter, in ihren Morgenmantel aus Brokat gekleidet, an Noras Tür, öffnete sie und trat ein. Nora saß aufrecht im Bett und las. Mrs. Potter setzte sich auf die Bettkante und nahm Noras Buch in die Hand.

»Was ist das, wenn ich fragen darf?«

»Natürlich darfst du fragen«, sagte Nora. »Das ist ein Buch, das Lucy und Alice mir geliehen haben.«

Mrs. Potter las den Titel des Buches laut und zweifelnd vor. »*Die Montessori-Methode* ... Ich verstehe nicht. Wirklich nicht. Wie kannst du nur davon reden, daß du deine Familie, dein Zuhause und jeden, der dir lieb und teuer ist, verlassen willst? Wieso willst du hier im Norden bleiben, unter lauter Fremden?«

»Es sind keine Fremden. Es sind meine Freundinnen.«

»Zu Hause hast du auch Freundinnen, wenn es nur darum geht. Mehr als genug. Was willst du wirklich, Nora?«

»Ich will mein Leben selbst gestalten«, sagte Nora, zog die Knie unter der Bettdecke an und stützte ihr Kinn darauf. »Ich will unter Menschen sein, die irgendwas tun, statt nur zu existieren. Ich will Schnee sehen. Ich weiß nicht, was ich will.«

»Nein, du weißt nicht, was du willst. Du hast es schon als kleines Mädchen nicht gewußt. Weißt du, was das allererste Wort war, das du gesagt hast? Die meisten Babys sagen ›Mama‹, aber das Wort, das dir als erstes über die Lippen gekommen ist, war ›Nein‹, und seitdem sagst du es immer wieder – nicht zu anderen, aber zu mir. Ich habe versucht, dir eine gute Mutter zu sein. Jedenfalls so gut es ging. Ich habe dich gepflegt, als du Scharlach und Keuchhusten hattest, ich habe dich gefüttert und angezogen, ich habe dich vor deinem Vater beschützt, wenn er ungeduldig war oder wenn er dich zu etwas zwingen wollte, wozu du keine Lust hattest, und trotz allem bist du gegen mich und bist es immer gewesen, von Anfang an. Gehe ich dir auf die Nerven – wie ich rede, was ich tue? Was ist es?«

Nora schüttelte den Kopf. Eine Weile schwiegen beide, dann sagte sie langsam: »Mutter, hör mir zu. Das ist jetzt deine Chance, verstehst du? Ich weiß, wenn ich anfange darüber zu reden, was ich wirklich denke und will und glaube, kommt irgend etwas über dich, irgendein schrecklicher Anfall von Ungeduld, so daß dir die Knie zucken und du nicht einmal lang genug stillsitzen kannst, um dir anzuhören, was ich zu sagen habe. Anderen hörst du zu. Für jeden, nur nicht für deine Tochter bringst du die allergrößte Geduld auf. Ich habe dich beobachtet. Du weißt genau, was du sagen mußt und was nicht. Mit allen gehst du wunderbar um, nur nicht mit mir. Ich wünschte, ich hätte einen Spiegel. Ich wünschte, ich könnte dir zeigen, wie du jetzt aussiehst, mit deinem geröteten, starren Gesicht und diesem Ausdruck grimmigen Ertragenmüssens. Wieso mußt du deine eigene Tochter ertragen? Du kannst mich schrecklich wütend machen, aber ich habe nicht das Gefühl, daß ich dich ertragen muß. Wie soll ich denn sein? Soll ich häuslich sein, wie Cousine Martha, und mich darum sorgen, was es zum Essen gibt, ob die Köchin schlechte Laune hat und ob mein Mann einer anderen Frau hinterherschaut? Ich habe keinen Mann, wegen dem ich eifersüchtig sein kann, und ich habe auch kein Haus. Also kann ich ja wohl auch nicht häuslich sein, oder? Oder mir wegen der Launen einer Köchin Sorgen machen, die es gar nicht gibt. Willst du, daß ich vor dir Angst habe, so wie Lucy und Alice Angst vor ihrer Mutter haben, so daß mir alle meine Hoffnungen und Lebensgeister abhanden kommen, wenn du in der Nähe bist, und jeder denkt, wie schade es doch ist, daß so eine reizende, charmante Frau mit so einer langweiligen Tochter geschlagen ist? Ich werde aber nicht langweilig sein, nicht einmal dir zuliebe. Ich bin nicht langweilig, warum sollte ich also so tun? Oder gelassen oder beherrscht oder sonst irgendwas ... Ich weiß, was du jetzt denkst, ich kann's in deinem Gesicht lesen. Das haben wir doch schon tausendmal durchgesprochen, denkst du jetzt, warum müssen wir das denn noch mal durchsprechen? Aber wir haben es nicht tausendmal durchgesprochen. Ich habe mit dir noch nie so geredet, wie ich es jetzt tue, noch nie in meinem ganzen Leben. Bis jetzt habe ich dich immer geschont, habe Rücksicht auf deine Gefühle genommen, aber diesmal werde ich das nicht tun. Ich sehe keinen Grund, auf deine Gefühle Rücksicht zu nehmen. Du bist eine erwachsene Frau und hast genug Mut gehabt, meinen Vater zu verlassen und zu ihm zurückzukehren, was ich nicht gekonnt hätte. Ich wäre eher gestorben. Schau nicht so entsetzt. Du weißt ganz genau, was er mit Bud Ellis und den anderen Männern vorhat. Du weißt, warum er uns in den Norden geschleppt hat, wo wir genausogut hätten zu Hause bleiben können. Man lebt nicht dreißig Jahre mit jemandem zusammen, ohne ihn zu kennen. Irgendwo in deinem Innern hast du ihn akzeptiert, notgedrungen. Und du hast Randolph akzeptiert. Du weißt, warum der Hund ihn gebissen hat. Du kennst seine Art, wie er Menschen und Tiere erst dazu bringt, ihn zu lieben, und sie dann zurückstößt, wenn sie es am wenigsten erwarten. Wenn ich ein Collie wäre, hätte ich ihn hundertmal gebissen. Und als wir noch klein waren, habe ich sogar einmal versucht, ihn umzubringen. Weißt du noch? Ich habe ihn mit einem Schlachtermesser ums Sommerhaus gejagt, und alle außer Black Hattie hatten Angst, mir zu nahe zu kommen. Du hast auch Angst gehabt, Mutter. Ich habe es in deinen Augen gesehen, aber ich hätte dich nicht erstochen. Wenn du nur einfach zu mir gekommen wärst, wenn ich rasend vor Wut war, und mir soweit vertraut hättest, um deine Arme um mich zu legen und mich festzuhalten – mehr habe ich nie gewollt: jemanden, der mich hält, bis ich meine Wut auf meinen Bruder vergessen habe –, dann würden wir jetzt nicht so dasitzen wie zwei Fremde, die sich nicht besonders gut kennen oder gern mögen ... Warum hast du mich nie akzeptiert, Mutter? Wolltest du keine Tochter haben? Oder mochtest du mich plötzlich nicht mehr, nachdem ich – Ach, es hat keinen Zweck. Ich weiß wirklich nicht, warum ich es immer wieder versuche. Es ist, als würde ich mit einem Baum oder mit einer eisernen Türschwelle reden ... Hör zu, ich will hier im Norden bleiben, weil ich zuinnerst spüre, daß es hier etwas für mich gibt. Zu Hause gibt es nichts, und ich bin jung, Mutter. Ich ertrage es nicht mehr, morgens aufzuwachen und zu wissen, was den ganzen Tag lang passieren wird, was es zum Mittagessen geben wird, was du und Vater und Randolph sagen werdet, bevor ihr überhaupt den Mund aufgemacht habt. Wenn ein Wagen mit zwei Niggern und einem gelben Hund vorbeifährt, dann bist du schon zufrieden. Kaum hörst du die Räder, läufst du zum Fenster und sagst: ›Da sind ja der alte Jeb und Sally und ihr gelber Hund‹, und du bist so aus dem Häuschen, als hättest du gerade eine Zirkusnummer gesehen. Aber mir ist es egal, ob es wirklich der alte Jeb ist oder ob mein neues Kleid an der Schulter zu eng ist oder ob Miss Failings Ischias schlimmer geworden ist oder ob der Pfarrer versetzt wird. Ein anderer Pfarrer wird seinen Platz einnehmen. Das war schon immer so, und der neue wird wie der alte versuchen, das Geld für die Reparatur des Kirchendachs aufzutreiben, was spielt es also für eine Rolle? Es interessiert mich nicht, ob die große Salatschüssel und die Platte mit dem blauen Muster eigentlich dir zugestanden hätten, nachdem Großtante Adeline gestorben war, und ob Cousine Laura Drummond sie sich gekrallt hat, als das übrige Porzellan eingepackt wurde. Soll Cousine Laura doch die Salatschüssel und die Platte behalten. Ich will Aufregung. Ich will in der wirklichen Welt leben und nicht in Mississippi meinen Kopf in eine braune Papiertüte stecken, nur weil du Vater geheiratet hast anstatt Jim Ferris, der dir ein großes Haus in Baltimore geschenkt hätte und eine prächtige Kutsche und Dienstboten, die dich hinten und vorne bedient hätten. Ich bin deine Tochter, und du solltest mir helfen. Du solltest mir helfen wollen, von zu Hause wegzukommen und das Leben zu führen, das du gelebt hättest, wenn sich die Dinge anders entwickelt hätten. Wer weiß? Hilf du mir jetzt, und vielleicht kann ich später dir helfen. Vielleicht kann ich mit dem Kindergarten viel Geld verdienen, und du brauchst dir nicht ständig Sorgen zu machen, daß dir irgendwann die ganze Plantage überm Kopf zusammenstürzt und die Detrava-Sofas versteigert werden müssen. Vielleicht heirate ich einen Millionär. Vielleicht – «

Wie ein Wecker, der endlich abgelaufen war, hörte Nora auf zu reden. Tränen traten ihr in die Augen. Wenn ihre Mutter mit ihr gestritten hätte, hätte sie neue Argumente finden können, um sie den alten entgegenzuhalten, aber ihre Mutter saß so still auf der Bettkante, daß es Nora angst machte. Mit den Händen im Schoß sah ihre Mutter plötzlich wie ein braves Kind aus, das darauf wartet, von einem Erwachsenen die Erlaubnis zu erhalten, aufstehen und zum Spielen nach draußen gehen zu dürfen. Die Zornesröte war verschwunden, und statt der widerspenstigen nervösen Gesten war da jetzt nur eine Stille, die so intensiv war, daß der Raum davon widerhallte wie eine hohle Muschel.

»Nora, ich brauche dich«, sagte sie langsam. »Wenn du mich jetzt verläßt, weiß ich nicht, wie ich es schaffen soll. Du bist mir eine größere Hilfe, als du ahnst. Ich kann nicht in einem Haus leben, in dem niemand ehrlich, mutig oder auch nur zuverlässig ist. Bevor du alt genug warst, die Dinge zu verstehen, konnte ich es, aber jetzt nicht mehr.«

13

Ich weiß, der alte Seligsberg ist nicht Ihr Klient«, sagte Miss Ewing, »aber da Mr. Holby verreist ist und es ziemlich wichtig zu sein scheint, dachte ich, daß Sie das vielleicht für ihn übernehmen.«

»In Ordnung«, sagte Austin, ohne aufzublicken. »Legen Sie's auf meinen Tisch, ich sehe es mir später an.«

Mr. Holbys Neigung, die Dinge vor sich herzuschieben, war ein Problem, das mit Feingefühl angegangen werden mußte. Wäre er so erfolgreich und allgemein geachtet gewesen wie Richter King, wäre es ihm vielleicht leichter gefallen, Entscheidungen zu treffen. Büroarbeit langweilte ihn. Um seine Energien zu aktivieren, brauchte er den Geruch des Gerichtssaals, den Klang des Richterhammers, geflüsterte Beratungen in einem kritischen Moment, einen wackligen Zeugen, den er ins Kreuzverhör nehmen konnte, und ein Publikum, das er mit Argumenten oder Gefühlen beeinflussen konnte, je nachdem, was er in petto hatte.

Die Aura früherer Anwälte hätte ihn umgeben müssen, aber als für ihn der Zeitpunkt kam, daß er sich diese Aura zulegte, war nicht mehr viel davon da, und er sah sich um die Ehre betrogen, die seine Kollegen genossen hatten. Aus seinen zweitägigen Kurzreisen nach Springfield, Chicago und St. Louis wurden Reisen, die drei Tage oder manchmal eine Woche oder noch länger dauerten. Wenn er in seinem Büro war, verbrachte er mehr Zeit damit, sich mit alten Freunden zu unterhalten, als sich um seine juristische Arbeit zu kümmern. »Legen Sie's auf den Stapel da, den ich noch durchsehen muß«, sagte er und deutete auf einen Drahtkorb, der mit verstaubten braunen Umschlägen gefüllt war. »Ich kümmere mich gleich morgen früh darum.« Oder: »Warten wir noch einen Monat oder sechs Wochen, und dann werden wir schon sehen, wie die Sache steht. Wenn wir das überstürzen –«

Austin King war selbst nicht ganz frei von dieser Schwäche, und aus diesem Grund fand er sie bei seinem Partner doppelt störend. Es vergingen vierzig Minuten, bevor er dazu kam, sich das große Dokument anzusehen, das Miss Ewing auf seinen Schreibtisch gelegt hatte. Während dieser Zeit betrat eine modisch gekleidete junge Frau das Vorzimmer und verlangte, Mr. King zu sprechen. »Wenn Sie noch einen Moment Platz nehmen möchten«, sagte Miss Ewing, »Mr. King ist im Augenblick beschäftigt.« Nichts machte ihr mehr Spaß, als Leute warten zu lassen, und es ärgerte sie oft, daß Austin sich nicht dieses einfachen Mittels zur Steigerung seines Prestiges bediente. Als er sie schließlich rief, stand sie lächelnd von ihrem Schreibtisch auf und ging in sein Büro.

»Wo haben Sie diese Urkunde gefunden? Sie hätte schon vor Monaten eingetragen werden müssen.«

»Sie befand sich bei den Akten«, sagte Miss Ewing.

»Wußten Sie, daß sie da drin war?«

Miss Ewing nickte. »Ich habe Mr. Holby mehrmals darauf angesprochen, aber –«

Sie und Austin tauschten einen kurzen, wissenden Blick aus, und dann sagte er: »Am besten gehe ich damit auf der Stelle hinüber zum Bezirksamt.«

»Miss Potter will Sie sprechen.«

Nur mit Mühe konnte Austin die Gedanken daran verdrängen, was er nicht nur im Bezirksamt würde sagen müssen, sondern auch zu Mr. Seligsberg und Mr. Holby, wenn dieser von seiner Reise nach Chicago zurückkehrte.

»Miss Potter?« wiederholte er. »Sie soll reinkommen.«

Als Miss Ewing Nora hereinführte, erhob sich Austin von seinem Stuhl. »Das ist aber eine nette Überraschung!«

»Das Bezirksamt ist heute nur bis mittags geöffnet«, sagte Miss Ewing und schloß die Tür hinter sich.

»Ich bleibe nur ganz kurz«, sagte Nora. »Ich weiß, wie beschäftigt du bist.«

Austin, der das angesichts Miss Ewings Auskunft bezüglich der Öffnungszeit des Bezirksamtes nicht bestreiten konnte, bot Nora mit einer Handbewegung den Stuhl neben seinem Schreibtisch an. Sie blieb jedoch stehen.

»Ich bin hergekommen, um dich etwas zu fragen.«

»Etwas Juristisches vielleicht?« Austin lächelte sie an.

»Nein«, erwiderte Nora und zog an ihren Handschuhen.

Es mußte eine ernste Angelegenheit sein, die sie hierherführte, befand Austin; sonst wäre sie ihm gegenüber nicht so befangen gewesen. Wieder vollführte seine Hand die gleiche Geste, ohne daß er sich dessen richtig bewußt war, und Nora schüttelte erneut den Kopf. »Ich brauche mich nicht zu setzen«, sagte sie, »und ich will deine Zeit nicht länger beanspruchen als nötig. Es geht einfach darum, daß … ich bin hergekommen, um dich zu fragen, warum du – warum du mich immer so ansiehst.«

»Dich ansehe?« wiederholte Austin.

»Ja. Immer wenn wir im selben Raum oder irgendwo zusammen sind, fällt mir auf, wie du mich beobachtest, und bevor ich nach Hause fahre, möchte ich wissen, warum. Ich möchte wissen, was du mir vermitteln willst.«

Austin errötete. »Wenn dir mein Verhalten unangenehm war, Nora«, sagte er, »dann tut mir das sehr leid. Ich war mir dessen nicht bewußt. Jetzt, wo du es mir gesagt hast, glaube ich –«

»Ist das alles?« Noras Lippen bebten.

»Was meinst du mit ›alles‹?«

»Ich meine – ach, warum bist du denn so vorsichtig? Du kannst mir doch alles erzählen, *alles*, verstehst du?«

»Aber ich habe dir wirklich nichts zu erzählen, Nora.«

Das Klappern der Schreibmaschine im Vorzimmer verstärkte sein Gefühl der Ratlosigkeit. *Dies ist ein Ort für geschäftliche Angelegenheiten*, sagte die Schreibmaschine. *Persönliche Angelegenheiten sollten nach den Bürostunden erledigt werden, nicht hier.*

Als Nora sich zur Tür wandte, sagte er: »Warte!«

»Bitte laß mich gehen«, sagte sie und kehrte ihm den Rücken zu.

»Noch nicht. Ich will mit dir reden. Wenn ich auch nur geahnt hätte, daß du –«

»Du mußt doch gewußt haben, daß ich in dich verliebt bin. Alles andere an mir hast du doch auch verstanden, ohne daß ich es dir erklären mußte. Ich dachte, du wolltest, daß ich mich in dich verliebe.«

»Aber ich habe es wirklich nicht gewußt«, sagte Austin, »und ich glaube auch nicht, daß du in mich verliebt bist. Du weißt überhaupt nichts über mich.« Er blickte sich nach irgendeinem greifbaren Beweis für diese Behauptung um. Der ausgestopfte Präriehund und das Photo von dem alten Buttercup-Jagd-und-Angelclub waren leider zuviel an Beweis. Sie bewiesen, daß niemand etwas über Austin King wußte, daß er sehr gut dafür gesorgt hatte, daß keiner irgend etwas über ihn wußte.

»Ich weiß, daß du der großherzigste und verständnisvollste Mensch bist, dem ich jemals begegnet bin«, sagte Nora. »Und daß ich dich liebe und du mich nicht.«

»Du bist sehr jung, Nora. Über die Gefühle, die du jetzt für mich empfindest, wirst du bald hinwegkommen.«

»Wie kann ich darüber hinwegkommen, wenn ich nicht mit dir reden kann? Ich möchte mit dir reden, aber ich kann die Dinge nicht aussprechen, die ich aussprechen muß und möchte. Du willst sie nicht hören.«

»Möglicherweise nicht«, sagte Austin, »aber ich möchte dir helfen.«

»Und außerdem kann ich dich nicht ansehen.«

Nora ging ans Fenster und blickte hinunter. Die Feuerwehrleute saßen in Hemdsärmeln vor der Feuerwehrwache. Ein Buggy fuhr vorbei und dann ein Fuhrwerk, das von zwei robusten Grauschimmeln gezogen wurde. Aus Gersens Bekleidungsgeschäft kam ein Mann, blieb auf dem Gehsteig stehen und sah sich um, so unschlüssig wie eine Fliege an der Decke.

»Ich brauche dich nicht anzusehen«, sagte Nora. »Ich weiß genau, wie du aussiehst. Ich weiß, daß du versuchst, mir zu helfen. Aber wenn du freundliche Dinge sagst, liebevolle Dinge, dann will ich einfach nur sterben.« Ihre Stimme wurde lauter, und Austin war sich sicher, daß Miss Ewing im Vorzimmer jedes Wort hören konnte. Die Schreibmaschine klapperte noch einen juristischen Satz herunter, und dann war es still. Ein Mädchen, das sich einem verheirateten Mann in die Arme warf, konnte von Miss Ewing keinerlei Mitleid erwarten, und der Mann ebensowenig.

»Was ich jetzt empfinde«, sagte Nora, »ist natürlich, daß ich wahnsinnig verliebt bin, und ich weiß nicht recht, was ich tun soll. Manchmal denke ich, daß mir so etwas nicht passieren kann, nicht passieren darf.«

Austin ging zum Fenster, in der Hoffnung, daß sie ihre Stimme senken würde, wenn er sich in ihre Nähe stellte.

»Es wird schon wieder, Nora«, sagte er. »Es wird keine schlimmen Folgen haben.«

»Morgen fahre ich nach Hause, und ich werde dich nie wiedersehen. Du wirst vergessen, daß es mich gibt, aber ich kann die Vorstellung nicht ertragen, daß ich nicht weiß, wo du jede Minute des Tages bist oder was mit dir geschieht. Ich werde anfangen, mir alles mögliche einzubilden.«

Austin sah Dr. Seymour aus seiner Praxis kommen, in seinen Buggy steigen und bis zu der eisernen Tränke auf der Ostseite des Platzes fahren.

»Es ist mehr als wahrscheinlich, daß wir uns wiedersehen werden, irgendwann. Und außerdem, wenn du nach Hause fährst, heißt das nicht, daß ich vom Erdboden verschwinden werde.«

»Nein?« sagte Nora eifrig. »Du meinst, ich kann dir schreiben?«

»Wenn dir Schreiben hilft, kannst du mir schreiben.«

»Aber du wirst meine Briefe nicht beantworten?«

»Vielleicht nicht immer. Es ist schwierig, jetzt zu wissen, was später am besten sein wird. Aber was immer das Beste für dich ist, Nora, ich werde es tun.«

Sie standen noch eine Weile da und blickten hinaus auf das Gerichtsgebäude und auf das Rechteck gepflasterter Straßen. Dann sagte Nora, ohne sich zu ihm umzuwenden: »Noch nie hat sich jemand so gefühlt, wie ich mich fühle, wenn ich mit dir zusammen bin. Das ist einfach nicht möglich. Ich habe das Gefühl, als hätte ich gerade ein schreckliches Fieber durchgestanden, wo alles verzerrt, unheimlich und erschreckend war. Du und ich, wir werden uns nie mehr so nahe sein wie jetzt in diesem Moment. Irgendwie kann ich mir nicht vorstellen, daß ich meine Liebe für dich jemals in den Griff bekomme oder sie so kontrolliere, daß sie nicht für alle Welt offensichtlich ist. Wir können nie Freunde – echte, richtige Freunde – sein, weil niemand, der mich kennt, mich je mit dir zusammen sehen könnte, ohne zu wissen, daß ich dich liebe. Es ist alles so verworren, nicht wahr?«

Sehr, sagte die Schreibmaschine im Vorzimmer.

»Vielleicht schreibe ich dir, vielleicht auch nicht«, sagte Nora. »Aber auch wenn ich dir nicht schreibe, wirst du spüren, wie ich an dich denke. Ich glaube nicht, daß du irgend etwas dagegen machen kannst.«

Sie entfernte sich vom Fenster und blieb vor dem Schreibtisch stehen, um sich die Gegenstände darauf einzuprägen – das Durcheinander von Papieren, die Flecken auf dem Tintenlöscher, die Form der Feder, die Position des altmodischen Tintenfasses.

»Ich gehe jetzt«, sagte sie. »Es tut mir leid, daß ich so lange geblieben bin. Du bist mir nicht böse, daß ich gekommen bin?«

»Nein.«

»Es fällt mir schwer, fortzugehen, weil ich weiß, daß wir wahrscheinlich nie wieder Gelegenheit haben werden, so miteinander zu sprechen wie jetzt. Als ich am Fenster stand, fühlte ich mich innerlich ganz ruhig. Alles war schön. Aber ansehen kann ich dich immer noch nicht. Wenn ich dir in die Augen sehe, bricht der ganze Raum auseinander. Es ist ein Gefühl der Ruhe, als würde ich schweben, aber das Problem ist, ich will immer weitergucken, und ich weiß, daß ich damit aufhören muß. Und das ist erschreckend, wenn man bedenkt, daß ich eine erwachsene Frau sein soll und kein kleines Mädchen. Ich war gestern abend so herzlos zu Mutter, und ich hasse mich deswegen. Ich ertrage es nicht, herzlos zu ihr zu sein. Am liebsten möchte ich sterben.«

Ihre behandschuhte Hand lag bereits auf dem Türknauf, als sie sich noch einmal umwandte. »Ich werde dir immer und ewig schreiben.«

»Möglich«, sagte Austin, »aber ich glaube es nicht.«

»Aber du verschwindest nicht einfach, oder? Du erinnerst dich doch daran, daß du mir versprochen hast, mir nicht böse zu sein, wenn ich –«

»Ganz gleich, was passiert«, sagte Austin, »ich werde nicht verschwinden, und ich werde dir nicht böse sein.«

14

Der Besuch der Potters, dem zu Beginn unendlich viel Zeit zugemessen schien, ging schnell und hastig zu Ende. Um acht Uhr am letzten Morgen wurden die beiden Schrankkoffer und die fünf kleineren Koffer von einem Bahnangestellten abgeholt. Die Potters mußten sich nur noch um sich selbst kümmern – um ihre Handschuhe, Hand- und Brieftaschen, Brillenetuis und um in letzter Minute empfundene Gefühle des Bedauerns.

Um Viertel nach neun fuhr Austin mit der Kutsche vor.

Randolph warf einen letzten sorgfältigen Blick in den Spiegel, als sei den Spiegeln im Norden eher zu trauen als denjenigen, die er zu Hause vorfinden würde. »Cousine Martha, nicht vergessen«, sagte er. »Nächsten Winter kommst du uns besuchen.«

»Ist es Zeit, auf Wiedersehen zu sagen?« fragte Mrs. Potter. Sie hob Ab auf, küßte sie, sagte: »Gott segne dich!« und setzte sie wieder ab. Dann wandte sie sich zu Austin. »Ich werde dich auch küssen.«

»Ich bringe euch doch zum Zug«, sagte Austin, ließ sich aber von ihr umarmen.

»Natürlich!« rief Mrs. Potter aus. »Das habe ich ja ganz vergessen. Dann küsse ich dich eben am Bahnhof noch mal. Wo ist Nora?«

»Die Adresse der Bank in Howard's Landing habe ich dir gegeben, oder?« sagte Mr. Potter zu Austin. Dann wandte er sich an Martha: »Auf Wiedersehen, meine Liebe. Du hast uns so glücklich gemacht mit deiner großzügigen Gastfreundschaft.«

»Wo steckt das Mädchen nur?« fragte Mrs. Potter. »Also wirklich, immer wenn wir auf den Zug müssen, ist sie die letzte. Das raubt einem den letzten Nerv... *Nora?*«

»Ich komme«, rief eine Stimme von oben.

»Wir können genausogut schon zum Wagen gehen«, sagte Mrs. Potter.

Draußen im strahlenden Sonnenschein schien sie jegliches Gefühl für Eile zu verlieren. Am Fuß der Treppe hakte sie sich bei Martha King unter, und während sie langsam den Weg entlangschritten, sagte Mrs. Potter: »Ich weiß nicht, was ich sagen und wie ich dir danken soll. Um ehrlich zu sein, du bist mir so ans Herz gewachsen, wie es inniger nicht sein könnte, auch wenn du mein eigenes Kind wärst ... Schreib mir, ja? Ich will über alles Bescheid wissen, was du machst, alles über Ab und Rachel und ihr süßes schwarzes Mädchen, das immer zeichnet, statt das Geschirr zu spülen. Sie hat mir eins ihrer Bilder geschenkt. Und über die Danforth und Mrs. Beach und die Ellis und all die Leute, die wir kennengelernt haben. Aber hauptsächlich über dich, weil du diejenige bist, an der mir am meisten liegt. Wenn ich an all die Jahre denke, die du mit mir hättest verbringen können anstatt mit all diesen Leuten, die dich nicht verstanden haben. Wenn du doch bloß bei mir gewesen wärst, nachdem deine Mutter gestorben ist ... Aber sie weiß es. Sie schaut auf uns herab.«

Mrs. Potter suchte im Oberteil ihres Kleides nach einem Taschentuch, trocknete sich die Tränen und zog sich den Schleier übers bekümmerte Gesicht. Randolph half seiner Mutter auf den Rücksitz der Kutsche und stieg dann selbst ein. Die Fliegentür ging auf, und Nora kam heraus, genauso gekleidet, wie sie hinaufgegangen war, ohne Hut, ohne Handschuhe, ohne Handtasche, ohne leichten Sommermantel.

»Was soll *das* denn?« rief Mrs. Potter.

»Sie kommt nicht mit«, sagte Mr. Potter.

»Nora, geh auf der Stelle wieder rein und –« Mrs. Potter wollte aufstehen, aber Randolph legte die Hand auf ihre Schulter und hielt sie zurück.

»Sie hat sich entschieden«, sagte er.

»Aber sie kann nicht hierbleiben«, sagte Mrs. Potter und

warf verzweifelte Blicke um sich. »Cousin Austin und Cousine Martha führen ihr eigenes Leben, und ich werde nicht zulassen, daß sie sich so aufdrängt!«

»Mrs. Beach hat mir ein Zimmer in ihrem Haus angeboten«, sagte Nora.

»Ach, was soll aus diesem Mädchen bloß werden!« rief Mrs. Potter aus. »Mr. Potter, unternimm doch irgendwas! Sitz nicht einfach so rum!«

Mr. Potter ging den Weg zur Hälfte zurück und sprach so leise mit Nora, daß die anderen nicht hörten, was er sagte oder was Nora antwortete. Er beugte sich vor, küßte sie, kehrte zurück und kletterte auf den Vordersitz der Kutsche. Austin sah auf die Uhr.

»Wir sollten jetzt losfahren«, sagte Mr. Potter.

Als die Kutsche davonfuhr, winkten Nora und Martha King, aber niemand auf dem Rücksitz winkte zurück.

Versteckt hinter der violetten Klematis, warf Mary Caroline einen letzten Blick auf Randolph. Er sagte gerade etwas zu seiner Mutter und drehte sich dann plötzlich um. Es mochte Zufall sein, er mußte nicht unbedingt an Mary Caroline gedacht haben, als sie an ihrem Haus vorbeifuhren, aber es sind derlei kleine Zeichen und Gesten, mit denen wir unseren Chimären immer wieder Leben einhauchen.

15

Die meisten Menschen begehen einen schwerwiegenden Fehler, wenn sie Besucher länger als drei oder vier Tage bleiben lassen. Es ist, als würden sie mitten im Winter ein großes Loch ins Dach sägen und alle Türen und Fenster offenstehen lassen. Aus dem Wunsch heraus, gefällig zu sein, oder aus dem Zwang heraus, freundlich zu sein, lassen sie sich darauf ein, über längere Zeiträume den Gastgeber zu spielen, büßen dabei ihre Privatsphäre ein sowie ihr gutes

Einvernehmen, wohl wissend, daß dies – wenn auch nur vorübergehend – eine Entfremdung zwischen Ehemann und Ehefrau zur Folge haben wird und daß das Überlassen von Betten, die endlose Folge schwerer Mahlzeiten und nachmittäglicher Spazierfahrten kein gleichwertiger Ersatz dafür sind. Entweder ist die menschliche Rasse unheilbar gastfreundlich, oder die Menschen vergessen – so wie Frauen Geburtsschmerzen vergessen – von einem Moment zum nächsten, wie Wochen und Monate verlorengehen, die unwiederbringlich sind.

Der Gast verliert ebenfalls – auch der sogenannte anspruchslose Gast, sogar diejenige, die ihr Bett selbst macht, beim Spülen hilft und nicht unterhalten werden muß. Sie sieht Dinge, die kein Außenstehender sehen sollte, hört mit, was zwei Zimmer weiter über sie geflüstert wird, findet in Büchern alte Briefe und ist früher oder später Anlaß und Zeugin von Szenen, die aufgrund ihrer Anwesenheit die Stimmung nicht bereinigen. Nachdem sie abgereist ist, erwartet sie, auch weiterhin zu jener Familie zu gehören, mit der sie eine so glückliche und so lange Zeit verbracht hat. Sie erwartet, daß man sich ihrer erinnert. Statt dessen bleiben ihre Briefe, die vertrauliche Anspielungen und nur Eingeweihten verständliche Scherze enthalten, unbeantwortet. Sie schickt den Kindern wunderschöne Geschenke zu einer Zeit, in der sie es sich eigentlich nicht leisten kann, aber auch auf die Geschenke erfolgt keine dankbare Reaktion. Am Schluß ist sie gekränkt und fängt an – völlig zu Unrecht –, daran zu zweifeln, daß die Zuneigung, die ihr die Familie entgegengebracht hat, echt gewesen war.

Während ihres Aufenthaltes hatten die Potters es geschafft, den Zimmern, in denen sie schliefen, viel von ihrer Persönlichkeit aufzuprägen. Sie hatten Gegenstände verrückt, Gegenstände angeschlagen; hinterlassen hatten sie Ringe auf Mahagoni, Arzneimittelflecken und die Abdrücke ihrer Körper auf Roßhaarmatratzen. So wie sie dort gelebt hatten – teils aus dem Koffer, teils aus unordentlichen Kommodenschubladen, Chaos auf dem Boden der Wandschränke, Toilettenartikel überall im Zimmer verstreut –, hatten sie alles mit einer derart undurchdringlichen Aura von Unordnung überzogen, daß Martha King es längst aufgegeben hatte, irgend etwas dagegen zu unternehmen. Und auch nachdem alle oder fast alle ihrer Sachen in große und kleine Koffer gestopft worden waren und die Potters im Zug saßen, konnten die Restaurationsarbeiten nur zentimeterweise durchgeführt werden.

Den Kopf zum Schutz vor dem Staub mit Tüchern umwickelt, machten sich Martha King und Rachel an die Arbeit, und wie Archäologen, die ein byzantinisches Mosaik aus dem neunten Jahrhundert von Gipsresten befreien, restaurierten sie das Haus in der Elm Street. Man wende eine Matratze, und wer kann noch sagen, was für ein Mensch darauf geschlafen hat? Ein Bett, das mit sauberen Laken und einer frisch gewaschenen Tagesdecke bezogen wurde, sieht aus, als wäre nie darin geschlafen worden. Am Abend hatten die Gästezimmer ihre idealisierte, erwartungsvolle Atmosphäre wiedererlangt, und auf dem Tisch unten in der Diele stand ein großes Paket (das eine Haarschleife aus schwarzem Samt enthielt, einen Sandelholzfächer, eine Zahnbürste, eine Krawatte ...), fertig gepackt und bereit zum Abschicken.

Ohne die beiden Ausziehklappen war der Eßzimmertisch rund statt oval und brachte Austin, Martha und Ab unter dem gläsernen rot-grünen Lampenschirm viel näher zusammen.

»Ist das Steak so, wie du es magst?« erkundigte sich Martha von ihrem Platz aus.

»Ja«, sagte Austin von seinem.

»Nicht zu durch?«

»Nein, es ist gut. Genau so, wie ich es mag.«

»Ich wollte bei Mr. Connor Kalbsschnitzel kaufen, und er sagte, er habe zwar welche, wollte sie aber nicht empfehlen, und deswegen habe ich statt dessen Steaks gekauft.«

»Mr. Holby fährt nächste Woche nach Chicago«, sagte Austin nach längerem Schweigen.

»Schon wieder?«

»Er wird vier oder fünf Tage fort sein und an einem Kongreß der Anwaltsvereinigung teilnehmen.«

Wieder folgte ein langes Schweigen, und dann sagte er: »Die alte Mrs. Jouette war heute in der Kanzlei. Sie hat sich nach dir erkundigt.«

»Wie nett von ihr«, sagte Martha.

VIERTER TEIL

Die grausamen Zufälle des Lebens halten beide Geschlechter zum Narren

I

Auch wenn ich tausend Jahre alt werde, dachte Nora, als sie ihre elfenbeinernen Toilettenartikel auf dem Deckchen neu ordnete, an diese Vorhänge werde ich mich nie gewöhnen.

Und wir uns nicht an dich, sagten die verblichenen schwarz-rot-grünen Vorhänge. *Vielleicht lernen wir, uns gegenseitig zu tolerieren, aber mehr auch nicht. Dieses Bett, in dem du letzte Nacht so schlecht geschlafen hast, ist das Bett von Mr. Beach. Er ist darin gestorben. Dies war sein Zimmer. Und obwohl dein Kamm und deine Bürste auf der Kommode liegen und deine Kleider im Schrank hängen, gehört hier alles ihm.*

Das schwarze Bett aus Walnußholz hatte riesige Ausmaße; es war ein Bett, bestimmt für Mann und Frau, für Ehe und Geburt. Unvorstellbar, daß sich eine einzelne Person darin wohl fühlen konnte oder irgend etwas anderes als mutterseelenallein. Während Nora zwischen dem hohen krenelierten Kopfteil und dem hohen krenelierten Fußteil lag, träumte sie von Randolph. Sie war in Not und wurde von ihm gerettet. Im wirklichen Leben rettete er sie natürlich nie. Er war immer nur herzlos und ungeduldig mit ihr, weil sie sich in Schwierigkeiten brachte, in die er selbst aus irgendeinem Grund nie geriet. Sollte sie ertrinken, würde er, wenn sie zum letztenmal auftauchte, vom Ufer auf sie hinunterblicken und sagen: *Ich habe dich gewarnt, es ist gefährlich, in einen Wasserfall zu schwimmen ...*

Als Nora das Bett gemacht hatte, in dem Mr. Beach gestorben war, sah sie sich schüchtern nach etwas anderem um, nach irgendeiner Hausarbeit, die ihre Anwesenheit in diesem Haus rechtfertigen würde, und stellte fest, daß weder Alice noch Lucy an diesem Morgen ihre Zimmer aufgeräumt hatten. Obwohl in der Ecke des Frisiertischspiegels keine Tanzkarten steckten, keine Einladungen zu Gesellschaften oder Footballspielen, keine Briefe, die mit den Worten begannen:

Meine liebe Miss Beach,

auf so reizende Weise gedrängt, gelang es mir, eine Einladung für den Ball der Draperville Academy am nächsten Freitag zu bekommen. Ich schreibe Ihnen nun mit der Bitte, mich dorthin zu begleiten und mir die Ehre eines Tanzes zu erweisen. Ich werde Ihnen morgen abend einen Besuch abstatten, um zu erfahren, ob ich das Vergnügen haben werde, Sie ..., schienen beide Zimmer sagen zu wollen, daß es nicht nett ist, die Geheimnisse junger Leute auszuspionieren. Lucys Zimmer war das größere, mit einer Fensterbank und einem Blick auf den Maulbeerbaum im rückwärtigen Teil des Gartens. Die vorherrschende Farbe war Rosa und so unangemessen für Lucys Alter, daß Nora zu dem Schluß kam, Mrs. Beach müsse sie ausgesucht haben. Alice' Zimmer auf der anderen Seite des Flurs war in Blau und Weiß gehalten. Die beiden Messingbetten waren zweifellos dieselben, in denen Alice und Lucy als Dreizehn- oder Vierzehnjährige geschlafen hatten. Wäre eine Fremde, die die Familie nicht kannte, durch den Flur gegangen und hätte einen Blick in diese Zimmer geworfen, hätte sie gedacht, *die Mädchenzimmer*, ohne zu ahnen, daß sich hier allabendlich zwei reife Frauen entkleideten, Kämme und Nadeln aus dem ergrauenden Haar zogen und sich zwischen all den Rüschen und Volants schlafen legten.

Nora, die sich wie ein Eindringling vorkam, räumte die beiden Zimmer auf und flüchtete in den unteren Teil des Hauses, wo sie sich in den Salon setzte und einen großen Bildband über die Kolumbus-Ausstellung ansah und darauf wartete, daß Martha King anriefe.

Hätten die Kings Nora angeboten, bei ihnen wohnen zu bleiben, hätte sie abgelehnt, obwohl ihr Haus viel freundlicher und gemütlicher war als das der Beach. Aber sie hatten es ihr nicht angeboten. Und zudem hatte Martha zwei ganze Tage verstreichen lassen, ohne durch den Garten herüberzukommen, um sich zu erkundigen, ob sie sich in der neuen Umgebung gut eingelebt hatte.

Im Lauf des Vormittags klingelte mehrmals das Telephon, und jedesmal eilte Nora ins Eßzimmer, bereit, freundlich und natürlich zu sein, bereit, ihre gekränkten Gefühle zu verbergen und ihren Ärger hinunterzuschlukken. Während ein Teil von ihr in den Hörer sagte: »Hier spricht Nora Potter, Miss Purinton ... Ja ... eine Zeitlang jedenfalls ... Augenblick, ich schaue nach, ob sie ans Telephon kommen kann ...«, schrie ein anderer Teil von ihr auf: *Wieso ruft sie nicht an, wo sie doch weiß, wie sehr ich darauf warte, von ihr zu hören?*

Antworten auf diese Frage bedrängten Nora. Cousine Martha hatte gerade anrufen wollen, als jemand überraschend zu einem Plausch vorbeikam und sie vom Telephonieren abhielt; oder vielleicht hatte sie versucht anzurufen, und es war gerade besetzt. Es konnte sein, daß sie aus Verlegenheit (sie waren schließlich nicht besonders entspannt miteinander umgegangen) einen Anruf so lange, wie es möglich war, ohne unhöflich zu sein, hinausschob; oder daß ihr Telephon kaputt war und sie darauf wartete, daß jemand von der Telephongesellschaft kam und es reparierte. In diesem Fall hätte sie vorbeischauen können, es sei denn, sie war krank. Und wenn sie krank war, hätte Austin dann nicht angerufen und es ihnen mitgeteilt?

Es war möglich – wenn auch unwahrscheinlich –, daß Cousine Martha (die diese Art Person nicht zu sein schien) diesen Weg gewählt hatte, um Nora zu zeigen, daß sie sie nicht mochte und nicht hier haben wollte. Im Süden würde keinem einfallen, sich so zu benehmen. Ob sie einen mochten oder nicht, sie kamen vorbei und taten so, als ob ... Oder vielleicht war sie verärgert, weil ...

Wie die frühen astronomischen Systeme basierten die

Antworten alle auf der Annahme, daß die Sonne um die Erde kreist. Bis Mittag hatte Nora sich jede denkbare Erklärung überlegt und jede verworfen außer der einzig richtigen – nämlich daß sie Martha King nicht so wichtig war wie Martha King ihr.

Es wäre schwierig, befand sie, direkt neben ihnen zu wohnen und Cousine Martha nie zu sehen oder mit ihr zu sprechen, aber wenn sie nicht anrief, dann wollte sie offenbar, daß auch Nora nicht anrief. Sie würde am Haus der Kings vorbeigehen, ohne es anzusehen, und wenn sie sich gerade auf der Veranda aufhielten und nichts sagten ... Diese Vorstellung, die eine dritte Person mit einbezog, war zu schmerzhaft und mußte zugunsten einer anderen verworfen werden ... Wenn Nora zum Beispiel mit Lucy und Alice zusammen wäre und sie *Guten Abend, Martha* rufen würden, dann müßte Nora so tun, als habe sie es nicht gehört oder als merke sie nicht, daß jemand angesprochen wurde. Sie müßte, wenn Cousine Martha Mrs. Beach besuchte, jederzeit bereit sein, in irgendein Zimmer zu verschwinden oder sich in einem entfernten Teil des Hauses zu beschäftigen. Sie könnte die Kinder nicht zum Kindergarten bringen, so wie Lucy es sich vorstellte, weil das bedeuten würde, daß sie auf der Einfahrt der Kings erscheinen, die Türglocke läuten und vor der Tür warten müßte, bis Cousine Martha öffnete. Aber mit allem anderen würde sie fertig werden, vielleicht sogar damit. Wenn sie irgendein Kind schickte und selbst auf dem Gehsteig blieb, etwas abgewandt, und auf die anderen Kinder aufpaßte ... Was immer in ihrer Macht lag zu tun, würde sie tun, Austin zuliebe. Wenn sie nicht Martha Kings Freundin sein konnte, würde sie das nächstbeste tun. Sie würde ihr aus dem Weg gehen. Auch wenn es schwierig wäre und völlig anders als zu der Zeit, als ihre Familie hier war, müßte es doch keiner merken. Die Leute würden meinen, es sei Zufall, daß man sie und Martha nie zusammen sah. Und ihre Mutter, die Cousine Martha so mochte, müßte nie erfahren, wie schlecht Nora behandelt worden war.

Nachdem sie sich den Vormittag über wieder und wieder für den Anruf gewappnet hatte, der nie kam, hatte Nora keine Kraft mehr, den Gedanken zu bekämpfen, der ihr um Viertel vor zwei durch den Kopf ging – daß Martha King vielleicht darauf wartete, daß *sie* anrief, daß es eigentlich ihre Pflicht war, anzurufen, nachdem sie über einen Monat lang Gast im Haus der Kings gewesen war. Der Stolz riet ihr, im Salon zu warten, doch die Angst sagte: *Und wenn Cousine Martha nie anruft?* Zu diesem Zeitpunkt war Nora zu nervös, um ihrer Stimme am Telephon noch trauen zu können.

»Ich gehe kurz hinüber zu den Kings«, verkündete sie dem stillen Haus. »Ich bin in ein paar Minuten wieder da.« Und sie lief durch den Garten, um es zu packen, das kleine, weißkehlige, flinke Tier der Ungewißheit.

2

Nach dem Abendessen ging Martha King mit ihrer Kaffeetasse ins Wohnzimmer. Austin folgte ihr und stapelte Holz für ein Feuer auf. Der Wohnzimmerkamin rauchte etwas, bis der Rauchfang warm wurde, und während er dastand und die Zeitung vor die Öffnung des Abzugsschachts hielt, sagte er: »Hast du heute Nora angerufen oder besucht?«

»Ich habe es vorgehabt«, erwiderte Martha, »aber bevor ich dazu kam, ist sie selber hier aufgetaucht.« Daraufhin schwieg sie so lange, daß er sich schließlich nach ihr umsah.

»Ich mache mir Sorgen wegen ihr«, sagte Martha.

»Wieso?«

»Na ja, sie ist hier unter lauter Fremden, sie ist jung und impulsiv und hat niemand, der in irgendeiner Weise auf sie aufpaßt –«

»Die Beach sind doch keine Fremden«, widersprach Austin.

»Aber sie sind nicht ihre Familie. Sie haben keinerlei

Kontrolle über sie. Ich kann Tante Ione nur wünschen, daß Nora nichts passiert. Ich habe das Gefühl, daß sie darauf vertraut, daß wir uns um Nora kümmern, auch wenn sie nicht bei uns wohnt.«

Der Kamin zog jetzt gut, und die Zeitung war nicht mehr erforderlich, aber Austin blieb weiter davor stehen und hielt die Zeitung fest, damit sie nicht in den Schornstein gesaugt wurde.

»Ich habe das Gefühl, daß Nora in Schwierigkeiten ist und daß sie jemand braucht, der –«

»Was für Schwierigkeiten?«

»Ach, Austin, du treibst mich manchmal wirklich zur Verzweiflung. Du weißt ganz genau, daß Nora in dich verliebt ist und daß sie deswegen nicht mit den anderen abreisen wollte.«

»Hat sie dir das erzählt?«

»Natürlich nicht.«

»Und woher weißt du dann –«

»Gleich als sie hereinspaziert kam, habe ich es ihr angesehen. Sie wollte wissen, ob ich finde, daß es richtig war, zu bleiben, und wir haben uns darüber unterhalten und über ihre Familie. Und dann kamen wir auf dich zu sprechen.«

Austin knüllte die Zeitung zu einer Kugel zusammen und warf sie ins Feuer.

»Ich habe ihr angeboten, sie mit ein paar jungen Leuten bekannt zu machen«, sagte Martha, als er sich setzte, »aber wie sich herausgestellt hat, ist sie lieber mit älteren Menschen zusammen. Sie findet sie anregender. Außerdem betrachtet sie uns – dich und mich – nicht als alt.«

»Wir sind nicht mehr die Jüngsten. Das ist kein Grund, sie zu belächeln.«

»Na schön«, sagte Martha. »Ich werde sie nicht belächeln. Du hast eine Art, Austin – bei mir hast du es noch nie gemacht, aber bei anderen Leuten habe ich es schon erlebt –«

Als die Vordertreppe knarrte, wandte sie sich einen Moment lang ab. Im Haus der Kings gab es, da es alt war, oft unerklärliche Geräusche, die meisten kamen aus dem Keller, dem Anrichteraum und von der Vordertreppe, wenn niemand dort war. Bei diesem Knarren der Treppe, das sich genauso anhörte, als wäre da jemand, der versuchte, jegliches Knarren zu vermeiden, setzte Abbey Kings Herz oft sekundenlang aus. Anders als in Geistergeschichten gingen die Schritte nicht weiter die Treppe hinunter, um dann vor der Tür der Bibliothek stehenzubleiben. Es gab immer nur diesen einen Schritt und dann ein quälendes Warten auf den nächsten, der nie kam.

»Du hast eine Art«, fuhr Martha fort, »manchmal sehr freundlich und sanft zu sein, und dabei erweckst du den Eindruck, als würdest du mehr anbieten, als tatsächlich der Fall ist. Wenn du dich Nora gegenüber so verhältst –«

»Was soll ich denn machen? Soll ich ihr sagen, sie hat gefälligst nicht in mich verliebt zu sein?«

Martha schüttelte den Kopf. »Das habe ich nicht gesagt. Aber wenn du ihr sagst oder sie auch nur ahnen läßt, daß du es weißt, ist es aus mit ihr. Es fällt ihr schon schwer genug, sich dir oder mir nicht anzuvertrauen oder sonst irgend jemandem, den sie für einen verständnisvollen Zuhörer hält. Nur solange sie nicht weiß, wie du es aufnehmen würdest, kann sie sich noch einreden, daß sie nicht in dich verliebt ist. Du könntest sie auslachen oder denken, daß sie einfach noch ein Kind ist, und das erträgt sie nicht. Soviel Stolz hat sie noch. Solange sie deine Gefühle nicht kennt, wird sie weiter versuchen, mir Sand in die Augen zu streuen, und auf ein Zeichen von dir warten. Das glaube ich jedenfalls. Wenn sie zusammenbricht und sich dir anvertrauen will, kannst du dich weigern, ihr zuzuhören.«

Austin seufzte.

»Wenn es keine andere Möglichkeit gibt, sie aufzuhalten, kannst du dich immer noch umdrehen und aus dem Zimmer gehen. Vielleicht irre ich mich, aber ich glaube, Nora war noch nie verliebt. Und deswegen –«

»Ich verstehe nicht, wie sie sich für einen Mann meines Alters interessieren kann«, sagte Austin. »Aber was auch immer sie im Moment für mich empfindet, sie wird darüber hinwegkommen, wie ich ihr gesagt habe.«

»Soll das heißen, daß sie von sich aus zu dir gekommen ist und dir gesagt hat, daß sie in dich verliebt ist?«

»Mehr oder weniger.«

»Wann?«

»Am Tag vor der Abreise«, sagte Austin und erzählte dann kurz, was sich in seinem Büro zwischen Nora und ihm ereignet hatte. Als er geendet hatte, saß er da, starrte auf die Prozession von Nymphen, die auf dem Kaminsims dem Wagen des Apoll folgten, und dachte, wie seltsam es war, daß Martha keinerlei Anzeichen von Eifersucht zeigte. Wie oft war sie schwierig und uneinsichtig gewesen, als ihre Eifersucht völlig unbegründet war. Offenbar glaubte sie selbst nicht an das, was sie sagte, auch wenn sie ihm Szenen machte und Dinge vorwarf, die er nie im Leben getan hätte. Wie hätte sie sonst einfach dasitzen und so ruhig und leidenschaftslos das Muster auf ihrer Kaffeetasse betrachten können?

»Sie wirkte sehr unglücklich darüber, daß sie mit ihnen nach Mississippi zurückfahren mußte, und deswegen habe ich ihr gesagt, daß sie mir schreiben könne – wozu sie jetzt keinen Anlaß hat. Und auch, daß ich ihr, soweit ich kann, helfen möchte.«

Martha King nahm ihre Kaffeetasse und ging Richtung Eßzimmer. Als sie die Tür erreichte, drehte sie sich um und fragte: »Du bist nicht in sie verliebt, oder?«

Er sah, daß sie ihn anblickte und ohne Angst oder Zorn auf seine Antwort wartete, weil sie es als notwendig empfand, diese Frage zu stellen, doch auf eine Weise, die für beide etwas sehr viel Ernsteres bedeutet hätte als Angst oder Zorn, wenn die Antwort Ja gelautet hätte.

»Nein«, sagte er nüchtern, »ich bin nicht in sie verliebt.«

3

Als Nora damit fertig war, für Lucy das Geschirr vom Abendessen abzutrocknen, ging sie hinauf in das Zimmer, das sie mit Mr. Beach teilte, stellte sich vor den Frisiertisch und bürstete und flocht sich das Haar. Aus dem Zimmer am anderen Ende des Flurs hörte sie eine alte, klagende Stimme.

In einer Weise, die außer ihr selbst kaum jemand bemerkte, ging es mit Mrs. Beach bergab. Sie hatte Mühe, sich an Namen zu erinnern. Ihre Handschrift nahm eine gewisse Zittrigkeit an, die auch die Handschriften auf den alten Briefumschlägen im Speicher kennzeichnete. Sie brauchte eine stärkere Brille. Auf der Treppe mußte sie innehalten und Luft schöpfen. Ihr ganzes Leben lang hatte sie eifrig auf den Unterschied zwischen Schwarz und Weiß hingewiesen. Jetzt mußte sie sich, als Folge dieser neuen Symptome, mit den verschiedenen Schattierungen von Grau begnügen. Diese unvermeidliche Aufgabe war lehrreich. Sie zwang sie dazu, ihre Ehe in einem anderen Licht zu betrachten und ihrer Mädchenzeit eine andere Deutung zu verleihen. Aber sie war nicht dankbar dafür, genausowenig wie eine Frau, die das nobelste Zimmer einer Pension bewohnt hat, bis sie ein schwindendes Einkommen dazu zwingt, in das enge Quartier oben an der Hintertreppe umzuziehen, dankbar für die Gelegenheit ist, sich mit den Küchengerüchen und der zornigen Stimme der Köchin vertraut zu machen. Es war ein verwirrtes Klagen, als hätte Mrs. Beach noch nicht die richtige Instanz dafür gefunden und begriffen, daß es keinen Zweck hatte, ihren Kummer Alice vorzutragen.

Nora betupfte sich Nacken und Hals mit Kölnisch Wasser, und nach einem letzten kurzen Blick in den Spiegel öffnete sie eine Schublade des Frisiertisches, nahm ein weiches, in ein Handtuch gewickeltes Bündel heraus, knipste das Licht aus und ging den Flur entlang zur Treppe.

Nora ließ sich auf dem Plüschsofa im Salon nieder, wo sie von Lucy erwartet wurde, und entfaltete das Handtuch, das ein Knäuel grauer Wolle und zwei Stricknadeln enthielt. Nora lernte mit Lucys Hilfe das Anschlagen der Maschen. Weil sie mit einem Ohr nach Schritten auf der Veranda horchte, verlor Nora manchmal den Faden von Lucys Erzählung, aber sie fand ihn immer wieder und sagte mit einem Kopfnicken: »Ich weiß genau, was du meinst.« Eine Unachtsamkeit beim Stricken hatte ernsthaftere Folgen. Sie mußte alles wieder bis zu der Stelle auftrennen, an der sie mit den Gedanken abgeschweift war. Es gab keinen Grund anzunehmen, daß Austin an diesem oder an irgendeinem anderen Abend kommen würde, aber auch wenn er nicht kam, hatte sie allen Grund, sich darüber zu freuen, daß sie hier war. In Mississippi könnte sie hundert Jahre warten, und nichts würde passieren.

»Du trägst dein Haar jetzt anders«, bemerkte Nora.

»Ich habe den Scheitel versetzt«, sagte Lucy.

»Das steht dir sehr gut, so wie du es jetzt hast. Ich habe bei mir schon Dutzende von Frisuren ausprobiert, und die hier ist die einzige, mit der ich nicht wie eine Witzfigur aussehe. Mama hat so wunderschönes Haar – zumindest war es wunderschön, bevor es grau wurde. Aber warum sitzen wir eigentlich hier herum und reden über Haare, wenn es viel interessantere Dinge gibt, über die man sich unterhalten kann? Was würdest du dir wünschen, Lucy, wenn dir jeder Wunsch erfüllt würde?«

»Wenn mir jeder Wunsch erfüllt würde? Dann hätte ich gerne –«

»Wenn du dir etwas gewünscht hast, mußt du auch dabeibleiben. Du kannst es dir nicht mehr anders überlegen und dir statt dessen etwas anderes wünschen. Also bevor du –« Nora wandte den Kopf und lauschte.

Wenn der Hirte aus Meißner Porzellan mit seinem Stab und seinen safranfarbenen Kniehosen und der mit Veilchen bemalten Weste und die Hirtin mit ihren versteinerten

Schleifen, ihrer winzigen Taille und ihrem süßen Gesichtsausdruck manchmal durch die ganze Breite des Kaminsimses voneinander getrennt sind, dann kann es sein, daß die Hirtin ein leidenschaftliches, vertrauensvolles, unerfahrenes junges Mädchen ist und der Hirte ein verheirateter Mann, Jahre älter als sie, mit einer Porzellanfrau und einem Porzellankind, für die er zu sorgen hat, und mit Skrupeln, die das Brennen und das Lasieren überlebt haben. Oder vielleicht war die Hand, die sie dort hingestellt hatte, mehr an Vorstellungen der Ordnung und Ausgewogenheit interessiert als an Bildern der Tändelei.

Um Viertel vor neun gähnte Lucy und sagte: »Ich hatte eigentlich erwartet, daß Austin King heute vorbeikommt.« Sie erhob sich von ihrem Stuhl, nahm den Band von der Kolumbus-Ausstellung, den Nora auf dem Tisch liegengelassen hatte, und stellte ihn wieder in das unterste Regal des verglasten Bücherschrankes, wo er hingehörte. »Du brauchst dich nicht verpflichtet zu fühlen, zur selben Zeit wie wir ins Bett zu gehen, Nora. Wir haben uns angewöhnt, mit den Hühnern schlafenzugehen.«

»Wenn ihr nichts dagegen habt«, sagte Nora, »werde ich noch ein bißchen aufbleiben. Ich bin überhaupt nicht müde.«

Ein paarmal stand sie auf und ging ins Eßzimmer, von wo aus sie die Lichter im Haus der Kings sehen konnte, und einmal trieb es sie hinaus in die Diele, wo sie still die Türglocke betrachtete, die nur von einer menschlichen Hand berührt werden brauchte, um durch das schlafende Haus zu schallen. Um zehn Uhr gingen im Nachbarhaus unten die Lichter aus und kurz darauf oben an.

Als Nora hinaufging, sagte niemand (wie sie es zu Hause getan hätten): *Bist du das, Nora?* Aus dem Zimmer am Ende des Flurs war Mrs. Beachs Atem zu hören, so regelmäßig und traurig wie die Glocke in einer Boje. Nora ging auf Zehenspitzen an den beiden offenen Türen vorbei, aus denen kein Laut drang, und knipste das Licht in ihrem Zimmer an.

Als sie fertig fürs Bett war, schaltete sie das Licht aus und zog die Jalousie so weit hoch, daß sie vom Bett aus den dünnen Lichtstreifen oben im Nachbarhaus sehen konnte. Nach einer Weile wurde dort das Fenster ein paar Zentimeter hochgeschoben, aber das Licht blieb an. Nora drehte und wälzte sich, lag einmal auf der rechten Seite, dann auf der linken, wartete auf den Schlaf und verhinderte ihn gleichzeitig. Das Licht ging aus, die Uhr unten in der Diele schlug zwölf, dann eins und schließlich zwei. Nachdem Nora jegliche Hoffnung, einschlafen zu können, aufgegeben hatte, wurde ihr bewußt, daß sie irgendwo gewesen war, daß etwas mit ihr geschehen war, daß sie geträumt hatte.

4

Da Austin die erforderlichen Urkunden aufgesetzt hatte (damit Mr. Potters Vorhaben schwarz auf weiß niedergelegt war, damit alles mit rechten Dingen zuging und es später keinen Ärger gab), sah er sich in eine lebhafte Korrespondenz mit der Bank in Howard's Landing verwickelt, und aus dieser Korrespondenz erfuhr er eine Reihe von Tatsachen, auf die einzugehen Mr. Potter offenbar nicht die Zeit gefunden oder nicht für nötig erachtet hatte. Die Schulden, die auf der Plantage lasteten, waren größer, als man Bud Ellis und den anderen Investoren zu verstehen gegeben hatte, und die Hypothek (die zuerst getilgt werden mußte, bevor die Mississippi-Gesellschaft anfangen konnte, Geld zu scheffeln) umfaßte nicht nur das Wohnhaus, sondern auch das Grundstück und sogar die landwirtschaftlichen Geräte. Mr. Potters postwendende Versicherungen klangen überzeugend, wenn man jede Erklärung einzeln betrachtete, waren aber zusammengenommen unstimmig. Austin begann sich zu fragen, was hinter dem zähnefletschenden

Charme steckte, den höflichen Manieren und den Geschichten, in denen Mr. Potter die anderen stets überlistete.

Mrs. Potters Dankesbrief – voller Rechtschreibfehler und willkürlich gesetzter Satzzeichen, eingefügter und durchgestrichener Wörter, mit Mitteilungen und liebevollen nachträglichen Gedanken vollgekritzelter Ränder und voll Informationsschnipsel über Leute, von denen Austin und Martha nie gehört hatten – zerstreute vorübergehend sein Unbehagen über die geschäftliche Transaktion, die in seinem Büro stattgefunden hatte. Sie würden nie vergessen, was für eine wunderbare Zeit sie bei den Kings verbracht hätten, schrieb sie, ebensowenig ihre lieben Freunde im Norden. Schade sei nur, daß sie nicht einfach den Zug besteigen und wiederkommen könnten, wann immer sie Lust dazu verspürten, was oft der Fall sei. Seit ihrer Rückkehr habe sie soviel zu tun wie eine Katze in einem Fischladen. Cousine Alice Light, die in Glen Falls lebte, war mit ihren Kindern, Zwillingen, zu Besuch gekommen. Die kleine Alice war sehr aufgeweckt für ihr Alter und der Junge gleich zu jedem Unfug bereit, sowie seine Mutter ihm den Rücken zukehrte. Und dann war die alte Mrs. Maltby gestorben, bevor Mrs. Potter sie nach dem Rezept für Heckenäpfelmarmelade hatte fragen können, und Mrs. Potter hatte, obwohl mit den Maltbys nicht verwandt, die Sache in die Hand genommen, die Beerdigung arrangiert, die Tote begraben und die Lebenden bewirtet. Nach der Beerdigung war die Verwandtschaft ins Haus zurückgekehrt und hatte um die Möbel gestritten, und den kleinen Tisch mit den herunterklappbaren Seitenteilen, der eigentlich für Mrs. Potter bestimmt war, bekam schließlich eine der Schwiegertöchter.

Mrs. Potter vermißte das gelbe Zimmer in dem Haus in der Elm Street – früher, als kleine Mädchen, hatten sie und ihre Schwester diese Farbe geliebt. Und Mr. Potter hatte ein Automobil gekauft, einen Rambler, und nahm gerade Fahrstunden. Randolph war eine Stelle bei der Bank angeboten worden, aber er konnte sich nicht entscheiden, ob er sie nehmen sollte oder nicht. Sein Vater war dafür, aber Randolph war sich nicht sicher, ob er gern hinter Gitterstäben arbeiten und von allen möglichen Leuten Geld annehmen würde. Außerdem könnte er dann nicht mehr zu Hause wohnen, und natürlich war er lieber mit seiner Familie zusammen. Das Wetter war noch warm, wie im Hochsommer. In dieser Woche hatten sie mit der Baumwollernte begonnen ...

Der Brief erwähnte Nora mit keinem Wort, nicht einmal im Postskriptum. Wenn man den Brief las, konnte man fast denken, daß Mrs. Potter keine Tochter hatte, oder aber, daß sie Angst hatte. In Gegenden, wo nach wie vor Hexenkunst praktiziert wird, überlegen sich die Menschen sehr genau, wohin sie die Haare tun, die sie in ihren Kämmen finden, oder ihre abgeschnittenen Fingernägel. Möglicherweise hielt eine derartige instinktive oder abergläubische Vorsicht Mrs. Potter davon ab, Noras Namen zu schreiben.

Der Postbote hinterließ im Briefkasten des Hauses in der Elm Street auch noch ein Souvenir vom Mardi Gras, adressiert an Miss Abbey King. Auf den unteren Teil des langen schmalen Streifens bunter Bilder – pferdegezogene Festwagen, Schiffe und Throne, riesige Spinnennetze, Hexenhöhlen, wolkenumschleierte Schlösser und Unterwassergrotten – hatte Randolph gekritzelt: *Denkst Du an mich?*, was töricht und unnötig war, da Ab in ihren abendlichen Gebeten an jeden dachte.

Mit diesen Proben ihrer höchst charakteristischen Handschrift bewiesen die Potters, daß sie nach Hause gefahren waren, daß sie jetzt sicher aufgehoben waren in dem harmlosen Schattenland abwesender Freunde und Verwandte, doch Austin kam nicht umhin, sich zu wundern, warum Mr. Potter sich ein teures Automobil gekauft hatte zu einer Zeit, da seine wirtschaftliche Lage so prekär war; warum Randolph nicht sofort zugegriffen hatte, als ihm eine Stelle bei der Bank angeboten wurde; warum Nora sich nie bei ihnen blicken ließ. Manchmal sah er sie, im Garten oder auf der Veranda des Nachbarhauses, und dann winkte er, und Nora winkte zurück. Aber anstatt stehenzubleiben und mit ihr zu reden, ging er weiter ins Haus und nahm das Bild eines erschrockenen Gesichts mit sich, mit weit aufgerissenen Augen und zweifelnder Miene, als sei sich Nora nicht sicher, ob er ihr wirklich zuwinkte.

5

Nach einem langen grünen Sommer erleben die Städte der Prärie eine kurze, farbenprächtige Jahreszeit. Die Blätter an den Bäumen beginnen sich zu verfärben – erst ein Ast, dann ein Baum, dann eine ganze Straße voller Bäume, wie Menschen mittleren Alters, die sich verlieben. Die Ahornbäume verfärben sich leuchtend orange oder scharlachrot, die Ulmen nehmen ein blasses, poetisches Gelb an, und bevor die Farbe richtig intensiv geworden ist, beginnen die Blätter sich zu lösen und herabzuschweben. Rasen müssen gerecht und wieder gerecht werden. Kinder spielen in Laubhäusern, und Laubfeuer, die in den Rinnsteinen schwelen, verändern den Duft der Luft. Die Sonne bahnt sich einen Weg durch die nackten Äste, um neue Muster von Licht und Schatten zu erzeugen. Tagsüber zwischen neun Uhr morgens und zwei Uhr nachmittags ist es wie im Sommer. Doch nach dem Abendessen schicken Frauen, die noch auf der Veranda im Schaukelstuhl sitzen, ein Kind ins Haus, um sich einen Schal holen zu lassen, und ein paar Minuten später werden auch sie von der Dunkelheit ins Haus getrieben. Die Rasenmäher stehen untätig herum, der Frost bringt die Grillen zum Schweigen und macht den Astern ein Ende, und voll Wehmut gewöhnen sich die Menschen ganz allmählich an die Vorstellung von Winter.

Während der langen Septemberabende fand Austin King

Zeit, die Familienphotos zu sammeln und sie in ein großes schwarzes Album zu kleben. Dieses Album war Teil einer Reihe, der großen amerikanischen Enzyklopädie der sentimentalen Anlässe, der Familientreffen und der kindlichen Wachstumsphasen. Die Bände sind nicht alphabetisch geordnet, und es ist ziemlich gleichgültig, welchen man aufschlägt, da jeder der Millionen Bände aller Wahrscheinlichkeit nach unter anderem folgendes enthalten wird:

ein Bild von einem Denkmal in einem Park
von Kindern, die an einem Strand im Sand spielen
von Pferden, die am Tor der Koppel warten
von einem Festwagen, der den ersten Preis gewonnen hat
vom neuen Haus vor Vollendung des Dachstuhls
von einer kurvenreichen Bergstraße
von Sunset Hill, von Mirror Lake
von einem Kindermädchen, das einen Kinderwagen schiebt
von einem Baum, der weit über das Ufer eines Baches hinausragt
von einem Tennisplatz, als gerade niemand spielt
von zwei Familien, die auf den Stufen eines Musikpavillons sitzen
von der toten Klapperschlange
von einem Schild, auf dem »Babylon: 2 Meilen« steht
von einer Reihe Schaukelstühle auf einer Hotelterrasse
von dem Blick, den man von einem Bergkamm aus hat
von Mädchen mit jungen Männern, die sie nicht geheiratet haben
von einem Picknick am Straßenrand
von einem Wohnwagen
von der Katze, die beim Photographieren nicht stillhalten wollte
von einem Jungen, der sein Fahrrad festhält
von Ferienhäuschen an einem kleinen See
von dem Hund, der überfahren wurde
von dem kleinen Jungen in einem Ponywagen neben

einem geometrisch angelegten Blumenbeet und im Hintergrund die Steintore der Nervenheilanstalt

von einem Mann mit einem Fang Fische

von der Abschlußklasse

von der Eiche im Garten

von den Kindern, die mit hochgekrempelten Hosen und gerafften Kleidern durchs Wasser waten

von einer Parade

von einem durch tiefen Schnee geschaufelten Weg

von einem Mann, der ein Gewehr im Anschlag hält

von einem Jungen, der auf den Händen geht

von einem Weihnachtsbaum, aufgenommen, als er schon zu nadeln begann

von Starved Rock

von zwei Kindern auf einer Schaukel

von einer Gruppe, die gerade ein benzinbetriebenes Boot besteigt

von Braut und Bräutigam, Arm in Arm

vom Sohn in Uniform, neben der Hintertreppe, an einem Tag, als das Licht für Kodak-Aufnahmen nicht geeignet war

von der Pergola

von einem Maskenball

vom Flußufer bei Hochwasser.

Unter so vielem, das vertraut und selbstverständlich ist, stößt man plötzlich auf eine Szene, die nach einer Erklärung schreit – vier Frauen, die um eine Picknickdecke sitzen und seelenruhig einen jungen Mann betrachten, der ebenfalls sitzt und in seiner Rechten etwas hält, was wie ein Revolver aussieht. Oder ein Bild, dessen Mitte herausgerissen ist, so daß nur noch ein ovales Loch übrig ist, das von einem Verandageländer, Rasen, Bäumen, dem Fragment eines Frauenrocks und dem Himmel umgeben ist. Wenn es Hinweise in Form von Beschriftung gibt, wie *Kurz nach der Karambolage auf dem Berg* oder *In der Eremitage, 1910*, sind sie gewöhnlich unbefriedigend. Man erfährt nie, was es für eine Karambolage war und auf welchem Berg sie stattgefunden hat oder wo sich diese Eremitage befindet. Selten wird der Anspruch erhoben, daß die Aufgenommenen irgend etwas taten, außer sich photographieren zu lassen. Die Szenen sind notwendigerweise statisch, und in den Gesichtern ist dieses sonderbare Fehlen von Spannung festzustellen, das sich in allen Schnappschüssen aus der Zeit vor dem Ersten Weltkrieg findet. Wenn man alte Photoalben durchblättert, wird man zuallererst denken: *Es hat sich ja gar nichts verändert seit der Kindheit.* Und dann: *Wie sie sich da verraten!* Und: *Wer hat die Kamera gehalten?* Dies ist eine Frage, die immer wiederkehrt; welche Person hat sich freiwillig von dem Dokument absentiert, um für die Nachwelt das Bild festzuhalten, das sie durch das kleine Glasfenster der Kamera sah?

Austin King arbeitete an seinem Schreibtisch im Arbeitszimmer, mit dem Rücken zum Kamin. Seine Hand bewegte sich mit großer Vorsicht vom Topf mit dem Klebstoff zu den Seiten aus Leinwanddeckeln und von dort zu der Schachtel mit den an den Rändern leicht gewellten Photos. Die Scheite, die den ganzen Sommer über auf dem Holzhaufen getrocknet waren, krachten und bebten und wurden schnell von den gelben Flammen verzehrt und zerfielen. Wenn er aufblickte, sah er in den Fensterscheiben die Spiegelung des beleuchteten Zimmers und seiner selbst vor der Dunkelheit draußen. Wäre Martha dagewesen, hätte sie die Vorhänge zugezogen, aber in letzter Zeit ging sie bald nach dem Abendessen nach oben.

Wenn man ein bestimmtes Temperament besitzt, geduldig ist und gern methodisch vorgeht, empfindet man das Einkleben von Photos in ein Album oder jede Arbeit, die einfach ist und hauptsächlich mit den Händen verrichtet wird, als eine angenehme Beschäftigung, aber sie hat einen schwerwiegenden Nachteil: Der Geist hat nichts zu tun und ist auf zweifelhafte Weise sich selbst überlassen. Um seinen eigenen Gedanken zu entkommen oder sich Klarheit über sie zu verschaffen, schraubte Austin manchmal den Topf mit Klebstoff zu, erhob sich von seinem Schreibtisch und ging vor dem Kamin auf und ab. Er ging von der Tür, die zur Diele führte (wo er kehrtmachte), zur Tür, die zum Eßzimmer führte (wo er wiederum kehrtmachte). Und während auf der Uhr aus Meißner Porzellan auf dem Kaminsims Minuten- und Stundenzeiger langsam der Schlafenszeit entgegenrückten, wurde das klassische Drama, das sich im Kamin abspielte, bisweilen durch irgendeine unbedeutende Angelegenheit auf der Bühne gestört – eine knarrende Tür irgendwo im rückwärtigen Teil des Hauses, ein Geist auf der Treppe.

Bevor Austin King schlafen gehen konnte, mußte er Abend für Abend eine Reihe von Dingen erledigen. Im Arbeitszimmer stellte er die Scheite im Kamin hochkant, damit sie nicht vor dem Morgen niederbrannten. Er überprüfte das Schloß an der Küchentür. Er öffnete die Tür zum Anrichteraum, ging die gefährliche Kellertreppe hinunter und drosselte das Feuer im Ofen. Einige dieser Vorsichtsmaßnahmen waren notwendig (Rachel vergaß manchmal, hinter sich abzuschließen, und die Küchentür war nachts ein paarmal vom Wind aufgedrückt worden), andere hatten etwas merkwürdig Rituelles an sich. Niemand hatte den ganzen Tag über das Wohnzimmer betreten, trotzdem sah er nach, ob die Luftklappe im Kamin geschlossen war. Im Eßzimmer warf er einen Blick durchs Fenster auf das Thermometer, dessen Anzeige sich, seit er zwei Stunden zuvor nachgesehen hatte, nicht merklich verändert hatte. Nacht für Nacht machte er seine Runde und drehte bestimmte Heizkörper ab und andere an. Diese Handlungen waren irgendwie Vorsichtsmaßnahmen gegen etwas – möglicherweise gegen das Unsichtbare auf der Treppe oder gegen den Feind, der, wenn Austin die Haustür vor dem Abschließen noch einmal öffnete, nie da war.

6

Im Haus der Beach befand sich im Flur des ersten Stocks, unter einer Lichtanlage, die Gas und elektrisches Licht kombinierte, ein großer Stahlstich von einer alten Frau, die Äpfel verkaufte. In einem kunstvoll geschnitzten, rissigen vergoldeten Rahmen hatte er das sentimentale Zeitalter, das zu solchen Bildern inspiriert hatte, um viele Jahre überlebt. Die alte Frau hatte schneeweißes Haar, eine eckige Nickelbrille auf der Nase und eine Miene, die eine schöne Mischung aus natürlicher Liebenswürdigkeit und der Entschlossenheit, liebenswürdig zu sein, darstellte. Auf dem Bild waren auch noch drei Kinder. Der Junge und das Mädchen zur Linken der alten Frau, beide gut gekleidet, mußten aufgrund ihrer Ähnlichkeit Geschwister sein. Von der rechten Hand des kleinen Mädchens baumelte eine Porzellanpuppe, und es hatte seinen Apfel bereits angebissen. Der kleine Junge hob sich offenbar seinen Apfel auf, bis irgendeine brennende Frage geklärt war. Den Geschwistern gegenüber stand ein barfüßiger Junge in abgerissener Kleidung und grub tief in seiner Hosentasche nach einem Penny. Der barfüßige Junge war der Mittelpunkt des Bildes und verlieh ihm seinen Sinn – sein verzückter Blick, sein Gesichtsausdruck, in dem sich Hoffnung und Angst mischten. Es war offensichtlich, daß er von den gutgekleideten Kindern keine finanzielle Unterstützung erwarten konnte. Entweder fand er einen Penny in dieser oder einer anderen Tasche, oder er würde von der Frau mit der eckigen Brille keinen Apfel bekommen. Als kleines Mädchen war Mrs. Beach vor diesem Bild oft stehengeblieben und mußte sich von einer Stimme (seit langem tot) daran erinnern lassen, daß sie losgeschickt worden war, um einen goldenen Fingerhut oder eine Garnrolle zu holen.

Als Nora eines regnerischen Nachmittags gerade in die Betrachtung des Bildes versunken war, rief eine Stimme vom Fuß der Treppe etwas herauf. Aus ihrem Zimmer am Ende des Flurs rief Mrs. Beach zurück: »Sind Sie's, Martha? Kommen Sie rauf.«

Nora, unfähig, sich zu rühren, hörte die Schritte auf der Treppe, aber im letzten Moment machte ihr die Panik Beine, und sie verschwand in ihrem Zimmer. Martha King sah einen Rockzipfel und wie sich die Tür schloß, und dachte: Dann geht sie mir also doch aus dem Weg.

»Ich bin in meinem Zimmer«, rief Mrs. Beach, und Martha ging den Flur entlang.

Mrs. Beach saß an ihrem Nähtisch und setzte gerade die komplizierten Teile für eine rosa-weiß-grüne Bettdecke zusammen. Das große Doppelbett, das das Zimmer beherrschte, war gemacht, und die Kissen waren in eine hohle Nackenrolle hineingesteckt. Das übrige Zimmer befand sich in einer solchen Unordnung, wie man sie erwarten würde, wenn die Bewohnerin für eine lange Seereise packt, aber Mrs. Beach hatte lediglich die Schubladen ihrer Kommode aufgeräumt. Auf den Stühlen häufte sich Krimskrams, dessen Platz in der großen neuen Ordnung sie noch nicht bestimmt hatte.

»Tun Sie diesen Haufen Blusen einfach woandershin«, sagte sie mit einem Wedeln ihrer Schere, deren Griff einen Storch darstellte. »Mir wäre es lieb, wenn Sie sich nicht aufs Bett setzen würden.«

»Ich kann nicht lange bleiben«, sagte Martha.

»Das sagen Sie immer, und das ist nicht höflich. Wenn Sie kommen, um gleich wieder zu gehen, dann brauchen Sie erst gar nicht zu kommen. Haben Sie Nachricht von Mrs. Potter?«

Martha nickte.

»Ich finde es höchst seltsam, daß sie mir nicht schreibt«, sagte Mrs. Beach, »wo doch Nora bei uns wohnt. Wenn Alice oder Lucy bei den Potters wohnen würde, würde ich es jedenfalls für meine Pflicht halten, zu schreiben und mich erkenntlich zu zeigen, aber Nora und ihre Mutter stehen sich wohl nicht so nahe. Deswegen hält sie es vielleicht nicht für nötig, sich Mühe zu geben, wenn es um Nora geht. Wenn ich's mir recht überlege, hätten Sie sich um Nora etwas mehr kümmern können, als Sie es in den letzten Wochen getan haben. Oder wäre es Ihnen lieber gewesen, wenn sie mit ihrer Familie heimgefahren wäre?«

Um mit Mrs. Beach ein friedliches Gespräch führen zu können, sahen sich die meisten Leute gezwungen, sich die Antwort auf viele ihrer Bemerkungen zu verkneifen. Weit davon entfernt, dankbar zu sein, daß man sie besuchte, bereitete es ihr gewöhnlich Vergnügen, darauf hinzuweisen, wie lange sie schon nicht mehr besucht worden war. Sie stellte zudem Fragen, die als solche harmlos waren, aber das Gespräch unweigerlich zu Themen hinlenkten, die manchmal heikel waren und manchmal Mrs. Beach nichts angingen.

»Bis jetzt ist nur ein Brief von ihr gekommen«, sagte Martha. »Ich soll Ihnen Grüße ausrichten. Austin hört öfters von Mr. Potter.«

»Ich muß sagen, als sie hier war, schien sie uns ja alle sehr zu mögen, aber offenbar gilt bei ihr, aus den Augen, aus dem Sinn. Das hier ist das Heckenrosenmuster.« Mrs. Beach hielt Martha die Bettdecke hin, damit sie sie bewundern konnte. »Ich habe schon eine für Lucy gemacht, und jetzt mache ich eine für Alice. Sie sollen irgendwas haben, das sie an mich erinnert, wenn ich nicht mehr bin.«

»Wunderschön«, sagte Martha. »Aber ich wünschte, Sie würden nicht vom Sterben reden, an so einem trüben Tag.«

»Wenn man erst mal siebzig ist«, meinte Mrs. Beach, »erwartet man nicht mehr, daß man ewig lebt. Ich weiß noch nicht mal, ob ich es überhaupt will. Als ich jung war, war die Welt ein wesentlich angenehmerer Ort. Damals waren gute Erziehung und gutes Benehmen noch was wert. Meine eigene Mutter begann ihr Eheleben mit einer Kutsche und einer Schar von Dienstboten. Im Sommer fuhren wir immer nach ...«

Mrs. Beach nahm Martha eine Dreiviertelstunde lang in Beschlag mit ihren Geschichten über die verschwundene Welt ihrer Jugend und über den Kindergarten, und dann sagte sie: »Denken Sie bitte nicht, daß ich Sie vertreiben möchte, meine Liebe, aber wenn ich nicht mein Nachmittagsschläfchen halte –«

»Wenn Sie sich hinlegen wollten«, sagte Martha und stand auf, »warum haben Sie mich dann so lange festgehalten? Während der letzten Viertelstunde habe ich dreimal den Versuch gemacht zu gehen, und jedesmal haben Sie –«

»Jetzt seien Sie doch nicht so empfindlich«, sagte Mrs. Beach lächelnd. Sie lächelte selten, und noch seltener war ihr Lächeln so vergnügt und aufrichtig freundlich wie dieses. »Alte Leute haben alle ihre kleinen Schwächen«, sagte sie. »Schauen Sie, bevor Sie gehen, doch bei den Mädchen vorbei. Sie werden es Ihnen übelnehmen, wenn Sie es nicht tun.«

Die Töchter von Mrs. Beach waren auf der verglasten Veranda hinter dem Haus und strichen kleine Holzstühle. Sie hatten den Boden mit Zeitungen ausgelegt, aber daß sie sich selbst mit Farbe beschmierten, ließ sich nicht vermeiden. Lucy hatte eine taubenblaue Strähne im Haar, wo sie sich in einer Geste der Erschöpfung an den Kopf gefaßt hatte. Hände und Schürzen waren farbverschmiert.

»Passen Sie auf, daß Sie nirgendwo rankommen!« sagte sie, als Martha in der Küchentür erschien.

»Sind die für den Kindergarten? Die sind aber schön!« sagte Martha. »Und soviel Arbeit!«

»Und kein Ende abzusehen«, sagte Lucy. »Wenn ich gewußt hätte, worauf wir uns da einlassen –«

»Mutter ist oben«, meinte Alice.

»Ich war gerade bei ihr«, entgegnete Martha, »aber eigentlich bin ich vorbeigekommen, um mit euch zu reden. Wegen Ab, meine ich. Ich habe mich noch nicht endgültig entschlossen, ob ich sie in den Kindergarten schicken soll oder nicht. Sie ist noch so jung.«

»Lassen Sie sich dabei nicht von unserer Freundschaft beeinflussen«, sagte Lucy.

»Ach, das tue ich nicht«, erwiderte Martha. »Ich weiß, daß ihr es verstehen würdet, wenn ich sie nicht hinschicke. Wann fangt ihr an?«

»In der ersten Oktoberwoche, wenn bis dahin alles fertig ist«, sagte Lucy. »Es gibt Probleme mit den Tischen. Mr. Moseby verspricht sie uns immer für einen bestimmten Termin, aber dann sind sie nie fertig. Das ist so entmutigend.«

Sie erörterten ausführlich miteinander, ob es Ab im Kindergarten gefallen würde.

»Sie will nirgendwo sein, wo nicht auch ich bin«, sagte Martha. »Und ich bin nicht gern von ihr getrennt. Das ist wirklich ein komisches Gefühl, aber es wird vermutlich vorübergehen. Ich kann nicht so weitermachen, daß ich mich wegen allem sorge. Aber wenn sie weint – «

»Sie wird nicht weinen«, sagte Lucy. »In der Montessori-Schule in Rom – «

»Geben Sie acht, Ihr Kleid!« rief Alice, zu spät, und Martha stieß bei einem Schritt rückwärts an einen frischgestrichenen Stuhl.

Der blaue Fleck wurde mit etwas Terpentin entfernt, dann begleitete Alice Martha King bis zur Haustür und ging anschließend die Treppe hinauf. Mrs. Beach lag mit geschlossenen Augen auf ihrem Bett, aber als sich Alice auf Zehenspitzen aus dem Zimmer schleichen wollte, sagte sie: »Schickt sie jetzt Ab in den Kindergarten oder nicht? Ich habe Martha noch nie so unentschlossen gesehen.«

»Sie will sich's noch überlegen«, erwiderte Alice.

»Dieses Hin und Her ist doch sonst nicht ihre Art«, meinte Mrs. Beach und schlug die Augen auf. »Ich glaube, sie kriegt wieder ein Kind.«

Mrs. Beach hatte hellseherische Fähigkeiten. Mit Hilfe eines abgegriffenen Spiels Tarotkarten sagte sie bisweilen die Zukunft richtig voraus, und oft erriet sie auf den ersten

Blick, was sich in einem Paket befand oder was jemand dachte. Vielleicht handelte es sich hierbei um nichts weiter als eine scharfe Beobachtungsgabe, die über Schleichwege und Seitengassen die Wahrheit ermittelte, aber ihre Töchter waren immer wieder aufs neue verblüfft und verwirrt, und Mrs. Beach hatte uneingeschränktes Vertrauen in ihre intuitiven Fähigkeiten.

»Würde man das nicht sehen, wenn sie ein Baby bekommt?« fragte Alice, die bemerkt hatte, daß Nora während des Gesprächs das Zimmer betreten hatte.

»Nicht unbedingt«, sagte Mrs. Beach. »Ich wünsche Austin, daß es ein Junge wird. Er ist so liebenswürdig und aufmerksam gegenüber anderen Menschen. Ich wünschte, es gäbe mehr von seiner Sorte.«

So sprach sie normalerweise nicht über Austin King, und Alice wurde klar, daß ihre Mutter sich in einer ganz bestimmten Stimmung befand – in der sie niemanden kritisiert sehen wollte.

Aus bloßem Widerspruchsgeist sagte Alice, während sie sich hinkniete und Stoffreste vom Teppich aufhob: »Ich frage mich manchmal, ob er wirklich so nett ist, wie es den Anschein hat. Wenn er das wirklich ist, wieso ist Martha dann manchmal so wütend auf ihn?«

»Ich habe bei Martha noch nicht die geringste Spur von Reizbarkeit entdeckt«, sagte Mrs. Beach. »Zerstreut, das ja, und unentschlossen. Aber nicht reizbar.«

»Ich habe erlebt, daß sie bereit war, ihm mit einer Axt über den Schädel zu schlagen«, sagte Alice.

»Das bildest du dir nur ein«, sagte Mrs. Beach. »Mai, Juni, Juli, August, September –«

»Nein«, sagte Alice, und ihr fiel auf, wie still Nora war. Sie hatte kein einziges Wort zu der Unterhaltung beigetragen. Aber schließlich hatte Nora einen Monat lang bei den Kings gewohnt und mußte eine Meinung zum Thema Austin King haben. Er war natürlich in gewisser Weise mit ihr verwandt, und für manche Leute war das Grund genug, um sich nicht über jemanden auszulassen. Aber Nora redete ohne jegliche Zurückhaltung über ihre eigenen Eltern und ihren Bruder, und wenn sie sich an der Unterhaltung über Austin nicht beteiligte, dann nicht wegen familiärer Skrupel, sondern weil sie nicht preisgeben wollte, was sie dachte.

Als Alice Beach nach einer Nadel griff, kam ihr ein Gedanke in den Sinn, der sie zuerst überraschte und dann erschreckte. Sie blickte sich hastig um, um zu sehen, ob ihre Mutter oder Nora ihre Gedanken gelesen hatte.

»– Oktober, November, Dezember, Januar«, sagte Mrs. Beach. »Es würde mich überhaupt nicht überraschen, wenn das Baby im Januar käme.«

7

Es war nicht so, daß Ab nicht in den Kindergarten gehen wollte. Sie erwachte an diesem Morgen in einem warmen Nest aus Bettdecken, und als ihre Mutter das Zimmer betrat und sagte: »Heute ist der große Tag«, empfand Ab sowohl Stolz als auch das Gefühl, auserwählt zu sein. Aber da war etwas, was sie nicht verstand, was man ihr hätte erklären können, aber nicht erklärt hatte, und eine Katastrophe ist oft nur ein Ereignis, auf dessen Eintritt man keine Gelegenheit hatte sich vorzubereiten.

»Bist du in den Kindergarten gegangen?« fragte sie, als sie in die Unterwäsche stieg, die ihre Mutter ihr hinhielt.

»Nein«, sagte Martha. »Als ich ein kleines Mädchen war, gab es noch keinen Kindergarten.«

»Ist Papa in den Kindergarten gegangen?«

»Nein.«

»Und Rachel?«

»Nein, Rachel auch nicht. Nur du.«

Ab ließ Waschlappen und Seife mit weniger Gejammer als sonst über sich ergehen und trödelte nicht beim Frühstück. Sowie sie ihre Milch ausgetrunken hatte, bat sie darum, aufstehen zu dürfen, und rutschte von ihrem Kinderstuhl herunter. Das Haus war voller Uhren, aber sie hatten für sie keinerlei praktischen Nutzen. Sie konnte zu ihrer Mutter gehen und sie fragen: »Wie spät ist es?«, und ihre Mutter schaute dann auf die Porzellanuhr auf dem Kaminsims im Arbeitszimmer und sagte: »Zwanzig Minuten vor zwei«, oder ihr Vater legte die Zeitung weg, zog seine goldene Uhr aus der Westentasche, öffnete den Deckel und verkündete, daß es Viertel nach sieben sei; aber diese Antworten waren eigentlich nie wirklich aufschlußreich. Es gab keine Möglichkeit vorherzusehen, wann etwas passieren würde. Soweit Ab feststellen konnte, geschahen die Dinge dann, wenn die Erwachsenen beschlossen hatten, daß es soweit war.

An diesem Morgen spielte sie in Sicht- und Hörweite ihrer Mutter, die noch am Frühstückstisch saß, das Haar zu einem losen Knoten aufgetürmt und die Ärmel ihres Negligés über den Ellbogen festgesteckt. Um Viertel vor neun läutete es an der Tür. Als ihre Mutter die Tür öffnete, erblickte Ab Nora Potter in Begleitung eines kleinen Jungen und zwei kleiner Mädchen.

»Oh, hallo«, sagte Martha King. »Ich habe dich nicht ganz so früh erwartet.«

Ab versteckte sich hinter ihrer Mutter. Da sie zu früh gekommen waren, würden sie sich ins Wohnzimmer setzen und warten müssen, bis ihre Mutter angezogen war.

Martha ging zu dem langen Schrank unter der Treppe und erschien im nächsten Moment wieder mit Abs blauem Mantel und blauer Mütze in der Hand, und selbst dann war Ab immer noch nicht auf den Schock vorbereitet, der folgte – nämlich als sie ihre Mutter sagen hörte: »Und jetzt bist du ein ganz braves Mädchen, ja?« Ihre Mutter mußte doch wissen, daß sie niemals ohne sie in den Kindergarten gehen würde. Das war völlig ausgeschlossen.

»Ich gehe nicht«, verkündete Ab energisch.

»Aber wir haben doch darüber geredet, und du hast gesagt, du willst hingehen«, entgegnete Martha.

»Jetzt will ich aber nicht mehr«, sagte Ab und verhinderte erfolgreich, daß ihr rechter Arm zwangsweise in den rechten Mantelärmel gesteckt wurde.

»Abbey, bitte mach jetzt kein Theater. Du weißt, daß du in den Kindergarten gehst. Das ist beschlossene Sache. Jetzt halt still und laß dir den Mantel anziehen.«

»Ich will meinen Mantel nicht anziehen.«

»Du mußt. Du kannst nicht durchs Leben spazieren und alle fünf Minuten deine Meinung ändern und andere warten lassen.«

»Was sollen denn die Jungen und Mädchen von dir denken?« fragte Nora.

Ab sah Nora näher kommen und warf sich ihrer Mutter an die Knie, umklammerte sie, krallte sich in ihren Rock.

»Ich fürchte, du wirst sie tragen müssen, Nora.«

Zu Abs ungläubigem Entsetzen wurde sie von Armen ergriffen und von ihrer Mutter losgerissen (Madame Montessori war weit weg in Rom), und danach war nichts mehr wirklich, und nichts ergab mehr den geringsten Sinn. Weder die Tränen ihrer Mutter noch die beschämten Mienen der anderen Kinder, noch das ferne Geräusch ihres eigenen Geschreis.

Die Räume des Kindergartens waren eine Dreiviertelmeile vom Haus in der Elm Street entfernt, und Ab wurde den ganzen Weg getragen. Sie trat um sich und schrie, rang nach Luft, nur um erneut zu schreien. Wer an dieser seltsamen Prozession vorbeikam, drehte sich um und fragte sich, ob er nicht eingreifen sollte. Niemand tat es. Das angstvolle Geschrei (»Ich will zu meiner Mutter! Ich will zu meiner Mutter!«) klang wie Trauer – herzzerreißend und unpersönlich. Trauer um die Welt und um alle, die gezwungen sind, in ihr zu leben.

8

Das Licht auf der Veranda ging an, direkt über seinem Kopf, und Dr. Danforth öffnete die Tür. »Kommen Sie rein, kommen Sie rein, mein Junge. Wie geht's Ihnen? Ich habe in diesem Moment zu Ella gesagt –«

»Sie sind nicht gerade beschäftigt?« fragte Austin, als er über die Schwelle trat.

»Wie bitte?«

Austin schrie seine Frage.

»Beschäftigt?« wiederholte Dr. Danforth mit der leisen, gleichmäßigen Stimme der Schwerhörigen. »Womit sollte ich denn um diese Nachtzeit beschäftigt sein? Geben Sie mir Ihren Hut. Freue mich immer, Sie zu sehen.«

Das Haus der Danforth war von Mrs. Danforth' Vater auf dem Höhepunkt seines Wohlstands erbaut worden. Mr. Morris war Bankier gewesen und auch so etwas wie ein Philanthrop. Als seine Bank am Schwarzen Freitag Bankrott machte, übergab er alles, was er besaß, seinen Gläubigern und holte sich schließlich dieses Haus zurück sowie einen Bruchteil seines einst beträchtlichen Vermögens, damit seine Familie keine Not leiden mußte. Mangels eines geeigneteren Wortes sagten die Leute, die das Haus zum erstenmal betraten, gewöhnlich: »Oh, was für ein schönes Haus!«, womit sie meinten, daß es dunkel, höhlenartig und still war, daß es zum Tagträumen verleitete, daß es der Vergangenheit angehörte. Die Zimmer waren groß und gingen ineinander über, und die Paneele aus lackiertem Kirschholz glänzten wie dunkelroter Marmor. Die dunkelgrünen Wände des Eßzimmers waren über der Sockeltäfelung mit weißen Pfauen gemustert, und im Musikzimmer gab es Amoretten und Girlanden aus rosa Rosen. Diese längst verblaßten Wandgemälde waren von einem reisenden italienischen Künstler gemalt worden, dessen kranke Frau, Schulden und schmutzige Kinder das stets empfängliche Herz der alten Mrs. Morris gerührt hatten.

Der Kamin im Salon war melassebraun gekachelt, und in die verschnörkelte viktorianische Einfassung waren Spiegel eingelegt. Auf dem Sims standen eine Messinguhr, deren Werk hinter Scheiben aus dickem Facettenglas sichtbar war, und mehrere Familienphotos. Über dem Sofa hing ein riesiges Ölgemälde von einem Sturm auf hoher See und einem Wrack, in romantischer Manier gemalt. Mrs. Danforth' Sessel befand sich neben dem schweren geschnitzten Tisch, wo das Licht der Lampe auf ihre Handarbeit fiel. Der Lampenschirm bestand aus getriebenem Messing, und auf allen vier Seiten schienen nadelkopfgroße Lichtpunkte hindurch, die in Form eines Vogels mit langem Schwanz – vielleicht ein Phönix – angeordnet waren. Dr. Danforth' Sessel stand neben dem Sofa. Das Licht, das auf seine Zeitung fiel, spendete eine Mahagoni-Stehlampe mit einem Schirm aus roter Seide. Vor einem Fenster war eine große versilberte Kugel aufgestellt, die eigentlich in einen Garten gehörte, aber mitsamt Sockel ihren Weg in den Salon der Danforth' gefunden hatte. Obwohl sie sich in dieser Umgebung exotisch ausnahm und für sich genommen durchaus schön war, war es nicht angenehm, in die Kugel zu blicken, da darin jeder häßlich und entstellt aussah.

In dem Raum fand sich keinerlei Hinweis darauf, was die Danforth gerade gemacht hatten, als es klingelte. Kein aufgeschlagenes Buch, kein Nähkorb, kein für eine Patience hergerichteter Kartentisch. Der große Klumpen Steinkohle im Kamin war nicht entzündet. Dr. und Mrs. Danforth freuten sich zwar, Austin zu sehen, aber nichts an ihrem Verhalten ließ darauf schließen, daß er sie vor einem öden Abend oder voreinander gerettet hatte.

»Wie geht's Martha?«

»Erschöpft. Sie ist gleich nach dem Abendessen nach oben gegangen«, sagte Austin und mußte seine Antwort für Dr. Danforth noch einmal lauter wiederholen.

»Nichts Ernstes?« fragte Dr. Danforth.

»Herbstputz«, sagte Austin.

»Sie sollte nicht übertreiben«, meinte Dr. Danforth mit ernster Miene. »Ich habe da ein Pferd in der Stadt, das Sie sich möglichst bald ansehen sollten. Ein Fuchs, beherrscht fünf Gangarten und ist sanft wie ein Lamm.«

»Er redet nur noch darüber«, sagte Mrs. Danforth. »Während des ganzen Abendessens hat er ständig von diesem Pferd geredet. Kein Wunder, daß uns niemand mehr besucht.«

»Wir hatten vorgehabt, vorbeizukommen«, sagte Austin, »aber –«

»Vielleicht wollen Sie ihn für Martha haben. Prince Edward ist zu groß für eine Frau. Dieses Pferd wäre goldrichtig für sie.«

»Außer daß er manchmal scheut«, sagte Mrs. Danforth.

»Was hast du gesagt?« fragte Dr. Danforth.

»Ich habe gesagt, Martha will kein Pferd, das scheut«, sagte Mrs. Danforth.

»Ich glaube, das kann ich ihm abgewöhnen. Er wurde am Anfang nicht richtig eingeritten. Sie können ihn für das Geld haben, das ich für ihn bezahlt habe.«

»Ich weiß nicht, ob ich es mir im Moment leisten kann, ein Pferd zu kaufen«, sagte Austin. »Aber ich würde ihn mir trotzdem gern ansehen.«

»Kommen Sie morgen irgendwann vorbei«, sagte Dr. Danforth und nickte.

Austin rutschte nach vorn, bis er auf der Sofakante saß. »Ich wollte Ihnen das hier zeigen«, sagte er und deutete auf das Bündel Briefe in seinem Schoß. »Vielleicht gibt es gar keinen Grund, sich Sorgen zu machen, aber ich hätte gern Ihren Rat.«

»Warum geht ihr nicht ins Arbeitszimmer? Da seid ihr ungestört«, schlug Mrs. Danforth vor. Ihr Mann sah Austin an, ohne zu wissen, daß sie etwas gesagt hatte. Sie wartete, bis er sich zu ihr umdrehte, und wiederholte dann den Vorschlag, als würde sie ihn zum erstenmal unterbreiten.

»Kommen Sie, mein Junge«, sagte Dr. Danforth.

»Wenn es Ihnen nichts ausmacht«, sagte Austin zu Mrs. Danforth.

Mrs. Danforth lächelte ihn an und entgegnete: »Gehen Sie ruhig.«

Obwohl Dr. Danforth seit zwanzig Jahren diesem Haushalt angehörte, sah das Arbeitszimmer noch immer haargenau so aus, wie es zu Lebzeiten von Mrs. Danforth' Vater ausgesehen hatte. Er fand sein Brillenetui, breitete die Briefe vor sich auf dem großen Rollschreibtisch aus und begann zu lesen. Nach einer Weile schwenkte der Drehstuhl herum, so daß Dr. Danforth dem Haufen Papiere – Übertragungsurkunden, alle möglichen anderen Dokumente, die Korrespondenz zwischen Austin und der Bank in Howard's Landing, zwischen Austin und Mr. Potter – den Rücken zukehrte. Er rieb sich mit einem Finger nachdenklich die Nase, setzte zum Sprechen an, überlegte es sich dann anders. Schließlich sagte er: »Ich kann Ihnen keinen Rat geben, mein Junge. Sie sollten besser mit jemandem reden, der etwas vom Baumwollanbau versteht. Fred Meister war vor ein paar Jahren dort. Sprechen Sie doch mal mit ihm.«

»Aber haben Sie insgesamt den Eindruck, daß alles seine Ordnung hat?« fragte Austin.

»Nein, das kann ich nicht behaupten. Die Verschuldung ist größer, als man uns zu verstehen gegeben hat. Ich habe mit ihm nur dieses eine Mal darüber gesprochen, und da ich nicht alles höre, was die Leute sagen, kann es sein, daß –«

» – sie erheblich größer ist«, unterbrach Austin.

»Hat er irgend etwas von einer zweiten Hypothek erwähnt?«

Austin schüttelte den Kopf. »Das stellte sich erst heraus, als ich anfing, mit der Bank zu korrespondieren. Halten Sie ihn für unehrlich? Er kam mir nicht so vor, als er hier war.

Auf mich hat er gewirkt wie – wußten Sie, daß Mr. Potter und mein Vater zusammen aufgewachsen sind? Er erinnert mich in mancher Hinsicht an –«

»Ich habe nie erlebt, daß der Richter sich je darum bemüht hätte, sich beliebt zu machen, aber ich weiß, was Sie meinen«, sagte Dr. Danforth. »Ich würde nicht sagen, daß Mr. Potter unehrlich ist. Wenn ich mit jemandem handle, muß er versuchen, mich unterzukriegen, und ich versuche, ihn unterzukriegen.«

»Aber das hier ist kein Pferdehandel.«

»Das war nur als Beispiel gemeint.« Dr. Danforth drehte sich wieder zum Tisch um und las die Briefe ein zweites Mal, wobei er stumm die Lippen bewegte und hin und wieder den Kopf schüttelte.

»Hat Richter Fairchild diesen Brief gesehen?« fragte er schließlich.

Austin stand auf und ging zum Schreibtisch. »Nein«, sagte er und schaute Dr. Danforth über die Schulter. »Der ist heute erst gekommen.«

»Zeigen Sie ihm den Brief. Es könnte sein, daß zwischen Mr. Potter und der Bank irgend etwas Merkwürdiges vor sich geht. An Ihrer Stelle würde ich ihm alles zeigen.«

»Wäre es nicht besser, noch abzuwarten?« fragte Austin.

»Legen Sie die Sache offen«, sagte Dr. Danforth. »Früher oder später kommt sowieso alles ans Licht, und Sie tun sich und allen anderen einen Gefallen, wenn Sie die Sache beschleunigen.«

Mrs. Danforth öffnete eine Schublade des Salontisches und holte ihre Häkelarbeit heraus. Die geschnitzten Möbel, von denen sie umgeben war, wiesen eine Vielfalt natürlicher Formen auf – Blumen, Gräser, Farne, Blätter, Eicheln, gelegentlich einen Schmetterling oder einen Grashüpfer oder irgendein anderes kleines Tier wie eine Eidechse oder einen Frosch. Bevor er Bankier wurde, hatte Mrs. Danforth' Vater am Hampton Institute Holzschnitzerei gelehrt, und nach seinem Tod hatte er als eine Art Vermächtnis überall im Haus geschnitzte Tische, Stühle, Schemel, Ofenschirme und Truhen hinterlassen, seine Version der Schöpfungsgeschichte. Mrs. Danforth, die in abstrakteren Kategorien dachte, gab sich mit einem sechszackigen Stern zufrieden. Obwohl sie im Lauf der letzten achtzehn Jahre Hunderte von weißen Untersetzern gehäkelt und sie in einem Dutzend Haushalte verteilt hatte, hielt sie sich stets an dieses eine Muster.

Die leisen ernsten Stimmen der beiden Männer drangen durch die offene Tür des Arbeitszimmers zu ihr. Nach ein paar Minuten erhob sie sich und machte einen Gang durchs Haus, wobei sie in Eßzimmer, Anrichteraum und Küche das Licht einschaltete. Als sie die Hintertür aufgeschlossen und geöffnet hatte, war ein leises Getrappel zu hören, und dann sprang ein steifbeiniger, zotteliger schwarzer Hund aus der Dunkelheit auf die Veranda.

»Na, Hamlet«, fragte sie, »hast du beschlossen, endlich nach Hause zu kommen?«

Der Hund streckte sich vor ihr, als würde er eine übertriebene Verbeugung machen, folgte ihr ins Haus, durch Küche, Anrichteraum und Eßzimmer in den Salon, wo er sich dreimal im Kreis drehte und ihr zu Füßen auf den Teppich sank.

Als er einen tiefen Seufzer ausstieß, spähte sie über den Rand ihrer Brille zu ihm hinunter und sagte: »Niemand weiß, was es heißt, ein uralter Hund zu sein, stimmt's?«

Er blickte zu ihr empor, klopfte mit dem Schwanz auf den Boden und stieß einen weiteren Seufzer aus, ein Schiffbrüchiger, dem es entgegen alle Hoffnung und Erwartung gelungen war, die rettende Küste zu erreichen.

9

Dr. Danforth hatte bereits als sehr junger Mann begonnen, sein Gehör einzubüßen. Die winzigen Geräusche – das Ticken der Uhr, das Knipsen eines Fingernagels, das Kratzen einer Tasse auf der Untertasse, jegliches Summen, Brummen, Hämmern, Sägen, Singen, alle Arten von Echo und Widerhall, die gesamte akustische Perspektive – verschwanden nacheinander aus seinem Bewußtsein, ohne daß er dessen gewahr wurde. Immer öfter mußte er die Leute bitten, zu wiederholen, was sie gesagt hatten, und regte sich auf, weil sie seiner Meinung nach nuschelten. Gleichzeitig wurde seine eigene Stimme immer leiser, so daß die Leute ihrerseits Schwierigkeiten hatten, ihn zu verstehen, obwohl er glaubte, deutlich zu sprechen. Sein von Natur aus freundliches, entspanntes Gesicht war durch die Anstrengung, zu verstehen, was um ihn herum geschah, ständig zu einer Grimasse verzerrt, bis er eines Tages ein Pferd ausschlagen sah und feststellte, daß die Stille, in der er lebte, dadurch in keiner Weise gestört worden war. Er ging hinaus auf die Straße und lauschte. Die Geräusche, die, wie er wußte, dasein mußten, so massiv und unbestreitbar wie das Gerichtsgebäude, entgingen ihm. Er sah Bewegung, Leute auf den Gehsteigen, Kutschen auf der Straße, Wolken am Himmel, aber er hörte keinen Ton. Und als der alte Barnes zu ihm trat und ihm etwas ins Ohr brüllte, wandte er sich schroff ab und zog sich in die Dunkelheit des Stalls zurück, sich selbst ein Fremder und von jenem Tag an niemandem ein Freund.

Seine Schwerhörigkeit hatte zur Folge, daß die Welt wieder größer, der Himmel unendlicher, die Straßen breiter, die Gebäude weiter auseinanderstehend wirkten, so wie früher, als er ein kleiner Junge auf dem Land gewesen war. Sie führte ihm auch vor Augen, daß jeder Mensch ein Lügner war, und er selbst – der ewige Pferdehändler – war natürlich der größte, der beste Lügner von allen.

Die Wahrheit ist notwendigerweise parteiisch. Jede Vision, die vorgibt, etwas vollständig zu erfassen, ist auf die eine oder andere Art verzerrt, ob sie nun einem Zustand der Krankheit oder der Heiligkeit entspringt. Aber in den Visionen der Heiligen finden sich Stimmen, die in beruhigender Weise von der Wolke des Nichtwissens sprechen. Dr. Danforth hörte nicht einmal, was gelegentlich Gutes über ihn gesagt wurde. Wenn jemand in seinen Mietstall kam, um eine Kutsche zu mieten, verwies er ihn an Snowball McHenry, den schwarzen Stallknecht, und offenbarte sich selbst nur in der Art und Weise, wie seine Hände durch ihr Streicheln und Liebkosen das Herz jedes stummen Tieres eroberten, das in ihre Nähe kam. Mit der Zeit lernte er, sich sein Gebrechen zunutze zu machen, indem er von den Lippen ablas, wenn er verstehen wollte, und wenn es seinem Zweck diente, nichts zu verstehen, zwang er die Leute, sich so lange zu wiederholen, bis sie aus lauter Verzweiflung, ständig brüllen zu müssen, schließlich aufgaben.

Das ist Dr. Danforth, stocktaub, aber bei einem Pferdehandel hat er noch nie den kürzeren gezogen ... Lebt allein, geht nie aus, empfängt nie Besuch ... Doc ist ein prächtiger Mensch. Das Problem ist nur, daß er sich von niemandem helfen läßt. Sein Vater war gegen Ende seines Lebens genauso ...

Und so wurde Dr. Danforth barmherzigerweise ein Platz zugewiesen. Er wurde ein Kauz, wie der junge Orthwein, der ohne Gaumensegel geboren war, und Mrs. Jouette, die ständig gegen Mitglieder ihrer eigenen Familie prozessierte.

Dr. Danforth wußte über alles, was in Draperville passierte, Bescheid, aber aus der Entfernung, aus der größtmöglichen Entfernung, nämlich von außerhalb. Zehn Jahre vergingen, ohne daß er daran gedacht hätte, sich neue Kleidung zu kaufen. Oft sah man ihn mit stoppeligem Kinn. Er wußte nicht, wie er aussah, und es war ihm gleichgültig. Auf seinem Weg nach Hause zu der Pension in der

Hudson Street stieg er über kleine Mädchen, die zu sehr in ihre Spiele auf dem Gehsteig vertieft waren, um zu bemerken, daß sie den Weg versperrten. Er beobachtete, wie sie die bunte Kreide, die Murmeln, Hüpfseile und Gummibälle zurückließen und sich im Spiegel eines Zimmers im ersten Stock verloren, so wie auch er in einer privaten Stille verloren war. Er beobachtete die unvermeidliche Wandlung von Heranwachsenden zu Männern und Frauen, die übereinander Lügen erzählten, über sich selbst und über das wahre Wesen der Welt, in der sie lebten, ohne auch nur für einen Moment zuzugeben, was ihm wie allen anderen als unumstößliche Tatsache bekannt war – daß der Apfel schon seit langem faul war, daß Schnecken die Rose zerfressen hatten, daß das Heu in der Scheune verschimmelt war und die letzte Hoffnung auf fairen Handel im Mathematikunterricht der dritten Klasse verlorengegangen war.

Eine unvollständige Vision kann Generationen überdauern, aber alles Vollständige wird, wie jeder Willensakt, wesentlich früher Risse zeigen. Bei Dr. Danforth trat die Veränderung ein, als er, ohne es zu merken, begann, Menschen mittels Beobachtung und Instinkt zu verstehen, so wie er Tiere verstand. Das Leuchten im menschlichen Auge, die plötzliche Veränderung der Hautfarbe bei Überraschung und Gefühlsbewegung, der steife Zug um den Mund, Handbewegungen, alle diese Dinge waren, so fand er heraus, grundsätzlich glaubwürdig; als wären die Menschen in jenen Momenten, in denen sie ausschließlich auf Täuschung aus waren, gleichzeitig verzweifelt darum bemüht, ihm, jedem zu vermitteln, daß sie logen. Daß sie sehr geschickt logen – sagten Auge, Haut, Mund und Hände –, aber trotzdem logen, ohne wirklich zu wünschen, daß man ihnen glaubte. *Geld ist das Motiv*, sagte das Auge. *Ehrgeiz*, bekannten die nervösen Hände. *Angst*, sagte die fleckige Haut. *Neid*, sagte der hungrige Mund.

Was seine eigenen Lügen betraf, die ihn einst mit Entsetzen und Stolz erfüllt hatten, stellte er fest, daß er nicht einmal Snowball ebenbürtig war, der wie ein Künstler log, in mehreren Dimensionen, manchmal aus Spaß, manchmal aus Langeweile, einmal aus Gehässigkeit, einmal ohne böse Absicht, weil er die Tatsachen durcheinanderbrachte. Da Dr. Danforth Snowball liebte, mußte er alles glauben, was der Neger ihm erzählte – versuchsweise, vorläufig, ohne ihn je festzunageln, weil eine aufgedeckte Lüge immer eine weitere nach sich zog und Snowball selbst offenbar unfähig war, die Vorstellung oder gar das Ideal der Wahrheit zu begreifen.

In diesem Riß verschwand, Stück um Stück, so viel von seiner apokalyptischen Vision, daß er, als Ella Morris an einem Heldengedenktag seinen Stall betrat, um ein Gespann zu mieten, für sie bereit war. Sie war damals schon über Dreißig, eine sehr unscheinbare, sehr intelligente Frau, die die seltsame Angewohnheit hatte, den Kopf schief zu legen, wenn sie mit den Leuten sprach, und sie mit einer distanzierten, sachlichen Neugier zu betrachten. Als junger Mann hatte Dr. Danforth ihren Vater gekannt und Mr. Morris manchmal aufgesucht, um ihn um Rat zu fragen. Ella brauchte einen Wagen, mit dem sie ihre Mutter zum Friedhof fahren wollte. Anders als die meisten Leute brüllte sie ihn nicht an. Sie sprach nicht einmal langsam, sondern sagte mit ganz normaler Stimme: »Warum kommen Sie uns eigentlich nie besuchen?«

Zuerst dachte er, er müsse sie mißverstanden haben, aber da sie auf eine Antwort zu warten schien, sagte er: »Ich gehe nirgendwo mehr hin. Die Leute unterhalten sich nicht gern mit einem Schwerhörigen.«

»Aber mich können Sie doch verstehen, oder?« fragte sie, legte den Kopf schief und sah ihn an.

Er nickte.

»Mutter würde sich sehr freuen, wenn Sie sie besuchen würden«, sagte Ella Morris. »Sie spricht oft von Ihnen.«

Zwei Tage lang überlegte er sich, was er tun solle. Dann verließ er das Haus, kaufte sich einen neuen Anzug, ein neues weißes Hemd, eine neue Krawatte und einen neuen Hut und stattete am Abend den Morris einen Besuch ab. Die alte Dame unterhielt sich mit ihm über ihren verstorbenen Mann. Als Dr. Danforth sagte, was für ein feiner Mensch er gewesen sei, sagte sie: »Ist es nicht sonderbar? Niemand vermißt ihn. All die Leute, die ihn kannten, all die Leute, denen er geholfen hat. So als hätte er nie gelebt. Ich verstehe nicht, wie die Menschen so schnell vergessen können.«

»Sie vergessen nicht«, sagte er. »Sie haben nur so viele andere Dinge im Kopf.«

Ella saß still dabei, verfolgte das Gespräch, hörte zu. Aber der fragende Blick, der Blick voller Zurückhaltung oder vielleicht kühler Neugier war nicht da. In gewisser Weise schien sie sich, was ihn betraf, entschieden zu haben.

Sie sprachen eine Weile über die früheren Zeiten, und als er sich erhob, um zu gehen, sagte die alte Dame: »Ich hoffe, Sie kommen wieder«, ergriff seine Hand und sah ihm tief in die Augen, offensichtlich in dem Versuch festzustellen, ob er sich wirklich an ihren Mann erinnerte.

Als Ella ihn zur Tür begleitete, hatte er Angst, sie würde eine sarkastische Bemerkung über seinen neuen Anzug machen, aber sie sagte bloß: »Hoffentlich hat Mutter Sie nicht ermüdet. Sie lebt viel in der Vergangenheit.«

Er besuchte die Morris wieder, und dann noch einmal, und eines Abends baten sie ihn, sie zu einem von der Kirche veranstalteten Abendessen zu begleiten. Er hatte Angst, mitzugehen, ging aber trotzdem mit, und weil er in Gesellschaft der Morris war, schienen die Leute ihn anders zu behandeln. Sie gaben sich sichtlich Mühe, ihn am Gespräch zu beteiligen, und er legte seine Schüchternheit ab. Er unterhielt sich mit den Leuten, wobei sein Blick hin und wieder zu Ella Morris wanderte, und an diesem Abend überkam ihn auf dem Nachhauseweg ein Gefühl großer Glückseligkeit und Hoffnung. Und als sie auf der Veranda saßen, nachdem die alte Dame sich entschuldigt und ins Haus zurückgezogen hatte, um der Nachtluft zu entfliehen, bat Ella ihn, sie zu heiraten. Es war so seltsam, die Worte nicht hören zu können und doch aufgrund seines wild pochenden Herzens zu wissen, daß sie ausgesprochen worden waren. Was sie getan hatte, jagte ihm Angst ein, und einen Moment lang dachte er, daß er jetzt nur noch eins tun konnte, nämlich seinen neuen Hut nehmen und sich aus dem Staub machen, aber nicht einmal dazu war er in der Lage, weil Ella immer noch redete, mit ihrer unhörbaren Stimme, den Blick auf das Verandageländer gerichtet, und ihr Gesicht so schön war vor lauter Sorge. Und ihm wurde klar, daß er nicht weggehen konnte; daß etwas Furchtbares geschehen würde, wenn er sie nicht in die Arme nahm.

»Wenn Sie sich sicher sind«, sagte er. Aber das war sehr viel später, und es war alles, was er dazu sagte.

Ab diesem Abend war für ihn alles anders. Er stand nicht mehr draußen und blickte auf erleuchtete Fenster. Er saß am Tisch im Eßzimmer oder neben der Lampe im Salon. An Sommerabenden ging er nicht mehr die Straße entlang und nickte den Leuten auf ihren Veranden zu. Er hatte jetzt selbst eine Veranda, auf der er saß, einen Ort, wo er erwartet wurde.

10

Ich habe dich aus der Bank kommen sehen«, sagte Nora, »aber du hast mich nicht gesehen.«

»Warum hast du mich nicht angehalten?« fragte Austin. Er war gerade durch die Drehtür des Postamts ins Freie gegangen, und die Sonne schien ihm direkt ins Gesicht.

»Du warst so in Gedanken versunken«, sagte Nora.

»War ich das?« sagte Austin. Sie verhielt sich freundlich und natürlich – oder fast natürlich – ihm gegenüber, aber seit ihrem Besuch bei Martha war Nora weder bei ihnen zu Hause noch bei ihm in der Kanzlei aufgetaucht. In der vergangenen Woche hatte er sie nur einmal gesehen, im Garten des Nachbarhauses. Er freute sich zwar, sie jetzt zu treffen, aber wenn er hätte bestimmen können, wo sie sich begegneten, dann nicht hier in aller Öffentlichkeit auf der Treppe des Postamts. Er hielt sich die Hand vor die Augen und sagte: »Was gibt's Neues von deiner Familie?«

»Es geht ihnen gut«, sagte Nora. »Papa hatte einen Unfall mit seinem neuen Automobil, aber es war nichts Schlimmes. Er ist über ein Wasserrohr gefahren, und dabei hat sich die Vorderachse, glaube ich, verbogen. Das Auto mußte nach Howard's Landing abgeschleppt werden. Aber es ist jetzt wieder in Ordnung. Und mein Bruder hat einen neuen Jagdhund, und sie haben viel Besuch gehabt.« Sie stieg eine Stufe höher, um auf einer Höhe mit ihm zu sein. »Mrs. Beach beschwert sich, daß du und Cousine Martha uns nie besuchen kommt.«

»Wir sind überhaupt nicht ausgegangen«, sagte Austin. »Es war Martha einfach zuviel. Du weißt, daß wir –«

»Ja, ich weiß«, sagte Nora. »Ich freue mich sehr für euch. Ich –« Sie hielt inne, als ein Mann die Treppe herauf auf sie zukam.

»Habe gerade meinen Mais verkauft, Austin«, sagte der Mann.

»Guter Zeitpunkt«, erwiderte Austin, nickte und wartete, bis Ray Murphy im Postamt verschwunden war. Dann sagte er: »Kommst du zurecht, Nora?«

»Ja«, sagte Nora. »Du brauchst dir keine Sorgen mehr um mich zu machen. Ich weiß nicht, woher ich damals den Mut genommen habe, so mit dir zu reden. Du mußt ihn mir gegeben haben. Auch wenn ich jetzt zurückblicke und sehe, was ich da Unvorstellbares getan habe, schäme ich mich irgendwie nicht und fühle mich auch nicht gedemütigt. Also muß es an dir liegen.«

»Du hast keinen Grund, dich zu schämen.«

»Ich hoffe, du hast alles vergessen, was ich gesagt habe. Ich habe es jedenfalls vergessen. Ein für allemal. Damals schien mir das alles sehr wirklich, was es aber eigentlich gar nicht war, und ich bin dir sehr dankbar dafür, daß du so mit mir geredet hast, wie du es getan hast, weil manche Männer – aber du bist nicht so, und deswegen brauche ich nicht weiter darüber zu reden. Ich war nicht in dich verliebt – oder falls ich es war, dann bin ich es jetzt jedenfalls nicht mehr. Es ist genau so, wie du gesagt hast. Ich werde immer wissen, daß ich jederzeit zu dir kommen kann, wenn ich Probleme habe, und daß du alles in deiner Macht Stehende tun wirst, um mir zu helfen, und deswegen empfinde ich nicht nur Bedauern. Aber du darfst dir keine Sorgen mehr um mich machen, weil es keinen Grund dafür gibt.«

Die Tür des Postamts ging auf, aber Nora redete einfach weiter. »Was ich dir in erster Linie sagen wollte, ist, wie zutiefst dankbar ich dir bin und wie leid es mir tut, daß ich dich so sehr hineingezogen habe, daß du dich verpflichtet gefühlt hast ...«

Wenn Ray Murphy überrascht war, sie noch immer dort stehen zu sehen, ließ er sich es zumindest nicht anmerken. Er nickte Austin zu, ging die Treppe hinunter und überquerte die Straße.

»... Manchmal ist mir danach, Cousine Martha zu schreiben«, sagte Nora, »und ihr zu sagen, wie freundlich du zu mir warst und wie du mich auf den rechten Weg geführt hast.«

»Ich glaube, an deiner Stelle würde ich das nicht tun.«

»Ich würde doch nicht im Traum daran denken, ihr zu schreiben!« rief Nora aus. »Sie könnte es mißverstehen, und ich würde weder dir noch ihr auch nur eine Sekunde lang Kummer bereiten wollen. Es ist nur so, daß sie so vieles hat – sie hat dich und die kleine Abbey, das schöne Haus und alles –, und ich würde ihr gern sagen, wieviel sie hat, wofür sie dankbar sein kann. Aber das weiß sie natürlich. Ich brauche ihr nicht Dinge zu sagen, die sie schon weiß.«

»Nein«, pflichtete Austin bei. Er sah Al Sterns über den

Rasen vor dem Gerichtsgebäude gehen und wandte sich Nora mit den Worten zu: »Möchtest du mit mir in die Kanzlei gehen und dort mit mir reden?«

»Siehst du denn nicht, daß ich nicht zu dir in die Kanzlei kommen und dort mit dir reden kann?« fragte Nora. »Natürlich würde ich es gern, aber was hat es für einen Sinn? Ich würde einfach immer weiterquasseln. Wenn ich doch nur still sein oder vernünftig reden könnte, aber ich kann weder das eine noch das andere. Ich weiß, daß ich ein emotionaler Mensch bin. All dessen bin ich mir bewußt. Aber wenn du wüßtest, wie verzweifelt ich mir wünsche, daß du mich magst und respektierst!«

»Ich mag dich, und ich respektiere dich«, sagte Austin. Al Sterns ließ einen Wagen vorbeifahren und schritt dann über die Straße in Richtung Postamt.

»Ich möchte unbedingt deine Freundin sein, aber ich weiß nicht, wie. Es ist nicht deine Schuld. Du tust dein möglichstes, es mir zu erleichtern, aber allein schon bei dem Gedanken, mit dir zusammen in deine Kanzlei zu gehen, möchte ich meilenweit weglaufen, weil ich weiß, daß ich mich doch nur lächerlich machen würde. Manchmal, wenn ich dich ein paar Tage lang nicht gesehen habe, denke ich: ›Vielleicht sieht er gar nicht so aus. Jetzt überleg mal. Wie kannst du dich genau daran erinnern, wie er aussieht? Ein Teil davon ist in deinem Kopf.‹ Und dann sehe ich dich den Weg entlangkommen, und du bist natürlich so, wie ich dich in Erinnerung hatte. Das ist mein Ausgleich dafür, daß ich sonst so verwirrt bin, daß sich mir bestimmte Dinge – Gesichter, Eigenarten und so weiter – so eingeprägt haben, daß ich sie niemals vergessen kann.«

»Austin, was macht das Leben so?«

»Kann mich nicht beklagen, Al ... Das ist meine Cousine, Miss Potter.«

»Freut mich, Sie kennenzulernen, Miss Potter«, sagte Al Sterns und streckte die Hand aus. »Austin, ich habe gehört, daß ihr –«

»Oder sie auch nur in meiner Phantasie einfärben kann«, sagte Nora. »Sie bleiben so, wie sie sind.«

»Ich komme später vorbei«, sagte Al Sterns und setzte seinen Weg die Treppe hinauf fort.

»*Du* bist, wie du bist«, sagte Nora. »Ich denke dauernd an dich, weil ich nicht anders kann. Aber nicht mit irgendwelchen wehmütigen Gefühlen. Nur manchmal, wenn ich nichts finde, womit ich mich beschäftigen kann, oder nachts, wenn ich einschlafe. Dann frage ich mich plötzlich, wo du wohl gerade bist und was du machst. Und wenn wir uns gegenüberstehen, durch einen Zufall, so wie jetzt, dann weiß ich, daß ich dir immer etwas zu sagen habe, weil ich mich in dich hineinversetze. Immer wenn ich etwas sehe, das mich bewegt, worüber ich lächeln muß oder das mich traurig macht, denke ich an dich. Aber das braucht keiner je zu erfahren. Ich rede nie über dich oder wie wunderbar du bist, oder ziehe Leuten Komplimente aus der Nase, damit ich sie dir gegenüber wiederholen kann, oder bemuttere Ab oder tue sonst irgendwas, was Mädchen tun, die hoffnungslos verliebt sind. Ich komme nicht ständig unter irgendeinem fadenscheinigen Vorwand bei euch vorbei, aber andererseits darfst du nicht denken, daß du mir gleichgültig bist, nur weil ich euch nicht oft besuche, du bist mir nämlich nicht gleichgültig.«

»Ich verstehe«, sagte Austin. Er hatte damit gerechnet, daß Al Sterns wieder herauskommen würde, aber jetzt war ihm klar, daß Al durch den Seiteneingang hinausgegangen war und die Straße vor der Feuerwache überquert hatte.

»Ich habe letzte Nacht von dir geträumt, aber ich kann mich an den Traum nicht mehr erinnern. Ich weiß nur noch, daß wir zu Hause waren und daß du mit uns in die Stadt fahren wolltest, aber im Traum sind wir dann ohne dich losgefahren und ..«

Es war ein langer, verwickelter Traum, den Nora sich dort, auf der Treppe des Postamts, Stück um Stück ins Gedächtnis zurückrief. Obwohl Austin den Blick starr auf ihr Gesicht gerichtet hielt, bekam er sehr wenig davon mit. In Gedanken sagte er: *Nora, ich habe zu tun ... Da wartet jemand auf mich in der Kanzlei ...* immer und immer wieder, in der Hoffnung, daß Nora das, was er dachte, mittels Telepathie begriff. *Ich will mir deinen Traum nicht anhören ...*

»... wir sind dann durch diesen Landstrich gefahren«, fuhr Nora fort. »Ich weiß nicht mehr, ob das zu diesem Traum gehört oder zu einem anderen. Jedenfalls waren zwei weitere Personen dabei. Ein Ehepaar, eigentlich keine Freunde unserer Familie, aber der Mann ist einer von Papas Geschäftspartnern. Und ihr zwölfjähriger Sohn. Ich weiß noch genau, daß ich bei dir zu Hause war, Cousin Austin. Ich kann mich nicht mehr erinnern, wie ich dort hingekommen bin, wie du uns begrüßt hast und so weiter, aber plötzlich habe ich mich im Traum gegen die Fensterbank gelehnt, das Kinn in die Hände gestützt –«

Die glänzende schwarze Kutsche der Jouettes fuhr am Postamt vor. Der farbige Junge sprang vom Bock und nahm den Brief, den die alte Mrs. Jouette ihm hinhielt.

»– und ich habe dich angesehen«, sagte Nora. »Das Fenster war geschlossen, was komisch war, weil es Sommer war, und du warst draußen und hast den Rasen gesprengt und uns überhaupt nicht beachtet.«

Die alte Mrs. Jouette, ganz in glänzendem Schwarz wie die Kutsche, wandte sich an das traurig dreinblickende Mädchen neben ihr und sagte: »Wer ist das, der da auf den Stufen steht?«

»Austin King.«

»Unmöglich«, rief Mrs. Jouette aus.

»Er ist es trotzdem«, sagte das Mädchen teilnahmslos. »Wer *sie* ist, weiß ich nicht, aber als wir vorhin vorbeigefahren sind, standen sie auch schon da.«

»In meinem Traum hatte ich das Gefühl«, sagte Nora mit großem Ernst, »hatte ich das deutliche Gefühl, daß du zu allen herzlich und höflich warst, nur nicht zu mir. Ich habe ständig zu dir hinübergestarrt, um dich dazu zu bringen, mich anzusehen ...«

Als er die Lorgnette der alten Dame auf sich gerichtet sah, zog Austin den Hut und nickte. Das Nicken wurde erwidert, aber ohne ein begleitendes erfreutes Lächeln, und dann wandte die alte Mrs. Jouette ihre Aufmerksamkeit dem Rasen vor dem Gerichtsgebäude zu. Lord Nelson, dachte Austin, bei Trafalgar, in seinem Admiralsrock, mit all seinen Orden behängt ...

»... Aber du hast es nicht getan«, sagte Nora. »Du hast dich beharrlich geweigert, mich anzusehen. Und dabei hast du natürlich gewußt, daß ich dich nur deswegen angestarrt habe, weil ...«

II

Die Stimmen im Arbeitszimmer wurden lauter, und Martha King, die zusammen mit der jungen Mrs. Ellis im Wohnzimmer saß, hörte Bud Ellis sagen: »Natürlich ist es nicht Ihre Schuld, Austin. Sie haben ja nur die Papiere aufgesetzt. Aber da er ein Verwandter von Ihnen war, haben wir natürlich angenommen, daß –«

»Bleiben wir bei den Tatsachen«, sagte Richter Fairchild. Martha stand auf und zog ihren Sessel näher ans Sofa heran.

»Ich bin wahrscheinlich einfach zu dumm dafür«, sagte Mary Ellis. »Aber das kommt mir schwieriger vor als irgend etwas, was ich je in meinem Leben versucht habe. Ich setze mich mit drei Kochbüchern hin, und in jedem steht was anderes und nie das, was man eigentlich wissen will. Wenn Bud nicht so anspruchsvoll wäre, was das Essen betrifft, wäre es nicht so schlimm, aber seine Mutter war eine hervorragende Köchin, und er erzählt mir immer, was sie für ihn gekocht hat, Sachen wie Pfirsichkuchen oder gestürzte Obstkuchen oder Maisbrot. Und wenn ich es ausprobiere, gelingt es mir aus irgendeinem Grund nie. Und ich muß mir Sachen ausdenken, die Vater Ellis auch kauen kann, und wenn ihm das Essen nicht schmeckt, steht er einfach vom Tisch auf. Bud sagt, das tut er bloß, um eine Szene zu machen, aber ich nehme mir das natürlich zu Herzen, nachdem ich mich so bemüht habe, es ihm recht zu machen. Buds Mutter hat nie ein Rezept benutzt, sagt er. Mir ist völlig schleierhaft, wie man ohne Rezept kochen kann. Ich wüßte nicht mal, wie ich anfangen sollte – ohne Rezept.«

»Wahrscheinlich hat sie es von *ihrer* Mutter gelernt«, sagte Martha.

»Die Gelegenheit habe ich nie gehabt«, sagte Mary Ellis. »Meine Mutter war invalide, und deswegen hatten wir immer eine Haushälterin. Ich durfte nicht einmal in die Küche.«

»Das wird schon, man muß nur üben«, sagte Martha, die versuchte, der Unterhaltung im Arbeitszimmer zu folgen. »Nach einer Weile geht es einem in Fleisch und Blut über. Man braucht keinen Gedanken mehr darauf zu verschwenden.«

»Ach, ich weiß nicht«, sagte Mary Ellis verzweifelt. »Ich glaube, ich werde es nie schaffen. Ich mache gern den Haushalt, und ich nähe auch gern – ich nähe alle meine Kleider selbst –, aber kochen werde ich wohl nie lernen. Das liegt mir einfach nicht.«

»So dürfen Sie nicht denken«, sagte Martha. Sie mußte sich zusammenreißen, um nicht aufzustehen und ins Zimmer nebenan zu gehen. Austin brauchte Hilfe. Davon war sie überzeugt. Sie waren allesamt gegen ihn, appellierten an sein Ehrgefühl, was so einfach war, wenn man Bud Ellis hieß und keins hatte. Aber wenn sie in der Tür auftauchen und sagen würde: *Hört auf. Ich weiß, was Sie da machen, Bud Ellis, und ich werde es nicht zulassen*, würde Austin ihr das nie verzeihen.

»Nicht, daß ich nicht genug Zeit hätte«, sagte Mary Ellis. »Obwohl ich natürlich schon zu tun habe. Aber nicht so wie Frauen, die sich auch noch um Kinder kümmern müssen. Haben Sie Ab sofort bekommen?«

»Sie wurde ein gutes Jahr nach unserer Heirat geboren«, sagte Martha.

»Ach, wie ich Sie beneide«, sagte Mary Ellis. »Bud und ich sind jetzt fast ein Jahr verheiratet, und –«

»Wenn man im ersten Jahr kein Baby bekommt, heißt das noch gar nichts«, sagte Martha. »Ich kenne Frauen, die zehn oder zwölf Jahre verheiratet waren, bevor ihr erstes Kind geboren wurde.«

»Aber ich will nicht so lange warten«, sagte Mary Ellis. »Ich will Kinder bekommen, solange ich jung bin. Immer wenn ich ein Kind sehe, will ich es berühren und auf den Schoß nehmen. Das macht Bud ganz unglücklich.«

»Das ist selbstverständlich«, sagte Bud Ellis mit lauter Stimme. »Aber viertausend Dollar sind viertausend Dollar. Und wenn wir damals gewußt hätten, was wir jetzt wissen, hätten wir unser Geld niemals in das Unternehmen gesteckt. Ihnen will ich gar nichts unterstellen, Austin, aber eins würde ich gern wissen: Warum haben Sie sich eigentlich nicht beteiligt?«

Martha King wartete und hoffte entgegen aller Wahrscheinlichkeit, die Faust ihres Mannes gegen Bud Ellis' Kiefer krachen zu hören. Sie wartete vergebens.

»Ich bemühe mich ja, nicht so zu denken«, sagte Mary Ellis. »Ich weiß, es ist albern von mir ...«

Er wird ihnen bestimmt keine Erklärung geben, dachte Martha. Er darf sich einfach nicht so weit erniedrigen und ihnen eine Erklärung geben.

»Ich konnte das Risiko nicht eingehen«, sagte Austin im Zimmer nebenan.

»Dann haben Sie also *gewußt*, daß es ein Risiko ist?« sagte Richter Fairchild, als würde er sich vom Richtertisch herabbeugen, um den Zeugen im Zeugenstand zu befragen.

Martha King blickte hinüber zum Haus der Danforth, sah, daß kein Licht brannte, und ihr wurde klar, daß sie Dr. Danforth auch nicht geholt hätte, wenn er zu Hause gewesen wäre. Es war Austins Schlacht, und sie würde untätig dasitzen und zusehen müssen, wie er sie verlor.

Sanfte Menschen erliegen allgemein dem Irrglauben, die Welt sei ebenfalls sanft, rücksichtsvoll und fair. Zu keiner Zeit sind sie auf Grausamkeit und Mißtrauen vorbereitet. Die Überraschung und der Schock, die auf eine unprovozierte Beleidigung folgen, verursachen eine zu lange anhaltende Lähmung. Wenn sie dann endlich reagieren und zu ihrer eigenen Verteidigung die Fäuste heben, ist es bereits zu spät. *Was hat er denn damit bezweckt?* fragen sie den Menschen neben sich, der Zeuge der Szene war und genausogut Opfer des Angriffs hätte sein können. Von den Menschen, die neben ihnen stehen, ist weder Hilfe noch Aufklärung zu erwarten, und so gehen sie weiter, einen endlosen Korridor entlang, erleben den grausamen Augenblick immer wieder aufs neue und versuchen vergeblich, sich der genauen Worte zu erinnern, die eine tödliche Beleidigung gewesen sein mußten, es aber nicht hätten sein müssen. Sollen sie umkehren und kämpfen? Oder werden sie sich dabei nur lächerlich machen? Und dann fällt ihnen ein: Dies war nicht das erstemal. Vor diesem unerfreulichen Zwischenfall liegt ein anderer, ebenso unerfreulicher (und noch einer und noch einer), dessen Narben längst verheilt sind. Die alte Entzündung bricht wieder aus, rast durchs Blut, erzeugt eine Schwäche in den Knien und eine bleierne Hoffnungslosigkeit in den Händen, die wie gefesselt am Körper herabhängen.

»Sind Sie bei einem Arzt gewesen?« fragte Martha King.

»Ja, bei Dr. Spelman. Er hat mir nur gesagt, ich soll mir viel Ruhe gönnen und Aufregung vermeiden.« Mary Ellis schien überhaupt nicht zu bemerken, was im Nebenzimmer vor sich ging. Als Bud Ellis sagte: »Ich finde, Sie hätten den Anstand besitzen können, uns zu informieren,

Austin«, blieb ihre Miene unverändert, verzweifelt, unglücklich.

Martha wartete einen Moment und sagte dann: »Da gibt's was, was Sie mal ausprobieren könnten, wenn Sie wollen. Grace Armstrong hat mir davon erzählt. Ihre Mutter hat es entdeckt. Grace sagt, sie wäre sonst wahrscheinlich gar nicht geboren worden und ihre Kinder auch nicht. Wenn Sie es ausprobieren wollen – «

»Ich bin zu allem bereit«, sagte Mary Ellis.

»Also«, sagte Martha, »Sie müssen folgendes machen …«

12

Wenn die Bewohner der Elm Street, Freunde und Nachbarn, von Lucy und Alice Beach sprachen oder an sie dachten, dann betrachteten sie sie selten als zwei eigenständige Persönlichkeiten. Gewiß, sie sahen sich ausgesprochen ähnlich, und ihre Bemerkungen und zaghaften Eigenheiten waren oft austauschbar, aber entscheidender war, daß man allgemein davon ausging, daß sie nie heiraten würden, und wenn sie jemals zusammen mit den anderen Tieren paarweise die Arche betreten sollten, dann nur gemeinsam.

Doch die Kinder im Kindergarten verwechselten die beiden nie. Wenn ein Kind beim Fangen oder beim Faulei-spielen hinfiel, sich das Knie aufschürfte oder den Ellbogen anstieß, dann lief es immer zu Alice Beach. Sie wischte den Kindern die Tränen ab, lobte ihre Webarbeit, bewunderte und deutete (bisweilen richtig) die Bilder, die sie ihr zeigten. Wenn sie vom Spielen müde waren, nahm sie sie auf den Schoß. Wenn sie anfingen, sich wegen einer Buchstabentafel oder einer Holzperlenkette zu streiten, fand sie etwas anderes, mit dem sie sie vorübergehend von ihrem Besitzstreben ablenken konnte. Solange sie im Raum war, gab es einen Hort der Liebe, der Geborgenheit.

In der Welt eines Kindes muß es neben einer Mutter auch einen Vater geben. Lucy Beach hatte nichts Maskulines an sich, und doch war sie in der Lage, die Kinder zu beruhigen, wenn sie außer Rand und Band gerieten. »Das reicht jetzt, hört ihr«, sagte sie dann. »Schluß jetzt.« Und es reichte, und es war Schluß mit der Überdrehtheit. Sie redete nie streng mit den Kindern oder bestrafte sie mit einem schnellen Klaps, aber sie schienen einmütig den Beschluß gefaßt zu haben, Angst vor ihr zu haben.

Nora ging morgens von Haus zu Haus, um die Kinder abzuholen, die sich um das Privileg stritten, neben ihr gehen zu dürfen. Und weil sie jung war, weil sie bereitwillig lachte und Sackhüpfen und Faulei genauso gern und begeistert spielte wie sie selbst, schenkten sie ihr Kostproben ihrer Arbeiten – Kreidezeichnungen, schiefe geflochtene Bastkörbe, die sie bewundern und für immer und ewig aufheben sollte. Wenn sie sich kurz auf einen der niedrigen Kindergartenstühle setzte, legten sich kleine Ärmchen um ihren Hals. Die Kinder lehnten sich an sie an (alle außer Ab), rieben sich an ihr wie Katzen und waren in sie verliebt, ohne es zu wissen, und das behinderte oder störte in keiner Weise ihre Beziehung zu Miss Lucy, zuständig für Strafen, und zu Miss Alice, zuständig für Trost.

Liebe und Angst werden zu Hause so gut gelehrt, daß kein Erziehungssystem sich um diese beiden elementaren Fächer zu kümmern braucht. Bei der Montessori-Methode geht es zunächst um die Entwicklung des Tastsinns, des Gehörs und des Sehvermögens. Das geschieht durch Spiele und indem man die Aufmerksamkeit des Kindes auf die Beziehung zwischen Gegenständen, Namen und Vorstellungen lenkt. Es wird ihm der Unterschied zwischen warmen und kalten Gegenständen beigebracht, zwischen solchen, die eine rauhe, und solchen, die eine glatte Oberfläche haben. Und indem das Kind die Worte »warm«, »kalt«,

»rauh«, »glatt« lernt, wird sein Sprachgefühl erweitert, lange bevor von Lesen oder Schreiben die Rede ist. Es erwirbt Vorstellungen von Form und Farbe, indem es mit Klötzen und Zylindern verschiedener Größe spielt, die es in passende Rahmen steckt. Es gibt keine Klassen, keine Lektionen, keine Belohnungen und keine Bestrafungen im üblichen Sinne. In einem Raum, in dem allen möglichen interessanten Beschäftigungen nachgegangen wird, ist der einzige Anreiz die Freude am Gelingen. Die Treibhauspflanze, die gezwungen wird, früh und rechtzeitig zu Weihnachten oder Ostern zu blühen, gedeiht danach natürlich nicht mehr besonders gut, aber ein Weg, den wahren Rhythmus des Universums zu entdecken, besteht darin, es zu versuchen und besser zu machen.

Zwar hatten Alice und Lucy Beach Mme Montessoris berühmtes Buch gelesen, aber ihre eigene Erziehung war unter dem Regiment ihrer Mutter erfolgt. Tastsinn, Sehvermögen und Gehör wurden nicht durch Spiele, sondern durch Krisen entwickelt. Ihnen wurde der Unterschied zwischen einer warmen, liebevollen Mutter und einer kalten Mutter beigebracht und wie durch einen einfachen Akt des Ungehorsams, durch ein Versagen von Mitgefühl aus »warm« »kalt« und aus »glatt« »rauh« werden konnte. Als sie heranwuchsen, entfalteten sie großes Geschick darin, ihre Hoffnungen in einen Rahmen zu stecken, der nicht paßte. Es gab Lektionen, die, einmal gelernt, nicht mehr verlernt werden konnten. Es gab Belohnungen, gewöhnlich in Form einer Reise nach Europa. Und es gab Bestrafungen ungewöhnlicher Art, die bewirkten, daß sie sich weinend in ihren Zimmern einschlossen und wieder herauskamen, um die Person um Verzeihung zu bitten, die ihnen etwas Unverzeihliches angetan hatte.

Hätte Mrs. Beach gewußt, wie leicht es war, einen Kindergarten zu gründen, wie einfach, ein Dutzend Mütter zu finden, die nur allzu bereit waren, ihre Kinder unter der Woche jeden Vormittag drei Stunden vom Hals zu haben, hätte sie niemals ihre Zustimmung zu dem bescheidenen Etablissement über Bailey's Drugstore gegeben. Es war nur eine von vielen Ideen gewesen, die die beiden Mädchen ausgebrütet hatten, und alle anderen Ideen hatten sich in Worten erschöpft. Diese jedoch hatten sie zu ihrem Erstaunen verwirklicht, und im Augenblick fiel ihr nichts ein, womit sie der Sache ein Ende setzen könnte.

An fünf Vormittagen in der Woche unterwarfen sich die Kinder von neun bis halb zwölf den stets gleichen Abläufen im Kindergarten, wie sie sich einer Verzauberung unterworfen hätten. Wenn Lucy auf dem Klavier spielte, marschierten und sangen sie dazu. Aus buntem Garn webten sie Hängematten und Läufer. Mit Schere, Klebstoff und Buntpapier bastelten sie Häuser, Geschäfte und Kirchen mit spitzen Türmen. Hin und wieder übermannte sie die Erinnerung, wie sie Odysseus am Gestade von Kalypsos Insel übermannt hatte, und dann gingen sie zu Nora und fragten: »Wann gehen wir nach Hause?« Oder: »Wird meine Mutter dasein, wenn ich nach Hause komme?«

Jeden Tag, wenn es Zeit war, die Kinder wieder zu Hause abzuliefern, mußte Nora dastehen und zusehen, wie ein Kind nach dem anderen sie verließ und in erwartungsvoll ausgestreckte Arme lief. Das war etwas, woran sie sich nie gewöhnen konnte.

13

Wieso sind Sie verantwortlich?« fragte Dr. Danforth. »Sie haben doch nichts weiter getan, als die Papiere aufzusetzen.«

»Ich weiß«, sagte Austin, »aber ich habe sie eingeladen. Sie waren in meinem Haus zu Gast. Verstehen Sie nicht? Dadurch sieht es so aus, als ob ich –«

Dr. Danforth verstand zuerst nicht, und dann sagte er:

»Nein ... nein, das dürfen Sie nicht tun, mein Junge. Denen war völlig klar, worauf sie sich da einlassen. Zumindest hätte es ihnen klar sein müssen. Das war reine Spekulation, weiter nichts. Sie müssen an Martha und Ab denken, und es ist noch ein weiteres Kind unterwegs. Das wäre ganz und gar falsch. Die Sache wird sich schon irgendwie von allein regeln. Nur Geduld.«

»Da ist eine Sache, von der ich erfahren habe, als sie hier waren«, sagte Austin, wobei er die Spitzen seiner Schuhe betrachtete. »Anscheinend gab es einmal eine Zeit, als es Mr. Potter finanziell sehr schlecht ging und er Vater um Hilfe bat.«

»Tatsächlich?« Dr. Danforth spähte über den Rand seiner Brille zu Austin. »Das war mir nicht bekannt.«

»Vater hat sie ihm verweigert«, sagte Austin, »und ich kann mir nicht erklären, warum.«

»Wenn ich mich recht erinnere, stand der Richter nicht in Mr. Potters Schuld«, meinte Dr. Danforth.

»Ich weiß«, sagte Austin.

»Es stimmt zwar, daß sie unter demselben Dach aufgewachsen sind, und man könnte annehmen, daß der Richter um der alten Zeiten willen alles in seiner Macht Stehende getan hätte, um einem Mitglied seiner Pflegefamilie zu helfen. Aber man kann die Handlung eines Menschen nicht beurteilen, solange man nicht weiß, was damals in seinem Kopf vorging. Selbst wenn der Richter heute noch am Leben wäre und Sie zu ihm gehen und ihn fragen könnten, warum er Mr. Potter seine Hilfe verweigert hat, würde er Ihnen womöglich keine Auskunft geben. Er war ein sehr stolzer Mann. Soweit ich weiß, war das seine einzige Schwäche, und bei ihm war es eigentlich keine Schwäche. Er hatte Grund, stolz zu sein. Lieber nahm er es in Kauf, daß man schlecht von ihm dachte, als daß er sich gegen einen Vorwurf verteidigte, den man seiner Meinung nach eigentlich als ungerechtfertigt hätte erkennen müssen. So einer war er.«

»Vielleicht haben Sie recht«, sagte Austin. »Aber ich kann mich daran erinnern, daß er mehrmals gesagt hat, wie sehr er in der Schuld der Leute stehe, die ihn großgezogen haben, und daß er nie Gelegenheit hatte, die Schuld zurückzuzahlen.«

»Man kann die Freundlichkeit nicht zurückzahlen, die einem die Menschen erwiesen haben, als man in Schwierigkeiten steckte«, sagte Dr. Danforth nachdrücklich. »Was man ihnen schuldet, läßt sich nicht in Geld bemessen. Man kann sein Leben lang zurückzahlen und immer noch in ihrer Schuld stehen. Manchmal brauchen sie gar keine Hilfe. Oder vielleicht brauchen sie Hilfe, die man ihnen nicht geben kann. Man kann nur nach jemandem Ausschau halten, der wirklich Hilfe braucht, und ihm, so gut man kann, helfen in der Annahme, daß sich alles irgendwann ausgleichen wird. Ich bin sicher, daß der Richter das so gesehen hat. Er hat immer irgend jemandem aus der Klemme geholfen, sein ganzes Leben lang. Bei Leuten, die einem nahestehen und zu denen man eigentlich Vertrauen hat – wenn die etwas tun, was einem nicht ganz rechtens erscheint –, da muß man abwarten und ihnen Zeit geben, sich zu äußern. Und wenn sie es nicht tun oder sich nicht mehr äußern können, weil sie das Zeitliche gesegnet haben, darf man trotzdem keine voreiligen Schlüsse ziehen, mein Junge, weil es sonst passieren kann, daß man ihnen oder sich selbst unrecht tut. Aller Wahrscheinlichkeit nach hat der Richter diese Schuld beglichen, wie er jede andere beglichen hat, aber trotzdem fühlte er sich wohl bis ans Ende seines Lebens ihnen gegenüber verpflichtet, und deswegen haben Sie ihn so reden hören. Ich zweifle nicht daran, daß die Geschichte wahr ist, die Mr. Potter Ihnen erzählt hat, daß er den Richter um Hilfe gebeten hat und sie ihm verweigert wurde. Der Richter konnte auch nein sagen. Aber in jedem dieser Briefe wird irgend etwas verheimlicht, und ich bezweifle, ob er Ihnen auch wirklich alles erzählt hat. Vielleicht war es nicht das erste Mal, daß sich Mr. Potter mit der Bitte um Geld an den Richter wandte. Vielleicht war es das vierte oder fünfte Mal. Vielleicht hat sich der Richter für ihn verbürgt und mußte später aus eigener Tasche draufzahlen, wie er es bei so vielen mußte, die als ehrlich galten. Vielleicht hatte er sogar Grund, Mr. Potter zu mißtrauen. Schließlich kannten sie sich seit ihrer Kindheit. Vielleicht wußte der Richter, daß jede finanzielle Hilfe für so etwas Törichtes wie ein Automobil vergeudet würde. Leuten wie Mr. Potter kann man manchmal überhaupt nicht richtig helfen, auch wenn man es versucht. Je mehr man ihnen hilft, desto tiefer geraten sie in Schwierigkeiten. Es läßt sich nicht sagen, warum er ihm nicht geholfen hat. Aber eins kann ich Ihnen sagen – ich würde nie jemandem glauben, der schlecht von Richter King redet.«

»Ich habe nicht schlecht von ihm geredet«, sagte Austin sachlich. »Ich habe mich nur gewundert, weiter nichts.«

Dr. Danforth wirkte erstaunt. Er nahm seine Brille ab, verstaute sie im Etui und steckte das Etui in seine Westentasche. »Sie habe ich damit nicht gemeint«, sagte er. »Ich habe meinen eigenen Vater eigentlich erst gegen Ende seines Lebens richtig kennengelernt. Und auch dann gab es noch Dinge, die ich ihn nicht fragen oder die ich ihm nicht von mir erzählen konnte, ohne Angst haben zu müssen, ihm Kummer zu bereiten. Ich weiß, wie er als mein Vater war, aber der Rest, alles, was nichts mit mir zu tun hatte ...« Mit einem Lächeln, mit dem er sich für die Tränen in seinen Augen entschuldigte, zog Dr. Danforth sein Taschentuch heraus und putzte sich vehement die Nase.

Nichts läßt sich so schwer erkennen wie das Wesen und die Persönlichkeit der eigenen Eltern. Der Tod, um den soviel Geheimnis gemacht wird, ist vielleicht gar kein Geheimnis. Doch die Geschichte der eigenen Eltern muß aus Bruchstücken zusammengesetzt werden, ihre Motive und ihr Charakter müssen erraten werden, und die Wahrheit über sie liegt tief vergraben, wie ein Felsen, von dem ein kleines Stück aus der glatten Rasenfläche herausragt und der sich, wenn man versucht, ihn auszugraben, als viel zu groß erweist, um je bewegt werden zu können, obwohl der Frost ihn jedes Jahr ein Stück weiter nach oben drückt.

14

Ich finde es etwas kühl im Haus«, sagte Mrs. Danforth, als ihr Mann von den Kings zurückkam. Sie saß in ihrem angestammten Sessel, und ihre Hände waren mit der Herstellung des immergleichen sechszackigen weißen Sterns beschäftigt.

»Ich werde sehen, was ich machen kann«, sagte er.

Das Klappern von Ofenrosten, die gerüttelt wurden, schallte durch das stille Haus. Eine Schaufel kratzte im Kohlenkeller. Eine Eisentür schlug dröhnend zu, und schwere Schritte stapften die Kellertreppe herauf. Mrs. Danforth sah auf, als ihr Mann den Raum betrat. Er ging zu seinem Sessel, setzte sich, rieb sich die Augen, seufzte und schwieg. Nach einer Weile sagte er: »Also, ich habe die ganze Geschichte mit ihm durchgesprochen. Er hat sich alles angehört, was ich zu sagen hatte, aber er bleibt dabei.«

»Das habe ich mir schon gedacht«, sagte Mrs. Danforth.

»Er fühlt sich verantwortlich, weil er die Papiere aufgesetzt hat und weil die Vereinbarungen in seinem Haus getroffen wurden. Ich weiß wirklich nicht, ob es irgend etwas gibt, wofür dieser Junge sich nicht verantwortlich fühlt. Er muß sich viertausend Dollar leihen. Die Bank akzeptiert seinen Besitz nicht als zusätzliche Sicherheit.«

»Tatsächlich?« meinte Mrs. Danforth.

»Ich habe ihm gesagt: ›Wenn Sie das überstehen, ohne Bankrott zu machen, haben Sie Glück gehabt.‹«

»Und was hat er dazu gesagt?«

»Gar nichts.«

»Austin wird nie Bankrott machen«, sagte Mrs. Danforth ruhig.

»Die anderen sind bereit, erst einmal stillzuhalten und auf eine Klage zu verzichten, in der Hoffnung, daß sie ihr Geld doch irgendwann zurückbekommen. Bud Ellis ist derjenige, der Schwierigkeiten macht. Er hat Austin mit einer Klage gedroht.«

»Wieso denn ihm?«

»Wenn sie gegen Mr. Potter klagen und den Prozeß gewinnen, werden sie wahrscheinlich trotzdem leer ausgehen. Und gegen Austin haben sie letztlich nichts in der Hand. Das Gericht würde die Klage gar nicht zulassen.«

»Das muß Austin doch wissen.«

»Natürlich weiß er es, und Bud Ellis auch. Das ist nicht recht. ›Lassen Sie sie doch in ihrem eigenen Saft schmoren‹, habe ich ihm gesagt. ›Sie haben die Schulden Ihres Vaters abbezahlt. Das reicht.‹ Für Leute, die nicht einmal mit ihm verwandt sind, sollte er sich doch nicht zum Almosenempfänger machen.«

»Nein«, stimmte Mrs. Danforth zu.

»Das habe ich ihm alles gesagt und noch viel mehr, aber es war alles in den Wind geredet.«

»Du hast jedenfalls gesagt, was du zu sagen hattest«, erwiderte Mrs. Danforth, während sie die Tischschublade nach einer fehlenden Häkelnadel durchsuchte. »Was immer jetzt passiert, ist nicht deine Schuld.«

15

Wie hübsch du aussiehst, Nora«, sagte Alice Beach.

Sie wunderte sich, daß Nora noch einmal ihr Zimmer aufsuchte und die Ohrringe abnahm. Aber die erwartungsvolle Miene, mit der sie den Flur entlangging, um Mrs. Beach gute Nacht zu wünschen, ließ sich nicht abnehmen.

Martha Kings überfällige Einladung hatte ihnen allen gegolten, aber Mrs. Beach hatte etwas gegessen, was ihr nicht bekommen war, und mußte das Bett hüten, und eine ihrer Töchter war gezwungen, zu Hause zu bleiben und sich um sie zu kümmern. Welche von beiden gehen durfte und welche auf diese angenehme Abwechslung in ihrem Alltag verzichten mußte, war vor langer Zeit entschieden worden, als Lucy bei Geraldine Farrars Gesangslehrerin Unterricht genommen und Alice in der kleinen Empfangshalle gewartet und der Stimme ihrer Schwester gelauscht hatte, wie sie ihre Skalen sang, die mit einem Akkord auf dem Klavier endeten.

»Habt ihr euren Schlüssel?« fragte Mrs. Beach, als Lucy vom Stuhl neben dem Bett aufstand.

»In meiner Handtasche«, sagte Lucy. »Wir bleiben nicht so lange.«

Auch ihre Miene war erwartungsvoll, aber was Lucy Beach von diesem Abend erwartete, war keineswegs klar. Sie konnte kaum hoffen, daß die Kings, nachdem sie sie schon so lange kannten, in ihr plötzlich eine enge Freundin sehen, sie ständig zum Abendessen einladen und das Gefühl haben würden, daß ihnen etwas fehlte, wenn sie nicht bei ihnen war. Trotzdem, die Miene war da, und in ihr kam etwas Derartiges zum Ausdruck.

»Die Katze ist wieder da«, sagte Nora, als Austin ihnen öffnete. Nachdem sie so lange auf eine Einladung zum Abendessen gewartet hatte, machte sie jetzt diesen müden Witz, um sich selbst zu schützen, um zu zeigen, daß das Warten unwichtig war, ihr nichts bedeutete. Die behandschuhte Hand, die sich ausstrecken wollte, um seinen Jackenärmel zu berühren, konnte sie gerade noch zurückziehen, aber gegen ihr verzücktes Glücksgefühl war sie machtlos wie auch gegen die innere Stimme, die rief: *Ach, warum kann er mich denn nicht lieben?*

Nervös, da sie wußte, daß das Glücksgefühl nicht lange anhalten würde, weil er es nicht zuließe, sah sie sich um, um festzustellen, was sich in den letzten drei Monaten im Haus alles verändert hatte.

»Schön, dich zu sehen«, sagte Austin, als er ihre Mäntel in den Schrank in der Diele hängte.

Obwohl es so wichtig war, daß Nora ihn ansah, genau in diesem Moment, bevor sich seine Miene veränderte, konnte sie es nicht. Schon einmal hatte es den Anschein gehabt, als wolle er etwas von ihr, aber dann hatte sich herausgestellt, daß er ... So hatte alles angefangen. Der Fehler, den sie vor allen anderen Fehlern sich hüten mußte zu begehen. Aber hätte er denn gesagt, daß er sich freue, sie zu sehen, wenn er damit nicht auch noch etwas anderes andeuten wollte?

»Martha wird gleich hiersein«, sagte er und führte sie ins Wohnzimmer.

»Mutter und Alice bedauern es sehr, daß sie nicht kommen können«, sagte Lucy.

»Ich bedaure es auch«, sagte Austin. Und als Lucy sich einen wenig einladenden Stuhl aussuchte, fügte er hinzu: »Wäre es vor dem Feuer nicht gemütlicher?«

Ich weiß genau, wie ich mich fühle, wenn ich mit ihm zusammen bin, dachte Nora, aber ich weiß nicht, wie ich aufhören kann, mich so zu fühlen.

Sie saßen steif da und machten Konversation, bis Martha King hereinkam. Sie trug einen Seidenschal, aber sie verbarg nicht, daß sie schwanger war. Austin unterhielt sich mit Lucy, und Nora mußte sich mit Martha King begnügen, deren einziger Versuch an diesem Abend, mit Nora ein Gespräch zu führen, scheiterte. Während Martha redete, glitt Noras Blick immer wieder zu dem anderen Paar im Raum und dann zu den Noten auf dem Klavier. Sie überlegte sich, wie es wäre, abends hier allein mit ihm zu sitzen, seinem Spiel zu lauschen (soviel feinfühliger als das Gehämmere ihrer Mutter) und zuzusehen, wie seine sensiblen Hände über die Tasten glitten. Plötzlich wurde ihr klar, daß Martha ihr eine Frage gestellt hatte, und sie sagte: »Mama? Oh, der geht's gut.«

»Und deinem Vater?«

»Dem auch. Allen geht's gut, und sie lassen dich und Cousin Austin herzlich grüßen«, sagte Nora und hatte das Gefühl, als sei sie mitten aus einem Traum gerissen worden. Der Traum blieb zwar in ihrer Erinnerung haften, so klar und scharf umrissen wie ein Wintertag, aber sie konnte nicht mehr in ihn zurückkehren. »Mir fällt auf, daß Cousin Austin viel später nach Hause kommt als im Sommer. Ich fürchte, wir stören ihn bei der Arbeit.«

»Während der Sitzungsperiode im Herbst hat er sehr viel zu tun«, sagte Martha.

»Oh«, sagte Nora und nickte, und nach einer Pause fuhr sie fort: »Ich würde ihn so gern vor Gericht reden hören. Wäre es ihm unangenehm, wenn jemand dabei wäre, den er kennt?«

Martha zupfte an den Fransen des Schals, und Nora glaubte einen Moment lang, daß sie sie nicht verstanden hätte. »Wenn du meinst, daß es ihm unangenehm ist, dann spreche ich ihn deswegen gar nicht erst an«, sagte sie.

»Ich jedenfalls darf nicht hingehen und zuhören«, erwidete Martha, »aber das ist wahrscheinlich nur so eine fixe Idee von ihm. Du mußt ihn einfach fragen und sehen, was er sagt. Vielleicht freut er sich, wenn du kommst.«

»Du kannst ruhig kommen, wenn du willst«, sagte Austin und wandte sich von Lucy ab. »Der Fall, den ich im Moment verhandele, ist allerdings nicht besonders interessant, nicht so wie ein Strafprozeß.«

»Das ist mir egal«, sagte Nora mit vor Freude gerötetem Gesicht. »Ich möchte einfach nur mal eine Verhandlung miterleben.«

»Es ist angerichtet«, sagte Rachel.

Nachdem sie Platz genommen hatten, wandte sich Nora Austin zu, bereit, alles zu sein, was er sich von ihr wünschte, weil sie ihn so liebte und weil er so wunderbar und sie so glücklich war, einfach mit ihm zusammenzusein. Sie brauchte nur einen eindeutigen Hinweis von ihm, welche

Rolle sie in seinem Leben spielen sollte, und bis er ihr diesen Hinweis gab, fühlte sie sich in seiner Gegenwart befangen (seltsam, wie jemand einen gedanklich so sehr beschäftigen und trotzdem so fern sein konnte wie ein Stern) und war sich schmerzhaft der Tatsache bewußt, daß sie sich wünschte, er würde sie lieben (wohl wissend, daß er das nicht konnte), und daß es keine Rolle spielte, solange sie nur hiersein und ihn lieben konnte.

Austins Bemühungen um ein normales Tischgespräch wurden von Nora nicht aufgegriffen, und so mußte er sich mit dem Essen auf seinem Teller beschäftigen. Martha versuchte, sich mit Lucy zu unterhalten, wurde aber von Rachel abgelenkt, die vergessen hatte, die Teller vorzuwärmen, und die Minzsoße erst servierte, als sie das Lamm bereits gegessen hatten.

Lucy Beach, die seit Jahren zum erstenmal ohne Mutter und Schwester auswärts speiste, entgingen die häufigen Gesprächspausen. Ihre Hand griff ständig nach der geschliffenen Karaffe. Sie trank eine Menge Wasser und glättete und faltete die Serviette auf ihrem Schoß. Wenn Martha King nach einer Unterbrechung die Unterhaltung an einem Punkt fortführte, an dem Lucy nicht aufgehört hatte, war sie weder entmutigt noch gekränkt. Sie erinnerte sich an ihre europäischen Tischmanieren: Während des Essens behielt sie die Gabel ständig in der linken Hand. Sie lobte Martha für das Lammfleisch, die Dosenerbsen und den Kartoffelbrei. Sie lächelte munter (wenn es wirklich nichts zu lächeln gab), als wäre sie eine schöne, mondäne Frau mit einem schwarzen Samtband um den Hals – die langen weißen Handschuhe bis zu den Handgelenken heruntergeschoben – und böte sich zuerst dem distinguierten grauhaarigen Herrn zu ihrer Rechten an und anschließend dem galanten und geistreichen jungen Mann zu ihrer Linken.

Als sie mit dem Hauptgang fertig und bereit für den Nachtisch waren, klingelte Martha mit dem kleinen Porzellanglöckchen neben ihrem Platz, aber es geschah nichts. Als sei es völlig normal, zu klingeln und keine Antwort zu erhalten, saßen sie da und warteten. Schließlich steckte Rachel den Kopf zur Tür herein und sagte: »Der Froschschenkelmann.«

»Zu dieser nachtschlafenden Zeit!« rief Austin aus. Er suchte in seiner Geldbörse und zog fünfzig Cent für Rachel heraus. Dann wandte er sich zu Nora und erklärte: »Mr. Barrett. Wir wissen nie genau, wann er kommt, und wenn wir sie ihm nicht abnehmen, kommt er nicht mehr. Es sind Ochsenfrösche, und ich habe den Verdacht, daß er sie mit einer Taschenlampe fängt, was verboten ist, aber ...« Der Froschschenkelmann trug sie auf seinem exzentrischen Rücken sicher durchs restliche Abendessen. Als sie vom Tisch aufstanden und wieder ins Wohnzimmer gingen, stellten sie fest, daß der Kamin in ihrer Abwesenheit gequalmt hatte. Austin machte die Fenster auf, und während sie vor Kälte zitterten und husteten, fing Nora an, von einem seltsamen Geruch zu erzählen, der sich einmal auf der Plantage in Howard's Landing ausgebreitet hatte. »So einen Geruch hatte ich noch nie in meinem Leben gerochen. Er war trocken und staubig und erinnerte ein bißchen an den Geruch von Essig, und niemand konnte feststellen, woher er kam, bis eines Tages –« Austin verließ den Raum, und Nora wartete, bis er mit einem großen Scheit in den Händen zurückkehrte, bevor sie fortfuhr und ihre Geschichte zu Ende erzählte.

Mit dem Scheit brannte das Feuer ordnungsgemäß. Der Rauch zog durch den Kamin ab statt ins Zimmer, und bald konnten sie die Fenster wieder schließen. Die Kings und ihre beiden Gäste saßen im Kreis ums Feuer herum, und Austin, der ein dankbares Publikum vorfand, erzählte von seiner Arbeit. Martha saß still da und zwirbelte die Fransen ihres Schals. Austins Geschichten über die verworrenen Rechtsstreitigkeiten der pittoresken Jouette-Sippe kannte sie schon. Von Zeit zu Zeit unterdrückte sie ein Gähnen und verkniff es sich mit aller ihr zur Verfügung stehenden Willenskraft, einen Blick auf die Uhr in der Engelsburg zu werfen. Lucy Beach trug abgesehen von ihrem lebhaften Interesse nichts zu der Unterhaltung bei. Wenn man sie so betrachtete, hätte man meinen können, daß ihr jetzt eine Menge Dinge klar wurden, die ihr vorher nicht klar gewesen waren. Tatsächlich legte sie sich in Gedanken bereits zurecht, was sie Alice erzählen würde, sobald sie wieder zu Hause wäre. *Austin hat von seiner Anwaltsarbeit erzählt,* würde sie sagen, *und er hat so gut geredet. Schade, daß du nicht dabei warst ...*

Lucy hörte so lange zu, wie Austin sie an der Unterhaltung beteiligte. Als er es vergaß, wandte sie sich an Martha King und fing an, ihr von einem Problem zu erzählen, das im Zusammenhang mit dem Kindergarten aufgetaucht war.

»Wir haben eine Vereinbarung mit Rachels Sohn Eugene getroffen, daß er morgens kommt und den Ofen heizt, damit die Räume warm sind, wenn die Kinder eintreffen. Vor ein paar Wochen fiel mir auf, daß die Stühle umgestellt waren und die Buchstabentafeln in einem Regal lagen, in das ich sie am Tag zuvor nicht gelegt hatte. Ich wußte nicht, ob ich mit Eugene reden sollte oder nicht. Er ist ein sehr netter Junge, und ich wollte ihn nicht kränken. Aber kurz darauf hat ein Bogen grünes Papier gefehlt, und ein paar Kreiden waren zerbrochen. Irgend etwas mußte geschehen, und deswegen bin ich eines Morgens eine Stunde früher hingegangen, und was meinen Sie, wer der Übeltäter war?«

»Keine Ahnung«, sagte Martha. »Wer war es denn?«

»Thelma.«

»Was haben Sie zu ihr gesagt?«

»Was sollte ich schon sagen«, meinte Lucy, »außer daß ich gezwungen wäre, ihre Mutter zu informieren, wenn sie weiterhin kommt.«

Dies war eine stark zensierte Fassung. Tatsächlich war folgendes passiert: Als Lucy hereinkam, prasselte das Feuer im Ofen, und Thelma saß an einem der langen Kindergartentische, Kreiden und Papier um sich herum verstreut, und arbeitete an einem Detail des großen Freskos, das eines Tages, wie Borobudur, jedes menschliche Gefühl darstellen würde, ein Entwurf, der ausschließlich aus Gesten bestand. Plötzlich sah sie sich um, die Augen angstvoll aufgerissen.

»Kommst du jeden Morgen hierher, Thelma?«

»Ja, Miss Lucy.« Thelma blickte auf die kleinen schwarzen Hände herab, die sie endlich in ernsthafte Schwierigkeiten gebracht hatten.

»Du weißt, daß du Kreide und Papier nicht einfach benutzen darfst, ohne zu fragen?«

»Ja, Miss.«

»Und daß ich deiner Mutter erzählen muß, was du getan hast?«

»Ja, Miss.«

Mit einer langen Stange öffnete Lucy eines der oberen Fenster, um etwas von der heißen, trockenen Luft aus dem Raum zu lassen. Als sie die Stange wieder in die Ecke gestellt hatte, drehte sie sich um und sagte: »Was wird deine Mutter tun, wenn ich es ihr erzähle?«

»Mich peitschen.«

»Und willst du, daß sie das tut?«

»Nein, Miss Lucy.«

Mit niedergeschlagenen Augen und zitternden Händen zog Thelma ihren Mantel an und schickte sich an zu gehen. So ansteckend ist Reue, daß Lucy sagte: »Das kannst du mitnehmen, wenn du willst.« Und sie überreichte Thelma das halbvollendete Bild von einer Frau in einem Garten, mit einer Gartenschere und einem Korb voller Blumen – Mohn oder Anemonen oder möglicherweise irgendeine Blume, die nur in Thelmas Phantasie existierte. Bald darauf trafen die Kinder ein, so lärmig und quicklebendig wie Vögel, und nahmen von dem Reich Besitz, das für sie reserviert war.

Eine gewisse Unzufriedenheit mit ihrer Rolle in dieser Szene oder mit den Umständen, die sie gezwungen hatten, sich so zu verhalten, wie sie es getan hatte, hielt Lucy davon ab, bestimmte Einzelheiten zu erwähnen, die Martha King, wie sie meinte, sicherlich nicht interessierten. Sie wandte den Kopf, um nicht zu verpassen, was Austin sagte.

»... und so hat Vater den alten Mr. Seacord in sein Büro bestellt und gesagt: ›George, ich möchte, daß Sie zur Bank in Kaiserville gehen und Fred Bremmer sagen, daß er dieses Testament suchen soll. Wenn ein Angebot von zweihundert Morgen Land ihm hilft, es zu finden, dann können Sie ihm dieses Angebot in meinem Namen machen, und es ist mir egal, wie ihr euch das Land untereinander aufteilt.‹ Am nächsten Morgen um neun Uhr war das Testament in Vaters Kanzlei.«

»Erstaunlich«, sagte Nora und spürte, wie die Welt sich in eine völlig neue Umlaufbahn begab, von der sie aller Wahrscheinlichkeit nach nie zurückkehren würde, um ihren gewohnten Gang zu gehen. Während der letzten halben Stunde hatte sie eine Vision gehabt, und sie sah ihren Weg jetzt deutlich vor sich. Sie würde studieren, sie würde lernen, sie würde das juristische Examen mit Bravour bestehen. Sie sah sich die Unschuldigen verteidigen (die ansonsten für Verbrechen verurteilt würden, von denen sie gar keine Kenntnis hatten) und alte und gelehrte Richter mit ihrer unwiderlegbaren Logik in Erstaunen versetzen, sie, die beste Anwältin im Staate Illinois, Partnerin in der Kanzlei King und Potter.

Lucy blickte auf ihre goldene Uhr und rief aus: »Oh, wir müssen schleunigst nach Hause! Wir sind viel länger geblieben als geplant ... Nora, ich rede nur ungern von Nachhausegehen, wo sich alle gerade so gut unterhalten, aber wir müssen jetzt wirklich los.«

In der Diele sagte Nora, während Austin ihr in den Mantel half: »Es ist alles so faszinierend. Ich werde gar nicht schlafen können, weil ich an all die Dinge denken muß, die du mir erzählt hast.« Und Lucy sagte zu Martha King: »Vielen Dank für die Einladung. Sowie Mutter ihre kleine

Unpäßlichkeit überstanden hat, müssen Sie zu uns zum Abendessen kommen. Dann kann Alice auch dabeisein.«

Sie trug ihre erwartungsvolle Miene mit hinaus in die Novembernacht.

16

Am selben Abend, an dem Martha King Gäste hatte, kehrte ein Reisender zurück – ein Neger ohne Familiennamen. Er kam mit einem langen Güterzug aus Indianapolis. Seit Mittag reisten mit ihm im selben Waggon ein alter Mann und ein fünfzehnjähriger Junge, und keiner von beiden wollte ihn je wiedersehen. Seine Augen waren blutunterlaufen, Gesicht und Hände schmutzig, das Haar rußverfilzt. Seine riesigen Hände mit den rosa Handflächen ragten aus den Ärmeln einer Kordjacke, die zu klein, dreckig und zerrissen war. Zwei Tage zuvor hatte er sein einziges Paar Socken weggeworfen. Die Sohle seines rechten Schuhs hatte ein Loch, sein Bauch war leer, und die Polizei suchte ihn in St. Louis und Cincinnati.

Der Schatten, dem der Neger bei jeder Querstraße unter der Bogenlampe begegnete, erschreckte ihn nicht. Er hatte ihn schon in zu vielen Seitengassen gesehen, wo es besser ist, gar keinen Schatten zu haben, und er war ein Mann, der davon lebte, andere zu erschrecken. Als er Rachels Hütte erreichte, hielt er inne und blickte die Straße entlang. Dann schlich er zum Fenster und sah hinein. Er blieb eine Weile reglos dort stehen, bevor er sich zur Tür wandte.

»Wo ist eure Mama?«

Die fünf erschrockenen Gesichter hätten genausogut eins sein können. Es gab keinen Unterschied in Ausmaß und Art des Entsetzens.

»Ich hab euch was gefragt.«

»Sie ist nicht zu Hause, Andy«, sagte Everitt.

»Das ist aber reichlich komisch. Dachte, sie ist heute abend hier«, sagte er und zog die Tür zu. »Erwartet sie mich nicht?«

Niemand antwortete.

»Was ist denn das für 'ne Begrüßung«, sagte er. »Euer Papa fährt dreihundert Meilen, um euch zu sehen, und keiner von euch bewegt seinen Arsch und sagt mir ›Willkommen daheim‹.«

»Wir haben doch nicht gewußt, daß du kommst«, flüsterte Eugene. »Du hast keine Nachricht geschickt.«

»So, ich muß meiner eigenen Familie also erst 'ne Nachricht schicken, bevor sie sich herablassen, mich zu empfangen. Ich muß ihnen 'nen Brief schreiben, wo drinsteht, ich komm an dem und dem Tag nach Haus, und das, nachdem ich drei Jahre lang weg war. Vielleicht mach ich das sogar das nächstemal, vielleicht auch nicht. Für wen arbeitet eure Mama derzeit? Immer noch für diese alte Weiße?«

»Nein«, sagte Eugene.

»Wo arbeitet sie?«

»Bei den Kings«, sagte Everitt.

»Ha? So so. Hat's zu was gebracht, und zwar schnell. Mächtig feine Klamotten, was ihr da alle anhabt, für Nigger. Hab den Eindruck, ihr seid auch gut gefüttert. Mächtig rausgeputzt. Hab den Eindruck, ich bin hier richtig.«

»Ich sag ihr Bescheid, daß du da bist«, sagte Thelma mit einem Blick zur Tür.

»Das ist ja was ganz Neues ... Eugene, runter von dem Sofa da und laß deinen Papa sich hinlegen. Er hat 'ne lange Reise hinter sich und ist müde. Eure Mama soll mir was zu essen machen, und dann schlaf ich. Ich werd ins Bett steigen und 'ne Woche lang schlafen. Hast du nicht gehört, du sollst aufstehen. Sonst mach ich dir Beine. Du denkst wohl, du bist schon erwachsen. Kann sein, aber noch nicht erwachsen genug. Ich werd's dir schon zeigen. Jetzt auf der Stelle werd ich's dir zeigen.«

Was im Innern der Hütte geschah, war der Urne, den

beiden runden Steinen, der Kutschenlampe und der Kaffeekanne gleichgültig. Sie bildeten lediglich die Szenerie für einen kostümierten Alptraum, aber nicht die Akteure. Das Böse bewegt sich auf zwei Beinen, hat einen eigenen Text und Gesten, die angst machen, weil sie nie zu Ende geführt werden. Es kann blond, gut erzogen und allem Anschein nach sanft und freundlich sein. Oder die Augen sind mandelförmig, die Augenbrauen ausgezupft, die Augenlider schwer. Das Haar kann kraus, lockig oder glatt sein. Gesichtszüge und -farbe sind eine Frage des Make-ups, die dem jeweiligen Akteur überlassen bleibt, der, wenn er möchte, mit Schminke und Lidstift das Gesicht eines Freundes erzeugen kann. Trägt der Akteur einen Turban oder einen Lendenschurz, so erhöht das die dramatische Wirkung, natürlich vorausgesetzt, daß das Publikum nicht auch Turban oder Lendenschurz trägt. Wichtig ist, daß das Böse verstanden wird, sonst wirkt die Szene nicht. Das Publikum wird sich nicht entscheiden können, welche Figur böse und welche das unschuldige Opfer ist. Es ist eigentlich ganz einfach. Der eine kommt ohne eigenes Verschulden zu Schaden, weiß, was ihm angetan wird, und rührt keinen Finger, um den Schlag abzuwehren. Wehrt er sich, so ist er nicht unschuldig. Der andere hatte die Wahl und hat das Böse gewählt. Wenn sich sowohl Publikum wie Akteure dies einprägen, werden sie dem Stück mühelos folgen oder es spielen können. Das Stück sollte jedenfalls ruhig und undramatisch beginnen und eine friedliche, geborgene, liebevolle Stimmung suggerieren. Die Urne, die beiden runden Steine, der vom Regen modrige Kutschbock, die Kutschenlampe und die Kaffeekanne dienen dem Zweck sehr gut. Und als Hintergrund möge eine ruhige Straße an einem Novemberabend in einer Kleinstadt im Mittleren Westen dienen. Eine Frau geht die Straße entlang und nähert sich der Bogenlampe am Fuß des Hügels. Unter dem Arm trägt sie ein braunes Papierpäckchen mit Essensresten. Eine Farbige, mit gesenktem Kopf und hochgezogenen Schultern, womit angedeutet wird, daß es kalt ist. Sollte es eine Windmaschine in den Kulissen geben, wäre der Effekt noch realistischer. In den Häusern sollte Licht brennen. Die Bäume haben ihre Blätter abgeworfen. Die Frau bleibt plötzlich stehen und vermittelt dem Publikum durch einen Blick, durch völlige Ausdruckslosigkeit, daß sie ein kalter Schauer durchfährt, der nichts mit dem Wind aus der Windmaschine zu tun hat. Sie blickt zu der Bogenlampe zurück. Und dann rennt sie los.

17

Es gab keinen Grund, warum am nächsten Abend, als es klingelte, Austin Kings Nackenhaare hätten zu Berge stehen sollen, es sei denn, er erwartete, als er die Tür öffnete, die körperlose Erscheinung vor sich zu sehen, die im Keller, im Anrichteraum und auf der Treppe hauste.

»Oh«, sagte er. »Ich hatte keine Ahnung, wer es sein könnte. Komm rein, Nora.«

»Ich habe Licht bei euch gesehen«, sagte Nora. »Ich bleibe nur ganz kurz. Ich weiß, daß du sehr beschäftigt bist.«

»Ich habe mir etwas Arbeit mit nach Hause genommen«, sagte Austin, während er die Tür schloß. »Wie geht's Mrs. Beach?«

»Es geht ihr wieder besser«, sagte Nora und folgte ihm ins Arbeitszimmer. »Cousin Austin, da ist etwas, worüber ich gern mit dir reden würde.«

»Ja?«

»Etwas von größter Wichtigkeit. Für mich, meine ich«, fügte sie hinzu. Sie setzte sich in den Sessel, in dem Martha King saß, wenn sie ihre Stopfarbeiten verrichtete, und zog die Beine unter dem Rock hoch.

Austins Augenbrauen gingen in die Höhe, was sowohl

eine Frage wie auch leichte Besorgnis zum Ausdruck brachte.

»Ich habe den ganzen Nachmittag in der öffentlichen Bücherei verbracht«, sagte sie, »und Blackstones *Kommentare* gelesen.«

Diese Mitteilung wurde in einer Weise verkündet, die nahelegte, daß Nora erwartete, Austin müsse mit Erstaunen reagieren. Wenn das der Fall war, so war seinem Gesicht nichts anzusehen. Er sagte: »Tatsächlich?«

»Ich habe die ersten zweiundvierzig Seiten gelesen«, sagte Nora.

»Und bist du schlau daraus geworden?«

»Da war vieles, das ich nicht verstanden habe. Die Sprache war mir neu, aber ich fand es sehr interessant ... Cousin Austin, meinst du, ich könnte Anwältin werden?«

»Die Frage ist schwer zu beantworten.«

»Das weiß ich«, sagte Nora, »und ich erwartete auch nicht, daß du sie mir sofort beantwortest. Ich wußte nicht einmal, ob du mir überhaupt zuhören würdest. Wirklich nicht. Ich dachte, ich erzähl's ihm und sehe dann, was er –«

»Wieso willst du Anwältin werden, Nora, wo es doch andere Berufe gibt, die einen genauso erfüllen können und viel –«

»Weil es der einzige Beruf ist, der mir zusagt«, unterbrach Nora. »Ich weiß, daß ich auch etwas anderes tun *könnte*, aber ich will einen Beruf haben, bei dem ich Gutes tun kann. Den ganzen Tag lang habe ich kaum gewagt, mir Hoffnungen zu machen. Ich hatte Angst, wenn ich mir Hoffnungen mache und sich dann herausstellt, daß es aussichtslos ist, daß dann die Enttäuschung zu – sag mir nur soviel: Meinst du, daß es unmöglich ist, so wie du mich kennst?«

»Es ist nicht unmöglich«, sagte Austin, »aber es ist auch nicht leicht.«

»Oh, das weiß ich«, sagte Nora schnell.

»In meiner Klasse an der Universität gab es auch ein

Mädchen, ein recht nettes Mädchen, wie ich mich erinnere. Es wurde allgemein angenommen, daß ein Mädchen das Jurastudium nicht länger als ein Semester durchhält, und dieses Mädchen ist dann auch tatsächlich abgesprungen. Ich habe nie erfahren, warum oder was aus ihr geworden ist, aber ich weiß, daß es zur Zeit in diesem Staat mehrere praktizierende Anwältinnen gibt. Sie haben es am Anfang nicht leicht, aber das gilt für alle. Es kommt ganz darauf an, wie ernst es dir damit ist und wie sehr du bereit bist, zu büffeln. Du müßtest sehr lange sehr hart arbeiten. Sonst kannst du es gleich seinlassen.«

»Es ist mir sehr ernst«, sagte Nora. »Schrecklich ernst. Eine innere Stimme sagt, daß ich es schaffen kann. Ich weiß, daß ich's kann, wenn du mir nur hilfst. Ich möchte dir auf keinen Fall irgendwelche Umstände machen oder dich in Verlegenheit bringen, aber wäre es möglich, daß ich nachmittags zu dir in die Kanzlei komme und dort lerne? Nur vorübergehend, meine ich. Nur so lange, bis du feststellen kannst, ob es einen Sinn hat, daß ich es versuche, oder nicht.«

Die Argumente gegen Frauen als Juristinnen wurden in einem Kommentar von Chief Justice Ryan (39 Wis., Seite 352) vortrefflich zum Ausdruck gebracht:

Dies ist der erste Antrag auf Zulassung einer weiblichen Person als Anwältin an diesem Gericht. Und es ist ein glücklicher Umstand, daß er von einer Dame eingereicht wird, deren Charakter keinerlei Anlaß zu Einwänden bietet; ein Umstand, der vielleicht nicht immer bei Frauen anzutreffen ist, die sich der Bestimmung ihres eigenen Geschlechts versagen, um sich die des unsrigen anzueignen ... Es findet sich keinerlei gesetzliche Befugnis für die Zulassung weiblicher Personen als Anwältinnen an den Gerichten dieses Staates. Und bei allem Respekt für diese Dame, den jeder Mann jeder guten Frau schuldet, können wir diesen Tatbestand doch nicht bedauern. Es ist nicht anders als weise zu bezeichnen, daß nach dem Gewohnheitsrecht Frauen von der Ausübung des Anwaltsberufes ausgeschlossen sind. Der Beruf spielt eine große Rolle für das Wohlergehen der Gesellschaft, und um ihn ehrenhaft und ohne Schaden für die Gesellschaft ausüben zu können, ist eine alles umfassende Hingabe erforderlich. Die Gesetze der Natur bestimmen und befähigen das weibliche Geschlecht dazu, die Kinder unserer Rasse zu gebären und zu nähren und die Heimstätten der Welt zu hüten und sie liebevoll zu pflegen und in Ehren zu halten. Und alle lebenslangen Berufungen von Frauen, die sich nicht mit diesen fundamentalen und heiligen Pflichten ihres Geschlechts vereinbaren lassen, wie zum Beispiel der Anwaltsberuf, sind Abweichungen von der natürlichen Ordnung der Dinge und, wenn sie freiwillig auf sich genommen werden, Verrat an ihr. Die grausamen Zufälle des Lebens halten bisweilen beide Geschlechter zum Narren und entbinden manche Frau von den spezifischen Pflichten ihres Geschlechts. Diese Frauen mögen eine Beschäftigung benötigen, und es möge ihnen jede Berufung zugebilligt werden, die ihrem Geschlecht und den damit verbundenen Anstandsregeln nicht abträglich oder nicht unvereinbar ist mit der rechten Ordnung unserer Gesellschaft. Aber es ist allgemein üblich, für das Geschlecht als solches Sorge zu tragen, nicht für seine überzähligen Angehörigen und die Frauen nicht von den eigentlichen Pflichten ihres Geschlechts wegzulocken, indem man ihnen den Weg zu Aufgaben eröffnet, die dem unseren eigen sind. Es finden sich viele Tätigkeiten im gesellschaftlichen Leben, die dem weiblichen Charakter entsprechen. Der Anwaltsberuf gehört sicherlich nicht dazu … An Gerichtshöfen müssen gewohnheitsmäßig Diskussionen geführt werden, die nicht für weibliche Ohren geeignet sind. Würden Frauen bei solchen Diskussionen gewohnheitsmäßig zugegen sein, würde das zu einer Lockerung der allgemeinen Sitten und Anstandsregeln führen. Wenn, wie die Klägerin droht, diese Dinge zwangsläufig kommen werden, wollen wir nicht freiwillig dazu beitragen, dieser Entwicklung Vorschub zu leisten.

Frauen sollten in Gerichtssälen zukünftig gewohnheitsmäßig zugegen sein, auch wenn Chief Justice Ryan freiwillig dazu beitrug zu verhindern, daß Miss Lavinia Goodell am Obersten Gericht des Staates Wisconsin als Anwältin zugelassen wurde.

Noras plötzliches Interesse für die Juristerei kam für Austin überraschend, aber andererseits war sie ein heller Kopf, mit einem klaren und logischen Verstand, außer wenn ihre Gefühle beteiligt waren. Die Tatsache, daß sie sich durch vierzig Seiten Blackstone gearbeitet hatte, war an sich schon bemerkenswert. Die meisten Frauen hätten bereits nach der ersten Seite aufgegeben. Mit etwas Unterstützung und wenn sie sich anstrengte …

»Gib mir ein paar Tage Zeit, um drüber nachzudenken«, sagte er. »Am Dienstag kommt Mr. Holby wieder. Ich bespreche die Sache mit ihm. Vielleicht hat er etwas dagegen, daß du in der Kanzlei bist, in dem Fall –«

»Wenn du nur wüßtest, wieviel mir das bedeutet«, sagte Nora.

Als sie unter der Verandalampe gute Nacht sagte, strahlte ihr Gesicht vor Hoffnung.

18

Ja, wenn du Nora in deiner Nähe haben willst«, sagte Martha, während sie die Karten für eine Patience austeilte.

»Aber darum geht es doch nicht«, sagte Austin. »Ich will sie nicht in meiner Nähe haben, ich versuche ihr bloß zu helfen. Es wird eher stören, sie tagaus, tagein in der Kanzlei zu haben. Das bedeutet, daß ich einen Teil meiner Zeit für sie opfern muß, wenn sie Fortschritte machen soll –«

»Warum denn nicht, wenn du die Zeit hast?«

»Ich habe sie aber nicht. Seit dem Besuch der Potters im Sommer bin ich mit meiner Arbeit im Verzug. Und Mr. Holby macht immer weniger. Von einem rein eigennützigen Standpunkt aus gesehen, braucht man die Sache gar nicht erst in Betracht zu ziehen. Es würde mit Sicherheit einiges Gerede geben, und es könnte zu Reibungen mit Mr. Holby kommen. Da ich drei Viertel seiner Arbeit erledige und er sechzig Prozent des Gewinns einstreicht, sollte ich mir vermutlich keine Sorgen machen, wenn ich etwas Druck auf ihn ausübe.«

»An deiner Stelle würde ich mir wegen Miss Ewing Sorgen machen.«

»Darüber muß ich auch mal mit ihm reden«, sagte Austin. »Es ist allmählich Zeit, daß der Prozentsatz umgekehrt wird. Ich werde auf mindestens fünfzig Prozent bestehen ... Wieso Miss Ewing?«

»Ich weiß nicht, aber ich habe das Gefühl, daß ihr eine zweite Frau im Büro nicht gefallen wird, vor allem nicht mit dem Arrangement, das du dir vorstellst.«

»Es wird ihr gefallen müssen«, sagte Austin. »Früher konnte ich mit meinen Problemen immer zu dir kommen, und wir konnten sie miteinander durchsprechen. Wenn ich jetzt mit dir über irgendwas reden will, scheinst du mir das übelzunehmen. Wenn ich mit dir geredet habe, sehe ich die Dinge immer klarer, und oft folge ich deinen Vorschlägen.«

»Nicht in letzter Zeit«, sagte Martha und ließ den Blick über die Kartenreihen schweifen auf der Suche nach einer schwarzen Zehn, auf die sie die Karoneun legen konnte.

»Vielleicht nicht in letzter Zeit«, sagte Austin, »aber das kommt nur daher, weil du, wenn es um Nora geht, einen blinden Fleck hast, immer schon gehabt hast. Es geht um mehr als nur um Nora. Jedesmal, wenn es einer Frau gelingt, die Schranke der Vorurteile zu durchbrechen, die ihr Berufe versperrt – «

»Dein Interesse am Feminismus ist ziemlich neu, nicht wahr?«

»Nicht so neu, wie du denkst.«

»Eins weiß ich jedenfalls«, sagte Martha und schob die Karten zu einem Stapel zusammen. »Wenn du Arzt wärst, würde Nora ihre Zeit damit verbringen, über einem medizinischen Wörterbuch zu brüten und die Schwestern im Krankenhaus zu überreden, sie in den Operationssaal zu lassen. Und wenn du Lehrer wärst, wären Erziehung und Bildung die wichtigste Sache der Welt für sie.«

»Du tust ihr unrecht.«

»Ich tue Nora keineswegs unrecht, und du irrst dich, wenn du denkst, daß ich sie nicht mag«, sagte Martha. »Ich mag Nora nicht nur, ich bewundere auch ihren Mut und habe großen Respekt vor ihr. Die letzten drei Monate waren für sie sicher nicht leicht. Du bist es, Austin, dem ich unrecht tue, weil du helfen möchtest, du willst allen helfen, und anstatt dich darin zu bestärken, es zu tun – schließlich ist es ein ganz natürliches Bedürfnis –«

Sie fing an, die Karten zu mischen und immer wieder neu zu mischen, als ginge es bei dem Spiel einzig ums Mischen.

19

Nun, mein Junge«, sagte Mr. Holby, »ich bin froh, daß Sie das Thema angeschnitten haben. Es ist an der Zeit, daß wir darüber nachdenken. Ich habe die Neigung, die Dinge laufen zu lassen, solange es den Anschein hat, daß alles in Ordnung ist, und deswegen bin ich gar nicht auf die Idee gekommen, daß Sie mit dem gegenwärtigen Arrangement nicht zufrieden sein könnten.«

»Ich bin nicht unzufrieden«, sagte Austin, der am Klang von Mr. Holbys Stimme, an seiner freundlichen und auch etwas traurigen Art erkannte, daß Mr. Holby keinen Widerstand leisten würde, daß er den Sieg schon in der Tasche hatte. »Es ist nur so, daß ich bei meinem Eintritt in die Kanzlei davon ausgegangen bin, daß eines Tages –«

»Ich weiß«, sagte Mr. Holby und nickte. »Das ist mir alles klar, und ich bin mir schon seit einer ganzen Weile bewußt, daß Sie vielleicht etwas mehr als Ihren Anteil an der gemeinsamen Last tragen. Aber genau das passiert natürlich. Als junger Mann habe ich das gleiche erlebt und es als wertvolle Erfahrung verbucht und damit gerechnet, daß es sich irgendwann schon ausgleichen würde, und so war es auch. Zum Teil sind dafür auch Faktoren verantwortlich, die ich nicht beeinflussen kann. Wie Sie wissen, war Mrs. Holbys Gesundheit das letzte Jahr alles andere als gut. Ich mache mir große Sorgen um sie. Mir liegt nicht daran, daß irgend jemand davon erfährt, aber mit Ihnen kann ich ja wie mit einem eigenen Sohn reden. Ich mußte mich mehr um sie kümmern, als ich es getan hätte, wäre sie so kräftig und aktiv wie die meisten Frauen ihres Alters. Ich mußte mit ihr nach Hot Springs fahren und an andere Orte, von denen wir hofften, daß sie ihr guttun würden, was natürlich zusätzliche Ausgaben bedeutete, aber so ist es eben, wenn man eine Familie hat, und eigentlich bleibt einem gar keine Wahl. Diese Dinge haben vorübergehend Vorrang vor allem anderen. Ich erzähle Ihnen das alles, damit Sie verstehen, daß ich auch noch an etwas anderes denken muß als an meine eigenen Bedürfnisse und Vergnügungen.«

»Oh, das weiß ich«, sagte Austin schnell.

»Wenn wir in die Jahre kommen, neigen wir dazu, uns mehr auf die jüngeren Männer um uns herum zu stützen, uns auf ihren Elan zu verlassen und auf ihre Bereitschaft, dafür zu sorgen, daß alle Einzelheiten korrekt ausgeführt werden. Denn nur wenn sie erledigt sind, können die Weisheit und die Urteilskraft, die man mit dem Alter erwirbt und die sich mit größeren Zusammenhängen befassen, zum Einsatz kommen. Ein Außenstehender würde vermutlich den Schluß ziehen, daß beides sich in etwa die Waage hält. Jedenfalls ergibt beides zusammen ein hervorragendes Arbeitsteam. Für einen so jungen Mann, wie Sie es sind, haben Sie schon Vorzügliches geleistet, und ich bin überzeugt, daß Ihr Name irgendwann ebensoviel bedeuten und ebensoviel Respekt genießen wird wie der Ihres Vaters. Aber das braucht Zeit, und Sie dürfen nicht ungeduldig sein. Sie werden alles bekommen, alles, was Sie sich erhoffen, all die Anerkennung, die Sie verdienen. Ich habe getan, was ich konnte, Ihnen den Weg zu weisen und Sie davon abzuhalten, voreilige Fehler zu begehen, und ich beabsichtige auch weiterhin, Ihnen meine Erfahrung und mein Wissen zur Verfügung zu stellen, so daß die Ideale, für die die Kanzlei Holby und King stets eingetreten ist, auch gebührend vertreten werden, wenn für mich die Zeit gekommen ist, mich zurückzuziehen, und für Sie, allein oder mit der Hilfe eines jüngeren Mannes weiterzumachen. Ich sehe diesem Tag mit Freuden entgegen, wie Sie sicherlich auch. Bis es soweit ist, gibt es natürlich andere, dringlichere Dinge zu berücksichtigen. In Ihrem Eifer, voranzukommen, unterschätzen Sie meines Erachtens ein, zwei Aspekte der Situation. Ich bin der letzte, der eine Ungerechtigkeit gutheißen würde. Nicht für fünf Minuten. Ich habe mich mein Leben lang der Sache der Wahrheit und Gerechtigkeit verschrieben. Wer darüber klagt, daß Anwälte nur an ihrem Honorar interessiert seien, übersieht, daß der Anwaltsberuf der einzige Beruf ist, dessen Ziel es ist, die Übel der Gesellschaft zu korrigieren, die Unschuldigen zu verteidigen und dafür zu sorgen, daß die Schuldigen ihrer gerechten Strafe zugeführt werden. Ohne diesen Berufsstand wäre die Welt, in der wir leben, ein Chaos. Das Gesetz ist Ordnung, Verantwortung, Anständigkeit, es ist das einzige Arrangement, nach welchem die Gesellschaft funktionieren kann. Es genügt nicht, Gesetze zu erlassen. Sie müssen interpretiert werden. Ein Rechtsanspruch muß gegen den anderen abgewogen werden. Sie und ich, die wir hier in diesem Raum sitzen, können die Frage der Partnerschaft – wenn wir uns dieser Bezeichnung würdig erweisen wollen – nur in einem übergeordneten Kontext betrachten. Wenn ich mich von der Kanzlei absentiert habe, mochten Sie den

Eindruck haben, ich würde meine Zeit mit Vergnügungen vertun, die kultivierte Gesellschaft altehrwürdiger Kollegen genießen, meinen sicherlich verdienten Lohn ernten, aber es mir trotzdem gestatten, mich von der Arbeit, die hier auf meinem Tisch in dieser Minute auf mich wartet, ablenken zu lassen. Ich würde es Ihnen nicht verübeln, sollten Sie das gedacht haben. Unter den gegebenen Umständen liegt es nahe, zu diesem irrigen Schluß zu kommen. Tatsache ist, daß mein Geist nie untätig ist. Ich denke immerzu über irgendein rechtliches Problem nach, und wenn es soweit ist, daß eine Entscheidung getroffen werden muß, überblicke ich den gesamten Fragenkomplex, jeden Winkel davon, und bin bereit zu handeln. In einer Welt, in der die Menschen ständig blindlings handeln und nie innehalten, um über die vernünftige, richtige Vorgehensweise nachzudenken, wird den intellektuellen Fähigkeiten oft die gebührende Achtung versagt, aber wo stünden wir denn ohne sie? Gäbe es noch Hoffnung für die Menschheit? Auf der einen Seite hätten wir Barbarei und unbarmherzige Aggression, auf der anderen Sklaverei. Es muß irgend jemanden geben, der die Folgen verdaut, bedenkt und abwägt, der die Ursachen untersucht, der sich über die höchsten Werte, die man nie aus den Augen verlieren darf, Gedanken macht und der jene Überlegungen verwirft, die nebensächlich oder irreführend, die bloße Randprobleme sind. So wie die Dinge liegen, stimme ich mit Ihnen bezüglich der Aufteilung der Gewinne dieser Kanzlei überein – eine Aufteilung zu gleichen Teilen erscheint mir angemessen und gerecht, auch wenn dadurch Qualitäten bewertet werden, die sich aufgrund ihres Wesens einer derartigen Bewertung eigentlich entziehen. Auch wenn wir jetzt noch nicht mathematisch präzise vorgehen, dann wird das doch so bald der Fall sein, daß wir uns jetzt schon an der Zukunft orientieren und entsprechend handeln sollten, mit der nicht unbegründeten Zuversicht, daß wir richtig handeln. Ich sage, ›so wie die Dinge liegen‹.

Sie haben mich kürzlich darauf angesprochen, ob es möglich sei, eine junge Frau – Miss Potter – in die Kanzlei aufzunehmen, damit sie hier lesen und sich auf das juristische Examen vorbereiten kann. Ich sehe darin eine vielleicht etwas radikale Abkehr von den gewohnten Gepflogenheiten, aber trotzdem, ich habe nichts dagegen einzuwenden. Wie Sie sicher wissen, bin ich der Meinung, daß sich die Bedingungen verändern, daß wir dem Gesetz des Fortschritts gehorchen müssen, soweit wir es zu interpretieren vermögen. Ich bin mir gewiß, daß Sie Miss Potters Befähigung gründlich geprüft haben und einen solchen Schritt nicht befürworten würden, wenn ihr die erforderlichen Voraussetzungen fehlen würden. Und ich erkenne an, daß Sie angesichts Ihrer Beziehung zu der Familie der jungen Frau alles in Ihrer Macht Stehende tun möchten, um ihr zu helfen. Aber ich hoffe, Sie haben auch bedacht, was das für die Kanzlei bedeutet. Sie wird einen Schreibtischplatz benötigen, sie wird eine zusätzliche Belastung für Miss Ewing darstellen, die ohnehin schon überarbeitet ist. Und wenn Miss Potter in absehbarer Zukunft ihr Ziel erreichen soll, werden Sie ihr sehr viel Zeit und Energie widmen müssen. Sogar so viel von beidem, daß dadurch, wie mir scheint, das Gleichgewicht der Werte, Ihrer und meiner, von dem wir gerade sprachen, vollkommen durcheinandergebracht wird. Wenn Sie sie hier haben wollen, bin ich bereit, auf alle eventuellen Einwände zu verzichten, unter der Voraussetzung, daß wir vorläufig – verstehen Sie mich nicht falsch, ich meine damit nicht, daß die Frage der Gewinnverteilung nicht irgendwann in der Zukunft noch einmal angeschnitten werden könnte, aber bis wir sehen, ob sich das neue Arrangement bewährt, halte ich es für besser, die Dinge so zu belassen, wie sie sind. Es liegt ganz bei Ihnen, mein Junge. Wie immer Sie sich entscheiden, mir wird es recht sein.«

FÜNFTER TEIL

Das Fach Jurisprudenz

I

Die schöngeistige Kunst, die in Draperville am meisten ausgeübt wurde, war Geschichte. Es war eine formlose Kunst, und es gab keinen Grund, etwas niederzuschreiben, da nie etwas je vergessen wurde. Das Kind, das zu früh nach der Hochzeit geboren wurde, mochte laufen und Fahrrad fahren lernen, es mochte zur Schule gehen und sich zum jungen Mann in langer Hose mausern, er mochte heiraten, nach Seattle ziehen und es in der Holzbranche zu etwas bringen, doch wann immer sein Name oder der seiner Mutter erwähnt wurde, folgte dem unweigerlich und lächelnd eine Anspielung auf sein Geburtsdatum. Niemand wußte, was aus dem umtriebigen Sekretär der Handelskammer geworden war, der die Liebe-deinen-Nächsten-wie-dich-selbst-Parade organisiert hatte, aber jeder wußte, warum er kurz danach die Stadt verlassen hatte. Geschichte muß nicht vollständig sein. Sie ist lediglich eine fortlaufende methodische Bestandsaufnahme von Ereignissen. Die Ereignisse können in chronologischer Reihenfolge erzählt werden, aber das ist genausowenig unabdingbar, wie es für Historiker unabdingbar ist, Ursache und Wirkung im Blick zu haben. In Draperville wurde die Forschung über den Gartenzaun hinweg betrieben, am Telephon, in Küchen, Salons und Schlafzimmern, auf dem Rücksitz von Kutschen, in Korbschaukeln auf Veranden, im Glockenturm der unitarischen Kirche, wo sich mittwochs die Willigen Arbeiterinnen trafen und geduldig mit Nadel und Faden die auf dem Pfarrhaus lastende Hypothek abtrugen.

Für den letzten Schliff und die endgültige Auswahl war der Freundschaftsclub zuständig. Die acht Stammitglieder dieses Clubs waren die Hohenpriesterinnen der Geschichte. Sie trafen sich reihum bei einem Mitglied zum Mittagessen und zum Bridge. Bei der Auswahl der Speisen, die sie servierten, gingen sie nicht nur konkurrenzbewußt, sondern auch unklug vor, da sie in der Mehrheit Mühe hatten, ihre Figur zu halten. Nach Hummer oder Krabbenfleisch aus der Dose, dem im Teig gebackenen Thunfisch, den Hühnchenpastetchen, den üppigen Salaten, dem New Yorker Eis (alles Gerichte, deren Genuß sie später bereuen würden) ließen sich die Clubmitglieder zum Bridge nieder, wobei die Hüte auf den Köpfen blieben und die Schuhe unterm Kartentisch abgestreift wurden, und während sie sich gegenseitig doppelt und dreifach überboten, große Schlemme machten und sich über die zu verbuchenden Punkte stritten, wurden ihre Stimmen zunehmend schriller und ihre kurzfristige Einschätzung menschlicher Ereignisse zunehmend grausamer. Kein guter Ruf war vor ihnen sicher, und nur durch permanente Anwesenheit konnten sie hoffen, ihren eigenen zu bewahren. Die Unschuldigen wurden den Wölfen zum Fraß vorgeworfen, die Liebenswürdigen lächerlich gemacht und die Bejahrten der Würde beraubt, die ihrem Alter zustand. *Es heißt*, lautete der Ausdruck, der stets dann benutzt wurde, wenn ein guter Name zur Versteigerung anstand. *Es heißt, daß sie sich vor ihrer Heirat mit Dr. Seymour mit diesem ... herumgetrieben hat, der ... Es heißt, daß er der alten Dame vor ihrem Tod versprechen mußte, nie ... Es heißt, daß sie Brustkrebs hat ...*

Wenn man auf Fußspuren und Blut im Schnee stößt, braucht man nur die rote Spur in den Wald zurückzuverfolgen. Man muß vielleicht meilenweit gehen, aber zu guter Letzt wird man zu der Lichtung gelangen, wo im Kreis verlaufende Huf- und Fußspuren von dem vorsätzlichen Mord an einem Reh zeugen. Man kann einem Bach bis zu der Quelle folgen, der er entspringt. Aber *Es heißt* läßt sich nicht zu der Person zurückverfolgen, die das Gespräch in die Welt gesetzt hat.

Es heißt, daß Ed eines Nachmittags unerwartet nach

Hause gekommen ist und sie zusammen mit Mr. Trimbull erwischt hat ... Es heißt, daß der alte Mr. Green zu ihm hingegangen ist und gesagt hat, entweder du heiratest Esther oder ... Es heißt, daß Harvey einen Bruder hat, der in einer Anstalt in Fairfield lebt, und es Irene bis zur Geburt ihres zweiten Kindes verschwiegen hat ...

Die ausgeplünderte Landschaft der westlichen Prärie trägt wenig dazu bei, die Menschen, die dort leben, an die Verpflichtung zu guten Werken und Barmherzigkeit zu erinnern. Der Himmel, der bis hinunter zum Horizont sichtbar ist, hat eine verkleinernde Wirkung auf alles, was sich im Vordergrund befindet, und die Ferne ist so konturenlos und so weit weg wie die Möglichkeit, daß Verleumdung bestraft wird. Die Straßen verlaufen gerade, Tod und Alter schneiden sich im rechten Winkel, und die Ernte wird auf Friedhöfen gelagert.

Es heißt, daß Tom gleich zu ihr rüber ist und sie gezwungen hat, ihre Sachen zu packen und das Haus zu verlassen. Keiner von ihnen hat seitdem mit Lucile gesprochen ... Es heißt, daß er säuft wie ein Loch ... Es heißt, daß es Mr. Tierneys Schuld war. Er war leicht an Diphtherie erkrankt, und als er nach Hause kam, hat sich die Kleine – so ein hübsches Kind – bei ihm angesteckt.

Bis Dezember hatten die Historikerinnen alle relevanten Tatsachen über Austin Kings junge Cousine aus Mississippi gesammelt, sie wußten, daß sie über beide Ohren in ihn verliebt war, und waren nicht überrascht, als er sie in seine Kanzlei aufnahm. Die Historikerinnen suchten Mrs. Beach auf, brachten ihr Weinpudding und Rinderbrühe als Gastgeschenke, und wenn sie auf der Straße Nora mit den Kindern begegneten, hielten sie sie an und stellten ihr Fragen, die freundlich klangen, aber aufgestellte Fallen waren, bereit zuzuschnappen. Die Historikerinnen waren herzlich zu Miss Ewing, und sie erinnerten sich, daß Martha King (auf deren Seite sie waren) ihren gesellschaftlichen Verpflichtungen nicht gerade eifrig nachkam und daß sie, als ihr die Mitgliedschaft im Frauenclub angetragen wurde, mit der Begründung abgelehnt hatte, sie habe keine Zeit. Dieses uralte Grenzscharmützel, das über neueren Ungehörigkeiten beinahe in Vergessenheit geraten war, wurde in allen Einzelheiten wiederbelebt und angemessen kommentiert (*Wenn ich Zeit habe mit drei Kindern, und Sams Mutter bei uns wohnt …*) so frisch, als hätte es erst gestern stattgefunden.

Was ist das Hauptziel des Menschen? hätten sich die Historikerinnen an ihren Bridge-Tischen fragen können, aber sie taten es nicht. Wenn sie sich als Gruppe trafen, streiften sie jegliches Mitleid zusammen mit ihren drückenden Schuhen unterm Tisch ab und wurden zu Zerstörerinnen, zu Feindinnen der Gesellschaft und ihrer Nachbarn, entschlossen herauszufinden, was nun wirklich geschah hinter den Jalousien, die bis zum Fenstersims heruntergezogen waren.

Es heißt … es heißt … von Viertel vor eins bis fünf Uhr, als das Ergebnis zusammengerechnet, der Preis hereingetragen, ausgepackt und bewundert wurde, und dann steckten Jess Burton, Bertha Rupp, Alma Hinkley, Ruth Troxell, Elsie Hubbard, Genevieve Wilkinson, Irma Seifert und Leona McLain ihre handgezeichneten Spielprotokolle in die Handtaschen, um sie später ihren Kindern zu geben, streiften ihre qualvoll engen Pumps an und gingen nach Hause, erfüllt von Neuigkeiten, die sie beim Abendessen ihren Männer erzählen würden.

2

Was?« fragte Nora und blickte von *Eingrenzung des Fachs Jurisprudenz* auf.

»Ich sagte, ich hoffe, meine Schreibmaschine stört Sie nicht«, sagte Miss Ewing.

»Aber nein«, entgegnete Nora. »Ich war mich ihrer gar

nicht mehr bewußt. Bitte machen Sie sich meinetwegen keine Gedanken, sonst habe ich das Gefühl, ich sollte gar nicht hiersein.«

»Manche Leute finden das Geräusch sehr störend, bis sie sich daran gewöhnt haben«, sagte Miss Ewing. »Finden Sie Jurisprudenz interessant?«

»Was?« fragte Nora und blickte erneut auf. »O ja. Sehr.«

»Mir ist aufgefallen, daß Sie heute einen Pullover tragen. Das ist eine gute Idee, wenn Sie so nah am Fenster sitzen. In so einem alten Gebäude zieht es an allen Ecken und Enden, und wenn es etwas gibt, was ich nicht ausstehen kann, dann, wenn es mir im Nacken zieht. Der Hausmeister hat gesagt, er würde etwas dagegen unternehmen und die Ritzen mit Papier zustopfen, aber er hat natürlich nichts getan. Ich werde ihn noch mal darauf ansprechen müssen.«

»Das ist sehr nett von Ihnen«, sagte Nora. »Aber machen Sie bitte keine Umstände. Mir fehlt hier nichts, wirklich nicht. Ich brauche nur gutes Licht zum Lesen.«

»Finden Sie das Licht ausreichend?«

»O ja.«

»An diesen dunklen Wintertagen mache ich gewöhnlich um halb vier oder Viertel vor vier das Licht an, aber wenn Sie es früher anhaben wollen, brauchen Sie es nur zu sagen.«

»Das werde ich«, sagte Nora, diesmal ohne aufzublicken.

»Sie wollen sich mit dieser kleinen Schrift doch nicht Ihre hübschen Augen verderben«, sagte Miss Ewing, während die Schreibmaschine wieder losratterte.

Das Telephon klingelte, Klienten kamen und gingen, warfen einen neugierigen Blick zu dem Tisch am Fenster, wo ein rothaariges Mädchen saß und las, das Kinn in die Hand gestützt. Als der Postbote auf seiner nachmittäglichen Runde vorbeikam, übergab er Miss Ewing den Packen Briefe und sagte: »Wie ich sehe, hat man endlich Erbarmen mit Ihnen gehabt und Ihnen eine Assistentin gegeben.«

»Nicht ganz«, sagte Miss Ewing, als sie ihm zwei Cent

Nachgebühr für einen langen dünnen Brief aushändigte. Gewöhnlich nahm sie ihm die Post ab und schickte ihn gleich wieder fort, doch an diesem Nachmittag hielt sie ihn ganze fünf Minuten auf und fragte ihn über seine Mutter aus, die an einer Krankheit litt, die weder der Arzt noch der Postbote zu bestimmen vermochte. Der alte Aktenschrank knirschte jedesmal, wenn Miss Ewing eine Schublade herauszog.

Um halb vier sagte Miss Ewing: »Ich gehe jetzt Mr. Holbys Diktat aufnehmen. Meinen Sie, Sie kommen allein zurecht?«

»Ja, vielen Dank«, sagte Nora.

Während Miss Ewing in Mr. Holbys Büro war, kam ein Mann herein, blickte sich zögernd um, hustete und sagte: »Entschuldigen Sie, Miss –«

Nora sah auf und sagte: »Oh, Verzeihung. Wollten Sie Mr. King sprechen?«

»Eigentlich«, sagte der Mann, »wollte ich Mr. Holby sprechen. Geschäftlich.«

»Einen Moment«, sagte Nora. »Ich sehe mal nach, ob er –«

»Sie sind neu hier, nicht wahr? Ich bin Will Avery.«

»Ich werde ihm sagen, daß Sie da sind, Mr. Avery«, sagte Nora. Sie klopfte zaghaft an Mr. Holbys Tür, und Miss Ewing öffnete, ihren Notizblock in der Hand.

»Da ist jemand, der –« setzte Nora an.

»Mr. Holby wird nicht gern unterbrochen, wenn er diktiert«, sagte Miss Ewing. »Oh, hallo, Mr. Avery. Wollen Sie Mr. Holby sprechen? Gehen Sie ruhig rein.«

Als sie sich wieder an ihren Tisch setzte, sagte Nora: »Er wollte Mr. Holby sprechen, und da ich nicht wußte, was ich tun sollte, habe ich –«

»Ist schon in Ordnung«, unterbrach sie Miss Ewing. »Am Anfang geht es nicht ganz ohne Konfusion ab. Ich dachte nur, ich sag's Ihnen lieber, damit Sie in Zukunft wissen, daß Sie ihn nicht stören sollen.«

Will Avery hatte die Tür hinter sich aufgelassen, so daß Nora die gesamte Diskussion darüber mitverfolgen konnte, ob Mr. Holby der Familie, die über dem Billard-Salon wohnte und drei Monatsmieten im Rückstand war, den Sheriff auf den Hals schicken solle. Als sich Will Avery zum Gehen erhob, begleitete Mr. Holby ihn bis zum Treppenabsatz und ging dann zu Nora, um zu sehen, was sie las.

»Ein überaus wichtiges Thema«, sagte Mr. Holby. »Es geht um die übergeordneten Prinzipien unseres Rechts, die wir stets präsent haben müssen, auch wenn wir uns nur mit den kleinsten Nebensächlichkeiten befassen. Die menschliche Rasse – angenommen, wir verstehen sie in diesem Sinne –, die menschliche Rasse ist in mehrere unterschiedliche Gruppen oder Gesellschaften aufgeteilt, die sich in ihren – sagen wir – Lebensumständen, ihren physischen und moralischen Eigenschaften sehr stark voneinander unterscheiden. Aber bei näherer Betrachtung werden Sie feststellen, daß sie sich darin ähnlich sind, daß sie bestimmte – wenn Sie so wollen – *Verhaltensweisen* an den Tag legen, durch die die Beziehungen der Mitglieder *inter se* bestimmt werden. Jede Gesellschaft hat natürlich ihre eigenen Gesetze, ihr eigenes Rechtssystem, ihren eigenen *Kodex*, wie wir es nennen. Und soweit sie bekannt sind, bilden diese Systeme das Fach Jurisprudenz. Der Jurist kann sich auf verschiedene Weisen damit befassen: Er kann zunächst einmal die wichtigsten Vorstellungen untersuchen, die sich in allen Systemen wiederfinden, mit anderen Worten ...«, Mr. Holby hob die Stimme, um das Geklapper der Schreibmaschine zu übertönen, »... die wesentlichen Begriffe, die allen Systemen gemein sind, definieren. Zum Beispiel die Begriffe *Gesetz*, *Recht*, *Pflicht*, *Eigentum*, *Verbrechen* und so weiter und so fort, die – oder deren Äquivalente ...« Der Aktenschrank wurde zugeknallt. »... ungeachtet gewisser feiner Bedeutungsunterschiede als allen Systemen gemeinsame Begriffe betrachtet werden können. Diese Vorgehensart nennt man analytische Jurisprudenz. Sie versteht die Termini, von denen hier die Rede ist, als feststehend oder unverrückbar und zielt darauf ab, sie klar und deutlich herauszuarbeiten und ihre logischen Beziehungen untereinander aufzuzeigen. Was verstehen wir eigentlich unter *Recht* oder *Pflicht* – « Das kalte Licht der Deckenbeleuchtung ging an. Mr. Holby drehte sich überrascht um und sah zur Decke empor, wandte sich dann wieder Nora zu und sagte: »Wo war ich stehengeblieben? – Ach ja, was meint man eigentlich, wenn man von einem *Recht* und einer *Pflicht* spricht, und was ist die grundlegende Verbindung zwischen einem *Recht* und einer *Pflicht* – derlei Fragen sind der eigentliche Gegenstand einer solchen Vorgehensweise. Wir können uns aber auch eine andere Betrachtungsweise zu eigen machen. Was Gesetzessysteme im großen und ganzen betrifft – können Sie mir folgen?« Nora nickte. » – so können wir diese eben nicht als feststehend betrachten, sondern als etwas, was veränderbar ist und sich verändert. Wenn wir das tun, können wir uns fragen, welche allgemeinen Merkmale im Verlauf dieses Wandels in Erscheinung treten. Das mag genügen, um in groben Zügen zu umreißen, worum es bei der historischen oder komparativen Jurisprudenz geht. Idealerweise wäre es allerdings erforderlich – Kommen Sie doch in mein Büro, meine Liebe, dort werden wir Miss Ewing nicht stören.«

3

Mit schweren, langsamen Bewegungen ging Martha King zwischen Eßzimmer und Küche hin und her und räumte das Frühstücksgeschirr auf. So kann das nicht weitergehen, dachte sie. Ich werde sie mir vorknöpfen, wenn sie kommt. Entweder erscheint sie morgens zur abgemachten Zeit oder –

Draußen waren Schritte zu hören, und im nächsten Moment drückte Rachel die Hintertür auf. Ihre Augen waren blutunterlaufen, sie wirkte todtraurig. Sie ließ den Blick über die Unordnung in der Küche schweifen, ohne sie zu sehen, dann zog sie Mantel und Pudelmütze aus und hängte sie an einen Nagel neben der Tür.

»Jetzt machen Sie sich mal keine Sorgen, weil ich so spät komme, Mrs. King. Ich spüle schnell das Geschirr und nehme mir dann die Zimmer oben vor.«

Marthas Zorn war verflogen, sowie sie Rachels Gesicht sah. Ratlos und stumm drehte sie sich um und zündete das Gas unter der Kaffeekanne an. Dann sagte sie: »Bist du krank, Rachel?«

»Nein, Ma'am«, sagte Rachel. »Bin ich nicht.«

»Trink eine Tasse Kaffee mit mir. Danach fühlst du dich vielleicht besser.«

Während sie Rachel am Tisch gegenübersaß, schwieg Martha und ließ sie in Ruhe ihren Kaffee trinken. Tag für Tag, wenn sie sich umschaute und nirgends die Kraft fand, um etwas in Angriff zu nehmen, war es Rachel, die ihr Auftrieb gab – indem sie ihr Mut machte, mit gutem Beispiel voranging und beharrlich blieb (gerade wenn sie in einen Strudel unerledigter Dinge hineingesogen wurde): *Das lassen Sie mich mal machen.* Für vier Dollar die Woche nahm ihr Rachel den Mop aus der Hand und manchmal die Last vom Herzen. Wenn ihr das Haus groß und einsam vorkam, brauchte sie nur in die Küche zu gehen. Rachel äußerte nie Mißbilligung, war nie von irgend etwas überrascht, was Martha sagte oder tat. Ihre gelegentliche schlechte Laune hatte nichts mit der Frau zu tun, für die sie arbeitete, ebensowenig wie Martha Kings Launen etwas mit Rachel zu tun hatten. Doch trotz der Freiheit, die sie sich gegenseitig ließen, konnte Rachel sagen: *Jetzt seien Sie mal nicht so geknickt, Mrs. King.* Oder: *Sie stellen's schlimmer dar, als es ist.* Martha King konnte es nicht.

»Ich werde dich nicht fragen, ob du in Schwierigkeiten bist«, sagte sie laut. »Das brauche ich dich nicht zu fragen.

Ich habe meine Nase nie in deine Angelegenheiten gesteckt, aber du weißt, daß du zu mir kommen kannst, wenn du Hilfe brauchst, nicht wahr?«

»Ich weiß«, sagte Rachel, aber sie erklärte nicht, warum sie mit schweren hängenden Schultern und unterm Stuhl verdrehten Beinen dasaß oder warum sie alt und verängstigt aussah.

»Wie oft hast du mir schon geholfen«, sagte Martha, wandte sich ab und sah aus dem Fenster.

»Es handelt sich nicht um solche Probleme«, sagte Rachel.

Martha King trank ihren Kaffee schweigend aus. Rachel stand auf, trug die Tassen und Untertassen zur Spüle und machte sich daran, die Orangen- und Eierschalen zu beseitigen, die Martha in ihrer Eile, Austin zu verabschieden und Ab für den Kindergarten anzuziehen, liegengelassen hatte. Martha schob ihren Stuhl zurück und steuerte auf den Anrichteraum zu.

»Wäre es möglich«, sagte Rachel über dem Rauschen fließenden Wassers, »daß ich Thelma hierbehalte, wenn sie nicht in der Schule ist?«

Durch diese Bitte hätte die Sache eigentlich glasklar sein müssen und wäre es vielleicht auch gewesen, wenn es nicht diese große Trennscheibe gegeben hätte, die verhinderte, daß der eine Teil der Elm Street wußte, was im anderen Teil vorging. Aber die Kluft, die Rachel und Martha King trennte, war noch tiefer. Es war nicht bloß der Unterschied zwischen Vordertür und Hintertür. Mit Problemen, wie Rachel sie hatte, würde Martha King nie fertig werden müssen. Sie war durch die tausendundein Bestimmungen des Kodex von Sitte und Anstand geschützt, und das seit dem Tag ihrer Geburt. Ihr Mann machte seinem Zorn auf sie Luft, indem er Bilder geraderückte und das Licht in ungenutzten Zimmern ausknipste, wo man es hatte brennen lassen. Er trug ein Taschenmesser mit Perlmuttgriff bei sich, kein Rasiermesser, und er benutzte es, um Bleistifte anzuspitzen.

Und es war nicht die Angst vor dem Rasiermesser, die Rachel alt aussehen ließ. Sie war mit dem Wissen um diese Dinge geboren worden und aufgewachsen. Es war die Art und Weise, wie sein Blick Thelma verfolgte, die Tatsache, daß seine Schläge und Tritte immer nur den Jungen galten, nie ihr; der weiche, belegte Klang seiner Stimme, wenn er mit ihr sprach; der Gedanke, der in diesem niedrigen schwarzen Schädel Gestalt angenommen hatte, so leicht und einfach wie der Tod.

»Aber natürlich«, sagte Martha King. »Natürlich ist das möglich. Sie kann so lange hiersein, wie du willst.« Und dann stieß sie die Tür auf und ging in den vorderen Teil des Hauses.

4

Komm, Mieze ... Na komm, Mieze, Mieze ... Komm, Mieze ...«

Über das Geländer ihres im ersten Stock gelegenen Balkons gelehnt, blickte Miss Ewing auf die Gasse hinunter. Obwohl sie immerzu rief, kam der große gelbe Kater nicht. »Ich kann nicht mehr länger warten«, sagte sie laut vor sich hin. »Ich bin sowieso schon spät dran.« Sie ging in die Küche zurück, verschloß und verriegelte die Hintertür und stellte die Schale Milch in den Eisschrank. Es war nicht das erstemal, daß der Kater auf ihr Rufen hin nicht erschien, und von ihr aus konnte er selbst zusehen, wo er bliebe, bis sie wiederkam.

Von sich aus hätte Miss Ewing niemals die Versorgung eines Tieres und die dazugehörige Verantwortung auf sich genommen. Sie war von ihm adoptiert worden. Als sie an einem Herbstabend von der Arbeit nach Hause kam, hatte die Katze halbverhungert vor ihrer Haustür gesessen. Sie beugte sich hinunter, um sie zu streicheln, und die Katze schnurrte bei der Berührung. So ruhig, so sanft und so vertrauensselig saß das Tier da, daß sie mit dem Gedanken spielte, es zu behalten, aber dann sagte sie: »Geh nach Hause, Mieze!« und ging die Treppe hinauf zu ihrer Wohnung. Zehn Minuten später lief sie wieder hinunter und öffnete die Tür zur Straße. Die Katze saß immer noch da und sprang leichtfüßig und eifrig wie ein junges Kätzchen hinter ihr die Stufen hinauf.

Jeden Morgen, wenn sie zur Arbeit ging, ließ sie die Katze ins Freie, und wenn sie abends zurückkehrte, wartete sie schon auf sie. Sie lernte die Gewohnheiten des Tieres kennen (oder bildete es sich ein), und die Katze lernte ihre kennen. Der Kater leistete ihr Gesellschaft, sie konnte mit ihm reden und sich um ihn kümmern, und er war, trotz des Zustandes, in dem sie ihn vorgefunden hatte, ein sehr aristokratisches Geschöpf. Nachdem sie ihn ein paar Wochen lang gefüttert hatte, wurde er dicker und richtig ansehnlich. Aber dann begann er herumzustreunen, so daß sie nie wußte, ob er auch dasein würde, wenn sie in aller Eile nach Hause kam. Manchmal war er zwei oder drei Tage lang fort. Und als sie eines Morgens die Hintertür aufmachte, sah sie etwas, was sie leise aufstöhnen ließ. Was sie auf den ersten Blick für die Teile einer Katze gehalten hatte – *wenn auch nicht ihrer Katze* –, erwies sich als etwas anderes, ein Stück blutiges Fell, ein Klumpen rohes rotes Fleisch und der grauenhaft verstümmelte Schwanz einer Ratte. Diese drei Stücke hatte die Katze, nachdem sie alles übrige aufgefressen hatte, vor Miss Ewings Hintertür liegengelassen, um ihr einen entsetzlichen Schrecken einzujagen (oder vielleicht auch als ein Zeichen von Freundschaft und Zuneigung). Und nach diesem furchtbaren und lehrreichen Anblick brachte Miss Ewing es nicht mehr fertig, die Katze zu streicheln, sie auf den Schoß zu nehmen oder ihr noch dieselben Gefühle entgegenzubringen wie zuvor. Aber sie fütterte sie weiterhin, und die Katze akzeptierte die Veränderung in ihrer Haltung und kam und ging, wie es ihr beliebte.

Miss Ewings Wohnung befand sich in einer Reihe identischer einstöckiger Gebäude einen Straßenzug vom Bahngleis entfernt. Tagsüber war die Wohnung dunkel, und sie wäre zu groß für sie gewesen, hätte sie sie nicht mit dem Großteil der Möbel vollgestopft, die einst in einem Haus in der Fourth Street verteilt gewesen waren, so daß ihr kaum noch Platz blieb, sich zu bewegen. Als einziges Kind hatte Miss Ewing alles geerbt, darunter fünfzehn Jahre lang das Problem, ihre Eltern unterstützen zu müssen, die inzwischen beide gestorben waren. Im vorderen Zimmer hingen zwei große ovale kolorierte Photographien unter konvexem Glas, die eine von ihrer Mutter als junge Frau, die andere von ihrem Vater, bevor er angefangen hatte zu trinken.

Normalerweise hatte sie keine Mühe, morgens zur Kanzlei Holby und King zu gehen, die beiden Schreibtische in den Büros abzustauben, aufzuräumen und an ihrer Schreibmaschine zu sitzen, wenn Austin King hereinkam. Aber seit einer Woche fiel es ihr zunehmend schwerer, morgens aufzustehen. Sie hörte den Wecker, blieb jedoch im Bett liegen, unfähig, sich zu bewegen, den Kopf vom Kissen zu heben, erschöpft von der Anstrengung, Theaterstücke und Teile von Theaterstücken zu erzeugen, in denen die Figuren die Rollen tauschten und einen Text sprachen, der das Publikum zum Lachen bringen sollte (obwohl das Stück eine Tragödie war) und in dem die Toten wieder lebendig wurden und alles in einem halb unwirklichen, halb sagenhaften Reich vor dem Hintergrund pastellfarbener Trauer stattfand. Die Katze kam oft in Miss Ewings Träumen vor. Ebenso ihre Mutter. Und ebenso, in der einen oder anderen Verkleidung, Nora Potter.

Als Miss Ewing ihre Stelle bei der Firma King und Holby antrat, wußte sie, ohne daß man es ihr sagen mußte, daß die großen, in Kalbsleder gebundenen Bücher, die die Wände des Vorzimmers und der beiden Büros säumten, von ihr nicht herausgenommen und gelesen werden sollten. Sie konnte nach Herzenslust Übertragungsurkunden und andere Schriftstücke kopieren. Der Aktenschrank stand ihr uneingeschränkt zur Verfügung. Sie konnte Diktate aufnehmen, und sie konnte Ferngespräche tätigen (manchmal nach Springfield, manchmal nach Chicago) und sagen: »Einen Moment bitte, Mr. Holby möchte Sie sprechen ...«

Miss Ewing wußte über Hypotheken, Testamente, Überschreibungen, Eigentumsrechte, Verkaufsurkunden, Unbedenklichkeitserklärungen, kurz über die Alltagsabläufe einer Anwaltskanzlei alles, was ein Anwalt üblicherweise wissen muß. Mit etwas zusätzlichem Bücherstudium wäre es ihr vielleicht gelungen, neben Miss Lavinia Goodell als Anwältin zugelassen zu werden, doch statt dessen hatte sie es vorgezogen, alle ihre Kräfte in den Dienst der Firma King und Holby und später der Firma Holby und King zu stellen. Sie wußte nicht nur die Namen aller Klienten, sondern auch, aus welchen Quellen sie ihr Einkommen bezogen und unter welchen Verwandten ihr Besitz verteilt würde, wenn der Leichenbestatter ihre sterblichen Überreste beseitigt hätte. Sie wußte, was Austin King von Mr. Holby hielt und was Mr. Holby von Austin King hielt. Sie wußte, wer (aller Wahrscheinlichkeit nach) am Abend des 17. Oktober 1894 Elsie Schlesinger umgebracht hatte. Das einzige, was Miss Ewing nicht wußte, war, wie sie Nora Potter aus der Kanzlei vertreiben sollte, so daß sie weinend die Treppe hinunterliefe.

Wann immer sie einen freien Moment hatte, störte sie Nora beim Lesen. Es bereitete ihr großes Vergnügen, die Tür zum Flur offenzulassen, so daß es zwar auch ihr selbst kalt um die Knöchel zog, vor allem aber Nora. Als sie eine schwarze Samtschleife fand, hob sie sie mit spitzen Fingern auf, als wäre sie etwas Schmutziges, und ließ sie in den Papierkorb fallen. Eines Tages sprach sie mit einem Südstaatenakzent, und anstatt die eigentliche Bedeutung dieses Scherzes zu begreifen, lächelte Nora sie an und sagte: »Na so was, Miss Ewing, jetzt fangen Sie schon an, wie eine Südstaatlerin zu reden, nur weil Sie jeden Tag um mich herum sind.« Wenn Miss Ewings Schreibtisch mit zu erledigender Korrespondenz überflutet war, bot Nora ihr an, die Briefumschläge zu stempeln und zu versiegeln. Nora sagte: »Kann ich Ihnen nicht etwas von Ihrer Tipparbeit abnehmen, Miss Ewing? Ich kann's zwar nur mit zwei Fingern, aber das macht ja nichts, oder?« Nora fragte: »Kann ich Ihnen nicht mit dem Einordnen der alten Akten helfen?« Nora sagte: »Wenn Sie wollen, Miss Ewing, würde ich Ihnen gern ...« Tag für Tag war Nora nett, aufmerksam, fröhlich und freundlich, wie es ihr gegenüber noch nie jemand gewesen war (wenn man die Katze ausnahm, die Miss Ewing nicht mehr ertragen konnte zu berühren). Und vielleicht war auch das mit ein Grund dafür, daß Miss Ewing morgens so erschöpft aufwachte.

In ihrer Eile, soviel Arbeit wie möglich vor halb zwei zu erledigen, unterliefen ihr Fehler. Sie legte Unterlagen in den falschen Aktenordnern ab, sie stieß auf Sätze in ihrem Stenoblock, die sie nicht mehr entziffern konnte, sie vergaß eine ganze Klausel in einem Vertrag, den Austin King ihr zum Abschreiben gegeben hatte. Als er sie darauf aufmerksam machte, errötete sie, murmelte eine Entschuldigung und zog sich ins Vorzimmer zurück, um das Ganze noch einmal abzuschreiben. Diesmal legte sie das Durchschlagpapier falsch ein, so daß das Original auf der Rückseite mit den gleichen Worten beschriftet war wie vorne, nur spiegelverkehrt, während der Durchschlag ein leeres weißes Blatt geblieben war. Als halb zwei näher rückte, wanderte Miss Ewings Blick immer häufiger zur Uhr. Ihre Hände waren klamm und feucht, und sie mußte sie ständig abwischen. Sie war schroff zu Leuten, die es nicht verdienten, und geduldig mit anderen, deren Gründe, die Kanzlei aufzusuchen, zweifelhaft waren. Aber als es dann halb zwei war und Nora hereinkam, fand ein abrupter Wandel statt. Gefaßt, herablassend und ironisch blickte

Miss Ewing von ihrer Schreibmaschine auf und sagte: »Guten Tag, Miss Potter. Was darf es heute sein – Blackstone oder Sir James Maine?«

5

Im Zimmer auf der anderen Seite des Flurs knarrte das Bett, und dann antwortete eine Stimme: »Ja, Alice, was gibt's?«

»Bist du wach?«

»Das nehme ich doch an, da ich mit dir rede. Was gibt's?«

»Ich dachte, ich hätte etwas gehört.«

»In Mutters Zimmer?«

»Nein, unten. Es hat sich so angehört, als würde jemand herumlaufen. Hast du die Hintertür abgeschlossen?«

»Ja. Schlaf jetzt.«

In Sommernächten betreiben die herumstreunenden Räuber – die Nachtinsekten, das Kaninchen, das auf dem Rasen Klee knabbert, die Schnecke, die die Irisblüte aussaugt – ihr Werk der Zerstörung in beharrlichem Schweigen. Nicht Geräusche stören den Schlaf, sondern das Mondlicht auf dem Holzboden des Schlafzimmers. Aber im Spätherbst und im frühen Winter, vor allem vor dem ersten Schnee, gibt es eine Zeit des Schreckens, wenn Feldmäuse, Ratten und Eichhörnchen, von der Kälte ins Haus getrieben, kratzende und schabende Geräusche in den Wänden machen. Die Treppe knarrt, irgendein Teil des Hauses verschiebt sich um ein Hundertstel Zentimeter (ausgelöst durch den Fluch eines Toten oder einer Hexe in der Nachbarschaft), und Menschen, die zu intensiv träumen, wachen auf und hören Geräusche (das verrät ihnen das Klopfen in ihrer linken Brustseite), die von einem herumschleichenden Wesen erzeugt worden sind.

»*Wenn* da jemand ist«, sagte Alice Beach, »dann kommt

er wahrscheinlich nicht herauf zu uns. Der schnappt sich wahrscheinlich nur das Silber und verschwindet wieder. So würde ich es jedenfalls machen, wenn ich ein Einbrecher wäre.«

»Ach, Alice, sei nicht albern. Da unten ist niemand.« Sie hielten beide den Atem an und horchten, während Angst ihnen das Herz zusammenschnürte und der Pulsschlag in ihrer Stirn gegen das Kissen klopfte.

»Pst – pst –«

»Ich gehe jetzt runter und sehe nach«, sagte Lucy. »Sonst hältst du mich noch die ganze Nacht wach.«

»Lucy, bitte nicht! *Bitte!* Das ist gefährlich!«

»Unsinn!«

Im Zimmer auf der anderen Seite des Flurs ging das Licht an, und auch Alice stand auf, zog sich ihren Morgenmantel über und folgte Lucy zum Treppenabsatz. Am Fuß der Treppe ging das Licht an, dann im Wohnzimmer, im Eßzimmer, in der Küche, in der Wäschekammer. Als in allen Zimmern alle Lichter brannten, öffnete Lucy die Kellertür und blieb oben an der mit Spinnweben behangenen Treppe stehen und wartete. Was immer die nächtliche Störung verursacht hatte, hier war es nicht.

Es ist nicht einfach, mit jemandem, der verliebt ist, unter einem Dach zu leben. Auch wenn das Geheimnis allen bekannt ist und offen darüber gescherzt werden kann, liegt etwas in der Luft, was für Unruhe sorgt. Wenn sich die Familie aufteilt in die einen, die es wissen, und die anderen, die es nicht wissen und es unter keinen Umständen erfahren dürfen, dann herrscht statt Unruhe eine ständige Spannung, die Lampen geben weniger Licht ab als üblich, das Trinkwasser schmeckt eigenartig, die Sahne wird ohne Grund sauer. Die Verschwörer vermeiden Blickkontakt, ergreifen umfassende Vorsichtsmaßnahmen gegeneinander und interpretieren in Bemerkungen, die sie unter normalen Umständen nicht einmal hören würden, eine zweite Bedeutung hinein. Die Person, die zu schützen sich alle bemühen, verrät sich ständig. Mal unter diesem, mal unter jenem Vorwand wird die Katze immerzu aus dem Sack gelassen, und es bleibt denjenigen, die von diesem Tier wissen, überlassen, herbeizueilen und es in die Enge zu treiben, bevor nicht wiedergutzumachender Schaden angerichtet wird.

»Siehst du?« sagte Lucy, machte die Kellertür zu und schloß sie ab. Sie knipsten überall das Licht wieder aus und standen schließlich in der Diele. Lucy öffnete die Tür des Schrankes, wo sich zwischen Regenmänteln und Schirmen ein Mann hätte verstecken können. »Wenn du jetzt zufrieden bist«, sagte sie, »können wir vielleicht wieder ins Bett gehen.«

6

Ich weiß, Sie sind beschäftigt, Mr. King«, sagte Miss Ewing, »aber Mr. Holby hat Besuch, und ich dachte ... natürlich nur, wenn Sie mir eine Minute Zeit widmen können. Ich – ich mache lieber die Tür zu, wenn Sie nichts dagegen haben.«

Austin hatte ihr schon zahllose Minuten gewidmet, ohne daß sie es für nötig befunden hätte, unter Entschuldigungen darum zu bitten, und ihre Art hatte jetzt etwas so Unentschlossenes, etwas so zutiefst Beunruhigtes an sich, daß er ihr bedeutete, sich zu setzen. Miss Ewing nahm Platz, zerknüllte ihr Taschentuch und sagte schließlich: »Ich fühle mich in letzter Zeit nicht wohl. Der Arzt hat gesagt, ich soll mich ausruhen.«

»Im Augenblick haben wir viel Arbeit«, sagte Austin, »aber ich denke, wir werden schon irgendwie zurechtkommen. Wir wollen nicht, daß Sie richtig krank werden. Wie lange wollen Sie sich freinehmen? Eine Woche? Zwei Wochen?«

»Ich fürchte, es müßte etwas länger sein«, sagte Miss Ewing. »Ich weiß, Sie machen eine hart Zeit durch, und ich tue es nur ungern, Mr. King, aber Dr. Seymour meint, ich sollte ganz aufhören zu arbeiten.«

»Das tut mir aber leid«, sagte Austin, doch weder seine Stimme noch seine Miene verrieten angemessenes Bedauern. Es braucht Zeit, eine Katastrophe zu begreifen, und angesichts der ersten Andeutung, daß Miss Ewings Goldenes Zeitalter zu Ende ging, war er beinahe fröhlich gestimmt.

»Es tut mir wirklich leid«, sagte sie. »Ich dachte, ich könnte noch eine Weile weiterarbeiten, aber ich habe in letzter Zeit überhaupt nicht gut geschlafen und –«

»Es ist nicht zufällig eine Frage des Geldes? Wenn es nämlich eine Frage des Geldes ist, bin ich gern bereit, mit Mr. Holby über eine Gehaltserhöhung zu sprechen. Ich bin sicher, daß sich das machen läßt.«

»Nein«, sagte Miss Ewing. »Darum geht es nicht. Sie und Mr. Holby sind immer sehr großzügig zu mir gewesen. Mehr als großzügig. Es ist nur so, daß ich nicht jünger werde und offenbar nicht mehr soviel arbeiten kann wie früher. Ich fühle mich geistig müde, und es macht mich so nervös, wenn nicht alles wie am Schnürchen klappt – wenn ich Fehler mache.«

Austin durchforschte sein Gewissen nach irgendeinem leichten Tadel, nach irgendeiner schroffen oder ungeduldigen Geste, die Miss Ewing gekränkt haben könnte.

»Ich werde nie vergessen, wie gut Ihr Vater zu mir gewesen ist, als ich hier meine Stelle antrat. Ich war noch ein Mädchen und hatte keine Ahnung von Jura und Kanzleiarbeit. Bei anderen Leuten verlor er oft die Geduld und wurde wütend und hat sie angebrüllt, aber mir gegenüber war er immer so verständnisvoll. Er war eher wie ein Freund zu mir, nicht wie ein Arbeitgeber.«

Austin nickte mitfühlend. Was sie da sagte, war nicht ganz wahr, und Miss Ewing mußte wissen, daß es nicht wahr war. Sein Vater war oft wütend auf Miss Ewing gewesen. Über ihre überhebliche Art Leuten gegenüber, die sie für unwichtig hielt, und ihre altjüngferliche Art hatte Richter King sich so geärgert, daß er mehrmals kurz davor war, sie zu feuern. Er konnte sie nicht feuern, weil sie für die Firma unersetzlich war, und das Verhältnis zwischen ihnen glich mehr einer Ehe als einer Freundschaft. Aber es steckt auch etwas Wahres in den Fiktionen, die sich Menschen schaffen, um etwas zu beschreiben, das zu kompliziert und zu subtil ist, um in irgendein konventionelles Muster zu passen.

»Er war ein wunderbarer Mann«, sagte Miss Ewing. »So jemand wie ihn wird es nie wieder geben.«

Austins Blick wanderte zu den Papieren auf seinem Schreibtisch und richtete sich dann wieder auf Miss Ewing. »Wann möchten Sie denn gehen?« fragte er.

»So bald wie möglich.«

»Ich fürchte, es gibt eine Menge Dinge, über die Mr. Holby und ich nicht Bescheid wissen. Wir haben uns voll und ganz auf Ihre Erfahrung verlassen und auf Ihre Kenntnisse der Kanzlei. Wenn Sie wenigstens noch ein paar Wochen bleiben könnten, bis eine Nachfolgerin eingearbeitet ist.«

»Oh, davon bin ich sowieso ausgegangen«, sagte sie beflissen. »So wie die Dinge jetzt liegen, bin ich die einzige, die –«

Sie hörte auf zu reden und sah ihn mit einem derart merkwürdigen flehenden Blick an, daß er von seinem Stuhl aufstand.

»Mr. King, ich bin nicht diejenige, für die Sie mich halten. Sie hätten mir nicht vertrauen dürfen. Ich habe Dinge getan, die ich nie für möglich gehalten hätte. Etwas so ...«

Was von ihrer normalen Gefaßtheit noch übrig war, löste sich jetzt vollständig auf, und sie brach in Tränen aus und erzählte ihm, daß sie Dinge getan habe, die so schrecklich seien, daß er sie dafür ins Gefängnis stecken lassen müsse.

Ihrer hysterischen Beichte konnte er nur eine unglaubliche Tatsache entnehmen – Miss Ewing hatte der Firma Geld gestohlen. Wieviel, konnte er nicht in Erfahrung bringen, aber anscheinend hatte sie vor über einem Jahr damit angefangen. Zuerst kleine Summen aus der Portokasse. Dann hatte sie seine und Mr. Holbys Unterschriften gefälscht und auf diese Weise beträchtliche Summen von der Bank abgehoben, was sie dank ihrer Buchhaltungskenntnisse hatte verschleiern können.

»Hätten Sie doch bloß ein Wort zu mir gesagt, daß Sie Geld brauchen«, sagte Austin.

»Ich habe es nicht gebraucht. Ich weiß nicht, warum ich es genommen habe. Am Anfang wollte ich einfach nur sehen, ob es geht, wahrscheinlich so eine Art Spiel. Und als ich festgestellt habe, wie leicht es ist, Sie und Mr. Holby zu hintergehen, habe ich weitergemacht. Wenn Richter King noch gelebt hätte, hätte ich mich das nicht getraut. Er hätte es irgendwie gemerkt, und dann hätte er mir etwas Furchtbares angetan. Aber Sie waren Tag für Tag hier, immer derselbe, immer voller Vertrauen zu mir, und das konnte ich einfach nicht mehr ertragen. Ich mußte es Ihnen sagen und es hinter mich bringen, sonst wäre ich verrückt geworden. Sie wissen ja nicht, wie das ist, Mr. King, wenn einem Tag und Nacht etwas am Gewissen nagt. Man findet keinen Seelenfrieden, keine Ruhe, bis man schließlich denkt, daß es jeder weiß und nur darauf wartet, einen bei frischer Tat zu ertappen. Alles ist besser, selbst Gefängnis, als diese quälende Sorge. Hoffentlich müssen Sie das nie erleben. Aber das müssen Sie machen mit jemandem wie mir – die Polizei rufen und mich abholen lassen ...«

Sie brach erneut in heftiges Schluchzen aus. Austin stand von seinem Stuhl auf, ging um den Schreibtisch herum und legte die Hände auf ihre schmalen Schultern, um sie zu trösten.

»Bitte nicht!« rief sie aus und schüttelte seine Hände ab. »Ich habe keine Freundlichkeit verdient, und ich kann sie nicht ertragen. Ich kann überhaupt nichts mehr ertragen.«

Austin ließ sie weinend auf dem Stuhl sitzen, der für Leute bestimmt war, die sich nach ihren gesetzlichen Rechten erkundigen wollten, ging ins Vorzimmer und rief eine Droschke. Als sie kam, zog Miss Ewing Hut und Mantel an und warf einen letzten verzweifelten Blick auf ihren unaufgeräumten Schreibtisch. Austin half ihr die Treppe hinunter und wies den jungen Mathein, der die Pferdedroschke seines Vaters lenkte, an, Miss Ewing nach Hause zu bringen. Dann kehrte er in sein Büro zurück, machte die Tür hinter sich zu und rief Dr. Seymour an.

Während er telephonierte, mischte sich in seine Aufregung eine gewisse Härte – die Härte des Triumphs. All die Jahre hatte Miss Ewing ihm unter die Nase gerieben, daß er nicht der Mann war, der sein Vater gewesen war. Und wie tief die Mächtigen gefallen waren! Aber er sagte: »Sie hat viele Jahre lang treue Dienste geleistet, und wenn sie jetzt krank ist – sonst hätte sie sich nie so verhalten –, dann werden wir uns natürlich um sie kümmern« und bewahrte so das innere Bild, die Ikone, die niemand, ob liebenswürdig oder nicht, bereit ist, jemals zu verändern.

7

Aber mein Liebling!« rief Martha King aus, als sie Ab auf den Schoß hob. »Mein teuerstes Engelchen! Niemand kann dich je ersetzen, nicht einmal eine einzige Sekunde lang!«

Abs Tränen versiegten durch den schnellen Trost der weichen Geborgenheit und durch das »Ist ja gut, ist ja gut …« ihrer Mutter. Als sie sich aufsetzte, lächelte sie schon wieder.

»Wo soll das Baby schlafen? Schläft das Baby in meinem Zimmer?«

»Wenn du das gern möchtest«, sagte Martha. Sie strich Ab die Ponyfransen aus der hohen Stirn, beugte sich hinunter und küßte die weiche Stelle, an der die Knochen längst zusammengewachsen waren.

Als Ab sie allein ließ, um wieder zu spielen, erhob sich Martha von ihrem Stuhl und ging hinüber zur Fensterbank und zu ihrem Haufen Flickarbeit. Rachel war an diesem Morgen nicht gekommen, und eine Ahnung lastete auf Martha King. Das Knäuel von Socken, der Hemdkragen, der gewendet werden mußte, blieben liegen. Über eine Stunde lang saß sie da, die Stirn an die Scheibe gepreßt, und sah hinaus auf die Einfahrt, auf das Nachbarhaus, auf die Küchenpumpe und den Maulbeerbaum, der jetzt seiner Blätter wie seiner Früchte beraubt war.

Worüber sie die ganze Zeit, die sie dort saß, nachdachte, hätte sie später nicht sagen können. Sie sah ein herabfallendes Blatt, Leute auf dem Gehsteig, den grauen bedeckten Samstag. Aber all das war nicht eingebettet in eine zeitliche Folge, sondern oft Teil einer langen Kette von Gedanken und Bildern, die scheinbar in keiner Beziehung zueinander standen und nirgendwohin führten. Es gibt ein Land, wohin Frauen gehen, wenn sie schwanger sind, ein Land ohne König und ohne Parlament. Die Bewohner tun nichts anderes als warten, und die Gegenwart existiert in keinem Kalender, nur die Zukunft, die vielleicht kommt, vielleicht auch nicht. Doch irgend etwas wird dort trotzdem erreicht, und die unvermeidliche Steuer, die in der Außenwelt einmal in jedem Mondzyklus in Form von Blut eingezogen wird, wird erlassen und verbleibt bei der Steuerzahlerin.

Die Festung, in der alle eingeschlossen sind, ist von einem Wassergraben umgeben, der von unterirdischen Quellen gespeist wird. Es treffen keine Herolde ein, und es werden keine entsandt, keinerlei Glanz fällt auf die Festungsmauern. Die Fenster sind schmale Schlitze im Stein, durch die man auf eine Landschaft von blassesten Farben blickt.

Die Aussicht vom höchsten Eckturm ist immer die gleiche, nur manchmal sieht man überhaupt nichts.

Die Bewohnerinnen der Festung leiden häufig unter Krämpfen und Erbrechen. In einem Moment haben sie extravagante Gelüste und im nächsten überhaupt keinen Appetit mehr. Konsequenz wird nicht von ihnen gefordert. Im Sommer sind sie exzentrische Träumerinnen und kauern sich, jede für sich, neben einen reich verzierten Ofen, der immer brennt und allein für sie da ist. Im Winter stecken sie die Arme durch die Schlitze in den Mauern und spüren den warmen Regen. Gefühle sind träge, erinnert und undeutlich. Verbitterung, Haß und Angst werden gegossen, gepflegt und gewendet, damit sie gleichmäßig wachsen, und dann werden sie vergessen, bevor sie die Möglichkeit haben zu blühen. Aus Vorhaben wird Vorgeben. Die Kinderstimmen, die hin und wieder zu hören sind, sind nicht die Stimmen von Kindern, die erwachsen werden, heiraten und selbst Kinder zeugen, sondern die Stimmen von Kain und Abel, die sich um den Besitz eines Dreirads oder eines Gummiballs streiten.

Gelegentlich versucht jemand, aus dem Land zu fliehen, aber das ist nicht leicht. Zwangsläufig wird es an der Grenze Schwierigkeiten geben. Die Straßen sind nach Einbruch der Dunkelheit trotz Polizeiüberwachung nicht sicher. Den Frauen wird das Kalzium in ihren Knochen geraubt und ihre lebenslangen Ersparnisse an Träumen. In der konturlosen Landschaft wimmelt es vor schmutzigen Dingen, kriechenden Maden, ekelhaften Amöben, die sich bewegen und haarige Fortsätze haben, oder aufgedunsenen Kadavern von Rehen.

Als sie draußen ein Geräusch hörte, wandte sich Martha um, gerade noch rechtzeitig, um zu sehen, wie Mr. Porterfield sein Fahrrad die Einfahrt entlangschob. Als sie die Küchentür öffnete, wanderte ihr Blick zu dem Zettel in seiner Hand.

Reverend Porterfield war ein schmächtiger, sorgfältig

gekleideter Neger unbestimmbaren Alters. Seine Hände und sein Gesicht zeugten von Würde, und seine Haltung (weder unterwürfig noch von Rassenstolz gepräg, noch voreilig bereit, eine Beleidigung zu vermuten, wo keine beabsichtigt war) war für Weiße beispielhaft für den richtigen Umgang mit Schwarzen. Von der Kanzel der Afrikanischen Methodistischen Episkopalkirche herab rechtfertigte er jeden Sonntagabend vor seiner Gemeinde die Wege Gottes, und war jemand in Schwierigkeiten, wandte er sich an Mr. Porterfield um Hilfe.

»Ich weiß nicht, wie ich ohne sie zurechtkommen soll«, sagte Martha, nachdem sie Rachels Mitteilung gelesen hatte. »Geht es ihr gut?«

»Ja, Ma'am.«

»Wohin sie geht oder wie ihre Pläne aussehen, hat sie nicht gesagt?«

»Eigentlich nicht«, sagte er vorsichtig. »Sie hat mich gebeten, Ihnen diese Mitteilung zu überbringen, und ich habe ihr versprochen, es zu tun. Aber sie hat nicht genau gesagt, wo sie jetzt hinwill.«

»Aha«, sagte Martha. »Wollen Sie nicht hereinkommen? Es ist heute sehr kalt.«

»Vielen Dank, Ma'am, aber ich muß weiter.«

Als er sein Fahrrad aufrecht hinstellte, sagte Martha: »Hat sie die Kinder mitgenommen?«

»Ja«, erwiderte Mr. Porterfield. »Ja, sie hat die Kinder mitgenommen.«

»Wenn Sie irgend etwas von ihr hören ...«

»Aber natürlich. Wenn ich irgend etwas von ihr höre, werde ich Sie auf jeden Fall davon unterrichten ... Auf Wiedersehen, Ma'am, und grüßen Sie Mr. King von mir.«

Er weiß es und will es mir nicht sagen, dachte Martha, während sie zusah, wie er sein Fahrrad die Einfahrt entlangschob. Sie machte Anstalten, zurück ins Haus zu gehen, blieb jedoch noch einmal stehen. Ihr Blick fiel auf den Kühlschrank und die Ansammlung von Gegenständen, die für den Scheunenboden bestimmt waren, als wäre irgendwo – hinter dem schimmligen Stich der *U.S.S. Maine* vielleicht oder in der Schachtel mit den fleckigen Abendschuhen – der beunruhigende Grund für Rachels Verhalten verborgen, warum sie Mr. Porterfield vertraute und nicht Martha King.

8

Warte, bis ich komme, Nora«, rief Alice Beach aus ihrem Zimmer, wo sie sich gerade ankleidete.

»Wir warten auf dich«, rief Nora zurück. »Ich habe noch nichts erzählt.«

Jeden Abend, wenn sie von der Kanzlei Holby und King nach Hause kam, brachte sie Leben und Aufregung nicht nur in das düstere Haus der Beach, sondern auch in das noch düsterere Krankenzimmer. Die Atmosphäre von Krankheit war gezwungen zu weichen. In den Augen der Kranken funkelte Neugier, und als besonderes Zeichen der Gunst hatte sie Nora und Lucy gestattet, sich aufs Bett zu setzen.

»Austin hat mich gefragt, ob ich heute abend noch mal kommen und helfen kann. Sie haben den ganzen Nachmittag lang nach einem Testament gesucht. Offenbar hatte Miss Ewing ihr eigenes Ordnungssystem und –«

»Jetzt erzählst du's ihnen ja doch«, rief Alice.

»Nein, tue ich nicht«, sagte Nora. »Niemand weiß, wie es funktioniert. Im Büro geht alles drunter und drüber, Mr. Holby fährt morgen früh nach Chicago, und Cousin Austin, der Ärmste –«

»Jetzt«, sagte Alice, als sie das Zimmer betrat. Der Farbe ihrer Wangen und der eifrigen Miene nach zu schließen, hätte man meinen können, sie würde einen männlichen Besucher erwarten.

»Miss Ewings Mutter hat früher für mich genäht«, sagte Mrs. Beach, da sie vergessen hatte, daß sie Nora diesen wesentlichen Tatbestand bereits mehrmals mitgeteilt hatte. »Ich hatte sie eine Woche lang im Frühling und eine Woche im Herbst. Sie war eine absolut ehrliche Haut, aber langsam – schrecklich langsam.«

»Also«, sagte Nora, lehnte sich mit verschränkten Armen zurück und blickte von einem gespannten Gesicht zum nächsten, »ratet mal.«

»Ach, spann uns doch nicht länger auf die Folter!« rief Alice.

»Tue ich auch nicht«, sagte Nora. »Sie hat sich alles nur eingebildet. Die Buchprüfer haben die Bücher ganz genau unter die Lupe genommen, vorwärts und rückwärts. Es fehlt nicht ein einziger Cent.«

»Nein!« rief Lucy aus.

»Also, das freut mich für ihre Mutter«, sagte Mrs. Beach.

»An Miss Ewings Geschichte ist kein wahres Wort«, fuhr Nora fort, »und ich weiß nicht, wie vielen Leuten sie schon davon erzählt hat. Zum Beispiel war sie schon seit zwei Monaten nicht mehr beim Arzt.«

»Das ist das Seltsamste, was ich je gehört habe«, sagte Alice.

»Austin kann sie nicht überzeugen – er hat sie heute nachmittag besucht, und ich bin mitgegangen. Sie behauptet immer noch beharrlich, daß sie eine Diebin ist und in die Strafanstalt geschickt werden muß. Man weiß überhaupt nicht, was man mit Leuten machen soll, die so außer sich sind. Wenn man versucht, vernünftig mit ihnen zu reden –«

»Lag sie im Bett?« fragte Lucy.

»Nein«, sagte Nora. »Sie war auf und angezogen. Sie hat eine Katze, einen großen gelben Kater, und sie wollte nicht, daß ich ihn hochnehme, aber er kam sofort zu mir und blieb die ganze Zeit auf meinem Schoß sitzen, mit sich und der Welt zufrieden.«

»Austin hätte ihr nicht alles überlassen sollen«, sagte

Mrs. Beach. »Er überrascht mich. Ich hätte ihn für einen besseren Geschäftsmann gehalten.«

»Aber wenn Sie Miss Ewing gekannt hätten –« setzte Nora an.

»Bei ihrer Mutter mußte ich aufpassen wie ein Habicht«, sagte Mrs. Beach. »Sonst hätte man jeden Stich auftrennen und neu nähen müssen. Das lag zum Teil daran, daß sie allmählich blind wurde, ohne es zu merken. Miss Ewing hatte bestimmt vor, das Geld zu stehlen. Sonst würde es sie nicht so beschäftigen ... Als Lucy sechs war, nahm sie einen Dollarschein aus meiner Handtasche, um sich eine Limonade zu kaufen«, fuhr Mrs. Beach fort, als hätte Lucy hinsichtlich dieser moralischen Krise in ihrem Leben keinerlei Gefühle mehr. »Ich wußte Bescheid. Der Nachbarjunge, der den Limonadenstand hatte, hielt mich auf dem Nachhauseweg an und gab mir das Wechselgeld, aber ich wollte, daß sie es mir selber sagt, und deswegen habe ich gewartet ...«

Lucy errötete, und als die peinliche Geschichte zu Ende erzählt war, lenkte Nora das Gespräch taktvoll wieder zu Miss Ewing zurück.

»Sie haben ihre Unterbringung in einem Pflegeheim in Peoria veranlaßt, bis es ihr bessergeht. Das Problem ist nur, sie dazu zu bringen, dort hinzugehen.«

»Wer kommt für die Kosten auf?« fragte Mrs. Beach.

»Cousin Austin hat angeboten, das zu übernehmen. Mr. Holby wollte nichts damit zu tun haben. Aber irgendwas muß mit ihr geschehen. Sie hat gedroht, sich umzubringen. Als wir uns heute abend getrennt haben, hat Cousin Austin mich gefragt, ob ich sie vielleicht morgen noch einmal allein besuchen könnte. Er meint, auf eine Frau würde sie vielleicht eher hören als auf einen Mann, und natürlich habe ich gesagt, daß ich das gern mache. Ich finde, wenn es irgend etwas gibt, was ich für sie tun kann, dann sollte ich das auch tun, vor allem wo alle so freundlich zu mir gewesen sind.«

9

Die Stühle in Dr. Seymours Wartezimmer hatten gerade Rückenlehnen und waren hart, und die Zeit verging dort sehr langsam. Die dunkle, lackierte Holztäfelung, das fleckige Zierdeckchen auf dem Tisch in der Mitte, die uralten Exemplare der *Saturday Evening Post*, die Messinglampe und das grinsende dicke Männchen aus rosa Gips, all das gehörte zu der antiseptischen und sorgenvollen Atmosphäre, die stets unverändert blieb, obwohl ein ständiger Austausch von sorgenvollen Menschen stattfand. Das Wartezimmer war voll: Austin und Martha King, ein alter Mann, dessen linke Hand mit einem schmutzigen Verband umwickelt war, eine Frau mit einem kleinen Mädchen, ein rotbackiger Mann, der wie der Inbegriff von Gesundheit aussah, aber nicht sein konnte, was er zu sein schien, da er sonst nicht hiergewesen wäre. Sie saßen da, warfen einander manchmal Blicke zu oder starrten auf die beiden Bilder an der Wand. Auf dem einen Bild war ein Arzt in einem langen Gehrock abgebildet; er ging eine mondbeschienene Straße entlang, in der einen Hand seine Arzttasche, in der anderen einen Regenschirm. Den Regenschirm hielt er so, daß der Schatten, den der Mann warf, dem eines Storchs ähnelte. Auf dem anderen Bild saß der Arzt am Bett eines kranken Kindes, dessen besorgte Eltern im dunklen Hintergrund standen.

Nach einer Weile wurde eine ältere Frau, die wegen des grauen Stars in ihrem rechten Auge gekommen war, von einer Frau herausgeführt, die möglicherweise ihre Tochter war. Der Arzt hatte der älteren Frau etwas gesagt, womit sie nicht gerechnet hatte, etwas Gutes oder etwas Schlechtes, an das sie sich erst langsam gewöhnen mußte. Bis es soweit war, mußte sie geführt werden. Jemand mußte ihr die Handtasche tragen und ihr den Weg zur Tür zeigen.

Der Mann mit dem schmutzigen Verband ging als nächster hinein, und Austin sah Martha an. Sie überraschte ihn jetzt mit einer Geduld, die er (der doch immer so geduldig war) nicht besaß. Er konnte nicht stillsitzen, er war unruhig, er drehte sich nervös um und blickte aus dem Fenster. Das gewohnte Gefühl, daß alles gut verlaufen werde, daß er nicht von den Katastrophen bedroht war, die andere Menschen heimsuchten, hatte ihn verlassen. Arztbesuche hatten auch früher schon stattgefunden, sie verliefen immer gleich, immer beruhigend. Er hätte in diesem Moment eigentlich in seinem Büro sein sollen, aber die Straßenbahn wäre zuviel für Martha gewesen, und er wollte nicht, daß sie in einer von Jim Matheins schmutzigen alten Droschken fuhr, und so hatte er Prince Edward angeschirrt und sie selbst hergefahren.

Das kleine Mädchen litt an einer Hautkrankheit. Es sah Martha an, sah wieder weg und wieder zu ihr und vergrub schließlich den Kopf im Schoß seiner Mutter. Die beiden Frauen tauschten Blicke und lächelten. Schließlich überwand das kleine Mädchen seine Schüchternheit, ging zu Martha und legte den Kopf an ihr Knie.

»Wie alt bist du denn?« fragte Martha.

»Fünf«, sagte die Mutter. »Sie spricht nicht.«

»Oh«, sagte Martha. Sie beugte sich vor, damit das Kind mit ihren Perlen spielen konnte. Austin mußte sich beherrschen, um nicht einzugreifen, aber Martha machte sich anscheinend keine Sorgen wegen der Hautkrankheit, die vielleicht ansteckend war.

Eine Weile geschah nichts im Wartezimmer – nichts Interessanteres oder Dramatischeres, als daß die Sonne hinter einer Wolke hervorkam, die Umrisse des Fensters auf den Linoleumboden zeichnete und auch die Spitzengardinen dorthin verlegte, wie die Abziehbilder, die sich Schulkinder mit Spucke auf Hände und Unterarme kleben. Von den Krankheiten, die seit vierzig Jahren durch das Wartezimmer gezogen waren, war keine Spur zu sehen. Leute mit Tuberkulose, Leute, die mit Typhusbakterien in ihrem Körper herumliefen, Frauen mit einem Knoten in der Brust, der sich als bösartig erwies, Männer mit vergrößerter Prostata, Kinder, die nicht zunehmen wollten. Leute mit Herzbeschwerden, mit Elephantiasis, Wassersucht, Furunkeln, Karbunkeln, gebrochenen Armen, brandigen Entzündungen, Masern, Mumps, mit einem Mangel an roten Blutkörperchen, mit einer verrenkten Wirbelsäule, mit Gehirnhautentzündung, Gesichtslähmung und Gehirnlähmung. Frauen mit faltigen Strümpfen, die demnächst in eine Anstalt eingeliefert würden, Frauen, die ihre Kinder nicht stillen konnten, Babys, die nur eine kurze Zeit leben sollten, wie eine Knospe an einer kränklichen Pflanze. Der kleine Junge, dessen Beine in einem Gestell stecken, das kleine Mädchen, das mit drei schon Brüste hat und mit vier seine Periode bekommt, sonst aber ganz normal ist. Der Mann, dessen Atmung vom Asthma erstickt wird, dessen Herzschlag unregelmäßig und schwach ist. Die Frau mit geschwollenen Gelenken. Die Frau, die von ihrem Mann mit Gonorrhöe angesteckt wurde. Alle heben sie ihre Sorgen und ihre Angst für das Behandlungszimmer auf, alle in der Lage, geheilt zu werden, oder unheilbar. Die Krankheit der Seele unentwirrbar verbunden mit der Krankheit des Körpers. Die, die eigentlich gesund werden sollten und es nicht werden, die, deren Zustand hoffnungslos ist und die doch weiterleben. Wie das Muster der Spitzengardine auf dem Linoleum kamen und gingen sie, ohne eine Spur zu hinterlassen.

Der Mann, der mit dem schmutzigen Verband um seine Hand in den Behandlungsraum gegangen war, kam mit einem sauberen wieder heraus. Die Sprechstundenhilfe sagte: »Sie können jetzt zum Herrn Doktor rein, Mrs. King«, und Martha erhob sich von ihrem Stuhl und ging durch das Zimmer mit dem seltsamen, unnatürlichen Gang einer Frau, deren Schwangerschaft weit fortgeschritten ist.

Austin wartete, bis sich die Tür hinter ihr schloß, dann fiel sein Blick auf den Boden und suchte die Umrisse des Fensterrahmens, die jetzt so blaß, fast schon unsichtbar waren und alsbald völlig verschwanden. Er saß da und schlug abwechselnd das rechte Bein über das linke, das linke Bein über das rechte. Nach einer Weile holte er seine Uhr hervor und sah darauf. Die Untersuchung im Behandlungszimmer dauerte länger als gewöhnlich. Er blickte noch einmal aus dem Fenster auf die Kutsche und merkte nicht, daß die Sprechstundenhilfe ihn angesprochen hatte.

»Wie bitte?« sagte er und wandte sich vom Fenster ab.

»Dr. Seymour möchte Sie gern sprechen«, sagte die Sprechstundenhilfe.

10

Ich weiß gar nicht, was Sie von mir denken müssen«, sagte Mary Caroline Link. »Seit Sie hier sind, wollte ich Ihnen einen Besuch abstatten, nur gibt es immer soviel zu tun. Das ist jetzt mein letztes Jahr in der High-School. Im Juni mache ich meinen Abschluß. Und dann noch der Chor und die Debatten und der Vortrag – Mußten Sie jemals *The Heart of Midlothian* lesen? Ein schrecklich trauriges Buch – Ich weiß nicht, wo die Zeit bleibt. Aber es ist nicht richtig, keine Zeit für Freunde zu haben.«

Mary Caroline, deren Konversationston dem einer Frau von Vierzig entsprach, saß auf dem Sofa im Salon der Beach. Es war Sonntag nachmittag, und sie hatte ein Schwarzbrot nach Bostoner Art als Gastgeschenk mitgebracht.

»Ich habe nichts daran gefunden«, sagte Nora.

»Ich höre, Sie studieren Recht in Mr. Kings Kanzlei«, sagte Mary Caroline. »Das finden Sie bestimmt sehr interessant.«

»Ja«, erwiderte Nora. Ihr Lächeln war zugleich vage und überschwenglich aufgrund einer inneren Freude.

»Wie geht es Ihrem Bruder?« fragte Mary Caroline.

»Gut«, sagte Nora. »Ich nehme an, es geht ihm gut. Er

schreibt nie. Nichts in der Welt würde ihn dazu bringen, einen Brief zu schreiben.«

Als Nora lächelte, bemerkte Mary Caroline, daß die Form ihrer Augen und der Schwung ihres Mundes etwas von Randolph hatten. Nora sah hübsch aus, sie sah aus wie jemand, den zu kennen aufregend wäre, aber ihr Gesicht ließ natürlich nicht wie seines alle anderen platt und gewöhnlich aussehen. Es gab nur diese flüchtige Ähnlichkeit im Ausdruck. Mary Caroline war überrascht, daß sie sie noch nie bemerkt hatte, da sie doch so auffällig war.

»Mögen Sie das Mädchen, mit dem er verlobt ist?«

»Verlobt?«

»Vielleicht hätte ich lieber nicht fragen sollen. Er hat es mir im Vertrauen erzählt, aber ich dachte natürlich, daß Sie davon wüßten.«

»Nein«, sagte Nora freundlich. »Ich fürchte, ich weiß nicht einmal, von welchem Mädchen Sie sprechen.«

»Da muß ein Versehen vorliegen«, sagte Mary Caroline und errötete. »Ich habe ihn wohl mißverstanden. Aber er hat mir gesagt – jedenfalls bilde ich mir ein, daß er gesagt hat, er sei verlobt. Wenn ich mich richtig erinnere – ich könnte mich auch irren –, hat er gesagt, sie sei ein sehr schönes Mädchen aus New Orleans und ihr Vater sei Millionär.«

»Ach die«, sagte Nora. »Nein. Mit der ist er nicht verlobt und war es auch nie, soweit ich weiß. Hat er Ihnen das wirklich erzählt?«

»Ja.«

»Ich weiß nicht, warum er so schreckliche Lügen erzählt«, sagte Nora. »Vielleicht weil er es nicht erträgt, daß die Dinge so sind, wie sie sind. Haben Sie Brüder?«

Mary Caroline schüttelte den Kopf.

»Ich habe mir oft gewünscht, ich hätte außer Randolph noch einen Bruder«, sagte Nora. »So habe ich keine Vergleichsmöglichkeit. Ich weiß nicht, ob sich alle Jungen so verhalten, wie Randolph es tut.«

Nora hätte Mary Caroline erzählen können, wie sie mit

Randolph abrechnen könnte, und sie hätte sie zu der Stechpalme führen können, aus der der Pfeil gefertigt werden müßte, der den Liebling der Götter niederstreckte. Eins konnte Randolph nämlich nicht ertragen, Gleichgültigkeit. Das einzige, was sie zu tun brauchte, wäre, ihm gegenüber ungerührt zu bleiben, sich nicht darum zu kümmern, ob er lebte oder starb, und er hätte Himmel und Hölle in Bewegung gesetzt, damit es sie kümmerte.

»Ich kenne viele Jungen in der Schule«, sagte Mary Caroline, »und ich kann Ihnen versichern, daß Randolph ganz anders ist.«

»Wahrscheinlich«, sagte Nora und klopfte ein Kissen in Form. »Aber manchmal wünschte ich mir, er wäre nicht so eitel.«

»Ist er eitel?« fragte Mary Caroline und neigte sich vor.

»Fürchterlich.«

»Also, diese Seite habe ich bei ihm noch nicht entdeckt«, sagte Mary Caroline. »Aber wahrscheinlich fällt es schwer, nicht eitel zu sein, wenn man so aussieht wie Randolph. Ich bin froh, daß Sie es mir gesagt haben. Ich habe das Gefühl, daß ich ihn jetzt besser verstehe. Und finden Sie es nicht auch angenehm, daß Menschen, die ansonsten so vollkommen wirken, irgendeinen kleinen Fehler haben? Das macht sie nur noch sympathischer.«

Auf diese Bemerkung hin – so schien es zumindest – erstrahlte das vage, doch leuchtende Lächeln ein weiteres Mal.

Von ihrem Platz aus sah Mary Caroline durch das Wohnzimmerfenster, wie ein Gespann vor dem Haus der Kings vorfuhr und hielt. Sie brachte das Gesicht näher an die Spitzengardine und sagte dann: »Es ist Dr. Seymour. Ist bei den Kings jemand krank?«

»Mrs. King«, sagte Nora mit ernster Stimme.

»Oje«, sagte Mary Caroline. »Das hat mir niemand erzählt.«

»Sie muß liegen, bis das Baby kommt.«

»Die Ärmste!« sagte Mary Caroline. »Ich muß sie unbedingt besuchen.«

Da sie das Gefühl hatte, daß sie mit Nora schon viel zuviel über ihren Bruder gesprochen hatte, begann Mary Caroline von der Kantate zu berichten, die sie im Chor probten. Sie blieb, bis es dunkel wurde, und Nora brachte sie zur Tür. Sie hatte Mary Caroline während der letzten halben Stunde kaum zugehört und ahnte nicht, daß ein Teil einer grenzenlosen Zuneigung von Randolph auf sie übertragen worden war.

»Ich rufe Sie morgen oder übermorgen an, und vielleicht können wir irgendwas zusammen unternehmen«, sagte Mary Caroline.

Während Nora zusah, wie Mary Caroline in der Dämmerung und im Regen verschwand, sagte sie: *Du darfst nicht denken, ich sei dir nicht dankbar für alles, was du für mich getan hast. Wenn ich nicht davon spreche, dann deswegen, weil ...*

In ein nie endendes Gespräch mit Austin King vertieft, vergaß Nora dabei nicht, daß er eine Frau hatte, aber in ihrem Herzen gab es keinen Platz für Eifersucht. Cousine Martha war mit Austin verheiratet, mehr nicht. Sie interessierte sich nicht für seine Arbeit, wollte nicht wissen, was in ihm vorging. Dazu wandte er sich an Nora, die ihm ihre vollständige und atemlose Aufmerksamkeit schenkte, ganz gleich, wo sie war und welche Ansprüche die Außenwelt an sie stellte. *Mir ist vollkommen klar, daß es Dinge gibt, die ich dir unmöglich sagen kann, die du nicht hören willst,* sagte sie, als sie die Kinder über den gefährlichen Bahnübergang führte. *Ich glaube, ich habe etwas Wichtiges entdeckt,* sagte sie, als sie das Geschirr im Schrank verstaute. *Nein, entdeckt habe ich es eigentlich nicht. Du hast meine Gedanken geleitet, und da war es ... Du magst Freunde haben, die dir näherstehen,* sagte sie zu ihrem Spiegelbild, als sie sich das Haar bürstete und flocht, *aber ich bezweifle, daß es irgend jemanden gibt, dem dein Glück wichtiger ist als mir ... Ich höre alles, was du sagst, alles,* sagte sie und ließ den Kaffee auf dem Herd überkochen.

11

Es ist sehr aufmerksam von Ihnen, daß Sie hergekommen sind, um es mir zu sagen, Miss Ewing«, sagte Martha King. »Aber wir wissen beide, daß Mr. King so etwas nicht machen würde.«

Diese Feststellung, die nicht logisch auf das folgte, was Miss Ewing gerade gesagt hatte, verwirrte und erschütterte sie. Es war nicht ihre Gewohnheit, Mrs. King Höflichkeitsbesuche abzustatten, und die lange Wartezeit unten hatte ihr genügend Gelegenheit gegeben, darüber nachzudenken, ob es nicht besser gewesen wäre, nicht zu kommen. Hätte sie gewußt, daß Mrs. King nicht wohlauf war, daß Mrs. King sie in ihrem Schlafzimmer empfangen würde, hätte der Mut sie verlassen. Er wurde jetzt gespeist von der Überzeugung, daß das, was sie hier tat, im Interesse der Firma King und Holby geschah. Sie lehnte sich nervös vor und sagte: »Natürlich gibt es keinen zweiten wie Mr. King. Deswegen war ich ja auch so überrascht, als er sie zu sich ins Büro holte und –«

Welche anderen seltsamen Visionen Miss Ewings Augen in letzter Zeit geschaut hatten – die Synagoge des Satans, die vier Bestien, die vorne, hinten und im Innern Augen hatten, Hagel und Feuer, mit Blut vermischt, alles grüne Gras verbrannt, der Himmelssturz des Sterns namens Wormwood und die Verdunkelung der Luft durch den Rauch aus der Hölle –, davon zeugte ihr unnatürlicher Glanz.

»Es tut mir natürlich leid zu erfahren, daß über ihn und Miss Potter geredet wird«, sagte Martha freundlich. »Aber das ist etwas, wofür er in keiner Weise verantwortlich ist. Die Leute müssen klatschen, und wenn sie nichts Wahres finden können, worüber sie klatschen können, dann erfinden sie meist etwas. Ich bin sicher, Sie werden alles in Ihrer Macht Stehende tun, um es zu unterbinden. Was für ein schöner Regenschirm! Ist er neu?«

»Er hat meiner Mutter gehört«, sagte Miss Ewing, ohne verhindern zu können, daß ihre Aufmerksamkeit sich dem geschnitzten Schirmgriff zuwandte, dem Kopf eines Affen, der sich beide Hände vor den Mund hielt. Obwohl Martha im Bett lag, konnte sie der Besucherin zu verstehen geben, daß sie so lange geblieben war, wie es die Höflichkeit gestattete. Miss Ewing erhob sich, und nach einer weiteren Erschütterung angesichts ihrer Erscheinung im Spiegel des Frisiertisches (sie hatte bestimmt nicht vorgehabt, sich aufzudrängen und einzumischen) verabschiedete sie sich. Draußen im Flur schlug sie die falsche Richtung ein und fand sich alsbald vor der Hintertreppe wieder. Um das Risiko zu vermeiden, ihren Irrtum erklären zu müssen, wenn sie den gleichen Weg zurückging, blieb Miss Ewing bei dem einmal eingeschlagenen Kurs, gelangte in den Anrichteraum und fand schließlich, zitternd vor Erregung, den Weg aus dem Labyrinth.

»Ich glaube nicht, daß ihr irgend jemand ihre Geschichten abnimmt«, sagte Martha, als sie am Abend Austin von Miss Ewings Besuch berichtete. »Nur ist sie nicht die einzige, die Dinge herumerzählt. Du hast selbst gesagt, daß es einiges Gerede geben wird, und das ist auch der Fall. Mrs. Jouette sah sich verpflichtet, mich davor zu warnen, was die Leute – zweifellos in erster Linie Mrs. Jouette – herumerzählen. Ich habe es auch von Mrs. Ellis gehört.«

»Wieso hast du mir nichts davon gesagt?« fragte Austin.

»Weil ich dich nicht beunruhigen wollte. Ich wußte, du würdest es ernst nehmen, obwohl es abwegig ist, und eine Woche später klatschen sie über jemand anders. Aber Miss Ewings Geschichten waren wirklich boshaft. Die Phantasie ist mit ihr durchgegangen, und wenn sie irgend jemand anders erzählt hat, was sie heute nachmittag mir erzählt hat ...«

»Laß sie reden«, sagte Austin.

»Uns wird es nicht schaden«, sagte Martha langsam,

»aber was ist mit Nora? Wenn sie sich einen schlechten Ruf einhandelt, nur weil sie in deinem Büro ist ...«

»Aber wie können die Leute denn nur so über sie reden?«

»Sie können und sie werden es, solange Nora sich so benimmt, wie sie es jetzt tut«, sagte Martha.

»Was meinst du damit?«

»Anscheinend bemüht sie sich sehr, so zu tun, als wäre sie bloß eine Freundin der Familie. Aber sie erwähnt deinen Namen wesentlich öfter als nötig, und die Blicke, die sie dir zuwirft, wenn du durchs Vorzimmer gehst, reichen unter diesen Umständen aus, um euch beide zu überführen. Wenn sie ihre Liebe von den Dächern ausposaunen würde, wären die Leute auch nicht schneller bereit, das Schlimmste anzunehmen.«

»Oh«, sagte Austin. »Ich nehme an, wenn sie ihr Vorhaben, Anwältin zu werden, aufgäbe und nicht länger in die Kanzlei käme und wenn es ihr gelingen würde, nicht mit mir zu reden, wenn wir uns zufällig irgendwo begegnen, dann wären die Leute wohl zufrieden?«

»Es würde helfen«, sagte Martha.

»Sie können Nora nichts anhaben«, sagte Austin.

12

Herein, herein«, rief Austin fröhlich, und zu seiner Überraschung sagte Dave Purdy: »Hallo, Austin, wie geht's?« und ging in Mr. Holbys Büro.

Ein paar Minuten später brachte Miss Stiefel Austin ein paar Briefe zum Unterschreiben. Da er keine ausgebildete Kanzleisekretärin hatte finden können, hatte er eine Absolventin der Handelsschule eingestellt. Sie konnte zufriedenstellend maschineschreiben, aber ihre Leistungen waren selbstverständlich nicht mit Miss Ewings makellosen Schriftstücken zu vergleichen. Miss Stiefel war blaß, hatte blaue Augen und derart blonde Haare, Augenbrauen und Wimpern, daß sie fast weiß wirkten. Im Augenblick verriet ihre Miene, daß sie mehr wußte, als es ratsam war, zu zeigen.

»Das *war* doch Dave Purdy, oder?« fragte Austin.

Miss Stiefel nickte.

»Haben Sie ihm gesagt, ich sei beschäftigt?«

»Nein«, sagte Miss Stiefel. »Er wollte Mr. Holby sprechen.«

»Aber ich erledige alle seine rechtlichen Angelegenheiten«, sagte Austin. »Mr. Holby weiß nichts darüber.«

»Soll ich ihn bitten, bei Ihnen reinzuschauen, bevor er geht?«

»Nicht nötig«, sagte Austin. Als sie im Begriff war, das Büro zu verlassen, fügte er hinzu: »Sagen Sie mir Bescheid, wenn Mr. Holby zu sprechen ist.«

Obwohl er sie nicht darum gebeten hatte, schloß sie hinter sich die Tür zum Vorzimmer, vielleicht aus Gedankenlosigkeit. Aber es konnte auch sein, wurde Austin plötzlich klar, daß sie es auf Anweisung von Mr. Holby tat – eine Anweisung, die sich auf die Tatsache stützte, daß der Juniorpartner zu einer gesellschaftlichen Belastung für die Firma geworden war.

Als Miss Stiefel eine halbe Stunde später die Tür wieder aufmachte, saß Austin an seinem Schreibtisch, den Kopf in die Hände gestützt, und sie mußte ihn zweimal ansprechen, bevor er sie hörte.

»Mr. Holby hat jetzt Zeit.«

Mr. Holby bestand in der Regel nicht auf seinem Rang. Wenn er wußte, daß Austin ihn sprechen wollte, kam er in Austins Büro. In einer dumpfen Aufwallung von Wut, die Worte, mit denen er, falls es die Situation erforderte, sein Ausscheiden aus der Firma erklären würde, im Geiste bereits ausformuliert, erhob sich Austin und ging durchs Vorzimmer. Mr. Holby ließ sich durch Austins Eintreten nicht in seiner Lektüre stören, sondern wartete einen Augenblick, bis er aufblickte und sagte: »Sie wollten mich sprechen, junger Mann?« Es war das erstemal seit Beginn ihrer Partnerschaft, daß er Austin »junger Mann« nannte.

Austin setzte sich. Mr. Holby bot ihm eine Zigarre an, aber keine Erklärung für Dave Purdys Besuch. Austin war sich sicher, daß Mr. Holby den Zwischenfall lieber ignoriert hätte. Mr. Holby hatte nichts für Erklärungen übrig, wenn Phrasen ausreichten. Wenn es erforderlich war – zum Beispiel bei einem Kreuzverhör –, konnte er mit der Schnelligkeit und Zielsicherheit einer Klapperschlange zur Sache kommen.

»Dave Purdy wollte Sie sprechen statt mich«, sagte Austin.

Mr. Holby nickte. »Er wollte sein Testament ändern. Nichts besonders Kompliziertes. Ich habe einen Vermerk gemacht. Möchen Sie ihn sehen?«

»Nein«, sagte Austin, »wenn er deswegen zu Ihnen gekommen ist, dann sollten Sie sich darum kümmern. Ich möchte nur wissen, ob es vor ihm auch schon andere gegeben hat.«

Mr. Holby schwieg fast eine halbe Minute lang, und Austin sah, daß er sich überlegte, ob er in gespreizter Ungenauigkeit Zuflucht suchen oder offen und ehrlich sprechen sollte. Schließlich nahm er die Zigarre aus dem Mundwinkel und sprach offen und ehrlich.

»Es sind die Frauen. Die wollen Ihnen ans Leder.«

»Wieso? Woher wissen Sie das?«

»Ich weiß es nicht«, sagte Mr. Holby. »Ich denke es mir nur. Das ist, was normalerweise passiert, wenn ein Mann Probleme mit seiner Frau hat. Sie rotten sich zusammen und ergreifen für sie Partei, und wenn sie wollen, können sie eine Menge Schaden anrichten.«

»Aber ich habe keine Probleme mit meiner Frau«, sagte Austin in schärfer werdendem Tonfall.

»Das habe ich auch nicht behauptet«, sagte Mr. Holby kühl. »Diese Geschichten fangen irgendwann an zu kursieren, manchmal ohne jegliche Grundlage oder bestenfalls mit einer sehr vagen, und eh man sich's versieht – «

»Sind Sie sicher, daß Dave Purdy deswegen zu Ihnen gekommen ist statt zu mir?«

»Ganz und gar sicher.«

»Sind auch schon andere zu Ihnen gekommen?«

Mr. Holby zog zweimal hintereinander an seiner Zigarre und nickte langsam.

»Möchten Sie die Partnerschaft auflösen?« fragte Austin.

»Das wird vielleicht nicht nötig sein«, sagte Mr. Holby. »Das hängt ganz davon ab, wie es weitergeht. Zwischen Ihnen und Martha, meine ich.«

»Aber ich habe Ihnen doch gesagt – «

»Ich weiß, daß ich offen mit Ihnen reden kann«, unterbrach ihn Mr. Holby, »als ein Mann von Welt zu einem anderen. Miss Ewing hat leider schon eine ganze Menge herumerzählt. Ich bin kein Heiliger, und ich kenne niemanden, der einer ist, aber Sie können nicht erwarten, direkt vor der Nase Ihrer Frau ein Verhältnis zu haben, ohne Ärger zu kriegen. Ich mache Ihnen keinen Vorwurf. Miss Potter ist eine sehr attraktive junge Frau, und es war wahrscheinlich etwas, wogegen Sie beide machtlos waren. Was geschehen ist, ist geschehen, und es hat keinen Zweck, zu jammern. Wir werden – «

»Wenn Sie mir mal eine Minute lang zuhören würden!« rief Austin aus. »Miss Ewing ist total verrückt. Sie – «

»Die Zeit ist gekommen, wo *Sie mir* mal zuhören werden«, sagte Mr. Holby. »Wir werden dem Sturm trotzen, und ich kann Ihnen sagen, es hat einen Sturm gegeben. Es geht nicht nur darum, daß die Leute zu mir kommen statt zu Ihnen. Bud Ellis hat mich wissen lassen, daß er sich in Zukunft von Chappell und Warren beraten lassen wird. Soll er, sage ich. Es wird ihn eine hübsche Stange Geld kosten. Inzwischen rate ich Ihnen, tun Sie, was Sie können, um Ihre Beziehung mit Martha wieder ins Lot zu bringen.

Nehmen Sie sich ein paar Tage frei. Fahren Sie mit ihr irgendwohin. Ich habe nichts dagegen.«

»Ich fürchte, eine Reise kann ich mir im Moment nicht leisten«, sagte Austin. »Und außerdem erwartet Martha im Januar ein Kind. Ich bezweifle also, daß sie es genießen würde.«

»Wie Sie wollen«, sagte Mr. Holby, stand von seinem Schreibtisch auf und ging zum Hutständer. In der Tür, im Mantel, den Seidenschal sorgfältig gebunden, drehte er sich um und sagte: »Falls Martha mit mir reden möchte, ich stehe ihr jederzeit gern zur Verfügung.« Er ging und ließ Austin allein sitzen, die langen Beine vor sich ausgestreckt, mit starrem Blick und ohne Ventil für seine Wut.

13

Einen Tag vor Weihnachten kam Martha King morgens nicht herunter, und die Tür zu ihrem Schlafzimmer blieb geschlossen. Austin ging an diesem Tag nicht ins Büro, und Ab lief ständig hinter ihm her, nur die Kellertreppe durfte sie nicht mit hinuntergehen, da sie kein Geländer hatte, und so blieb sie, während er nach Brettern für einen Christbaumständer suchte, oben stehen und stellte ihm Fragen zu den dunklen, staubigen Räumen unten. Jetzt, da der Kranz aus Stechpalmenzweigen an der Haustür hing, die Kaminsimse im Wohnzimmer und im Arbeitszimmer mit roten Kerzen geschmückt waren und der Weihnachtsbaum auf der rückwärtigen Veranda neben dem Eisschrank lag, wimmelte es in ihrem Kopf nur so vor Fragen, deren Beantwortung neue Fragen aufwarf, die gelegentlich wiederholt werden mußten, weil Austin mit seinen Gedanken bei Dingen war, die nichts mit dem Weihnachtsmann zu tun hatten. *Stecken Sie sie ins Bett, und da soll sie auch bleiben*, hatte Dr. Seymour gesagt. Die leichten Blutungen hatten nur diesen einen Tag lang gedauert, aber die Angst, daß sie jederzeit wieder beginnen könnten, ließ Austin nicht schlafen, machte ihn reizbar, was er sonst nicht war. Wenn ihr bloß nichts fehlt, dachte er, als er mit den Brettern für den Ständer die Treppe hinaufging, wenn sie bloß diesen letzten Monat ohne weitere Komplikationen übersteht, mehr verlange ich nicht.

Ab immer auf den Fersen, ging er in den Anrichteraum und durchsuchte die Schublade, in der der Hammer sein sollte und nicht war. Ich hätte merken müssen, sagte er sich, daß irgendwas nicht stimmt, daß es anders ist als damals, bevor Ab geboren wurde. Ich hätte selbst mit Dr. Seymour reden müssen. Statt dessen war ich so in meine eigenen Angelegenheiten vertieft, daß ich – »Frieda, haben Sie den Hammer gesehen? Er sollte eigentlich hier in der Schublade sein.«

»Nein, Mr. King«, sagte Frieda von der Küche aus. »Sie haben ihn als letzter benutzt. Wenn er nicht da ist, weiß ich auch nicht, wo er sein könnte.«

Die neue Köchin der Kings war eine Witwe mittleren Alters, die fünf Söhne großgezogen hatte, und als sie soweit war, sich zurückzulehnen und sich von ihnen versorgen zu lassen, hatten sie einer nach dem anderen geheiratet. Sie war sehr fromm, hatte einen schmalen, verkniffenen Mund und eine graue Strähne im Haar. Sie aßen Mittwoch abends früher, damit sie rechtzeitig zu ihrer Gebetsstunde kam, aber das war natürlich nicht das gleiche, wie wenn sie einen Beitrag zur Unterstützung von Missionaren in fernen Ländern wie Indien und China geleistet hätten, die (das vermittelte sie ihnen beim Abräumen des Tisches) dankbar gewesen wären für das Stück Knorpel oder die Reste einer Brotscheibe, die Austin oder Ab auf ihren Tellern liegengelassen hatten.

Der Hammer fand sich schließlich in der Speisekammer, ein Raum, den Austin seit über einem Monat nicht mehr betreten hatte.

»Wie bringt der Weihnachtsmann seine Geschenke zu den Kindern, die in einem Haus leben, wo es keinen Kamin gibt?« fragte Ab, die neben ihm stand.

Austin beantwortete diese Frage, so gut er konnte, und sagte dann: »Jetzt fehlt nur noch, daß jemand die Nägel irgendwo versteckt hat.«

»Mit seinem Sack und den ganzen Geschenken?« fragte Ab.

»Natürlich.«

Austin ging mit Brettern, Hammer und Nägeln hinaus auf die rückwärtige Veranda und blickte empor in einen grauen Himmel, aus dem leichter Regen fiel. Der Boden, der eigentlich schneebedeckt sein sollte, war nach einer Woche Regen matschig.

»Wie kommt denn der Weihnachtsmann auf seinem Schlitten hierher, wenn es keinen Schnee gibt?«

»Am Nordpol liegt reichlich Schnee«, sagte Austin, während er an einem der Bretter sägte, die er aus dem Keller geholt hatte. Als er mit dem Ständer fertig war, nagelte er ihn unten an den Baumstamm und trug den Baum durch Küche, Anrichteraum und Eßzimmer, wobei er überall eine Spur aus Kiefernnadeln hinterließ. Und als er ihn vor dem Erkerfenster im Wohnzimmer aufstellen wollte, war der Baum zu groß.

Um die Form des Baumes nicht zu zerstören, würde er den Ständer wieder auseinandernehmen und ein dreißig Zentimeter langes Stück vom Baumstamm absägen müssen. Er schleppte den Baum durchs Haus zurück auf die Veranda.

Wenn sie sich schont, dachte Austin, als er den Ständer auseinanderstemmte, und sich viel Ruhe gönnt. Und wenn ich dafür sorge, daß nichts passiert, was sie aufregt ...

Aber angenommen, sie schont sich und es passiert ihr trotzdem was? sagte der Regen, der gleiche leichte, stetige Regen, der auch auf die Gräber im Friedhof fiel. *Angenommen, du bleibst allein in diesem Haus zurück? Angenommen, du mußt ohne sie weiterleben, so wie andere Männer, die ihre Frauen verloren haben?*

Es muß einfach gutgehen, dachte Austin.

Der Ständer, der beim erstenmal in Ordnung gewesen war, bereitete ihm jetzt Schwierigkeiten. Der Baum neigte sich zur Seite, und er versuchte es mit mehr Nägeln, während er Ab von Frau Holle und ihren bemerkenswerten Gänsen erzählte.

»Und immer wenn sie eine ihrer Gänse rupft, schneit es.«

»Und warum rupft sie nicht jetzt eine, damit der Schlitten vom Weihnachtsmann darauf fahren kann?« fragte Ab.

»Weil das alles nicht so einfach ist.«

»Wieso ist das nicht so einfach?«

Der Baum wankte, als er ihn losließ und einen Schritt zurücktrat, und in einem Anfall von Verzweiflung warf er den Hammer hin und rief: »Ach, Abbey, das weiß ich nicht!«

Sie wich überrascht zurück. Noch nie hatte er in einem scharfen Ton mit ihr gesprochen, und gerade jetzt, da alles so verwirrend war, stellte sich heraus, daß es auch bei ihm eine Grenze gab, die sie nicht überschreiten durfte. Sie sah ihn an, als hätte er sich plötzlich, vor ihren Augen, in einen Fremden verwandelt. Er nahm sie auf den Arm und trug sie ins Haus.

»Bleib du hier bei Frieda«, sagte er. »Du frierst sonst.«

Jetzt war er wieder ihr freundlicher, geduldiger Vater, aber das änderte nichts an dem, was gerade geschehen war.

Sie saß auf einem Sofa und sah zu, wie er den Baum aufstellte. Sie machte ein langes Gesicht und sah ihn vorwurfsvoll an. Als er sich neben sie setzte und sie auf den Schoß nahm, veränderte sich ihre Miene allmählich. Er sah, daß sie ihm verziehen hatte und daß ihr noch eine Frage auf dem Herzen lag, die sie sich nicht zu stellen traute. Er konnte keine Fragen mehr hören, weder ihre noch seine, noch die von sonst irgend jemandem, und er saß da, hielt sie fest und betrachtete den ungeschmückten Weihnachtsbaum. Aber als er sie so still an sich gelehnt spürte, sagte er schließlich: »Na, Abbey, was gibt's?«

14

Um Viertel nach elf am Morgen des ersten Weihnachtstages war der Wohnzimmerboden der Kings vom Wandspiegel bis zu den Eßzimmertüren mit Seidenpapier übersät. Die Kerzen auf dem Weihnachtsbaum waren heruntergebrannt und aus Angst vor einem Brand gelöscht worden. Ihr rotes, weißes, grünes und blaues Wachs war auf die Kiefernnadeln, den künstlichen Schnee, das goldene Lametta und die bunten Kugeln getropft, in deren Wölbung sich der gesamte unaufgeräumte, menschenleere Raum spiegelte.

Das quadratische flache Päckchen auf dem Tisch im Flur war für Nora. Es war in rotes Seidenpapier gewickelt, mit einem weißen Band verschnürt und enthielt ein Taschentuch. Auf dem Sofa im Wohnzimmer waren die Geschenke, die Austin bekommen hatte, zu einem ordentlichen Stapel arrangiert, der nichts Interessanteres oder Aufregenderes enthielt als einen Gürtel mit einer Silberschnalle, in die sein Namenszug eingraviert war (ein Taschenmesser mit Perlmuttgriff besaß er schon), und ein Würfelspiel. Dem- oder denjenigen, die Ab die Schachtel Dominosteine, den Kasten mit dem Flohhüpfspiel und den aufziehbaren tanzenden Minstrel-Sänger geschickt hatten, würde nie richtig gedankt, weil Martha King nicht im Wohnzimmer war, als diese Geschenke ausgepackt wurden, und die beiliegenden Karten waren irgendwo in dem Haufen Seidenpapier verstreut.

Als es läutete, waren von oben Schritte zu hören, und dann kam Austin die Treppe herunter, gefolgt von Ab, die jede Stufe einzeln nahm.

»Fröhliche Weihnachten!« rief Nora, als Austin die Tür öffnete.

»Fröhliche Weihnachten«, sagte er und nahm ihr den Stapel Weihnachtsgeschenke ab, den sie ihm hinhielt, damit sie ihren Regenschirm zumachen konnte.

»Als ich gestern ins Bett ging«, sagte Nora, während sie sich in der Diele ihres Mantels und Regenschirms entledigte, »war ich mir ganz sicher, daß es noch vor heute morgen schneien würde. Wie geht es Cousine Martha?«

»Immer gleich«, sagte Austin.

Nora hörte ihn nicht. Sie hatte den Weihnachtsbaum entdeckt und gab laut ihr Entzücken darüber kund.

»Dieses Zimmer sieht aus, als wäre ein Wirbelsturm hindurchgefegt«, entschuldigte sich Austin.

»Wir haben nur einen kleinen Weihnachtsbaum«, sagte Nora, »auf dem Eßzimmertisch. Zu Hause stellen wir jedes Jahr – Oje, Austin, ich habe dich mit den ganzen Geschenken einfach stehenlassen! Entschuldige bitte.« Sie nahm sie ihm ab und legte sie auf einen Tisch. »Cousine Abbey, das ist für dich«, sagte Nora und reichte Ab das größte und eindrucksvollste der Geschenke, die sie mitgebracht hatte.

Übersättigt vom ständigen Aufmachen von Paketen, riß Ab die große rote Schleifenrosette und das Papier weg und legte eine Arche Noah frei. Sie war groß, bunt bemalt und zweifellos das teuerste Spielzeug, das rechtzeitig zu Weihnachten den Weg in Mr. Gossetts Laden gefunden hatte.

Nora blickte sich im Zimmer um und sagte: »Ach, was für ein reizendes Puppenhaus! Ich hatte auch eins, als ich klein war – mit richtigen Feuerböcken im Kamin, mit denen ich furchtbar gern gespielt habe.«

Ab fand den Haken, der das aufklappbare Dach festhielt, und kippte Noah, seine Frau und die Holztiere ohne sichtliche Begeisterung auf dem Boden aus.

»Ich fürchte, du bist viel zu großzügig gewesen«, sagte Austin. »Wir räumen es lieber weg, bis sie älter ist und es richtig würdigen kann.«

»Nein, laß sie damit spielen ... Cousine Abbey, zeig mir doch mal, was der Weihnachtsmann dir sonst noch gebracht hat.« Mitten während dieser Inspektionsrunde wandte sich Nora plötzlich wieder dem Päckchenstapel zu. »Das ist für Cousine Martha – ein gestepptes Bettjäckchen. Und das ist auch für Cousine Martha. Ich wußte nicht mehr, was für ein Parfüm ihr gefällt, und da habe ich ihr eins mit Veilchenduft ausgesucht. Und das ist für Cousine Martha von Mama. Es ist das Häckeldeckchen, mit dem sie angefangen hat, als sie hier war. Ich soll Cousine Martha ausrichten, es sei ihr Meisterwerk ... Und das ist für dich, Cousin Austin.«

Austins Geschenk war, wie sich herausstellte, ein grauer Wollschal, den Nora selbst gestrickt hatte.

»Das ist sehr aufmerksam von dir, Nora.«

»Wenn dir die Farbe nicht gefällt«, sagte sie, »kann ich dir einen anderen machen. Ich muß mir nur etwas Wolle besorgen und –«

»Nein«, sagte Austin. »Die Farbe ist genau richtig. Vielen Dank.«

»Für dich ist auch ein Geschenk da«, sagte Ab zu Nora.

»Hol's mal«, sagte Austin. »Es liegt auf dem Tisch im Flur.«

Als Ab aus dem Zimmer lief, sagte Nora: »Ich wußte nicht, was ich Frieda schenken sollte.«

»Du brauchtest ihr gar nichts zu schenken«, sagte Austin.

»Ich wollte aber«, erwiderte Nora fröhlich. »Ich wußte nicht, was ihr gefällt, deswegen habe ich ein Taschentuch für sie ausgesucht ... Ist das für mich?«

»Ja«, sagte Ab.

Austin wandte sich ab, während Nora behutsam und gewissenhaft die Schleife aufband. Ihre Ausrufe der Freude, ihr Lob für Marthas Geschmack hörte er nur teilweise.

»Abbey, bring die hier zu deiner Mutter rauf«, sagte er und reichte ihr die drei Päckchen. »Und paß auf, daß du auf der Treppe nicht ausrutschst.«

Es hatte keinen Sinn, mit dem, was er Nora sagen mußte,

bis morgen zu warten. Er brachte es lieber gleich hinter sich, zusammen mit all den anderen unerfreulichen Dingen.

Ihr Kopf von dem Weihnachtskranz eingerahmt, der im Fenster hing, saß Nora da und hörte ruhig zu, während er ihr erklärte, wie dankbar er und Mr. Holby ihr für die Hilfe seien, die sie ihnen nach Miss Ewings Zusammenbruch geleistet habe, aber daß sie, angesichts der zusätzlichen Last und Verwirrung, die durch die Einarbeitung der neuen Sekretärin entstehe, nicht in der Lage seien ... daß keiner von beiden die Zeit habe –

Ohne bemerkbaren oder erschütternden Ruck glitt die Welt wieder in ihre gewohnte Umlaufbahn zurück, der sie schon seit Hunderttausenden von Jahren gefolgt war. Nora betrachtete ihre Hände, die Stechpalme auf dem Kaminsims, die Holztiere, die aus der Arche gefallen waren. Sie sagte: »Ich weiß ...« Sie sagte: »Ich verstehe, Cousin Austin, ich verstehe vollkommen ...« Und als er geendet hatte, schien sie sich mit allem abgefunden zu haben. Sie versuchte so zu tun, als sei es keine große Enttäuschung für sie, sondern etwas ganz Normales, mit dem man am Weihnachtstag zu rechnen hatte. Sie lächelte, sie redete noch eine Weile über andere Dinge, und als sie ging, sagte sie: »Richte Cousine Martha aus, daß ich von dem Taschentuch ganz begeistert bin. Ich verliere meine ständig und habe nie genug.«

15

Daß ich mich dir gegenüber ganz natürlich verhalten kann – das wünsche ich mir im Grunde«, sagte Nora. »Und du weißt, daß ich dich liebe – und du weißt, daß ich weiß, daß sich daran nichts ändern läßt, aber daß du gewillt bist, dich so zu verhalten, als würde das keinen Einfluß haben auf die

Haltung, die du mir als Person gegenüber einnimmst und so weiter – Ich weiß nicht, ob ich mich so unklar ausdrücke, daß du dem, was ich zu sagen versuche, vielleicht nicht folgen kannst. Ich hoffe aber, daß du mich verstehst, weil es für mich schrecklich wichtig ist – all diese Dinge helfen mir, mich dir gegenüber so zu verhalten, wie ich es sollte. Es ist vielleicht ein sehr dürftiger Versuch von mir, mir selbst zu helfen, aber ich bemühe mich wirklich.«

Eine Zeitlang saß sie schweigend und in Gedanken versunken da, die Arme um die Knie gelegt. Das laute Ticken der Uhr zeugte davon, wie spät es war. Nora starrte auf das Teppichmuster, ohne zu merken, wie sich das Schweigen in die Länge zog. Als sie um halb zehn gekommen war, nun schon den vierten Abend hintereinander, hatte sie gesagt, sie wolle nur fünf Minuten bleiben. Jetzt war sie schon seit über drei Stunden damit beschäftigt, sich selbst zu analysieren, über sich selbst zu reden und sich zu rechtfertigen.

»Ich kann die netten Dinge, die du zu mir sagst, nicht akzeptieren«, sagte sie. »Nicht mit Anstand akzeptieren, meine ich. Und doch macht mir schon die kleinste Nebensächlichkeit, die du zu mir sagst, die allergrößte Freude. Sie bewirkt wunderbare Dinge in mir. Weißt du, wie glücklich, wie froh es mich macht, hier in diesem Raum dir gegenüberzusitzen? Ich weiß, daß du, so wie ich dich kenne, genau weißt, was ich durchmache, und versuchst, mir zu helfen. Es erscheint mir wie etwas ohne Anfang und Ende, du und ich in diesem Raum. Es ist jetzt alles so einfach, sage ich mir. Er weiß, was du fühlst. Er weiß, daß du ihn liebst. Er weiß eigentlich alles. Rede nur mit ihm, wenn du reden mußt, aber sieh ihn dabei nicht an ... Ist das nicht sonderbar, Austin, wie schwer es mir fällt, dich anzusehen? Ich kann dich nicht ansehen.«

Wenn sie ihn angesehen hätte, hätte sie bemerkt, daß ihm die Augenlider zufielen. Die Linien, die seinem Gesicht Charakter und Würde verliehen, hatten sich aufgelöst. Er war sehr müde. Er hatte versucht, wie jemand, der mit verbundenen Augen auf einem Hochseil über die Niagarafälle geht, sich und den Schubkarren im Gleichgewicht zu halten, aber während Nora jeden Abend, wenn sie fortging, erleichtert wirkte, entlasteter und hoffnungsvoller, ermüdete sie ihn so sehr, daß er kaum noch die Treppe hinaufkam.

»Manchmal, wenn ich an dich denke, frage ich mich: Wäre irgend etwas anders gewesen, wenn du zuerst mich kennengelernt hättest? Damit will ich nicht unbedingt sagen, daß du mich hättest heiraten wollen, aber gemocht hättest du mich, nicht wahr? Weil ich nicht wie andere Mädchen bin, oder? Nicht einfach irgend so ein Mädchen, das dich liebt und Angst hat, lästig zu werden?«

»Nein«, sagte Austin.

»Trotz meiner allgemeinen Konfusion«, sagte Nora, »sind bestimmte Aspekte dieser Sache klar, unwiderruflich klar. Ich weiß, daß nichts mehr so leer sein kann wie das Leben, das ich geführt habe, bevor ich dich kennenlernte. Wenn mich Verzweiflung überkommt und ich denke, daß es soviel leichter wäre, einfach aufzugeben, kann ich es nicht. Alles in mir kämpft dagegen an. Was macht man da? Was passiert, wenn man zwischen zwei Dingen gefangen ist? Wenn man nicht dorthin kann, wohin man will, aber ebensowenig umkehren kann? Ich weiß, daß du freundlich und sanft warst, als du genausogut hättest zornig sein und jegliche Geduld mit mir hättest verlieren können, und ich hätte es auf jeden Fall akzeptiert, denn so ist es eben. Außerdem hast du mir eine völlig neue Welt eröffnet, indem du mir erlaubt hast, in deiner Kanzlei zu lernen. Es tut mir natürlich leid, daß ich damit aufhören mußte, aber das ändert nichts an der Tatsache, daß du gut und wunderbar zu mir gewesen bist. Was kann man denn anderes tun, als einen Menschen lieben, der so ist wie du? Ich empfinde für dich größte Bewunderung ... Ach, verstehst du denn nicht, wenn ich nicht aufhören kann mit diesem verworrenen Gerede, dann doch nur, weil ich dir immer und immer wieder sage: ›Ich liebe dich, und du liebst mich nicht, und wie soll es weitergehen? Was soll ich tun?‹ Früher oder später wirst du die Geduld mit mir verlieren. Du wirst das Gefühl haben, daß ich mich nicht wirklich bemühe, ein Gefühl zu überwinden, das uns alles verderben kann. Ich meine, das es uns unmöglich macht, jemals wieder so miteinander zu reden, wie wir es jetzt tun ... Aber wenn wir dadurch, daß ich dir alles sagen darf, nur bewirkt haben, daß ich mich noch mehr in dich verliebe, dann müssen wir auf dem falschen Weg sein ... Ach, aber es war nicht völlig falsch, denn wenn es mir nicht möglich gewesen wäre, mit dir zu reden so wie damals in deinem Büro und an diesen letzten Abenden, glaube ich, daß ich bis zu einem bestimmten Punkt – «

Auf der Treppe war ein Schritt zu hören, den Austin erst beachtete, als ein zweiter und dritter folgte.

»Und ich habe mir das sehr genau überlegt«, sagte Nora. »Ich glaube, ich hätte – «

Auf den dritten Schritt folgte ein vierter und fünfter. Austins Augenlider hoben sich. Seine Gesichtszüge strafften sich. Er wandte den Kopf zur Tür, die in die Diele führte. Nora redete weiter und hielt erst inne, als Martha King das Zimmer betrat. Sie trug einen langen Morgenmantel aus Spitze über ihrem Nachthemd, und das hellbraune Haar fiel ihr offen auf den Rücken. Sie ging zwischen ihnen durch zur Fensterbank, setzte sich und zog den Morgenmantel über die Knie. Einen Moment lang schwiegen alle drei. Nora errötete vor Verlegenheit. »Es tut mir leid«, sagte sie. »Ich wollte dich nicht stören.«

»Ist schon gut«, sagte Martha. »Deine Stimme trägt.« Und dann, zu Austin gewandt: »Was willst du von ihr? Wieso läßt du sie denn immer noch leiden?«

In Nora flackerte kurz ein Gefühl der Hochstimmung auf, das im nächsten Moment der Trauer Platz machte, einer sehr tiefen Trauer, als sei die Frau, die am Fenster saß, zuerst ihre Freundin gewesen und dann ihre Feindin geworden, jemand, dessen Kommen schon seit langem erwartet und vorbereitet worden war. »Er hat mich nicht leiden lassen«, sagte sie. »Er hat überhaupt nichts getan. Es ist alles meine Schuld. Es tut mir so leid. Es tut mir so furchtbar leid, daß das passiert ist. Bitte, verzeiht mir!«

»Nora, ich glaube, du solltest jetzt lieber gehen«, sagte Austin. »Es ist spät. Es ist schon nach Mitternacht.«

An der Tür zur Diele drehte sich Nora um und sah, daß sie in einem Schweigen warteten, von dem sie ausgeschlossen war.

»Ich wollte das wirklich nicht tun«, sagte sie, während sie mit dem Riegel an der Haustür hantierte. »Ich kann es nicht gewollt haben.«

16

Es gibt nur zwei Arten von Gesichtern – in den einen spiegelt sich alles auf offene und tragische Weise wider, während die anderen (ganz gleich, was passiert) verschlossen bleiben. Aus dem einen schreien jedesmal, wenn man es sieht, alle alten Verluste heraus. Jeder neue Zweifel macht auf sich aufmerksam. Die ersten Anzeichen von Krebs oder Selbstgefälligkeit sind sofort offensichtlich, und ebenso ist es der nahende Tod. Von dem anderen bekommt man nichts, keine Andeutung von Anstrengung, vom Kampf der Seele mit sich selbst – es sei denn, man liebt den Menschen, der einen hinter diesem ausdruckslosen Gesicht anblickt. In dem Fall kann es passieren, daß man nicht sagt: *Wie gut du aussiehst!*, so wie es der letzte Bekannte vor einem getan hat, sondern daß man erschrickt und schroff fragt: *Was um Himmels willen ist passiert?*

Das gleiche gilt für Häuser, und jeder, der sie sich nur richtig ansieht, kann es beobachten. Rachels Hütte schrie hinaus, daß sie weggegangen war und ihre Kinder mitgenommen hatte. Die Urne, die drei Meter von den beiden Steinen entfernt umgekippt dalag, sagte: *Haltet euch fern, außer ihr wollt Ärger.* Der Kinderwagen aus Korb, halb voll mit Laub, sagte: *Jeder ist seines Glückes Schmied.* Die Kutschenlampe und die Kaffeekanne waren verschwunden, die Eingangstür stand offen.

Auf dem ungemachten Bett, auf Laken, die verknäuelt und schmutzig waren, lag der verlassene Andy flach auf dem Rücken, barfuß, er trug eine Hose und ein über der Brust aufgeknöpftes Wollhemd. Der Atem, der mit jedem Schnarcher aus seinem offenen Mund drang, war eisig. Er drehte sich auf die Seite und rollte sich wie ein Fötus zusammen, die Hände in Schmerz und Schlaf miteinander verknotet.

Ein trockenes Blatt war hereingeweht und ruhte sich jetzt auf dem Rand des Flickenteppichs aus, bevor es weiterwanderte. Auf dem Tisch waren schmutziges Geschirr, vertrocknetes Essen, Zigarettenkippen und eine kleine Lache Erbrochenes. Die Bettdecke lag in einem Haufen am Fuß des Bettes, aber die Hand, die sich langsam ausstreckte, bewegte sich in eine andere Richtung, seitlich, nach unten, tastete herum, bis sich die Finger um den Hals einer Flasche schlossen und dort blieben. Die Schubladen des alten lackierten Frisiertischs waren irgendwann herausgerissen und durchwühlt worden, Kleidungsstücke hingen auf den Boden. In der Küche hatte sich Thelmas Bild von der Abendgesellschaft bei den Kings gelöst und wurde nur noch von einer Reißzwecke gehalten. Sämtliche Lebensmittel und Kochutensilien waren von den Regalen heruntergestoßen worden. Unter einem Stuhl lag eine zerbrochene Tasse, und den Herd überzog eine Mischung aus Kaffeepulver und Cornflakes.

Der Mann auf dem Bett setzte sich langsam auf, die Flasche in den Händen. Seine Augen öffneten sich. Blutunterlaufen und ängstlich sah er sich in dem Zimmer um, ohne etwas wiederzuerkennen, nicht einmal als er den Blick auf die offene Tür richtete. Er hob die Flasche an die Lippen und trank, bis die Flasche, auf den Kopf gestellt, schlüssig bewies, daß sie leer war. Er schleuderte sie durch den Raum, und die Flasche schlug auf, ohne zu zerbrechen. Die Gestalt auf dem Bett sank schwerfällig zurück, die Hände öffneten und schlossen sich zweimal hintereinander, wie erstaunt (*Das Heer des Pharaos wurde ertränkt*), und dann bewegte sich als einziges nur noch der gewölkte Atem, der immer dünner aus dem violetten Mund aufstieg.

Dem Haus der Kings war an diesem Tag nichts anzusehen. Für Mary Caroline Link, unterwegs zur High-School, und für den alten Mr. Porterfield auf seinem klapprigen Fahrrad sah das Haus genauso aus wie immer. Der Eisenzaun reichte an sich schon aus, um jede Bedrohung abzuwehren, die die Welt zu bieten hatte, jede Gefahr der Veränderung, doch Mrs. Danforth war beunruhigt. Von ihrem Wohnzimmerfenster aus hatte sie in den Fenstern gegenüber die Spiegelung der untergehenden Sonne zigtausendmal gesehen. Sie konnte fast auf die Minute genau vorhersagen, wann das Licht angehen würde – zuerst in der Küche, dann im vorderen Teil des Hauses. Sie wußte auch, wie das Haus der Kings aussah, wenn es vollkommen unbeleuchtet war. Sie hatte im Sommer auf den Garten hinausgesehen, wenn Büsche und Blumenrabatten eine einzige bunte Masse waren, und im Winter sahen die schneebedeckten Beete wie ein kleiner Familienfriedhof in der Ecke einer ländlichen Wiese aus. Das Haus der Kings – seine Ostseite – und ihr eigenes Haus waren wie ihre linke und rechte Hand. Und wenn mit der eigenen Hand etwas nicht stimmt, dann weiß man das, einerlei, ob andere es bemerken oder nicht.

Mrs. Danforth öffnete die Tür zum Anrichteraum und horchte, überzeugt, daß sie das Telephon gehört hatte, daß man aus dem Nachbarhaus mit ihr kommunizieren wollte. Dann ging sie ihrer Hausarbeit nach, machte das große Doppelbett im vorderen Zimmer, und mit dem Staubwedel in der Hand arbeitete sie sich nach unten und runzelte die Stirn angesichts der Fussel, die sich auf der Treppe gesammelt hatten.

17

Wo willst du denn jetzt wieder hin?«

»Nach oben«, sagte Ab.

Frieda stellte sich zwischen sie und die Tür zum Eßzimmer.

»Das wirst du nicht, junge Dame«, sagte sie. »Ich habe meine Anweisungen, und du sollst bei mir bleiben, also setz dich jetzt auf diesen Hocker da und mach mir keinen Ärger, wenn du weißt, was gut für dich ist.«

»Ich will zu meiner Mutter«, sagte Ab.

»Kannst du aber nicht.«

»Kann ich wohl«, sagte Ab. »Und ich brauch auch nicht tun, was du sagst.«

»Deine Mutter will dich da oben nicht haben. Sie ist krank. Mach keine Dummheiten, sonst kriegst du, was Paddy der Trommel gegeben hat.«

»Das sag ich meinem Vater, wenn er nach Hause kommt«, sagte Ab.

»Kannst es ihm ruhig sagen. Wirst schon sehen, was du davon hast.«

»Ich werd's ihm sagen.«

»Und deinen Papa sollst du auch nicht stören. Er hat sich um andere Dinge zu kümmern. Bleib du hier bei mir in der Küche, und sei ein braves Mädchen, und vielleicht lass ich dich den Teller auslecken.«

»Ich will den Teller nicht auslecken, und mir gefällt's hier nicht, und du bist eine böse Frau.«

»Stein und Stock, die tun mir weh, aber böse Worte nicht«, sagte Frieda.

»Wenn du mich nicht zu meiner Mama läßt, ruf ich die Polizei an. Dann kommen sie und holen dich ab und stecken dich ins Gefängnis.«

Der dünne Mund dehnte sich zu einem grimmigen Schlitz, und an dem dunkelrot anlaufenden Gesicht merkte Ab, daß sie ein weiteres Mal die Grenze überschritten hatte.

»Na schön, junge Dame, ruf die Polizei. Von dir lass ich mir nichts mehr bieten. Jetzt marschierst du mit mir in die Bibliothek und rufst die Polizei an. Dann wirst du schon sehen, wen die ins Gefängnis stecken.«

Sie packte Ab grob am Arm, zog sie von dem hohen Hocker herunter, zwang das stolpernde Kind durch die Schwingtür, zerrte es durch das Eßzimmer und in das Arbeitszimmer.

»Setz dich hierhin«, sagte Frieda und schubste Ab mit einem letzten Stoß zum Schreibtisch. »Ich warte hier und gucke zu.«

Ab betrachtete den schwarzen Apparat. Trotz der vielen Phantasiegespräche, die sie mit einem gläsernen, mit roten Bonbons gefüllten Telephon geführt hatte, war ihr nie in den Sinn gekommen, den echten Apparat zu benutzen, und sie wußte nicht, was passieren würde, welche Stimme antworten würde, wenn sie den Hörer abnahm. Es könnte Mrs. Ellis oder Alice Beach oder der Mann vom Krämerladen sein, oder es könnte die Stimme ihrer Sonntagsschullehrerin sein oder die des Mannes, der mit den Froschschenkeln an die Hintertür kam.

»Na los«, sagte Frieda. »Ich warte.«

Ab sah das Telephon an und blickte sich dann verzweifelt nach Hilfe um.

18

Wenn doch bloß Alice nicht mit Grippe im Bett liegen würde«, sagte Lucy.

»Oh, es ist so schön!« sagte Nora, die mit ihrem Pelzhut auf dem Kopf am Salonfenster stand und durch die Spitzengardinen nach draußen auf eine Welt spähte, die noch spitzenartiger war. Am Abend zuvor, ungefähr als es dämmerte, hatte es angefangen zu schneien, und der Schnee war die ganze Nacht hindurch gefallen. Der Weg und der Vorgarten lagen unter einer mehrere Zentimeter dicken Decke begraben. Weiter konnte Nora nicht sehen wegen der Schneeflocken, die die Luft mit einer schweren Abwärtsbewegung füllten. »Ich will raus in den Schnee«, sagte sie. »In der Nacht bin ich zweimal aufgestanden und habe mich im Nachthemd ans Fenster gestellt und zitternd versucht, den Schnee zu sehen. Jetzt will ich raus in den Schnee. Ich will ihn auf meinem Gesicht spüren.«

»Ich glaube, das solltest du lieber nicht tun«, sagte Lucy. »Ich werde die Mütter anrufen. Das ist wahrscheinlich sowieso besser. Wenn die Kinder nasse Füße bekommen, holen sie sich alle eine Erkältung.«

Neben der Haustür standen drei Paar Überschuhe auf einer Zeitung. Nora nahm ihre und setzte sich hin, um sie anzuziehen.

»Morgen wird es bestimmt nicht mehr schneien, und die Gehwege werden freigeschaufelt sein. Dann wird es nicht so eine Mühe sein, zu den Häusern zu gehen.«

»Wer weiß, wie es morgen sein wird«, sagte Nora fröhlich. »Vielleicht wird der Schnee zwei Meter hoch liegen. Vielleicht werden wir gar nicht mehr aus dem Haus können. Erreichen die Verwehungen jemals die Fenster im ersten Stock?«

»Ich glaube, ich komme lieber mit«, sagte Lucy. »Das ist, glaub ich, wirklich besser. Für dich ist es schon schwierig genug, aber du ahnst ja nicht, wie es für die Kinder sein wird. Du wirst sie tragen müssen, aber die ganze Strecke schaffst du nicht.«

»Sie können hinter mir hergehen«, sagte Nora. »Ich bahne ihnen einen Weg.«

Sie steckte die Arme in den Männerwintermantel, den Lucy ihr hinhielt. Der Mantel hatte Mr. Beach gehört. Er war sehr schwer, viel zu groß für Nora, und er war mit Kaninchenfell gefüttert.

»Und jetzt die Fäustlinge. Das ist ja wie in *East Lynne*«, sagte Nora und stieß die äußere Tür auf. Dagegen gehäuft lag der Schnee, der während der Nacht dort hingeweht worden war, und die Tür schnitt einen tiefen Viertelkreis in den Schneebelag auf der Veranda. »Mach dir um mich keine Sorgen.«

Die Stufen vor der Haustür waren abgerundet, so daß von einer zur nächsten kaum mehr als ein paar Zentimeter Gefälle bestand. Nora setzte den Fuß behutsam dorthin, wo der Weg sein mußte, und stellte fest, daß der Schnee an die fünfzehn bis zwanzig Zentimeter tief war. Wo der Rasen zum Gehsteig abfiel, fand sie drei weitere Stufen unter dem Schnee. Und dann blieb sie stehen und sah sich um. Die Dächer der Häuser auf der anderen Straßenseite waren abgerundet und weiß, und schwarze Kamine ragten daraus hervor. Die Bäume, dicker durch den Schnee, weiß und hell, verliehen der Straße eine merkwürdige Perspektive, wie Nora sie nur auf den doppelseitigen Ansichtskarten gesehen hatte, die zu dem Stereoskop in der Zahnarztpraxis von Howard's Landing, Mississippi, gehörten. »Was für ein Wunder!« rief sie aus.

Liebe fiel auf ihr Gesicht, Liebe fiel auf ihr Haar, Liebe, glatt und makellos, füllte jeden früheren Eindruck auf, näher rückender Raum, verkürzte Entfernungen, die Formen und die Konturen jeden Hauses, jeden Baumes, jeden Pfostens verwandelt und zu etwas Schönem gemacht, zur großen Spitzengardine.

Vom Gewicht des Mantels beschwert, stapfte Nora durch den Schnee, bis sie den Vorgartenweg der Kings erreichte. Irgend jemand hatte von den Stufen der Veranda einen Weg zum Gehsteig freigeschaufelt, und der Weg verlor sich schon wieder, war bereits erneut halb zugeschneit. Sie sah große Fußabdrücke, die von Austin stammen mußten, und als sie ging, wo er gegangen war, ihren Fuß in den Abdruck des seinen setzte, wich jegliches Gefühl von Kälte von ihr. Sie klingelte und drehte sich dann um, sah die Welt so, wie er sie ein paar Minuten zuvor gesehen hatte, von den Stufen seines Hauses aus. Wenn ich nur das haben kann, nicht mehr, dachte Nora, ist es schon genug. Dann werde ich auf ewig glücklich sein. Dann habe ich mehr, als ich je erwartet habe, auf dieser Erde zu haben.

Aber es gab mehr. Man (wer auch immer) hatte sie großzügig bedacht. Es schneite weiter.

»Sie geht heute nicht«, sagte eine Stimme in der dichten Stille. »Ihre Mutter meint, es schneit zu stark, als daß sie in den Kindergarten gehen kann.«

»Danke, Frieda.«

»Gern geschehen, Miss Potter.«

Es schneit nicht zu stark, dachte Nora, wandte sich um und kostete erneut das erregende Gefühl der Freiheit aus. Es schneit nicht stark genug.

Von den elf Kindern, die sie abholen sollte, erwarteten sie nur vier, und mit ihnen zum Kindergarten zu gelangen war genauso mühsam, wie Lucy Beach es vorausgesagt hatte. Sie mußten streckenweise rückwärts gehen, damit ihnen der Wind nicht ins Gesicht blies. Es gab Abschnitte im Gehsteig, die noch kein Mensch betreten hatte. Es gab tiefe Verwehungen. Manchmal mußten sie auf die Straße ausweichen. Die Kinder gingen hinter Nora her auf dem Pfad, den sie ihnen freitrat, und als sie auf der Höhe der High-School waren, begann der kleine Junge der Lehmans zu weinen. Der Schnee drang ihm von oben in die Schuhe, und seine Füße waren kalt und naß, und er hatte einen seiner Fäustlinge verloren. Nora versuchte, ihm gut zuzureden, und für kurze Zeit gelang es ihr auch. Dann setzte er sich in den Schnee und weigerte sich, noch einen Schritt weiterzugehen, und sie nahm ihn auf den Arm und trug den Jungen, der schwer wie Blei war, bis sie das Geschäftsviertel erreichten. Hier waren die Bürgersteige freigeschaufelt, und das Gehen fiel leichter.

»Wenn wir erst mal im Kindergarten sind, wird alles gut«, sagte Nora immer wieder. »Im Kindergarten ist es schön warm. Und dann spielen wir was zusammen. Wir spielen, daß es Weihnachten ist.«

Um halb zehn schloß sie die Tür zu den Kindergartenräumen auf und trat ein, gefolgt von den Kindern. Obwohl sogleich offensichtlich war – ihr Atem war zu sehen –, daß im Ofen kein Feuer brannte, ging sie hin und berührte ihn. Der Ofen war kalt. Der Junge war nicht gekommen.

Im Flur gab es eine Kammer, in der Nora etwas Brennholz fand, nicht viel, aber wenn sie es sparsam verwendete, würde es reichen. Neben dem Herd stand ein Eimer Kohle, eine gefaltete Zeitung lag darauf. Das Feuer rauchte, aber es war kein Knistern zu hören, und sehr schnell erlosch es wieder.

»Wahrscheinlich liegt es am Zug«, erklärte Nora den Kindern. Sie rechte die Kohle und das geschwärzte Brennholz auf den Boden. Die Zeitung war aufgebraucht, und deswegen schnappte sie sich eine lange Buntpapierkette vom Deckenleuchter und stopfte sie in den Ofen. Das neu entfachte Feuer brannte schwach, ohne Wärme abzugeben. Die Kinder standen um den Ofen, vermummt und zitternd. Als sie in der Kammer nach mehr Papier suchte, fand Nora einen Kanister Kerosin.

19

Mary Ellis war zum Treffen des Freundschaftsclubs zu Alma Hinkley in die Grove Street eingeladen worden, als Ersatz für Genevieve Wilkinson, die verreist war. Es gab die üblichen zwei Tische, und die Spielprotokolle waren mit einem Beil und einem Kirschzweig verziert worden, obwohl beides überhaupt nichts mit dem Spiel zu tun hatte. Um fünf Minuten nach fünf hatten die vier Frauen im Wohnzimmer ihren letzten Rubber beendet und spielten ein paar Partien im Geiste noch einmal nach, während sie ihre Ergebnisse zusammenrechneten. Der Tisch im Salon war ein bißchen im Rückstand wegen Bertha Rupp, die manchmal so lange zögerte und so unberechenbar spielte, daß schon seit Jahren die Rede davon war, sie zu bitten, den Club zu verlassen.

Ruth Troxell eröffnete das Bieten mit Cœur und sagte dann: »Für Martha King muß es ein Schock gewesen sein, in ihrem Zustand.«

»Es war für alle ein Schock«, sagte Mary Ellis.

»Ich passe«, sagte Irma Seifert.

Mary Ellis paßte, und das Bieten kam zum Stillstand, während Bertha Rupp die dreizehn Karten betrachtete, die ihr der Zufall ausgeteilt hatte.

»Treff zwei«, sagte Bertha Rupp spontan und versuchte dann, zu Karo überzuwechseln, was die anderen Spielerinnen nicht zuließen.

»Aber ich habe doch Karo zwei gemeint!« rief sie aus.

»Es spielt keine Rolle, was Sie gemeint haben. Sie haben Treff zwei geboten«, sagte Ruth Troxell, und nach einem Blick auf das Spielprotokoll vor ihr fügte sie hinzu: »Cœur zwei.« Sie hatte hoch gereizt.

Irma Seifert und Mary Ellis paßten.

»Warum stand im Kindergarten überhaupt ein Kanister Kerosin herum?« fragte Irma Seifert.

»Das begreife ich auch nicht«, sagte Mary Ellis. »Alice hat gesagt, sowohl sie als auch Lucy hätten gewußt, daß er da war, aber sie hätten nie – Warten Sie auf mich? Ich habe gepaßt.«

»Wir warten auf Bertha«, sagte Ruth Troxell.

Nach langem Schweigen sagte Bertha Rupp: »Cœur zwei.«

»Ruth hat schon Cœur zwei geboten«, sagte Irma Seifert.

»Dann eben Pik zwei«, sagte Bertha Rupp und hielt ihre Karten fest umklammert.

»Sind Sie sicher, daß Sie nicht Cœur drei bieten wollen?« fragte Ruth Troxell.

»Nein, Pik zwei.«

»Cœur drei«, sagte Ruth Troxell.

»Wir werden es wahrscheinlich nie erfahren«, sagte Irma Seifert, »weil es nur vierjährige Kinder als Zeugen gibt. Drei kein Trumpf.«

»Ich passe«, sagte Mary Ellis. »Wer mir leid tut, ist Mrs. Potter.«

»Es heißt, sie sei über Nacht gealtert«, sagte Ruth Troxell.

»Austin hat sie am Bahnhof abgeholt«, sagte Mary Ellis, »und dann sind sie gleich zum Krankenhaus gefahren. Nora war bei Bewußtsein. Sie hat sie erkannt.«

»Bei wem wohnen sie eigentlich?« fragte Irma Seifert. »Sie bieten, Bertha.«

»Oh, sie wohnen bei den Kings, wie im Sommer«, sagte Mary Ellis.

»An Marthas Stelle hätte ich keinen von denen in mein Haus gelassen«, sagte Ruth Troxell.

»In solchen Zeiten«, sagte Irma Seifert, »weiß man nicht, was man tun würde. Nehmt die Nüsse weg, bevor ich mich daran überesse.«

SECHSTER TEIL

Entweder es gibt eine Arznei, oder es gibt keine

I

Es ist mir egal, wie entstellt ihr Gesicht und ihre Hände sind«, sagte Mrs. Potter, »wenn sie nur wieder gesund wird, wenn ich sie mit nach Hause nehmen und für immer und ewig bei mir behalten kann.«

»Sowie sie gehen gelernt haben, fangen sie an, von einem davonzulaufen«, sagte Mrs. Potter. Sie lag vollständig angezogen auf dem Bett im gelben Gästezimmer. Einen Arm hielt sie sich vor das Gesicht, um zu verbergen, welche Mühe es ihr machte, die Fassung zu bewahren. »Sie wollen aus unserer Umarmung ausbrechen, von unserem Schoß herunter und das Haus verlassen, in dem sie geboren wurden. Ich weiß nicht, warum. Nora hat zu Hause nur Freundlichkeit erlebt. Ihr Vater betet den Boden an, auf dem sie geht. Das tun wir alle. Wir lieben sie bis zum Gehtnichtmehr. Aber das ist offenbar nicht genug. Ich weiß nicht, warum das passieren mußte oder was wir hätten tun können, um es zu verhindern.«

»Nichts«, sagte Martha. »Ihr hättet es nicht verhindern können, sonst hättet ihr es getan. Und ihr dürft euch nicht die Schuld daran geben.«

Mrs. Potter hatte die große PLÖTZLICHE VERÄNDERUNG erlebt. Noch während sie versuchte, den nutzlosen Schirm der VERGANGENHEIT zu schließen, war die kalte Welle der GEGENWART über sie hereingebrochen, und meilenweit von zu Hause entfernt marschierte sie manchmal mit dem Wind und manchmal gegen ihn.

»Sie versucht ständig, durch die Verbände hindurch mit mir zu reden. Es ist schrecklich. Bist du sicher, daß Dr. Seymour ein guter Arzt ist, Martha?«

»Er war schon immer unser Hausarzt«, sagte Martha. In

offener Mißachtung von Dr. Seymours Anweisungen war sie aufgestanden, hatte sich angezogen und saß jetzt in einem Sessel neben dem Fenster des Gästezimmers. Sie hatte ihre Gründe für das, was sie tat – Gründe, die Dr. Seymour weder verstehen noch billigen würde, aber das würde sie nicht daran hindern, sich in seine Obhut zu begeben, wenn der Zeitpunkt gekommen war, sich jemandem voll grenzenlosem Vertrauen anzuvertrauen. »Falls dich das nicht zufriedenstellt und du noch einen anderen Arzt hinzuziehen möchtest, hat er bestimmt nichts dagegen.«

»Ich wünschte, wir hätten Dr. LeMoyne mitgebracht«, sagte Mrs. Potter. »Er ist bloß ein einfacher Landarzt, aber er weiß eine Menge. Er hat meine beiden Kinder zur Welt gebracht, und er wäre auch mitgekommen, wenn er nicht schon so alt wäre. Er ist dreiundachtzig und hätte die Zugfahrt nie und nimmer durchgestanden.«

In der Nacht war wieder Schnee gefallen. Die Äste der Bäume waren vor einem tropischen Himmel weiß umrissen. Die Baumfarne und Palmwedel, die zu dem blauen Himmel gehörten, waren in Weiß auf die Fensterscheibe gezeichnet.

»Dieser Arzt scheint Nora sehr zu mögen und ist sehr darum bemüht, alles zu tun, um ihre Qualen zu lindern. Was ich nicht verstehe, ist, daß sie nicht weiterleben will. Sie sagt immer, daß für sie nirgendwo ein Platz ist. Ich habe es Mr. Potter nicht erzählt. Es würde ihn nur aufregen. Aber es muß doch einen Grund dafür geben, irgend etwas, das sie plagt.«

Martha sah durch die Eisblumen, daß die Kinder der Wakemans versuchten, einen Schneemann zu bauen. Der Schnee ließ sich nicht richtig rollen, er war zu trocken, und anstatt immer größer zu werden, bröckelte der Schneeball und zerfiel.

»Du darfst nicht zuviel darauf geben, was sie im Delirium sagt.«

»Es geht mir nicht mehr aus dem Kopf«, sagte Mrs. Potter. »Und außerdem war sie nicht im Delirium, als sie das sagte. Sie war bei klarem Verstand. ›Ich muß nicht weiterleben, wenn ich nicht will‹, hat sie gesagt ... Zeitweise erkennt sie mich, und dann gibt es wieder Zeiten, da hört sie nicht, was ich zu ihr sage.«

Ein Schneeklumpen, den der Wind gelöst hatte, fiel von einem Ast der großen Ulme und zerbrach im strahlenden Sonnenschein.

»Wenn ich nur wüßte, was sie bekümmert, dann könnte ich ihr vielleicht helfen. Aber ich habe sie gefragt, und sie will's mir nicht sagen. Hat sie jemals mit dir und Cousin Austin gesprochen?«

»Sie hat mit Austin gesprochen«, sagte Martha.

»Es war doch sicherlich nicht wegen dem Kindergarten«, sagte Mrs. Potter.

»Nein«, sagte Martha. »Sie konnte sehr gut mit den Kindern umgehen. Sie haben sie alle geliebt.«

»Es muß irgendwas anderes sein«, sagte Mrs. Potter. »Manchmal glaube ich, diese juristischen Bücher sind schuld daran. Ich habe dir doch erzählt, daß sie uns nie geschrieben hat, daß sie in Cousin Austins Kanzlei Recht studiert?«

»Ja.«

»War das Cousin Austins Idee?«

»Nein, es war Noras Idee«, sagte Martha.

»Es war jedenfalls sehr freundlich von ihm, es ihr zu erlauben. Ich hätte ihm schon früher dafür danken sollen. Er ist immer so hilfsbereit. Irgendwann wird es ihm vergolten werden ... Ich war auch schon niedergeschlagen, aber weiterleben wollte ich immer, und irgendwie finde ich nicht die richtigen Worte, um sie zu trösten. Da ist noch was, was sie gestern abend gesagt hat: ›Ohne Blätter sieht es anders aus.‹ Was kann sie bloß damit gemeint haben?«

»Ich weiß nicht«, sagte Martha. »Bist du sicher, daß sie ›Blätter‹ gesagt hat?«

»Ja. Und dann hat sie gesagt: ›Ich hätte mir nie erlauben

dürfen zu hoffen.‹ Ich habe sie gefragt, was sie denn erhofft hat, aber sie hat mich nicht gehört. Und gleich danach hat die Schwester irgendwas über ihren Zustand gesagt, und dann ist sie aufgebraust, und wir hatten Mühe, sie wieder zu beruhigen. Ich sollte dir das alles nicht erzählen, Martha. Das ist nicht gut für dich in deinem Zustand. Um dich herum sollte alles positiv sein. Ich verstehe nicht, warum du es uns im Sommer nicht gesagt hast – warum du zugelassen hast, daß wir kommen und dir zur Last fallen, wo es doch nicht nötig gewesen wäre.«

»Der Sommer ist lange her«, sagte Martha. »Daß ihr jetzt hier seid, stört weder mich noch Austin. Ich bedaure nur, daß wir so wenig tun können.«

»Sag nicht so was«, sagte Mrs. Potter und zog den Arm vom Gesicht. »Du und Cousin Austin habt uns in den letzten Tagen so viel bedeutet, daß ich es gar nicht in Worte fassen kann.«

»Ich werde dich für eine Weile allein lassen«, sagte Martha. »Du mußt dich noch ein bißchen ausruhen, bevor du wieder ins Krankenhaus gehst. Ruf mich, wenn du irgendwas brauchst.«

Der Tröster, der *Ich weiß, ich weiß* sagt (und gar nichts weiß) oder *Du mußt jetzt tapfer sein* (aber jeder ist tapfer, und es nützt ihm nichts, wenn der Schlag kommt), erfüllt trotzdem einen Zweck. Martha King ermöglichte es Mrs. Potter, über ihren Kummer zu sprechen, und als die Worte aus dem Weg geräumt waren und die Schlafzimmertür geschlossen und die Trösterin fort war, konnte das aufgestaute Gefühl endlich die ganze Winterlandschaft überfluten, Straßen bedecken, Häuser und Scheunen unter Wasser setzen und endlich den Pegel bestimmen, über den hinaus die Fluten nicht ansteigen würden.

2

An der Tür des Krankenhauszimmers Nr. 211 hing ein Schild mit der Aufschrift KEINE BESUCHER. Das galt weder für Dr. Seymour noch für die Schwestern, noch für Mrs. Potter, die in Noras Zimmer auf einer Pritsche schlief und tagsüber irgendwann nach Hause ging, um die Kleider zu wechseln, um mit ihrem Mann zusammenzusein und um sich auszuruhen. Das Verbot galt jedoch für Austin King.

Während er in der Kanzlei war, war er sicher. Er konnte seine Aufmerksamkeit anderen Dingen zuwenden und Nora für eine Weile vergessen, obwohl die Sorgen selbst hier eindrangen. Er ertappte sich dabei, wie er auf ein juristisches Dokument starrte, das er mehrmals gelesen hatte, ohne sich ein einziges Wort zu merken. Wenn er zu Hause war, wanderte sein Blick immer wieder zu seinem Schreibtisch, wo im linken Fach ein Brief von Nora lag. Austin brauchte jemanden, mit dem er über diesen Brief reden konnte und über alles, was dazu geführt hatte, daß er geschrieben worden war, aber es gab niemanden, der bereit war, Nacht für Nacht mit bleiernen Augenlidern zuzuhören, und niemand kam die Treppe herunter und setzte seiner Erforschung von Sackgassen ein Ende und seinen Überlegungen, was angesichts dessen, was tatsächlich passiert war, hätte passieren können. Er war sich völlig im klaren darüber, was er für Nora hatte tun wollen, aber er war geduldig gewesen, er hatte Nora zugehört, anstatt ihr an jenem Tag den Rücken zuzukehren, als sie ihn in seinem Büro aufgesucht hatte. Und wäre Nora im Norden geblieben, wenn er sie nicht so freundlich behandelt hätte? Soviel hing von der Beantwortung dieser Frage ab, und es gab nur einen Menschen, der ihm (durch Verbände hindurch) sagen konnte, was er unbedingt wissen mußte.

Die Verwandtschaft aus Mississippi hatte drei kleine Koffer mitgebracht und jegliches Bedürfnis zurückgelassen, zu gefallen, charmant zu sein oder neue Freundschaften zu schließen. Man fragte sich zwar, wie lange sie bleiben würden, aber der Grund ihres Kommens war jedem klar. Die Zeit verging nicht wie beim erstenmal in einem Wirbel von Kutschfahrten, Picknicks und Ausflügen zum Chautauqua-Gelände. Die Zeit hatte sich verlangsamt und drohte gänzlich stehenzubleiben.

Die Freunde, die die Potters während ihres ersten Besuchs erworben hatten, ließen sie nicht im Stich. Die Besucher füllten das Wohnzimmer und quollen ins Arbeitszimmer über. Was geschehen war, war zu tragisch, um erwähnt zu werden, und so verließen sich die Besucher allein auf ihre physische Präsenz, um ihr Mitgefühl zum Ausdruck zu bringen, und sprachen über andere Dinge, über das Wetter, über die neue asphaltierte Straße zwischen Draperville und Gleason, über die neue Damenmode, über ihren Ischias, ihr Rheuma oder wieviel Leute mit der Grippe darniederlagen, und versuchten so, die Potters von dem Grund ihrer Reise nach Draperville abzulenken. Lucy Beach warf sich in Mrs. Potters Arme und weinte, aber die beiden Mädchen waren immer schon seltsam gewesen, und wenn sie es sich nicht in den Kopf gesetzt hätten, einen Kindergarten zu gründen, wäre die ganze Sache vielleicht nicht passiert. Nachdem man Lucy aus dem Zimmer hinausgeführt hatte, wurde die Unterhaltung dort fortgesetzt, wo sie unterbrochen worden war; die versammelten gesellschaftlichen Kräfte wurden aufgeboten, um diese Entgleisung zu bemänteln.

Mr. Potter verhielt sich wie ein Mann, der wie vor den Kopf gestoßen war. Weder war er rastlos, noch interessierte er sich für irgend etwas, was um ihn herum geschah. Die meiste Zeit verbrachte er in dem großen Sessel im Arbeitszimmer, unfähig, sich an irgendeinem Gespräch zu beteiligen oder die Tränen zurückzuhalten, die ihm in bestimmten Momenten unwillkürlich in die Augen schossen und über die ledrigen Wangen liefen. Anstatt ihn zu stören, wandten sich Austin und Martha King lieber an Randolph, wenn es darum ging, Bekundungen von Mitgefühl zu übermitteln oder Entscheidungen zu treffen.

Unter den vielen Dingen, die man sich bei diesem zweiten Besuch nicht so recht zusammenreimen konnte, war eines der merkwürdigsten die Wandlung, die sich mit Randolph Potter vollzogen hatte. Er konnte an dem Spiegel im Flur, an dem Wandspiegel im Wohnzimmer vorbeigehen, ohne auch nur einen Blick hineinzuwerfen. Er hatte sein gutes Aussehen vergessen und war über Nacht zum Halt seiner Familie geworden. Mrs. Potter stützte sich auf ihn, als wäre es eine jahrelange Gewohnheit. Wenn Ab auf ihn zuging, nahm Randolph sie auf den Schoß, aber anstatt mit ihr zu spielen oder sie zu necken, redete er in aller Ruhe mit den Besuchern oder mit Austin und Martha weiter, und nach ein paar Minuten kletterte sie wieder herunter und ging spielen. Als Mary Caroline Link kam, sprach Randolph in einem Ton mit ihr, der angenehm und freundlich war, aber keine Erwartungen weckte. Es war fast so, als wäre er ihr älterer Bruder, der vom College heimgekehrt war und versuchte, sich wieder in den Kreis der Familie einzugliedern, dem er inzwischen entwachsen war, oder zumindest den Anschein zu erwecken, als ob er es tue. Am ersten Abend, als eine fremde weiße Frau das Essen servierte, erkundigte er sich nach Rachel. Als Martha King erklärte, daß Rachel kurz vor Weihnachten zusammen mit ihren Kindern verschwunden sei, nickte Randolph geistesabwesend, als hätte er immer schon gewußt, daß Rachel so etwas irgendwann einmal tun würde.

Er war weder auf diese groteske Weise fröhlich, wie seine Mutter es manchmal war, noch offen gramgebeugt wie Mr. Potter. Es war fast so, als würde Randolph, der immer seiner eigenen Wege ging und nie gemeinsame Sache mit seiner Familie machte, jetzt seinen früheren Egoismus als angebracht rechtfertigen, indem er die volle Verantwortung für seine Familie und für die Verwirrung und den Kummer übernahm, die sie früher oder später überall, wohin sie gingen, verbreiteten. Randolph war freundlich, er war aufmerksam, bemüht, Martha King keine Umstände zu machen, besorgt um ihre Gesundheit und vernünftig, wenn Austin und Martha mit Problemen an ihn herantraten. Das Erstaunliche aber war, daß er acht Tage lang ganz allein die Bürde der Konversation auf sich nahm, noch dazu in einem Haus, wo niemandem nach Reden zumute war. Seine harmlosen Scherze und Anekdoten sagten oder schienen zu sagen: *Ihr begreift doch, daß nicht Gefühllosigkeit mich dazu befähigt, die Geschichte zu erzählen, wie Papa dem neuen Pfarrer einen Besuch abstattete. Ich weiß, daß meine Schwester mit schweren Verbrennungen im Krankenhaus liegt und daß keiner von uns irgend etwas daran ändern kann. Aber wenn ihr genau hinhört, werdet ihr merken, daß die Scherze, die ich mache, und die Geschichten, die ich erzähle, nicht die gleichen sind, deren ich mich bedienen würde, wenn wir alle unbeschwert wären und Mama nicht darauf warten würde, daß wir endlich vom Eßtisch aufstehen, damit sie zurück ins Krankenhaus gehen kann. Aber irgend jemand muß die Bürde tragen, sonst würdet ihr hier sitzen und auf euer Essen starren, und Papa würde wieder anfangen zu weinen, und dann wäre alles nur noch schlimmer.*

Eines Tages, als er mit Austin allein im Arbeitszimmer war, kam Austin auf das Thema zu sprechen, über das niemand mit ihm reden wollte. »Eine Zeitlang«, sagte er, »haben wir Nora nicht so häufig gesehen, wie wir es hätten tun sollen. Schließlich wohnen wir direkt nebenan.«

»Du und Cousine Martha seid in keiner Weise verantwortlich für das, was passiert ist«, sagte Randolph.

»Ich weiß, aber ich werfe mir vor, daß ich –«

»Das darfst du nicht. Meine Schwester hätte nicht hier allein zurückbleiben dürfen. Mama hat versucht, sie davon abzuhalten. Das haben wir alle. Aber sie wollte unbedingt Kindergärtnerin werden und hörte nicht auf uns. Ich weiß, daß ihr sie beide liebt, und das ist genug, wie ich Mama immer wieder sage. Sie meint, wenn sie nur begriffen hätte, daß Nora eine erwachsene Frau ist, und nicht ständig an ihr herumgenörgelt hätte – aber du weißt ja, Mama ist in ihren Eigenheiten genauso festgefahren wie Nora in ihren. Ich hoffe, daß du uns besuchen wirst, wenn sich die Dinge wieder beruhigt haben. Es würde dir bei uns im Süden sehr gut gefallen, Cousin Austin. Ich zeig dir die Gegend. Wenn du willst, können wir auf Waschbärenjagd gehen.«

3

Ich weiß nicht recht«, sagte Mrs. Potter.

Sie war von Austins Frage überrascht worden. Die Kutsche stand schon vor dem Haus, und Mrs. Potter wartete in Hut und Mantel unten an der Treppe darauf, daß Mr. Potter herauskäme, um mit ihr zusammen zum Krankenhaus zu fahren. Sie sah sich nach einem Sitzplatz um. Der einzige Stuhl in ihrer Nähe war eine Antiquität aus geschnitztem Walnußholz, der nur deswegen in der Diele stand, weil hier die Wahrscheinlichkeit geringer war, daß jemand in Versuchung geriet, sich darauf zu setzen. Der Stuhl knarrte bedenklich, aber er hielt das Gewicht Mrs. Potters aus, die ohnehin nicht viel wog.

»Der Arzt hat gesagt –«

»Ich weiß, daß sie vorläufig noch keine Besucher empfangen darf«, sagte Austin. »Aber jetzt, wo sie außer Gefahr ist, dachte ich, daß ich sie kurz sprechen kann.«

Seine Verlegenheit und sein Zögern, um diesen Gefallen zu bitten, machten deutlich, daß er einen zwingenden Grund haben mußte, warum er unbedingt in Noras Krankenzimmer vorgelassen werden wollte, einen Grund, der keinen Aufschub mehr duldete.

»Könnte ich es ihr nicht ausrichten?« fragte Mrs. Potter.

Austin schüttelte den Kopf.

»Willst du sie allein sprechen?«

»Ja«, sagte Austin und wurde rot. »Ich möchte nichts tun, was gegen Dr. Seymours Anweisungen verstößt, aber wenn du einverstanden bist und es dir nichts ausmacht, ihn zu fragen – «

»Oh, von uns aus kannst du sie gern sehen«, sagte Mrs. Potter zweifelnd. »Und ich bin sicher, Nora wäre sehr erfreut, dich zu sehen, wenn sie nicht solche Schmerzen hätte. Sie hat dich immer so bewundert. Aber wenn es um etwas geht, was sie aufregt – «

»Ich würde sehr vorsichtig sein«, sagte Austin.

»Das weiß ich«, sagte Mrs. Potter.

So besorgt, wie sie aussah, hätte sie vor irgendeiner Schranktür sitzen können, an der sie in der vergangenen Woche hundertmal vorbeigegangen war, ohne sie auch nur einmal zu bemerken. Ihr Herzklopfen sagte ihr jetzt, daß der Schrank etwas enthielt, was von Interesse für sie war. Aber war es etwas, was herausgeholt werden mußte? Wäre es nicht besser und klüger, weiter an der Schranktür vorbeizugehen, so wie sie es bisher getan hatte? Sie sah auf und blickte Austin fragend an.

Dann liegt es also hier – Noras Geheimnis –, wo ich nie daran gedacht habe zu suchen? Ist das der Grund, warum sie nicht weiterleben will?

Genau.

Mrs. Potter fuhr mit den Fingern durch den schwarzen Seal ihres Muffs, während sie überlegte. Schließlich sagte sie: »Ich sehe keinen Grund, warum du sie nicht besuchen sollst, wenn du willst. Du gehörst ja praktisch zur Familie. Ich weiß, daß du nicht zu lange bleiben oder irgend etwas tun wirst, was sie belastet. Ich werde mit dem Arzt darüber reden. Wenn er meint, daß du sie besuchen darfst ... Wo Mr. Potter bloß steckt? Er weiß doch, daß wir um vier Uhr im Krankenhaus sein müssen, und jetzt ist es – «

»Ich wäre dir zutiefst dankbar, wenn du das tun würdest«, sagte Austin.

4

Ich wollte Sie nicht kränken, Miss Stiefel«, sagte Austin im Vorzimmer. »Aber Ihnen ist doch sicherlich klar, daß juristische Dokumente korrekt erstellt sein müssen. Sonst ist es zwecklos – «

Wenn es Zeit für Miss Stiefel war, ein Diktat aufzunehmen, saß sie mit dem Notizblock auf den Knien und einer angstvollen Miene da, die sich durch nichts vertreiben ließ. Austin diktierte viel langsamer als gewöhnlich und buchstabierte zwischendurch das eine oder andere Wort, aber die Briefe, die sie ihm zur Unterschrift vorlegte, waren meist voll Fehler. Besorgt, daß er selbst irgend etwas durchgehen ließ, was ihn später in Schwierigkeiten bringen könnte, hatte er die Direktorin der Handelsschule angerufen. Sie konnte ihm niemanden schicken, der besser war als Miss Stiefel oder auch nur ebenso gut, und so plagte er sich weiter mit ihr ab, wobei die Plagerei gelegentlich von Tränen und Entschuldigungen unterbrochen wurde.

»Ich verstehe ja, daß die Arbeit neu für Sie ist«, sagte er, »und es dauert eine Weile, bis man mit der juristischen Ausdrucksweise zurechtkommt, aber in Zukunft, wenn Sie sich unsicher sind – « Miss Stiefels Blick war auf die Tür gerichtet, und sie hörte nicht, was er sagte. Austin drehte sich um und sah Randolph Potter. »Ich bin gleich soweit«, sagte er. »In Zukunft fragen Sie bitte mich und versuchen Sie nicht zu erraten, wie es heißen müßte, weil es in neun von zehn Fällen falsch sein wird, und dann haben wir beide nur zusätzliche Arbeit. Mr. Griffon kommt um vier vorbei. Glauben Sie, daß Sie den Mietvertrag bis dahin fertig haben werden?«

Miss Stiefel nickte, und ihr blasses Gesicht rötete sich langsam.

»Machen Sie lieber gleich zwei Durchschläge«, sagte

Austin. »Einen legen wir hier zu den Akten ... Bist du zu Fuß gekommen?« wandte er sich an Randolph.

»Ich bin mit der Straßenbahn gefahren«, sagte Randolph.

»Irgendwas Neues aus dem Krankenhaus?«

»Ich soll dir von Mama ausrichten, daß sie mit Dr. Seymour gesprochen hat und er einverstanden ist. Du kannst Nora morgen nachmittag um vier besuchen.«

Austin sagte: »Komm rein.«

»Ich weiß, du bist sehr beschäftigt«, sagte Randolph. »Ich wollte nur auf einen Sprung vorbeischauen. Ich habe hier einen Scheck, den ich gern einlösen würde, und ich dachte, weil man mich in der Bank nicht kennt, daß du vielleicht –«

»Wieviel Geld ist in der Portokasse?« fragte Austin Miss Stiefel.

»Nicht sehr viel«, sagte Miss Stiefel. »Mrs. Holby war da, und Mr. Holby hat zehn Dollar für sie herausgenommen, deswegen –«

»Schon gut«, sagte Austin. »Ich indossiere ihn, und dann kannst du damit zur First National Bank gehen. Weißt du, wo sie ist?«

Randolph nickte, holte seine Lederbrieftasche hervor und nahm einen gefalteten Scheck heraus. Ohne einen Blick auf den Betrag oder auf den Namen der ausstellenden Bank zu werfen, lieh sich Austin Miss Stiefels Füller und unterschrieb.

»Geh damit zum Schalter drei«, sagte er. »Wenn da niemand ist, frage nach Ed Mauer. Ich werde ihn anrufen und ihm sagen, daß du kommst.«

Bevor Austin diesen Anruf machen konnte, kam der Klient, den er erwartet hatte, und bald darauf klingelte das Telephon. »Entschuldigen Sie mich einen Moment«, sagte er und nahm den Hörer ab. Eine Stimme, die er als die Ed Mauers erkannte, sagte: »Hier ist ein Bursche, der behauptet, Ihr Cousin zu sein. Er hat einen Scheck –«

»Ja ja«, sagte Austin. »Ich wollte Sie gerade anrufen.«

»– über einhundertundfünfundsiebzig Dollar. Ich wollte nur sichergehen, daß die Indossierung von Ihnen stammt.«

Austin hatte zwar die Angewohnheit, seine Bedenken so summarisch zu verdrängen, daß er sich kaum bewußt war, daß er sie überhaupt hatte, aber der Argwohn, der jetzt in ihm aufstieg, ließ sich nicht ignorieren. Er grinste ihn an und sagte: *Na?* Der Hörer zitterte in seiner Hand. Er dachte an Noras Brief, der sich zu Hause in einem Fach seines Schreibtisches befand. Er dachte an Mrs. Potters Ausdruck, als er sie am Bahnhof abgeholt und sie gesagt hatte: *Verheimliche mir nichts, mehr verlange ich nicht* ... Er dachte an den Abend in seinem Arbeitszimmer, als Bud Ellis gesagt hatte: *Da er ein Verwandter von Ihnen ist, haben wir natürlich gedacht* ... Irgendwann, irgendwie würde das alles ein Ende nehmen. Bis dahin ...

»Ist schon gut, Ed. Ich habe ihn indossiert. Danke für den Anruf.«

5

An diesem Abend hatte es den Anschein, als würden ausnahmsweise keine Besucher kommen. Kurz nach dem Essen brachen Randolph und Mr. Potter zum Krankenhaus auf, und Austin und Martha King ließen sich im Wohnzimmer nieder.

»Geht es dir gut? Ist es warm genug im Haus?«

»Ja«, sagte Martha.

»Ich bin froh, wenn alles vorbei ist«, sagte Austin.

»Machst du dir Sorgen?«

»Nein, nicht direkt«, sagte Austin. »Es ist nur so, daß –«

»Es gibt keinen Grund, sich Sorgen zu machen«, sagte Martha. »Mir geht es gut, und es wird ein Junge.«

»Bei Ab hast du auch gedacht, daß es ein Junge wird.«

Wie bei zwei Menschen, die sich zufällig auf einer großen Party wiedertreffen, nachdem sie sich jahrelang nicht gesehen haben, spiegelte sich auf ihren Gesichtern die langsame Erkenntnis, daß sich nichts verändert hatte, daß nichts vergessen worden war.

»Austin, erinnerst du dich an die wunderschönen Feuer, die du für mich gemacht hast, als wir jung verheiratet waren?«

»Gefällt dir dieses Feuer nicht?«

»Doch, ich habe nichts daran auszusetzen«, sagte Martha. Und dann fügte sie hinzu: »Ab kann zu den Danforth, aber ich weiß nicht, was ich mit dir machen soll.«

Bei solchen Begegnungen haben Pausen, in denen geschwiegen wird, das Gewicht von sorgfältig gewählten Worten, und Worte haben manchmal eine einzige und manchmal eine doppelte Bedeutung. Das Gespräch schreitet in Schritten voran, die meilenweite Entfernungen für selbstverständlich halten.

Ich höre immerzu den Klang meiner eigenen Schritte, versuchte Austin ihr wortlos mitzuteilen. *Wo immer ich hingehe.*

»Wenn du vielleicht in die Kanzlei gehen würdest, wenigstens für einen Teil der Zeit –«

»Nein«, sagte Austin, »ich will hier sein.«

Voller Verzweiflung über den Klumpen von Gefühl in ihm, der *Oh, ich liebe dich doch* ausrief, hob er eine Hand zur Stirn und nahm langsam seine Maske ab. Niemand läßt sich je durch ein falsches Gesicht täuschen, außer jenen, die es tragen. An Halloween läutet es, man öffnet, und was sieht man? Einen ein Meter zwanzig großen Polizisten oder Chinesen. Das Gesicht wirkt vielleicht überzeugend, wenn man kurzsichtig ist, aber ist es möglich, die dünnen Ärmchen und Beine des kleinen Jungen der Ludingtons nicht zu bemerken und nicht gerührt zu sein von ihm, der zwei Häuser weiter wohnt und bekanntermaßen trotz seiner im Augenblick zur Schau getragenen Wildheit ein zartes Kind ist und seiner Mutter Sorgen macht?

Das Gesicht unter der Maske sah genauso aus wie die Maske, aber die Augen verrieten Angst.

»Das weiß ich«, sagte Martha.

Sie saßen da und blickten schweigend ins Feuer, in ein Schweigen vertieft, das vertraut und vertrauensvoll war. Austin wollte ihr sagen, daß er Nora besuchen würde, und er wollte ihr auch seine Gründe dafür erklären, damit das Vertrauen und die tiefe Verbindung zwischen ihnen nicht zerstört würde. Er ließ fünf Minuten verstreichen und sagte dann: »Tante Ione hat dafür gesorgt, daß ich Nora sehen kann, morgen nachmittag. Ich wollte es dir vorher sagen, damit du es verstehst. Ich hätte gerne gewartet, bis sie das Krankenhaus verlassen hat, aber –«

»Du hast darum gebeten, sie besuchen zu dürfen?«

»Ja«, sagte Austin. »Ich habe von Nora einen Brief bekommen, der in der Nacht geschrieben wurde, als sie hier wegging. Du hast gesagt, du legst keinen Wert darauf, über sie zu sprechen oder über irgend etwas, was mit ihr zu tun hat –«

»Das hat sich nicht geändert«, sagte Martha.

»– und deswegen habe ich ihn dir nicht gezeigt. Martha, in dem Brief hat sie –«

Das Schicksal wollte es, daß in diesem Moment die Türglocke läutete. Austin sah sich hilflos im Zimmer um und dann Martha an, die sich abgewandt hatte und ins Feuer blickte. Er stand auf und ging an die Tür.

Wie er auf Martha Kings antikem Sofa saß, mit seinen Gummi-Überschuhen, die Beine übereinandergeschlagen, wirkte der alte Mr. Ellis winzig, wie ein verschrumpelter Junge. Er hatte sich überaus sorgfältig angekleidet, aber auf seiner gesprenkelten grünen Krawatte war ein großer Fleck, und sein Hemdkragen war stark ausgefranst. Mary Ellis hätte ihn damit nie aus dem Haus gelassen, aber sie war mit Bud nach dem Abendessen fortgegangen, um den Rupps einen Besuch abzustatten. Und sowie sich der Alte sicher war, daß die Luft rein war, hatte er sich rasiert – wobei er sich an mehreren Stellen schnitt –, sich angekleidet und war mit der angenehmen Genugtuung, ungehorsam zu sein, zu seinem Besuchsgang aufgebrochen.

»Es ist ein seltsamer Winter«, sagte er. »Ich kann mich nicht erinnern, je so einen erlebt zu haben. Alle sind so nervös, will mir scheinen. Wenn man einen Laden betritt, benehmen sich die Verkäufer, als wollten sie einen nicht bedienen. Leute, die ich schon seit vierzig Jahren kenne, gehen auf der Straße einfach an mir vorbei. Ich weiß, ich bin ein alter Mann, und ich vergesse manchmal, was ich sagen wollte, aber früher hatte ich das Gefühl, willkommen zu sein, wenn ich irgendwohin ging, und jetzt nicht mehr.«

»Hier sind Sie immer willkommen«, sagte Martha ruhig. »Das muß ich Ihnen doch eigentlich nicht sagen.«

»Das weiß ich«, sagte Mr. Ellis. »Ich habe Licht bei Ihnen gesehen und mir gedacht, ich schaue auf einen Sprung vorbei. Bud und Mary wollen nicht, daß ich irgendwohin gehe. Sie haben Angst, daß ich allein nicht mehr zurechtkomme, aber ich komme noch genauso gut zurecht wie früher. Ich war heute morgen draußen und habe Asche auf den Gehweg gestreut, und man hätte denken können – Sie wollten nicht gerade irgendwohin gehen?«

»Nein«, sagte Martha. »Bei so einem Wetter gehe ich selten aus.«

»Ich möchte Sie nicht aufhalten, wenn Sie irgendwohin müssen«, sagte Mr. Ellis. »Und sie verschweigen mir ständig irgendwelche Dinge. Dinge, die ich ein Recht habe zu erfahren. Nelson Streuber ist gestorben, und sie haben es mir nicht gesagt. Deswegen habe ich die Beerdigung verpaßt.«

»Sie wollten Ihnen wahrscheinlich die Aufregung ersparen«, sagte Martha und wich Austins Blick aus.

»Er war fünf Jahre jünger als ich, und ich hätte nie gedacht, daß ich ihn überleben würde ... Dieses nette junge Mädchen – wie heißt sie doch gleich? –, die aus Mississippi?«

»Nora Potter«, sagte Martha.

»Ich habe sie neulich gesehen«, sagte der alte Mr. Ellis. »Sie war mit ein paar Kindern unterwegs. Ich bin ihr auf der Straße begegnet und bin stehengeblieben, um mit ihr zu plaudern. Sie ist immer freundlich zu alten Menschen. ›Sie gehören nicht hierher‹, habe ich zu ihr gesagt. ›Sie sollten wieder nach Hause gehen. Sie sehen nicht glücklich aus, nicht so wie damals, als Sie mit Ihrer Familie draußen auf der Farm waren.‹ Und sie hat gesagt: ›Mr. Ellis, ich gehe bald. Ich habe meine Lektion gelernt.‹« Der alte Mr. Ellis nickte ernst. »›Ich habe meine Lektion gelernt‹, hat sie gesagt. Ich höre immer gern zu, wenn Südstaatler reden. Sie sprechen weicher als wir hier, und es paßt zu ihnen.«

Austin betrachtete seine Hände, als enthielten sie die schrecklich wichtige Lösung irgendeines Rätsels wie: *Erst weiß wie Schnee, dann grün wie Klee, dann rot wie Blut.*

»Mr. und Mrs. Potter werden es bedauern, daß sie Sie verpaßt haben«, sagte Martha.

»Sind sie immer noch da?« fragte Mr. Ellis überrascht. »Ich habe gedacht, sie wären schon längst wieder heimgefahren ... Austin ... Martha ... Es gibt etwas, was ich Ihnen sagen möchte. Ich bin ein alter Mann. Sie werden mich vielleicht nicht mehr oft sehen. Ich habe sehr viel erlebt. Ich habe fast so viele Erfahrungen gesammelt, wie man in einem Leben nur sammeln kann, und das sollten die Menschen eigentlich zu schätzen wissen. Denn nur darum geht es beim Altwerden. Man sammelt einfach einen Schatz von Erfahrungen an. Aber niemand will ihn. Niemand schert sich darum, was ich gesehen habe oder was ich denke. Die Zeiten haben sich geändert, sagen sie, aber da irren sie sich. Es gibt nichts Neues. Nur mehr vom Gleichen. Allmählich sammelt man einen Schatz von Erfahrungen an – aber das habe ich schon gesagt, oder? Bud wird immer so ärgerlich, wenn ich mich wiederhole. Im Sommer ist es nicht so schlimm. Da kann ich jeden Tag hinaus zur Farm, und ich bin nicht im Weg. Aber jetzt muß ich das Haus hüten wegen dem Eis und dem Schnee, ich will mich ja schließlich nicht erkälten und womöglich noch eine Lungenentzündung kriegen. Mit einem alten Mann wie mir kann es ganz schnell aussein. Ich hätte nicht allzuviel dagegen. Ich gehöre zum alten Eisen, aber man kann nicht einfach sterben, wenn es einem gerade in den Kram paßt. Man muß seine Zeit ausharren. Mein Vater ist fast neunzig geworden. In den letzten beiden Jahren war er bettlägerig, aber sein Verstand war klar. Und als er starb, waren wir alle um sein Bett herum versammelt und sahen zu, wie er von uns ging ...«

Mr. Ellis blieb lange – so lange, daß Austin seine letzte Hoffnung aufgeben mußte, die vertrauensvolle Atmosphäre wiederherstellen zu können, die gestört worden war. Er würde sagen, was er zu sagen hatte, aber es wäre jetzt nicht mehr das gleiche, und es würde aller Wahrscheinlichkeit nach auch nicht die gleiche Wirkung haben.

Er half Mr. Ellis in den Mantel und reichte ihm seinen Muff. Als Gegenleistung für Austins Höflichkeit sagte der alte Mr. Ellis augenzwinkernd: »Die größte Mühe war in den alten Zeiten das Werben um die Mädchen. Es gab nur einen Raum im Haus, und die Alten haben einfach dagesessen und zugesehen. Das war über die Maßen hart für einen schüchternen jungen Mann wie mich. Aber ich habe es geschafft. Das haben wir alle, irgendwie.«

Er wäre ohne seinen Hut losgegangen, wenn Austin ihn ihm nicht aufgedrängt hätte, und er weigerte sich, sich die vereisten Stufen hinunterhelfen zu lassen. »Es geht schon«, sagte er. »Ich halte mich einfach am Geländer fest.« Und langsam, Schritt für Schritt, als würde er in sein Grab hinabsteigen, schaffte er es und wünschte Austin noch ein letztes Mal eine gute Nacht in einem erstaunlich fröhlichen Ton für jemanden, der so alt war und so erschöpft vom langen Warten.

Austin schloß die Tür vor der Kälte und wandte sich um,

gerade noch rechtzeitig, um zu sehen, wie Martha die ersten Stufen der Treppe hinaufging.

»Geh noch nicht gleich rauf«, sagte er. »Ich habe dir noch nicht gesagt, warum es so wichtig ist, daß ich Nora sofort besuche.«

»Ich verstehe, *daß* es wichtig ist, und das genügt«, sagte Martha.

»Du verstehst überhaupt nichts«, sagte Austin. Er drehte sich um, als er Schritte auf der Veranda hörte. Mr. Potter und Randolph waren vom Krankenhaus zurückgekehrt.

6

Der Warteraum im Erdgeschoß des Krankenhauses hatte einen Kachelboden und cremefarbene Wände und war eingerichtet mit einem schweren dunklen Tisch, drei harten Stühlen mit gerader Lehne und einer Holzbank. Das einzige Fenster ging auf den rückwärtigen Flügel des Krankenhauses hinaus – eine rote Backsteinmauer, eine Doppelreihe Fenster mit grünen Jalousien und Vorhängen, alles wirkte ruhig und unverbindlich. Der graue Tag war warm gewesen. Der Schnee war an manchen Stellen getaut. Die Bäume zeigten hier und dort noch eine Spur ihrer weißen Umrisse, und von den Eiszapfen an den Dachrinnen fielen in regelmäßigen Abständen Wassertropfen herab wie aus einem leckenden Hahn. Das Licht ließ nach, der Nachmittag war so gut wie vorüber, als Austin Hut, Mantel und Muff auf einen Stuhl legte und Platz nahm, um auf Dr. Seymour zu warten.

Über der Bank hing ein sepiafarbener Druck von Sir Galahad, das junge Haupt grübelnd gesenkt, den Arm auf den Hals seines Rosses gelegt. An der Wand stand eine Vase mit künstlichen Blumen. Die Blumen waren aus Kreppapier, das in Wachs getränkt worden war. Sie hatten keine Ähnlichkeit mit echten Blumen, und es war auch kein Versuch unternommen worden, eine allgemeingültige Wahrheit zu vermitteln, wie etwa, was eine Blume ist oder warum es so etwas wie Blumen gibt, sondern man hatte nur einen weiteren beunruhigenden Gegenstand geschaffen. Auf dem Tisch lagen keine Zeitschriften. Es gehörte nicht zur Absicht des Krankenhauses, Unterhaltung anzubieten oder Besuchern, die meistens zu lange blieben, das Fieber der Patienten in die Höhe trieben und insgesamt nur störten, die Zeit zu verkürzen.

Austin veränderte immerzu ungeduldig seine Beinstellung, während er darauf wartete, daß Dr. Seymour in der Tür erschien. Die Beantwortung von Noras Brief hatte er so lange vor sich hergeschoben, bis es für alles zu spät war außer für Reue, weil er ihn nicht beantwortet hatte. Er war nicht, wie sie meinte, gleichgültig gegenüber ihren Gefühlen oder dem, was mit ihr geschah, und war es auch nie gewesen. Er verachtete sie nicht, und ihre Angst, daß sie jeglichen Anspruch auf sein Wohlwollen und seine Freundschaft verwirkt hatte, war unbegründet. Sie hatte nichts Schlimmes getan. Wenn irgend jemandem ein Vorwurf zu machen war, dann ihm, weil er nicht früher erkannt hatte, daß er sie unmöglich durch eine emotionale Krise führen konnte, deren Ursache er selbst war. Aber sich vorzustellen, daß sie Tag für Tag mit großen Schmerzen dalag und nicht leben wollte, weil sie dachte, daß der einzige Mensch auf der Welt, den sie liebte, sie nicht brauche, daß sie ein Nichts sei, daß es nirgendwo einen Platz für sie gebe ... *Du bist jung, Nora. Es wird nicht ewig so weitergehen. Und ich liebe dich auch, in gewisser Weise ... Nein, das stimmt nicht. Es ist nicht so sehr Liebe als vielmehr Zärtlichkeit und Sorge. Ich möchte, daß du glücklich bist und alles bekommst, was das Leben zu bieten hat. Ich möchte nicht, daß du die Hoffnung verlierst oder meinst, Kompromisse schließen zu müssen. Ich möchte, daß du weiterhin für die Dinge kämpfst, an die du glaubst. Was ich für dich empfinde, ist etwas ganz anderes, als was ich für Martha empfinde oder für irgendeinen anderen*

Menschen. Es ist irgendwie anders und uneingeschränkt, und ob wir uns nun sehen oder nicht ...

Als Dr. Seymour hereinkam, hatte er es eilig wie ein Dirigent, der verspätet im Konzertsaal erscheint, wo das Publikum schon ungeduldig Platz genommen hat und die Musiker im Orchestergraben warten. Er war ein glattrasierter Mann Anfang Sechzig, feingliedrig, schroff, mit sanften blauen Augen, die eine gewisse Eitelkeit verrieten (sein Artikel über die Behandlung von chronischer Nephrose war kürzlich im Monatsblatt des Amerikanischen Ärzteverbandes veröffentlicht worden) und sehr wenig Interesse an oder Geduld mit Menschen, die auf ihren zwei Beinen herumliefen.

»Wie geht's zu Hause?« fragte er.

»Gut«, sagte Austin.

»Hat sich noch nichts getan?«

Austin schüttelte den Kopf.

»Es wird sich aber bald was tun«, sagte Dr. Seymour. »Wenn nicht, dann werden wir schon dafür sorgen. Die Wehen hätten bereits einsetzen müssen ... Was den Besuch da oben betrifft – ich möchte nicht, daß Sie sie ermüden, ist das klar? Jemand anders hätte ich es gar nicht erlaubt, aber ich weiß, daß ich mich auf Sie verlassen kann, daß Sie nicht zu lange bleiben. Schreckliche Geschichte. Ich weiß wirklich nicht, warum die Menschen nicht begreifen, daß man Kerosin nicht auf ein Feuer gießen darf. Also, wie gesagt – fünf Minuten, nicht länger.«

7

W*enn alles falsch ist, was ich mache,* dachte Austin, während er die Länge und Breite seines Büros abschritt, *dann werde ich nichts tun. Ich werde keinen Finger rühren.*

Der Besuch bei Nora im Zimmer 211 war nicht so verlaufen, wie er es sich erhofft hatte. Anstatt sie zu beruhigen, mußte er flurauf, flurab die Zimmer nach einer Krankenschwester absuchen, die Noras hysterisches Weinen eindämmen sollte, und dann mußte er beschämt und gedemütigt dastehen, während die Schwester ihm eine Standpauke hielt.

Nie wieder würde er versuchen, irgend jemandem, der in Schwierigkeiten steckte, zu helfen. Es gab keine Hilfe, und selbst wenn, war er nicht in der Lage, ihr beizustehen. Er machte alles nur schlimmer – er machte unerträgliche Schwierigkeiten aus etwas, was kein größeres oder geringeres Unglück war, als geboren zu werden. In Zukunft würde er sich heraushalten, sollten sie schwimmen oder untergehen.

Es war schade, daß Martha im Krankenhaus nicht dabeigewesen war. Dieses Schauspiel hätte sie miterleben müssen. Wenn er es ihr jetzt erzählen würde, würde sie ihm nicht glauben. Das würde niemand, der bei Verstand war, aber das war die letzte derartige Veranstaltung, die er gegeben hatte. Er wußte jetzt, was es war und warum er es tat. Andere Männer bildeten sich etwas ein, weil sie gut aussahen oder sich gut kleideten oder weil Frauen sie attraktiv fanden oder weil sie einen Vierspänner mit einer Hand lenken konnten, aber er mußte besser als alle anderen sein, er mußte zwischen Recht und Unrecht unterscheiden.

An jenem Tag war sie herausgeputzt in seinem Büro erschienen, in einem langen weißen Kleid, auf dem Kopf einen rosengeschmückten Hut, aber genützt hatte ihr das nicht. Er war unfähig, irgend etwas Unaufrichtiges und Unehrliches zu tun. Er konnte sich nicht hinter dem Rücken seiner Frau mit irgendeinem Mädchen vergnügen, das sich ihm in die Arme warf, weil das untypisch für Austin King gewesen wäre. Er lachte Nora nicht aus, behandelte sie nicht wie ein Kind (was sie war), verlor nicht die Geduld mit ihr und tat auch sonst nichts, was es ihr leichter gemacht hätte, ihn zu vergessen, und ihm, sie zu vergessen.

Als er sie fortschickte, sah sie in ihm einen aufrichtigen, prinzipienstarken Mann, der sich nicht gestattete, sich in sie zu verlieben, weil er schon mit jemand anders verheiratet war. Dafür bewunderte sie ihn natürlich, weil sie jung war und es nicht besser wußte. Aber er wußte es besser. Und Martha auch. Nach ihrer Heirat hatte er von Martha erwartet, daß sie für ihn sein würde, was seine Mutter für seinen Vater gewesen war – bedingungslos auf seiner Seite stehend, loyal, durch ein gemeinsames Ziel mit ihm verbunden. Er wartete darauf, daß sie zu Ab *Dein Vater möchte* ... im gleichen Ton sagte, wie ihn seine Mutter ihm gegenüber angeschlagen hatte, aber Martha tat es nie und würde es auch nie tun. Er hatte sie dazu gebracht, ihn gegen ihren Willen zu heiraten, oder wenn nicht gegen ihren Willen, dann jedenfalls bevor sie bereit war. Er hatte sie zu der Ehe gedrängt. Später hatte er gesagt: *Wenn sie nicht mit mir zusammen und an meiner Seite arbeiten will, dann werde ich es für uns beide tun* ... In seinem Stolz sagte er: *Ich kann alles Nötige selber tun. Ich kann eine Ehe ganz allein führen* ... Nun, das hatte er nicht geschafft, und das einzig Merkwürdige war nur, daß er sich so sehr bemüht hatte und daß es ihm so schwerfiel, dieses Bemühen aufzugeben, auch jetzt, da es ihm einerlei war, was passierte, es sei denn, irgend etwas in seinem Innern wollte sich gar nicht bemühen, wollte gar nicht, daß ihre Ehe funktionierte.

Und woher wollte er wissen, ob seine Mutter bedingungslos zu seinem Vater gestanden hatte, loyal und treu ergeben gewesen war? Um die Jahreswende war sein Vater, mit einer langen Rechnung von Burton's konfrontiert, regelmäßig Nacht für Nacht rastlos und voll Sorge, wie er sie bezahlen sollte, auf und ab geschritten und hatte gerufen: *Wozu hast du diese drei Spulen Zwirn gebraucht?* und *Was willst du mit fünf Meter geblümtem Kattun?* Und seine Mutter hatte geweint und danach weiterhin Geld ausgegeben. Sie waren Geschäftspartner. Und ihr Geschäft war, ein Heim zu haben und eine Familie großzuziehen. Und wenn er sich nicht so sehr bemüht hätte, das nicht zu sehen, hätte er, als er groß genug war, eine lange Hose zu tragen, erkannt, daß niemand liebt, daß es so etwas wie Liebe gar nicht gibt.

Nun, ihm reichte es. Sollten sich die Rechnungen auf dem Tisch in der Diele stapeln. Er hatte es satt, Rechnungen zu bezahlen. Mr. Holby konnte sich einen neuen Partner suchen und in sein Bürozimmer ziehen, so wie er es schon von Anfang an wollte. Es war sowieso nicht sein Büro, sondern das seines Vaters, und er konnte den Platz seines Vaters nicht ausfüllen und hätte es nie versuchen sollen. Er hätte es nie mit irgend etwas versuchen sollen. Was geschah, geschah zwangsläufig, und man brauchte sich nur zurückzulehnen und es geschehen lassen ...

Das Läuten des Telephons holte ihn aus seinen Gedanken. Er hielt inne und wartete einen Moment, und dann wurde ihm klar, daß es schon fast sieben war und daß Miss Stiefel nach Hause gegangen war und das Vorzimmer im Dunkeln lag. Wie ein Schlafwandler ging er Schritt für Schritt auf das Läuten zu, das sich beharrlich wiederholte, wie eine Stimme, die seinen Namen rief. Er zögerte, die Hand auf dem Hörer.

Ich bin am Ende, sagte er zu sich. *Soll der Zufall entscheiden. Soll –*

Das Telephon hörte auf zu läuten.

8

Gegen sechs Uhr oder etwas später«, sagte Mrs. Potter. »Wir saßen gerade beim Abendessen, und da hörte ich, wie sie nach Austin rief. Ich legte meine Serviette weg und ging nach oben, um nachzusehen, ob sie irgend etwas brauchte, und –«

»Sie sagen, die Wehen haben wieder aufgehört?« fragte Dr. Seymour.

»Ja, kurz nachdem ich mit Ihnen geredet habe«, sagte Mrs. Potter.

»Wie lange dauerten die Wehen?«

»Ungefähr eine Stunde lang«, sagte Mrs. Potter. »Ich hatte Schwierigkeiten, Sie zu erreichen. Zuerst habe ich in Ihrer Praxis angerufen, und dort hat man mir gesagt, Sie seien im Krankenhaus. Und als ich im Krankenhaus angerufen habe, hieß es, Sie seien gerade fortgegangen, und dann habe ich nach einiger Zeit in Ihrer Praxis angerufen, und diesmal –«

»Ich gehe rauf und sehe sie mir an«, sagte Dr. Seymour. Er zog Mantel, Schal und seine fellgefütterten Handschuhe aus und ließ alles in einem ordentlichen Stapel auf dem Stuhl in der Diele liegen.

»Sie ruht gerade ganz entspannt«, sagte Mrs. Potter. »Ich habe ihr etwas Toast und Tee gebracht, und sie hat alles aufgegessen und sagt, sie fühlt sich gut.«

»Mir wäre es im Moment lieber, sie würde sich nicht gut fühlen«, sagte Dr. Seymour und ging die Treppe hinauf.

Als er zehn Minuten später wieder herunterkam, fragte Mrs. Potter: »Ist alles in Ordnung?«

»Nein«, sagte Dr. Seymour, »ist es nicht. Es kann sein, daß die Wehen in einer Weile wieder einsetzen, aber wenn nicht – Wo ist denn Austin? Wieso hat *er* mich nicht angerufen?«

»Cousin Austin ist nicht da«, sagte Mrs. Potter.

»Wo ist er?«

»Das weiß ich nicht«, sagte Mrs. Potter. »Als er nicht zum Essen nach Hause kam, nahm ich an, daß er irgend etwas anderes vorhat. Aber Martha weiß auch nicht, wo er ist.«

»Haben Sie in seiner Kanzlei angerufen?« fragte Dr. Seymour.

»Dreimal habe ich angerufen«, sagte Mrs. Potter.

»Versuchen Sie's weiterhin«, sagte Dr. Seymour. »Mir gefällt nicht, was sich da oben abspielt. Ich werde sie ins

Krankenhaus verlegen. Wenn irgend etwas passiert, sind wir dort wenigstens darauf vorbereitet.«

»Sie wollte das Kind hier bekommen«, sagte Mrs. Potter.

»Es ist mir völlig egal, wo sie es bekommen wollte«, sagte Dr. Seymour, »und in zwei Stunden wird es ihr hoffentlich auch egal sein. Ich möchte, daß Sie jetzt hochgehen und ihr beim Anziehen helfen. Lassen Sie ihr Zeit. Ich will nicht, daß sie Angst bekommt. Helfen Sie ihr beim Anziehen und bringen Sie sie herunter. Das Telephon ist dort, nicht wahr?«

9

Er *war* hier«, sagte die Kellnerin im Speisesaal des Hotels Draperville. »Er kam rein und bestellte das Steak.«

»Um wieviel Uhr war das?« fragte Randolph.

»Gegen sieben oder etwas später.«

»Und Sie sind sich sicher, daß es Mr. King war und nicht irgend jemand anders?«

»Nein, nein«, sagte die Kellnerin. »Es war eindeutig Mr. King.«

Sie war müde, und ihre Füße schmerzten. Jahrelang hatte sie zugesehen, wie die Leute ihr Essen kleinschnitten und es sich häppchenweise einverleibten, und dabei hatte sie einen Haß auf die Menschheit (und vor allem auf Handelsreisende) entwickelt, der wie ein ständiges leichtes Fieber war. Wäre Arsen leicht zu bekommen gewesen und seine Wirkung nicht nachweisbar, hätte sie die Tabletts damit bestreut und sie unbeschwerten Herzens in den Speisesaal getragen. Doch der gutaussehende junge Mann mit dem Südstaatenakzent verwirrte und beunruhigte sie. Gern hätte sie, die Hand auf seinem Mantelärmel, zu ihm gesagt: *Wieso kümmert Sie das?* Statt dessen sagte sie: »Er saß da drüben an dem Tisch in der Ecke, und er war allein.

Zumindest – nein, ich bin sicher, daß niemand bei ihm war. Mir fiel auf, daß er nichts aß, nachdem er sein Essen hatte, und ich wollte ihn noch fragen, ob sein Steak in Ordnung ist, aber ich war zu beschäftigt, und ziemlich bald stand er wieder auf und ging.«

»Wie lange ist das her?«

»Ach, vielleicht eine halbe Stunde oder etwas länger. Das kann ich nicht genau sagen. Er hat einen Dollarschein auf dem Tisch gelassen, obwohl das Essen nur –«

»Falls er wiederkommt«, sagte Randolph, »sagen Sie ihm, er soll sofort zu Hause anrufen – nein, sagen Sie ihm, er soll direkt ins Krankenhaus gehen.«

»Ist irgend etwas nicht in Ordnung?« fragte die Kellnerin, bereit, ihr grünes Kleid fünf Zentimeter über dem Knie abzuschneiden, seine Magd zu sein, barfuß an seiner Seite über Stock und Stein zu laufen und keinem Menschen seinen Namen zu verraten. Ihre Frage blieb unbeantwortet.

Randolph öffnete die Tür der Droschke, die draußen wartete, und sagte: »Fahren Sie auf die Südseite des Platzes. Vielleicht ist er in der Zwischenzeit zurückgekommen.«

Es brannte kein Licht in den Fenstern, auf denen *Holby und King, Rechtsanwälte* stand.

»Ich versuche es noch einmal, auch wenn es da oben dunkel ist. Halten Sie nach ihm Ausschau. Es kann sein, daß er irgendwo auf der Straße unterwegs ist«, sagte Randolph zum Kutscher. Er sprang aus der Droschke, rannte die Treppe hinauf und rüttelte an dem Türknauf. Es war immer noch abgeschlossen.

»Austin?« rief er.

Es kam keine Antwort. Randolph hämmerte gegen die verschlossene Tür, wartete und hämmerte wieder. Hinter ihm wurde eine Tür geöffnet, und als Randolph sich umdrehte, sah er Dr. Hieronymus, den Osteopathen. Er war ein großer Mann mit grauem Haar und grauem Gesicht. Mit seinen Händen hätte er die Tür für Randolph mühelos aufbrechen können, aber seine Stimme war sanft, und er sagte: »Suchen Sie jemanden?«

»Ich suche Mr. King«, sagte Randolph.

»Er war gerade eben da«, sagte Dr. Hieronymos. »Zumindest habe ich jemanden die Treppe heraufkommen hören. Ich weiß nicht, ob es Mr. King war oder nicht.«

»Vor etwa fünf Minuten?«

»Ja«, sagte Dr. Hieronymous. »Das kann gut sein. Jedenfalls ist es nicht länger als zehn Minuten her.«

»Und kam jemand kurz vorher oder kurz danach?«

»Nein, ich glaube nicht.«

»Dann war es nicht Mr. King, den Sie gehört haben, das war ich«, sagte Randolph und hämmerte erneut gegen die Tür.

10

Die Schwester mußte mehrmals die Aufzugglocke läuten, bevor die Seile und dann der Aufzug vor ihren Augen herunterkamen. Er wurde von einem hinkenden Neger betrieben, der Mühe mit dem Öffnen und Schließen der Türen hatte. Dieser Aufzug und der im Gerichtsgebäude waren die einzigen mechanischen Vorrichtungen zur Levitation in Draperville.

»Wir legen Sie in das Zimmer am Ende des Flurs«, sagte die Schwester, als sie aus dem Aufzug heraustrat. »Das ist ruhiger.«

»Ich bin nicht geräuschempfindlich«, sagte Martha King.

»Ich dachte dabei an die anderen Patienten«, sagte die Schwester fröhlich und lachte. Es war kein unfreundliches Lachen, sondern lediglich ihre Art, die Teile eines Scherzes aufzufegen, der ihr, von vornherein schon nicht besonders gelungen, schließlich zwischen den Händen auseinandergebrochen war.

Das Zimmer am Ende des Flurs hatte zwei Fenster, das eine ging auf die Washington Street und das andere auf die Straße vor dem Krankenhaus, wo Dr. Seymours Pferd und Wagen warteten, die Zügel an den Pfosten gebunden.

So habe ich mir das alles nicht vorgestellt, sagte sich Martha. Ich dachte, ich würde zu Hause sein, in meinem eigenen Bett, in meiner gewohnten Umgebung. Ich dachte, Austin würde ...

»Möchten Sie eine Tasse Tee?« fragte die Stationsschwester.

»Ja, bitte«, sagte Martha. »Ich habe erst vor kurzem Tee getrunken, aber ich bin schrecklich hungrig.«

»Dann müssen Sie schnell machen«, sagte die Stationsschwester, »sonst werden Sie noch lange Hunger haben. Wie lange ist es her, daß Ihr erstes Kind geboren wurde?«

»Viereinhalb Jahre.«

»Dr. Seymour wird Sie entbinden?«

»Ja«, sagte Martha.

»Zuallererst müssen Sie gleich wieder ins Bett«, sagte die Schwester. »Haben Sie jetzt Wehen?«

»Nein«, sagte Martha. Sie gab ihre Handtasche und ihre Handschuhe ab und ließ sich von der Schwester aus dem Mantel helfen.

Austin, der gegenüber von Mike Farrells Saloon stand, hörte ein trauriges Lied und dann einen Streit, der ein abruptes Ende nahm, als Glas zu Bruch ging und ein Mann durch die Schwingtür gestoßen wurde.

In einer Seitengasse, die neben dem Spielsalon verlief, blieb Austin neben einem Fenster stehen, an dem die Jalousie nur zu drei Vierteln heruntergezogen war und so den Blick auf mehrere Paar Füße unter einem Tisch freigab. Das Fenster stand etwa zwei Zentimeter offen, und der Beobachter hörte, wie Karten ausgeteilt und gemischt und wieder ausgeteilt wurden, und konnte zwischen dem Augenblick des Triumphs und dem des Untergangs kaum unterscheiden.

Eine ganze Weile stand er auf der Gasse und blickte durch den Schlitz zwischen Jalousie und Fenstersims. In einer Straße jenseits der Post lehnte sich Austin an einen Baum und sah zu, wie in der Reihe schäbiger Häuser das dritte Haus von der Ecke aus von einem Mann betreten wurde, der vor Augenzeugen auf der Hut war – einem Mann, der verstohlen kam und zwanzig Minuten später wieder ging, weniger lebendig und (nach seinem Gang und seiner Haltung zu schließen) weniger hoffnungsvoll als zuvor. Den Mann, der auf die andere Seite der Lafayette Street wechselte, um nicht erkannt zu werden, hätte Austin sowieso nicht gekannt, aber er kannte auch nicht den Mann mit der Bergmannsmütze, der ihn namentlich ansprach.

Ab und zu sah er Licht in einem Haus, ein Nachtlicht, das für ein Kind oder einen Kranken brannte, der sich vor der Dunkelheit fürchtete. Austin war dankbar für jede Art Beleuchtung – für das trübe Licht in der Lobby des Hotels Draperville und für das Licht am Droschkenstand nebenan und für das Licht in Dr. Danforth' Mietstall, wo Snowball McHenry auf einem Stapel Pferdedecken schlief.

Vor dem Schaufenster des Juwelierladens war das Eisengitter heruntergezogen, und ein schweres Vorhängeschloß hing an der Tür; im Inneren brannte ein Licht, so daß Monk Collins, der Polizist, der Nachtdienst hatte, den hinteren Teil des Ladens einsehen konnte. Shapiros Bekleidungsgeschäft und Joe Beckers Schuhgeschäft lagen im Dunkeln, desgleichen die Eisenwarenhandlung, der Friseur, das Holzlager, die zwei Banken. Die Schilder vor Giovannis Süßwarengeschäft und Lichtspielhaus (wo man, wenn man ein Eiskremsoda kaufte, im Hinterzimmer sitzen und sich die bewegten Bilder eines Mannes ansehen konnte, der an den Fingern über einem felsigen Abgrund hing) waren für die Nacht vom Gehsteig genommen worden, aber im Gericht brannte im Erdgeschoß ein Licht für den Nachtwächter sowie im ersten Stock des Gebäudes der Telephongesellschaft, und da waren auch die Bogenlampen, unter denen Austin seinem Schatten begegnete und sich wieder von ihm trennte. Der Schatten unter den Bogenlampen beunruhigte ihn, wie es kein Spiegelbild je getan hatte. Einen Augenblick lang war er erkennbar, und dann, wenn er einen Schritt hin zum Rand des Lichtkreises tat, dehnte und verzerrte sich der Schatten zu einer gräßlichen Gestalt, die gleich danach eine andere Form annahm.

Der Klang einer Violine, der durch geschlossene Fensterläden drang, brachte Austin dazu, zwanzig Minuten lang vor einer Baracke in der Williams Street stehenzubleiben, und in dieser Zeit durchlebte er alle Empfindungen irdischen Glücks. Die Musik hörte auf, und Austin ging weiter.

Gegenüber vom Gefängnis geriet er plötzlich ins Gespräch mit einem alten Mann namens Hugh Finders, den man an die zwanzig Jahre früher mit einem brutalen Mord in Verbindung gebracht hatte. Austin hatte keine Ahnung, wo er plötzlich hergekommen war. Der alte Mann war einfach aus der Nacht aufgetaucht.

»Ich kenne Sie, seit Sie in Bundhosen herumgelaufen sind«, sagte er zu Austin, »aber ich glaub, dies ist das erstemal, daß ich mit Ihnen spreche. Heutzutage sind alle so beschäftigt. Ich seh sie in ihren feinen Kutschen vorbeifahren, aber um mit dem armen alten Hugh zu reden, dafür haben sie keine Zeit.«

Es hatte eine Zeit gegeben, da hatten die Leute mit dem armen alten Hugh geredet. Drei Tage lang befragten ihn mehrere Anwälte im Zeugenstand, um die Ursache der Blutflecken zu finden, die in seinem Wagen entdeckt worden waren. Die Fragen, die sie ihm stellten, fühlte er sich nicht berufen zu beantworten, und alles, was die Straßenlaterne jetzt enthüllte, war ein alter Mann mit verwüsteter Haut und strohigen weißen Haarbüscheln, die unter der verdreckten Mütze hervorragten. »Sie wohnen doch in der Elm Street, nicht?« sagte er. »Ich weiß. Großes weißes

Haus. Das früher den Stevensons gehört hat. Sie sind verheiratet und haben ein kleines Mädchen, stimmt's? Hübsches kleines Ding. Ich hab sie mit Ihrer Frau zusammen gesehen. Sie kennt mich wohl nicht. Ich habe mich immer schon für Sie interessiert, wegen Ihrem Vater. Er war ein großartiger Mann. Gibt keinen, der mit Schwierigkeiten zu ihm gekommen ist und dem er nicht geholfen hat. Erst hat er ihnen einen Vortrag gehalten, und dann hat er in die Tasche gegriffen. Er fand immer, ich würde zuviel trinken, und er hat vielleicht recht gehabt, denk ich mal, aber wir können ja nicht alle groß und allmächtig über unsere Mitmenschen zu Gericht sitzen. Es muß auch ein paar von uns armen Teufeln geben, über die man zu Gericht sitzen kann. Sonst wär Ihr Papa ja arbeitslos gewesen. Ich hab das Geld immer zurückbezahlen wollen, das er mir geliehen hat, aber ich hab's nicht geschafft, und er hat mich nie gedrängt ... Ich weiß ja nicht, was Sie zu dieser Nachtzeit hier draußen treiben, aber lassen Sie sich von einem alten Mann einen guten Rat geben und gehen Sie nach Hause. Im Bett sind Sie besser aufgehoben.«

Leicht schwankend steuerte er auf die Laterne am Ende des Blocks zu, aber Austin hätte schwören können, daß er dort nie ankam. Irgendwo zwischen dem Gefängnis und der Ecke verschwand Hugh Finders und mit ihm sein Geheimnis.

Austin ging durch einen Park, in dem im Sommer Konzerte veranstaltet wurden, und über den menschenleeren Platz vor dem Gericht. Am Himmel hing das beleuchtete Zifferblatt, das der goldenen Uhr seines Vaters so ähnlich war, und sagte ihm, daß es spät war und daß er den nächsten Tag beginnen müßte, ohne genügend Schlaf gefunden zu haben, aber es ist auch schon vorgekommen, daß Uhren falsch gehen. Und vielleicht gibt es keinen nächsten Tag.

Er kam an der Treppe vorbei, die zur Kanzlei von Holby und King hinaufführte, ohne die Zuflucht in Anspruch zu nehmen, die sie ihm bot, ohne überhaupt zu merken, daß sie existierte. An der Ecke bog er rechts ein, ging noch einen Block weiter, überquerte die Gleise und stand schließlich auf dem Bahnsteig vor dem Bahnhof.

Der Eilzug aus St. Louis, der um 2:37 durchfahren sollte, hatte Verspätung, und Austin wartete auf dem Bahnsteig, den Rücken dem eisigen Wind zugekehrt. Es war Ende Januar, und somit war auch der Wind fällig, der den vereisten Seen von Wisconsin und den schneebedeckten Maisfeldern von Illinois einen weiteren Wintereinfall bringen würde. Im Bahnhof stand ein bauchiger Ofen, und Austin ging hinein, um sich die Hände zu wärmen, doch die Wärme und die abgestandene Luft machten ihn so benommen, daß er es sich anders überlegte. Er befand sich in einem Zustand zittriger Aufregung, der nach frischer Luft verlangte.

Gegenüber dem Bahnhof befand sich eine Reihe Geschäfte. Der Zigarrenladen an der Ecke und Mike Farrels Saloon waren erleuchtet. Die anderen – Daltons Lebensmittelladen, der Schuster und das Fahrradgeschäft – waren dunkel. Das auf einer Stange angebrachte Vogelhaus auf der anderen Seite der Gleise – mit Veranden und runden Fenstern, Türen, Giebeln und Kuppeln ein ziemlich treffendes Beispiel des Architekturstils, der um 1880 herum populär gewesen und immer noch in der College Avenue anzutreffen war – war unbewohnt. Das Blumenbeet, auf dem im Sommer Ringelblumen und gestreifte Petunien das Wort »Draperville« bildeten, hatte der starke Frost ausradiert. Dieser Bahnhof hätte irgendwo entlang der Eisenbahnstrecke liegen können. Um sich warm zu halten, ging er immer wieder am beleuchteten Käfig des Stationsvorstehers vorbei, und dabei hörte er den Telegraphen ticken und sah den Fahrkartenverkäufer mit seiner grünen Augenblende.

Weit weg, südlich der Stadt, sprang das Signal neben dem Gleis um. Der Fahrkartenverkäufer kam aus dem Bahnhof. Seine Darstellung der Ereignisse an diesem Abend hätte sich mit Austin Kings Darstellung in keiner

Weise gedeckt, noch hätte sie sie bestätigt. *Nummer 317 hatte etwas Verspätung*, hätte der eine gesagt. Der andere hätte gesagt: *Die Zeit war kühl und floß weich um mich herum. Ich wollte mit dem Kopf nicht in eine Kälte tauchen, die vielleicht nicht allzu sauber war, und es war schwierig, gegen den Strom zu schwimmen, ohne es zu tun, und so trieb ich stromabwärts zum Steinbruch und kämpfte mich dann wieder zurück. Zweimal versuchte ich hinaus auf den Bahnsteig zu kriechen, aber es funktionierte nicht. Ich verlor jedesmal den Halt. Der Bahnsteig, der Bahnhof, das leere Vogelhaus, die Sterne und Mike Farrells Saloon sackten unter mir weg, und ich trieb stromabwärts. Beim drittenmal tauchte ich mit dem Kopf unter Wasser und schwamm direkt auf das Licht zu. Es war leichter, als ich es mir vorgestellt hatte. Als ich aufhörte zu schwimmen, befand ich mich mitten in dem Keil, der von zwei parallelen, sich in der Unendlichkeit treffenden Stahlschienen gebildet wurde, und das Licht schien mir direkt ins Gesicht. Ich versuchte aufzustehen, aber ich hatte keinen Boden unter den Füßen. Es gab nichts, worauf ich hätte stehen können, und als ich für eine Sekunde auftauchte, um Luft zu holen, befand ich mich immer noch innerhalb des Keils. Obwohl ich mich viel mehr abgemüht hatte als zuvor, war ich keinen Meter vorangekommen. Ich war außer Atem und wußte, daß ich irgendwo war, wo ich nichts zu suchen hatte.*

Man braucht kein Wasser, um zu ertrinken. Dazu muß man nur das normale Blickfeld auf einen einzigen Punkt verengen und so lange auf diesen Punkt schauen, bis man sich erinnert und einen Seinszustand erreicht, der der umfassendsten Vision des menschlichen Lebens entspricht. Man kann in einer Wüste ertrinken, in der Bergluft, nachts in einem offenen Wagen, wenn die Unterseiten der dichtbelaubten Zweige über einen hinwegwischen, Meile um mitternächtliche Meile. Man braucht nur einen einzigen Gedanken, einen Punkt heftigsten Schmerzes, ein stecknadelkopfgroßes Licht, das größer, stetiger und überzeugender wird, bis das Denken und der Wunsch zu leben zertrümmert werden und sich in einem Hochgefühl auflösen, das zwangsläufig zu einem völligen Erlöschen aller Gefühle führt ...

Der Bahnhofsvorsteher sagte etwas, was Austin (wegen des Lichts, das überall um ihn herum aus großer Höhe herabfiel) nicht hörte ... *Er hat wohl recht. Er muß recht haben. Ich kenne Fred Vercel seit Jahren und habe noch nie erlebt, daß er irgend etwas sagte, was nicht stimmte. Wenn er mich gerufen hat, so wie er behauptet, wenn er mich gewarnt hat, dann habe ich wahrscheinlich einen Schritt rückwärts gemacht, als noch genug Zeit war, und was danach kam, ist irgendwie seltsame Halluzination. Aber so ein Gefühl hatte ich noch nie. Ich weiß, daß er mich ansprach, aber meiner Erinnerung nach konnte ich ihn nicht hören. Ich hörte nichts außer dem Geräusch der herannahenden Lokomotive, und auch das verstummte, als ich unterging. Ich bin noch nie in einer Lage gewesen, aus der ich mich nicht befreien konnte, und ich hielt den Atem an und spürte, wie ich hilflos auf dem Boden lag und hin und her gerollt wurde. Meine Gedanken zogen methodisch eine Schlußfolgerung nach der anderen, und am Schluß wußte ich, daß es für mich nichts mehr geben würde. Das war alles. Hier an diesem Ort. Jetzt. Und mich befiel eine schreckliche Traurigkeit, weil ich nicht erwartet hatte, so zu sterben. Es war einfach dumm. Ich hätte nicht so lange in das Licht sehen sollen. Ich hätte es besser wissen müssen. Und ich war zum Sterben noch nicht ganz bereit. Es gab bestimmte Dinge, die ich noch tun wollte. Wahrscheinlich ergeht es jedem so, wenn seine Zeit gekommen ist.*

Eine Sekunde lang war Luft über mir, und ich öffnete die Augen. Ich befand mich immer noch innerhalb des Keils. Mit letzter Kraft rief ich um Hilfe (oder meinte es zu tun) und sah, wie Fred Vercels Gesicht erstarrte, als die Riesenräder Dampfwolken ausstießen. Ich schildere es so, wie es mir passiert ist, verstehen Sie. Wenn Fred sagt, es sei anders gewesen, müssen Sie selbst entscheiden, wer von uns recht hat. Vielleicht hatte er *die Halluzinationen. Wer weiß? Diesmal konnte ich die Luft nicht anhalten. Was ich einatmete oder ausatmete, entzog sich meiner Kontrolle. Ich ließ los, wissend, wo ich war, wissend, daß Kies meine Stirn berührte, daß ich hin und her gedreht wurde und daß ich dieser Falle nicht lebend entrinnen würde. Ich kam, ohne zu kämpfen, wieder an die Oberfläche und sah, wie die beiden Schlußlichter des letzten Waggons immer kleiner wurden.*

Vielleicht hätte ich den nächsten Zug abwarten sollen, aber ich tat es nicht. Ich war sehr müde. Ich kann mich nicht erinnern, jemals so müde gewesen zu sein wie in dieser Nacht. Ich hatte mich selbst im Stich gelassen. Stückchenweise, vermutlich über einen Zeitraum von mehreren Stunden, habe ich mich selbst im Stich gelassen. Ich hatte beobachtet, was andere Menschen machen, damit ich lernte, mehr wie sie zu sein, aber irgendwie – vielleicht weil ich nicht begriff, was ich sah, vielleicht weil ich einfach zu müde war – schien es nicht der Mühe wert zu sein. Ich weiß nicht, wie ich nach Hause kam. Ich fand mich einfach dort wieder, wie ich durchs Eßzimmerfenster auf das Thermometer draußen blickte, um zu sehen, wie kalt es war, wie ich das Licht ausmachte, wie ich die Treppe hinaufstieg und schlafen ging.

II

Das Wartezimmer ist am Ende des Flurs«, sagte die Schwester lächelnd. »Versuchen Sie, es nicht zu schwer zu nehmen.«

»Ich weiß, wo es ist«, sagte Austin.

Diesmal sollte er das Wartezimmer nicht ganz für sich allein haben. Der Mann auf der Holzbank war kahlköpfig, gedrungen und ordentlich gekleidet. Sein Gesicht kam Austin bekannt vor, aber es gab in Draperville hundert Gesichter, die genauso aussahen – mittleren Alters und recht müde, ohne Spur des früheren, eifrigen und vielleicht hübschen Jungengesichts, aus dem es hervorgegangen war. Sein einziges besonderes Merkmal war ein Leberfleck auf der linken Wange, der wohl nirgendwo außer im Wartezimmer und von niemandem außer einem Mann, der alle Zeit der Welt hatte, bemerkt worden wäre.

Austin setzte sich und lehnte den Kopf zurück, so daß die Wand sein Gewicht trug. Dem anderen Mann schien es so unbehaglich zumute, er schien sich so unerwünscht zu fühlen, daß Austin meinte, seinen eigenen Seelenzustand zu betrachten, und den Blick abwandte. Die künstlichen Blumen und Sir Galahad erinnerten ihn daran, daß er am Tag zuvor auch schon hiergewesen war, und an das, was danach geschehen war. Er versuchte, auch sie nicht anzusehen. Er war sich einer seltsamen Empfindung im Mund bewußt, als würden seine Zähne tränen. Die Ränder seiner Augenlider fühlten sich hart und trocken an.

»Sie sind doch Austin King, nicht wahr?« fragte der Mann. »Ich bin George Diehl. Ich arbeite im Holzlager.«

»Jetzt erinnere ich mich an Sie«, sagte Austin und nickte.

»Ihr erstes Kind?«

»Das zweite.«

»Dann haben Sie das alles ja schon mal durchgemacht.«

»Hier nicht«, sagte Austin. »Das erste Kind wurde zu Hause geboren.« Wegen dieses Mannes, der ihn ansah, als sollten sie sich vielleicht besser kennenlernen, würde er nicht ungestört bleiben. Seine Sorge und seine Erschöpfung würden den Blicken der Öffentlichkeit preisgegeben.

»Geteiltes Leid ist halbes Leid. Zigarre gefällig?«

»Nein danke«, sagte Austin. Nachdem er George Diehl erkannt hatte, beschloß Austin, ihn zu ignorieren. Es gibt Leid, das geteilt werden möchte, und Leid, das lieber allein ist.

In dem morgendlichen Durcheinander – anziehen, frühstücken, einen Koffer für Ab packen und sie an der Haustür der Danforth abliefern – hatte Austin seine goldene Uhr unter seinem Kopfkissen liegenlassen. Er stand auf und ging in den Flur. Was ihm wie eine halbe Stunde vorgekommen war, waren tatsächlich zweieinhalb Minuten gewesen. Dieser Schätzfehler sollte sich im Lauf des Tages noch mehrmals wiederholen.

12

Abbey King drückte kummervoll die Nase gegen die Fensterscheibe, und ihr Rücken spiegelte sich in Mrs. Danforth' silberner Kugel; sie sah auf dieselbe Szenerie hinaus, die sie auch zu Hause durch das Fenster der Diele und das Wohnzimmerfenster sah. Der einzige Unterschied bestand darin, daß sie links ein Haus mehr sah und rechts ein Haus weniger. Niemand ging in die Häuser hinein oder kam heraus oder ging daran vorbei. Der Boden war nackt, Bäume und Büsche schienen endgültig die Absicht aufgegeben zu haben, jemals wieder grüne Blätter zu treiben. Ein mit braunen Fetzen behangener seitlicher Trieb der rosa Kletterrose, die am Spalier an der Ostseite des Danforthschen Hauses wuchs, wogte und zitterte im Wind, ein paar Zentimeter vor Abs Gesicht. Wenn es schon kein Fegefeuer gab, so gab es zumindest die Elm Street an einem grauen Tag im Januar.

»Möchtest du dich anziehen und draußen spielen?« fragte Mrs. Danforth.

»Das ist mir egal«, sagte Ab.

»Wir ziehen uns schön warm an, und wenn dir kalt wird, dann sag's mir, und wir gehen wieder rein.«

Sie vertraute ihre im Fäustling steckende Hand Mrs. Danforth' behandschuhter Hand an und drehte eine Runde durch den Garten. Mrs. Danforth hob sie hoch, damit Ab durch das Fenster des Spielhauses sehen konnte, das aus zwei Klavierkästen zusammengebaut war. Der Schlüssel war verlorengegangen, und schon seit vielen Jahren hatte es niemand mehr betreten. Ab sah einen Schultisch, eine Tafel und ein paar verstaubte Puppen aus Papier und war zufrieden, daß es mit dem Spielhaus, so wie mit den Blumenbeeten, für einige Zeit vorbei war. Hin und wieder wanderte ihr Blick zum Nachbarhaus. Sie wußte, daß ihre Mutter nicht da war. Ob sonst irgend jemand da war und was er tat, verriet das Haus nicht, und Ab, die sich im Exil befand, fragte nicht.

Eine Lastkarre fuhr am Haus der Danforth vorbei und an dem der Kings und hielt vor dem der Beach. Ein Mann stieg vom Bock herab, und sogleich kam, wie auf ein verabredetes Zeichen, eine Schar Kinder um die Ecke des Hauses gegenüber, überquerte die Straße und versammelte sich auf dem Gehsteig.

»Willst du zu ihnen?« fragte Mrs. Danforth.

Ab stand schüchtern da und schob ihre Hände noch tiefer in ihre Fäustlinge. Es war ihr verboten, die Grenzen des eigenen Gartens zu überschreiten, aber sie war jetzt nicht zu Hause, und der Garten der Danforth hatte keinen Zaun, sondern war zur Straße hin offen.

»Ist schon in Ordnung«, sagte Mrs. Danforth. »Ich bleibe hier und pass auf dich auf.«

Der Anblick der blauen Kindergartenstühle und die aufgeregten Bemerkungen der Kinder reichten aus, um den (ohnehin dünnen) Faden zu zerreißen, der Abs rechten Fäustling mit Mrs. Danforth' linkem Handschuh verband. Sie entfernte sich langsam auf dem Gehsteig, fing an zu rennen, als sie an ihrem Haus vorbeikam, und wurde wieder langsamer. Die Kinder, Jungen und Mädchen aller Altersstufen, beachteten sie nicht, und es gab keine Miss Lucy oder Miss Alice, die Ab in die Gruppe lockte. Sie stand am Rand, wurde von den anderen ignoriert, die sie stehenließen und vom Gehsteig hinunter auf die Straße sprangen, diesen gefährlichsten aller Orte. Ab sah sich um. Mrs. Danforth nickte. Ab raffte all ihren Mut zusammen und zwängte sich durch die Gruppe hindurch, bis sie auf die Ladefläche der Karre sehen konnte.

»Paß auf«, sagte ein Junge in einem karierten Stutzer zu ihr. »Du kriegst eine auf die Rübe, wenn du nicht achtgibst.«

Diese beiläufige Ermahnung, weder freundlich noch unfreundlich erteilt, war sehr wichtig. Zunächst einmal wurde dadurch Abs Vorhandensein anerkannt, eine Tatsache, die andernfalls zweifelhaft geblieben wäre. Zweitens wurde ihr damit die Staatsbürgerschaftsurkunde verliehen. Von nun an stand es ihr frei, sich nach Belieben in einem Gemeinwesen zu bewegen, in dem die Spiele manchmal ruppig waren und die älteren Bewohner bisweilen auf den jüngeren herumhackten, aber in dem niemand sich mit Gefühlen und Gedanken, die dreißig Jahre zu alt für ihn waren, befassen und versuchen mußte, sie zu verstehen. Abbey schloß sich dem Helden im karierten Stutzer an, folgte ihm von der Straße auf den Gehsteig und wieder zurück und wartete, den Blick auf sein schmutziges, hartes junges Gesicht gerichtet, was für bemerkenswerte Worte er äußern und was für mutige Taten er spontan vollbringen würde.

Nachdem sie sich vergewissert hatte, daß Ab keine Aufpasserin mehr brauchte, wandte sich Mrs. Danforth um und ging ins Haus zurück, das zum Tagträumen einlud, das dunkel und höhlenartig war und voller Gegenstände, die schlüssig bewiesen, wie oft Dinge überleben und Menschen nicht.

13

Als der mit der Kindergarteneinrichtung beladene Wagen vor dem Haus der Beach vorfuhr, machte Alice die äußere Tür auf, sicherte sie mit einem Backstein, der mit dem Teppich aus dem Haus in St. Paul umwickelt war, und ging wieder hinein. Als sie durch das Fenster hinausspähte, zeichnete sich auf ihrem Gesicht Erleichterung ab, beinahe Freude. Die Stühle waren auf dem zugefrorenen Rasen verteilt, und die Kinder setzten sich darauf, als wären sie zu einer Party eingeladen. Die beiden Möbelpacker trugen einen Tisch den Gehweg entlang. Abgesehen davon, daß sie ihn an den Enden hielten statt an silbernen Griffen auf den Seiten, wirkten sie wie Sargträger. Die Schachtel mit bunter Wolle, den sie auf den Tisch gestellt hatten, hätte leicht ein Blumengebinde sein können, das ein guter Freund der Familie geschickt hatte. Als sie die Stufen erreichten, machte Alice die Tür auf. Der Vordermann stellte sein Ende kurz ab, lüpfte seinen Hut und sagte: »Wo soll er hin, Lady?«

Er war klein und stämmig, seine Miene so kompetent und freundlich, daß sie versucht war, ihm alles zu erzählen, aber der andere Mann hielt immer noch das andere Tischende, und so sagte sie schüchtern: »Auf den Speicher bitte.« Sie war gewillt, falls die beiden Männer einen Blick austauschen sollten, ihn nicht zu beachten, aber etwas derartig Unerfreuliches fand nicht statt. Sie steuerten auf die Treppe und hinterließen dabei eine Schmutzspur. »Sachte«, sagte der Vordermann. »Gib auf den Pfosten acht.« Der Hintermann war riesig, schlaksig, sein Mund stand offen, und er war gänzlich dem Verstand des anderen ausgeliefert, der seine Kraft lenkte. In der Treppenbiegung schaffte er es, dem Geländer einen häßlichen Kratzer beizubringen, der sich auch mit noch soviel Möbelpolitur nicht wieder würde entfernen lassen.

Die Tür zum Speicher, die sich auf halber Länge des Flurs im ersten Stock befand, stand offen. An der Wand daneben leuchtete ein dollargroßer roter Glasknopf, ein Zeichen, daß im Speicher das Licht brannte. Der Flur war eng, und der Tisch mußte langsam und vorsichtig hochkant gedreht werden, bevor er sich durch die Tür und die steile Speichertreppe hinauftragen ließ. Lucy, die einen dicken

Männerpullover über ihrem Baumwollkleid trug, erwartete sie am Kamin. Sie hatte für die Möbel aus dem Kindergarten einen Platz freigeräumt in dem Durcheinander von Dingen, die sich über die Jahre angesammelt hatten – kleine und große Koffer, ausrangierte Möbel, Lampenschirme, Reitstiefel, Stapel von Büchern und Zeitschriften, Schachteln, die nicht immer Aufschluß gaben über ihren Inhalt und ebensogut Christbaumschmuck wie alte Kleider von Mrs. Beach enthalten konnten. Die Männer gingen insgesamt fünfmal hin und her, und Alice begleitete sie jedesmal, um eine weitere Beschädigung der Treppe möglichst zu verhindern.

Lucy blieb auf dem Speicher, wo die Kindergarteneinrichtung merkwürdig farbenfroh und frisch wirkte, zu farbenfroh und zu frisch, um zu bedeuten, was sie tatsächlich bedeutete, den Tod aller ihrer Hoffnungen. Wie kommt es, daß wir nie etwas weggeben? fragte sie sich. Andere Leute rangieren Dinge aus, werfen sie weg und fangen neu an nur mit dem, was sie benötigen und gebrauchen können, aber alles, was wir jemals besessen haben, ist hier, bereit, am Jüngsten Tag gegen uns auszusagen ... Sie schob die Stühle dichter zusammen, damit die Kindergartensachen weniger Platz wegnahmen, und stellte das Buntpapier, die Wolle und die Kästen mit den Scheren zu einem ordentlichen Stapel zusammen.

»Bist du noch da oben?« rief Alice von unten und kam, als ihr geantwortet wurde, die Speichertreppe herauf.

»Es sieht nicht nach sehr viel aus, nicht wahr?« sagte sie und starrte auf die Tische und Stühle.

»Jedenfalls sind sie bezahlt«, sagte Lucy. »Das ist die Hauptsache. Vielleicht können wir sie irgendwann verkaufen.«

»Oder vielleicht können wir sie selber wieder benutzen«, sagte Alice, »wenn die Leute die Geschichte vergessen haben.«

»Nein«, sagte Lucy. »Es ist vorbei. Ich weiß nicht, warum

wir die Sachen behalten. Wir werden nie mehr eine Verwendung dafür haben, und wir werden sie nie verkaufen. Sie werden hier oben bleiben bei den Kabinenkoffern und den Baedekern.« Ihr Blick wanderte zu den Koffern in der Ecke, zu den verblichenen, rissigen Aufklebern – Comer See, Grand Hotel, Nizza, *Roma*, *Firenze* und *Compagnie Générale Transatlantique.*

»Wenn wir unser Leben von vorne beginnen wollen, haben wir alles, was wir brauchen – außer Mut.«

»Vielleicht hat jede von uns eines Tages ein eigenes Haus«, sagte Alice, »und was sollen wir dann mit all dem Zeug hier anfangen?«

»Das ist auch vorbei«, sagte Lucy. »Ich bin siebenundvierzig, und du bist dreiundvierzig. Man mag uns die Mädchen von Mrs. Beach nennen, aber wir sind beide keine Küken mehr. Wir hatten unsere Chance und haben sie verpaßt, und ich bin so müde, daß mir alles egal ist. Ich will nur noch meine Ruhe haben. Ich verstehe nicht, warum einem, wenn man jung ist, niemand sagt, wie ermüdend das Leben ist. Es hätte wahrscheinlich nichts genützt, aber wer weiß, vielleicht doch.«

»Mir geht es nicht so«, sagte Alice. Sie nahm sich einen Kindergartenstuhl und setzte sich. Ihr gegenüber stand ein Bücherschrank, der mit Gläsern und Porzellan vollgestopft war. Auf Höhe ihrer Augen befand sich ein Milchkrug, an den sie sich aus ihrer Kindheit erinnerte. Er war blau und weiß, und zwei junge Frauen (vielleicht Schwestern) schlenderten durch einen Garten, beide am Arm eines jungen Mannes. Eine Anstandsdame, zu deren Füßen ein Hund lag, saß da und betrachtete sie wohlwollend. Den Hintergrund bildete ein zerfallener Tempel, der zweifellos jenem zottigen Gott geweiht war, der von seinem Platz unter dem Henkel aus die beiden Paare im Auge behielt. Unter der Tülle stand ein Motto, das Alice Beach aufsagen konnte, ohne es lesen zu müssen.

Entweder es gibt eine Arznei,
oder es gibt keine
für jegliches Übel
auf dieser Welt.
Wenn's eine gibt,
geh hin und find sie,
gibt es keine,
denk dir nichts dabei.

Sie wandte sich von dieser vertrauten Botschaft ab und blickte aus dem Speicherfenster hinaus auf die kahlen Äste eines großen Ahornbaumes. Nach einer Weile sagte sie: »Manchmal muß ich innehalten und mich daran erinnern, wie alt ich bin.«

»Du hast noch ein paar Jahre vor dir«, sagte Lucy. »Dann wirst du auch müde sein, so wie ich. Dann wird es dir gleichgültig sein, was mit dir passiert oder was hätte passieren können. Sieh mich nicht so an.«

»Ich kann es nicht ertragen, wenn du solche Dinge sagst.«

»Du kannst ja weghören. Und außerdem muß ich sie nicht unbedingt laut sagen. Ich kann sie auch einfach nur denken, wenn ich es dir damit leichter mache.«

»Tust du nicht.«

»Dann geh lieber fort. Ich helfe dir sogar dabei.«

»Wo sollte ich denn hingehen?«

»Irgendwohin. Ich komme jetzt hier ohne dich zurecht. Du kannst gehen, wohin du willst. Für zwei hat das Geld nie gereicht, aber für eine reicht es. Nimm es und geh ins Ausland. Dir hat doch die dalmatinische Küste so gut gefallen. Geh zurück nach Ragusa, und versuch dort dein Glück.«

»Und was ist mit Mama?«

»Was soll mit ihr sein?«

»Es könnte sie umbringen, wenn ich jetzt fortgehen würde.«

»Die bringt nichts um. Sie wird uns beide überleben. Sie

wird jeden in der Elm Street überleben. Sie wird niemals sterben. Es ist an der Zeit, daß du das begreifst. Sie wird ewig leben. Und sie wird dich nicht daran hindern können, fortzugehen, weil ich es ihr nicht erlauben werde. Ich hätte in Europa bleiben können, wenn ich es wirklich gewollt hätte. Ich werde jetzt mit ihr fertig, und ich hätte auch damals mit ihr fertig werden können. Aber zuinnerst wollte ich es nicht. Ich wollte, daß sie mit mir fertig wird. Und das ist ihr gelungen, das muß ich ihr lassen. Sie war nie so krank oder so müde oder so enttäuscht von Papa, von uns und von sich selbst, daß sie mit den Dingen nicht auf die Weise fertig wurde, wie wir es wollten. Also pack deine Koffer, setz deinen Hut auf und geh. Es wird nichts passieren. Geh nach Mississippi, wenn du nicht ins Ausland willst. Wohn bei den Potters auf ihrer Plantage. Mrs. Potter hat uns im Sommer ausdrücklich eingeladen. Du brauchst ihr nur zu sagen, daß du mit ihnen gehen möchtest, wenn sie wieder nach Hause fahren. Vielleicht findest du irgend jemanden da unten. Manchmal will ein Witwer mit Kindern –«

Lucy wandte den Kopf und horchte. Beide hörten leise und sehr weit entfernt das Klingeling eines Nachttischglöckchens.

»Ich sehe lieber nach, was sie will«, sagte Alice.

»Laß sie warten«, sagte Lucy. »Das hier ist wichtiger. Und guck nicht so erschrocken. Versuche, ruhig und klar zu denken. Versuche herauszufinden, was du wirklich willst. Gleichgültig, was es ist – von mir aus kannst du Zirkusreiterin werden –, ich werde dir helfen.«

Diese Angebote, die zu spät kommen oder zur falschen Zeit, ausgedrückt in Worten, die irgendwie unannehmbar sind, sind das Traurigste und das Unheimlichste am Familienleben.

»Hör auf, Lucy, bitte!« rief Alice, als sie zur Treppe ging. »Ich hacke auch nicht auf dir herum. Wieso kannst du mich nicht in Frieden lassen.«

14

Mama?«

»Sie ist nicht da«, sagte Mr. Potter. »Du hast jetzt ein neues Kindermädchen.«

»Wo ist sie?« fragte Nora.

»Sie ist nach Hause gefahren, um sich auszuruhen. Sie hat letzte Nacht nicht viel geschlafen, und deswegen habe ich übernommen. Kann ich irgend etwas für dich tun?«

»Was ist das für ein grauenhaftes Geschrei?«

»Da wird es irgendeinem armen Menschen ziemlich schlechtgehen«, sagte Mr. Potter.

»Es kommt mir vor, als ginge das schon seit Stunden so. Ich verstehe nicht, warum sie nicht irgendwohin verlegt wird, wo man sie nicht hört. Es ist schrecklich, sich das anhören zu müssen ... Wann kommt Mama wieder?«

»Bald. Wie fühlst du dich?«

»Gut. Ich habe es nur so satt, hier zu liegen.«

»Du hast es bald hinter dir. Der Arzt sagt, du machst große Fortschritte.«

»Ich will nach Hause«, sagte Nora.

»Wir bringen dich nach Hause«, sagte Mr. Potter, »sowie du transportfähig bist.«

»Ich will in meinem eigenen Zimmer sein. Ich will diesen Raum hier nie wieder sehen.«

»Hab noch ein bißchen Geduld«, sagte Mr. Potter. »Man soll nichts überstürzen.«

»Aber ich liege schon so lange hier, und das Bett ist so unbequem.«

»Rom wurde auch nicht an einem Tag erbaut.«

Wieder waren die Schreie zu hören.

»Wie spät ist es?« fragte Nora.

»Halb drei.«

»Hat Mama gesagt, wann sie wiederkommt?«

»Sie wird gleich kommen. Jetzt, wo es dir allmählich

wieder bessergeht, darfst du nicht erwarten, daß sie Tag und Nacht an deinem Bett verbringt. Du hast ihr ganz schön was zugemutet, und sie ist jetzt ausgelaugt. Von nun an liegt es an uns, ihr soviel wie möglich zu ersparen ... Es ist schlimm, Nora, alt zu werden und zu wissen, daß man ein Narr gewesen ist.«

Nach dieser unvermittelten Offenbarung, der ersten, die er seiner Tochter gegenüber je gemacht hatte, saß Mr. Potter still da und sah zu, wie sich ihre Augen schlossen und sich ihre Atemzüge langsam veränderten, bis sie eingeschlafen war.

Die meisten Maximen sind Lügen oder zumindest irreführend. Wer nicht rastet, der rostet. Spare in der Zeit, so hast du nichts in der Not. Zu wissen, daß man ein Narr gewesen ist, ist, wenn man jung ist, genauso schmerzhaft und genauso schwer zuzugeben, wie wenn man alt ist. Wenn die Menschen wissen, was sie tun, und nicht dagegen ankönnen, begehen sie die gleichen Fehler, immer und immer wieder, bis in alle Ewigkeit, bis zum Überdruß. Abend für Abend geht der Vorhang auf, dasselbe Stück wird wiederholt, und wenn das Publikum weint, dann, weil der Held immer erst in letzter Sekunde im stillgelegten Sägewerk ankommt, die Heldin nie der Stimme ihres Herzens folgt und den Mann mit dem schwarzen Schnurrbart heiratet. Es gibt nicht nur eine zweite Chance, es gibt tausend zweite Chancen, deutlich seine Meinung zu äußern, ausnahmsweise einmal mutig zu handeln, sich der Tatsache zu stellen, der man sich früher oder später stellen muß. Wenn wirklich keine Zeit mehr bleibt, dann kann man sich ihr in aller Eile stellen. Andernfalls kann sie mit Muße betrachtet werden. Das Ergebnis ist in beiden Fällen das gleiche. Fenster, die jahrelang zugenagelt waren, werden plötzlich aufgestemmt und lassen frische Luft herein, Liebe und Hoffnung. Ursachen offenbaren sich letztendlich als Wirkungen. Und das langwierige, langsame, fürchterliche Abarbeiten der Folgen irgendeines beliebigen Fehlers kommt in dem Moment zum

Stillstand, in dem du dich mit der Vorstellung abfindest, daß es für dich (und für deine wunderschöne Braut, die mit Girlanden geschmückt ist, deren Leichtigkeit und Heiterkeit in solchem Glanz erstrahlt) ein Ende gibt.

15

Zeitweise war Martha King überzeugt, daß irgendein entsetzliches Versehen vorlag, daß man versuchte, sie bei lebendigem Leibe zu begraben. Zu anderen Zeiten war sie bei klarem Verstand, wußte, warum sie hier war, gab die richtigen Antworten, wenn sich Dr. Seymour über das Bett beugte und sie fragte: »Wie viele Finger habe ich?«, und konnte zwischen ihren eigenen Schreien und dem Gejammer aus dem Zimmer nebenan unterscheiden. *Oh, Doktor, Doktor... oh, Herr Doktor...* Manchmal war es ein Flehen, manchmal ein Kreischen, manchmal ein Singsang, aber stets kam es aus dem Zimmer nebenan. Nicht das gleiche wie: *Oh, es tut weh! Die Schmerzen kommen in Wellen! Sie sind in meinem Rücken!* (das sagte sie); oder: *Jetzt tut es nicht mehr weh, oder?* (die Krankenschwester); oder: *Sind meine Augen geschwollen? Ich habe das Gefühl, als würde ich durch sie hindurchsehen ... Oh, jetzt fängt es an, es fängt an!*

Um halb vier verzichtete die Schwester darauf, weiterhin ihre Uhr zu konsultieren, und von da an wurde die Zeit anhand der langsamen Wanderung eines Sonnenfleckens über den Krankenhausboden gemessen.

»Eigentlich dürfte sie dieses Kind gar nicht kriegen«, sagte George Diehl. »Sie ist zu alt. Sie ist fast fünfzig und müde und erschöpft vom Kindergroßziehen, aber sie wollte noch eins haben, und ich konnte es ihr nicht verwehren. Es ist aber nicht gut für sie – eine Frau in ihrem Alter. Sie hat schon seit fünfzehn Stunden Wehen, und der Arzt macht sich Sorgen wegen ihrem Herz. Ich durfte sie für ein paar Minuten sehen, kurz bevor Sie gekommen sind. Wir sind jetzt fast seit dreißig Jahren verheiratet, aber jedesmal, wenn ich versuche ihr zu sagen, daß ich sie liebe, bleiben mir die Worte in der Kehle stecken. Ich weiß, daß sie es weiß, aber ich dachte, sie hätte es gerne, wenn ich es sage, und das habe ich dann auch getan, und dann hat sie gesagt: ›Wer hat dir denn so den Kopf verdreht?‹ ›Niemand‹, habe ich gesagt. ›Es ist nur, weil du hier so liegst und wie ein junges Mädchen aussiehst.‹ Was natürlich nicht gestimmt hat. Sie hat ganz ausgelaugt ausgesehen, aber sie hat sich darüber gefreut, obwohl sie es nicht zeigen wollte. ›Du bist mir eine gute Frau gewesen‹, habe ich gesagt, und danach habe ich mich besser gefühlt, als wäre mir ein Stein vom Herzen gefallen.«

(Die Sonne erreichte den Fuß des Krankenhausbettes und begann hinaufzuwandern.)

»Aber diese Warterei macht einem zu schaffen«, sagte George Diehl. »Ein ganzes Jahr ist schneller vergangen als die letzten zwei Stunden.«

Um das Gefühl des Wartens in seiner reinsten Form zu erleben, muß man die Phase hinter sich lassen, in der Auf- und Abgehen, mit den Fingern Trommeln, Zählen oder irgendein anderer mechanisch ausgeführter Kunstgriff Erleichterung verschafft, und in jene andere Phase übergehen, da der Zeitpunkt, wenn der Minutenzeiger der Uhr die Zwölf erreicht, und jener, da der Schlag ertönt, so weit auseinanderliegen, daß das ganze Nervensystem vergeblich nach einem Ende des Wartens schreit. Schmerz ist Bewegung, die Meereswellen, die anbranden und zurückweichen; Warten ist die Küste, an der sie sich brechen, die Küste, die sich mit der Zeit unmerklich verändert. Der Wille, der wartet und erduldet, ist nicht der gleiche Wille, der es den Menschen ermöglicht, morgens aufzustehen und zwischen dieser Krawatte und jenem Seidenschal zu wählen. Er ist etwas, worum man nie gebeten hat und dem nichts an uns liegt. Man hat ihn und lebt. Man verliert ihn und gibt den Geist auf.

Im Verlauf dieses nicht enden wollenden Tages veränderte sich Austins Beziehung zu dem Mann mit dem Leberfleck auf der linken Wange ständig. Als die Wand seinen Kopf nicht mehr stützen wollte, stand er auf und ging angespannt hin und her, wobei seine Gedanken alle sechs oder sieben Schritte gegen eine hohe Wand namenloser Angst stießen. Er spürte auf seinem Brustkorb einen leichten Druck, der ihn zu vernichten drohte, wenn er zu tief Luft holte, und damit auch die letzte Chance, daß alles sich zum Guten wenden würde. Eine kleine nervöse Geste, ein an ihn gerichtetes, laut ausgesprochenes Wort – und sein Leben würde sich wie ein auf den Kopf gestellter gläserner Briefbeschwerer mit wirbelnden weißen Partikeln des Schreckens füllen. In den Momenten, in denen seine naturgegebene Geduld die Oberhand gewonnen zu haben schien und er sich hinsetzen und warten konnte, erhob sich der Mann mit dem Leberfleck und ging auf und ab, und es war Austin unmöglich, nicht an diesem Gehen teilzunehmen, nicht zu spüren, wie sich seine eigene Stirn in die gleichen Falten legte wie jene andere Stirn und wie der gleiche Verdacht seinen Blick trübte, der Verdacht, daß nicht alles, was dort oben getan werden konnte, getan wurde.

Das erstemal, als George Diehl, die Hände hinter dem Rücken verschränkt, vor Austin stehenblieb, als habe er das Bedürfnis, etwas zu sagen, wandte Austin den Blick ab. Es tat ihm sofort leid. Der Mund, bereits zum Sprechen geöffnet, schloß sich wieder, und das Auf- und Abgehen wurde fortgesetzt. Als George Diehl sich wieder hinsetzte und Austin an der Reihe war, herumzulaufen, zögerte er erst und sagte dann unvermittelt: »Ich glaube, wir sitzen hier im selben Boot. Wenn Sie reden wollen – wenn Ihnen das die Sache erleichtert, dann reden Sie ruhig.«

»Nein danke«, sagte der Mann und lehnte das angebotene Mitgefühl ab, so wie Austin seine Zigarre abgelehnt hatte. Obwohl keines der beiden Angebote wiederholt wurde, fing George Diehl schließlich doch an zu reden, über das

Holzgeschäft, das nicht allzugut lief, und daß es nicht mehr soviel Wild gebe wie früher und wie die Flüsse allmählich leer gefischt oder ruiniert würden, weil die Bergleute mit Dynamit arbeiteten. Und auf einmal hatte Austin eine brennende Zigarre in seiner rechten Hand und vor sich eine sich langsam entfaltende Geschichte, über die er nachdenken konnte und die ganz anders war als seine eigene bis zu diesem Augenblick, indem sie sich vereinten. George Diehls Geschichte (einschließlich der Fehler, die er gemacht hatte – einige davon schwerwiegend –, und der Glücksfälle, die sich mit Ereignissen abgewechselt hatten, die nicht so glücklich verlaufen waren; die Stellen, die er ohne eigene Schuld verloren hatte, die nicht genutzten Gelegenheiten, wie George Diehls älteste Tochter Lehrerin werden wollte, wie seinem Sohn alles recht war, solange er nur ein wenig Taschengeld hatte und sie ihn, wenn er abends wegging, nicht fragten, wo er hingehe und wann er zurückkomme) war eine Geschichte, die interessant und spannend war, merkwürdig und ereignisreich und sogar poetisch.

Austin wollte sich aufs Zuhören beschränken, aber bestimmte Szenen und Situationen stiegen an die Oberfläche seiner Gedanken, Worte schafften es bis zu seinen Lippen und mußten zurückgedrängt werden. Schließlich gab das Gewebe seiner Zurückhaltung unter dem Gewicht von George Diehls vertraulichen Mitteilungen nach, und Austin begann zu reden.

Martha Kings Wehen kamen in regelmäßigen Abständen. Eine Putzfrau, Sklavin eines Eimers voll Seifenwasser und eines grauen Mops, tauchte in der Tür auf und schaute herein.

»Was ist los? Will das Kind nicht raus?«

Es war keine Frage, sondern lediglich Trost, freimütig gespendet und dankbar angenommen.

»Haben Sie Kinder?« fragte Martha King und wandte das Gesicht zur Tür.

»Neun leben noch, eins ist gestorben.«

»War Ihr zweites auch so eine schwere Geburt wie das erste?«

»Ja. Und beim zweiten habe ich die gleichen Schmerzen gehabt.«

Die Putzfrau fuhr fort, den Flur zu wischen. Weder wußte sie, noch fragte sie, wer die Patientin in Zimmer 204 war. Das Krankenhausgewand war nicht mit Spitzen besetzt, und der Schmerz hatte die schöne Frau zuerst entstellt und war jetzt fleißig dabei, sie zu vernichten. So gründliche Arbeit leistete der Schmerz, daß der alte Mr. Porterfield Mrs. King nicht wiedererkannt hätte. Ebensowenig die Töchter von Mrs. Beach oder Mrs. Danforth oder sonst irgend jemand, der sie an einem späten Sommernachmittag dabei beobachtet hatte, wie sie in ihrem Garten Blumen pflückte. Als erstes verschwand die Schönheit, dann das Lächeln, dann der Glanz in den braunen Augen, dann der Duft, dann die Zartheit, dann das feurige Naturell und schließlich die tiefe Geduld der Liebe. Was übrigblieb, war ein sich windendes Wesen auf einem Bett, das versuchte, sich auf annehmbare Weise mit der Qual abzufinden.

George Diehl hörte aufmerksam zu und machte hin und wieder eine Bemerkung, die zeigte, daß er sich die Begebenheiten, die Austin beschrieb, durch den Kopf gehen ließ. Er war schon vor langer Zeit zu dem Schluß gekommen, daß sich die Menschen oder die Art und Weise, wie sie Probleme angingen, so wenig unterschieden, daß es mehr oder weniger Zeitverschwendung war, Kritik zu üben oder von einer hohen moralischen Warte aus zu urteilen. Als Austin klar wurde, daß er George Diehl erzählen konnte, was er wollte (und er hatte ihm schon alles und nichts erzählt), und George Diehl weder überrascht noch schockiert wäre, noch ihm die Schuld geben würde, stellte sich bei ihm eine Art Hochgefühl ein, das der Ältere zwar verstand, aber nicht teilte – ein Zustand der Erregung, den Austin ohne weiteres empfinden durfte, weil er jünger war als George Diehl und noch mehr von seinem Leben vor sich hatte.

Das schwindende Tageslicht wurde durch den grellen Schein elektrischer Birnen ersetzt, und vor den Krankenhausfenstern hing ein schwarzer Samtvorhang.

»Das einzige, was mir angst macht, sind die Schreie dieser Frau«, sagte Martha King.

Es waren ihre eigenen Schreie, die sie diesmal hörte. Im Nachbarzimmer war es so still wie im Grab.

Entstellt und vernichtet man Martha King, so wie, sagen wir, Mrs. Beach oder der alte Mr. Ellis sie kannten, hat man eine namenlose animalische Kreatur, aber die Kreatur ist nicht das Ende und gewiß nicht die Antwort. Da ist schließlich das Ich, das sich in die Hände beißt und brüllt: *Es ist schrecklich ... Oh, bitte ... Es ist so schrecklich ... Oh, mein Gott, ich will nicht ...*

Draußen im Flur war Geschirrgeklapper zu hören, Stimmen und hin und wieder Lachen. Die Menschen, die im Krankenhaus arbeiten, müssen an ihre eigene Gesundheit denken und sie erhalten.

Um Viertel vor sieben verließen Austin und George Diehl das Wartezimmer, gingen in ein Restaurant, in dem Austin noch nie gewesen war, und bestellten Steak-Sandwiches. Austin konnte seins nicht essen, als es gebracht wurde. Er schob den Teller von sich weg, war kurz davor, sich zu übergeben. Er beobachtete George Diehls Gesicht, während dieser aß, und dachte, wie wenig von all dem, was ihm widerfahren war, sich in diesen ganz gewöhnlichen Zügen zeigte, in den Augen, die müde, aber freundlich blickten und die nichts weiter mitzuteilen hatten, als daß das Sandwich, wenn Austin es nicht aß, nicht zu verkommen brauche. Austin reichte den Teller über den Tisch, und George Diehl schob das Sandwich auf seinen eigenen Teller und fuhr mit Reden und Essen fort.

Nachdem endlich alles gesagt war, gingen sie schweigend zum Krankenhaus zurück, wo sie, sowie sie die Tür öffneten, von einer Krankenschwester mit einer Mitteilung für George Diehl empfangen wurden, der auf die gute

Nachricht ganz benommen reagierte. Austins Glückwünsche hörte er nicht, er schien nicht einmal mehr zu wissen, wer Austin war.

»So, das war's dann«, sagte er.

Austin hatte das Wartezimmer jetzt für sich, und nach den fast dreizehn Stunden, die er in George Diehls Gesellschaft und im Gespräch mit ihm verbracht hatte, hatte er wenig oder kein Interesse daran, allein zu sein. Er begann wieder herumzulaufen, und beim sechsten oder siebten Schritt stand er ein weiteres Mal vor der Schranke, an der er nicht vorbeikonnte. Er setzte sich und wartete darauf, daß der Briefbeschwerer umgedreht wurde, daß der Miniaturschnee anfing zu rieseln.

16

Als Ab ihr Nachtgebet gesagt hatte, hob Mrs. Danforth sie ins große Bett im Gästezimmer und deckte sie zu. »Ich lasse im Flur das Licht brennen«, sagte sie, »und wenn du nachts irgendwas brauchst, dann ruf mich. Ich werde dich schon hören.«

Ab blickte, ohne zu antworten, zu ihr auf, die Augenlider schwer von Schlaf. Noch nie war sie von irgend jemand anders als ihrer Mutter ins Bett gebracht worden, und obwohl Mrs. Danforth freundlich und sanft mit ihr umging, war es nicht das gleiche. Sie wollte ihre Mutter. Das Geräusch, das Mrs. Danforth' Absätze machten, als sie die Treppe hinunterging, war nicht das gleiche wie das von ihrer Mutter.

Die Gaslampe im Flur warf flackernde Schatten und erfüllte Abs Zimmer mit einem unheimlichen Licht. Von ihrem Bett aus konnte Ab ein Bild an der Wand sehen: Ein Mann in einem weißen Nachthemd, die Beine ausgestreckt auf dem Laken, träumte von einem Hindernisrennen. Oberhalb des Mannes im Bett war ein Bach, und Reiter in rosa Röcken trieben ihre Pferde über dieses gefährliche Hindernis. Ab verstand das Traumbild nicht als solches. Was sie im flackernden Lichtschein sah, war, daß die Pferde auf dem Mann im Bett landen und ihn zertrampeln würden. Mit schneller klopfendem Herzen versuchte sie sich in ihrem Bett umzudrehen, um nicht unfreiwillig Zeugin vom Tod des Mannes im weißen Nachthemd zu werden, aber ihre Beine waren wie angekettet, und sie konnte sich nicht bewegen. Auch nachdem die Augenlider den häßlichen Anblick aussperrten, blieb er vor ihrem geistigen Auge sichtbar, und sie hätte geschrien, wenn sie einen Ton herausgebracht hätte.

17

Die nassen großen Kreise des Mops führten die Putzfrau zu einem Fenster, das den Rahmen bildete für ein Bild, wie es in keinem Wartezimmer eines Arztes an der Wand hängt. Der Operationstisch war schräg gestellt, so daß die Beine der Patientin höher lagen als ihr Kopf, und die obere Körperhälfte war mit einem Tuch bedeckt. Die an die Seiten des Operationstisches festgeschnallten Hände sahen bläulich aus. Das Tuch bewegte sich im Rhythmus gepreßter Atemzüge auf und ab, auf und ab. Dr. Seymour machte einen Schnitt in den Unterleib, tupfte das Blut mit einem Handtuch ab, als der Schnitt immer größer wurde. Die Putzfrau wischte mit dem Mop ein paarmal hin und her und sah dann wieder hin. Inzwischen war der Schnitt vollzogen, und unter der Haut, die durch Klammern auseinandergehalten wurde, kam ein Blutsee zum Vorschein, den die Schwestern Mühe hatten zu beseitigen. Dr. Seymour, der jetzt wie ein Schlachter aussah, steckte die Zange in den Unterleib und zog. Die Zange rutschte ab, und er steckte sie wieder hinein und zog mit aller Kraft. Schließlich verzichtete er auf die Zange, griff mit der Hand hinein, so daß sie bis zum Handgelenk in Blut und Wasser eingetaucht war, und zog ein tropfendes, wächsernes und leblos wirkendes Kind heraus.

Die Putzfrau, die zehn Kinder geboren hatte (von denen neun noch lebten) blieb so lange am Fenster stehen, bis sie sich vergewissert hatte, daß dieses Kind lebte, und zog dann langsam den Flur entlang weiter, wischte mit dem Mop immer größere Kreise, die auf den sechseckigen Kacheln Wolken- und Wellenmuster hinterließen.

18

Mitten in der Nacht wurde Abbey King von Klopfen, Hämmern und Lärm unten an der Haustür geweckt. Alle Geräusche, alle Sinneseindrücke, die tagsüber durch die beruhigende Interpretation des Geistes abgeschwächt oder wegerklärt werden, sind nachts vergrößert. Dieses Geräusch, daran zweifelte Ab keine Sekunde, das so laut war, daß ihr fast das Herz stillstand, galt ihr. Sie waren hinter ihr her. Sie würden sie holen und endlich dafür bestrafen, daß sie so oft ein ungezogenes Mädchen gewesen war. Ihre einzige Hoffnung – daß Mrs. Danforth das Gehämmer nicht hören oder, falls sie es hörte, nicht aufmachen würde – währte nur so lange, bis sie Schritte im Flur hörte und Mrs. Danforth in einem langen Nachtgewand, das Haar zu zwei Zöpfen gebunden, an der Schlafzimmertür vorbeigehen sah.

Nur noch eine letzte Chance, flehte Ab ihre Mutter an, die weit weg war, und Gott, der noch weiter weg war. Die Schritte gingen die Treppe hinunter, waren nicht aufzuhalten. Ab hörte, wie die Kette herausgezogen, der Schlüssel im Schloß gedreht wurde und eine Stimme, die weder einem Polizisten noch einem Zigeuner gehörte, sondern ihrem Vater, sagte: »Es ist ein Junge.«

Obwohl kein Grund zur Angst mehr bestand, löste sie sich nur sehr langsam auf.

»Wie geht es Martha?« hörte Ab Mrs. Danforth fragen.

»Gut. Der Arzt hat gesagt, es geht ihr gut.«

»War es sehr schlimm?«

»Gegen Ende. Aber sie hat Morphium bekommen und die Operation problemlos überstanden. Das Kind wiegt fünf Pfund.« In der Stimme ihres Vaters klang eine Erregung und eine Freude mit, wie Ab sie noch nie bei ihm gehört hatte. Sie lag vollkommen reglos da und wartete darauf, daß er sich nach ihr erkundigte, daß er die Treppe heraufkäme und ihren Namen riefe, sobald er den Absatz erreicht hätte.

»Soll ich Ihnen einen Kaffee machen?« fragte Mrs. Danforth. »Es dauert nur eine Minute.«

»Nein«, sagte Austin. »Trotzdem vielen Dank. Es war eine lange Tortur, und ich bin todmüde. Ich gehe lieber nach Hause.«

Das letzte, was Ab hörte, war das Geräusch von Mrs. Danforth' weichen Pantoffeln auf der Treppe. Irgendwann im Verlauf der restlichen Nacht ritten die Reiter in ihren rosa Röcken auf ihren schrecklichen Pferden über sie drüber, und sie starb, ohne zu sterben, und erwachte, von Armen umfaßt, und hörte eine Stimme, die sagte: »Ist ja gut, ist ja gut ... Ist ja gut ... Du hast nur schlecht geträumt.«

19

Aber ich habe es ihr schon so oft gesagt«, sagte Mary Caroline. »Sie weiß ganz genau, daß das meine Lieblingsbluse ist und daß ich nicht will, daß sie sie anzieht. Sie hat viel mehr Sachen zum Anziehen als ich, und ich finde das ganz gemein von ihr.«

»Du solltest mit deinen Sachen nicht so egoistisch sein«, sagte Mrs. Link.

»Bin ich nicht«, sagte Mary Caroline. »Aber als ich ihr den Fleck gezeigt habe, der nicht mehr rausgeht, hat sie bloß gesagt, daß es ihr leid tut, und sonst nichts.«

»Wenn ich das nächstemal in die Stadt gehe«, sagte Mrs. Link, »werde ich etwas Stoff kaufen und – «

»Ich suche mir den Stoff lieber selber aus, wenn du nichts dagegen hat«, sagte Mary Caroline.

»Nein, ich habe nichts dagegen.«

Mrs. Link, die, tolerant und gelassen, ihre beiden Töchter gleichermaßen liebte, betrachtete, während sie die Straße entlanggingen, die Umgebung. Vor dem Haus der Kings wartete eine Mietkutsche, und als Mary Caroline und Mrs. Link auf der gegenüberliegenden Seite vorbeigingen, kam der junge Mathein mit zwei Koffern heraus, die er auf dem Vordersitz der Kutsche verstaute.

»Hast du daran gedacht, den Potters auf Wiedersehen zu sagen?« fragte Mrs. Link.

»Ja«, sagte Mary Caroline. »Mrs. Potter hat mich eingeladen, sie zu besuchen.«

»Das ist aber nett«, sagte Mrs. Link.

Die Spitzengardinen im Wohnzimmerfenster der Mercers waren neu, und das Haus der Webbs sah verschlossen und verriegelt aus, als wären sie verreist. Seit einer Woche hatte Mrs. Link jetzt vorgehabt, sich mit Nadel und Zwirn hinzusetzen und die Passe ihres marineblauen Kleides zu ändern, damit sie es sonntags zum Gottesdienst anziehen konnte, und sie sollten endlich einmal bei Mrs. Macomber vorbeischauen, die ganz allein in diesem großen Haus lebte ... Sich undeutlich bewußt, daß Mary Caroline ihr gerade eine Frage gestellt hatte, sagte Mrs. Link: »Was hast du gesagt, Liebes?«

»Ich habe dich gefragt, ob Mr. und Mrs. Mercer verliebt sind.«

»Wieso? Wie kommst du darauf?«

»Nur so«, sagte Mary Caroline.

Wenn sie doch nur daran gedacht hätte, Mrs. Macombers blaue Kuchenplatte mitzunehmen, hätte sie zwei Fliegen mit einer Klappe schlagen können. Andererseits wäre es auch nicht gerade höflich, die Platte ohne etwas darauf zurückzugeben. Sie würde ihr einen Laib Orangenbrot bringen, nachdem sie am Dienstag gebacken hätte. In dieser Jahreszeit schien es immer, als gäbe es nur Eis und Schnee, worauf man sich freuen konnte, aber es war Februar, und der Winter war letztlich zur Hälfte vorbei. Es wurde erst gegen halb sechs dunkel, und wenn Mr. Link noch das Saatgut für den Gemüsegarten bestellen wollte, dann sollte er das schleunigst tun. Das Haus der Shermans, das zu grellgelb gewesen war, nachdem sie es neu hatten streichen lassen, sah jetzt angenehm blaßgelb aus, aber es würde nie wieder so aussehen wie damals, als es weiß gewesen war. Und Doris hätte nicht einfach Mary Carolines Bluse nehmen dürfen, ohne sie zu fragen.

»Sind Mr. und Mrs. Sherman verliebt?« fragte Mary Caroline, als sie in ihren eigenen Vorgartenweg einbogen.

Die Kutsche stand immer noch vor dem Haus der Kings. Wie der arme Mr. King es bloß die ganze Zeit geschafft hatte, mit seiner Frau im Krankenhaus und dem Haus voller Gäste.

»Sind Mr. und Mrs. King verliebt?«

»Das weiß ich nicht, Liebes«, sagte Mrs. Link. »Wahrscheinlich schon. Wie soll man das wissen?«

20

Eine halbe Stunde bevor die Kutsche kam, um sie zum Bahnhof zu bringen, waren die Potters bereit und konnten den Aufbruch kaum erwarten. Mr. Potter zog seine Uhr hervor und verglich sie mit der in der Diele. Während er die Uhr wieder in die Westentasche steckte, sagte er: »Cousine Abbey, ich glaube, wir machen einen großen Fehler, daß wir dich nicht mitnehmen. Du könntest dein eigenes Pony haben und ganz viele kleine Negerlein zum Spielen.«

»Mr. Potter, hör auf, das Kind zu hänseln«, sagte Mrs. Potter. In Hut und Mantel, den Schleier vor dem Gesicht, setzte sie sich ans Klavier. Ihr war ein Kirchenlied eingefallen, an daş sie seit Jahren nicht mehr gedacht hatte. Nach mehreren Fehlstarts schaffte sie den ersten Teil, und dann griff sie immer wieder einen falschen Akkord, so daß sie von vorn anfangen mußte.

»Wie geht's dir?« fragte Randolph und beugte sich über das Sofa.

»Gut«, sagte Nora, »aber ich wünschte, Mama würde sich endlich an den Rest dieses Liedes erinnern. Es macht mich wahnsinnig.«

»Wenn du Mama haben willst, dann mußt du ihre Kirchenlieder mit in Kauf nehmen«, sagte Randolph und schlenderte in die Diele, wo ein Koffer darauf wartete, daß irgend jemand, irgendein pflichtbewußter, hilfsbereiter Mensch ihn zur Straße hinaustrug.

»Cousin Austin hat gesagt, er würde spätestens um zehn hiersein«, sagte Mr. Potter, »und jetzt ist es schon fünf nach.« Und als es an der Tür läutete, fügte er hinzu: »Wer das jetzt wohl ist?«

»Er wird schon kommen. Jetzt mal nicht den Teufel an die Wand«, sagte Randolph.

»Es ist jemand an der Tür«, rief Mrs. Potter vom Klavier aus.

»Meinst du, wir sollten aufmachen?« fragte Mr. Potter. »Soviel ich weiß, haben wir uns von allen verabschiedet.«

»Vielleicht hat Cousin Austin seinen Schlüssel vergessen«, meinte Randolph. Er öffnete die Tür, und dann folgte eine lange Unterhaltung, während die Kälte hereingeströmt kam.

»Mach in Gottes Namen die Tür zu!« rief Nora.

»Tatsächlich?« sagte Randolph. »Das haben sie sicher nicht absichtlich getan. Wieviel macht es ...? Ich werd's ihm sagen, ganz bestimmt ... ja ... Also ich finde, das ist ganz und gar nicht fair ... Mach doch folgendes: Komm nächsten Samstag wieder, und dann wird bestimmt jemand dasein.«

Er machte die Tür zu und sagte zu Mr. Potter: »Der Zeitungsjunge. Er ist schon seit Wochen nicht mehr bezahlt worden.«

»Wieviel?« fragte Mr. Potter.

»Vierzig Cent. Es wird ihm vom Lohn abgezogen, anstatt daß man wartet, bis er bezahlt wird. Er hat mir ein Buch gezeigt mit vielen kleinen Abschnitten drin, also wird es schon stimmen. Komisch, daß Cousin Austin ihn nicht bezahlt hat. Der Junge heißt Dick Sisson, und er spart auf ein neues Fahrrad.«

»Es ist jetzt zwölf nach zehn«, sagte Mr. Potter und sah erneut auf seine Uhr.

Nachdem Mrs. Potter der Rest des Kirchenlieds endlich eingefallen war, stand sie triumphierend vom Klavier auf und sagte: »Randolph, komm und hilf mir mit deiner Schwester.«

Gemeinsam hoben sie Nora vom Sofa hoch, setzten ihr den Hut auf, zogen ihr den Mantel an und setzten sie dann wie eine bandagierte Puppe auf den Stuhl in der Diele.

»Die Kutsche ist da«, sagte Randolph, »aber kein Cousin Austin. Was machen wir jetzt?«

»Wir können doch nicht einfach abfahren, ohne auf Wiedersehen zu sagen«, sagte Mrs. Potter. »Das würde Cousin Austin kränken.«

»Und warum ist er dann nicht da?« fragte Randolph.

»Woher soll ich das denn wissen?« rief Mrs. Potter. »Wenn du doch mal aufhören würdest, ständig Fragen zu stellen, die niemand beantworten kann ... Schon gut, Nora. Wenn wir diesen Zug verpassen, dann nehmen wir eben den nächsten.«

Die Potters, gewohnt, andere warten zu lassen, saßen jetzt da und warteten selbst – warteten und warteten. Schließlich sagte Mrs. Potter: »Cousine Abbey, richtest du deinem Vater bitte aus, daß ...«

»Es hat keinen Zweck mehr«, sagte Mr. Potter. »Der Zug fährt in siebeneinhalb Minuten. Das wäre nur eine unnötige Hetzerei.«

Sie saßen da und blickten sich gegenseitig an. Eine Minute verstrich und noch eine, und dann wurde die Haustür aufgerissen. »Tut mir schrecklich leid«, sagte Austin. »Ich wurde aufgehalten.«

»Schon gut«, sagte Mr. Potter. »Wir nehmen den Abendzug. Oder den morgen früh.«

Noras Augen füllten sich mit Tränen, die, wie Austin sah, nicht ihm galten. Sie wollte nach Hause. Nur kindliche Enttäuschung brachte sie zum Weinen. Vor langer Zeit, dachte er, habe ich mich manchmal auch so gefühlt.

»Wenn ich nicht mit diesem Zug fahren kann, sterbe ich«, sagte Nora.

Mr. Potter schüttelte den Kopf. »Es hat keinen Zweck«, sagte er noch einmal.

Ohne sich die Mühe zu machen, den Teil seines Gedächtnisses zu durchforsten, in dem alte unglückliche Erinnerungen gespeichert waren (was es auch für eine Enttäuschung gewesen sein mochte, die größer gewesen war, als er ertragen konnte, er hatte sie überlebt), nahm Austin den verbliebenen Koffer und öffnete die Haustür. »Wir können es versuchen«, sagte er. »Vielleicht hat der Zug ja Verspätung.«

21

Als Martha King in das Haus in der Elm Street zurückkehrte, tat sie das wie eine Reisende, die nach einem langen abenteuerlichen Leben zu dem Ort zurückkehrt, an dem dieses Leben fünfzig Jahre zuvor begonnen hat. Die Lichter in den Fenstern, die bekannten Ausmaße des Gartens, die nur halb wahrgenommenen Formen der Bäume und Sträucher, all das sah sie aus einer Distanz, die zu groß war, als daß sie sich wirklich hätte freuen können, sie wunderte sich nur, daß dieser Ort nach all der Zeit so unversehrt und so er selbst geblieben war.

Die Kinderschwester ging mit dem Kind voraus, während Martha, von Austin gestützt, den Weg langsam zurücklegte und vor den Verandastufen eine Verschnaufpause einlegte. Sie war noch nicht wieder bei Kräften, und sie fragte sich insgeheim, ob sie es jemals wieder sein würde. Die Lampen brannten, die Böden und Möbel glänzten. Eine Hand, die ihre hätte sein können, war am Werk gewesen, und nichts war auch nur um Haaresbreite von seinem angestammten Platz verrückt.

»Es sieht aus, als würden wir gleich eine Party feiern«, sagte sie, während Austin ihren Mantel in den Schrank hängte.

»Willst du dich nicht lieber gleich hinlegen?«

»Nach dem Abendessen«, sagte Martha.

Als sie es sich auf dem Sofa im Wohnzimmer bequem gemacht hatte, eine weiche Wolldecke über den Knien und Kissen im Rücken, sagte sie: »Austin, gehst du rauf und siehst nach, ob sie irgendwas braucht ...? Und hol Ab«, rief sie, als Austin zur Treppe ging.

Sie lehnte sich mit geschlossenen Augen ins Sofa zurück. Irgend etwas war von Grund auf falsch an der Atmosphäre im Haus, obwohl alles für sie aufgeräumt, geputzt und vorbereitet worden war. Die Gardinen im Wohnzimmer, die sie eigentlich bis zum nächsten Sommer hatte hängen lassen wollen, mußten weg. Und das Bild von Apoll mußte auch verschwinden. Sie hatte es jetzt lange genug angesehen. Über den Kaminsims würde sie einen zweiteiligen Spiegel hängen. Den Stuhl in der Diele mußte man zum Leimen und Neubeziehen zum Polsterer bringen. Es mußte auch noch einiges andere verändert werden, nicht alles auf einmal, aber nach und nach, bis das Haus …

Als von der Treppe ein plötzliches Gepolter zu hören war, setzte sie sich auf und sah Richtung Diele. Austin kam mit Ab auf dem Rücken ins Wohnzimmer. Sie hatten beide rote Gesichter und lachten, was Martha ärgerte. Ab war natürlich noch ein Kind, von dem man nicht erwarten konnte, daß es wußte, was seine Mutter durchgemacht hatte. Aber bei Austin war das etwas anderes.

Ab glitt entspannt in ihre Arme, und Martha sagte: »Du hättest nicht mit ihr auf dem Rücken die Treppe herunterlaufen sollen.«

»Ich hätte sie schon nicht fallen lassen«, sagte Austin.

»Du hättest stolpern und stürzen können«, sagte Martha. Während sie Ab in den Armen wiegte und ihr das Haar glattstrich, hatte sie das Gefühl, als sei ihr etwas zurückgegeben worden, was ihr, ohne daß sie es merkte, entzogen worden war.

»Rachel ist draußen in der Küche«, sagte Ab.

»Nein!« rief Martha aus. »Bist du deswegen so gut gelaunt?«

»Ich wollte dich überraschen«, sagte Austin. »Ich habe herausgefunden, wo sie war, und ihr geschrieben.«

»Hast du Frieda entlassen?«

»Sie hat gekündigt an dem Tag, als die Potters abgereist sind. Sie könne nicht mit mir allein im Haus bleiben, hat sie gesagt. Das sei unschicklich.«

»Und die ganze Zeit hast du niemanden gehabt, der für dich gekocht hat?«

»Ich bin ganz gut zurechtgekommen«, sagte Austin.

Als aus dem Eßzimmer ein Geräusch zu hören war, rief Martha: »Rachel, bist du's?«

Rachel erschien in der Eßzimmertür und lächelte – ein breites, strahlendes, schimmerndes Lächeln, das Martha das Gefühl gab, in die Arme genommen und festgehalten zu werden, so wie sie selbst Ab hielt.

»Wenn du nur wüßtest, wie es ohne dich war«, sagte sie, »und wie sehr ich dich vermißt habe.«

»Wirklich?« sagte Rachel. »Ich hab das ganze Haus ordentlich geputzt.«

»Das habe ich gesehen. Wunderbar. Warst du schon oben und hast dir das Baby angesehen? Eine Schönheit ist er nicht. Er wiegt nur fünfeinhalb Pfund.«

»Wird schon was aus ihm werden, jetzt, wo er zu Haus ist«, sagte Rachel. »Das Abendessen ist angerichtet.«

»Du glaubst gar nicht, was das für ein Gefühl ist«, sagte Martha, als sie vom Sofa aufstand.

Stunden später, als sie im Bett lag und zusah, wie Austin sich auszog, sagte sie das gleiche. Es war ein Gefühl wie Musik, wie Welle auf Welle lauter werdender, wohltönender, fröhlicher Stimmen, die sangen: *Laßt uns den Schöpfer loben und alles, was Er erschaffen hat.*

Als das Licht aus war und Austin neben ihr im Bett lag, war sie plötzlich hellwach, unruhig und mitteilungsbedürftig. »Irgendwas stimmt mit Ab nicht.«

»Ist mir nicht aufgefallen«, sagte Austin.

»Sie verhält sich so, als würde sie uns irgendwas übel nehmen.«

»Sie wird es schon verkraften, mach dir keine Sorgen.«

Nach einer kurzen Weile zog er seinen Arm unter ihrem Kopf hervor und drehte sich auf die Seite. Sie war immer noch nicht zum Schlafen bereit. »Da ist noch etwas, was mir Sorgen macht. Als Ab geboren wurde, habe ich sie sofort geliebt, aber mit diesem Kind ist es anders.«

»Das kommt schon noch.«

»Wenn ich ihn halte, weint er, als wollte er nicht bei mir sein.«

»Zeig mir das Baby, das nicht weint.«

»Austin, schreibt Nora dir?«

»Nein.«

»Du sagst mir doch die Wahrheit? Du würdest mich nicht anlügen?«

»Warum sollte ich dich anlügen? Sie hat mir nicht geschrieben und wird es auch nicht tun, und wenn sie es doch tut, werde ich den Brief nicht aufmachen.«

»Du brauchst das nicht zu sagen. Es würde mich nicht stören, wenn du es tätest. Wenn du ihr schreiben willst, kannst du das von mir aus ruhig tun.«

»Aber ich will ihr nicht schreiben. Und ich will nicht, daß sie mir schreibt. Es ist alles aus und vorbei.«

»Für dich vielleicht.«

»Ach, Liebling, vergiß es. Schlaf jetzt.«

»Im Krankenhaus mußte ich dauernd daran denken, wie es wäre, wieder zu Hause zu sein, und gleich in der ersten Nacht –«

Austin drehte sich um, setzte sich auf und starrte im Dunkeln auf sie hinunter. »Du hast selber damit angefangen. Ich habe Nora nicht erwähnt.«

»Was spielt es denn für eine Rolle, wer sie erwähnt hat? Sie ist immer noch hier«, sagte Martha und spürte, wie das Bett nachgab, als er sich wieder hinlegte. »Ich erreiche dich nicht mehr so wie früher«, sagte Martha, und nach einer Weile fuhr sie fort: »Das liegt wahrscheinlich daran, daß ich dich nicht mehr kenne. Du hast dich verändert, aber ich habe mich auch verändert. Du kennst Nora besser als mich. Du hast mehr mit ihr gesprochen. Ich meine das nicht böse, Austin, aber ich denke, wir sollten die Dinge so sehen, wie sie sind, und nicht versuchen, gemeinsam ein falsches Leben zu führen, nur wegen der Kinder. Das habe ich eingesehen, als ich im Krankenhaus war – daß man nur einmal lebt, und wenn man seine ganze Zeit und Kraft darauf verwendet, etwas zu erzwingen, was aufgrund der Natur der Dinge einfach unmöglich und aussichtslos ist, dann hätte man ebensogut gar nicht zu leben brauchen. Die Menschen sollten ihren tieferen Instinkten folgen und sein, wozu sie bestimmt sind, auch wenn sie damit andere unglücklich machen. Sie können nicht sie selbst sein und trotzdem so tun, als sei alles in Ordnung, wenn genau das Gegenteil der Fall ist. Wenn wir ehrlich zueinander sind, können wir wenigstens –« Sie hielt inne; an seinem Atem erkannte sie, daß er eingeschlafen war.

Wie konnte er ihr das antun? Wie konnte er so gleichgültig sein, jetzt, da sie zum erstenmal mit ihm sprach, ihm ihr Herz in einer Weise öffnete, wie sie es in all den Jahren ihrer Ehe nicht getan hatte? Sie hatte Schreckliches durchgemacht, und kaum war es vorbei, zeigte er keinerlei Interesse mehr daran. Ihn interessierte allein sein eigener Seelenfrieden.

In einer kalten, starren Wut lag sie neben ihm und versuchte, den tiefen gleichmäßigen Atem des Mannes nicht zu hören, der sie mit seiner Beharrlichkeit und seinem unbeugsamen Willen bezwungen hatte und dem sie jetzt so gleichgültig war, daß er nicht einmal fünf Minuten länger wach bleiben konnte. Sie war geschwächt und erschöpft und in Beschlag genommen von den Kindern, die sie ihm geboren hatte, aber ihm ging es bestens. Er war noch jung, und es war ihm egal, ob sie lebte oder starb, solange er schlafen konnte.

Sie schob sich langsam und behutsam unter der Decke hervor, achtete selbst noch in ihrem Zorn darauf, daß sie ihn nicht weckte ... Nicht, daß sie noch Angst vor ihm hatte, aber sie mußte allein sein, um nachzudenken, um zu entscheiden, was sie tun würde, wenn sie wieder zu Kräften gekommen wäre. Denn sie würde keinen Tag länger als nötig mit ihm zusammen in diesem Haus bleiben. Sie würde Rachel und die Kinder mitnehmen und einen Ort suchen, wo sie wohnen könnten. Er wäre wahrscheinlich nicht so komfortabel und schön wie dieses Haus. Wahrscheinlich müßten sie in irgendeiner kleinen Wohnung über einem Geschäft im Zentrum wohnen, aber im Sommer könnte sie auf dem Chautauqua-Gelände ein Häuschen mieten, so daß die Kinder draußen spielen konnten, irgendwie würden sie es schaffen. Dann wären sie unabhängig und hätten endlich die Freiheit, etwas Anständiges und Mutiges aus ihrem Leben zu machen, und wenn die Kinder groß genug waren, um für sich selbst zu sorgen, könnte sie nach Chicago gehen und sich dort eine Arbeit suchen. Rachel hatte es geschafft, und was Rachel konnte, konnte auch sie.

Wie lange Martha King, in ihren Morgenmantel gehüllt, in dem Schaukelstuhl am Fenster des Gästezimmers saß und Pläne schmiedete, wußte sie nicht. Sie blickte hinaus auf die Straße und betrachtete die Straßenlaterne als das Leben, das zu leben sie bestimmt war, und den Lichtschein als den Ort, an den sie gelangen mußte. Trunken von Gewißheit, von Endgültigkeit, von Entschlossenheit, ging sie, als die Standuhr unten in der Diele eins schlug, in das Zimmer, in dem die Wiege des Babys stand. Die Schwester lag schnarchend auf dem Rücken und wachte nicht auf, als Martha King das Kind nahm und es ins Gästezimmer trug, wo sie sich mit ihm hinsetzte, mit dieser Last, die so wenig Gewicht hatte, die überhaupt keine Last war.

Das Kind wachte nicht auf, wenn es sich auch hin und wieder regte, und sie spürte, wie seine Hände einen Moment lang gegen ihre Seite drückten. Sie betrachtete das Gesicht des Babys im Licht der Straßenlaterne: so klein und hilflos, so schutzbedürftig gegenüber der Grausamkeit der Welt. Sie würde ihn dazu erziehen, nicht nett zu sein, nicht höflich zu sein, nicht das Beste aus allem zu machen, sondern im vollen Bewußtsein dessen, was das Leben ist, seinen eigenen Weg zu gehen, um das, was er wollte, zu kämpfen, und vor allem würde sie ihn dazu erziehen, Gefühle zu haben. Zornig zu sein, wenn er zornig war, und wenn er glücklich war, alle mit seiner Freude anzustecken. All das, was Austin nicht gelungen war zu sein. Dieses Kind würde eine Chance haben. Sie würde es möglich machen. So würde es sein.

Sie legte das Kind in die Wiege zurück, und weil es kalt war und sie sich noch nicht wohl fühlte und es schließlich keinen anderen Ort gab, wohin sie gehen konnte, ging sie wieder ins Bett und lag da, die Augen weit geöffnet, und starrte auf den Widerschein der Straßenlaterne an der Decke.

Austin bewegte sich und legte seinen Arm über sie, und sie ergriff ihn am Handgelenk und schob ihn weg, aber als sie von ihm fortrückte zum Rand des Bettes, folgte er ihr im Schlaf und kuschelte sich so an sie, daß sie ihn am liebsten angebrüllt und ihm mit den Fäusten ins Gesicht geschlagen hätte. Sie stieß den Arm weg, diesmal grob, aber er wachte noch immer nicht auf. Der Arm hatte ein Eigenleben. Alles übrige von ihm, sein Körper und seine Seele, schlief. Aber der Arm war wach und griff nach ihr, und die Hand legte sich auf ihr Herz, und sie ließ sie dort einen Moment lang liegen und dachte, wie hart und schwer sie war verglichen mit dem Kind, das sie gehalten hatte, wie lästig, wie fordernd; daß diese Hand nicht zu ihr gehörte und nie gehören würde, daß sie, selbst im Schlaf, auf einer Befriedigung bestand, die Martha ihr nicht geben konnte. Sie wollte sie ein weiteres Mal wegstoßen, aber ihre eigenen Arme waren ans Bett gefesselt. Nur ihr Geist war wach, fähig zu handeln, zu hassen. Und dann zerbrach plötzlich die zarte Goldkette des Bewußtseins, die nicht stärker war als ihr schwächstes Glied. Umfaßt von dem Körper neben ihr, umgeben von Wärme, gehalten von dem Arm, der wußte (auch wenn der Mann, dem er gehörte, es nicht tat), war Martha King eingeschlafen.

Inhaltsverzeichnis